Antonia Riepp

Santo Fiore

PIPER

Zu diesem Buch

»Das war es also, das Landgut der Priscos. Es stand auf einem Plateau am Hang, umgeben von Bäumen, deren Laub sich bereits braun färbte. Es war ein einfach gehaltenes Gutshaus, einstöckig, mit einem Erker in der Mitte und Dachgauben, aber von respektabler Größe. Die Nachmittagssonne warf ein paar letzte Strahlen auf die gelblichen Mauern und ließ sie in einem warmen Ton erstrahlen. Neben dem Portal blühten Rosen.«
Ein verwilderter Garten, ein alter Gutshof und die Suche nach der eigenen Geschichte. In diesem bewegenden Roman erzählt Antonia Riepp von Liebe und Verlust, Geheimnis und Verrat, Familie und Versöhnung – eine ebenso bewegende wie dramatische Familiengeschichte.

Antonia Riepp ist das Pseudonym einer deutschen SPIEGEL-Bestsellerautorin, die seit über zwanzig Jahren Spannungsromane veröffentlicht. Sie wurde mehrfach ausgezeichnet, ihre Bücher wurden in fünf Sprachen übersetzt und zwei ihrer Bestseller verfilmt. Die Autorin lebt im Allgäu.

Antonia Riepp

Santo Fiore

Eine deutsch-italienische Familiensaga

PIPER

Mehr über unsere Autorinnen, Autoren und Bücher:
www.piper.de

Wenn Ihnen dieser Roman gefallen hat, schreiben Sie uns unter Nennung des Titels »Santo Fiore« an *empfehlungen@piper.de,* und wir empfehlen Ihnen gerne vergleichbare Bücher.

Von *Antonia Riepp* liegen im Piper Verlag vor:
Die Belmonte-Reihe:
Band 1: Belmonte
Band 2: Villa Fortuna
Band 3: Santo Fiore

Die Capri-Reihe:
Band 1: Die Frauen von Capri – Im blauen Meer der Tage
Band 2: Die Frauen von Capri – Das Lied vergangener Sommer

Der Garten der Geheimnisse

Ungekürzte Taschenbuchausgabe
ISBN 978-3-492- 31934-8
1. Auflage Mai 2023
3. Auflage Juli 2026

80799 München, *www.piper.de*
Für direkten Kontakt und Fragen zum Produkt
wenden Sie sich an: *info@piper.de*
Umschlaggestaltung: u1 berlin / Patrizia Di Stefano
Umschlagabbildung: Patrizia Di Stefano unter Verwendung mehrerer Bildmotive von Getty Images und Ullsteinbild
Satz: Uhl + Massopust, Aalen
Gesetzt aus der Maiola
Gedruckt von ScandBook in Litauen
Printed in the EU

Kapitel 1

Verwandtschaften

Belmonte, Gegenwart

Raschelnd fuhr die Sense ins Gestrüpp. Es war das einzige Geräusch, das die Sonntagnachmittagsstarre durchbrach, deshalb kam es Adriano übermäßig laut vor. Die sonst allgegenwärtigen Laute der *campagna* waren zum Erliegen gekommen. Es jaulte keine Motorsäge, kein Trecker fuhr, kein Huhn gackerte, sogar die Zikaden schwiegen, und noch nicht einmal ein Moped knatterte durch das Tal. Einzig auf den Uhrturm von Belmonte war Verlass. Gerade schlug die Glocke vier Uhr, um danach erneut eine lähmende Stille zu hinterlassen. Es war heiß, viel zu heiß, und das schon jetzt, Ende Juni.

Adriano war dabei, dem Wildwuchs rund um das Gemüsebeet zu Leibe zu rücken. Man brauche bald ein Buschmesser, um an den Salat zu kommen, hatte Maria Santino neulich geklagt. Seit die Haushälterin die Hoheit über den Gemüsegarten, den *orto*, an sich gerissen hatte, breiteten sich dort immer mehr unbekannte Arten aus, sodass es Adriano schwerfiel, Nutzpflanze von Unkraut zu unterscheiden. Vorsichtshalber zog er deshalb seine Schneise in respektvollem Abstand zum Beet, um nur ja nichts Falsches abzumähen. Er war geübt mit der Sense, und die gleichmäßige Bewegung hatte etwas Meditatives, fast Einschläferndes. Der Duft reifer Tomaten stieg ihm in die Nase. Er könnte zum Abendessen Mozzarella mit Tomaten und Basilikum zubereiten, sein Standardessen, wenn seine helfende Hand nicht da war.

Sein Hund Asso hatte unter einem Lorbeerbusch eine flache Kuhle gegraben und lag darin erschöpft auf der Seite, nur die Flanken hoben und senkten sich im Takt seiner trägen Atemzüge. Jetzt zuckten plötzlich seine Ohren, und schon schnellte der schwarze Zerberus trotz seiner beachtlichen Größe im Bruchteil einer Sekunde in die Höhe. Erdbrocken flogen, als er mit lautem, tiefem Gebell in Richtung Tor raste. Adriano hielt mitten im Sensenschwung inne. Auch ihm war, als hätte er auf der *strada bianca*, der gewundenen Schotterstraße, die zu seinem Anwesen hinaufführte, einen Motor gehört. Er lehnte die Sense gegen die Wand des Holzschuppens, wischte sich den Schweiß von der Stirn und bewegte sich ohne Hast um das Haus herum, dem Radau seines Hundes hinterher. So wie dieser sich aufführte, musste es ein Fremder sein. Und Adriano erwartete auch niemanden. Erst nächste Woche sollte ein Autor aus Dublin eintreffen, der in der ländlichen Abgeschiedenheit der mittelitalienischen Provinz seinen zweiten Roman verfassen wollte. Sein Erstling war ein Überraschungserfolg gewesen, entsprechend groß war nun die Erwartungshaltung, und der Junge machte sich gerade in die Hose. Adriano kannte das Gefühl, er hatte vor Jahren Ähnliches durchgemacht. Damals, in einem anderen Land, in einem anderen Leben.

Er überlegte, ob er vielleicht das Datum durcheinandergebracht hatte und es der Schriftsteller sein könnte. Möglich wäre es. Die heißen Sommertage reihten sich gleichförmig aneinander wie Perlen auf einer Schnur, was er durchaus schätzte, denn er brauchte weder Aufregung noch Zerstreuung. Dabei konnte man schon einmal einen Termin aus den Augen verlieren.

Vor dem hohen, zweiflügeligen Eisentor wartete mit rasselndem Diesel ein Taxi. Der Fahrer des alten Mercedes streckte seinen behaarten Arm weit zum offenen Fenster hinaus, zwischen seinen Fingern qualmte eine Zigarette. Nein, das war nicht das irische Nachwuchstalent. Neben dem Taxi stand eine Frau. Sie war bestimmt an die eins achtzig groß, trug eine kakifarbene Pluderhose und darüber ein rot kariertes Hemd, das weit geschnitten war und doch nicht verbergen konnte, dass sie erschreckend dünn war. Noch erschreckender fand Adriano allerdings die zwei Rollkoffer, die neben ihr standen, grell pinkfarben der eine, der andere hatte ein rosa Leopardenmuster, beide groß wie Kähne.

Nun, da die Unbekannte Adriano aus dem Schatten der Kastanien treten sah, die das Tor flankierten wie zwei alte, ehrwürdige Wächter, winkte sie ihm kurz zu, eine Geste, als würde man sich kennen. Was bestimmt nicht der Fall war, da war Adriano ganz sicher, obwohl er wegen der ausladenden Krempe ihres Strohhuts und einer überdimensionalen Sonnenbrille nicht viel von ihrem Gesicht sehen konnte. Sie wandte sich um und gab dem Fahrer ein Zeichen. Der schnippte die Zigarette weg, legte den Gang ein und preschte los, dass der Schotter nur so spritzte und eine weiße Staubwolke die Frau samt ihren Koffern einnebelte. »*Stronzo*«, hörte er sie murmeln, während sich der Staub langsam wieder legte und Adriano seinem Hund befahl, sich zu beruhigen.

Er öffnete das Tor und ging auf die Fremde zu. »Salve«, begrüßte er sie mit dem in der Gegend üblichen Gruß. »Ich fürchte, Sie sind hier falsch. Sie hätten das Taxi nicht wegschicken sollen.«

Sie nahm den Hut und die Brille ab, behielt beides in der rechten Hand. Ihr Haar, dunkel, dicht und lockig, war etwa kinnlang, allerdings sah es aus, als hätte sie es seit Tagen nicht mehr gekämmt. Asso näherte sich der Gestalt und beschnüffelte ihre weißen Turnschuhe.

»Lass das! *Vai a casa!* Ab mit dir!«, befahl Adriano.

Der Hund trollte sich, ging aber nicht *a casa*, sondern blieb in der Nähe, um notfalls zur Stelle zu sein.

»Adriano Prisco«, sagte die Fremde.

»Wer will das wissen?«, erwiderte er, obwohl sein Name aus ihrem Mund gar nicht wie eine Frage geklungen hatte, sondern wie etwas, das lediglich nach einer formellen Bestätigung verlangte.

»Carla Prisco.« Sie nannte ihren Namen in der Art eines Sesam-öffne-dich, dazu angetan, um sämtliche Tore dieser Welt auf der Stelle sperrangelweit aufspringen zu lassen.

»Okay«, sagte Adriano gedehnt. Nichts weiter.

Es gab, verteilt über zwei Kontinente, eine ganze Menge Priscos auf diesem Planeten. Wo käme man hin, wenn jeder von denen unangemeldet hier aufkreuzte?

»Unsere Großväter waren Brüder«, erklärte sie. »Meiner war der ältere, er hieß Basilio. Der jüngere, Cesare, müsste deiner gewesen sein.« Sie sprach Mailänder Dialekt. Den erkannte inzwischen sogar Adriano, dessen Italienisch auch nach fünf Jahren Daueraufenthalt noch immer zu wünschen übrig ließ. Weil er einfach zu wenig unter die Leute kam und sich stattdessen lieber in seinem Zuhause vergrub. Es stimmte, was sie sagte. Adrianos Großvater Cesare Prisco war auf diesem Gut aufgewachsen und 1945 als junger Mann nach New York ausgewandert, wo ein Teil der Verwandtschaft schon seit mehreren Generationen lebte, und sein ältester Sohn war Adrianos Vater. Doch was hatte das mit dem Hier und Heute zu tun, was wollte Carla Prisco von ihm? Ahnenforschung betreiben?

Als stünden ihm seine Gedanken auf die Stirn geschrieben, rückte sie auch schon mit ihrem Anliegen heraus: »Kann ich eine Weile hier wohnen?«

»Ich führe kein Hotel«, antwortete er, bewusst blasiert und schroff.

»Ich weiß«, sagte sie. »Du betreibst eine Art…«, sie blickte zum Himmel und wedelte mit der Hand herum, als wollte sie das richtige Wort herbeifächeln, »… eine Künstlerkolonie auf Zeit, richtig?«

Demnach kannte sie seine Webseite. Was hatte sie dann daran gehindert, seine E-Mail-Adresse anzuklicken und ihr Anliegen schriftlich anzumelden, wie es unter zivilisierten Menschen des einundzwanzigsten Jahrhunderts üblich war? Wenigstens anrufen hätte sie können, oder war auch das zu viel verlangt?

»Nur ein paar Tage, bitte, es wäre mir sehr wichtig«, insistierte sie.

Adriano warf einen skeptischen Blick auf die zwei monströsen bonbonfarbenen Trolleys und fragte sich, was sie unter *ein paar Tagen* verstand.

»Ginge das?«, hakte sie nach.

»Für gewöhnlich suche ich mir meine Gäste selbst aus.«

»Und nach welchen Kriterien?«

»Die Leute kommen für ein paar Wochen her, um an einem Werk zu arbeiten. Die meisten sind Autoren, aber ab und zu sind auch bildende Künstler dabei. Steht alles auf meiner Webseite«, fügte er hinzu.

»Wie viele sind es denn zurzeit?« Sie spähte an ihm vorbei, durch das verschnörkelte Eisentor, als versuchte sie, einen Blick auf die Scharen von Kreativen zu erhaschen, die im Schatten der Bäume herumlungerten oder auf den gekiesten Wegen lustwandelten.

»Keiner.« Er fand es unter seiner Würde, sie anzulügen.

Sie hob ihre Augenbrauen. Ihre Augen lagen leicht schräg über den hohen, hervorstechenden Wangenknochen, die Nase war schmal, und der Schwung der Oberlippe verlieh ihrem Gesicht etwas Aufmüpfiges. Irgendetwas störte ihn an ihr. Vielleicht, dass sie so mager war und dabei doch dem gängigen Schönheitsideal allzu sehr entsprach. Gesichter wie ihres sah man im italienischen Fernsehen, wann immer man es einschaltete.

Im Frühjahr hatte er etliche Anfragen abgewimmelt, weil er im vergangenen Jahr gemerkt hatte, dass Gäste, Autoren zumal, auch recht anstrengend sein konnten und er gerade wieder dabei war, in eine Phase hineinzugleiten, in der er gerne für sich war, seinen Trott lebte und seine Ruhe haben wollte. Er spielte mit dem Gedanken, ihr den Moretti-Hof zu empfehlen, ein gut ausgestattetes *agriturismo* am anderen Ende von Belmonte, doch irgendetwas sagte ihm, dass sie genau hier, auf seinem Gut, unterkommen wollte und nirgendwo anders.

»Ich schreibe Haikus«, verkündete sie.

Er musste lachen.

Sie konnte nicht wissen, wie selten er lachte. Eher instinktiv nutzte sie die gute Stimmung und sagte: »Es ist sehr heiß, könnten wir das alles nicht bei einem *caffè* und einem Glas Wasser besprechen?«

Ein durchschaubares Manöver, beide wussten das. Einmal über der Türschwelle, würde man sie nicht so leicht wieder loswerden. Andererseits sollte man Verwandte nicht vor der Haustür verdursten lassen, sondern sie wenigstens hereinbitten, ihnen Kaffee und Gebäck anbieten, ehe man zusah, dass man sie verabschiedete. Wenn er sie jetzt gleich ins Dorf schickte, würde sie sich bestimmt in der Bar von Belmonte über sein harsches Benehmen beschweren, und es würde sich binnen Minuten herumsprechen, was für ein Rüpel und Unmensch er doch war. Nicht, dass ihn das groß kümmerte, doch er musste seinen Ruf als Eigenbrötler und komischer Kauz auch nicht unnötig zementieren. Also nickte er schicksalsergeben, entriegelte einen der beiden Torflügel und trat zur Seite.

Wortlos schritt sie an ihm vorbei. Man konnte es beim besten Willen nicht anders nennen: Rücken gerade, Kinn oben, Blick ins Weite gerichtet, entschlossene, ausgreifende Schritte. Die zwei Monsterkoffer blieben zurück und warteten auf einen Lakaien, der sie ihr hinterhertrug. Adriano hatte auch schon eine leise Ahnung, wer das sein würde.

Auf halber Strecke blieb sie stehen und ließ ihren Blick schweifen.

»Ich hatte das Haus größer in Erinnerung.«

»Es ist ein einfaches italienisches Landgut, nicht Downton Abbey.«

Das Gebäude war kompakt und rechteckig, mit einem Erker in der Mitte, wo sich unten der Eingang und oben die Bibliothek befand. Es bestand aus dem Erdgeschoss, dem ersten Stock und dem Dachgeschoss mit vier Gauben, zwei auf jeder Seite. Die Fenster im ersten Stock und im Erdgeschoss waren schmal und hoch, auch die Räume hatten eine stattliche Höhe, abgesehen vom Dachgeschoss, in dem früher die Bediensteten untergebracht waren und das nun leer stand.

Sie musste seine Verstimmung bemerkt haben und lenkte ein: »Vielleicht wirkt es kleiner auf mich, weil inzwischen die Bäume gewachsen sind. Als Kind kommt einem alles viel größer vor. Ich war gerade erst sechs, als wir weggezogen sind.«

Das Erdbeben von 1997 hatte seinen Kern in Umbrien, in der Nähe von Assisi, aber auch in der benachbarten Provinz, den Marken, waren Schäden entstanden. Das Gutshaus galt danach als einsturzgefährdet, deswegen zogen die Priscos, die damals dort gewohnt hatten, nach Mailand. Ein Paar mit zwei Töchtern. Das hatte der Makler ihm erzählt. Fast zwanzig Jahre stand das Gut nach dem Beben leer, und der Park verwilderte. Bis Adriano Prisco den alten Palazzo kaufte. Er rechnete im Stillen und kam zu dem Ergebnis, dass Carla Prisco jetzt neunundzwanzig oder dreißig sein musste.

»Du hast den Garten so gelassen, wie er war.« Das schien sie zu freuen, sie lächelte. Der Garten besaß die Dimensionen eines Parks einer mittelgroßen Stadt und erstreckte sich zuerst flach vom Tor bis zu dem hellgelb schimmernden Gutshaus und dahinter weit den Hang hinauf bis zum Wald.

»Ich bin dem Ratschlag einer klugen Landschaftsgärtnerin gefolgt«, sagte er und konnte nicht verhindern, dass eine gewisse Person, an die er eigentlich gar nicht mehr denken wollte, vor seinem inneren Auge auftauchte. *Simona.*

Dann standen sie vor dem Eingang. Mit einer zärtlichen Geste strich sie über die hellen Steinblöcke, die das Portal einrahmten. »Der gute, alte *palazzo verde.*«

»*Verde?* Das Haus ist gelb, nicht grün, oder bin ich schon farbenblind?«

»Bist du nicht«, erwiderte sie. »Aber es hieß schon immer so. Vielleicht, weil drum herum so viel Grün ist. Kanntest du den Namen wirklich nicht?«

»Nein.«

»Siehst du. Du kannst von mir lernen.«

»Na großartig«, murmelte er. Er ließ ihr den Vortritt in die Eingangshalle und beobachtete, wie sie sich andächtig umschaute und dabei die Nasenflügel blähte, als hoffte sie, den Geruch wiederzufinden, den das Haus in ihrer Kindheit hatte.

»Wow«, sagte sie schließlich. »Es ist schöner, als es früher war. Das hätte ich nicht erwartet.«

»Ach nein?« Wider Willen fühlte er sich etwas geschmeichelt.

»Ich war auf das Allerschlimmste gefasst.«

Natürlich. Welcher Italiener traute einem Amerikaner schon zu, ein Jahr lang bei einem Restaurateur und Stuckateur ein Praktikum zu absolvieren, nur um sich das nötige Wissen für die Instandsetzung seines noblen, aber maroden alten Palazzo anzueignen? Wer wusste schon, dass Adriano monatelang nach den passenden antiken Bodenfliesen suchte, um die beschädigten möglichst originalgetreu zu ersetzen, und dass die verschnörkelten Streben des Treppengeländers ursprünglich zu einem vierhundert Jahre alten Chorgestühl gehörten? Dabei hatte sie noch nicht einmal das Deckenfresko in der Bibliothek gesehen, mit dessen Restaurierung er extra einen Kirchenmaler betraut hatte.

»Du weißt ja, wo die Küche ist«, sagte er und ging zum Tor, ihre Koffer holen.

»Dann war es also dein Vater, der mir das Haus verkauft hat«, stellte er fest, als sie an dem langen Holztisch in der Küche saßen.

»Ja.«

Sie stürzte den *caffè* ohne Zucker hinab und das Wasser gleich hinterher. Die *biscotti* in der blau-goldenen Dose rührte sie nicht an, sondern nahm die Dose in beide Hände und strich mit den Daumen über das Relief, das ein orientalisches Muster nachbildete. »Die kenne ich. Darin waren immer die Bonbons für Paula und mich.«

»Es war noch einiges an Geschirr und Hausrat in den Schränken. Erstaunlich, nach so vielen Jahren Leerstand. Du kannst die Dose haben, wenn du sie magst.«

Sie schüttelte den Kopf, knabberte nun aber doch eine Ecke von einem Keks ab und legte den Rest auf die Untertasse. Asso hatte sich an die Besucherin herangepirscht. Sie kraulte ihn hinter dem Ohr, und er schob seine Schnauze frech über die Tischkante in Richtung des Gebäcks. Adriano jagte ihn weg.

»Du bist aber streng«, meinte sie.

»Ich versuche nur, den Schein zu wahren. Bei Maria darf er erst gar nicht in die Küche.«

»Maria?«

»Die Haushälterin. Die *biscotti* hat sie gebacken. Mandelkekse mit Limoncello-Glasur.«

Carla beeilte sich, noch eine Winzigkeit davon abzubeißen. Dann sagte sie: »Mein Großvater Basilio ist gestorben, als ich noch sehr klein war, ich erinnere mich überhaupt nicht an ihn. Hast du deinen Großvater gekannt?«

Adriano nickte. »Er ist recht alt geworden, er starb erst vor zehn Jahren. Ein prima Typ. Anwalt, zweimal verheiratet, zuletzt lebte er in der Nähe von Washington, D.C. Im Krieg kämpfte er auf der Seite des Widerstands. In der Bar im Dorf hängt ein Bild der Dorfpartisanen, da ist er auch drauf.«

»Sieh da, ein Held«, lächelte sie.

Er zuckte mit den Achseln. Sein Großvater Cesare Prisco hatte im Hier und Jetzt gelebt. *Die Vergangenheit ist das, was vorbei ist*, pflegte er zu sagen. Weshalb er seinen Kindern und Enkeln auch nicht allzu oft mit alten Geschichten vom Krieg in den Ohren lag. Seine Partisanenvergangenheit hatte er nur erwähnt, um ein für alle Mal klarzustellen, dass er politisch auf der richtigen Seite gestanden hatte. Viel hatte er über diese Zeit nicht berichtet. Sie hausten versteckt in den Bergen, verübten Sabotageakte auf die Infrastruktur der Besatzer, und einmal geriet er in ein Gefecht und wurde an der Schulter verletzt.

»Es ranken sich viele Legenden rund um die *resistenza*, man darf nicht alles glauben«, meinte Adriano nun zu Carla. »Aber ein Frauenheld war er auf jeden Fall. Es kursieren da ein paar Geschichten... Jedenfalls ist er 1945 in die Staaten ausgewandert, und sein älterer Bruder, dein Großvater Basilio, hat das Gut in Belmonte übernommen, wie es so üblich war.«

»Basilio hat für die Faschisten gekämpft.«

Adriano, um eine Antwort verlegen, knebelte sich mittels zweier *biscotti*, die er auf einmal in seinen Mund stopfte.

»Manchmal ist es nur ein Zufall, auf welcher Seite der Geschichte man landet«, meinte er schließlich, nachdem er sich die Krümel aus seinem Bartgestrüpp gewischt hatte.

»Was ist lächerlich an Haikus?«, wollte sie unvermittelt wissen.

»Nichts, gar nichts«, versicherte er. »Sie sind bestimmt eine chronisch unterschätzte Literaturform.«

»Ich könnte während meines Aufenthalts hier an einem Gedichtband mit Haikus arbeiten.«

Welcher Aufenthalt?

»Zum Glück sind Haikus kurz und die Sammlungen meist recht schmal«, bemerkte er.

»Mit solchen Bosheiten vergraulst du mich nicht.«

»Ich muss dich nicht vergraulen. Wenn es mir passt, setze ich dich einfach an die Luft«, stellte Adriano klar.

»Du bist grob und unhöflich, aber das weißt du«, stellte sie fest.

»Was hast du erwartet von einem *americano*? So sind wir eben, ungehobelt bis an die Schmerzgrenze.«

Er lehnte sich auf seinem Stuhl zurück und betrachtete sie prüfend. Sie hatte ein Bein untergeschlagen, das spitze Knie ragte über die Tischkannte, mit der rechten Hand zwirbelte sie ihr Haar im Nacken. Jetzt, wo sie ihrem Ziel einen gewaltigen Schritt näher gekommen war, wirkte sie entspannt und lächelte sogar ein wenig maliziös, als sie seinen Blick bemerkte.

»Was machst du so, ich meine beruflich?«, fragte er.

»Dies und das.« Es klang eine Spur zu lakonisch.

»Warum willst du hier wohnen?«

»Ich muss für eine Weile weg aus Mailand.«

Er breitete die Hände aus. »Die Welt ist groß.«

Achselzucken. »Ich weiß nicht. Nostalgie vielleicht? *Back to the roots*, so was in der Art.«

Zwei misstrauische Falten wurden über seiner Nasenwurzel sichtbar. Er beschloss, Tacheles zu reden. »Okay, mit wem muss ich rechnen? Mit einem rasenden Ehemann, einem eifersüchtigen Freund, einem verrückten Stalker, der uns Tierleichen ans Portal nagelt?«

»Nein, nichts in der Art, keine Sorge.«

»Was dann? Polizei, Mafia, *guardia di finanza*? Sag es einfach, dann kann ich mich darauf einstellen.«

Sie schüttelte den Kopf. »Man merkt, dass du Thriller-Autor bist.«

»*War*. Ich schreibe nicht mehr.«

Bestimmt hatte sie ihn gegoogelt und kannte seinen Werdegang, wusste, dass er in Cambridge studiert hatte und später selbst Professor für Englische Literatur geworden war, am Bard College in Annandale-on-Hudson, einer putzigen Kleinstadt in Upstate New York. Hätte er nicht eines Tages sein kleines Vorstadtglück aufs Spiel gesetzt, indem er sich als Thriller-Autor versuchte und fatalerweise Erfolg damit hatte…

»Gut, du *hast* geschrieben«, durchbrach Carlas Stimme seine Gedanken. »Aber Shakespeare wäre immer noch Shakespeare, auch wenn er nach Hamlet aufgehört hätte zu schreiben.«

»Übertreib es nicht mit den Schmeicheleien, sonst geht der Schuss nach hinten los«, sagte er und musste insgeheim anerkennen, wie geschickt sie den Themenwechsel eingefädelt hatte. »Schon gut, es ist deine Privatsache. Ich will nur keinen Stress hier, *capisci?*«

»Den kriegst du nicht, versprochen.«

Mit dem Hinweis, er habe noch zu tun, stand er auf. Stimmte ja auch, das Unkraut mähte sich nicht von selbst. Er war an der Tür, als sie ihm nachrief: »Welches Zimmer soll ich nehmen?«

»Such dir eins aus.«

»Danke.«

In der Halle stand noch immer ihr Gepäck. Sollte er es ihr nach oben tragen? Da sie dürr wie ein Ast war, konnte er sich kaum vorstellen, dass sie es schaffen würde, die zwei Ungetüme selbst zu schleppen. Andererseits war er nicht ihr Butler, und wenn sie schon derart viel Krempel mit sich führen musste, sollte sie selbst sehen, wie sie damit klarkam. Was aber, wenn sie die Koffer nicht *trug*, sondern über die Holzstufen zerrte und schleifte, von denen er jede einzelne selbst repariert und in wochenlanger Arbeit mit einem sündhaft teuren Furnier aus Eichenholz überzogen hatte?

Einen Fluch auf den Lippen, ergriff er die Trolleys, von denen jeder einzelne sicherlich mehr wog als seine Besitzerin, trug sie in den ersten Stock und ließ sie neben der Treppe stehen.

Danach setzte er seine unterbrochene Mäharbeit fort und horchte in sich hinein. Spürte dem unguten Gefühl nach, das er wahrzunehmen glaubte und das mit der Ankunft von Carla zu tun hatte. Vom Dorf her ertönte das Läuten einer Glocke. Es war jedoch nicht der Uhrturm, der die Zeit maß, sondern der Ton kam aus dem etwas kleineren Kirchturm: ein helles, aufdringliches, monotones Bimmeln. Adriano war lange genug hier, um zu wissen, was dieses Geläut bedeutete. Im Dorf war jemand gestorben.

Kapitel 2

Rosenwurz

Kempten im Allgäu, Gegenwart

Kurz vor Mitternacht steuerte Simona auf ihren toten Punkt zu. Gegen den Kühlschrank gelehnt, schloss sie für einen Moment die Augen und ließ sich einlullen von der wohltemperierten Lounge-Musik und dem Dahinplätschern der Stimmen, aus dem ab und zu ein spitzes Lachen hervorstach. Sie befand sich seit Ewigkeiten mal wieder auf einer Party, die ihr Freund Sebastian zu seinem vierzigsten Geburtstag veranstaltete.

Die meisten Gäste waren Freunde von ihm, die im Laufe der Jahre auch zu ihren... Nein, halt. Ihre Freunde waren das nicht, nicht automatisch. Viele von ihnen mochte sie nicht einmal. Die Verbindung zwischen ihnen und ihr war lediglich Sebastian. Der hatte sie vorhin einem neuen Kollegen von der Hochschule vorgestellt. *Simona, meine Partnerin,* hatte er gesagt, und auf diesem Wort kaute sie noch immer herum, denn bisher hatte er sie immer als seine Freundin vorgestellt. *Partnerin*, das klang nach Vernunft und Zuverlässigkeit, nach einer schalen Kooperation, fernab vom Chaos und den Unwägbarkeiten der Liebe. Davon abgesehen – war Partnerin im Verbindlichkeits-Ranking eine Steigerung zur Freundin oder eine Herabstufung?

»Hey, Simona, wie läuft's eigentlich mit deiner Bio-Gärtnerei?«

Simona hob träge die Lider. Vor ihr stand Beata im kleinen Schwarzen. Wie die meisten Gäste der Geburtstagsfeier gehörte auch sie zu jenem harten Kern, mit dem Sebastian regelmäßig seinen Hang zu Outdoor-Aktivitäten auslebte, was man ihrer Figur auch ansah. Simona dagegen schreckte vor allzu anstrengenden Freizeitzeitbeschäftigungen eher zurück – was man ihrer Figur ebenfalls ansah. Zumindest ein bisschen.

»Gut.«

»Du baust jetzt nur noch eine einzige Sorte Pflanzen an, stimmt das?« Wenn Beata über den Werdegang von Simonas Kleinunternehmen bestens im Bilde war, warum fragte sie dann überhaupt?

»Mhm«, machte Simona und hoffte, die lästige Person werde sich wieder verziehen, wenn sie sich nur ausreichend maulfaul gab.

»Was war es noch gleich?«

»Rosenwurz.«

Ach, hätte die Pflanze doch nur einen anderen Namen! Er begann so verheißungsvoll mit den *Rosen* – und dann kam der *Wurz.* Doch was will man erwarten von einem Dickblattgewächs, zu dessen Familie auch noch die Fetthenne gehörte und der Geldbaum.

»Rosenwurz«, wiederholte Beata, wobei sie das R rollen ließ wie einen Traktorreifen.

»Er geht an eine Pharmafirma. Aus dem Extrakt der Wurzeln gewinnt man ein Heilmittel gegen Erschöpfung und leichte Depressionen«, verteidigte Simona das Gewächs, das momentan ihre Existenz sicherte.

»Noch nie davon gehört«, meinte Beata.

»Dabei kannten es schon die Wikinger.«

»Die Wikinger? Dass die auch schon Depressionen hatten…«, spöttelte Beata.

Simona war versucht, auf die Terrasse zu flüchten und bei

den Rauchern eine zu schnorren, bis ihr einfiel, dass ja inzwischen keiner mehr rauchte.

»Also war's das mit deiner Alpengärtnerei«, hielt Beata fürs Protokoll fest. »Vermisst du denn nicht den Kontakt zur Kundschaft? Du wohnst ja sogar direkt neben deiner Gärtnerei, oder? Ist es dort oben nicht ziemlich einsam?«

Steckten hinter Beatas Anteilnahme etwa Hintergedanken? Bei einer Immobilienmaklerin durchaus möglich. Es sei eine Verschwendung, dass auf einem Grundstück in dieser herrlichen Aussichtslage eine Gärtnerei mit einem maroden Wohnhaus stünde, hatte Simona sie einmal sagen hören.

»Das nennt man Alleinlage, und es ist der pure Luxus«, grinste Simona.

Halt mich meinetwegen für eine Soziopathin, aber schwirr endlich ab!

»Puh, das liegt aber auch nicht jedem. Also, ich könnte das nicht.« Beatas Miene spiegelte die schiere Besorgnis über Simonas Gemütszustand wider.

Simona nickte wissend und fragte scheinheilig lächelnd: »Hast du dich schon mal gefragt, wie andere Leute jemanden ertragen sollen, der nicht mal mit sich selbst allein sein kann?«

Der Hieb saß, sie konnte es an Beatas geblähten Nasenflügeln erkennen.

Der Gegenschlag ließ jedoch nicht lange auf sich warten. »Apropos allein sein…«, begann Beata gedehnt. »Bist du eigentlich noch mit Sebastian zusammen?«

Jetzt war Simona plötzlich hellwach. »Wieso? Was meinst du?«

Beata hob die Hände. »Sorry, ich dachte nur, weil ihr den ganzen Abend noch keinen Satz miteinander geredet habt.«

Garantiert würde Simona ein paar Stunden später eine schlagfertige Entgegnung einfallen. Jetzt suchte sie nur Sebastians Blick, um ein demonstrativ inniges Lächeln mit ihm zu tauschen. Aber er war zu sehr in ein Gespräch über Trekking-

Rucksäcke vertieft, um sie wahrzunehmen. Beata hingegen drehte sich um und ließ von Simona ab, wie ein Raubtier von seiner zerfleischten Beute.

* * *

Obwohl sie erst gegen drei Uhr ins Bett gekommen waren, stand Simona am nächsten Morgen um acht Uhr auf. Durch die bodentiefen Fenster fiel eine müde, dunstverschleierte Morgensonne auf die Hinterlassenschaften der Feier. Nach einem doppelten Espresso fühlte sie sich fit genug, um es mit dem Chaos aufzunehmen. Normalerweise gab Simona in Sebastians Wohnung nicht die Putzfrau, wo käme man denn da hin? Heute würde sie jedoch eine großzügige Ausnahme machen, denn der Ärmste musste ja neben seinem Kater auch noch damit fertigwerden, dass er jetzt vierzig war. Aufräumen und Putzen waren außerdem Tätigkeiten, bei denen man gut nachdenken konnte. Und das musste sie, denn die boshafte Bemerkung von Beata ließ ihr keine Ruhe.

Vor zwei Jahren war Beata, Gerüchten zufolge, hinter Sebastian her gewesen wie der Teufel hinter der armen Seele. Simona hatte ihn nie nach dem Erfolg dieser Bemühungen gefragt, denn damals war es zwischen ihnen beiden so gut wie zu Ende gewesen. Vieles war geschehen, in jenem Sommer: Sie verlor ihre Stelle in der Gärtnerei, und es starb ihre geliebte Großmutter, *nonna* Franca, die Simona aufgezogen hatte. Sie vererbte ihrer Enkelin ein altes Bauernhaus in den italienischen Marken. Es lag am Fuß eines Dorfes namens Belmonte, und dort traf Simona endlich, nach dreißig Jahren, ihren Vater, über den sich ihre Mutter Marina bis dato ausgeschwiegen hatte. Doch nicht nur ihn lernte sie kennen, sondern auch dessen große Familie, die nun auch die ihre war. Außerdem war da noch ein gewisser Adriano Prisco, den sie in Belmonte den *americano* nannten...

Letztendlich entschied sich Simona dann aber doch für ihre angestammte Heimat und für die Gärtnerei im Alpenvorland, die gerade zum rechten Zeitpunkt zum Verkauf stand. Und Sebastian? Er war froh, dass sie zurückkam, auch wenn sie nicht mehr bei ihm einzog und lieber in dem kleinen Haus wohnte, das zu ihrem künftigen Betrieb gehörte: einer Gärtnerei für seltene Kräuter und einheimische Pflanzen.

Was Adriano betraf: Inzwischen war Simona zu dem Schluss gekommen, dass sie in ihn lediglich urlaubsverliebt gewesen war. Das soll ja vorkommen, besonders dann, wenn das Leben durcheinandergerät, so wie in jenem Sommer. Es war ein trauriges, fröhliches, aufregendes Durcheinander gewesen, eben alles andere als ein geordnetes Leben, über das man die Kontrolle hat. Genau das aber wünschte Simona sich damals: ein geregeltes Leben, ein eigenes Geschäft.

Doch als studierte Landschaftsgärtnerin musste sie sich schon bald eingestehen, dass ihr die Arbeit in den Beeten und Gewächshäusern oder der Entwurf einer Gartenanlage deutlich mehr Freude bereiteten als der Umgang mit der knausrigen, mäkeligen Kundschaft, die zwar gerne ausgefallene Pflanzen im Garten haben wollte, sich aber empörte, wenn sie mehr dafür bezahlen sollte als für einen Schnittlauchtopf bei Aldi. In solchen Momenten dachte Simona voller Sehnsucht und Reue an das alte, liebevoll renovierte Bauernhaus inmitten der sanften Hügel der italienischen Marken und scrollte auf ihrem Handy durch die Fotos von Belmonte, dem malerischen, mittelalterlichen Dorf auf dem Hügel. Ja, sie wusste um die menschliche Eigenschaft, sich stets nach dem zu sehnen, was man gerade nicht hatte, aber dennoch quälten sie Selbstzweifel. War sie womöglich genau wie Marina, ihre Mutter, die ihr Leben lang nie etwas zu Ende gebracht hatte? Auf keinen Fall wollte sie so sein oder werden wie sie. Und doch musste Simona einsehen, dass sich ihre anfängliche Begeisterung für die Idee einer »Alpengärtnerei« inzwischen verflüchtigt hatte.

In einer botanischen Fachzeitschrift entdeckte Simona eines verschneiten Winterabends einen interessanten Artikel über Rosenwurz. Im Frühjahr baute sie aus schierer Experimentierfreude an einem steinigen Hang hinter dem Haus ein paar Reihen davon an. Sie war erstaunt, wie gut er gedieh, ohne Dünger, mit minimalem Aufwand, aber die größte Überraschung war, welchen Preis ein Hersteller für Naturheilkundeprodukte für ihre Ernte bot. Die Rechnung war einfach: Wenn sie komplett auf Rosenwurz umsattelte, würde sie mehr Gewinn erzielen und müsste sich nicht mehr mit der geizigen Kundschaft herumplagen.

So entstand ihre Rosenwurzplantage. Doch nach dem Umgraben, Pflanzen und der Installation einer automatischen Bewässerung war plötzlich nichts mehr zu tun. Der Wurz wurzelte und wuchs, wie es von ihm erwartet wurde, und war, ganz nordisches Gewächs, robust und anspruchslos. Die gewonnene Zeit wollte Simona nutzen, um sich wieder mehr um Sebastian zu kümmern, welchen sie in der ersten Euphorie ihrer Geschäftsgründung ein wenig vernachlässigt hatte. Bisweilen überlegte sie, wie sie reagieren würde, sollte er eines Tages von Heirat sprechen. Wie immer lösten diese Gedanken bei ihr akute Spießigkeitsängste und Unbehagen aus. Wozu brauchte man so ein verbindliches, staatstragendes Ja?

Andererseits war sie inzwischen zweiunddreißig. Zeit, in die Gänge zu kommen, sollte sie noch an Kinder denken, hatte Marina neulich in ihrer unverblümten Art verlauten lassen, und da ihre Mutter selten ein Klischee ausließ, musste auch gleich noch die tickende biologische Uhr herhalten. Ausgerechnet Marina, das Lehrbeispiel einer Rabenmutter kam ihr damit.

»Ach, deshalb hast du mich schon mit achtzehn in die Welt gesetzt und von deiner Mutter großziehen lassen, während du dein Seelenheil in Indien oder unter den Bettdecken irgendwelcher Loser gesucht hast!«, ätzte denn auch Simona. »Endlich habe ich es kapiert.«

Und doch hatte der mütterliche Pfeil ins Schwarze getroffen und zitterte noch eine ganze Weile nach.

»Du bist ein Engel!« Die Hände gegen die Schläfen gepresst, schaute Sebastian sich gegen Mittag in der blitzblank aufgeräumten Wohnung um.

Simona servierte ihm als Katerfrühstück Porridge, Tee und Aspirin. Danach schlug sie ihm einen Ausnüchterungsspaziergang vor.

Normalerweise waren Spaziergänge nicht Sebastians Ding. Er bevorzugte die Extreme: Berg-, Rad- oder Mountainbike-Touren. Hauptsache anstrengend, Hauptsache *in die Berge*. Aber heute, erkannte Simona, kam er wirklich auf dem Zahnfleisch daher, deshalb war er nicht nur sofort mit ihrem Vorschlag einverstanden, sondern schien obendrein ebenes Gelände vorzuziehen.

»Vielleicht laufen wir ein paar Schritte entlang der Iller?«

Leider waren an diesem Sonntagnachmittag noch mehr Menschen auf dieselbe Idee gekommen. Scharen bewegten sich am Flussufer entlang, als strebten sie einer Pilgerstätte entgegen. Ständig mussten Simona und Sebastian zur Seite treten und hintereinander gehen, um Jogger und Radfahrer vorbeizulassen. Das Wetter hatte sich zusehends eingetrübt, zwischendurch verschwand die Sonne hinter ein paar Wolken, und der Wind frischte auf.

»War doch nett gestern, oder?«, meinte Sebastian.

»Mhm«, versicherte Simona und fragte dann: »Kann es sein, dass wir den ganzen Abend nicht miteinander geredet haben?« Sie hatte nicht davon anfangen wollen, wirklich nicht. Keine Ahnung, warum es ihr trotzdem herausgerutscht war.

»Das ist doch nicht wahr«, protestierte er.

»Behauptet jedenfalls Beata.«

Insgeheim erhoffte sie sich eine abfällige Bemerkung, was Beata im Allgemeinen und deren Beobachtungsgabe im Besonderen anging, doch er sagte nur leicht zerknirscht: »Tut mir leid, es waren so viele Leute da.«

»Es sollte kein Vorwurf sein. Eine Party ist ja dazu da, dass man mit seinen Gästen redet und nicht mit seinem *Partner*.«

Er sprang nicht auf das Wort an, sondern sagte: »Simona, ich wollte schon länger mit dir über etwas reden.«

Sie horchte auf, gespannt, aber auch leicht misstrauisch, denn wenn er seinen Sätzen ihren Namen voranstellte, folgte meist etwas Unangenehmes oder Belehrendes. Zumindest schien es etwas Wichtiges zu sein, so wichtig, dass er nun sogar stehen blieb und mit ernster Miene auf das grün dahinfließende Wasser der Iller schaute, als müsste er das nun Folgende erst noch in Gedanken proben oder Mut dafür fassen. Die Verzögerung reichte schon, damit Simona prompt ein klein wenig Herzklopfen bekam. War das vielleicht *der* Moment? Hatte ihn der Übergang in ein neues Lebensjahrzehnt dazu veranlasst, sich, ebenso wie sie, Gedanken über die Zukunft zu machen und diese, im Unterschied zu ihr, auch auszusprechen?

»Über was denn?«, fragte sie betont arglos und schielte dabei erwartungsvoll nach schräg oben, denn er war fast einen Kopf größer als sie. Doch zunächst einmal mussten sie einen Pulk schwadronierender E-Bike-Rentner passieren lassen. Was immer er ihr sagen wollte, er hätte kaum einen weniger geeigneten Ort dafür finden können. Zu allem Überfluss standen sie auch noch neben einer großen Trauerweide, die ihre Zweige müde im Wasser badete.

Er tat einen schweren Atemzug. Sie lächelte ihm aufmunternd zu und klimperte mit ihren frisch getuschten Wimpern.

»Simona, ich... also, da hat sich etwas ergeben. Es ist eine wichtige Entscheidung, die ich in den nächsten Wochen treffen muss. Du weißt ja, wie schwierig es ist, eine Festanstellung an einer Hochschule oder Uni zu kriegen. Wer es sechs Jahre nach der Promotion nicht auf eine Professur geschafft hat, darf nicht weiter an der Hochschule beschäftigt werden. Also, kurz und gut: Ich habe ein Angebot für zwei Gastsemester in Shanghai. Ab Herbst.«

Sie war viel zu verdattert, um etwas zu erwidern. Das war auch nicht nötig, denn jetzt, da es raus war, redete Sebastian ungehemmt drauflos, wobei nur einzelne Worte und Satzfetzen zu ihr durchdrangen.

»Dieses blödsinnige Wissenschaftszeitvertragsgesetz ... hätte sowieso woandershin gehen müssen ... Karrieresprungbrett ... ganz andere Liga ... Forschungsgelder ... asiatischer Wirtschaftsraum ... Entwicklung in Robotik ...«

Die Begriffe prasselten auf sie ein wie Hagelkörner. Ja, er hatte ihr von den Fallstricken dieses komplizierten Gesetzes erzählt, doch Simona hatte angenommen, dass ihm schon eine Lösung für dieses Problem einfallen würde, denn der Allgäuer an sich verließ seine Heimat prinzipiell nicht gern. Erstens, weil er sie für die schönste Gegend der Welt hielt, und zweitens, weil man woanders seinen Dialekt nicht verstand.

So konnte man sich täuschen.

Simona war ebenfalls hier geboren und aufgewachsen, doch anders als Sebastian hatte sie ihre Heimat stets mit einer gewissen kritischen Distanz betrachtet, nämlich durch die Augen ihrer Großmutter, ihrer *nonna* Franca, die als junge Frau eingewandert und trotz aller Mühe, sich zu assimilieren, tief im Herzen eine Italienerin geblieben war.

Was jetzt? Was, wenn er sie fragen sollte, ob sie mitkäme? Bisher allerdings war sie in seiner Rede noch gar nicht vorgekommen, und es erhärtete sich der Verdacht, dass dies auch so bleiben würde. Unbemerkt war er ihrer Beziehung entwachsen und wohl innerlich schon ganz weit weg. Es lagen eben Welten zwischen Robotik und Rosenwurz.

Sie spürte seine Hände an ihren Schultern.

»Simona! Jetzt sag doch auch mal was.«

»Shanghai. Wow. Ich gratuliere dir!«

»Es ist nur für ein Jahr. Eine Gastprofessur ist heutzutage Standard, das wird erwartet, wenn man etwas erreichen möchte.«

Sie trat einen Schritt zurück. Seine Hände glitten von ihren Schultern, und die Arme baumelten wie erschlafft neben seinem athletischen Körper herab.

»Hör schon auf! Wir wissen beide, dass du nicht mehr zurückkommen wirst. Nach China geht es in die USA oder weiß der Teufel wohin, aber ganz bestimmt nicht zurück nach Kempten im Allgäu.«

»Woher willst du das wissen? *Ich* lebe nämlich gern hier. Außerdem ist es ja noch nicht mal entschieden, ob ich überhaupt weggehe. Deshalb wollte ich ja mit dir reden.«

»So klang das aber nicht. Außerdem würde ich niemals von dir verlangen zu bleiben. Also geh nach Shanghai, wenn es das ist, was du willst und was deiner Karriere nützt.«

Bis jetzt, fand sie, hatte sie cool und erwachsen reagiert. Souverän geradezu. Dabei sollte es nach Möglichkeit auch bleiben. Also nichts wie weg, ehe er noch bemerkte, wie nah sie am Heulen war. Den stolzen Abgang vereitelte eine Familie, die gerade angeradelt kam. Vater voraus, Sohn und Tochter in der Mitte, die Mutter bildete das Schlusslicht.

Schon länger, hatte er gesagt. Er wolle schon länger mit ihr über etwas reden. Wie lang war *länger*, und was, bitte schön, hatte ihn davon abgehalten? Hielt er sie etwa für eine Frau, die Szenen machte?

»Es stört mich nur, dass du nicht schon früher was gesagt hast. Ist dir denn nie der Gedanke gekommen, dass ich vielleicht auch Pläne haben könnte?«

»Du sprichst doch andauernd von *deinen* Plänen. Erst war es ein Gemüseladen in Italien, dann die Kräutergärtnerei im Allgäu, jetzt ist es der Rosenwurz... Und was kommt morgen? Da gehst du vielleicht wieder nach Italien oder sonst wohin.«

»*Diese* Pläne meine ich nicht. Ich rede von…« Sie deutete den Weg entlang, wo die bunte Radfahrerfamilie gerade hinter einer Biegung verschwand. »… von so was eben!«

Sebastian stieß ein freudloses Lachen aus. »Von *so was?*«, höhnte er. »Du kannst es ja nicht einmal aussprechen.«

»Und wie ich das kann«, widersprach Simona und schrie, so laut sie konnte, über den Fluss hinweg: »Heirat! Goldene Ringe! Familie! Kinder! Ein ganzer Stall voller Rotznasen!«

»Herrgott, Simona!«, zischte Sebastian.

Es näherte sich ein mageres, durchtrainiertes Paar auf schmalen Rennrädern und mit aerodynamisch geformten Helmen.

»Ich bin zweiunddreißig, verflucht noch mal!«, brüllte Simona. »Die scheiß Uhr tickt! Da zählt jeder verdammte Monat!«

Die beiden Rennradler traten wild in die Pedale, der Mann grinste Sebastian an, der peinlich berührt seine Birkenstocksandalen fixierte. Als das Paar weg war, funkelte er Simona wütend an und fragte: »Wer von uns beiden ist denn bei der erstbesten Gelegenheit wieder ausgezogen?«

Das war es also. Die Wunde dieser Kränkung schwärte seit zwei Jahren unter einem hauchdünnen Schorf vor sich hin. Sie hatte seinerzeit als Argument ins Feld geführt, dass es praktisch und notwendig wäre, auf dem Gelände ihres Betriebs zu wohnen. So musste sie wenigstens nicht zugeben, dass sie sich in Sebastians durchgestylter Wohnung stets gefühlt hatte wie ein Gast in einem zu noblen Hotel. Wahrscheinlich hatte er schon seit dem Tag, an dem sie ihre Kaffeebechersammlung aus seiner Wohnung in ihr Hexenhäuschen gebracht hatte, seine Zukunft nicht mehr mit ihr zusammen geplant.

Sinnlos, ihm nun irgendwelche Vorhaltungen zu machen. Es war zu spät, und sie selbst war auch nicht immer ganz aufrichtig zu ihm gewesen, was ihre Gefühle anging.

Etwas Hartes saß in ihrer Kehle und schnürte ihr die Luft ab. Wortlos trat sie den Rückweg an, ohne sich noch einmal umzuwenden. Dabei verspürte sie den seltsamen Drang, ans Ufer der Iller, vielleicht neben die Trauerweide, eines von diesen kleinen Holzkreuzen zu setzen, wie man sie zuweilen an Straßenrändern sah. Um den Ort zu markieren, an dem gerade ihre Liebe gestorben war.

Kapitel 3

Gespenster

Belmonte, Kempten im Allgäu, Gegenwart

Carla durchwanderte die Räume in der andächtigen Art, in der man ein Museum begeht. Der Grundriss des Hauses hatte sich ihr ins Gedächtnis gebrannt, sie hätte auch blind gewusst, wo die Küche lag, die Speisekammer, der vordere und der hintere Salon, das Arbeitszimmer ihres Vaters, das Nähzimmer ihrer Mutter. Freilich fehlten die vertrauten Möbel, denn die meisten davon hatten sie beim Umzug in die geräumige Mailänder Wohnung mitgenommen, und was zurückgeblieben war, war sicher längst verrottet oder gestohlen worden. Aber auch so barg das Gebäude noch viele Erinnerungen, und es fiel ihr schwer, sich klarzumachen, dass der *americano* nun der rechtmäßige Eigentümer war. Ihrem Gefühl nach entsprach er mehr einem Besatzer.

Er schien es mit der Renovierung nicht eilig zu haben, es gab noch diverse Baustellen. Ein Erdbeben und zwanzig Jahre Leerstand gingen nun einmal nicht spurlos an einem alten Haus vorbei. Nein, er hatte das Gebäude nicht verhunzt, im Gegenteil. Was er machte, machte er gut, Sorgfalt ging ihm offensichtlich vor Schnelligkeit, und er bewies ein erstaunliches Gespür für den Charakter des Hauses.

Die Kücheneinrichtung war vollkommen anders als früher.

Die Schränke aus Massivholz waren schlicht und edel, eine gute Schreinerarbeit, das sah man. Das Herzstück des Raums bildete ein langer Tisch aus einer schweren, etwas zerfurchten Eichenholzplatte, wie er auch in einem angesagten Restaurant in Mailand stehen könnte. Der große Kachelofen war sicher ergiebiger in seiner Wärmeproduktion als der eiserne Ofen von damals, der den großen Raum nie richtig erwärmt hatte, ganz egal, wie viel Holz und Kohlen er verschlang. Im *salotto* erkannte sie eine antike Anrichte und die Standuhr wieder, auch die Bodenfliesen waren geblieben. Und das alte Klavier! Dass das noch da war! Sie öffnete den Deckel und schlug ein paar Tasten an. Schräge Töne hallten durch den Raum. Es war grässlich verstimmt, genau wie früher. Keiner in ihrer Familie hatte ernsthaft Klavier gespielt, es war schon damals ein Erbstück gewesen, etwas, das einfach da war, wie so einiges in diesem Haus einfach da gewesen und beim Auszug zurückgelassen worden war. Erst Jahre später hatte Carla begriffen, dass mit dem Wegzug von hier ihrer Familie die Wurzeln gekappt worden waren.

Im früheren Arbeitszimmer ihres Vaters war der Fußboden herausgerissen und noch nicht wieder neu verlegt worden, und die Wände bestanden aus nacktem Mauerwerk. Gut so. Carla wollte nicht an ihn erinnert werden.

Im Nähzimmer ihrer Mutter sah es ähnlich aus, hier fehlten noch dazu Tür und Türstock. Die Nähmaschine, welche dem Zimmer einst den Namen gab, war nicht oft benutzt worden. Der Raum war vielmehr ein Rückzugsort gewesen, hier verbrachte Laura Prisco die Mittagsstunden, schlafend oder lesend, und man war gut beraten, sie dabei nicht zu stören.

Carla kehrte wieder um, durchquerte die Halle, zweifellos das Prunkstück des unteren Stockwerks, und stieg die Stufen hinauf. Ihre Koffer standen neben der Treppe. Ein Kavalier, also doch!

Direkt gegenüber der Treppe lag – genau wie damals – die

Bibliothek mit dem riesigen Kamin. Auf dem Sims aus grünem Marmor hatten die Familienfotos gestanden. Die Bibliothek war ohne Zweifel der schönste Raum des Hauses, sie war es, die das einfache Landgut zu einem Palazzo machte. Carla war gern hier drin gewesen, doch was hatte sie eigentlich als Kind in dem Raum gemacht? Gelesen sicher noch nicht. Als sie weggezogen waren, war sie gerade erst in die zweite Klasse gekommen. Sie wusste es nicht mehr. So viel von ihrer Zeit auf dem Gutshof war vergessen, verblasst.

Die Nachmittagssonne fiel durch die beiden hohen Sprossenfenster auf das Eichenparkett, das dem Zahn der Zeit größtenteils unbeschadet widerstanden hatte. In einem der großen Regale standen nun Adrianos Bücher. Der *americano* benutzte die Bibliothek offenbar als Seminarraum. Sechs kleine Tische und unterschiedliche Stühle, alte und neue, verteilten sich im Raum. Nicht gerade die passendste Einrichtung für das Prachtzimmer des Hauses, dachte sie mit leiser Missbilligung.

Doch dann wanderte ihr Blick nach oben. Das Deckenfresko! Ein Glück, sie war noch da, die gütig blickende Madonna mit dem Jesuskind. Über ihr schwebten Wolken, durchbrochen von Sonnenstrahlen, und kleine, dicke Engel. Zu Füßen der heiligen Jungfrau hingegen reckten verzweifelte Menschen die Arme, um Rettung flehend oder ihr Gewand berührend. Ein bärtiger Alter mit knotigen Händen küsste den Saum ihres Umhangs, der noch eine Nuance blauer war als der Himmel. Adriano hatte das Deckenfresko restaurieren lassen, eindeutig. Carla erinnerte sich an einige abgeblätterte Stellen, die jetzt verschwunden waren, und die Farben strahlten kräftiger als früher.

Im ersten Stock gab es neben der Bibliothek zwei Bäder und vier Schlafzimmer, und im Dachgeschoss noch etliche kleinere Kammern für die Dienstboten. Die hatten aber schon zu ihrer Zeit lediglich als Abstellräume gedient, denn es lebten nur ihre Eltern Filippo und Laura Prisco, ihre Schwester Paula und sie selbst im Haus. Die Haushaltshilfe und der Gärtner kamen stundenweise und wohnten woanders.

Das ehemalige Schlafzimmer ihrer Eltern war jetzt Adrianos Zimmer. Carla öffnete die Tür und blickte sich ungeniert darin um. Breites Bett, sandfarbene Wände, frisch abgeschliffenes Parkett. Kaum zu glauben, aber dort hinten stand der Kleiderschrank ihrer Mutter, groß und düster wie ein Mausoleum. Carla hatte sich oft darin verkrochen, wenn sie mit Paula Verstecken spielte. Der Schrank war ihr Lieblingsversteck gewesen, und auch jetzt war ihr, als röche sie den Duft, der den Kleidern entströmte, ein Hauch von Zeder, Orangen und Vanille, und etwas in ihrem Inneren krampfte sich zusammen. Sie wandte sich ab. Vielleicht war es doch keine so gute Idee gewesen, ausgerechnet hierherzukommen.

Auf der Kommode bemerkte sie ein Foto. Eine blonde Frau mit schmalem Gesicht und ausdrucksvollen Augen, neben ihr ein Junge, vielleicht drei, vier. Das Kind sah Adriano ähnlich, hatte dieselben dunklen Augen, dasselbe dunkle, störrische Haar. Neben dem Foto stand eine kleine Vase mit einer einzelnen Rose, nicht getrocknet, sondern frisch und von derselben champagnerfarbenen Sorte, wie sie neben dem Eingangstor wuchs. Ihr Gefühl sagte Carla, dass diese beiden Menschen gestorben waren.

Zu viele Gespenster in diesem Raum, erkannte Carla und setzte ihren Rundgang fort.

Die zwei Bäder im ersten Stock waren neu gestaltet worden, in einem puristisch-mediterranen Stil mit viel Putz und wenigen, künstlerisch gestalteten Fliesen, alles in allem eine erfreuliche Verbesserung, gemessen am früheren Zustand. Das kleine Gästeschlafzimmer roch nach Farbe und glich in seiner Kargheit einer Mönchszelle. Ganz anders das alte Zimmer von Paula. Es hatte noch immer die Tapeten mit den Ornamenten, die einen fast erdrückten, obwohl der Raum recht groß war. Auch das Bett mit der Lade aus vergoldeten Schnörkeln erkannte Carla wieder: Es hatte zuvor im Elternschlafzimmer gestanden, und dass es jetzt hier war, fühlte sich nicht richtig an. Der große Spiegel! Wahrscheinlich behielt Adriano ihn nur wegen des opulenten Goldrahmens, denn er war schon voller blinder Flecken gewesen, als sie und Paula noch davor posiert, getanzt und sich verkleidet hatten. Beide wollten sie Ballerina werden, sie hatten stundenlang geübt. Carla kreuzte die Füße hintereinander und hob die Arme. Fünfte Position. Sie lächelte ihrem matten Spiegelbild zu.

Paula. Sie sollte ihr schreiben, sie beruhigen, ein Lebenszeichen senden, aber Carla konnte sich nicht einmal überwinden, ihr Handy anzuschalten. Sie wusste auch so, dass zig Nachrichten und verpasste Anrufe darauf waren, davon wohl die meisten von ihrer Schwester. Paula würde wissen wollen, wo sie war, das wollte sie immer, und wenn Carla es ihr sagte, würde sie es nicht verstehen und Erklärungen verlangen. Doch woher sollte Carla die nehmen? Sie verstand ja selbst nicht, weshalb sie ausgerechnet hierhergekommen war, in das Haus, in dem sie die ersten Jahre ihres Lebens verbracht hatte. *Ich bin einem Impuls gefolgt* war zwar die Wahrheit, zumindest ein Teil davon, aber eine wirkliche Erklärung, eine, die die vernünftige, logisch denkende Paula zufriedenstellen würde, war es nicht. *Ich wollte unserer Mutter noch einmal nah sein* traf es besser, aber warum sollte sie das Paula mitteilen? Sie war schließlich nicht ihre Therapeutin. Carla war ein freier, erwachsener Mensch, sie konnte verdammt noch mal ein paar Tage abtauchen, ohne dass es ihre Schwester etwas anging. Irgendwann würde Paula begreifen, dass Carla nicht in der Lage war zu tun, was sie von ihr verlangte, und Ruhe geben.

Sie entdeckte zwei weitere Schlafräume, frisch renoviert und einfach möbliert, bereit für die Künstler, die aus irgendwelchen Gründen nicht hier waren. Sie würde eines davon beziehen, es sei denn… Am Ende des Flurs, hinter der weiß lackierten Kassettentür lag ihr altes Zimmer. Die Hand auf der Klinke, zögerte sie. Was erwartete sie darin, die Vergangenheit oder etwas Neues? Was wäre ihr lieber? Sie holte tief Luft, drückte die Klinke herab und stieß die Tür auf, die dabei dramatisch knarrte, was Carla ein Lächeln entlockte.

Der Raum hatte über die Jahre eine gewisse Patina bekommen. Von den Holzdielen blätterte die cremeweiße Farbe. Die Lampe mit den bernsteinfarbenen Glasperlenschnüren gab es noch, wie schön! Die Tapete, rosa und weiß gestreift mit dezenten Efeuranken, war ausgebleicht und löste sich an manchen Stellen von der Wand. Ihr fiel auf, wie scheußlich die Kommode und der Kleiderschrank aussahen, mit dem rosa Anstrich, der den bedauernswerten Möbelstücken auf Wunsch von Klein-Carla hin verpasst worden war. Die Fächer des Wandregals, in denen ihre Puppen und Stofftiere dicht aneinandergedrängt gehockt hatten, waren verwaist und lösten ein Gefühl der Beklemmung aus. Die Stofftiere, erinnerte sie sich, hatten nachts alle am Fuß ihres Bettes sitzen müssen, eine ganze Schar, die größeren hinten, die kleineren vorn, wie für ein Klassenfoto. Paula hatte sie deswegen oft verhöhnt und ein Baby genannt. Dabei war Paula nur eifersüchtig gewesen, wie sie Carla viele Jahre später gestanden hatte. Eifersüchtig, weil Carla immer die verhätschelte Kleine sein würde, während man von ihr, der Großen, vernünftiges, verantwortungsvolles Benehmen erwartete und dass sie auf ihre kleine Schwester aufpasste. Bis heute hatte Paula nicht aus dieser Rolle herausgefunden.

Die schräg stehende Sonne fiel durch eine Jalousie, die ein Streifenmuster auf das französische Bett warf. Die Tagesdecke hatte ein grellbuntes indianisches Muster, vollkommen unpassend zum Rest. In der Ecke hinter der Tür erwartete sie ein alter Bekannter: der eiserne Ofen aus der Küche. Es war irritierend, ihn hier oben zu sehen. Das Zimmer war früher mit einem elektrischen Ofen beheizt worden, ebenso wie die anderen Schlafräume, aber die Stromleitungen waren alt, und wenn alle Öfen gleichzeitig liefen, flog jedes Mal die Sicherung heraus. Gute Idee, den Ofen heraufzuschaffen, musste Carla anerkennen.

Es gab noch ein weiteres Möbelstück, das sie sofort wiedererkannte: den weißen Schaukelstuhl. Carla streifte die Schuhe von den Füßen und setzte sich auf das Bett. Die Arme um die Knie geschlungen, starrte sie den Schaukelstuhl an, bis sie ihre Mutter darin sitzen sah, so wie sie immer dort gesessen hatte, wenn sie ihr ein Lied zum Einschlafen vorgesungen oder aus einem Märchenbuch vorgelesen hatte. Zum Greifen nah war ihr seidiges hellbraunes Haar, und Carla spürte den sanften, besorgten Blick ihrer großen braunen Augen auf sich ruhen. Wann immer Carla krank gewesen war, hatte ihre Mutter tage- und nächtelang in diesem Schaukelstuhl gesessen, in eine Decke gewickelt, mit einem Strickzeug auf dem Schoß, und wenn sie am Faden zog, zappelten die Wollknäuel im Korb zu ihren Füßen wie kleine, lebendige Tiere, und die Nadeln klickklackten leise und einschläfernd. Zwischendurch legte sie ihre kühle Hand auf Carlas fiebrige Stirn oder rieb ihr die Brust mit einer Salbe ein, die nach Minze und Eukalyptus roch. Bei Bauchschmerzen brachte sie Carla eine Wärmflasche und träufelte eine bitter schmeckende Medizin auf einen Löffel. Und Carla tat ihr den Gefallen und schluckte die Medizin, obwohl sie das Kranksein auch ein klein wenig genoss, denn in diesen Zeiten hatte sie ihre Mutter ganz für sich allein. Sie fragte sich, warum ihr gerade diese Tage und Nächte noch heute so deutlich vor Augen standen. Vielleicht, weil jedes Kind die Fürsorge der Mutter schätzte, die man als krankes Kind ungeteilt genoss. Man war wichtig, alles andere hatte dahinterzustehen, so etwas blieb im Gedächtnis. Jedenfalls erschien der Rest der Lebenszeit, die sie in diesem Haus verbracht hatte, dagegen diffus und vernebelt.

* * *

Adriano war von der Halle aus dem Geräusch gefolgt, das man gut und gern als Schnarchen bezeichnen konnte. Das in scheußlichem Rosa gestrichene Zimmer war der Renovierung bisher entgangen, weil zwei weibliche Gäste das Interieur im letzten Sommer *sweet* und *amazing* gefunden hatten, was Adriano einen Vorwand für den Aufschub der Arbeiten geliefert hatte. Bestimmt war es einmal Carlas Zimmer gewesen, spekulierte er, zumindest wenn man nach der Farbgebung ihrer Koffer urteilte. Offenbar hatte sie diese Phase der Geschmacksverirrung noch immer nicht überwunden.

Da lag sie also, staksig wie ein Fohlen, auf dem Bett mit einem Zipfel der Indianerdecke in den Armen, die irgendwer hier vergessen hatte. Ihr Mund stand leicht offen, und obwohl sie schlief, ging nichts Entspanntes von ihr aus. Vielmehr wirkte sie erschöpft, eine Getriebene, die auf der Flucht nur kurz Kräfte sammelte.

Unsinn! Was spann er sich da zusammen?

Auf alle Fälle war an ihr nichts Selbstsicheres mehr, da lag nur ein ins Kraut geschossenes Mädchen.

Welches ganz sicher nicht wollen würde, dass du sie beim Schlafen beobachtest. Auch wenn sie die Türe hätte schließen können.

Adriano schlich davon, besorgte ein Kissen und ein Laken, das er ihr über die Füße legte. So leise wie möglich karrte er ihre Koffer heran, stellte sie in die Mitte des Zimmers und machte die Tür zu.

Es war Zeit für den abendlichen Kontrollgang.

Seit Adriano unter die Hobby-Winzer gegangen war, hatte er es sich zur Gewohnheit gemacht, früh am Morgen und abends vor dem Dunkelwerden mit dem Hund im Weinberg nach dem Rechten zu sehen. Der steile Hang unterhalb des verlassenen Klosters Santa Maria delle Stelle gehörte zum Landbesitz des Gutshofs. Dort baute er einen Verdicchio bianco an, den typischen Weißwein der Gegend, zum Hausgebrauch und aus Spaß am Experimentieren. Der vorangegangene Jahrgang war sein erster eigener Wein gewesen und schmeckte, wie er fand, für einen ersten Versuch schon ganz ordentlich.

Am Weinberg angekommen, gönnte er sich, wie immer, einen Blick über das Tal. An klaren Tagen konnte man die Adria sehen, heute war es dafür zu dunstig. Das Sonnenlicht war milder geworden, die größte Hitze war überstanden, und die Umgebung erwachte aus der Schläfrigkeit langsam wieder zum Leben. Die Grillen stimmten ihre Instrumente für das abendliche Konzert, in einem der steilen Gärten, die sich unterhalb der alten Befestigungsmauer von Belmonte den Hügel hinabzogen, krähte ein Hahn. Er horchte in sich hinein und spürte dem unguten Gefühl nach, das mit der Ankunft von Carla zu tun hatte. Bestimmt lag es nur an der Art, wie sie ihn überrumpelt hatte.

Um sich abzulenken, inspizierte er seine Reben. Die Trauben glänzten grün in der Abendsonne, die ersten Beeren färbten sich zartgelb. Noch waren sie prall, doch der Boden zeigte schon erste Risse. Wenn es mit der Hitze so weiterging, könnte es kritisch werden. Zu viel Regen war dagegen auch wieder schlecht, und überhaupt war ein Weinberg mehr Bedrohungen ausgesetzt, als Adriano sich früher jemals hätte vorstellen können. Falscher Mehltau, echter Mehltau, Schadinsekten, Pilzkrankheiten, Schwarzfäule… Es war nicht einfach, besonders wenn man auf den Einsatz chemischer Pflanzenschutzmittel verzichten wollte und nur Kupfer und Schwefel spritzte. Adriano probierte eine Beere und spuckte sie gleich wieder aus, so sauer war sie. Unglaublich, wie viel Sonne der Wein brauchte! Er kehrte wieder um und ging die *strada bianca* hinauf, vorbei am Gelände des alten Klosters. Dort sah man in letzter Zeit immer wieder verschiedene Wagen in der Einfahrt stehen, und neulich hatte ein Trupp Arbeiter mit Motorsensen das Grundstück vom meterhohen Gestrüpp befreit, sodass die Dimensionen des ehemaligen Klostergartens nun wieder erkennbar waren. Von Simonas Vater Federico Ferri, dem Architekten, der ihn bei der Renovierung seines Anwesens unterstützte, wusste Adriano, dass die Kirche das Gelände vor Kurzem an einen Investor verkauft hatte, der dort ein Luxushotel erbauen wollte. Adriano sah dieser Entwicklung mit gemischten Gefühlen entgegen. Er befürchtete eine Störung seiner Ruhe und Abgeschiedenheit und war sich gleichzeitig bewusst, wie egoistisch dieser Gedanke war. Ein solcher Betrieb schuf Arbeitsplätze und brachte der Gegend Touristen, beides konnte Belmonte gut gebrauchen. Zum Glück lag das Kloster ein Stück unterhalb des Gutshofs. Niemand würde einen Grund haben, bis zu ihm hinaufzufahren, notfalls würden ein Schild und eine Kette gute Dienste tun. Schlechter sah es da schon für Simona aus, deren Haus sich am Fuß des Hangs befand. Er fragte sich, ob sie schon von diesem Bauvorhaben wusste. Die Pläne würden ihr bestimmt nicht gefallen. Andererseits war sie ja fast nie in Belmonte. Hatte sie mit ihrer neu gegründeten Gärtnerei so viel zu tun? Oder gab es andere Gründe, vielleicht eine bevorstehende Heirat? Hätte ihr Vater es ihm gegenüber erwähnt, wenn einschneidende Veränderungen anstünden? Ferri und Adriano verstanden sich gut, verkehrten aber auf einer rein professionellen Ebene miteinander. Außerdem wusste er vermutlich nichts von ihrer Beinahe-Romanze.

Er könnte doch demnächst einmal bei Simonas Cousine Flavia im Laden vorbeischauen und sie ein wenig über Simona aushorchen. Gleichzeitig wusste er jetzt schon, dass es nicht dazu kommen würde. Erstens war er nicht gut darin, so etwas geschickt anzustellen, und zweitens war er nicht sicher, ob er die Neuigkeiten überhaupt hören wollte.

* * *

Die Sonne ging hinter dem Grünten, dem Allgäuer Hausberg, unter und hinterließ einen zartrosa Abendhimmel. Sofort wurde es empfindlich kühl. Simona machte sich einen Kräutertee. Die Tasse umklammert und in die alte Strickjacke ihrer *nonna* gewickelt, saß sie auf der Bank neben der Haustür und beobachtete, wie die Nacht heranschlich. Unten lag der Grüntensee ruhig und unbewegt.

Ab jetzt also kein Sebastian mehr. Keine Pläne für das nächste Wochenende, den nächsten Urlaub. Ihr Leben lag plötzlich wieder vor ihr wie ein weißes Blatt Papier. Da war ein Schmerz, natürlich, Verlassenwerden schmerzt nun einmal, Abschiede schmerzen, selbst dann, wenn zuletzt die Flammen der Leidenschaft nicht mehr gar so hoch loderten. Dass es so gekommen war, war größtenteils ihre Schuld, das wusste sie sehr wohl. Aber ein Trost war das auch nicht. Und nein, sie würde kein Kreuz an der Iller aufstellen.

In der Küche hörte sie ihr Handy läuten. Schon vorhin hatte es ein paarmal geklingelt, doch sie hatte es ignoriert, aus Furcht, wieder peinlich aus der Rolle zu fallen, so wie am Nachmittag. Der Bruch war noch zu frisch, um schon wieder ruhig und vernünftig mit Sebastian reden zu können.

Das Telefon verstummte, und sie verharrte noch eine halbe Stunde auf der Bank, bis sie merkte, dass sie Hunger bekam. Nicht mal Liebeskummer hält mich vom Essen ab, erkannte sie verdrossen.

Der Anrufer war nicht Sebastian, sondern ihr Vater. Sie rief ihn sofort zurück. Seine Stimme klang anders als sonst, leise und weniger lebhaft. »Simona, ich muss dir etwas Trauriges mitteilen. Deine *nonna* ist heute gestorben.«

Die *nonna* ist doch schon seit zwei Jahren tot, schoss es ihr durch den Kopf, ehe sie sich vergegenwärtigte, dass er von *seiner* Mutter redete, ihrer Großmutter väterlicherseits: Marta Ferri, das zentrale Gestirn der Familie Ferri und des Dorfes Belmonte.

»Irma sagt, sie war am Vormittag noch mit ihr in der Andacht. Nach dem Mittagessen hat sie sich hingelegt, so wie immer, und danach ist sie nicht wieder aufgewacht.«

War Marta Ferri etwa zur selben Zeit gestorben, als Simona und Sebastian an der Iller waren? Selbst wenn es so war, was bedeutete das? Gar nichts! Was für eine ichbezogene Reaktion auf eine Todesnachricht, schalt sich Simona und sagte: »Es tut mir sehr leid, *papà*.«

»Sie war sechsundneunzig, fast siebenundneunzig, im August hätte sie Geburtstag gehabt, stell dir das vor!« Er seufzte. »*Allora*, das ist eben der Lauf der Dinge.«

Simona fand, dass es schlimmere Tode gab, als mit sechsundneunzig nach Kirchgang und Mittagessen einzuschlafen. *Friedlich*, wie die Leute in dem Zusammenhang stets zu sagen pflegten, selbst dann, wenn keiner dabei gewesen war, der das bezeugen konnte.

»Dass sie so alt war, macht es dennoch nicht einfacher für dich.«

»Ja, das ist wohl wahr«, seufzte er.

»Du warst ihr Lieblingssohn.«

Das stritt er nicht ab.

Simona hatte *nonna* Marta nur wenige Male getroffen. Die Unterhaltungen mit ihr waren jedes Mal holprig verlaufen, denn Marta sprach im strengen Dialekt der Marken und obendrein nuschelte sie, was ihrem schlecht sitzenden Gebiss geschuldet war. Dazu kam ihre Schwerhörigkeit, die ganz besonders dann zutage trat, wenn die Themen heikler wurden.

»Wenigstens hat sie letzte Woche noch die *infiorata* erleben dürfen.«

Die *infiorata*. Simona musste lächeln. Zu Fronleichnam wurden die Gassen von Belmonte mit Teppichen aus bunten Blütenblättern geschmückt, es war *das* Ereignis des Jahres, bei dem das verschlafene Dorf zum Leben erwachte und vor Besuchern überquoll.

»Ich weiß noch nicht, wann die Beisetzung sein wird«, hörte sie ihren Vater sagen. »Deine Tante Irma regelt das alles. Aber du musst nicht kommen, wenn du viel zu tun hast, ich wollte dir nur …«

»Natürlich komme ich!«, fiel ihm Simona ins Wort. »Ich komme auf jeden Fall!«

Kapitel 4

Neuer Gast, neue Regeln

Belmonte, Gegenwart

Am üblichen Platz, unter der Kastanie neben dem Tor, stand die rote Vespa von Maria Santino. Einem undurchschaubaren Muster folgend, kam Adrianos Haushaltshilfe mehrmals pro Woche, um zu kochen und sauber zu machen. Gleich zu Beginn ihrer Arbeitsbeziehung hatte sie ihm in allen Einzelheiten von den tragischen Umständen berichtet, die sie zwangen, im fortgeschrittenen Alter von vierundsechzig noch zu arbeiten. Die Kurzform lautete: Vor drei Jahren war ihr Ehemann gestorben. Die Witwenrente reichte gerade für die Hypothek, die auf ihrem kleinen Haus in Montecarotto, einem Nachbardorf von Belmonte, lag, und von deren Existenz Maria erst nach dem Ableben ihres Gatten erfahren hatte. Von ihren vier längst erwachsenen Kindern lebten drei im Ausland, und der Sohn, der hiergeblieben war, schlug leider dem Vater nach, was bedeutete, dass er zu keiner Arbeit taugte und immer wieder mit dem Gesetz in Konflikt geriet.

Offenbar hatte Maria in Carla eine neue Zuhörerin für ihre Klagen gefunden, denn als Adriano am nächsten Morgen von seinem Kontrollgang zwischen den Weinreben zurückkam, hörte er bereits in der Halle ihre voluminöse Stimme: »Ich war so dumm, wie konnte ich nur diesen Nichtsnutz heiraten! Man sieht es mir heute vielleicht nicht mehr an, aber ich war recht hübsch, ich hatte viele Chancen. Wenigstens hätte ich ihn beizeiten umbringen sollen, bevor er das Haus versaufen und verspielen konnte! Doch ich will mich nicht beschweren, der *americano* ist ein guter Arbeitgeber, man muss ihn nur zu nehmen wissen…«

Adriano ging nach oben, in die Bibliothek. Ihm war in der Nacht etwas eingefallen, womit man dem Aufenthalt von Carla Prisco ein Feigenblatt der Nützlichkeit verpassen könnte. Als er wenig später mit einer Kiste aus Blech unter dem Arm wieder herunterkam, hörte er Maria schimpfen: »Wie? Das ist alles, was du essen willst? Ein halbes *cornetto*? Du bist dünn wie ein Sellerie! Bald wirst du gar keinen Schatten mehr werfen!«

Er verkniff sich ein Grinsen, und ehe er beim Betreten der Küche auch nur *buongiorno* sagen konnte, deutete Maria anklagend auf Carla, die an der Stirnseite des Tisches vor einer Tasse Milchkaffee und einem angebissenen Croissant saß.

»Signor Adriano! Das geht so nicht! Sie isst wie ein Vogel!«

Carlas Haar war zurückgekämmt und glänzte feucht, sie trug Jeans und ein weißes T-Shirt, hatte dunkle Schminke um die Augen und verbreitete einen Duft nach Zitrusfrüchten.

»Wie ich sehe, haben die Damen sich schon bekannt gemacht«, sagte Adriano.

Keine der beiden antwortete. Maria stellte ihm seinen Kaffee an den gewohnten Platz, ehe sie sich wieder Carla zuwandte und regelrecht flehte: »Bitte, Kind, iss wenigstens eine Winzigkeit vom Rührei!«

»Tut mir leid, Maria, ich bin es nicht gewohnt, zu frühstücken.«

Ein schwarzer Schatten glitt durch die Küche und verschwand unter dem Tisch, aber anscheinend hatte Maria auch hinten Augen. »Raus da!«

Der Hund schlich davon und legte sich mit einem Seufzer vor die Küchentür.

»Er hat doch auch Hunger!«, protestierte Carla.

»Er bekommt sein Futter, aber draußen. Hunde in der Küche! Wo gibt's denn so was?«, zeterte Maria.

»Ich esse ein Rührei, wenn er bleiben darf.«

Adriano verschanzte sich stumm hinter seiner Kaffeetasse. Wer Marias Regeln nicht akzeptierte, bekam es mit ihrem Temperament zu tun, da war Carla nicht die Erste, die das lernte. Abgesehen davon war das *sein* Rührei, worüber die zwei gerade verhandelten. Die Anwesenheit des Hausherrn schien man indessen komplett vergessen zu haben.

Schon stützte Maria angriffslustig die Hände in die Seiten, und ihre nicht gerade kleine Brust gewann unter der Kleiderschürze noch mehr an Volumen. Asso legte die Ohren an. Dann geschah etwas Erstaunliches: Maria drehte sich um, schaufelte das Rührei auf einen Teller und servierte es mit einem resignierten Seufzer der Erpresserin. Die winkte den Hund heran, der sich nur zögernd, und erst nachdem auch Adriano ihn hergerufen hatte, auf den Weg machte. Carla lockte ihn mit kleinen Klicklauten an ihre Seite.

Unter den Blicken dreier Augenpaare aß Carla ihre Portion mit provokanter Langsamkeit. Der letzte Bissen landete direkt in Assos Schlund. Maria tat, als würde sie nichts davon bemerken. Unglaublich, wie rasch Carla hier die Regeln über den Haufen geworfen hatte.

»Könnte ich vielleicht auch ein Rührei bekommen?«, brachte Adriano seine Wenigkeit in Erinnerung.

»*Sì, certo.*« Mit heftigen Bewegungen und lautem Geklapper verquirlte die Regentin der Küche zwei Eier mit dem Schneebesen. Adriano wandte sich an Carla: »Sprichst du zufällig Französisch?«

»Wie wär's erst mal mit: Guten Morgen, liebe Carla, hast du gut geschlafen?«

Im Hintergrund hörte man die Butter in der Pfanne zischen und Marias Stimme, die etwas von Verwilderung und eingerosteten Manieren murmelte.

»Gut geschlafen?«, knirschte Adriano.

»Jawohl, danke der Nachfrage. Und sorry, ich war gestern so müde, ich bin einfach …«

»Ja, ja, lassen wir das jetzt«, unterbrach er sie mit einer unwilligen Handbewegung. »Also: Wie sieht's mit deinem Französisch aus?«

»Bestens. Ich hatte es sechs Jahre lang im Gymnasium, und ich bin … ich war sehr oft in Frankreich.«

Er legte die Blechkiste auf den Tisch. Sie war staubig und ramponiert, aber man erkannte noch die Aufschrift *Baratti e Milano, Torino* und *caramelle*. Es waren jedoch keine Bonbons darin, sondern ein Geruch nach altem, feuchtem Papier stieg auf, als er den Deckel hob. Er nahm drei unterschiedliche, leicht vergilbte Notizbücher heraus. Eines war in graue Pappe gebunden, die anderen beiden waren mit einem zerschlissenen blauen Seidenstoff überzogen. Maria, die Adriano den Teller mit dem Rührei hinstellte, beugte sich neugierig über den Tisch, doch Adriano warf ihr einen Blick zu, der sie veranlasste, sich umzudrehen und zu verkünden, sie müsse noch ein paar Zutaten für die Minestrone aus dem Garten besorgen.

»Was ist das?«, fragte Clara.

»Tagebücher, denke ich. Ich habe sie in der Bibliothek gefunden«, erklärte Adriano. »Eines der Bücher ist auf Italienisch geschrieben und beginnt im Jahr 1917. Ich habe versucht, darin zu lesen, es aber bald wieder aufgegeben. Die Schrift ist schwierig zu entziffern, und es kommen viele Worte vor, die ich nicht kenne, vielleicht Dialekt. Bei den anderen beiden habe ich gar keine Chance, etwas zu verstehen, die sind auf Französisch geschrieben. Keine Ahnung, von wem.«

»Was habe ich damit zu tun?«, erkundigte sich Carla.

»Gar nichts«, erwiderte er mürrisch, denn ihre Frage hatte sich angehört, als hätte er ihr etwas Unzumutbares angetragen.

»Jetzt sag schon. Sei nicht immer gleich so eingeschnappt.«

Vielleicht war ihre sehr direkte, schnippische Art Ausdruck der berühmten Arroganz der Mailänder, von der er schon öfter gehört hatte. Man ignorierte sie wohl am besten. »Ich dachte, vielleicht sind die Aufzeichnungen für dich von Interesse. Wo du dich doch so für unsere Vorfahren interessierst«, fügte er süffisant hinzu. »War nicht zufällig eine Französin darunter?«

»Woher willst du wissen, dass die französischen Tagebücher von einer Frau stammen, wenn du kein Wort davon verstehst?«

»Die Schrift sieht weiblich aus.« Kaum hatte er es ausgesprochen, bereute er es auch schon.

»Woran erkennt man das?«, fragte sie, und ihre Augen blitzten nur so vor Spott. »An den ausgeprägten Rundungen oder den hysterischen G-Schleifen?«

Er antwortete nicht. Falls sie schlechter Laune war, würde sie sich einen anderen Blitzableiter suchen müssen. In Wirklichkeit war jedoch er es, der schlagartig schlechte Laune bekam. Diese Person schaffte es, einem binnen Sekunden fürchterlich auf die Nerven zu gehen.

»Vergiss es«, sagte er und griff nach den Büchern, um sie wieder in die Kiste zu legen, aber sie war schneller und zog sie zu sich heran. »Ich sehe sie mir gerne an«, sagte sie. »Ich habe auch schon eine Idee, von wem die französischen stammen könnten.«

»Tatsächlich?«

Carla nahm die Bücher der Reihe nach in die Hand und blätterte darin. Adriano aß inzwischen sein Rührei. Es war schon fast kalt und ein bisschen versalzen.

Doch anstatt ihm ihre Vermutung mitzuteilen, stand Carla ruckartig auf, schnappte sich die Kiste samt Inhalt und meinte mit kindlich-wichtiger Miene: »Ich bin dann mal im Garten.«

Adriano räumte den Tisch ab und beobachtete durch das Küchenfenster, wie Maria seinem Gast voller Stolz den *orto* zeigte. Sie hatte auch allen Grund, stolz zu sein, der Garten war prächtig in Schuss und brachte einen anständigen Ertrag. Gerade hob sie einen Zucchino auf, groß und dick wie ein Blindgänger aus dem Zweiten Weltkrieg. Carla, die Keksdose unter den Arm geklemmt, lauschte geduldig Marias gestenreichen Erläuterungen. Sie ließ die Blätter einer Tomatenpflanze durch ihre Finger gleiten, roch danach an ihrer Hand und lächelte, als würde sie der Geruch an etwas erinnern. An ihre Kindheit hier auf dem Gut? Im Grunde aber zweifelte Adriano an Carlas ernsthaftem Interesse am Gemüseanbau. Bestimmt war das eine Farce, um die Haushälterin künftig auf ihrer Seite zu wissen. Vielleicht tat er ihr auch unrecht. Was wusste er schon über sie? Gar nichts!

Verwandtschaft hin oder her, letztendlich war sie eine Wildfremde, die noch dazu ein paar gravierende Probleme haben musste – abgesehen von einer Essstörung. Verdammt, er hätte sich nicht darauf einlassen sollen, sie auf unbestimmte Zeit zu beherbergen. Er war doch sonst auch recht wählerisch, was seine Gesellschaft anging. Denn wie er Carla gegenüber schon erklärt hatte, betrieb er kein Künstlerhotel, man konnte den Aufenthalt auf dem Gut nicht *buchen*. Es gab ein individuelles Kennenlernen, ehe er sich für oder gegen eine Person entschied. Es ging ihm nicht ums Geldverdienen, was die jeweiligen Künstler für ihren Aufenthalt bezahlten war ohnehin nur marginal, daher legte er keinen Wert auf ein volles Haus. Es ging ihm um den Austausch. Ihn mussten die Projekte und die Leute selbst interessieren, sie mussten etwas vorweisen. Talent vor allen Dingen. Carlas Talent bestand in erster Linie darin, ihn dazu zu bringen, Dinge zu tun, die ihm im Grunde widerstrebten. Zum Beispiel, ungebetene Gäste ins Haus und Hunde in die Küche zu lassen. Asso kostete sein neues Privileg noch immer genüsslich aus, indem er sich unter dem Küchentisch langmachte, sodass Adriano seine Füße anwinkeln musste. Na warte! Dass diese Person seine Haushälterin um den Finger wickelte und seinen Hund bestach, war eine Sache, aber mit ihm würde das nicht funktionieren.

* * *

Maria kam nach einiger Zeit aus dem *orto* zurück in die Küche. Sie stellte den Korb mit Tomaten, Zucchini, einer Aubergine, Erbsenschoten und Kräutern neben die Spüle und sagte strahlend zu Adriano: »Dass ich das noch erleben darf! Carla Prisco, hier bei uns.«

»Wieso, was ist mit ihr?« Welchen Floh hatte diese Person der gutmütigen Frau nun wieder ins Ohr gesetzt?

Maria fuchtelte mit einem Büschel Petersilie vor ihm herum. »Signor Adriano, Sie wissen doch, wer Carla Prisco ist!«

»Natürlich weiß ich das. Eine sehr entfernte Verwandte, die unangemeldet hereingeplatzt ist und dabei ist, sich hier einzunisten.«

Maria betrachtete ihn, als überlegte sie, ob er sie auf den Arm nehmen wollte. Dann murmelte sie etwas von einem hoffnungslosen Fall, verschwand in der Vorratskammer, wühlte im Altpapier und kam mit hochroten Wangen wieder heraus. Mit Karacho und großer Geste schmiss sie eines dieser Hefte auf den Tisch, die sie regelmäßig von zu Hause mitbrachte, und in denen sie blätterte, während ein Teig ging, eine Minestrone köchelte, ein *sugo* reduzierte oder ein *caffè* durch die Espressokanne brodelte. Es war Adriano ein Rätsel, was Maria an dieser Art von Glamour-Magazinen fand. Er hatte sie noch nie modisch gekleidet oder geschminkt gesehen, von Diäten hielt sie ganz offensichtlich auch nichts, und Wellness konnte sie sich nicht leisten. Blieb noch der Promi-Klatsch. Maria war stets auf dem Laufenden über das Liebesleben bestimmter Schauspieler, Sportler und Schlagersternchen. Adriano kannte keinen der Namen, und selbst wenn, so war es ihm herzlich egal, was diese Leute trieben.

Jetzt blickte ihm vom Titelblatt einer Hochglanzzeitschrift Carla Prisco entgegen. Ihr Teint war glatter, der Mund voller, das Haar länger, und waren ihre Pupillen nicht in Wirklichkeit eher grau oder blau, jedenfalls nicht so nixenhaft türkis? Doch trotz einiger Manipulationen an ihrem Erscheinungsbild war sie es, ohne jeden Zweifel, diesen trotzig-fordernden Ausdruck kannte er bereits.

Das Heft erklärte auch, warum sie ihm bekannt vorgekommen war. Er pflegte nämlich die herumliegenden Printmedien als Tischsets zu benutzen, wahrscheinlich hatte er schon seine Kaffeetassen auf Carlas Konterfei abgestellt, ihr Foto mit *biscotti* vollgekrümelt, Walnüsse darauf geknackt oder sich die Fingernägel gekürzt. Es kam ihm in den Sinn, wie Carla gestern den Gartenweg entlangstolziert war: als bewegte sie sich auf einem Laufsteg. Warum nur hatte er das nicht gleich bemerkt?

Mit einer Schauspielerin hätte er sich ja gerade noch anfreunden können, vorausgesetzt, sie käme aus dem Charakterfach, aber ein Model! Wenn es einen Beruf gab, der in Adrianos Augen den frei flottierenden Irrsinn der modernen westlichen Gesellschaft widerspiegelte, dann war es dieser. Was für eine Ironie, dass ausgerechnet ihm nun ein Exemplar dieser verachtenswerten Spezies ins Haus geschneit war.

»Sie ist wunderschön, nicht wahr?«, rief Maria schwärmerisch.

»Geht so«, antwortete Adriano. »Was wissen Sie sonst noch über Carla Prisco?«, fragte er.

Maria verschränkte die Arme und schaute ihn aus schmalen Augen herausfordernd an. »Sagten Sie nicht erst neulich, ich *solle Sie gefälligst verschonen mit erlogenen Klatschgeschichten aus meinen dämlichen Zeitschriften*?«

Adriano seufzte. Doch, ja, das klang nach ihm. Er setzte eine Büßermiene auf, legte seine Handflächen aneinander und kroch zu Kreuze: »*Carissima Signora Santino*, falls ich jemals so etwas Rüdes zu Ihnen gesagt haben sollte, dann entschuldige ich mich in aller Form bei Ihnen und bitte Sie darum, heute, aber *nur* heute, eine Ausnahme zu machen.«

Maria sonnte sich lächelnd in ihrem Triumph, ehe sie antwortete: »Carla Prisco hat schon für Gucci, Cerruti, Ferré, Valentino und Gott weiß für wen noch alles gearbeitet. Nur die ganz großen Namen! Im Fernsehen hat sie für dieses Parfum geworben…«

»Schon gut, ich habe verstanden, was sie macht. Was wissen Sie über ihr Privatleben?«, unterbrach Adriano den Vortrag und schämte sich im selben Moment für seine Worte. Wie tief kann man sinken? War er wirklich dabei, seine Haushaltshilfe über Carla auszuhorchen?

Maria teilte solche Bedenken nicht. Als hätte man ein Fass angestochen, legte sie los: »Sie hat sich kürzlich von Zucco getrennt, sie waren vier Jahre ein Paar. *Die Schöne und das Biest* nannten die Zeitungen sie. Bei der Trennung sollen die Fetzen geflogen sein.« Sie machte eine Pause und setzte dann nach: »Zucco? Dieser Rapper?« Sie sprach das Wort Rapper auf Italienisch aus, aber auch mit der englischen Aussprache hätte Adriano nicht gewusst, wer das war. Hieß *zucco* nicht Kürbis? Nein, das war *zucca*.

»Muss man den kennen?«

»Nein«, urteilte Maria mit Bestimmtheit. »Wenn Sie mich fragen, kann sie froh sein, den Kerl los zu sein, der war nämlich ein ganz schlimmer Finger. Diese Texte!«

»Wieso, wie sind die? Rappen Sie mir doch mal was vor, Maria.«

»Niemals! So etwas kann man gar nicht wiederholen, als anständiger Christenmensch. Obendrein war er hässlich, mit seinen fürchterlichen Tätowierungen.«

Adriano fragte sich, ob Carlas plötzliches Auftauchen mit diesem Typen zu tun hatte. War sie in irgendetwas Illegales verwickelt? Zwar waren die wenigsten Rapper selbst Kriminelle, auch wenn sie oft so taten und sich in Halbwelt-Kreisen bewegten, aber man konnte nie wissen.

»Von dieser Sache mit Carlas Mutter wissen Sie aber schon, oder?«, wechselte seine Informantin das Thema.

Wieder musste er sie enttäuschen.

»Ich dachte nur… Weil es doch Carlas Vater war, von dem Sie das Gut gekauft haben, Filippo Prisco. Der Mörder.«

»Der *was?*«, rief Adriano.

»Er hat doch seine Frau umgebracht, Carlas Mutter!«

Ob Maria sich vielleicht einen kleinen Scherz mit ihm erlaubte? Er verwarf den Gedanken sofort. Über einen Mord würde sie keine Scherze machen. »Das wird ja immer besser«, stöhnte Adriano.

»Es ist schon sehr lange her, es war vor Ihrer Zeit, sozusagen«, meinte sie nachsichtig, um gleich darauf streng zu beteuern: »Aber ein Mörder ist und bleibt ein Mörder!«

Adriano dachte fieberhaft nach. War ihm die Sache vielleicht entfallen? Als er das Gut vor fünf Jahren kaufte, war er in keiner guten Gemütsverfassung gewesen, vorsichtig formuliert. Nein, er hatte den Vorbesitzer des Gutshofs nie persönlich getroffen, der Verkauf der Immobilie lief über einen Makler und den Notar. Außerdem hätte dieser Filippo sich ihm wohl kaum als Mörder vorgestellt.

»Sehen Sie, Signor Adriano, das kommt davon, wenn man sich nicht für die Schicksale anderer Menschen interessiert. Dann erfährt man umgekehrt auch nichts.« Maria baute sich vor ihm auf in Erwartung seiner reumütigen Zustimmung.

»Ist dieser Mord etwa hier auf dem Gut geschehen?« Adriano hatte seine Skrupel hinsichtlich Klatsch und Tratsch zwischenzeitlich über Bord geworfen.

»Heilige Madonna, bei meiner Seele!« Maria schlug hastig ein Kreuz über ihrer Brust. »Meinen Sie wirklich, Signor Adriano, ich würde in einem Mörderhaus arbeiten?«

Nein, das würde sie nicht. Und wäre es so, hätte man ihm in der Bar von Belmonte bestimmt längst davon berichtet. So etwas bekam man zu hören, ob man wollte oder nicht.

»Es passierte im Jahr zweitausend, da lebten die Priscos schon in Mailand.« Sie sagte *Milan,* wie die Lombarden, und es amüsierte Adriano, wie viel Verachtung man in zwei Silben legen konnte. Danach legte sie ihre Stirn in grüblerische Falten und knetete ihr Doppelkinn, während sie laut nachdachte: »Wie alt werden die Mädchen gewesen sein? Carla neun oder zehn vielleicht und die ältere, Paula, ungefähr dreizehn? So oder so – was für eine Tragödie! Die Mutter durch die Hand des eigenen Vaters zu verlieren.« Sie wrang einen Lappen aus und wischte mit heftigen Bewegungen den Tisch sauber.

»Was genau ist geschehen?«, hakte Adriano nach.

»Niemand weiß es wirklich. Es gab wohl einen Streit. Gestorben ist sie an einem gebrochenen Genick, weil er sie die Treppe hinuntergeworfen hat. Filippos Verteidiger behauptete, es sei ein Sturz gewesen, ein Unfall. Außerdem hat er noch diese Ehebruchsgeschichte in die Welt gesetzt. Wissen Sie, Signor Adriano, wenn bei uns ein Mann seine Ehefrau erschlägt, weil sie angeblich untreu war, findet er meistens einen verständnisvollen Richter. Das ist Italien! Aber wehe, es ist umgekehrt! Filippo hat vor der Polizei und vor Gericht geschwiegen wie ein Grab. Unerhört ist das! Wenigstens seine Töchter hätten doch das Recht gehabt, zu erfahren, was geschehen ist und warum er das getan hat.«

»Vielleicht hat er es ihnen ja gesagt und wollte es nur nicht der Boulevardpresse mitteilen«, erwiderte Adriano und fragte: »Ist er denn verurteilt worden?«

Statt einer Antwort stieß Maria einen erschrockenen Schrei aus, denn in diesem Moment schoss Asso, dessen Anwesenheit man inzwischen schon fast vergessen hatte, unter dem Tisch hervor, rannte zum Küchenausgang und verlangte bellend, dass man ihm öffnete.

»Dieses Tier bringt mich eines Tages noch um!« Maria griff sich mit einer Hand an ihr Herz und öffnete mit der anderen die Tür. Lärmend stob Asso hinaus.

»*Porca miseria*, es ist diese Hundefrau!«

Kapitel 5

Die Tagebücher

Belmonte, Gegenwart

Carla ging vom Gemüsegarten in Richtung Teich. Umringt von Schilf und Wasserpflanzen lag das Gewässer im Halbschatten der Kastanienbäume und einer Weide. Die Steinbank ohne Lehne gab es immer noch. Moos wuchs auf der Unterseite, eine der Stützen war mehr in den weichen Grund eingesunken als die andere. Carla setzte sich auf das höhere Ende und legte die Beine auf der schiefen Ebene ab. Am gegenüberliegenden Ufer des komplett von Seerosen zugewachsenen Teichs stand eine Art Marterpfahl mit zwei Engelsflügeln. Das Kunstwerk war mit groben Schnitten gefertigt, wahrscheinlich von einer Motorsäge, und in Grüntönen mit gelben Einsprengseln bemalt. Es gab mehrere dieser rätselhaften Holzskulpturen im Park, sie waren ihr bei einem kleinen Rundgang vor dem Frühstück bereits aufgefallen.

Als Kind war ihr der Teich unheimlich gewesen, denn es gab dort Kröten und Schlangen. Jetzt fand sie den Platz verträumt und romantisch, zudem hatte er den Vorteil, dass man sie vom Haus aus nicht sehen konnte. Sollte sie sich vom eben verspeisten Rührei wieder trennen müssen, war sie hier wenigstens vor Blicken geschützt.

Sie hätte nicht so viel essen sollen, sie merkte, wie es in ihr arbeitete. Aß sie auch nur ein bisschen zu viel, spielte ihr Körper verrückt. Das war schon immer so gewesen, und längst hatte sie gelernt, damit klarzukommen. Doch das Ei hatte geschmeckt und sie wollte Maria nicht enttäuschen.

Carla legte die Keksdose auf den Boden neben der Bank, überwand sich und schaltete ihr Handy ein. Wie befürchtet, sah sie Paulas Nachrichten auf sämtlichen Kanälen. Sie schrieb ihrer Schwester, es gehe ihr gut, sie solle sich keine Sorgen machen und sie bitte einfach ein paar Tage lang in Ruhe lassen. Danach schaltete sie das Telefon sofort wieder aus. Paula in ihrem Furor war imstande, ihr Handy zu orten.

Für einen Moment gab Carla sich dem guten Gefühl hin, etwas Lästiges und längst Überfälliges hinter sich gebracht zu haben. Und nun war sie *offline*, und niemand wusste, wo sie war. Seit es Smartphones gab, war das noch nie vorgekommen, es fühlte sich ungewohnt an, aber auch gut. Sie war frei.

Plopp! Ein Frosch hüpfte ins Wasser, schwamm durch die Seerosenblätter bis zur Mitte des Teiches und tauchte dann unter.

Carla holte das in Pappe gebundene, auf Italienisch geschriebene Tagebuch aus der Blechdose. Die Schrift war weniger altertümlich als vielmehr ungelenk, erkannte Carla. Es war die Schrift von jemandem, der ans Schreiben nicht gewohnt war.

Dezember 1917
Gestern habe ich etwas Verbotenes getan, nicht nur eine Sünde, sondern sogar ein Verbrechen. Das alles kam so: Wie ich gerade zum Bäcker gehen will, begegnet mir Giulio auf seinem Postfahrrad. Er fragt, ob ich zufällig zum Gut hinaufgehe, denn er weiß, dass ich da aushelfe, wann immer sie gerade eine zusätzliche Kraft in der Küche brauchen. Er fragt, ob ich einen Brief für die Herrschaften mitnehmen könnte. Und wie er den Brief aus seiner Tasche holt, sehe ich sofort, dass er von Donato sein muss. Der Umschlag ist schmutzig und zerknittert, als hätte er schon so einiges hin-

ter sich. Mein Herz fängt an zu rasen, genauso wie in den Romanen. Nur bin ich nicht ohnmächtig geworden wie die feinen Damen. Ich bin ja auch keine.
Zum letzten Mal habe ich Donato vor knapp einem Jahr gesehen, an Weihnachten, da hatte er Fronturlaub. Ich habe ihn gefragt, wie es im Krieg ist, im Schützengraben und so. Du kannst es dir nicht vorstellen, Bruna, hat er gesagt, niemand, der nicht dabei war, kann das. Der Krieg ist ein eigenes Universum, es zählt nur das Überleben und Weiterleben, hat er gesagt, und dass man auf einmal um Dinge kämpft, die früher selbstverständlich waren: Essen, Wärme, trockene Kleidung, Schuhe. Und dass Kälte und Schnee schlimmer seien als die Deutschen, hat er auch noch gesagt. Schnee, etliche Meter hoch.
Ich sage also zum alten Giulio, ja, ich muss sowieso da hinauf und die Mutter abholen. Was gelogen war, aber nur halb. Mutter ist an diesem Tag wirklich bei den Priscos gewesen, um die Kleider der Signora enger zu machen, schon wieder! Die Signora wird immer dünner. Marcella sagt, sie isst nicht genug, weil sie sich um Donato sorgt. Arturo meint, sie habe womöglich die Schwindsucht oder es liege an Marcellas Kochkünsten. Was weiß Arturo schon, der ist nur der Stallbursche! Marcella kocht gut, ich habe schon öfter etwas stibitzt. Aber selbst Leute wie die Priscos kommen nicht mehr an alles heran und müssen sich einschränken. Natürlich längst nicht so wie unsereins, aber ein bisschen schon.
Giulio ist jedenfalls heilfroh, dass er nicht die steilen Serpentinen bis zum Gut hinaufmuss, mit seinen alten Knochen und seinem klapprigen Fahrrad. Er ist eigentlich schon pensioniert und als Postmann nur eingesprungen, weil keine jungen Männer mehr da sind, um die Briefe und Pakete auszutragen. Er gibt mir also den Umschlag und ermahnt mich, ihn nur den Herrschaften persönlich auszu-

händigen, niemandem sonst, und ich sage, ja, ja, und mache mich auf den Weg.

Auf dem Herd in der Küche steht ein Topf mit geschmortem Kaninchen, ich rieche es sofort, und mein Magen knurrt ganz laut. Marcella ist nicht da. Also nehme ich den Deckel runter und esse ein bisschen was davon. Keine Ahnung, was danach in mich gefahren ist, der Leibhaftige wahrscheinlich! Denn ich nehme den Brief und halte ihn über den Dampf, der zwischen Topf und Deckel austritt. Ich verbrenne mir die Finger, und die ganze Zeit horche ich, ob Marcella kommt, aber sie kommt nicht, und ich halte das Kuvert so lange über den Dampf, bis sich der Klebstoff löst. Die Post von anderen zu lesen ist ein Verbrechen gegen das Postgeheimnis, ich weiß das. Aber es ist mir in diesem Moment egal. Ich geh also in die Kammer und hocke mich hinter die Kartoffelkiste. Im Umschlag befinden sich zwei unterschiedliche Briefe. Der erste ist vom 5. Oktober 1917. Die Worte sind mit Bleistift hingekritzelt, auf einen grauen Papierfetzen. Donato berichtet von einem Ort namens Caporetto, das ist in Venezien, schreibt er, am Fluss Isonzo. Er berichtet von schrecklichen Dingen. Seit Monaten sei er vom Tod umgeben, Kameraden sterben im Giftgas der Deutschen oder werden von Kugeln niedergestreckt und von Granaten zerfetzt. Sie hungern, essen Gras und Erde, Moral und Disziplin lassen nach. Doch General Luigi Cadorna lässt alle erschießen, die nicht spuren. Die eigenen Leute! Er berichtet, dass einige dennoch desertiert seien und er zuweilen auch daran denkt, denn es kommt ihm alles sinnlos vor, und er wünscht sich zu sterben. Seine Welt, schreibt er, besteht nur noch aus Dreck und Blut.

So ungefähr ging der Brief, er existiert nicht mehr, dazu komme ich später. Der andere Brief ist vom 15. November, meinem Geburtstag, da bin ich sechzehn geworden. Das wusste Donato natürlich nicht, als er den Brief geschrie-

ben hat, aber ich betrachte es als gutes Zeichen. Der zweite Brief ist länger, und das Blatt hat er wohl aus einem Schulheft herausgerissen, denn es ist kariert, wie ein Rechenheft. Ich will den Brief gerade lesen, da springt die Tür auf, und Marcella steht vor mir. Was ich da treibe, fragt sie mit zusammengekniffenen Augen, die Fäuste in die Seiten gestemmt, wie immer, wenn sie wütend ist, und ich weiß nicht, was ich sagen soll. Sie bückt sich und hebt das graue Blatt Papier mit dem ersten Brief auf. Was ist das?, schreit sie mich an, und ich sage ganz frech, ein Brief von Donato, das sieht man doch. Sie reißt mich mit ihren Pranken an meinem Zopf in die Höhe, und ich fürchte schon, mein letztes Stündlein hat geschlagen. Trotzdem kann ich den zweiten Brief noch schnell unter die Kartoffeln schieben. Marcella verlangt, dass ich ihr den anderen Brief vorlese. Ich denke erst, es ist eine Art Strafe, aber hinterher fällt mir ein, dass Marcella vielleicht gar nicht lesen kann. Ich tue, was sie verlangt. Kaum bin ich fertig, reißt sie mir das Blatt aus der Hand und wirft es mitsamt dem Umschlag ins Herdfeuer.
Was machst du denn da?, kreische ich, zu Tode erschrocken. Sie wettert drauflos: Glaubst du, die Signora oder der Signore wollen so etwas von ihrem Sohn lesen? Dreck und Blut und desertieren, wie kann er seinen Eltern solche Sachen schreiben? Das ist feige und ehrlos, dafür wird man erschossen, wenn das in die falschen Hände kommt, und ich sag dir eins, Bruna: Wenn Donato stirbt, was Gott verhüten möge, aber wenn es doch geschehen sollte, dann ist es besser, die Signora und der Signore denken, dass er als Held in der Schlacht gestorben ist. Wenn er aber, so der Allmächtige will, überlebt und wiederkommt, wird er heilfroh sein und Gott danken, dass dieser Brief nie angekommen ist.
Nachdem sie das alles gesagt hat, bekreuzigt sie sich und schnaubt wie ein Ross.
Und was, frage ich, wenn der alte Giulio sich demnächst bei

der Signora nach dem Brief erkundigt? Marcella meint, ich solle Giulio ihr überlassen und einfach nur meinen vorlauten Mund halten. Kein Wort zu niemandem, hörst du?
Ich habe Ja gesagt, denn was hätte ich sonst tun sollen. Ich bin wieder gegangen, ohne dass mich jemand gesehen hat. Zu Hause gab's Ohrfeigen von Vater, dem die Blagen auf die Nerven gegangen sind. Ich muss so bald wie möglich den zweiten Brief unter den Kartoffeln rausholen, bevor Marcella ihn findet und auch noch verbrennt.

* * *

Während Maria mit einem grimmigen Gesichtsausdruck und einem Rechen in der Hand vor dem Gemüsebeet Aufstellung nahm, um den *orto* vor den Hunden notfalls nach Kräften zu verteidigen, trat Adriano ebenfalls vor die Tür. Das Rudel tobte bereits ausgelassen zwischen den Bäumen den Hang hinauf und hinunter, und jetzt näherte sich auch Johanna Burger, wie üblich in Wanderstiefeln, Arbeitshosen, einem nicht mehr ganz sauberen T-Shirt und einem Rucksack, den sie nun abnahm und Adriano in die Arme drückte.

»Schnaps und Marmelade.«

»Salve, Johanna, komm rein.«

Die schlanke, drahtige Frau betrat die Küche, ließ sich auf die Bank fallen und machte ein paar Bemerkungen über das allzu warme Wetter. Sie sprach mit Adriano in perfektem Oxford-Englisch, denn Johanna Burger war in ihrem früheren Leben Übersetzerin gewesen und schien es zu genießen, ab und zu Englisch sprechen zu können, und sei es mit einem Amerikaner (aber wenigstens von der Ostküste). Das knarzende Kaugummi-Englisch ihres texanischen Neffen dagegen – oje! Die Deutsche lebte allein mit ihrer Hundeschar auf der anderen Seite des Berges, in einem kleinen Gehöft, das noch abgelegener war als Adrianos Gutshof.

Adriano stellte den Inhalt des Rucksacks, acht Gläser Pfirsich- und Kirschmarmelade und ein Aprikosendestillat, auf den Tisch. Er selbst hatte bereits ein paar Flaschen Olivenöl für sie abgefüllt, welches er – oder meistens Maria – kanisterweise in einer biologischen *fattoria,* einem Hof mit angeschlossenem Laden, kaufte. Als Nicht-Einheimische verband die beiden eine lockere Freundschaft, die durch ihre kleinen Tauschgeschäfte am Leben gehalten wurde, denn da beide recht zurückgezogen lebten, würden sie sich normalerweise nur selten begegnen.

Adriano bot ihr Kaffee an.

»Zu warm. Lieber Wasser«, stöhnte Johanna.

»Oder vielleicht einen kleinen Weißen?«, schlug er vor.

»Die Hausmarke?« Johanna verzog ihr Gesicht und sagte tapfer: »Was soll's. Was weg muss, muss weg. Gib mir ein Glas Wasser dazu, zum Nachspülen.«

Adriano füllte zwei Gläser voll Weißwein und zwei weitere mit Leitungswasser und setzte sich zu ihr. »Salute!«

»Ja, Gesundheit, die braucht man dafür.« Johanna nahm aber dennoch einen großen Schluck, verzog das Gesicht und fragte dann: »Wer ist die Elfe am Teich? Ein neuer Stern am angelsächsischen Literaturhimmel?«

Adriano nahm an, dass sie nicht über eine der hölzernen Stelen sprach, die Dora, eine Bildhauerin aus Fabriano, angefertigt hatte.

Er schüttelte den Kopf. »Nein. Entfernte Verwandtschaft. Die Tochter des Vorbesitzers, Carla Prisco.«

Johanna schwieg dazu, und auch Adriano, dem Marias Enthüllungen noch im Kopf herumspukten, wechselte lieber das Thema. »Ich überlege, ob ich mir Hühner anschaffen soll.«

»Tu das«, nickte Johanna. »Hühner sind prima. Damit liegst du voll im Trend, und die Eier der eigenen Tiere sind viel besser als alle anderen.«

»Ich würde den Stall selbst bauen. Hast du einen Tipp?«

»Ich kann dir die Konstruktionszeichnung von meinem

Stall geben. Das Modell hat sich bewährt, auf dem Moretti-Hof haben sie dasselbe. Gabriella hat auch gerade einen Schwung junger Hühner da, ich kann dir ein paar reservieren. Fünf, sechs für den Anfang, würde ich vorschlagen.«

»Das machen wir so. Übrigens, gestern habe ich die Totenglocke gehört«, fiel Adriano ein.

»Die alte Marta Ferri«, antwortete Johanna auf die indirekte Frage.

Vor seinem inneren Auge erschien Martas zusammengeschnurrte Gestalt in ihrer Kleiderschürze und den Adidas-Turnschuhen, wie sie mit ihrem Rollator über das mittelalterliche Pflaster von Belmonte holperte, um in der Bar ihrer Enkelin Giovanna einen Kaffee zu trinken.

»Das wird eine Riesenbeerdigung«, meinte Johanna. »Drei Viertel der Bewohner von Belmonte waren mit ihr verwandt. Du weißt ja, wie das hier ist.« Johanna leerte ihr Weinglas, kippte einen Schluck Wasser hinterher und schüttelte sich theatralisch.

»Willst du nicht ein Fläschchen mitnehmen?«, fragte Adriano mit wölfischem Grinsen.

Johanna winkte dankend ab und meinte, sie müsse los.

Er begleitete sie bis zum Tor, wo ihr kleiner Geländewagen parkte. Unterwegs sammelte sie ihre vier Hunde ein und schimpfte, weil Mauri ein Bad im Teich genommen hatte und sein langes, dichtes Fell nass und voller Schlamm war.

»Ausgerechnet der Zotteligste ist der größte Saubär von allen!«

Ehe sie einstieg, schaute sie Adriano prüfend von der Seite an. »Was ist los, du siehst plötzlich so gut gelaunt aus?«

»*Bullshit!* Ich bin nie gut gelaunt, das kann dir jeder im Umkreis von zehn Kilometern bestätigen.«

»Ich habe doch Augen im Kopf.«

»Ich dachte nur gerade, wie schön es ist, wenn jemand so alt wie Marta geworden ist und sein Leben bis zuletzt im Kreis seiner Lieben verbringen konnte.«

»Das wird uns nicht passieren«, prophezeite Johanna. »Wenn wir Pech haben, fressen uns unsere Hunde.«

»Das schätze ich so an dir, Johanna, diese feinfühlige Art.«

Sie legte den Gang ein und fuhr los.

Johanna Burger hatte sich nicht geirrt. Die Nachricht von Marta Ferris Tod versetzte ihn tatsächlich in gute Stimmung, so makaber und unangebracht das auch sein mochte. Denn wenn eine Patronin wie Marta Ferri starb, konnte man gewiss sein, dass die komplette Mischpoke zur Beerdigung kommen würde, in voller Besetzung, ohne Ausnahme. Auch die Verwandten, die zurzeit nördlich der Alpen lebten.

* * *

Maria fuhr am frühen Abend auf ihrer Vespa davon. Sie hatte eine Lasagne vorbereitet, die Adriano später in der Mikrowelle aufwärmte.

Er überlegte, ob er Carla zum Essen rufen sollte. Es wäre unhöflich und seltsam, es nicht zu tun, zumal sie sein einziger Gast war. Sie kam herunter und lud sich einen Fingerhut Lasagne auf den Teller. Dabei schielte sie lächelnd auf die Zeitschrift, die immer noch auf dem Tisch lag, sagte aber nichts dazu.

Sie aßen schweigend, und erst nachdem sie fertig gegessen hatten, sagte Adriano: »Du bist also ein berühmtes Model.«

»Ich *war* ein berühmtes Model. Es ist vorbei.«

»Oh.«

»Ich werde langsam zu alt, und ich habe kein Interesse daran, in der zweiten Liga zu spielen.« Mit einer heftigen Bewegung drehte sie die Zeitschrift um, als könnte sie ihr früheres Ich nicht mehr ertragen.

»Wovon lebst du dann, wenn ich fragen darf? Für die Rente ist es ja trotz deines fortgeschrittenen Alters noch ein bisschen früh.«

»Ich komme zurecht«, versicherte sie. »Ich habe all die Jahre *un sacco di soldi*, einen Haufen Geld, verdient und hatte kaum Zeit, etwas auszugeben.«

Das beruhigte ihn. Zumindest würde er keine Mittellose auf die Straße setzen, sollte sie ihm irgendwann zu sehr auf die Nerven fallen.

»Apropos Geld: Ich möchte natürlich für meinen Aufenthalt bezahlen.«

»Das habe ich nicht deswegen gefragt«, erwiderte er schroff.

»Ich weiß. Trotzdem.«

Adriano räumte seinen Teller ab und murmelte dabei, sie könne ja ab und zu etwas in die Haushaltskasse werfen, wenn ihr damit wohler sei.

»Und bevor du fragst: Ich weiß noch nicht, was ich in Zukunft machen werde. Das wird sich erweisen.«

Eine Suchende also. Musste sie ihren Selbstfindungstrip ausgerechnet bei ihm beginnen? »Manchmal hilft ja ein Ortswechsel«, meinte er, nicht ohne Hintergedanken. »Am besten eine Reise.«

»Eine Reise? Toller Vorschlag! Ich bin seit meinem siebzehnten Lebensjahr pausenlos gereist. Mein Leben passt in zwei Koffer. Aber du musst nicht drum herumreden: Sag einfach, ich soll verschwinden, dann tu ich es.«

Unwahrscheinlich, dass sie das ernst meinte, nachdem sie alles darangesetzt hatte, bleiben zu dürfen. Es käme auf einen Versuch an, dachte Adriano verdrossen. »So war das nicht gemeint«, brummte er und machte sich an der Espressokanne zu schaffen. Da sie gerade dabei waren, ein paar essenzielle Dinge zu klären – sollte er die Sache mit ihrem Vater ansprechen? Nur damit sie wusste, dass er Bescheid wusste? Doch was ging ihn ihre Familientragödie eigentlich an? Rein gar nichts. So wie auch er keinerlei Drang verspürte, mit ihr über die Tragödie seines Lebens, den Tod von Josh und Mia, zu reden. Wenn sie es loswerden wollte, würde sie schon irgendwann von selbst damit anfangen. Er würde es jedenfalls nicht tun.

»*Caffè?*«

Sie schüttelte den Kopf. »Hast du gewusst, dass unser Urgroßvater Donato im Großen Krieg gekämpft hat?«

Vom Leben als Model zum Großen Krieg. Da sage einer, diese Person wäre nicht sprunghaft. Adriano musste überlegen. Möglich, dass sein Großvater Cesare es erwähnt hatte, doch Adriano war nicht sicher. »Wie kommst du darauf?«

Sie zog aus einer der Taschen ihrer Cargohose eines der Notizbücher hervor, die er ihr am Morgen gegeben hatte, und nahm ein Blatt heraus, das sie ganz vorsichtig auseinanderfaltete.

»Ein Brief von ihm an seine Eltern. Er schrieb ihn und schickte ihn ab, als er nach dem Debakel am Insonzo mit ein paar Kameraden versprengt herumirrte.«

Sie schob ihn über den Tisch, und Adriano begann zu lesen.

Geliebte Mutter, verehrter Vater!
Es haben sich tragische Dinge ereignet. Drei Tage nach Beginn der Offensive der Österreicher, am 24. Oktober, ist unsere Front zusammengebrochen, und die Deutschen haben uns besiegt. Obwohl sie viel weniger waren als wir. Diese Teufel haben eine List angewendet und sind gegen alle Regeln der Kriegsführung im Schutz der Berge hinter unsere Linie vorgedrungen. Wir wähnten uns überrannt und haben unsere Stellungen aufgegeben und den Rückzug angetreten. Es war eine panische Flucht. Binnen eines Tages ist die Front kollabiert, und die österreich-ungarischen und die deutschen Truppen haben uns zu Tausenden vor sich her getrieben, in Richtung Süden, wie eine Herde versprengter Schafe. Zusammen mit zwei meiner Kameraden bin ich eine Woche lang durch die Wälder geirrt, meistens in der Nacht. Seit ein paar Tagen verstecken wir uns in einem verlassenen Bauernhof am Rand eines Dorfes. Von dort schreibe ich euch diese Zeilen.

Liebe Eltern, ich weiß, dass es unsere Pflicht ist, wieder den Anschluss an unsere Truppe zu suchen. Doch wir sind erschöpft und ausgezehrt, wir haben einfach keine Kraft mehr. Fausto wurde am Bein angeschossen, er kann nicht gehen, hat höllische Schmerzen, und er fleht uns pausenlos an, ihn zu erschießen. Wir müssen bald weiter, denn früher oder später werden sie uns hier finden. Hoffentlich sind es die Österreicher, dann werden wir nur gefangen genommen.

Ich versuche, tapfer zu sein und euch keine Schande zu machen, aber ich weiß nicht, ob es mir gelingt.

In Liebe, euer Sohn Donato.

Adriano gab Carla den Brief zurück und sagte: »Was er beschreibt, ging später als *die Schmach vom Isonzo* in die Geschichte ein. Bis heute ein wunder Punkt im Nationalstolz deiner Landsleute. Nachdem die Deutschen am Isonzo eine Art Blitzkrieg geprobt hatten und sich die Front auflöste, wurden viele angebliche Deserteure hingerichtet. Donato hatte Glück, dass sie ihn nicht erwischt haben.«

»Du kennst dich aus in italienischer Geschichte?«, bemerkte Carla überrascht.

»Ein bisschen. Ich weiß nur, dass Italien relativ spät, dafür sehenden Auges und ohne Not in diesen Krieg gestolpert ist. Denn im Frühjahr 1915 wusste man bereits von dem üblen Gemetzel an der Westfront. Es war reines Kalkül, sie hätten besser nicht auf die Versprechen der Entente gehört.«

»Der was?«

»Entente – das Vereinigte Königreich, Frankreich und Russland. Zuvor war Italien im Bund mit den sogenannten Mittelmächten, Österreich-Ungarn und Deutschland. Die Mächte der Entente versprachen Italien, sollte es sich auf ihre Seite schlagen, neues Territorium in Istrien, im osmanischen Reich und in Albanien …«

»Aber am Ende waren es dann nur die österreichischen Gebiete, in denen italienische Minderheiten lebten«, ergänzte Carla. »Friaul, das Trentino, Triest und Südtirol mit allen Problemen.«

»Siehst du, ein bisschen was ist ja doch vom Geschichtsunterricht hängen geblieben«, lobte Adriano.

Sein Wissen stammte dagegen von Signor Scavetta, dem Restaurator und Kirchenmaler, bei dem er ein Praktikum absolviert hatte, welches ihn befähigen sollte, seinen Gutshof stilsicher zu restaurieren. Zusammen hatten sie an der Neugestaltung des Palazzo Ghislieri in Jesi gearbeitet, in dem das *Museo Federico II Stupor Mundi* untergebracht war. Beim Arbeiten pflegte der *maestro* über Gott und die Welt zu plaudern. Meistens über Frauen. Irgendwann war auch der Große Krieg Thema gewesen.

»Fünf Millionen Italiener sind eingezogen worden, arme Teufel vom Land und aus dem Süden, und die bekamen es mit vollkommen neuartigen Kriegswaffen zu tun: Granaten, Maschinengewehren, Flugzeugen, Giftgas... Mein Großvater kam zurück und hatte nur noch sechs Zehen, ein Ohr und eine löchrige Lunge, vom Chlorgas. Man schickte sie mit schlechter Ausrüstung und mangelhafter Versorgung ins Hochgebirge. Da lagen bis zu acht Meter Schnee! An manchen Frontabschnitten kamen durch Kälte und Lawinen mehr Soldaten um als durch österreichische Granaten. Andere starben an Typhus, Cholera oder an der Spanischen Grippe. Die, die zurückkehrten, verbreiteten die Seuchen unter der Zivilbevölkerung. Und wofür das alles? Für nichts«, redete Scavetta sich in Rage, während er ein Säulenkapitell neu verspachtelte. »Denn das Schlimmste kam am Ende. Von wegen strahlende Sieger! Euer Präsident Wilson wollte 1918 nichts mehr von den Geheimverträgen zwischen Italien und der Entente wissen, die drei Jahre zuvor in London unterzeichnet worden waren. Es verbreitete sich das Wort vom verstümmelten Sieg, *vittoria mutilata*. Eines versichere ich dir, *americano*: Ohne diese Demütigung wäre Italien später nie ein faschistisches Land geworden!«

Scavetta hatte vermutlich recht. Doch es gab nicht nur Zwangsrekrutierte, sondern auch Kriegsbegeisterte. Das hatte Adriano hinterher recherchiert. Der Dichter Gabriele D'Annunzio war ihm besonders im Gedächtnis geblieben, der sich maßgeblich am Anzetteln des Krieges beteiligt hatte. Er hielt im Frühjahr 1915 immer wieder vor großem Publikum flammende Reden, die vor Pathos nur so trieften und Stimmung gegen Österreich-Ungarn und Deutschland erzeugten. Unterstützung hatte er von Benito Mussolini, der sich vom Linksradikalen zum nationalistischen Kriegstreiber gewandelt hatte, und von General Luigi Cadorna, der zwar ein miserabler Stratege, aber ein gewandter Redner war. Schließlich konnten die Kriegstreiber das Parlament überzeugen, sich auf die Versprechungen der Entente einzulassen, den Pakt mit den Mittelmächten zu brechen und im Mai 1915 in den Krieg einzutreten. Doch ihrem Oberbefehlshaber General Luigi Cardona mangelte es eklatant an militärischem Geschick, die Sache ging nicht gut aus, obwohl man offiziell zur Seite der Sieger gehörte.

Vittoria mutilata. Anderthalb Millionen Tote, eine zerstörte Wirtschaft und Zehntausende versehrte, verbitterte und arbeitslose Soldaten. Leichte Beute für die faschistische Bewegung Mussolinis, die vier Jahre später die Macht an sich riss.

»Stammt das Notizbuch auch von Donato?«, fragte Adriano.

»Nein. Das ist von einer Bruna, die auf dem Gutshof als Dienstmädchen gearbeitet hat, und die anderen sind von unserer Urgroßmutter Sofia.«

»Sofia«, wiederholte Adriano. »War das nicht diese angebliche russische Gräfin?«

»Wieso angeblich?«, fragte Carla zurück.

Cesare Prisco, Adrianos Großvater, nannte seine Mutter gerne *die russische Gräfin*, jedoch stets mit einem süffisanten

Lächeln und einem Augenzwinkern, dessen Bedeutung zu ergründen Adriano leider versäumt hatte. Adriano wiederum hatte nie auch nur ein einziges russisches Wort aus dem Mund seines Großvaters gehört. Dieser versicherte denn auch, seine Mutter habe mit ihm ausschließlich Italienisch oder, noch lieber, Französisch gesprochen. Wäre sie Russin gewesen, schlussfolgerte Adriano, hätte sie ihm doch wenigstens ein paar Brocken ihrer Muttersprache beigebracht.

»Wenn sie Russin war, wieso schreibt sie dann auf Französisch?«, zweifelte Adriano.

»Das wundert mich nicht«, meinte Carla. »Französisch war die Sprache der Aristokratie und der Eliten, die Hochsprache sozusagen. Es galt als weltläufig und chic, manche konnten besser Französisch als Russisch. Und sie trieben sich gern in Europa, speziell in Frankreich herum. Paris, Nizza, Cannes... Russisch dagegen war die Sprache des Volks, des Pöbels.«

»War ja klar, dass das auf Dauer nicht gut gehen konnte«, murmelte Adriano.

»Vielleicht stimmt auch etwas nicht mit diesem Grafentitel«, räumte Carla ein. »Ich habe bis jetzt nur kurz reingelesen. Die Schrift ist schwierig zu entziffern, so schnörkelig. Aber ich halte dich auf dem Laufenden.«

»Ich bin gespannt«, sagte Adriano – und meinte es zur Abwechslung sogar ehrlich.

Kapitel 6

Treibgut

Nizza, Mai 1914

Langsam ging Juliette am Strand entlang. Der Himmel war wolkenlos, die Luft roch morgendlich frisch, und das Meer leuchtete im schönsten Blau. Juliette hatte allerdings für Wetter- und Landschaftsbetrachtungen nichts übrig. Ihr Blick war auf den schmalen Streifen unterhalb des angeschwemmten Seetangs geheftet, den der höchste Stand der Flut zurückgelassen hatte. Dort sammelten sich unter anderem Muscheln, Seesterne, Vogelfedern, alte Netze und tote Fische an. Sogar Tiergerippe waren hin und wieder zu finden. Juliette hatte es jedoch auf das Treibholz abgesehen; auf von Wellen glatt polierte Äste und Schiffsplanken, die sie aufhob und in einen großen Jutesack steckte.

Zwei Jahre war es inzwischen her, dass ihr Vater von einer nächtlichen Fahrt mit dem Kutter bei rauer See nicht mehr nach Hause gekommen war. Im ersten Jahr nach seinem Tod hatte Juliette sich geweigert, auch nur in die Nähe des Strandes zu gehen. Sie hatte die furchtbare Vorstellung, seine angeschwemmte Leiche zu finden. Nachts träumte sie, dass das Meer seine Fänge auch nach ihr ausstreckte und sie in die Fluten hinauszog. Inzwischen hatte sie diese Ängste einigermaßen überwunden.

Wenn es einen Sturm gegeben hatte, lag am nächsten Tag

viel Treibgut am Strand. In den letzten Tagen war das Wetter schön gewesen, und so war das Meer an diesem Morgen ruhig, und es gab wenig zu sammeln. Aber etwas fand man immer. Gerade hatte sie sich nach etwas Glänzendem gebückt, und siehe da, es war ein Knopf aus Perlmutt.

»Was machst du da?«

Juliette blickte auf und ließ dabei wie automatisch den Knopf in ihrer Rocktasche verschwinden. Vor ihr stand ein Mädchen, etwa so alt wie sie selbst, also fünfzehn. Sie hatte ungefähr ihre Größe, und ihr Haar war ebenfalls dunkel, doch damit hörten die Gemeinsamkeiten auf. Während Juliette das einfache graublaue Baumwollkleid für Arbeit und Alltag trug, war das fremde Mädchen gekleidet, als ginge es zum Ball. Ein mehrlagiger, weiter Rock, eine hochgeschlossene Bluse aus einem hellen, seidigen Stoff, dazu weiße Strümpfe und Spangenschuhe, alles in allem eine Kleidung, die denkbar ungeeignet war für den Strand. Ihre großen braunen Augen hatten einen klugen, wachen Blick, das Gesicht war bleich wie ein Champignon, und auch jetzt hielt sie einen kleinen Schirm aus einem hellen Spitzengeflecht über sich, damit kein Sonnenstrahl ihre vornehme Blässe ruinieren konnte.

Sommergäste. Sie kamen zu Tausenden nach Nizza, das sich zu einem gut besuchten Ort der Sommerfrische für die bessere Gesellschaft entwickelt hatte. Jetzt, im Mai, ging es wieder los. Die Briten waren in der Überzahl, aber auch der russische Adel weilte gerne in den vornehmen Hotels der Stadt, darunter sogar bisweilen der Zar mit seinem Gefolge.

»Ich sammle Treibgut«, beantwortete Juliette die Frage der Neugierigen.

Diese nahm die Information nickend zur Kenntnis, ehe sie verkündete: »Ich heiße Sofia.«

Ein russischer Akzent, eindeutig.

»Und du? Hast du auch einen Namen?«

»Juliette.«

»Was machst du mit dem ganzen Holz, Juliette?«

»Damit heizen wir den Küchenherd an.«

»Ich verstehe«, sagte Sofia.

Juliette hatte da gewisse Zweifel. Sie hätte jederzeit darauf gewettet, dass diese Sofia in ihrem Leben noch nie einen Herd angeheizt hatte.

»Darf ich dir helfen?«, fragte sie nun.

»Von mir aus.«

Die beiden Mädchen setzten sich in Bewegung. Juliette ging barfuß, was am Strand das einzig Vernünftige war. Sofia musste ihre Gewänder zusammenraffen und immer wieder den groben Sand aus ihren Schuhen kippen. Ihre weißen Strümpfe waren schon ganz schmutzig, aber das schien ihr egal zu sein. Bestimmt musste sie ihre Wäsche nicht selbst waschen. Sie reichte Juliette brav kleine Treibholzstücke, doch man kam kaum vom Fleck mit ihr. Immer wieder brach sie in Rufe des Entzückens aus und zeigte Juliette ganz gewöhnliche Muscheln oder einen Seestern. Der Schädel eines Schafs und ein Fischskelett dagegen veranlassten sie, die Nase zu rümpfen und einen Bogen darum zu machen. Juliette musste grinsen. Manchmal war Strandgut auch ein bisschen eklig. »Wo wohnst du?«, fragte Juliette ihre neue Begleiterin.

»In St. Petersburg. Das liegt in Russland, an der Ostsee.«

»Ich meine, hier. In welchem Hotel?«

Sofia deutete vage über ihre Schulter. »Im Negresco.«

Juliette verspürte einen kleinen Stich des Neides. Das Negresco hatte erst letztes Jahr eröffnet, in den Zeitungen waren Fotos abgedruckt gewesen, auf denen man erkennen konnte, wie prachtvoll es im Inneren des Grandhotels aussah. Sie selbst war natürlich noch nie im Negresco gewesen, sie käme wohl nicht einmal an den Pagen vor dem Eingang vorbei. Aber sie sah manchmal Droschken und Automobile vorfahren und beobachtete, wie die Gäste samt Entourage ein- und ausstiegen.

»Dort muss es sehr schön sein«, entschlüpfte es Juliette sehnsüchtig.

»Ja, nicht einmal meine Mutter und meine ewig nörgelnde Tante haben etwas daran auszusetzen«, erklärte Sofia, ehe sich ihre Miene aufhellte und sie herausplatzte: »Komm doch heute Nachmittag um vier Uhr zum Tee dorthin. Ich könnte dir alles zeigen, und danach könnten wir am Strand ein wenig Federball spielen. Ich habe es satt, immer nur mit meinen kleinen Cousins spielen zu müssen. Die sind neun und elf und sehr, sehr anstrengend.«

Juliette schüttelte den Kopf. »Das geht nicht«, sagte sie.

»Warum nicht?«

Was für eine Frage. Dieses Mädchen musste sie doch nur anschauen, um zu wissen, wie unsinnig dieser Vorschlag war. Selbst wenn Juliette heute, an einem gewöhnlichen Donnerstag, ihr Sonntagskleid und die guten Schuhe anziehen würde, wäre es fraglich, ob man sie hineinlassen würde. »Ich muss arbeiten.«

»Arbeiten?«, wiederholte Sofia. »Für die Schule?«

Schön wär's, dachte Juliette. Sie ging längst nicht mehr zur Schule, ihre Arbeitskraft wurde zu Hause gebraucht. Sie konnte einigermaßen gut lesen und schreiben und gerade genug rechnen, damit man sie auf den Markt schicken konnte, ohne dass die Händler sie betrogen. In ein paar Jahren, so glaubte ihre Mutter, würde sie ohnehin heiraten, wozu also sollte sie länger als nötig zur Schule gehen? Die kostete nur und brachte nichts ein. Das Mädchen musste früh genug begreifen, welche Realitäten das Leben für die Tochter eines Fischers bereithielt, dessen Witwe eine bescheidene Pension im Hafenviertel führte. Wichtig war, dass ihre drei Söhne eine gute Ausbildung erhielten. Schließlich würden sie irgendwann einmal ihre Familien ernähren müssen.

»Ich muss die Zimmer sauber machen und dann auf meinen kleinen Bruder aufpassen«, erklärte Juliette mit leiser Stimme.

»Welche Zimmer?«, fragte Sofia, die Juliettes Verlegenheit entweder nicht bemerkte oder ignorierte.

»Meine Mutter besitzt eine kleine Frühstückspension in der Rue Bonaparte.«

Nur beherbergte Francesca Bonnet, geborene Gardini, in ihrer Pension weder Reiche noch Blaublütige, sondern Saisonkräfte, Seeleute, Händler und Vertreter mit schmalem Geldbeutel.

»Bist du die Älteste?«, wollte Sofia wissen.

Juliette nickte. »Ich habe drei Brüder. Libero, der Dreizehnjährige, redet den lieben langen Tag von Automobilen. Er will Rennfahrer werden.« Juliette tippte sich vielsagend an die Stirn. »Baptiste ist elf, aber er ist klug, vielleicht taugt er zum Geschäftsmann oder zum Ingenieur. Sagt meine Mutter. Emporio ist erst vier, ein braves Kind, zum Glück.«

»Das sind eigenartige Namen«, bemerkte Sofia.

»Meine Mutter ist Italienerin. Sie wollte italienische Namen für ihre Kinder, mein Vater französische. Darum haben sie sich abgewechselt: Juliette, Libero, Baptiste, Emporio.«

»Ich bin die Jüngste von dreien«, erklärte Sofia ungefragt. »Meine ältere Schwester hat vergangenes Jahr geheiratet. Einen gewissen Dr. Gabriel Laurent, er ist Arzt. Es war ein ziemlicher Skandal. Gut, sie war schon dreiundzwanzig, aber trotzdem... Meine Mutter hadert immer noch damit. Vera hatte schon immer ihren eigenen Kopf. Angeblich war es Liebe.« Sofia zuckte mit den Achseln und gab sich den Anschein, als hätte sie eine Menge Erfahrung mit diesem Phänomen und sei zu dem Schluss gekommen, darüberzustehen. »Vor mir gab es noch zwei Jungs, aber die sind beide gestorben. Einer war zu klein, als er zur Welt kam, der andere starb mit drei an Influenza. Mein Bruder Sergej ist der Erstgeborene, er ist achtundzwanzig und Offizier der Chevaliergarde. Er sagt, es wird bald Krieg geben, Papa meint das auch.«

Diesen Redeschwall musste Juliette erst einmal auf sich wirken lassen. Seit ihr Vater tot war, fehlte ihr jemand, der ihr die Welt erklärte. Auch wenn man nicht alles, was Hugo Bonnet zum Besten gegeben hatte, für bare Münze nehmen konnte, so hatte er seiner Tochter doch gewisse, wenn auch einseitige, Einblicke ins Weltgeschehen verschafft. Daran war bei ihrer Mutter nicht zu denken. Politik war für sie etwas, über das Männer in den Kneipen schwadronierten, sie hatte nur die Pension im Blick, den täglichen Überlebenskampf, den es brauchte, um eine fünfköpfige Familie ohne Vater durchzubringen. Wie viel kostet das Brot, wie viel die Butter, was verlangt der Schuster für die neuen Absätze, hat die Wäscherei zu viel abgerechnet, sollte man bei diesem oder jenem Gast lieber auf Vorkasse bestehen?

»Wieso ist es ein Skandal, wenn deine Schwester einen Arzt heiratet?«, wollte Juliette schließlich wissen. Sie waren umgekehrt, denn der Sack war voll mit Schwemmholz, und Juliette sollte schon längst wieder zu Hause sein.

»Mein Vater ist Graf Alexander Lobanow, meine Mutter Gräfin Jelisaweta Lobanowa, geborene Sweljanowa. Von uns wird erwartet, dass wir uns innerhalb unseres Standes verheiraten.«

»Dann musst du auch einen Grafen heiraten«, erkannte Juliette, die ganz nebenbei registrierte, dass sie sich gerade mit einer leibhaftigen Grafentochter unterhielt. Wenn sie das Baptiste erzählte!

»Heiraten! Lieber Himmel, ich bin fünfzehn! Das hat noch mindestens zwei, drei Jahre Zeit, meinst du nicht?« Sofia kicherte. »Aber du hast recht, man sollte sich beizeiten umschauen, und ein Graf sollte es schon sein. Ein Fürst wäre noch besser, um die Scharte auszuwetzen, die meine Schwester Vera und ihr Arzt hinterlassen haben. Fürsten sind bei uns sozusagen der Hochadel«, erklärte sie. »Wir Grafen dagegen sind nur ganz gewöhnlicher St. Petersburger Stadtadel.«

»Was ist mit einem Baron?«, erkundigte sich Juliette.

Sofia rümpfte ihre kleine, kecke Nase. »Eher nicht. Barone stammen von Bankiers und Kaufleuten ab. Titel gegen Geld, du verstehst? Deren Ansehen hält sich in Grenzen. Sie sind nicht wirklich von Stand.«

»Mein Vater war Fischer, und er hat mir erklärt, dass der Adel gar kein blaues Blut besitzt. Das Blut, das 1789 unter den Guillotinen aus den Hälsen spritzte, sei so rot gewesen wie das von jedem anderen.« Kaum hatte Juliette die Worte ausgesprochen, lief sie knallrot an. Was war denn plötzlich in sie gefahren? Es stimmte schon, ihr Vater hatte gerne solche Reden vom Stapel gelassen, besonders wenn er getrunken hatte. Die Franzosen, pflegte er zu sagen, hätten den Russen eines voraus, nämlich die Revolution. Die stünde diesen erst noch bevor. Zum Abschluss seiner Tiraden schmetterte er auch gern einmal die Marseillaise. Die war Juliette quasi an der Wiege gesungen worden. Aber was konnte dieses russische Mädchen, das nur freundlich sein wollte, für die Ungerechtigkeit der Welt? Die junge Gräfin hatte sich ihre Eltern genauso wenig aussuchen können wie Juliette die ihren.

Sofia wirkte einen Moment lang verdattert, dann warf sie den Kopf zurück und schickte ein perlendes Lachen in die klare Seeluft. »Haben wir da etwa eine kleine Bolschewikin?«, fragte sie dann.

Juliette wusste nicht genau, was darunter zu verstehen war, also schwieg sie lieber.

»Es ist so«, dozierte Sofia. »Ganz früher gab es bei uns nur den Zaren und die Fürsten. Den Grafentitel erfand man später, den erhielten zum Beispiel Offiziere. War man erst Oberst beim Heer oder ein Kapitän bei der Marine, dann erhielt man sogar einen erblichen Adelstitel. Du siehst also, im Gegensatz zum französischen Adel, der überwiegend aus dekadenten Schmarotzern, Intriganten und Nichtstuern bestand, die vollkommen zu Recht auf dem Schafott landeten, haben sich die russischen Adeligen ihre Titel durch ihre Dienste erworben.

Mein Vater zum Beispiel arbeitet für das Innenministerium. Was genau er dort tut, weiß ich nicht, aber er ist viel beschäftigt.«

»Es tut mir leid. Ich wollte dich nicht beleidigen«, versicherte Juliette, »Mama sagt immer, ich hätte ein zu loses Mundwerk.«

»Du bist witzig«, meinte Sofia. »*Blut, das aus Hälsen spritzt*, du meine Güte! Tante Olga würde auf der Stelle in Ohnmacht fallen.« Sofia quiekte vor Lachen bei dieser Vorstellung. »Aber ich kann dich beruhigen, wir Russen sind an Revolutionen gewöhnt. Bei uns gibt es die andauernd.«

Juliette runzelte zweifelnd die Stirn.

»Doch, wirklich. Die letzte war 1905. Der neunte Januar, der Blutsonntag von St. Petersburg. Es gab Schießereien rund um den Winterpalast, aber ich war erst sechs Jahre alt, ich habe nicht allzu viel davon mitbekommen.«

»Hat sie denn etwas geändert, die Revolution?«, fragte Juliette, die nicht wusste, ob sie Sofia glauben sollte. Dieses Mädchen redete wie ein Wasserfall, und bei solchen Menschen war meistens nicht einmal die Hälfte davon wahr.

»Nicht, dass ich wüsste.«

»Dann war's wohl auch keine«, urteilte Juliette. »Ich muss gehen, ich bin schon spät dran. Ich wünsche dir noch schöne Ferien, Gräfin Sofia.« Juliette schulterte den Sack, ließ Sofia stehen und lief rasch weiter. Sie war wirklich spät dran, ihre Mutter würde ihr Vorwürfe machen, vielleicht gab es auch ein paar hinter die Ohren.

In den folgenden Tagen kam Juliette nicht umhin, Sofias Hartnäckigkeit zu bewundern. Obwohl sich das Sammeln von Treibholz nach dem Tidenplan richtete und Juliette daher zu unterschiedlichen Uhrzeiten am Strand entlangging, traf sie dort stets die junge Gräfin, die sie jedes Mal strahlend begrüßte und dann fröhlich schnatternd neben ihr herging und es immer wieder schaffte, ein Gespräch in Gang zu bringen, selbst dann, wenn Juliette sich muffig und maulfaul gab.

Der Grund für Juliettes schlechte Laune war nicht Sofia, sondern ein gewisser Monsieur Morel, ein Fischhändler, der in letzter Zeit auffallend oft bei ihnen in der Pension herumlungerte. Juliette konnte den Kerl nicht ausstehen, schon allein deshalb, weil sich ihr Vater stets über den Mann beschwert hatte. Morel sei ein Gauner, er würde die Fischer schlecht bezahlen und sie bei jeder Gelegenheit übers Ohr hauen. Er war ein gutes Stück älter als ihre Mutter und alles andere als attraktiv. Aber das war es nicht, was Juliette gegen den Mann einnahm. Es war die Art, wie er Juliette ansah, und nicht nur das. Juliette kannte diese Sorte Mann, unter den Gästen gab es immer wieder welche, deren Finger im engen Korridor oder beim Servieren *aus Versehen* über ihre Brust oder ihre Hüften streiften. Nur reisten diese Grapscher irgendwann wieder ab, während man mit Monsieur Morel neuerdings ständig rechnen musste. Selbst wenn er nicht da war, hing der Fischgeruch, den er verströmte, noch stundenlang in den Räumen wie eine drohende Wolke, die nichts Gutes verhieß. Gestern hatte er Juliette geraten, gefälligst freundlicher zu ihm zu sein. Man könne nie wissen, ob er nicht bald ihr Papa werden würde. Wenn das geschieht, dann gehe ich, dachte Juliette. Sie wusste zwar nicht, wohin, aber sie würde nicht unter einem Dach mit diesem Kerl leben.

»Komm mit, wir veranstalten gerade ein Picknick«, überrumpelte Sofia ihre neue Freundin an diesem Nachmittag und zog Juliette kurzerhand ein Stück den Strand entlang. »Wenn der Prophet nicht zum Berg kommt…«, meinte Sofia augenzwinkernd.

Juliette verstand nicht, was sie damit meinte, fand sich aber plötzlich konfrontiert mit der kompletten Reisegesellschaft, die, unter den obligaten Sonnenschirmen, auf bunten Decken und Klappstühlen rund um einen Samowar lagerte. Juliette wurde Gräfin Jelisaweta Lobanowa, deren Schwester

Olga Pokrowa und Sofias Cousins Nikolai und Boris sowie der Hauslehrerin Sofias, einem Fräulein Kleinmeier, vorgestellt. Nicht vorgestellt wurden die beiden älteren Frauen, offenbar Bedienstete, die mit verdrossenen Mienen Tee, Kekse und Sandwiches herumreichten. Bestimmt waren sie nicht begeistert darüber, die ganze Picknickausrüstung an den Strand und wieder zurück schleppen zu müssen. Bis auf die Gräfin Lobanowa waren die Damen mit leichten Kleidern aus weißem Musselin bekleidet. Sofia hatte obendrein eine rote Schärpe um ihre Taille gebunden, und ihre Zöpfe wanden sich wie ein Kranz um ihren Kopf.

Abgesehen von den beiden Jungs, bestand die Reisegesellschaft offenbar nur aus Frauen. Sofias Vater, Graf Alexander Lobanow, war in St. Petersburg, das wusste Juliette bereits von Sofia. Er wollte im Laufe ihrer Reise zu ihnen stoßen, falls der hohe Beamte und Offizier es in diesen unruhigen Zeiten einrichten konnte. Sicher war das noch nicht. Die Damen würden in ein paar Tagen aufbrechen und weiterreisen, um die Kulturstätten Italiens und Griechenlands zu besichtigen. Die zwei Wochen in Nizza dienten lediglich der Erholung, die nötig war, nach einem langen russischen Winter.

»Du bist also Juliette.«

»Jawohl, Frau Gräfin.« Juliette hatte keine Ahnung, ob das die korrekte Anrede war, doch da niemand sie korrigierte, war es wohl in Ordnung. Die Gräfin trug einen weiten, dunklen Rock und eine helle Bluse mit sehr vielen Knöpfen und einem bestickten Muschelkragen. Ihr Haar, dunkel wie das von Sofia, war kunstvoll hochgesteckt und bereits von grauen Strähnen durchzogen. Dennoch sah sie nicht alt aus. Juliettes Mutter sah viel älter aus, dabei war sie erst fünfunddreißig und damit bestimmt deutlich jünger als die Gräfin, deren ältester Sohn immerhin schon achtundzwanzig war.

»Sofia hat schon viel über dich erzählt. Setz dich zu uns, Juliette.«

Zögernd nahm Juliette Platz zwischen Sofia und den jungen Grafen Boris und Nikolai, die sie neugierig anstarrten. Da saß sie nun, auf einer orientalisch gemusterten Steppdecke, versteckte ihre nackten Füße unter ihrem Rock und bekam Tee in einer haudünnen Tasse serviert und dazu trockene Kekse. Sie überlegte, wie lange die Damen wohl jeden Morgen brauchten, um sich anzukleiden und zu frisieren.

Die Gräfin stellte ein paar Fragen nach ihrer Familie. »Sofia erwähnte, deine Mutter sei Italienerin.«

»Ja, Frau Gräfin. Sie stammt aus Sanremo.«

»Sprecht ihr zu Hause dann mehr Italienisch oder Französisch?«

»Beides, Frau Gräfin«, antwortete Juliette. »Mit den Gästen Französisch, unter uns eher Italienisch.«

»Also beherrschst du beide Sprachen in Wort und Schrift?«

»Das Italienische mehr wörtlich, Frau Gräfin.«

Gräfin Lobanowa, eine kleine, vordergründig zarte, aber doch energische Person, war Juliette nicht unsympathisch, aber sie empfand sie als sehr einschüchternd. Die unüberbrückbare Distanz zwischen ihnen war deutlich spürbar, viel mehr als bei den Unterhaltungen mit Sofia. Außerdem war ihr, als hätte die Gräfin vorhin recht kritisch auf Juliettes nicht ganz saubere Füße geblickt. Statt im Verlauf des Gesprächs, das eher einem Verhör glich, lockerer zu werden, verkrampfte Juliette sich zusehends, sodass nicht mehr viel von ihrem angeblichen Esprit übrig war.

»Deine Mutter führt euer kleines Hotel ganz allein?«

»Ja, Frau Gräfin. Wir können uns kein Personal leisten. Es ist nur eine Frühstückspension, das schafft man schon zu zweit.«

Irgendwann schien Sofia Juliettes Unwohlsein zu spüren und bat ihre Mutter, doch endlich mit der Ausfragerei aufzuhören. »Und ihr, glotzt sie nicht an, als wäre sie das siebte Weltwunder«, herrschte sie ihre beiden Cousins an. »Los, geht spielen!«

Die Jungs schienen auf dieses Kommando gewartet zu haben, sie stopften sich jeder noch einen Keks in den Mund, sprangen dann auf und rannten in ihren kurzen Pluderhosen hinunter zum Meeressaum. Am liebsten wäre Juliette ihnen gefolgt, aber sie nahm sich zusammen, trank ihren Tee aus und entschuldigte sich dann höflich. Sie müsse nach Hause.

»Wie schade, ich dachte, wir könnten noch eine Runde Federball spielen!«, schmollte Sofia und deutete auf die zwei Schläger, die neben der Decke lagen. Juliette hatte das Spiel noch nie ausprobiert. Es sah einfach aus, aber das mochte täuschen. Sie verspürte große Lust, es zu versuchen, aber noch größer war die Furcht, sich vor Sofias Familie zu blamieren. Sie müsse wirklich gehen, ihre Mutter mache sich sonst Sorgen, beharrte sie deshalb und nahm ihren Jutesack mit, in dem heute kein einziges Stück Holz lag.

Francesca Bonnet hatte aber offenbar anderes zu tun, als sich um ihre Kinder zu sorgen. Die Jungs waren noch in der Schule, der kleine Emporio schlief überraschenderweise in Juliettes Bett. Das war aber ein sehr langer Mittagsschlaf, wunderte sich Juliette, und warum lag er in ihrem Bett? Plötzlich nahm sie einen Geruch im Raum wahr, der sie an ihren Vater erinnerte. Sie beugte sich über Filippo, und eine heiße Wut überflutete sie. Der Atem des Kleinen roch nach Fusel. Ihre Mutter war wirklich unmöglich! Sie hatte den Gedanken noch nicht zu Ende gedacht, da hörte sie aus der Schlafkammer der Mutter Geräusche, die darauf hindeuteten, dass sie sich gerade dem widmete, was Monsieur Morel *ein bisschen Spaß machen* nannte. Juliette wurde schlecht bei der bloßen Vorstellung. Wie konnte sie nur? Mit so einem! Neulich hatte Juliette ihre Mutter genau das gefragt. Sie werde nicht jünger, sie müsse sehen, wo sie bleibe, und Morel sei eine gute Partie, hatte Francesca Bonnet daraufhin erklärt und gemurmelt, Juliette habe gut reden, sie sei es ja nicht, die die hungrigen Mäuler stopfen müsse. Juliettes Einwand, Morel sei ein Lüstling, der seine Hände nicht bei sich behalten könne, hatte sie abgetan mit dem Rat, dann solle Juliette eben zusehen, dass sie Abstand halte. Sie sei schließlich kein kleines Mädchen mehr und müsse allmählich lernen, sich in Acht zu nehmen.

* * *

Als Juliette am nächsten Vormittag vom Markt zurückkam, stand ein Einspänner vor dem Haus. Es war eher selten, dass Gäste der Pension mit einer Mietkutsche vorfuhren, aber zuweilen kam es doch vor, und Juliette war neugierig auf diesen Gast. Sie stellte in der Küche ihren Korb mit Obst, Gemüse und Baguette ab, doch als sie über den Flur ging, traute sie ihren Ohren nicht. Die Stimme, die aus dem Frühstücksraum kam, gehörte doch... Juliette spähte durch die angelehnte Tür. Tatsächlich! Auf einem der einfachen Rohrstühle saß die Gräfin Lobanowa in einem dunklen Kleid und mit einem für ihre Verhältnisse schlichten Hut. Dennoch wirkte sie in dieser Umgebung wie ein Wesen von einem anderen Stern. Ein Strauß Tulpen stand auf dem Tisch, doch anstatt den Raum zu schmücken, hob der Blumenstrauß dessen Schäbigkeit nur noch extra hervor. Es war Juliette bisher nicht aufgefallen, doch nun, in Gegenwart von Gräfin Jelisaweta Lobanowa, sprangen ihr plötzlich die abgestoßenen Möbel und der Blasen werfende Putz unter dem verblassten grünen Anstrich ins Auge. Eine Welle der Scham überrollte sie. Was musste diese Frau nur über ihre Familie denken?

Die Gräfin saß aufrecht da, ihre Hände in den weißen Handschuhen lagen entspannt in ihrem Schoß, während sie sich mit Juliettes Mutter unterhielt. Es war jedoch keine bloße Plauderei, denn was hatten sich zwei so verschiedene Frauen auch schon zu erzählen? Vielmehr ging gerade ein Kuhhandel vonstatten, und die Kuh war Juliette.

»Meine Tochter Sofia wünscht sich, dass Juliette uns auf

unserer Weiterreise begleitet. Auch wenn ich der Ansicht bin, dass man Kindern nicht immer ihren Willen lassen sollte, finde ich dennoch Gefallen an dieser Idee. Sie, Madame Bonnet, waren so klug, Ihre Tochter zweisprachig aufwachsen zu lassen.« Madame Bonnet brauchte ein paar Sekunden, bis die Schmeichelei bei ihr ankam und bewirkte, dass sie schüchtern lächelte.

Die Gräfin fuhr fort. »Gerade Juliettes Italienischkenntnisse könnten uns sehr von Nutzen sein. Dazu kommt, dass Sofias Französischlehrerin aufgrund von prekären Umständen nicht mitreisen konnte – Sie verstehen? Kurz und gut, es würde meiner Tochter guttun, wenn sie eine Begleitung in ihrem Alter hätte, um mit ihr regelmäßig französische Konversation zu betreiben. Meine Schwester und ich bemühen uns zwar, mit ihr Französisch zu sprechen, aber es ist doch ein Unterschied, ob es jemandes Muttersprache ist oder nicht, wie Sie an meinem grässlichen Akzent und meinen vielen Fehlern hören können.«

»Sie sprechen ausgezeichnet Französisch, und Ihr Akzent ist kaum zu hören, Gräfin Lobanowa«, hörte Juliette ihre Mutter sagen. »Ich kann Ihr Anliegen verstehen. Aber Juliette ist mein Ein und Alles, meine einzige Tochter, und ohne sie bricht in der Pension alles zusammen. Ich bin allein mit der Arbeit, seit mein Mann ertrunken ist, und ich habe noch drei Kinder zu versorgen. Wie kann ich da mitten in der Saison monatelang auf Juliette verzichten?«

Natürlich habe sie diesen Umstand bedacht, versicherte die Gräfin. Daher würde sie Madame Bonnet mit einer Kompensation unter die Arme greifen, genug, um damit eine Aushilfskraft einstellen zu können. »Den emotionalen Verlust kann Geld natürlich nicht aufwiegen, wer wüsste das besser als ich, die ich schon zwei Kinder zu Grabe getragen habe, aber Ihre Juliette wäre ja lediglich für eine Weile auf Reisen und dabei in bester Gesellschaft.«

Danach blieb es eine Weile ruhig, während Juliettes Mutter

in ein Kuvert blickte, welches die Gräfin mit einer beiläufigen Geste über den Tisch geschoben hatte.

»Wie lange soll diese Bildungsreise dauern?«, fragte sie schließlich.

»Wir dachten, bis September, vielleicht Oktober. Wir haben vor, die letzten zwei Wochen im Kurort Abbazia ausklingen zu lassen, ehe wir uns wieder den Unbilden des russischen Winters stellen.«

»Meine Juliette hat doch gar nicht die richtigen Kleider für so etwas.«

»Ihre Tochter würde alles bekommen, was sie braucht, und obendrein ein kleines Taschengeld.« Die Gräfin seufzte. »Wissen Sie, Sofia ist unser Nesthäkchen. Sie hat niemanden mehr, seit ihre ältere Schwester geheiratet hat, die Cousins sind zu jung. Ihre Tochter wäre ihr bestimmt eine gute, treue Freundin. Wir würden diese Reise als eine Art Probezeit betrachten, und wenn Juliette sich bewährt, könnte sie eventuell sogar mit uns nach St. Petersburg mitkommen. Natürlich würden wir Sie in diesem Fall in Form einer jährlichen Zuwendung abfinden.«

»Nach Russland? *Mio dio!*« Francesca Bonnet schnappte hörbar nach Luft, und der Lauscherin im Flur stockte erst recht der Atem. Sie hörte ihre Mutter sagen: »Das wird meine Juliette nicht wollen. Ihre Familie ist hier, sie war ihr Leben lang noch nie woanders.«

»Mir ist bewusst, dass das kein leichter Schritt für Sie beide ist. Sie wäre keine Bedienstete, sondern eine Art … Gesellschaftsdame für meine Sofia. Mit allen Privilegien, die damit verbunden sind. Sie würde am Privatunterricht meiner Tochter teilnehmen und wäre ein Mitglied der Familie. Es wäre sicher nicht zu ihrem Schaden. Natürlich ist es letztendlich Juliettes Entscheidung. Aber als Mutter hat man doch mehr Weitblick und einen gewissen Einfluss, oder etwa nicht?« Die Gräfin lächelte verhalten und erhob sich. Die Hand auf der Stuhllehne sagte sie: »Wir reisen übermorgen weiter. Ich lasse

Ihnen morgen Nachmittag um fünf eine Droschke schicken. Überlegen Sie es sich bis dahin, und sprechen Sie mit Ihrer Tochter, Madame Bonnet.«

Juliette schwirrte der Kopf. Bildungsreise. Gesellschaftsdame. Taschengeld. Weg von Monsieur Morel und seinen Fischhänden... Aber Russland! Die Kälte! Sie konnte kein einziges Wort Russisch. Wann würde sie ihre Mutter wiedersehen, ihre Brüder? Nein, ihre Mutter würde das niemals zulassen. Zum einen brauchte sie Juliette, zum anderen war eine Tochter nicht einfach durch Geld zu ersetzen. Ihre Mutter hatte es ja gerade selbst zur Gräfin gesagt: Juliette sei ihr Ein und Alles. Doch diese Reise durch Europa, all die großen Städte erleben, die Museen besuchen, schöne Kleider tragen, in Hotels wie dem Negresco wohnen... Das klang geradezu märchenhaft. Wann im Leben bekäme sie jemals wieder so eine Gelegenheit?

Kapitel 7

Salve, Belmonte!

Belmonte, Gegenwart

Am Donnerstag, einen Tag vor Martas Beisetzung, kam Simona gegen neunzehn Uhr vor Francas Haus in Belmonte an. *Ihrem* Haus, korrigierte Simona sich im Geist. Sie musste sich endlich daran gewöhnen, dass es ihr gehörte.

Sie stellte den Motor ab, stieg aus und streckte sich nach der langen, anstrengenden Fahrt. Sofort stieg ihr der typische Duft von Kräutern in die Nase. Sie sog ihn mit geschlossenen Augen ein. *Ah, Italien!*

»Salve casa, salve moro!«

Das Haus lag am Fuß der Ortschaft Belmonte, vom Ort getrennt durch ein Stück Schotterstraße und die lang gezogenen Gärten, die sich unterhalb der Befestigungsmauern des alten Dorfkerns den steilen Hügel hinab erstreckten. Es war ein typisches marchigianisches Bauernhaus, in dem im oberen Stockwerk die Besitzer und darunter deren Vieh gelebt hatten, beide Bereiche verbunden durch eine Außentreppe. Nach einigen Umbauten befand sich jetzt eine Treppe im Innern und ebenerdig die geräumige Wohnküche mit angeschlossener Terrasse. Sie war Simonas Lieblingsplatz und wurde von einem mächtigen Maulbeerbaum beschattet, dem *moro*, einem Koloss von einem Baum, mit knotigem, knorrigem Stamm und ausladenden Ästen. In den *moro* hatte Simona sich sofort verliebt.

Sie schloss die Haustür auf, in Erwartung des muffigen Geruchs unbewohnter Häuser, aber jemand, vermutlich ihre Cousine Flavia, hatte vor Simonas Ankunft geputzt und gelüftet, die Fensterläden aufgeklappt und einen Strauß mit Blumen aus dem Garten auf den Küchentisch gestellt. Flavia bewirtschaftete auch Simonas großen Gemüsegarten und verkaufte die Erzeugnisse im Dorfladen, der aus diesem Grund den Namen *il giardino* trug. Das Geschäftsmodell war Simonas Idee gewesen. Sie wollte den brachliegenden *alimentari*, den *nonna* Marta und ihr Mann Salvatore einst geführt hatten, wiederbeleben und dort die Ernte aus dem Gemüsegarten hinter dem Haus zum Verkauf anbieten, den sie zu diesem Zweck erweitert hatte. Zusammen mit Flavia hatte sie das Projekt vor zwei Jahren auf den Weg gebracht. Als sie dann im selben Sommer doch wieder nach Deutschland zurückging, hatte sie ein schlechtes Gewissen und war froh, als Flavia ankündigte, den Laden alleine weiterführen zu wollen.

An der Vase klebte ein Zettel. Man erwartete sie zum Abendessen im kleinen Kreis der Familie.

Simona schickte ihrem Vater eine Nachricht, dass sie in einer guten Stunde da sein würde. Zum Glück aß man in Italien spät zu Abend. Sie duschte und schlüpfte in ein schlichtes dunkelblaues Hemdblusenkleid, das die paar überschüssigen Pfunde um ihre Taille vorteilhaft kaschierte. Danach begrüßte sie *ihr* Haus – *also, geht doch!* –, indem sie in allen Zimmern kurz nach dem Rechten sah. Auch im Obergeschoss war nichts mehr wie in alten Zeiten. Schon Franca Mälzer und ihr Ehemann Tobias, Simonas Großvater, hatten in den Achtzigern in den Räumen herumdilettiert. Viele Jahre später, 2008, hatte Simonas Vater Federico Ferri das Haus entkernt und gründlich renoviert. Er war zum Glück ein begabter Architekt, hatte an nichts gespart und dabei Geschmack bewiesen, das musste Simona ihm lassen. Kein Wunder, hatte er doch sozusagen sein eigenes Liebesnest gestaltet. Er ließ im oberen Stockwerk Mauern einreißen und verwandelte die engen, düsteren Schlafkammern in ein großes, loftartiges Wohnzimmer, ein größeres Schlafzimmer und ein kleineres Gästezimmer. Das Designerbad war schlicht gehalten und noch immer ein Hingucker, der Simona jedes Mal erfreute, wenn sie es betrat.

Nach ihrem Rundgang setzte sie sich mit einem Glas Wein unter den Moro, lauschte den Zikaden und dem Hundegebell vom Dorf her und atmete erst einmal tief durch.

Zurück in Belmonte! Es fühlte sich gut an.

Als sie heute Mittag in ihrem roten Citroen Berlingo den Brenner passierte, brachen die Erinnerungen mit Wucht über sie herein. Vor zwei Jahren war sie in ihren klapperigen Twingo gestiegen, im Gepäck die Urne ihrer Großmutter, um das Erbe ihrer *nonna* Franca anzutreten: den Farina-Hof, das Elternhaus von Francas Mutter, von dem Simona bis zur Testamentseröffnung nichts gewusst hatte. Für die Asche ihrer *nonna* hatte sie schließlich einen schönen Platz gefunden, so wie es deren letzter Wunsch gewesen war. Damals hatte Simona nicht gewusst, was sie in Belmonte erwartete, sie war ahnungslos, was ihre italienische Familie anging, aber sie hatte die Fahrt und das Alleinsein genossen. Genau wie heute. Sowie sie über den Brenner fuhr, besserte sich ihre Stimmung, und kaum lagen die Alpen hinter ihr, wurde ihr gleich viel leichter ums Herz, und selbst der Gedanke, dass Sebastian nun endgültig aus ihrem Leben verschwunden war, verlor seinen Schrecken.

Vorgestern hatte sie ihre Sachen bei ihm abgeholt, absichtlich zu einem Zeitpunkt, an dem sie ihn in einer Vorlesung wusste. Der neue Beziehungsstatus erlaubte einen distanzierten Blick auf die Wohnung, in der sie immerhin auch ein paar Monate gelebt hatte, ohne sich dort jemals zu Hause zu fühlen. Das Aufgeräumte, Kühle, Edle – das war einfach nicht die Umgebung, in der sie sich wohlfühlte. Sie mochte es schlunziger, unordentlicher, unperfekter. Wie hatte sie jemals glauben können, mit einem Menschen glücklich zu werden, der sein

Müsli abwog und seine Messer exakt der Größe nach geordnet und alle gleich ausgerichtet an eine Magnetleiste heftete? Sie konnte nicht widerstehen und drehte eines der Messer um, sodass dessen Schneidefläche als einzige nach links zeigte. Den Schlüssel ließ sie auf dem Küchentresen liegen.

Jetzt im Nachhinein schien es ihr, als wären die vergangenen zwei Jahre nichts als sinnlos vertane Zeit gewesen. Eine Schleife, die sie nur wieder nach Belmonte geführt hatte, auf die Terrasse unter dem Moro, in den Schoß ihrer Familie sozusagen. Sie blickte zurück auf zwei Jahre Selbstfindung ohne Fund, auf eine Geschäftsgründung mit mäßigem Erfolg und auf eine gescheiterte Beziehung.

Großartig, Simona!

Ihr Handy piepte. Ihr Vater fragte, wo sie bleibe. Simona leerte ihr Glas, schnitt noch schnell ein paar Blumen und machte sich zu Fuß auf ins Dorf.

Das Familiendomizil lag in einem der Häuser, die direkt auf der Befestigungsmauer des *castello* Belmonte errichtet worden waren, und praktisch die Festung bildeten. Eine mittelalterliche Form des Reihenhauses, wenn man so wollte. Simona war bisher nur wenige Male dort gewesen. Sie erinnerte sich an hohe Decken, steinerne Böden, meterdicke Außenmauern und eine wunderbare Aussicht, die man leider nur selten bewundern konnte, denn fast immer waren, zumindest im Sommer, die Fensterläden geschlossen. Nichts schien man hierzulande so sehr zu fürchten wie die Hitze, die in die Räume dringen könnte. In der dreistöckigen Wohnung hatten Marta Ferri und ihr Ehemann Salvatore ihre vier Kinder großgezogen, nun gehörte sie Irma und ihrem Mann Paolo, die bis zuletzt mit Marta zusammengewohnt und sie betreut hatten.

Es war fast halb neun, aber noch hell, als Simona auf den historischen Ortskern zuging, der dank großzügiger Zuwendungen der EU stilecht renoviert und von Bausünden der Nachkriegszeit bereinigt worden war. Gerade kam sie an der

Plakatwand gegenüber dem Postamt vorbei, wo Martas Todesanzeige hing. Martas Plakat war das neueste, unter ihrem klebten schon ein paar ramponierte und verwaschene, daneben hingen Veranstaltungshinweise und Bekanntmachungen der Gemeinde Arcevia, zu dessen Bezirk Belmonte gehörte.

Sie ging weiter, stolperte mit ihren schwarzen Pumps die kopfsteingepflasterte Gasse entlang, die den Ortskern durchschnitt. Die Reste der Infiorata, der Feierlichkeiten zu Fronleichnam, waren noch sichtbar: reich bestückte Blumenkübel, Blumenkästen vor den Fenstern, Girlanden an den Häusern und der eine oder andere Blumenteppich vor einer Tür, hinter der ein Kommunionskind lebte. Ihr Magen knurrte, und sie freute sich auf ein köstliches italienisches Essen.

Sie stand auf der Schwelle und zupfte noch Frisur und Kleid zurecht, da öffnete sich auch schon die Tür, und heraus kamen vier alte, tiefschwarz gekleidete Frauen, die Simona unter ihren Kopftüchern heraus flüchtig zunickten, *buonasera* murmelten, und dann lautlos die Gasse entlanghuschten wie schwarze Vögel. Simona schaute ihnen nach. Ihr schwante etwas, denn aus Erzählungen ihrer *nonna* kannte sie die hiesigen Bräuche anlässlich von Todesfällen.

Sie hatten doch nicht etwa…

Sie hatten. Auf einem mit schwarzem Tuch abgedeckten Gestell in der Mitte der Eingangshalle stand der Sarg, ebenfalls schwarz und ohne Deckel. Der lag an der Seite, unter der Garderobe. Simona wagte nicht, näher zu kommen und in den Sarg zu blicken, und für den Augenblick bewahrte auch ihre Tante Irma sie davor, denn diese eilte auf sie zu und begrüßte sie mit den üblichen Küssen auf beide Wangen. Sie roch nach Kölnischwasser und angeschmorten Zwiebeln, eine Mischung, die Simona prompt auf den Magen schlug. Sie streckte Irma die Blumen entgegen und sprach ihr, etwas steif, ihr Beileid aus. Über den Sarg hinweg suchte sie den Blick ihres Vaters, der gerade aus dem *salotto* auf sie zusteuerte, um sie zu begrüßen. Er schien ihre Beklemmung zu bemerken, konnte aber nur hilflos mit den Schultern zucken und ihr verlegen zulächeln.

Verdammt, er hätte sie wenigstens vorwarnen können. Oder Flavia, warum hatte die nichts gesagt? Hatten sie befürchtet, Simona würde sonst nicht kommen? Wie lange lag Marta schon da in der Eingangshalle, etwa seit… vier Tagen? Sie blähte die Nasenflügel und nahm vorsichtig Witterung auf. Nein, man roch nichts Verdächtiges, da waren nur die Küchendünste, die durch die Wohnung waberten.

Sie verspürte einen Würgereiz und atmete tief durch die Nase ein und aus. Keine Ahnung, was von ihr erwartet wurde, aber sicherlich nicht, dass sie sich in den Sargdeckel übergab. Nach wie vor mied sie den Anblick des aufgebahrten Leichnams, auch wenn ihr klar war, dass sie damit nicht durchkommen würde. Schon bei *nonna* Franca hatte es sie große Überwindung gekostet, und ihr hatte sie viel näher gestanden als Marta.

»Simona, verabschiede dich von deiner Großmutter«, forderte Irma sie auf.

Okay, das war eine unmissverständliche Ansage. Ihr Vater war inzwischen bei ihr und umarmte sie. »Ich muss sie doch nicht küssen, oder?«, hauchte Simona ihm ins Ohr.

»Du schaust zu viele Mafia-Filme«, flüsterte er.

Simona hielt sich die Hand vor den Mund, denn sie musste unwillkürlich grinsen. Wenigstens hatte er seinen Humor nicht verloren.

»Die Bestatter haben sie heute früh hergebracht, damit die Leute aus dem Dorf Abschied nehmen können«, erklärte ihr Vater. »Den ganzen Tag ist es hier zugegangen wie in einem Taubenschlag.«

Um es hinter sich zu bringen, trat Simona neben den Sarg. Mit angehaltenem Atem betrachtete sie die Tote. Wie klein sie war und wie runzelig. Geschrumpft vom Alter, gedörrt von der italienischen Sonne.

Marta Ferri trug ein schwarzes, hochgeschlossenes Kleid, ihre Hände, braunfleckig und mit Adern dick wie Taue, lagen gefaltet auf ihrem Bauch, ein Rosenkranz war darumgewickelt. Man hatte ihr die Brille mit dem schwarzen Gestell und den ultradicken Gläsern aufgelassen. Gut so, die gehörte einfach zu ihr. Darunter stach, scharf wie ein Felsen, ihre Nase hervor. Der Mund war ein strenger Strich, und jemand hatte versucht, ihren Schnurrbart wegzupudern, was einigermaßen grotesk aussah. Ansonsten wollte Simona sich lieber nicht vorstellen, welche Prozeduren sie im Bestattungsinstitut mit ihr angestellt hatten, um sie einigermaßen präsentabel aufbahren zu können.

»*Arrivederci, nonna* Marta«, murmelte Simona und spürte dabei das tröstliche Gewicht der warmen, schweren Hand ihres Vaters auf ihrer Schulter, der ihr durch ein Räuspern signalisierte, dass nun dem Brauch Genüge getan war. Sie wandte den Blick ab. Martas Rollator stand traurig und verlassen in einer Ecke neben der Tür, und seltsamerweise war es dieses nun nutzlos gewordene Utensil, das Simona die Tränen in die Augen trieb. Woraufhin ihr Vater ebenfalls weinte.

»*Venite a mangiare!*«, rief Irma aus dem *salotto*.

Simona schluckte. Ihr war gerade der Appetit vergangen, aber es nützte ja alles nichts. Da musste sie durch.

Der *kleine Kreis der Familie*, der sie schon ungeduldig erwartete, bestand aus neun Personen, die sich um den langen Esstisch versammelt hatten. Unter ihnen waren Irma und ihr Mann Paolo sowie Irmas Zwillingsbruder Matteo und natürlich ihr Vater, dazu Irmas Tochter Giovanna mit ihrem Mann Luigi und den erwachsenen Kindern Valentino und Flavia, Simonas Lieblingsverwandte. Auch Claudia war gekommen, das jüngste der vier Kinder von Marta und Salvatore Ferri. Claudia Ferri-Hamilton war eine gepflegte Frau von einundsiebzig Jahren, mit langen weißen Locken und einem sympathischen, verschmitzten Lächeln. Simona mochte sie auf Anhieb und musste, als sie ihrer neuen Tante vorgestellt wurde, unweigerlich ein bisschen in sich hineinschmunzeln. Es wurde in der Familie nach Möglichkeit vermieden, von Claudia zu sprechen, und wenn doch einmal die Rede auf sie kam, endete die Unterhaltung stets mit Getuschel und roten Köpfen. Claudia lebte seit fast fünf Jahrzehnten in Schottland und war – an dieser Stelle pflegten Marta und Irma sich stets mit bekümmerter Miene zu bekreuzigen – mit einer Frau verheiratet. Man hatte Claudias Ehefrau noch nie in Belmonte gesehen. Auch dieses Mal hatte Claudia sie nicht mitgebracht und ihr damit vermutlich einen Gefallen getan.

Das Essen verlief, dem Anlass entsprechend, etwas gedämpfter als sonst, wenn die Familienmitglieder lautstark ihre Scharmützel austrugen, die sich oft darum drehten, wer wem welchen Streich gespielt hatte. Es ziemte sich nicht, wo doch nebenan der Leichnam lag, und es fehlte Marta als Basta-Instanz, welche die Dinge richtigstellte. Wobei *richtig* bedeutete, wie Marta die Geschehnisse in Erinnerung hatte. Bestimmt würde man bald wieder, vielleicht schon beim Leichenschmaus nach der Beisetzung, die alten Anekdoten zum Besten geben, aber heute waren alle ein wenig angespannt, besonders Irma. Immer wieder ging sie die Programmpunkte des morgigen Tages durch. Denn während Trauergottesdienst und Beisetzung festen Ritualen folgten und man höchstens bei der Auswahl des Sarges und dem Blumengesteck Fehler machen konnte, war der anschließende *banchetto funebre*, der Leichenschmaus, ein Minenfeld. Wer durfte kommen, wer nicht, was gab es zu essen, es sollte nicht zu wenig sein, aber auch nicht zu üppig, es war schließlich keine Hochzeit. Ein Fehler nur, und man kam unweigerlich ins Gerede.

Nach dem Essen und einer Runde Grappa wurde die Stimmung gelöster und die Gespräche lebhafter. »Dein Vater war der Schlimmste von allen«, erzählte Claudia Simona. »Er hat so viel angestellt, aber fast immer haben andere die Dresche dafür gekriegt, meistens Matteo oder ich. Denn weder unsere Mutter noch unsere Großmutter konnten sich vorstellen, dass ihr kleiner Wonneproppen Federico in anderer Leute Gärten Kirschen klaut oder unsere weißen Hühner mit Farbe besprüht.«

»Stimmt!«, bestätigte Matteo grimmig. »Ich hätte diesem kleinen *cretino* manchmal wirklich gern den Hals umgedreht.«

»Was ist mit mir?«, mischte sich der Genannte ein.

»Sie sagen, du warst ein übles, verzogenes Früchtchen«, antwortete Simona.

»Sie lügen, alle miteinander!«

»Bunte Hühner?«, hakte Simona nach.

»Das war ein kreativer Akt. Sie sollten auch so hübsch aussehen wie der Gockel.«

»Immer eine Ausrede parat. Das war schon damals so«, bekräftigte Claudia.

»Wann warst du zum letzten Mal in Belmonte?«, fragte Simona ihre Tante Claudia rundheraus.

»Neunzehnhundertdreiundneunzig«, kam es ohne ein Zögern. »Zur Hochzeit von Giovanna und Luigi. Deine Großmutter Franca und ihr Mann, Tobias der Teutone, waren ebenfalls da.«

Da war sie vier gewesen, rechnete Simona nach und fragte: »War ich auch dabei?«

»Nein.«

Simona verzog das Gesicht. Eine Weile lang hatte Marina sich in unregelmäßigen Abständen als Mutter versucht, wobei ihre Partner öfter einmal gewechselt hatten. Bis Franca dem Treiben ein Ende gesetzt und Simona, noch ehe sie in die Schule kam, zu sich genommen hatte.

»Warst du so selten hier, weil Marta nicht wollte, dass du öfter kommst?«, fragte Simona, die das Gefühl hatte, dass man bei Claudia nicht um den heißen Brei herumreden musste.

»Nein. *Mamma* war... wie sagt man... *tough*. Sie hat mich oft genug eingeladen. Aber ich weiß ja, wie die Leute hier sind. Ich wollte *mamma* nicht dem Dorftratsch aussetzen. Sie war ein paarmal bei Kate und mir zu Besuch.«

»In Schottland? Das wusste ich gar nicht.«

Claudia lächelte. »Das letzte Mal vor zehn Jahren. Du darfst mich ruhig auch mal besuchen. Ich finde, du bist eine Bereicherung für die Familie. Da hat dein Vater ausnahmsweise einmal etwas Vernünftiges hingekriegt.«

Sie schauten sich an, und man merkte, dass beide ein Lachen unterdrückten, um niemanden, respektive nicht die säuerlich dreinblickende Irma, mit allzu guter Laune zu brüskieren.

Simonas Appetit war mit dem Essen zurückgekommen, denn kochen konnte Irma, da gab es kein Vertun. Ihr fiel auf, dass sie heute offenbar keine Probleme mit Unterhaltungen hatte, wie sonst so oft mit Sebastians Freunden. Keine Fragen ohne Antwort, kein verlegenes Schweigen, keine erfrorenen Halbsätze.

Vielleicht war sie in letzter Zeit nur in der falschen Gesellschaft gewesen. Oder im falschen Land.

* * *

»*Che bella figura! Americano*, man erkennt dich kaum wieder. Gehst du zu einer Hochzeit?«

Carla trat mit einer Handvoll Salat in der einen und mit einem nassen Schirm in der anderen Hand durch die hintere Küchentür, wo Adriano sich gerade einen Espresso genehmigte.

»Beerdigung«, knurrte er. Carlas Aufhebens war ihm ein wenig unangenehm.

Carla stellte den triefenden Schirm in eine Ecke, wo sich sofort eine Pfütze auf den *mattoni* bildete, den Backsteinen auf dem Boden. Sie musterte ihn von oben bis unten mit professionell-prüfendem Blick. »Armani?«

»Zegna.«

»Schon mal daran gedacht zu modeln?«

Er verdrehte die Augen und stellte den Schirm demonstrativ vor die Tür. »Eine alte Frau aus dem Dorf ist gestorben. Die Mutter meines Architekten Federico Ferri, ich kannte sie nur vom Sehen. Aber auf dem Dorf muss man zu jeder Beerdigung, sonst fällt man schnell in Ungnade.«

Er zog die zischende Espressokanne vom Herd. Gestern war er nach Jesi gefahren und hatte einen Friseur besucht, der ihm einen längst fälligen Haarschnitt verpasste und den Bart stutzte, und wo er schon gerade dabei war, sich in einen zivilisierten Menschen zu verwandeln, ließ er sich vom Friseur eine Boutique empfehlen und legte sich endlich neue Klamotten zu. In seinem Schrank hingen zwar noch Anzüge von früher, die aber sicherlich längst aus der Mode gekommen waren, was in Belmonte wahrscheinlich niemandem groß auffallen würde. Aber sie passten ihm nicht mehr. Seine Figur hatte sich durch die körperliche Arbeit verändert, und das nicht zum Nachteil, wie er zufrieden feststellte. Seine Schultern waren breiter geworden, der Bauchansatz war so gut wie verschwunden. Anlässlich der Beisetzung von Marta Ferri trug er ein anthrazitgraues Hemd, eine hellgraue Krawatte zum schwarzen Anzug und die ebenfalls neuen schwarzen Budapester. Der Anblick seines Spiegelbildes war ein regelrechter Schock gewesen, denn er hatte sich fast nicht mehr erkannt. Ich verbauere, dachte er. Vielleicht sollte ich öfter mal wieder unter die Leute.

»Die Krawatte?« Carla zog ihre markanten Brauen in die Höhe.

»Was ist mit der?«

»Hast du keine schwarze?«

»Doch, glaub schon«, murmelte er. Was Bekleidung und Stil anging, war sie zweifellos die Autorität. »Auch einen Espresso?«

Sie schüttelte den Kopf.

Stimmt. *Caffè* vor dem Essen vertrug sie nicht. Sie vertrug überhaupt vieles nicht, anderes lehnte sie aus ethischen Gründen ab, Fleisch, Wurst und Käse zum Beispiel, doch damit musste sich Maria auseinandersetzen. Die hatte es sich nämlich zur Aufgabe gemacht, Carla *etwas mehr auf die Rippen zu schaffen*. Auf den Erfolg dieses Unterfangens würde Adriano jedoch keinen Cent wetten.

Carla begann den Salatkopf von den äußeren Blättern zu befreien. Es würde ihn nicht wundern, sollte ihr Mittagessen lediglich aus diesem bisschen Grün bestehen. Vielleicht mit drei Tropfen Olivenöl und einigen abgezählten, gerösteten Sonnenblumenkernen als Gipfel des Genusses.

»Was machen die französischen Tagebücher?«, fragte er.

Carla drehte sich zu ihm um und schaute ihn mit kindlich-ernstem Blick an. »Ich habe mir Folgendes überlegt: Ich werde anhand dieser Aufzeichnungen einen Roman schreiben. Es soll kein Tatsachenbericht werden, einige historische Dinge werde ich recherchieren müssen, und anderes, was die Personen angeht, werde ich erfinden, ich werde ihnen Worte in den Mund legen müssen und ihre Gedanken …«

»Carla, ich weiß zufällig, was ein Roman ist«, unterbrach er sie amüsiert.

»Stimmt, ja, ich vergaß. Wer, wenn nicht du? Aber da du ja verlangst, dass deine Gäste an einem Projekt arbeiten …«

Wieder sah er sich gezwungen, ihr ins Wort zu fallen. »Das *verlange* ich doch gar nicht. Nicht von dir. Dein Besuch fällt ja wohl in eine andere Kategorie.«

»Ach ja? In welche denn? Lästige Verwandtschaft?«

Adriano zappelte in seiner eigenen Falle, erkannte er, und mit jedem Wort würde er sich nur noch mehr darin verstricken. Selbst Schweigen wäre vergeblich. Wider besseres Wissen sagte er: »Meinst du nicht, dass so ein umfangreiches Werk eine Nummer zu groß ist für den Anfang? Vielleicht solltest du erst mal mit *short storys* anfangen?«

»Nein, wozu? Wo mir der Stoff doch praktisch in den Schoß gefallen ist? Ich habe sogar schon angefangen – ganz ohne deine Erlaubnis.«

Adriano ging zum Küchenbord, griff nach Johanna Burgers selbst gebranntem Birnenschnaps und kippte einen Schuss davon in seinen *caffè*, um so seines Schreckens Herr zu werden. Was hatte ihn bloß geritten, ihr diese Notizbücher zu geben? Wenn er das richtig verstanden hatte, wollte sie den Roman *hier* schreiben. Das Schreiben eines Romans, niemand wusste das besser als er, nahm im günstigsten Fall etliche Monate in Anspruch, bei Anfängern oft Jahre. Wie hatte sie sich das vorgestellt, wollte sie sich etwa auf Dauer bei ihm einmieten?

Zugegeben, Carla hatte sich während der vergangenen fünf Tage ihm gegenüber rargemacht. Jetzt wusste er auch, warum. Dennoch besaß sie das Talent, ihm auf die Nerven zu gehen, wann immer sie zusammentrafen. Das würde bestimmt nicht besser werden, wenn sie ihn ab sofort als Mentor zurate ziehen würde. Er müsste ihr erst einmal die handwerklichen Grundlagen des Schreibens beibringen, und es würde an ihm hängen bleiben, sie über Versagensängste, die Das-ist-doch-alles-Mist-Phase und über Schreibblockaden hinwegzutrösten. Selbst wenn es gut lief, wäre es seine Pflicht, Kritik zu üben, denn nur die brachte einen weiter. *Kill your darlings!* Er sah sich jetzt schon ihren Tränen und Protesten ausgesetzt. Das alles würde sehr, sehr anstrengend und unerfreulich werden. Wie zum Teufel kam er bloß aus dieser Nummer wieder heraus?

»Jetzt sag schon, was hältst du davon?«, fragte sie erwartungsvoll.

Er schaute demonstrativ auf die Küchenuhr, die Viertel vor elf anzeigte. »Verdammt, ich muss los!«

»Krawatte wechseln!«, rief sie ihm hinterher.

Kapitel 8

Nur die Nachbarin

Belmonte, Gegenwart

Marta Ferris Beisetzung begleitete ein feiner, durchdringender Landregen, der aus dunklen, tief hängenden Wolken herabfiel. Nach zwei Wochen Hitze war der Regen von allen herbeigesehnt worden, nur nicht ausgerechnet heute, stellte er doch die Trauergemeinde vor gewisse logistische Probleme. Schon beim Gottesdienst war die Dorfkirche beinahe aus den Nähten geplatzt, aber nun, da immer mehr Menschen mit ihren Schirmen auf den Friedhof von Belmonte drängten, wurde es eng zwischen den Familiengräbern, den Wänden mit den Schiebegräbern und dem Kolumbarium für die Urnen. Die meisten Männer opferten sich und klappten ihre Schirme zu, um weniger Platz zu beanspruchen, aber die Frauen wollten ihre Hüte und Frisuren nicht vom Regen ruinieren lassen, und so herrschte ein Geschiebe und Gedränge, Schirme verkeilten sich ineinander, was zu leisem Gekeife führte, und es dauerte eine Weile, bis die schwarz gekleidete Menschenmenge Platz gefunden hatte und unter fortwährendem Regenrauschen zur Ruhe kam.

Als enge Familienangehörige hatte Simona das Privileg, der Rede des Pfarrers direkt vor dem monumentalen Familiengrab der Ferris lauschen zu dürfen. Der Mann stammte aus Indien, denn der allgemeine Priestermangel hinterließ auch im

Stammland der katholischen Kirche seine Spuren. Sein Italienisch war schwer verständlich und so drollig, dass Simona sich in einer Tour zusammenreißen musste, um gegen den Lachreiz anzukämpfen.

Schon vorhin, in der Kirche, hatte der gute Mann Marta Ferri beinahe heiliggesprochen, und nun würdigte er die Verstorbene ein weiteres Mal als aufopfernde Mutter von vier Kindern, als gute Ehefrau, engagiertes Gemeindemitglied und vorbildliche Katholikin.

Typisch, ärgerte sich Simona. Küche, Kinder, Kirche. Als zählte in einem Frauenleben nichts anderes. Keine Rede davon, dass Marta während des Krieges im Widerstand gewesen war, keine Rede von ihrem Wirken als Geschäftsfrau während der vielen Jahre, in denen Marta den *alimentari* von Belmonte geführt hatte. Später, als ihr Mann Salvatore in Deutschland arbeitete, harrte Marta eisern in Belmonte aus und zog ihre vier eigenen Kinder und das Pflegekind Franca groß. Marta und Salvatore Ferri hatten das Kind von Martas Freundin Teresa wie ihre eigene Tochter behandelt. Andere Familien hätten sich damit geschmückt, hier fand man es keiner Erwähnung wert.

Simona biss sich auf die Lippen. Den indischen Pfarrer traf keine Schuld. Er war erst seit wenigen Jahren für Belmonte und ein paar Nachbardörfer zuständig und hatte selbstverständlich keine Ahnung von Martas Leben. Er konnte nur wiedergeben, was man ihm über sie gesagt hatte. Wobei *man* vermutlich Irma war. Simona schaute zu ihrer Tante hinüber. Sie trug einen schwarzen Hut und hatte dunkle Ringe unter den Augen. Trotz ihrer bemüht aufrechten Haltung wirkte sie müde. Die Beisetzung und all das Drumherum zu organisieren war sicher anstrengend gewesen. Vielleicht waren auch die letzten Jahre anstrengend gewesen. Ein Paar kann noch so viele Kinder haben, die Pflege der Alten bleibt stets an einer Person hängen, meist an der ältesten Schwester. So auch hier. Simona hatte keine Ahnung, wie viel Aufmerksamkeit und Pflege Marta im hohen Alter benötigt hatte. Trotzdem wunderte sie sich schon ein wenig darüber, dass Irma Franca anscheinend gänzlich unterschlagen hatte. Immerhin waren beide fast gleich alt und während ihrer Kindheit und Jugend beste Freundinnen und, ja, Schwestern gewesen. Doch seit jeher neigte ganz Belmonte dazu, Francas Existenz zu verdrängen.

Franca, der Bastard.

Die *nonna* hatte schon gewusst, warum sie mit neunzehn Jahren nach Deutschland gegangen war. Für Franca war in Belmonte kein Platz gewesen, weder damals noch heute.

Vom Standpunkt der katholischen Kirche aus betrachtet waren auch die leiblichen vier Kinder von Marta und Salvatore Ferri nicht ohne Makel, überlegte Simona mit einem Anflug von Sarkasmus. Ein gottgefälliges Leben hatten nur die Zwillinge Irma und Matteo geführt, die brave Mütter und Väter, Ehefrauen und Ehemänner geworden waren. Bei ihnen gab es keine Skandale, zumindest wusste man von keinem. Die anderen zwei verirrten Schafe dagegen standen Schulter an Schulter: Claudia und Federico.

Als Lesbe und Ehefrau einer *Frau*, noch dazu einer Protestantin, war Claudia die Hölle ohnehin sicher, das war klar. Doch Federico, Simonas Vater, hatte am meisten auf dem Kerbholz. Womit anfangen? Zahllose Affären, gern auch mit Ehefrauen von anderen, er selbst hatte nie geheiratet. In späten Jahren war er sogar eine Beziehung mit ihrer Großmutter Franca, seiner Jugendliebe, eingegangen. Schon dies war anstößig, auch wenn sie nicht wirklich Bruder und Schwester gewesen waren. Da Franca zu Beginn der Affäre noch verheiratet gewesen war, war man jedoch geneigt, ihr den schwarzen Peter zuzuschieben. Das Pikante war, dass Federico viele Jahre zuvor, im August 1988, Francas Tochter Marina geschwängert hatte – mit Simona als Ergebnis. Man musste ihm freilich seine Ahnungslosigkeit zugutehalten: Er wusste nicht, wen er da in der Disco abschleppte, offenbar wurden seinerzeit nur Körpersäfte, aber keine Nachnamen ausgetauscht. Erst nach Francas Tod vor zwei Jahren hatte Federico Ferri von Simonas Existenz und seiner Vaterschaft erfahren. Marina dagegen hatte Bescheid gewusst, sich jedoch dreißig Jahre lang aus Bequemlichkeit und Ignoranz über den Vater ihres Kindes ausgeschwiegen.

In der Familie sah man großzügig über Federicos Verfehlungen hinweg, er war und blieb der Sonnenschein der Familie und außerdem der erfolgreichste der vier Geschwister. Bis zuletzt vergötterte Marta ihren Lieblingssohn. Er war halt ein Mann, *un uomo*, und Männer sind eben, wie sie sind.

Mit der sechsundneunzigjährigen Marta ging auch eine Zeitzeugin. Simona fragte sich, wie viel Wissen, wie viele Geheimnisse mit ihr zusammen für immer in dieser steinernen Gruft verschwanden. In jeder Familie gab es Geschichten, die so oft erzählt wurden, dass man sie schon fast über hatte, und solche, die man lieber für sich behielt, die absichtlich in Vergessenheit gerieten, oft schon nach einer Generation. Eine Geschichte der zweiten Kategorie hatte Simona ihrer *nonna* Marta im Sommer vor zwei Jahren entlocken können. Es war nicht einfach gewesen, denn Marta Ferri und ihre Freundin Teresa Farina hatten einander geschworen, mit keinem Menschen über jenen Augustnachmittag des Jahres 1944 zu sprechen. Die zwei jungen Frauen hatten eine örtliche Partisanengruppe, die sich in den Wäldern der Apenninen verbarg, heimlich mit Lebensmitteln versorgt. Darunter war auch Teresas Schwarm Cesare Prisco gewesen. Auf dem Rückweg fielen sie drei deutschen Wehrmachtssoldaten in die Hände, und in der Folge dieser Ereignisse – über Einzelheiten hatte Marta sich ausgeschwiegen – wurde Teresa schwanger, mit Franca. Niemand in Belmonte wusste, wer Francas Vater war, im Grunde nicht einmal Teresa selbst. Natürlich gab es Gerüchte, und dabei spielte auch Cesare Prisco eine Rolle. Doch Genaues wusste man nicht, und dieses Nichtwissen hatte man Teresa und später auch Franca nie so ganz verziehen. Simona, die dies alles aus Marta förmlich herausgepresst hatte, musste der alten Frau versprechen, mit niemandem darüber zu reden.

Eine vergewaltigte Frau. Beschädigte Ware. So war damals der Zeitgeist. Die Betroffenen schwiegen, ihre Mütter schwiegen, Teresa bekam als Feigenblatt einen verkrüppelten Mann, einen, der nicht wählerisch sein konnte, und der aus dem Krieg heimkehrende Salvatore merkte zum Glück nichts von der »Beschädigung« seiner Marta.

Dass dieses Ereignis schon ein Dreivierteljahrhundert her war, änderte nichts an Martas Scham für etwas, wofür sich ganz andere schämen sollten. Im Gegenteil, sogar noch im Alter von vierundneunzig Jahren hatte Marta befürchtet, ihre Kinder würden sie womöglich mit anderen Augen ansehen, wenn sie das alles wüssten. Simona überlegte, ob sie jetzt, nach Martas Tod, noch an ihr Versprechen gebunden war und ob sie es ihrem Vater erzählen sollte. Wozu? Würde es ihn trösten, zu erfahren, dass seine Mutter als Zwanzigjährige von drei deutschen Wehrmachtssoldaten vergewaltigt worden war? Sicher nicht. Am Ende würde er ihr vielleicht gar nicht glauben. Denn nicht nur die italienischen Mütter vergötterten ihre Söhne, es war umgekehrt genauso.

Simona erkannte, dass sie nun die Einzige war, die von diesen Vorfällen wusste. Die Vorstellung gefiel ihr nicht. Geheimnisse zu bewahren hatte sich stets als eine Last erwiesen. Ich werde es in meine Memoiren schreiben, beschloss Simona. Oder es mit ins Grab nehmen.

Was für krude Gedanken doch Beerdigungen in einem hervorbrachten.

Der Regen hatte ein wenig nachgelassen. Simona schaute in den grauen Himmel und dann hinter sich, in die Menge der Leute. Sie fing den Blick eines Mannes auf, dessen Gesicht ihr vage vertraut vorkam. Erst beim zweiten Hinsehen ging ihr ein Licht auf. Der *americano!* Vorsichtshalber musterte sie ihn noch ein paar Sekunden länger. Nein, sie täuschte sich nicht. Das war Adriano Prisco, in voller Lebensgröße. Und wie er aussah! Sein Anzug war ein Beispiel lässiger Eleganz, wie sie nur italienische Designer aus teuren Stoffen zauberten, doch das allein war es nicht. Adrianos Markenzeichen war, zumindest in Simonas Erinnerung, eine gewisse Verwilderung. Zuweilen hatte ihr die Bemerkung auf der Zunge gelegen, er und sein zotteliger schwarzer Hund würden sich optisch immer mehr annähern. Okay, für eine Beerdigung machte man sich natürlich etwas zurecht, doch er war derart verändert, dass sie ihn beinahe nicht erkannt hätte. Sie lächelte ihm zu, gerade so lange, wie es sich auf einer Beerdigung schickte, und hob kurz die Hand. Er nickte ihr mit ernstem Gesicht zu. Stimmt, fiel Simona wieder ein. Ihm ein Lächeln zu entlocken war noch nie einfach gewesen, und eine Beisetzung war der Sache auch nicht gerade förderlich. Sie hoffte, er würde nachher, wenn die Trauergemeinde sich auflöste, vor dem Friedhofstor auf sie warten.

»Verrenk dir nicht den Hals, Cousine!«, zischelte Flavia, die hinter ihr stand. Simona verrenkte sich aber lieber den Arm und zeigte Flavia hinter ihrem Rücken den hochgereckten Mittelfinger, woraufhin diese prompt loskicherte. Sofort wurde sie von ihrer Mutter Giovanna angerempelt und mit einem scharfen *zitto*, still, zur Ordnung gerufen. Aber die Zeremonie war ohnehin gerade zu Ende, Gott sei's gepriesen! In die dunkle Menge kam Bewegung, und so konnte Simona sich umdrehen und Flavia umarmen, sodass es wirkte, als würden sich die beiden gegenseitig Trost spenden.

»Er ist noch immer solo, bis auf ein, zwei Schreibtussen zwischendurch, du hast freie Bahn«, wisperte Flavia, das Gesicht in Simonas dunklen Locken vergraben.

»Wer sagt das, sein Kumpel, dein Texaner?«

»Unter anderem.«

Sie ließen sich los und blickten einander mit ernsten Mienen an, nur ihre Mundwinkel zuckten verdächtig.

Doch so rasch gab es kein Entrinnen. Der engste Familienkreis, darunter auch Simona, musste sich vor der Gruft aufstellen, um die Beileidsbezeugungen der Freunde und Nachbarn entgegenzunehmen. Es waren gefühlte Hundert, die an ihnen vorbeiparadierten, die meisten davon waren auch annähernd so alt.

»*This is hell*«, hörte sie Claudia murmeln, und die beiden tauschten einen verschwörerischen Blick. Claudia hatte einen schwarzen Hosenanzug an und trug einen mondänen schwarzen Hut mit breiter Krempe, unter der ihr langes weißes Haar dicht und lockig hervorquoll. Ihre Aufmachung hatte schon den einen oder anderen neidischen und auch kritischen Blick ausgelöst.

Adriano war nicht unter den Kondolanten. Simona hatte es zwar gehofft, aber nicht damit gerechnet. Der *americano* war immer noch ein Fremdkörper, ein Exot, der nicht wirklich zum Dorf gehörte und sich normalerweise nicht an dessen Sitten und Bräuchen beteiligte.

Als den Ritualen Genüge getan worden war und Simona endlich den Friedhof verlassen durfte, war er längst fort. Für Simona hingegen war der Tag noch nicht zu Ende. Seufzend stieg sie zu ihrem Vater in den Wagen, und im Konvoi ging es in ein Restaurant im Nachbarort Osteria, zum *banchetto funebre*.

* * *

Erst gegen halb sechs Uhr am Abend war Simona wieder zu Hause, und das auch nur, weil sie Kopfschmerzen vorgetäuscht hatte. Es war nicht völlig gelogen, sie war wirklich erschöpft. Sie legte sich sofort auf Francas rotes Küchensofa und genoss die Stille des alten Gemäuers.

Sie schlief nur eine halbe Stunde, danach fühlte sie sich bereit, einen kleinen Spaziergang zu unternehmen. Sie zog sich ihre Kapuzenjacke und feste Schuhe an. Zwar hatte der Regen nachgelassen, aber die Wolken hingen immer noch tief herab, und die *strada bianca* war bei Nässe rutschig. Langsam stieg sie den Berg hinauf, vorbei an einem Feld mit Sonnenblumen und an Adriano Priscos Weinberg. Jetzt kam sogar die Sonne heraus, und prompt begann die Vegetation um sie herum zu dampfen. Alles riecht anders nach einem Regenschauer, stellte sie fest. Sie erschnupperte feuchte Erde, Minze und Thymian. Das war eines der Dinge, die sie an ihrer italienischen Heimat liebte: den Duft der *campagna*, der so viel besser war als der im Allgäu. Dem Gestank nach Jauche – oder *B'schütte*, wie man dort sagte – glücklich entronnen, dachte sie gerade fröhlich, als sie ausrutschte und beinahe stürzte. Die Straße war in keinem guten Zustand, noch schlechter als sonst. Schwere Fahrzeuge hatten das Bankett beschädigt. Traktoren? Lastwagen? Aber da oben war doch nichts, nur der Gutshof. Führte Adriano ein größeres Bauvorhaben durch? Er würde doch nicht zulassen, dass sie seine einzige Zufahrt ruinierten?

Doch, etwas gab es noch zwischen ihrem Haus und dem Gut der Priscos. Oberhalb des Weinbergs, auf halber Strecke, lag das alte Kloster Santa Maria delle Stelle. Das imposante Gemäuer beherbergte schon seit Jahrzehnten keine Nonnen mehr, es war dem Verfall preisgegeben und der Garten dem Wildwuchs. Das war nicht die sorgfältig kuratierte Wildnis eines naturbelassenen Gartens, dem in Wirklichkeit ein ausgeklügelter Plan zugrunde liegt, nein, hier herrschte seit Jahren das Recht des Stärkeren. Dennoch machte Simona gern einmal einen Abstecher auf das verlassene Grundstück. Es faszinierte sie, zu sehen, was die Natur mit einem Stück ehemals kultivierten Bodens machte, den man ihr überließ. Ob sich unter dem Wildwuchs noch Kulturpflanzen fanden, die die Nonnen angebaut hatten, war schwer zu sagen, aber auf jeden Fall war dies nun ein Paradies für Eidechsen, allerlei Vögel und vermutlich auch Schlangen.

Am Kloster angekommen, blieb sie verdattert stehen. Breite Reifenspuren führten in den Garten, und jemand musste dort gerodet haben. Das dornige Gestrüpp war beseitigt worden, die Dimensionen des Geländes waren wieder sichtbar. So weit, so gut. Doch an manchen Stellen war die Erde umgegraben worden, vermutlich von einer Motorfräse, und zwar ohne Rücksicht auf Verluste. Wollte jemand den Grund zum Anbau von was auch immer nutzen? Aber wer? Soviel sie wusste, gehörte der Grund noch immer der Kirche. War das Gelände verpachtet worden oder verkauft? Simona zögerte, den Garten zu betreten. Die Zufahrt war derart aufgewühlt, sie würde wahrscheinlich knöcheltief in der nassen Erde versinken. Sie beschloss, lieber bei trockener Witterung noch einmal herzukommen und nun bei Adriano vorbeizuschauen. Ihn könnte sie dann auch gleich fragen, was auf dem Klostergelände vor sich ging.

Sie stieg das letzte Stück die steile Straße hinauf und trat durch das Tor, das nicht verschlossen war, jeden Moment darauf gefasst, von einem schwarzen, zotteligen Ungeheuer stürmisch begrüßt zu werden. Der Hund ließ sich jedoch nicht blicken. Lebte er vielleicht gar nicht mehr? Der Jeep stand auch nicht im Hof, nur die Ape. Simona umrundete das Gebäude und näherte sich dem Hintereingang, der direkt zur Küche führte.

Es war jemand da. Eine Gestalt saß auf der Bank neben dem Eingang, effektvoll illuminiert von den Sonnenstrahlen, die gerade das Blätterdach der Kastanien durchbrachen. Es war eine Frau, sie trug ein leuchtend buntes Kleid von der Art, wie man sie für zehn Euro auf den Märkten kaufen konnte, *made in India*. Simona hatte selbst ein paar davon, aber sie bezweifelte, dass sie auch so gut darin aussah wie diese … Erscheinung, die nun aufsprang, als sie Simona entdeckt hatte. Ein Nudelsieb aus Plastik voller grüner Bohnen glitt dabei von ihrem Schoß und fiel herunter. Gleichzeitig schoss Asso, der schwarze Hund, unter der Bank hervor und sprang in drei Sätzen auf Simona zu. Nachdem er sie kurz beschnüffelt und offenbar wiedererkannt hatte, wedelte er verhalten mit dem Schwanz.

Die Frau, offenbar von der Sonne geblendet, hob die linke Hand über ihre Augen. In der Rechten hielt sie ein Messer. Sie war jung, Ende zwanzig vielleicht, und sehr schön, man konnte es nicht anders sagen.

»*Scusi*. Ich wollte Sie nicht erschrecken«, sagte Simona. »Ich bin Simona, die Nachbarin sozusagen. Ich wohne gleich dort unten.« Sie zeigte den Berg hinab.

»Ist denn das Tor nicht verschlossen?«, entgegnete die Frau mürrisch.

Simona schüttelte den Kopf, während Asso sich wieder hinlegte.

Sekundenlang sagte keine von beiden etwas, bis Simona bewusst wurde, dass sie die Fremde schon viel zu lange anstarrte. Sie bückte sich, schaufelte die Bohnen zurück in das Sieb und stellte beides auf die Sitzfläche der Bank, wobei sie sich noch einmal entschuldigte.

»Carla«, sagte die andere. Sie legte das Küchenmesser neben die Bohnen.

»Adriano ist wohl gerade nicht da?«, fragte Simona.

»Er ist zu einer Beerdigung gegangen.«

»Die ist schon lange vorbei. Es war meine Großmutter. Ich wollte… ich konnte nicht mit ihm reden, da waren zu viele Leute, deshalb dachte ich, ich schau mal vorbei.«

»Ich weiß nicht, wann er wiederkommt, er wollte noch zur Bank, glaube ich.«

»Ah.«

Vielleicht hatte er sich gar nicht nur wegen der Beerdigung so sehr in Schale geworfen, sondern wegen eines Termins bei der Bank. Musste er dort um einen Kredit nachsuchen? Simona hatte sich bisweilen schon gefragt, wie lange er finanziell wohl durchhalten würde. Die Thriller, die er vor seiner Auswanderung nach Italien geschrieben hatte, waren zwar alle drei Bestseller gewesen, und das bedeutete in den USA sicherlich eine hohe Auflage und eine Menge Geld, aber dennoch… Die Renovierung dieses alten Kastens war ein Fass ohne Boden, besonders wenn man es so sorgfältig und stilecht anging wie Adriano. Viel Einkommen dürfte er während der vergangenen Jahre kaum erzielt haben, denn anders als in früheren Zeiten gehörten zum Gut keine Ländereien mehr, von deren Pacht sich der Gutsherr hätte ernähren können. Seine Schafzucht war kläglich an einer Viehseuche gescheitert, und die wenigen Schreibschüler, die er bisher beherbergt hatte, hatten sicherlich keine Unsummen für ihren Aufenthalt bezahlt. Andererseits – wieso machte sie sich Gedanken über Adrianos Finanzen? Sie sollte sich lieber um ihre eigenen sorgen. Auch wenn der Rosenwurz im Moment ihr Konto füllte, konnte man sich nicht darauf verlassen, dass es für alle Zeiten so bleiben würde. Schädlinge, Unbilden des Wetters, allgemeiner Preisverfall durch Überangebot – das alles konnte passieren. Monokulturen bargen stets viele Risiken.

Carla deutete auf die Holzbank. »Setz dich doch. Kann ich dir etwas zu trinken anbieten?«

Enttäuscht, weil Adriano nicht da war, wäre Simona am liebsten wieder gegangen, zumal Carlas Frage eher förmlich klang und nicht so, als läge ihr viel an einer Unterhaltung. Andererseits wollte Simona schon gerne wissen, was es mit dieser Carla auf sich hatte, und da konnte ein kurzes Gespräch nicht schaden. »Ein Schluck Wasser wäre gut, danke«, sagte sie und ließ sich auf der Bank nieder.

Carla verschwand in der Küche, die Bohnen samt Messer nahm sie mit. Asso folgte ihr wie ein Schatten. Den Hund schien sie bereits erobert zu haben.

Carla kam mit einem Tablett wieder heraus, darauf standen

je ein Krug Wasser und Weißwein und vier von den niedrigen, dickwandigen Gläsern, die in den Haushalten und sogar in der Bar von Belmonte für alles benutzt wurden. Simona beeilte sich, den hölzernen Klapptisch, der an der Hauswand lehnte, vor die Bank zu stellen.

»Es tut mir leid. Das mit deiner *nonna*«, sagte Carla, während sie die Gläser mit Wasser und Wein füllte, denn von der deutschen Weinschorle hielt man hier nicht viel. Wie dünn ihre Arme waren! Ellbogen wie Dolche, und am Ausschnitt des Kleides traten die Schlüsselbeine hervor. Trotzdem waren ihre Bewegungen geschmeidig.

»Danke«, sagte Simona, und um eine Unterhaltung in Gang zu bringen, fügte sie hinzu: »Wir standen uns nicht sehr nah, ich habe sie nur ein paarmal im Leben gesehen. Aber sie war so etwas wie die Seele des Dorfes.«

»Marta Ferri. Ich hörte von ihr.«

Worüber sprachen sie und Adriano noch? Etwa auch über sie, Simona? Etwas war an dieser Frau, das Simona nervös machte. War es dieser lauernde Blick, der jetzt ganz allmählich etwas entspannter wurde, nun, da beide einen gehörigen Schluck vom Weißen nahmen?

»Der ist köstlich«, bekannte Simona, die merkte, dass ihr in diesem verkrampften Moment der Alkohol guttat.

»Ich habe den Lugana aufgemacht«, flüsterte Carla verschwörerisch. »Mit Adrianos Hauswein kann man nämlich Abflüsse freikriegen. Lass die Finger davon, wenn du kein Magengeschwür riskieren willst.«

»Danke für die Warnung«, lächelte Simona.

Carla lächelte zurück, und Simona verspürte einen kleinen Stich der Eifersucht, denn lächelnd war Carla noch schöner.

»Bist du eine von seinen Schreibschülerinnen?« Sie gab sich Mühe, die Frage möglichst beiläufig klingen zu lassen.

»Nicht wirklich«, antwortete Carla.

Was war das für eine Antwort? Das konnte doch nur bedeuten, dass sie seine Freundin war. Seine Geliebte. Warum fragte sie Carla nicht einfach? *Bist du seine Freundin?* Vier Worte, die ganz normale Erkundigung einer lange nicht da gewesenen Nachbarin nach den familiären Verhältnissen. Doch wozu überhaupt fragen? Die Dinge lagen glasklar auf der Hand – wenn man sie nur sehen wollte.

Es entstand ein Schweigen, anscheinend wussten beide nicht, was man noch reden könnte. Simona beschloss, sich zu verabschieden, da sprang Asso auf, Kies spritzte unter seinen Pfoten hervor. Wie verrückt bellend raste der Hund in Richtung Tor, von wo das aufdringliche Bimmeln der eisernen Glocke ertönte. Simona hatte die Glocke vorhin extra nicht benutzt, weil sie wusste, wie der Hund darauf reagierte.

»Bleib sitzen, ich sehe nach«, sagte Simona.

»Nein, warte!«

»Ich wollte sowieso gerade gehen«, sagte Simona bestimmt. Sie ließ sich von dieser Carla doch nichts befehlen!

»Egal, wer es ist, lass niemanden rein!« Carla stand der Schrecken im Gesicht, als sie aufstand und in die Küche ging, oder vielmehr rannte, und die Tür hinter sich zuschloss. Simona, die den Riegel schnappen hörte, schaute ihr verwundert nach. Was war denn mit der los, war sie durchgeknallt? Die Glocke bimmelte erneut, Assos Gebell überschlug sich. Es musste jemand sein, den er nicht kannte. Simona eilte zum Tor. Dort stand ein junger Mann, Mitte zwanzig, mit flammend rotem Haar und einem breiten, sommersprossigen Gesicht, und neben ihm ein riesiger Rucksack.

»Asso! *Stai zitto! Basta!*« Solange der Hund so lärmte, war es müßig, mit dem Besucher zu reden, man würde kein Wort verstehen. Tatsächlich gelang es ihr, Asso zum Schweigen zu bringen, woraufhin der Typ mit einem markanten irischen Akzent fragte, ob ein Mr Prisco hier wohne. Simona nickte und antwortete auf Englisch, dass der Hausherr aber gerade nicht da sei. »*I'm only the neighbour*«, fügte sie hinzu.

Seine veilchenblauen Augen verdüsterten sich. »Aber... ich bin angemeldet. Er erwartet mich. Ich bin Roddy Robinson.«

Roddy Robinson. Sicher ein Autor, der sich ein albernes Pseudonym zugelegt hatte.

»*Roddy Robinson? It's really you?*«, ertönte plötzlich Carlas Stimme hinter Simona. »*The famous irish author from Dublin?*«

Mit einem schiefen Grinsen bestätigte der junge Mann, der berühmte irische Autor aus Dublin zu sein.

Carla, eben noch total von der Rolle, hatte sich offenbar in Windeseile wieder gefangen und in die Rolle der Gastgeberin gefunden. Während sie für den Neuankömmling das Tor öffnete, fragte Simona sich, wie man in seinem zarten Alter schon ein berühmter Autor sein konnte.

»Komm rein«, hörte sie Carla auf Englisch flöten. »Willkommen in Italien. Ich habe dein Buch gelesen. *It was amazing!*«

Roddy bedankte sich für das Kompliment und fragte Carla dasselbe wie vorhin schon Simona, nämlich ob sie auch Autorin sei.

Sie schüttelte den Kopf. »*I'm practically part of the family.*«

Die Worte trafen Simona wie ein kalter Guss. Na toll. Hatte Carla den Verlobungsring zum Bohnenschnippeln abgelegt? Simonas Laune sank ins Bodenlose. »Ich geh dann mal«, sagte sie.

»Ciao, Simona.« Carla winkte ihr zu, so, wie man einer lästigen Nachbarin zum Abschied zuwinkt, wenn man eine bessere Gesellschaft gefunden hat.

Es war ohnehin höchste Zeit zu verschwinden, denn gerade begann es wieder zu regnen. Verwirrt über das Erlebte stolperte und rutschte Simona die steile Schotterstraße hinab. Sie hatte kaum die Haustür hinter sich zugemacht, als es anfing, in Strömen zu gießen. Nein, dieser Italienaufenthalt ließ sich gar nicht gut an. Das Wetter war schlecht, sämtliche Großmütter waren tot, jemand war dabei, den alten Klostergarten zu verwüsten, und nun auch noch Adriano und diese Carla. War er in der Midlife-Crisis? Gewisse Anzeichen deuteten darauf hin. Der neue Haarschnitt, der Anzug und vor allen Dingen diese viel zu schöne, viel zu junge und obendrein sehr seltsame Freundin.

Der Zug ist abgefahren, sieh es ein, Simona.

Vielleicht sollte sie sich damit abfinden, Single zu bleiben. Denn offensichtlich hatte sie ja, ähnlich wie Marina, was Beziehungen anging, kein glückliches Händchen. Was wäre so schlimm daran?

* * *

Ihr Vater hatte Simona für den Samstagvormittag zum Frühstück eingeladen. Er wohnte in Serra de' Conti, der nächstgelegenen kleinen Stadt, in die man nach zehn Minuten Autofahrt gelangte. Ein bisschen Abstand zum Clan, wie er bisweilen augenzwinkernd bemerkte. Er schrieb ihr eine Nachricht, sie solle in sein Büro am Corso Roma kommen, was sie auch tat, obwohl sie sich darüber wunderte. Hatte er womöglich eine Freundin zu Hause sitzen, die Simona nicht oder noch nicht sehen sollte? War denn alle Welt im Paarungsmodus, nur sie schaute mal wieder in die Röhre?

Sie waren allein in den modern und kühl eingerichteten Räumen des Architekturbüros mit Blick über die Dächer der kleinen, mittelalterlichen Stadt. Ähnlich wie Belmonte lag auch Serra de' Conti auf einem Hügel und war einst eine Festung gewesen, nur eben etwas größer.

Federico Ferri sollte eigentlich längst im Ruhestand sein, doch offenbar fiel es ihm schwer, seine Firma, die er aufgebaut hatte, endgültig aus der Hand zu geben. Immerhin ließ er es inzwischen ruhig angehen, arbeitete nur noch an Aufträgen von guten Freunden oder an solchen, die ihm zu reizvoll erschienen, um sie seinen Angestellten zu überlassen. Er hatte Simona seinerzeit eine Zusammenarbeit angeboten. Sie, die Landschaftsgärtnerin, sollte die Außenanlagen der Bauten planen, die sein Architekturbüro entwarf. Es klang ideal und war verlockend gewesen, aber Simona hatte sich zu seinem Bedauern dagegen entschieden. Warum traf er sie hier? Würde er sein Angebot erneuern? Sollte sie dieses Mal darauf eingehen? Sie wusste, wie gerne er etwas mehr von seiner spät gefundenen Tochter haben würde, und sei es auch nur auf beruflicher Ebene.

Er ließ zwei Tassen Cappuccino aus der überdimensionalen chromblitzenden Maschine, um die ihn jeder Cafébesitzer beneidet hätte, und stellte einen Teller mit Gebäck auf den Tisch.

»Wie geht es dir?«, fragte Simona, als er sich zu ihr an den kleinen Kaffeetisch in seinem Büro setzte. »Ich meine, wegen *nonna* Marta.«

»Geht schon«, wiegelte er ab. »Es war schließlich absehbar.«

Anscheinend wollte er sich nicht länger darüber unterhalten, denn er wechselte das Thema und fragte: »Warst du zufällig schon beim alten Kloster?«

Simona, die gerade in eines dieser köstlichen, mit Vanillecreme gefüllten Blätterteighörnchen gebissen hatte, nickte mit vollem Mund und fügte etwas später hinzu: »Dort sieht es grausig aus, was geht da vor?«

»Die Kirche hat den Grund an ein Unternehmen aus Turin verkauft. Es heißt Cavallari Edifici und ist ein mittelständisches Bauunternehmen, das dort ein Hotel errichten will, ein kleines, aber sehr luxuriöses, mit Seminarräumen und einem Wellness-Bereich, der ganze Schnickschnack eben, der heutzutage sein muss.«

Simona starrte ihn erschrocken an. »O nein! Das ist ja entsetzlich!« Die *strada bianca* lief nah an ihrem Haus vorbei, und wenn es nicht gerade regnete, wirbelten die Reifen der Fahrzeuge so viel weißen Staub auf, dass ihre Terrasse je nach Geschwindigkeit mehr oder weniger eingenebelt wurde. Ein

Hotel! Dies bedeutete ein Kommen und Gehen von früh bis spät. Vorbei war es mit der Ruhe und Abgeschiedenheit in ihrem Landhaus. Gerade wollte sie fragen, ob noch die Chance bestünde, das irgendwie zu verhindern, da sagte er: »Mein Büro hat die Planung übernommen.«

»Toll! Gratuliere!«, brach es aus ihr heraus. »Du kennst sicher einen guten Immobilienmakler. Schick ihn doch gleich morgen zu mir.«

Ihr Zorn traf den Falschen, dessen war sie sich bewusst, aber im Moment war eben kein anderer da. Außerdem hätte er sie schon längst vorwarnen können. So ein Projekt entstand schließlich nicht von heute auf morgen.

»Es ist nicht so, dass ich auf den Auftrag angewiesen wäre, aber ich gebe zu, dass mich die Sache reizt. Außerdem kann ich nur so einen gewissen Einfluss ausüben. Zum Beispiel habe ich schon errechnet…«, er zwinkerte ihr zu, »dass die Straße im unteren Drittel viel zu steil ist. Es muss eine Kurve eingezogen werden, sodass die Fahrbahn künftig fünfzehn Meter weiter entfernt von deinem Haus verläuft als die jetzige Straße. Sie wird asphaltiert, damit es nicht so staubt und bei Regen nicht jedes Mal die Hälfte davonschwimmt.«

»Das soll mich also darüber hinwegtrösten, dass vor meiner Tür bald die Hölle los sein wird?«

»Ach, ihr Deutschen und eure panische Angst vor Lärm«, seufzte er. »Du wirst sehen, so schlimm wird es nicht werden. Ein paar Autos am Tag, ja und? Außerdem bist du doch ohnehin selten hier.«

»Dann wahrscheinlich noch seltener«, schmollte Simona. Sie fühlte sich bevormundet und übergangen.

»So ein Hotel ist für Belmonte ein Glücksfall…«, begann er.

»Ja, klar, Arbeitsplätze! Ein paar Zimmermädchen und Küchenhilfen werden sie aus dem Dorf holen. Es sei denn, sie finden in Senigallia Migranten, die es billiger machen. Und Giovanna wird in der Bar fünf Cappuccini mehr pro Tag verkaufen, was für ein Aufschwung«, höhnte sie, wohl wissend, dass gerade der pure Egoismus aus ihr sprach. Über ein neues Hotel am anderen Ende von Belmonte hätte sie sich bestimmt gefreut, genau wie alle anderen im Dorf. Aber dieses Vorhaben ruinierte ihre Lebensqualität, ihr Refugium, und das nicht nur während der Bauphase.

Also wieder zurück zu Jauche und Rosenwurz.

»Ich verstehe dich, *mia figlia*, aber die Welt ist nicht nur schwarz-weiß«, hörte sie ihren Vater sagen, wobei sie innerlich genervt schnaubte. So ein Kalenderspruch war genau das, was sie jetzt brauchte.

»*Vieni*, komm mit, ich will dir etwas zeigen.« Er ging voraus in den großen Raum, in dem der große Zeichentisch stand. »Die Jungen machen alles am Computer, aber ich erstelle meine Entwürfe noch immer gerne von Hand«, erklärte er, während er eine Mappe aufschlug und Konstruktionszeichnungen aus verschiedenen Perspektiven vor ihr ausbreitete. »So soll es aussehen. Wie findest du es?«

Machte es einen Unterschied, wie sie es fand? Um ihn nicht zu brüskieren, betrachtete Simona die Entwürfe. Was sie sah, war interessant und überraschend. Sie hatte einen modernen Prunkbau erwartet, aber das hier war das Gegenteil. Strenge Linien, schmale, hohe Fenster. »Es erinnert sehr an das alte Kloster.«

Simona wusste nicht viel über das Kloster. Der Baustil war derselbe wie bei der Festungsmauer von Belmonte, und wahrscheinlich war das Gebäude um dieselbe Zeit herum entstanden, dem 15. Jahrhundert.

Er nickte. »Das war auch genau meine Absicht. Bis auf den Erker in der Mitte für die Lobby und die zwei Anbauten für den Wirtschafts- und den Wellnesstrakt auf der Rückseite ist es ein kompakter Bau, ohne Spielereien. Die Fenster sind höher, als die der Zellen im Kloster waren, und die Zimmer dahinter sind natürlich auch größer. Aber man soll ruhig sehen und spüren, dass es einmal ein Kloster war. Wir werden versuchen, so viel wie möglich von der alten Bausubstanz zu erhalten oder wiederzuverwerten.«

»Sehr geschmackvoll, es gefällt mir«, gestand Simona und seufzte. »Stünde es doch nur am anderen Ende von Belmonte.«

Er fuhr sich durch seine grau melierten Locken. Irgendwie wirkte er erleichtert. Weil ihr sein Entwurf gefiel oder weil er seine Hiobsbotschaft losgeworden war?

»Ein *caffè corretto* vielleicht, auf den Schrecken?«

Sie bemühte sich um ein tapferes Lächeln. »Gute Idee.«

Sie gingen zurück in sein Büro, wo er zwei *caffè* aus der Maschine ließ und sie mit Grappa verfeinerte. Simona kippte ihren auf ex hinunter und spürte dem scharfen, warmen Gefühl nach, das sich durch ihr Inneres brannte.

Er setzte sich wieder und sagte: »Ich habe dir die Entwürfe nicht nur zum Spaß gezeigt. Es geht um die Außenanlage. Der Garten sollte meiner Meinung nach den Charakter des Klosterbaus und dessen Historie widerspiegeln und gleichzeitig Rückzugsmöglichkeiten bieten. Außerdem muss ein Pool integriert werden, das ist die einzige verbindliche Auflage von Cavallari Edifici. Ich weiß nicht, wie deine Pläne für die nächsten Monate sind, aber vielleicht hättest du Interesse, das zu übernehmen?«

»Ich… ich soll die Außenanlage entwerfen?«

»Nicht nur entwerfen. Das Ganze von vorn bis hinten durchplanen und die Ausführung überwachen. Dabei kann ich dir natürlich helfen.«

»Ja, aber…«

Er schlug ein Bein über das andere, lehnte sich zurück und schenkte ihr sein charmantestes Lächeln, mit dem er vermutlich schon zig seiner Auftraggeber bezirzt hatte. »Schau, Simona, es ist doch so: Wenn man etwas nicht verhindern kann, dann sollte man wenigstens daran verdienen.«

Eine sehr pragmatische, um nicht zu sagen, italienische Einstellung. Unwillkürlich musste sie lachen.

»Na siehst du«, strahlte er. »Das ist meine Tochter!«

Simona machte eine abwehrende Handbewegung. »Warte, so schnell geht das nicht. Würden sie mich denn überhaupt wollen, diese Leute von Cavallari Edifici? Ich kann keine entsprechenden Referenzen vorweisen, mein größter Auftrag war bis jetzt die Gartenanlage eines Altenheims.«

»Ich entscheide, wer den Zuschlag bekommt«, sagte er stolz. »Das habe ich mir ausgebeten. Denk in Ruhe darüber nach, und entscheide, ob du dir das zutraust und den Auftrag haben möchtest. – Ach ja, er wird übrigens sehr gut bezahlt.«

Kapitel 9

Die Reise

Südeuropa, Sommer 1914

Nachdem das Nobelhotel Negresco fertiggestellt worden war, hatte Juliette ab und zu heimlich davon geträumt, sich dort als Zimmermädchen zu bewerben. Nicht nur die Räume wären deutlich edler eingerichtet als in der Pension ihrer Mutter, sicher wären auch die Gäste anders. Sie würden gut riechen, trügen elegante Kleidung, wären spendabel mit dem Trinkgeld, und keiner würde Juliette begrapschen. Wie wunderbar müsste das sein, sich zwischen schönen Dingen zu bewegen und dafür Geld zu bekommen, hatte Juliette sich ausgemalt, jedoch nichts unternommen, um diese Träumerei zu verwirklichen. Sie besaß keine Zeugnisse und wusste nicht, wie sie es anstellen sollte, sich dort zu bewerben. In Wahrheit aber befürchtete sie, abgewiesen zu werden. Wovon sollte sie dann noch träumen? Und da war ja auch noch *maman*. Die brauchte sie doch in der Pension, jetzt, da ihr Vater tot war, erst recht.

Offenbar war das nicht so. Alles ließ sich mit Geld kaufen, sogar sie selbst. Wie viel war wohl in dem Kuvert gewesen, das die Gräfin über den Tisch geschoben hatte? Zu welchem Preis war Francesca Bonnet bereit, ihre Tochter fremden Menschen anzuvertrauen? Juliette fragte nicht nach. Sie tat, als hätte sie von dem Geld nichts mitbekommen. Eine Erklärung ihrer Mutter würde sie womöglich noch mehr kränken. Denn ja, es verletzte sie, wie schnell ihre Mutter bereit gewesen war, auf sie zu verzichten. Auch wenn sie inzwischen so tat, als würde ihr der Abschied von ihrer Tochter schwerfallen.

Dennoch machte sich in Juliette allmählich Aufbruchsstimmung breit. Noch am Abend begann sie ihre Sachen zu packen. Dies blieb ihren älteren Brüdern nicht verborgen.

»Ich würde an deiner Stelle auch mitreisen, das ist ja wohl klar«, bekannte Baptiste aufrichtig und fügte altklug hinzu: »Alles, was man sieht und lernt, nützt einem irgendwann, auch wenn es nicht immer sofort ersichtlich ist.«

Mit seinen elf Jahren verstand Baptiste schon deutlich mehr von der Welt als der um zwei Jahre ältere Libero. In letzter Zeit überraschte Baptiste seine Mutter und Juliette des Öfteren mit erstaunlich erwachsenen Gedanken. Eigentlich, dachte sie, müsste man ihn auf eine Bildungsreise schicken. Er würde den größten Nutzen daraus ziehen.

Libero dagegen war gar nicht begeistert von dem Vorhaben seiner Schwester. »Wer wird dann deine Arbeit machen?«

»Wie wäre es, wenn du mal mit anpackst? Immerhin bist du der Älteste.«

»Aber ich bin ein Mann! Ich mache keine Frauenarbeit.«

»Ein Mann? Du?« Juliette lachte dem erbosten Dreizehnjährigen ins picklige Gesicht und meinte: »Es wird dir nicht schaden, wenn du ab jetzt das Klo schrubbst. Vielleicht kriegst du dann endlich mal ein paar Muskeln!« Geschickt wich sie aus, als er auf sie losgehen wollte. Wie froh sie insgeheim doch war, ihn für eine Weile nicht sehen zu müssen! Auch wenn er ihr Bruder war, so blieb er doch ein Einfaltspinsel und ein Egoist obendrein. Baptiste hatte sich heroisch zwischen die Streitenden gestellt, und zu ihm sagte Juliette: »Vielleicht kannst du Mama davon abbringen, sich mit Morel zu verloben.«

Baptiste nickte, aber er wirkte nicht sehr optimistisch, was diese Angelegenheit betraf. Libero hingegen meinte: »Wär doch prima, wenn die zwei heiraten. Wir hätten wieder einen Papa.«

»Einen, der nach faulem Fisch stinkt!«, zischte Juliette. »Und er wäre nie und nimmer unser Vater!«

»Er wird sich bald ein Auto kaufen«, hielt ihr Libero triumphierend entgegen.

Daher kam also die Begeisterung für den potenziellen neuen Stiefvater! Juliette wusste, für eine Fahrt in einem Automobil würde Libero seine Seele dem Teufel verkaufen. Libero verstand viel von Maschinen, aber gar nichts von Menschen.

»Der und ein Auto? Dass ich nicht lache! Und das glaubst du ihm, ja? Wie dämlich kann man sein!«

Libero trat mit dem Fuß gegen den abgewetzten braunen Pappkoffer, der auf Juliettes Bett lag und darauf wartete, befüllt zu werden.

»Hey!«, schrie Juliette erschrocken. »Sag mal, spinnst du?«

Libero stapfte wütend aus dem Zimmer. Der Koffer hatte eine Beule, aber zum Glück schloss er noch. Ein Gast hatte ihn vor Jahren in der Pension gelassen, wenn man es so ausdrücken wollte. Man hatte den Mann im Hinterhof einer Hafenspelunke zwischen den Abfalltonnen gefunden, erstochen und mausetot. Ob das etwa ein böses Omen sein könnte? Sie ermahnte sich, nicht so abergläubisch zu sein, wie ihr Vater es gewesen war. Alle Fischer waren schrecklich abergläubisch, sie trugen Glücksbringer am Leib und redeten ständig von bösen Vorzeichen. Als ihr Vater auf dem Meer verunglückt war, hatte es keinerlei böse Vorzeichen gegeben, nur eine Sturmwarnung, die er ignoriert hatte. Und seine Glücksbringer hatten alle miteinander gründlich versagt.

Sie packte ihre wenigen Kleider, Wäsche und Strümpfe in den Koffer, der danach immer noch halb leer war. Gleichzeitig ahnte Juliette, dass ihre Sachen allesamt nicht gut genug sein würden. Die Gräfin musste sie neu ausstaffieren, wollte sie nicht in den vornehmen Hotels negativ auffallen.

* * *

Am nächsten Tag schniefte Francesca Bonnet und wischte sich mit dem Handrücken die Nase. »Wein doch nicht, Mama, ich komme ja in ein paar Monaten zurück«, sagte Juliette zu ihrer Mutter, welcher erst jetzt, da der Abschied bevorstand, die Tragweite ihrer Handlung aufzugehen schien.

»Pass bitte gut auf Emporio auf«, flüsterte Juliette ihrem Bruder Baptiste zu. Er versprach es ihr mit einem traurigen Nicken. Dennoch war Juliette, als würde sie den Kleinen im Stich lassen. Es nützte nichts, sich zu sagen, dass sie nur seine Schwester war, nicht seine Mutter. Tatsache war: Seit es Monsieur Morel im Leben von Francesca Bonnet gab, traute Juliette ihrer Mutter nicht mehr über den Weg. Hinter ihrer resoluten Fassade war sie schwach und nicht in der Lage, sich dem verderblichen Einfluss dieses Mannes zu entziehen.

»Mach's gut, kleiner Schatz, ich bin in ein paar Wochen wieder da!«, flüsterte sie Emporio ins Ohr. Der Kleine schaute sie nur mit großen Augen an. Juliette umarmte ihre Mutter und Baptiste. Libero hatte darauf verzichtet, seine Schwester zu verabschieden. Juliette schnappte sich ihren Koffer, straffte die Schultern und ging, gerade noch rechtzeitig, damit man ihre Tränen nicht sah.

An der Straße wartete eine Droschke, das Fräulein Kleinmeier saß auf der Bank hinter dem Kutscher und wippte schon ungeduldig mit dem Fuß. Wozu eigentlich die Droschke?, fragte sich Juliette. Für ihre Mengen an Gepäck?

Die Fahrt dauerte keine fünf Minuten. Keine der beiden Passagierinnen sagte etwas. Warum, fragte sich Juliette ein wenig enttäuscht, war Sofia nicht mitgekommen? Andererseits war es sicher besser, wenn sie Juliettes Viertel und ihr heruntergekommenes Elternhaus erst gar nicht zu sehen bekam. Es reichte schon, wie diese Kleinmeier sie von oben bis unten musterte.

Bei ihrer Ankunft in der Halle mit dem Säulengang und der Glaskuppel stockte Juliette der Atem. Es war, als würde man eine Kathedrale betreten. Nun war sie also im Negresco. Nicht als Angestellte, die für die Gäste die Laken glatt strich, sondern als Gast. War das zu glauben? Sogar ihre kühnsten Träume waren weit übertroffen worden, das erkannte sie, während sie die prunkvolle Ausstattung und die fein gekleideten Hotelgäste auf sich wirken ließ. Sie hatte Fotos der Inneneinrichtung in der Zeitung gesehen, aber die spiegelten diese Eleganz und die Atmosphäre des Grandhotels nicht ansatzweise wider. Das hier war eine vollkommen andere Welt. Anders als alles, was sie bisher zu sehen bekommen hatte.

Fräulein Kleinmeier winkte einen Pagen heran und übergab ihm Juliettes Koffer, der sich in dieser Umgebung noch schäbiger ausnahm, als er ohnehin war. »Glotz die Leute nicht so an und beeil dich«, zischte sie Juliette zu. »Da ist noch einiges zu tun vor dem Abendessen.«

Das Zimmer, das Sofia bewohnte und in dem auch Juliette die Nacht bis zur Abreise am morgigen Tag verbringen würde, hatte seidene Tapeten und ein riesiges Doppelbett, auf dem ein ganzer Haufen Kleider lagen. Es gab einen großen Frisiertisch, in dessen Spiegel Juliette sich betrachtete und sich dabei wie ein Fremdkörper vorkam. So wenig wie ihr Koffer in die pompöse Hotelhalle passte, so wenig passte sie hierher. Ein Anflug von Panik schnürte ihr die Luft ab. *Nein, ich kann das nicht! Ich genüge ihren Ansprüchen nicht, wie sollte ich auch, ich will wieder nach Hause!*

»Juliette? Träumst du?« Sofias Gesicht erschien hinter ihr im Spiegel.

»Welches Kleid willst du anziehen?«

Wie erwartet, hatte Sofia Juliettes Garderobe nach kurzer Inspektion mit einem kleinen Naserümpfen als *nicht so ganz passend* abgetan und angeboten, Juliette solle sich von Sofias Kleidern eines aussuchen, das sie zum Abendessen tragen konnte. Juliette scheute die Wahl. Was, wenn sie ausgerechnet Sofias Lieblingskleid aussuchte? Sie wollte nichts falsch machen und niemanden verärgern, weder die Gräfin noch Sofia. Sonst nahm man sie am Ende doch nicht mit. Sie hasste sich für diese kriecherische Haltung. Gleichzeitig ahnte sie: In nächster Zeit würde sie noch oft ihren Stolz und ihre Selbstachtung hintanstellen müssen.

Juliette wählte ein Kleid aus rauchblauem Chintz. Es war nicht ganz so pompös wie der Rest, saß aber etwas eng um Brust und Taille. Sofia war definitiv dünner als sie.

»Du siehst wunderschön aus!«

Ehe Juliette begriff, wie ihr geschah, hatte Sofia sie umarmt und an sich gedrückt.

»Ich bin so froh, dass du mitkommst, Juliette, wir werden viel Spaß haben und wie Schwestern sein!«

Nachdem Sofia ihre neue Schwester wieder losgelassen hatte, zog sie erneut ihre Nase in die Höhe und fragte: »Sag, wonach riechst du?«

Juliette spürte, wie ihr das Blut in die Wangen schoss. Sie hatte sich heute Morgen von Kopf bis Fuß in der Wanne abgeschrubbt, aber bestimmt hatte sie seither wieder geschwitzt vor lauter Aufregung. Oder es saß ihr der Armeleutegeruch in den Poren, und der würde so rasch nicht verschwinden, egal, wie oft sie sich abseifte.

»Ich... ich weiß nicht...«, stotterte Juliette.

»Dieses Parfum, das du benutzt. Es duftet wie... eine Blume. Jedenfalls sehr gut.«

»Ach das!«, keuchte Juliette erleichtert. »Das ist eine Honig-Lavendelseife. Die gibt es hier an jeder Ecke.«

Das Abendessen fand im großen Speisesaal statt, und Juliette konnte sich kaum an der Pracht sattsehen. Die Tischwäsche war gestärkt und blütenweiß, die Teller hatten einen Goldrand, und eine Armada von Silberbesteck lag vor ihr. Sie hatte keine

Ahnung, was sie damit anstellen sollte. Sofia schien ihre Unsicherheit zu bemerken und flüsterte: »Mach mir einfach alles nach.«

Juliette nickte, lächelte tapfer und hielt sich an Sofias Ratschlag. Zum Glück waren die Gräfin und ihre Schwester Olga mit zwei weiteren Tischgästen beschäftigt, einem Ehepaar aus Moskau, mit dem sie jedoch überwiegend Französisch sprach. So blieben kleinere Patzer – hoffentlich – unbemerkt. Jedoch nicht von Fräulein Kleinmeier, die Juliette ein paarmal anstieß und korrigierte, wenn diese etwas falsch machte.

Das Essen wollte einfach kein Ende nehmen. Die Gerichte hatten komplizierte Namen, hinter denen sich oft ganz einfache Dinge verbargen. Eine Fischsuppe, ein Stück von der Kalbszunge, Austern, gedünstetes Gemüse. Die Portionen waren winzig, doch ein Gang folgte dem nächsten, und dazwischen wurden Getränke serviert, sodass ständig Kellner um einen herumtanzten. Nikolai und Boris, Sofias Cousins, wurden nach einer guten Stunde von einer der Bediensteten abgeholt und zu Bett gebracht. Juliette beneidete sie darum. Sie fragte sich, wo wohl die mitreisende Dienerschaft ihr Essen zu sich nahm.

»Schmeckt es dir nicht, Juliette?«, fragte die Gräfin plötzlich. Sie waren ungefähr beim sechsten Gang angelangt, irgendeine Terrine, und Juliette konnte nicht mehr.

»Doch, sehr sogar, Frau Gräfin. Ich bin nur etwas aufgeregt, da verschließt es mir immer den Magen.«

»Ich verstehe. Du wirst uns doch nicht die Reisekrankheit bekommen?«

»Nein, bestimmt nicht, Frau Gräfin. Ich bin mit meinem Vater oft bei rauer See rausgefahren und noch nie seekrank geworden«, erklärte sie, was die Gräfin mit einem amüsierten Kräuseln ihrer Lippen quittierte.

Juliette dagegen machte sich Sorgen. Was, wenn die Gräfin zu dem Schluss kommen sollte, dass Juliette nicht gesellschaftsfähig war, dass man sich mit ihr blamierte? Es wäre zu demütigend, wenn sie morgen früh wieder vor der Tür in der Rue Bonaparte stehen würde und ihr Scheitern eingestehen müsste. Sie sah Liberos hämisches Grinsen im Geist bereits vor sich. Nur das nicht! Auch wenn sie tausend Qualen litt, sie musste diesen Abend lächelnd durchstehen. Sie holte tief Luft, wie sie es zu tun pflegte, wenn es eine Aufgabe zu bewältigen galt. Dabei entstand ein hässliches Geräusch, und sie hatte plötzlich viel mehr Platz im Kleid als zuvor. Juliette sah erschrocken an sich hinunter und merkte, wie sie rot anlief. Ein Stück Naht an der rechten Seite war aufgeplatzt. Sie blickte um sich wie ein gehetztes Tier in der Falle. Die Gräfin und ihre Schwester waren mit dem Paar aus Moskau in eine lebhafte Unterhaltung über die mangelnde Tauglichkeit des Zaren Nikolaus des II. zur Regentschaft vertieft. War es möglich, dass sie das laute, verräterische Geräusch überhört hatten, oder taten sie nur so? Was war mit Sofia? Die war gerade damit beschäftigt, heimlich Olgas Champagnerglas gegen ihr Limonadenglas auszutauschen und davon zu trinken. Was jetzt? Der Riss klaffte unübersehbar, sie konnte schließlich nicht für den Rest des Abends den Arm dagegenpressen.

Ihr verzweifelter Blick begegnete dem von Fräulein Kleinmeier, die bereits Bescheid wusste. Diese nahm mit einer beiläufigen Bewegung ihre Stola von den Schultern, legte sie Juliette um und erhob sich. »Ich fühle mich heute nicht sehr wohl, ich werde mich zurückziehen«, verkündete sie der Tischgesellschaft. »Juliette, bist du so nett, mich zu begleiten?« Juliette schnellte in die Höhe.

»Ich hoffe, es ist nichts Ernstes«, antwortete die Gräfin. »Sofia, du kannst auch aufstehen. Ihr Mädchen solltet bald schlafen gehen, morgen wird ein langer Tag.«

Man wünschte sich gegenseitig eine gute Nacht, und Juliette, die Stola eng um sich geschlungen, folgte Sofia und dem Fräulein Kleinmeier durch das vielsprachige Stimmengewirr des Saals. Sie schaffte es gerade noch bis ins Zimmer, dann brach sie in Tränen aus.

»Was ist denn?«, fragte Sofia erstaunt.

Sie ließ die Stola auf das Bett gleiten und zeigte Sofia die Bescherung. Es war noch schlimmer als gedacht. Nicht nur die Naht war aufgegangen, die hätte man ja wieder schließen können, nein, der Stoff war gerissen. Das war's! Aus der Traum. Sie würden sie wieder nach Hause schicken.

Sofia betrachtete den Riss ohne sonderliches Interesse und sagte ungeduldig: »Hör bitte auf zu weinen, Juliette, das ist ja unerträglich!«

»Aber dein schönes Kleid«, schluchzte Juliette. »Was passiert denn jetzt mit mir?«

»Du wirst erschossen.« Sofia prustete vor Lachen. »Du solltest dein Gesicht sehen, Juliette. Das war doch nur ein Witz!«

Aber Juliette war nicht nach Scherzen zumute.

Sofia setzte sich im Schneidersitz auf das Bett und sagte ernst: »Juliette, es ist nur ein Kleid. Morgen soll Greta dir eines von ihren borgen, und wir lassen dir unterwegs ein paar neue machen.«

»Wer ist Greta?«

»Fräulein Kleinmeier.«

Juliette hatte bis jetzt nicht gewusst, wie sie diese Deutsche, die immer so streng dreinblickte, einschätzen sollte, aber seit ihrer Rettung war sie ihr unendlich dankbar.

»Was wird deine Mutter sagen?«

»Wieso sollte sie es erfahren? Es würde sie außerdem wohl nicht allzu sehr interessieren.«

Endlich beruhigte sich Juliette. Sie konnte sogar schon wieder lächeln. Sofia dagegen kicherte noch immer. »Du kannst froh sein, dass Boris und Nikolai das nicht mitbekommen haben. Die würden sonst die ganze Zeit dumme Witze darüber reißen. Du weißt ja, wie kindisch Jungs sein können. Also bleibt das unser Geheimnis.«

Es war Juliette nicht bewusst, als sie später zum ersten Mal ihren Kopf auf eines der hoteleigenen Kissen bettete, doch bereits an diesem Abend im Mai 1914 keimte in ihr der Wunsch auf, nie wieder in die Rue Bonaparte zurückzukehren. Sie spürte das kühle, glatte Leinen an ihrer Wange und das seidene Nachthemd von Sofia wie einen zarten Hauch an ihrem Körper und bekam eine Ahnung von dem Leben, das sie künftig führen könnte. Wenn nichts dazwischenkam. Wenn sie sich bewährte. Wenn sie es wollte. So viele Wenns. Sie wagte kaum, einzuschlafen, aus Angst, das alles könnte sich als ein Traum entpuppen.

Doch am nächsten Morgen nach dem Frühstück brachten vier Mietkutschen die Reisegesellschaft samt Gepäck zum Bahnhof, und als Juliette den Zug bestieg, klopfte ihr das Herz vor Freude bis zum Hals.

Ob sie schon einmal mit der Eisenbahn verreist sei, wollte Olga, die Schwester der Gräfin, wissen.

»Jawohl, Frau Gräfin«, antwortete Juliette. Die erste Reise mit dem Zug hatte sie zu ihrer Großmutter nach Sanremo geführt, ein andermal hatte sie mit ihrem Vater den Hafen und den Fischmarkt von Marseille besucht. Das war sicherlich nichts, was diese Frauen beeindrucken oder interessieren würde, daher erwähnte sie es lieber nicht.

Nein, viel von der Welt hatte Juliette bis dahin nicht gesehen – auch wenn umgekehrt die Welt in jedem Sommer nach Nizza zu reisen pflegte. Nun sollte es nach Venedig, Verona, Pisa, Florenz, Rom und Neapel gehen. Lauter verheißungsvolle Namen. Juliette war aufgeregt und glücklich wie noch nie zuvor in ihrem Leben

* * *

Venedig empfand Juliette geradezu als überirdisch schön. Sie hatte Gemälde und Fotografien von der Stadt gesehen, aber es war etwas völlig anderes, selbst in eine schaukelnde Gondel zu steigen, die Gesänge der Gondolieri zu vernehmen, in die grünliche Düsternis der engen Kanäle einzutauchen und den Geruch dieser Stadt zu atmen.

Während Sofia sich in Palästen, Ausstellungen und Museen oft langweilte, versuchte Juliette sich den Anblick der Gebäude, Gemälde und Skulpturen ins Hirn zu brennen. Wer wusste schon, wann sie wieder so viel Schönheit zu sehen bekäme? Doch allein die Uffizien in Florenz waren dazu angetan, ihr Gedächtnis zu überfordern. Sie wünschte, sie könnte zeichnen oder besäße einen Fotoapparat.

Alles hätte noch schöner sein können, wäre da nicht diese dunkle Wolke gewesen, die über ihrer Reise schwebte: der drohende Krieg. Er lag in der Luft, ein Phantom in Form von Zeitungsmeldungen, Gerüchten und Geflüster der Erwachsenen bei Tisch. Fräulein Kleinmeier sorgte sich um ihre Stelle. Würde sie, die zwar einen russischen Pass, aber deutsche Vorfahren hatte, im Falle eines Kriegsausbruchs noch wohlgelitten sein in ihrer russischen Heimat?

»Papa hat telegrafiert, er wird uns leider nicht nachreisen können«, teilte die Gräfin Jelisaweta ihrer Tochter Sofia Ende Juni mit. Sie waren seit vier Tagen in Florenz, wohnten im Savoy und kamen gerade zurück von einem anstrengenden Besuch in der Galleria dell'Accademia, wo sie die Arbeiten von Michelangelo bewundert hatten.

»Warum nicht?«

»Das sind Staatsgeheimnisse. Politik«, antwortete ihre Mutter.

»Es ist wegen dieses dummen Attentats, nicht wahr?« Sofia zog eine beleidigte Schnute.

»Wie dem auch sei, finde dich damit ab.«

Die Mädchen hatten natürlich auch von dem Attentat in Sarajewo auf den österreichischen Thronfolger Franz Ferdinand gehört und die Schlagzeilen der internationalen Zeitungen gelesen, die im Hotel auslagen. Aus den Reaktionen der Erwachsenen schlussfolgerten sie, dass dieser Vorfall von schwerwiegender Bedeutung sein musste. Plötzlich schien der Kriegsausbruch nur noch eine Frage der Zeit zu sein. Nervosität machte sich breit.

Der Graf blieb in St. Petersburg in Vorbereitung des französischen Staatsbesuchs, der vom 20. bis zum 23. Juli dauern sollte und der Bekräftigung der Französisch-Russischen Allianz diente. Es waren Vorbereitungen für den Kriegsfall mit Deutschland und den Mittelmächten. Dies erklärte Gräfin Jelisaweta beim Tee ihrer Schwester Olga in Anwesenheit von Fräulein Kleinmeier, deren Gegenwart man gern einmal vergaß, denn die junge Lehrerin war von unscheinbarem Aussehen und eher von der stillen Sorte.

Die Gräfin hatte die Hitze und vielleicht auch die schlechten Nachrichten nicht gut vertragen. Sie lag am nächsten Tag mit Migräne in ihrem abgedunkelten Zimmer, wollte nur noch ihre Ruhe und schickte die Mädchen nach dem Frühstück mit Fräulein Kleinmeier alleine los. Sofia hatte genug von Museen und Galerien, sie wollte vor der Weiterreise unbedingt noch Ausschau nach Seidenstoffen für neue Kleider halten, schon seit Tagen quengelte sie deswegen herum. Es gebe nirgendwo so edle Stoffe wie hier in Florenz!

»Dann geht, in Gottes Namen!«, hatte die Gräfin an diesem Morgen schließlich nachgegeben. »Aber ohne Geld, nur zum Auswählen. Es gibt überall Taschendiebe.«

In ihren leichten weißen Musselinkleidern, beschattet von breitkrempigen Strohhüten, überquerten die drei jungen Frauen den Mercato Vecchio, wie der Platz vor dem Hotel genannt wurde. Hier im Freien, wo man sicher war vor den Ohren von Swetlana, der Leibdienerin der Gräfin, setzte das Fräulein Kleinmeier ihrem Schützling Sofia auseinander, weshalb ihr Vater nicht zu ihnen kommen konnte, und betonte, dass die Lage ernst sei. Das Fräulein erklärte den Mädchen, welche Staaten zur Entente gehörten – das Vereinigte Königreich, Frankreich und Russland – und welche zu den Mittelmächten, nämlich Österreich-Ungarn, Deutschland und Italien.

»Sind wir dann hier in Gefahr, wenn der Krieg ausbricht?«, fragte Juliette.

»Ich denke nicht. Bis jetzt hält Italien sich zurück. Aber man kann nie wissen.«

Greta Kleinmeier war Anfang dreißig, praktisch eine Generation zwischen der Gräfin und den Mädchen, und überdies der Ansicht, dass sich Frauen sehr wohl für Politik zu interessieren hätten und nicht nur für Kleider, Kavaliere und die nächste Ballsaison. Juliette war derselben Meinung, hatte aber Zweifel, ob die Gräfin diese Einstellung ebenfalls guthieß. Vermutlich nicht, denn am Ende der spontanen Lektion sagte Fräulein Kleinmeier: »Aber das alles habt ihr nicht von mir, ja?«

»Gewiss doch, Fräulein Kleinmeier«, antwortete Sofia, zwinkerte der Hauslehrerin verschwörerisch zu und meinte zu Juliette: »Du musst wissen, unsere Greta ist eine *feministka.*«

Woraufhin das Fräulein Kleinmeier rot anlief und dies energisch bestritt.

»Also wird es sehr bald Krieg geben«, fasste Juliette zusammen.

»Ich befürchte es, ja«, nickte Greta Kleinmeier. »Für den deutschen Kaiser ist der Krieg eine Fortsetzung der Politik mit anderen Mitteln. Sagt er jedenfalls. Aber der steht ja auch nicht an vorderster Front und lässt sein Leben im Schützengraben.«

* * *

Obwohl Juliette inzwischen einige Luxushotels von innen gesehen hatte, würde sie sich wohl nie an diese Opulenz gewöhnen, diese Monumentalbauten des Luxus, die einzig dem Zweck dienten zu imponieren. Es war die schiere Dekadenz, dessen war Juliette sich bewusst, nur hütete sie sich, dies vor irgendjemandem auszusprechen. Denn wann immer Juliette doch einmal eine derartige Bemerkung herausrutschte, wurde sie von Sofia scherzhaft *unsere kleine Bolschewikin* genannt. Die Bolschewiken, das hatte Juliette inzwischen gelernt, waren nicht unbedingt die Freunde der Aristokratie und der bürgerlichen Gesellschaft Russlands. Allerdings waren auch längst nicht alle russischen Adeligen und Wohlhabenden glühende Monarchisten, wie Juliette noch lernen sollte.

Beinahe jeden Tag hatten sie beim Diner oder auch schon beim Tee Gesellschaft. Es waren entweder Leute, die die Gräfin und ihre Schwester aus St. Petersburg kannten, oder Adelsfamilien aus anderen Landesteilen, die man während der Reisen der vorangegangenen Jahre kennengelernt hatte. Offenbar folgten viele von ihnen Jahr für Jahr mehr oder weniger derselben Reiseroute, ähnlich einer Karawane, und so gab es viele Wiedersehen und herzliche Begrüßungen. Doch die Gräfin und ihre Schwester verkehrten beileibe nicht nur mit Russen. Die Gesellschaft ihrer Landsleute könne sie zu Hause zur Genüge haben, meinte Gräfin Jelisaweta hinter vorgehaltener Hand. Viel lieber unterhielt sie sich mit Franzosen, Italienern, Engländern, Balten, Amerikanern, Schweizern und sogar mit Deutschen und Österreichern, sofern diese Fremdsprachen beherrschten und man sich verständigen konnte. Dass man sich mit den beiden letzteren Nationen womöglich bald im Krieg befinden würde, wurde von beiden Seiten nonchalant ignoriert. Manchmal hatte Juliette den Verdacht, dass all die Museumsbesuche und das Abklappern der Sehenswürdigkeiten nicht der vorrangige Zweck dieser Reise war, sondern, zumindest was die Gräfin anging, die wechselnde internationale Gesellschaft. In Gegenwart dieser Menschen blühte Gräfin Jelisaweta Lobanowa regelrecht auf, parlierte auf Französisch und Englisch, sprach sogar rudimentär Italienisch und etwas Deutsch.

In Zeiten wie diesen wurde zwangsläufig viel über Politik gesprochen. Sofia fand das fade, aber Juliette spitzte neugierig die Ohren.

Zar Nikolaus II., so wurde gelästert, wenn die Russen unter sich waren, habe längst nicht das Format seines Vaters Alexander III. Es mangle »Nicky« an Mut und Visionen, er erkenne die Zeichen der neuen Zeit, der industriellen Revolution, nicht. Seine Gattin wiederum, Alix von Hessen-Darmstadt, sei diesem dubiosen Wunderheiler Rasputin verfallen, wodurch dieser viel zu viel Einfluss auf die Politik habe. Im Grunde könne man nicht wirklich sicher sein, ob Alix nicht vielleicht doch eine deutsche Spionin sei.

»Im Alexanderpalast gibt es eintausend Bedienstete«, gab Sofia anlässlich einer Teegesellschaft in Verona zum Besten. »Die Romanows leben dort abgeschirmt von der Welt in einem unbeschreiblichen Luxus, und ihre Juwelen und Kunstschätze sind Millionen wert, ganz zu schweigen vom Gold.«

»Das ist verrückt«, entschlüpfte es Juliette.

»Da habt ihr es«, meinte die Gräfin und bedachte die errötende Juliette mit einem nachsichtigen Lächeln. »Man muss sich nicht wundern, wenn das Volk gegen die ungleichen Verhältnisse aufbegehrt.«

»Mama ist nämlich eine verkappte Bolschewikin, musst du wissen«, flüsterte Sofia in Juliettes Ohr.

»Sofia!«, wies die Gräfin ihre Tochter ungewohnt scharf zurecht.

»Sie haben recht, Gräfin Lobanowa. Doch der Pöbel wird lieber gegen die privilegierten Schichten Russlands kämpfen als gegen die deutschen Soldaten. Sie werden uns eines Tages abschlachten – oder es zumindest versuchen.«

Die Bemerkung kam von einem jungen Mann namens Konstantin, Sohn des Grafen Fjodor Liwny, einem hageren, weißhaarigen Mann, der kaum seinen Mund aufbrachte, und seiner molligen Frau Marie, die dieses Problem nicht hatte. Die dreiköpfige Familie, die ganz ohne Dienerschaft reiste, verfolgte die Reisegruppe schon seit Venedig. Zumindest kam es Juliette wie eine Verfolgung vor, denn sie fand zwar das Elternpaar Liwny einigermaßen erträglich, aber das galt nicht für Konstantin, der mit seinen sechzehn Jahren reichlich altklug und dandyhaft daherkam.

Der Gräfin missfiel denn auch die drastische Wortwahl des jungen Mannes, und sie warf ihm einen pikierten Blick zu.

Sofia dagegen hing bei jeder Teegesellschaft und jedem Museumsbesuch an Konstantins Lippen und benahm sich in seiner Gegenwart entweder verlegen, wie man sie sonst gar nicht kannte, oder aufgekratzt. Noch den flachsten seiner Scherze belohnte sie mit einem Kichern, derweil Juliette an sich halten musste, um nicht in einer Tour die Augen zu verdrehen. Seit Konstantin Juliette ausgelacht und gemeint hatte, sie spräche mit einem *drolligen Akzent*, hegte diese eine tiefe Abneigung gegen ihn. *Drolliger Akzent!* Nur weil dieses verzogene Bürschchen von einer Gouvernante aus Paris erzogen worden war, glaubte er sich über ihren südlichen Einschlag lustig machen zu dürfen? Am Ende würde die Gräfin noch auf den Gedanken kommen, dass eine Person mit einem *drolligen Akzent* doch nicht die richtige Gesellschaft für ihre Tochter Sofia wäre.

Sofia war in diesen Schönling verschossen, das war offensichtlich. Mindestens ein Dutzend Mal hatte sie Juliette schon gefragt, wie Konstantin ihr denn gefiele. Juliette hatte jedes Mal geschwindelt oder sich mit Floskeln herausgewunden. Er wäre sicher klug, er wüsste immer etwas zu erzählen. Ihre wahren Gedanken behielt sie für sich. *Ein Schwätzer, ein Affe im Spitzenhemd!*

Dass er gut aussah, ließ sich nicht leugnen, darauf immerhin konnten die Mädchen sich verständigen. Er besaß tiefblaue Augen, ein kantiges Kinn und eine hohe Stirn, über die immer wieder eine seiner dicken, dunklen Locken fiel und ihm die Gelegenheit gab, sie ständig mit einer affektierten Bewegung nach hinten zu werfen. Die Gräfin schien ebenfalls keine allzu hohe Meinung von ihm zu haben, denn sie ermahnte Sofia, den Jungen nicht so auffällig anzuschmachten, das schicke sich nicht. Was diese entrüstet von sich wies.

»Bist du verliebt in ihn?«, fragte Juliette Sofia an diesem Abend beim Zubettgehen. Sie hatten jede ein eigenes Zimmer, teilten sich jedoch ein Badezimmer. Es war inzwischen ein Ritual zwischen ihnen, sich abends gegenseitig das Haar zu bürsten.

»Aber nein, woher denn!«, stritt Sofia es ab. »Ich finde ihn lediglich amüsant.« Ihr anschließender Seufzer war zu abgrundtief für jemanden, den man nur amüsant fand. »Und selbst wenn – es hätte keine Zukunft.«

»Warum nicht? Er ist doch immerhin ein Graf«, wandte Juliette ein.

»Seine Urgroßmutter mütterlicherseits – sie ist nicht geboren«, lautete die verstörende Antwort.

Elle n'est pas née hatte Sofia gesagt. »Was meinst du damit, *nicht geboren*?«, fragte Juliette, die glaubte, sie hätte sich verhört.

»Sie war nicht adelig von Geburt. Sie war eine Krämertochter, so sagt man.«

Welch Schande, eine normale Sterbliche in der Ahnenreihe! Juliette schluckte die Bemerkung hinunter und fragte stattdessen: »Wenn ich als Tochter eines Fischers – rein theoretisch – einen russischen Grafen heiraten würde, hätten dann alle meine Nachfahren, auch noch nach drei Generationen, diesen Makel des Nichtgeborenseins?«

Sofia zuckte mit den Achseln. »Tja, so ist es. Aber heutzutage nimmt man das nicht mehr so streng. So mancher hat einen schwarzen Flecken auf seiner Abstammung. Sieht man ja an meiner Schwester und ihrem Arzt.« Sie lächelte verschmitzt: »Hast du denn vor, einen Grafen zu heiraten?«

»Nicht unter diesen Umständen«, meinte Juliette aus vollem Herzen.

Sofia legte die Haarbürste beiseite, blickte Juliette im Spiegel an und flüsterte: »Wenn ich dir ein dunkles Familiengeheimnis verrate, schwörst du dann, es für dich zu behalten?«

Natürlich schwor Juliette auf der Stelle.

»Man munkelt, dass die Ururgroßmutter meiner Mutter eine Sklavin aus der Mandschurei war, die ihr Ururgroßvater beim Würfeln gewonnen hat.«

»Das hast du jetzt erfunden«, lachte Juliette.

»So geht die Familienlegende, und wo Rauch ist, ist bekanntlich auch Feuer«, behauptete Sofia. »Sprich sie um Himmels willen nie darauf an, sonst wird sie fuchsteufelswild.«

»Ich werde mich hüten«, versicherte Juliette.

Mit Ausnahme von Sofia waren alle froh, als die Familie Liwny verkündete, dass sie nun Italien verlassen und nach Paris reisen würden. »Wir fühlen uns dort sicherer. Auch wenn Italien sich bis jetzt zurückhält, sie sind dennoch Verbündete der Deutschen und der Österreicher.«

»Können wir nicht auch nach Paris, bitte, Mama!«, flehte Sofia. »Wir könnten im Ritz wohnen, es soll wunderschön sein.«

»Nein. Wir bleiben auf unserer geplanten Route«, lehnte die Gräfin ab, und alle mussten tagelang Sofias schlechte Laune ertragen. Besonders Juliette. Aber das nahm sie gern in Kauf, Hauptsache man war diesen Dandy und seine Plaudertasche von nicht geborener Mutter endlich losgeworden.

* * *

Greta Kleinmeier sollte recht behalten. Ende Juli erklärte Österreich-Ungarn Serbien den Krieg, und vier Tage später erging die Kriegserklärung von Deutschland an Russland. Die Nachricht erreichte die Reisegesellschaft in Athen, im Grande Bretagne. Das Hotel lag gleich gegenüber vom Königspalast und war für Juliette genau das: ein Palast. Am 2. August sandte der Graf seiner Gattin erneut ein Telegramm, welches man ihr an der Rezeption aushändigte. Sie, Olga und die Kinder mögen vorsichtshalber nach Russland zurückkehren, um entweder ihre Ferien auf der Krim fortzusetzen oder, je nach Lage der Dinge, direkt nach Hause kommen.

»Wir fahren nach Hause«, entschieden die Damen einstimmig.

Inmitten der Aufregungen und überstürzten Reiseplanungen – plötzlich waren Bahnkarten in der ersten Klasse ein knappes Gut – bat die Gräfin Juliette zu einem Gespräch unter vier Augen.

Juliette ahnte, worum es ging. Sie hatte sich während der vergangenen Wochen schon gefragt, wann die Gräfin mit ihr sprechen wollte. Immer quälender war die Ungewissheit im Verlauf der Reise geworden, immer größer Juliettes Zweifel an sich selbst. Hatte sie sich beim näheren Kennenlernen als untauglich erwiesen? Würde man sie nach Hause schicken, nun, da ihre Dolmetscherdienste nicht mehr gebraucht würden? Hatte sie ihr loses Mundwerk einmal zu oft aufgerissen? Nachzufragen war unmöglich, denn die Gräfin Lobanowa wusste ja nicht, dass Juliette das Gespräch der Gräfin und ihrer Mutter seinerzeit belauscht hatte. Zwar hatte Sofia Juliette in letzter Zeit auffallend viel von St. Petersburg vorgeschwärmt, aber Juliette wusste, dass es letztendlich allein auf den Willen von Gräfin Jelisaweta ankam, ob sie bleiben durfte oder nicht, und die hatte sich während all der Zeit nicht den leisesten Wink entlocken lassen. War sie noch unschlüssig? Doch nun hatte der Krieg die restlichen Reisepläne über den Haufen geworfen und Juliettes Bewährungszeit verkürzt.

Das Gespräch fand im Hotelzimmer der Gräfin statt. Diese hatte zuvor ihre Leibdienerin Swetlana gebeten, sie und Juliette allein zu lassen, wodurch Juliette sich plötzlich sehr erwachsen und wichtig vorkam. Es müsse aufgrund der jüngsten Entwicklungen eine rasche Entscheidung getroffen werden, eröffnete die Gräfin die Unterhaltung. Sie und Sofia würden sich freuen, wenn Juliette auf unbestimmte Zeit mitkäme nach St. Petersburg. Man habe sie gern und hätte sich an sie gewöhnt. Durch den großen Altersunterschied zu ihren älteren Geschwistern sei Sofia ja sozusagen ein Einzelkind, erklärte die Gräfin, und Juliette könnte eine Art Schwester für Sofia sein – mit allen Rechten und Pflichten einer solchen.

Ein schwebendes Gefühl machte sich in Juliette breit. Sie musste nicht lange überlegen. Instinktiv verstand sie, dass das Leben ihr eine einmalige Chance bot, die sie ergreifen musste, und nicht einmal die Aussicht auf Russlands Kälte konnte sie jetzt noch abschrecken. Noch vor Wochen hatte sie sich gefragt, ob es klug wäre, sich auf Gedeih und Verderb diesen im Grunde fremden Menschen auszuliefern und ihnen in ein fremdes Land zu folgen. Doch knapp drei Monate des Lebens in einem bis dahin unvorstellbaren Luxus hatten gereicht, um die Fischerstochter aus dem Hafenviertel von Nizza für das gewöhnliche Leben zu verderben. Nein, es gab nur eine Richtung: nach vorn. Es wäre ein zu harter Schlag, wieder in die Rue Bonaparte zurückzumüssen. Nicht einmal der Gedanke an den Krieg schreckte sie ab. Frankreich war ebenso daran beteiligt wie Russland, das war Jacke wie Hose, und da sie außerdem noch keinen Krieg erlebt hatte, konnte sie sich nicht viel darunter vorstellen. Überstand man raue Zeiten nicht besser in einer reichen Familie? Der Graf war überdies Beamter des Innenministeriums, da müsste es schon mit dem Teufel zugehen, wenn ausgerechnet seine Familie Not litte. Bei den Lobanows würde sie immer etwas zu essen und Kleidung bekommen, Krieg hin oder her, dessen war Juliette sich sicher. Die Gräfin hatte Juliettes Mutter eine Abfindung in Aussicht gestellt, wenn Juliette nach St. Petersburg mitkommen würde. Dieses Geld würde ihrer Familie sicher helfen, schlimme Zeiten zu überstehen. Vielleicht musste ihre Mutter dann nicht Monsieur Morel heiraten. Juliette gefiel sich in der Rolle der

Retterin ihrer Mutter vor diesem groben, nach Fisch stinkenden Mannsbild.

Die Armen sind immer die Ersten, wenn's ans Sterben geht, hatte ihr Vater gern behauptet. Damals hatte Juliette nicht realisiert, dass er mit den Armen auch sich, seine Familie und die anderen Fischer meinte, denn Juliette fühlte sich damals nicht arm, und vielleicht war es auch nur betrunkenes Kneipengeschwätz. Doch die letzten Wochen hatten ihr deutlich vor Augen geführt, dass auch sie eindeutig zum Proletariat zählte. Nun, da sie einen Schritt auf die andere Seite getan hatte, verspürte sie den dringenden Wunsch, ihr altes Leben hinter sich zu lassen. Davon abgesehen, war es von einem jungen Mädchen, das erst eine Woche zuvor sechzehn geworden war, zu viel verlangt, die politischen Verstrickungen dieser Zeit zu durchblicken und abzuschätzen, in welchem Staat sie künftig besser aufgehoben sein würde. Also sagte Juliette ohne zu zögern Ja.

Das freue sie sehr, antwortete die Gräfin und lächelte, wurde aber sogleich wieder ernst. »Ich weiß, dass Sofia manchmal nicht einfach ist. Als unsere Jüngste haben wir sie wohl ein bisschen verzogen. Du musst dir von ihr nicht alles bieten lassen Juliette, aber versprich mir, dass du ihr immer eine gute, treue Kameradin sein wirst, egal, was kommt.«

Juliette, verwirrt, weil die Gräfin plötzlich so ernst und traurig aussah und nun sogar ihre Hand ergriff und fest drückte, nickte.

»Versprich es mir in die Hand.«

»Ich verspreche es Ihnen, Frau Gräfin«, sagte Juliette feierlich und drückte der Gräfin die Hand, nicht ahnend, wie sehr ihre Loyalität eines Tages gefragt sein würde.

Kapitel 10

Der Garten

Belmonte, Gegenwart

Nach dem Frühstück mit ihrem Vater fuhr Simona nach Belmonte und schnurstracks die Schotterstraße hinauf bis zum Klostergarten. Sie parkte vor der Einfahrt und holte die Stiefel aus dem Laderaum. Bevor sie in Erwägung zog, auf den Vorschlag ihres Vaters einzugehen, wollte sie sich das Gelände erst einmal genau ansehen. Den Ort auf sich wirken lassen, in sich hineinhorchen und sich fragen, ob sie sich diesem Auftrag auch gewachsen fühlte. Denn das Wollen war eine Sache, das Können eine andere. Was, wenn ihr Plan abgelehnt würde, wie stünde sie dann vor der Verwandtschaft da?

Es hatte sein Gutes, dass das dornige Gestrüpp beseitigt worden war, wenn auch für Simonas Geschmack reichlich grob und unsensibel. Nun waren Teile des Areals zum ersten Mal seit Langem überhaupt wieder betretbar, allerdings mit festem Tritt und Stiefeln, denn bekanntlich gab es kein Paradies ohne Schlangen.

Während ihres Rundgangs erlebte Simona ein kleines Wunder. Weil der karge Boden seit Jahren sich selbst überlassen worden war, war ein Magerrasen entstanden, doch das Wort mager bezog sich nur auf die Nährstoffe in der Erde. Eine Fülle an Wildblumen, die sich anderswo nur schwer gegen Dünger und Kulturpflanzen durchsetzen konnten, hatte sich hier entfaltet. Zittergras, Arnika, gewöhnliche Betonie, »Heilziest« genannt, Blutwurz, kleine Pimpinelle...

Man musste dem dürren, hohen Gras, das dazwischen wuchs, nur gründlich mit der Sichel zu Leibe rücken, schon fand man noch mehr Kostbarkeiten: Kräuter, Heilpflanzen, Gräser und Blumen, die die Nonnen einst kultiviert haben mussten. Die Weinraute war darunter, ein schon bei den Römern beliebtes Gewürz, das silbrig blättrige Heiligenkraut, eine gelbe Blume, die bei Magenbeschwerden half. So sagte es zumindest ihre Lexikon-App zur Pflanzenerkennung, mit der Simona eifrig ihre Entdeckungen bestimmte. Denn auch wenn Simona sicherlich mehr Pflanzen erkennen und benennen konnte als der Durchschnittsmensch, so waren ihr längst nicht alle Gewächse geläufig, die man in diesem verwunschenen Garten zu sehen bekam. Färberdistel, Gipskraut, Kartäusernelke, echtes Labkraut. Gelb-orangefarbene Schmetterlinge, die Simona auch noch nie zuvor gesehen hatte, saßen auf einem Busch Zwergginster. Dieses Biotop sollte nun vermessen, umgegraben, planiert, neu angelegt, geordnet und in gefällige Formen gepresst werden? Geduldete, imitierte Natur zwischen Pool und brezelhaft verschlungenen Wegen? Etwas in ihrem Inneren zog sich zusammen. Hatte sie das Recht, an diesem Zerstörungswerk mitzuwirken? Könnte sie leben mit dem Gedanken: Wenn ich es nicht mache, macht es ein anderer? Wo war die Grenze ihres Pragmatismus, wo fing ihr Gewissen an?

Der Garten des Klosters Santa Maria delle Stelle war ursprünglich größer gewesen. An seinem südlichen Ende, über einer steilen Felsnase, hatte der Friedhof der Nonnen gelegen sowie einiger anderer unglücklicher Seelen, für die auf dem Friedhof am Dorfrand aus unterschiedlichen Gründen kein Platz gewesen war. Der Klosterfriedhof musste ein schöner Ort für die letzte Ruhe gewesen sein, auf jeden Fall einer mit einer wunderbaren Aussicht.

Das Erdbeben von 1997 hatte einen Felsabbruch verursacht,

bei dem fast der gesamte Nonnenfriedhof abgestürzt war. Särge, Knochen, Grabsteine, Grabkreuze und ganze Bäume rutschten abwärts und landeten einer Lawine gleich auf dem darunterliegenden Weinberg. Es musste ein apokalyptischer Anblick gewesen sein. Irmas Mann Paolo, der damals noch für die Gemeinde Arcevia gearbeitet hatte und unter anderem für die Beseitigung des Schlamassels zuständig gewesen war, hatte Simona Fotos gezeigt. Doch ihre Tante Irma meinte, diese würden die unheimliche Stimmung nicht wiedergeben. Gruselig sei das gewesen, die Alten hätten sich bekreuzigt und gemurmelt, dass die Toten zurückkommen, und auf eine gewisse Weise stimmte es ja auch, denn am Ende hatte man die Gebeine der Nonnen auf dem Friedhof von Belmonte in ein Massengrab gelegt und ihre Namen in einen großen Naturstein graviert. Der Weinberg, auf dem die Gräber landeten, hatte früher einmal zum Farina-Hof gehört, bis Simonas Großmutter Franca ihn an die Priscos verkaufte, weil sie nichts damit anfangen konnte. Inzwischen versuchte sich Adriano Prisco dort als Winzer. Wohl nicht sonderlich erfolgreich, wenn man dieser Carla glauben durfte.

Wäre ja auch blamabel für die hiesigen Weinbauern, wenn ein *americano* hier auftauchen und gleich einen tollen Wein produzieren würde.

Simona verdrängte den Gedanken an die Frau und Adriano. Sie war schließlich hier, um eine berufliche Entscheidung zu treffen, nicht um das Liebesleben ihres Nachbarn zu analysieren. Sie näherte sich dem Abbruch, der durch einen provisorischen Zaun und ein rostiges Warnschild gesichert war. Mithilfe der Sichel legte sie nah an der Kante einen Steinquader frei und entdeckte, dass es ein umgestürzter, verwitterter Grabstein war. Die Gravur war völlig verblasst und vom Regen ausgewaschen, unmöglich, sie zu entziffern. Ermattet von der Erkundung der fremdartigen Flora, setzte sie sich auf den warmen grauen Stein.

Das Wetter hatte sich zugezogen, und unter dem bedeckten Himmel machte sich eine schwüle, drückende Wärme breit. Insekten umschwirrten sie, Grillen zirpten und unterstrichen die Stille des Ortes. Sie schaute hinüber zum Gebäude des ehemaligen Klosters. Es bot keinen sehr einladenden Anblick, was weniger an seinem löcherigen Dach lag, sondern hauptsächlich an den mit Brettern vernagelten Fenstern. Tote Augen, die dennoch vorwurfsvoll zu ihr herüberschauten. Simona wandte den Blick ab. Die Stille, die ihr eben noch friedlich vorgekommen war, hatte plötzlich etwas Unheimliches. Vielleicht, dachte sie, sollte man Orte wie diesen einfach sich selbst überlassen, sie dem Verfall und dem Wirken der Natur preisgeben.

Ein Motor quälte sich den Berg hinauf, das Geräusch wurde lauter, dann erstarb es, und wenig später hörte sie Schritte näher kommen.

»Salve, Simona.«

»Salve, Adriano.«

»Hast du ein neues Auto? *Die Alpengärtnerin*«, zitierte er in stark akzentuiertem Deutsch die Aufschrift auf den Seiten und am Heck ihres Wagens. »Bist du das?«

»Na ja…«, grummelte Simona, der die Aufschrift inzwischen ein wenig peinlich war, seit sie nur noch Rosenwurz anbaute, der nun wirklich kein typisches Alpengewächs war.

Jetzt war er bei ihr angekommen. »Es tut mir leid, das mit deiner Großmutter.«

»Danke.«

»Ich wollte vor dem Friedhof auf dich warten, aber es hat so lang gedauert und so stark geregnet.«

»Es wäre schade gewesen um den neuen Anzug«, stimmte sie ihm zu, ganz ohne Sarkasmus.

Er wurde dennoch verlegen, und Simona lachte. »Sieh dich bloß an! Gestern noch wie aus dem Ei gepellt, und heute…« Er trug wieder seine Arbeitskluft, das Haar hing ihm in die Stirn, und auf den Wangen sprossen Bartstoppeln.

»Was machst du im Klostergarten?«, fragte er.

»Die Aussicht genießen.«

»Hat dein Vater dir das mit dem Hotel erzählt?«

Sie nickte. »*I am not amused.*«

»Kann ich mir denken.«

»Und wie findest du das?«, fragte sie.

»Auch nicht gut«, antwortete er und zuckte mit den Achseln. »Ich werde es aber nicht ändern können. Jedenfalls nicht, ohne mir im ganzen Dorf Feinde zu machen. Na ja, uns trifft es ja nicht so sehr.«

»Stimmt. Du thronst erhaben über den restlichen niederen Kreaturen«, spöttelte Simona, während sie noch über das *uns* nachdachte.

»Letztendlich ist das ein Luxusproblem«, stellte Adriano fest, und es klang ein wenig, als müsste er sich selbst davon überzeugen. »Niemand verliert deswegen sein Zuhause, es wird vielleicht nur etwas unruhiger. Und du bist ja ohnehin sehr selten in deinem Haus.«

Simona verspürte den Drang, ihm vom Rosenwurz, von ihrer Trennung von Sebastian und von dem Angebot, den Garten des künftigen Hotels zu gestalten, zu erzählen, und dass sie wieder einmal an dem Punkt war, an dem sie entscheiden musste, wie ihr Leben weiterging. Am liebsten hätte sie ihm auf der Stelle ihr Herz ausgeschüttet, doch dann drängte sich ihr ein Bild auf, wie er nachher, vielleicht beim *aperitivo*, dieser Carla von den kleinlichen Sorgen und Bedenken seiner Nachbarin, der Deutschen, erzählen würde, so wie sie und Sebastian oft über die Probleme und Macken ihrer Freunde gesprochen hatten, dankbar für ein Thema, um nicht schweigend am Tisch zu sitzen.

»Wie lange bleibst du?«, fragte er.

»Weiß ich noch nicht.«

Das Gespräch kam zum Erliegen. Beide betrachteten die Landschaft und die Wolken. Ein Windstoß fuhr durch die rosa Ähren des hohen Wiesenknopfs, und die Schafgarben leuchteten in einem giftigen Gelbgrün. Es würde wohl bald wieder regnen.

»Dein Italienisch ist viel besser geworden«, sagte Simona. Es stimmte. Sie hatten tatsächlich die ganze Zeit über Italienisch gesprochen, und es war ihm flüssig von der Zunge gegangen. Ob das an der neuen Freundin lag?

»Danke.«

»Was macht deine Künstlerkolonie?«, fragte sie, um die Unterhaltung nicht gleich wieder einschlafen zu lassen.

»Gestern kam ein irischer Autor an.«

»Ich habe ihn getroffen.«

»Stimmt. Carla hat erwähnt, dass du da warst. Tut mir leid, wir müssen uns knapp verpasst haben.«

Soso, *erwähnt* hat sie mich. »Ist sie auch Autorin?«, erkundigte Simona sich scheinheilig.

»Neuerdings«, seufzte er. »Sie will an unserer Familiengeschichte schreiben.«

»An *eurer*?«

»Sie ist die Tochter des ehemaligen Besitzers des Guts, Filippo Prisco. Sie hat als Kind auf dem Gut gelebt.«

Practically part of the family hatte Carla gesagt, Simona hatte ihre Worte noch genau im Ohr. Warum sagte sie *practically*, wenn sie doch tatsächlich und nicht nur *quasi* zum Prisco-Clan gehörte? Hatte sie es absichtlich so diffus klingen lassen, um Simona zu verwirren? Wahrscheinlich war Simona wieder einmal viel zu wortklauberisch.

Adriano zuckte mit den Achseln, und es wirkte, als wäre ihm das Thema unangenehm. Wollte er nicht zugeben, dass er eine Freundin hatte?

»Ich muss los. Komm doch mal wieder vorbei.« Adriano wandte sich zum Gehen.

»Mach ich. Du kannst ja auch mal bei mir anklopfen, wenn mein Auto dasteht«, antwortete Simona und dachte: Seit wann sind wir denn so verkrampft?

»Na dann… Ciao, Simona. Schön, dass du wieder da bist.« Rasch stapfte er davon.

Simona schaute ihm verwirrt und nachdenklich hinterher. Sie selbst hatte einmal für kurze Zeit angenommen, mit ihm verwandt zu sein. Ihre Urgroßmutter Teresa hatte Gerüchten zufolge ein Verhältnis mit Cesare Prisco, Adrianos Großvater, gehabt. Doch er war definitiv nicht der Vater ihrer *nonna* Franca gewesen, wie sich später herausgestellt hatte. Konnte es erblich sein, dass man sich in Prisco-Männer verliebte? Ein Ruck ging durch ihre Gestalt. Wie bitte? *Verliebte?!* Was für ein Unsinn! Sie sollte sich nicht in irgendetwas hineinsteigern, nur weil sie gerade verlassen worden und emotional angeschlagen war.

Sie stand auf. Es brachte nichts, hier herumzusitzen. Die Inspektion des Gartens hatte sie in ihrem Entscheidungsprozess nicht wirklich vorangebracht. Sie hatte noch so viele Fragen und brauchte mehr Informationen. Was war das überhaupt für ein Bauunternehmen, das das Hotel errichten wollte? Was stellten die sich vor? War sie wirklich die Richtige für so einen Auftrag?

Sie ruckelte vorsichtig die steile Straße hinab und parkte vor ihrem Haus, denn in der Garage, dem ehemaligen Stall, war kaum Platz. Dort lagerten die Geräte, die zur Bewirtschaftung des großen Gemüsegartens gebraucht wurden. Sie stieg aus und betrachtete ihren eigenen Garten. Rosen blühten in allen Schattierungen und rankten sich an der Stallwand hinauf, Lavendelbüsche verbreiteten ihren Duft. Nun, da ihr Idyll in Gefahr war, kam es Simona gleich noch viel wertvoller vor.

Es näherte sich ein unbekannter Wagen. Simona, den Haustürschlüssel in der Hand, blieb abwartend stehen. Wollte jemand zu ihr oder zu Adriano? Vielleicht war es diese Carla oder der irische Autor.

Der Wagen hielt hinter ihrem, und Claudia stieg aus. Sie trug Jeans und eine weiße Bluse unter einem schwarzen Blazer. Sie sei nur gekommen, um sich von Simona zu verabschieden, verkündete sie.

»Wolltest du nicht noch eine Weile bleiben?« Simona schloss die Tür auf und bat die Besucherin herein.

»Ich habe mich mit Irma gestritten.«

Die Nachricht überraschte Simona nicht. Die zwei Schwestern waren völlig verschieden, und schon während des Abendessens am Tag vor der Beerdigung hatte Simona negative Schwingungen zwischen den Schwestern wahrgenommen. Überhaupt, fand Simona, hatte Tante Irma dieser Tage einen reichlich angespannten Eindruck gemacht, manchmal geradezu verbiestert. Gut, Irma war sehr konservativ und in manchen Dingen – Homosexualität, zum Beispiel – auch ein wenig engstirnig und gestrig. Wie sollte sie auch weltoffen sein, wenn sie ihr Leben lang nicht aus Belmonte herausgekommen war? Es wäre unfair, sie mit Claudia zu vergleichen, die ihr Nest früh verlassen hatte. Freiwillig, oder hatte man sie rausgeworfen? Als Simona den Ferri-Clan vor zwei Jahren kennengelernt hatte, war Irma noch deutlich umgänglicher, mied allerdings schon damals das Thema Claudia und war sehr ungehalten, als Flavia unverblümt aussprach, dass Claudia lesbisch war. Auf der Terrasse unter dem Moro hatten sie gesessen beim ersten Kennenlernen, erinnerte sich Simona, Marta, Irma, Giovanna, Flavia und Simona, vier Generationen von Frauen. *Da waren es nur noch drei…*

»Das tut mir leid«, sagte Simon nun zu Claudia, und es war nicht nur so dahingesagt, sie hätte ihre Tante gerne noch öfter getroffen und ein wenig besser kennengelernt. »Hast du wenigstens noch Zeit für einen *caffè*?«

Claudia nickte und schaute sich in der geräumigen Wohnküche um. »Das ist ein hübsches Häuschen, es sieht sehr… wie sagt man auf Deutsch?… *gemütlich* aus.«

»Das Lob gebührt meiner *nonna* Franca, es ist ihr Werk und das meines Vaters. Sie haben sich hier sozusagen ihr spätes Liebesnest geschaffen – ich nehme an, du bist im Bilde.«

»Bestens, jawohl«, schmunzelte Claudia.

»Das Wohnzimmer ist das Paradestück. Geh ruhig rauf, und schau dich um. Ich habe nichts zu verbergen.«

»Kein Liebhaber im Schrank?«

»Leider nicht!«

Es bestand wirklich keine Gefahr, dass die Besucherin ihrer Privatsphäre zu nahe kam, denn sie hatte keine. Zumindest nicht in Belmonte. Sämtliche Möbel, das Geschirr, ja, sogar die Kleider im Schrank stammten von Franca, ihrer verstorbenen Großmutter. Simona hatte bisher wenig eigene Spuren hinterlassen und bis auf die Erweiterung des Gemüsegartens kaum etwas verändert. Vielleicht sollte ich damit anfangen, dieses Haus zu meinem zu machen, dachte sie, während sie das Pulver in den Filter presste und die Espressokanne zuschraubte. Über ihr hörte sie Claudias Schritte, die das Wohnzimmer durchmaß, und sie ertappte sich dabei, dass sie es schön fand, die Schritte eines anderen Menschen im Haus zu hören.

»Der Traum vieler blasser Briten, ein Landhaus wie dieses hier in Italien«, bemerkte Claudia, als sie wieder herunterkam.

»Ja, ich hatte wirklich Glück, dass es mir sozusagen in den Schoß gefallen ist«, räumte Simona ein, der in diesem Moment bewusst wurde, was für Luxussorgen sie doch hatte: Die Wahl zwischen zwei Wohnsitzen, für die andere alles geben würden. Hatte nicht Adriano vorhin etwas Ähnliches gesagt? Sie sollte dankbar sein, anstatt sich zu grämen wegen des Hotelbaus und ein paar mehr Autos, die künftig hier entlangkämen.

Sie setzten sich mit dem Kaffee nach draußen. Die Wolken von vorhin hatten sich wieder verzogen, und die Sonne war noch einmal herausgekommen.

»Erzähl!«, sagte Simona. »Lass den Frust raus.«

»Es war der typische nichtige Anlass! Es begann mit einer Brosche, die noch von unserer Großmutter Caterina stammte und die sie mir verweigerte, und es endete damit, dass Irma sich bitter beklagte, dass die Betreuung von *mamma* komplett an ihr hängen geblieben ist, und unsere Mutter angeblich

Federico und mich lieber hatte als sie und Matteo. Und wenn sie auch nach Deutschland gegangen wäre, so wie deine *nonna* Franca, dann hätte sie etwas aus sich machen können und man würde heute nicht auf sie herabschauen, weil sie bloß immer eine Hausfrau war.« Claudia seufzte und sagte: »Entschuldige! Ich wollte das alles nicht bei dir abladen.«

»Ist schon in Ordnung, ich habe dich ja gefragt.« Das Ganze tat ihr leid, besonders für Claudia. Da kam sie so selten in ihre Heimat, und dann konnte Irma sich nicht wenigstens ein paar Tage lang zusammenreißen. Auch wenn sie in einigen Punkten sicher recht hatte.

»Hast du deinen Flug umbuchen können?«

Claudia winkte ab. »Ich habe es erst gar nicht versucht. Ich werde mir ein Hotelzimmer in Senigallia nehmen und noch ein paar Tage Strandurlaub machen oder mir die Gegend anschauen. Schade, ich hätte gern mehr Zeit mit dir und deinem Vater verbracht. Federico und ich haben uns immer gut verstanden.« Sie zwinkerte Simona zu. »Wir sind ja auch die Lieblinge.«

»Und die schwarzen Schafe«, ergänzte Simona.

»Das sowieso«, bestätigte Claudia.

»Bleib doch ein paar Tage hier. Wirklich, ich würde mich freuen.«

»Das ist nett von dir, aber …«

»Mein Freund hat mich verlassen«, platzte Simona heraus. »Er hat mich auf dem Altar seiner Karriere geopfert.« Sie grinste über ihre pathetische Formulierung und fuhr in nüchternem Tonfall fort. »Nein, ernsthaft jetzt: Etwas Gesellschaft würde mir guttun, das hält mich vom Grübeln ab. Ich war in letzter Zeit zu viel allein. Ich fürchte, ich werde langsam eigen und wunderlich. Ehe ich mich umschaue, lebe ich einsam mit fünf Katzen.«

»Nichts gegen Katzen, aber das wollen wir natürlich auf gar keinen Fall«, meinte Claudia. »Also gut, Simona. Ich nehme dein großzügiges Angebot gerne an.«

»Darauf müssen wir trinken.« Simona stand auf, ging in die Vorratskammer, kam mit einer Flasche Grappa und zwei Gläsern wieder heraus. Sie schenkte ein. »Auf die Familie!«

»In guten wie in schlechten Zeiten!«

»Salute!«, lachte Simona.

Die beiden kippten den Schnaps auf einen Sitz hinunter.

»*Cheers!*«

Claudia holte ihr Gepäck aus dem Wagen, und sie trugen es in das Obergeschoss. »Du kriegst für heute Nacht mein Schlafzimmer«, bestimmte Simona. »Morgen richte ich das Gästezimmer ordentlich her, da drin wollte ich eh schon lange einmal aufräumen. Momentan ist es eher ein Abstellraum für überzählige Möbel und überflüssige Gerätschaften.«

»Das kann ich doch machen«, bot Claudia an.

»Wir machen es morgen zusammen. Jetzt habe ich aber großen Hunger. Du kannst dich oben häuslich einrichten, ich mache uns derweil Pasta, in Ordnung?«

»Das klingt wunderbar!«, strahlte Claudia.

Simona war noch nicht zum Einkaufen gekommen, aber in der Speisekammer standen Gläser mit selbst gemachtem grünem Pesto – von Flavia zubereitet – und natürlich ein Vorrat an Nudeln in sämtlichen Formen. Und Rotwein war auch noch da.

»Du bist so herrlich unkompliziert, wenn nur alle in dieser Familie so wären«, meinte Claudia nach dem Essen. Sie hatten einen Chianti aufgemacht, er war schon fast geleert.

»Da gehen die Meinungen auseinander. Sebastian sagte immer ... ach, zum Teufel, was juckt es mich noch, was er gesagt hat!«

»Wie lange wart ihr zusammen?«

»Vier Jahre ungefähr. Mit Unterbrechungen«, antwortete Simona, und dann erzählte sie ihrer Tante alles, was sie vorhin am liebsten Adriano erzählt hätte, und endete mit den Worten:

»… und jetzt geht er nach China, und mein Vater will, dass ich den alten Klostergarten in einen Hotelgarten umwandle. Gott, ich rede zu viel!«

Claudia hatte interessiert und lächelnd zugehört und meinte: »China, ja? Noch weiter weg konnte er nicht fliehen?«

»Wahrscheinlich gab's keinen Job in Australien«, kicherte Simona.

»Was ist mit dem Klostergarten? Meinst du den verwilderten Garten von Santa Maria delle Stelle?«

»Dort soll das Hotel gebaut werden, ja.«

»Stimmt. Das ganze Dorf ist deswegen aus dem Häuschen.«

»Aber ich kann das nicht!«, jammerte Simona.

»Warum nicht? Es ist doch das, was du studiert hast, und ein toller Auftrag noch dazu. Und da du ohnehin gerade nichts anderes vorhast…«

Simona schüttelte den Kopf. »Heute Nachmittag war ich dort und habe mir das alles angeschaut. Hier, schau!« Sie holte ihr Handy aus der Tasche und zeigte Claudia die Fotos von den Pflanzen, nannte ihre Namen und geriet dabei ins Schwärmen. »Und das ist nur eine kleine Auswahl von dem, was dort sonst noch alles wächst! Wildpflanzen, Heilpflanzen, die noch von den Nonnen stammen. Das ist seit Jahren ein kleines, unberührtes Paradies. Ich will nicht diejenige sein, die es zerstört.«

»Du wirst es aber auch nicht aufhalten«, gab Claudia zu bedenken. »Wenn du es nicht machst, macht es ein anderer. Es heißt ja nicht, dass der Garten zerstört werden muss. Er wird verändert werden, zweifellos, aber es kann auch etwas Schönes daraus entstehen. Wer garantiert dir denn, dass die schiere Wildnis das Beste ist, was diesem Grundstück passieren kann?«

»Na ja, vom ökologischen Standpunkt aus betrachtet schon«, fand Simona. »Manchmal ist nichts tun die beste Option.«

Claudia leerte ihr Glas und machte eine umfassende Armbewegung: »Die Landschaft der Marken, die alle so schön finden, ist die etwa eine Wildnis? In Teilen ja, aber das meiste ist eine von Menschen geschaffene Kulturlandschaft, stimmt doch, oder?« Sie schaute Simona eindringlich an. Ihre Augen waren etwas glasig, sie war auch nicht mehr ganz nüchtern.

»Ja, das ist wahr«, gab Simona zu.

»Oder nimm zum Beispiel die Friedhöfe. Nicht die im Süden, das sind grässliche Steinwüsten, aber bei uns auf der Insel und in Frankreich und Deutschland, da sind sie Oasen der Natur, mit vielen Vögeln und Hecken und alten Bäumen. Sie sind wunderschön und voller Leben, trotz der Friedhofsordnung. Oder schau dir unsere englischen Gärten an, die aussehen, als hätte man der Natur freien Lauf gelassen, was natürlich überhaupt nicht so ist. Dennoch wachsen dort allerhand interessante Pflanzen, und es gibt eine Vielzahl an Tieren, und für Menschen ist auch noch Platz.«

»Ich verstehe, was du meinst«, nickte Simona.

»Du musst den Auftrag annehmen, unbedingt. Gerade du. Weil du Respekt hast, vor dem… *spirito* des Ortes und einen Blick für die Kostbarkeiten. Du kannst versuchen, so viel wie möglich davon zu behalten, und gleichzeitig etwas Neues schaffen. Ich finde, das ist eine großartige… wie sagt man… *opportunity!*«

»Meinst du?«

»Schuldgefühle sind hier fehl am Platz, *my dear!* Stell dir mal vor, du lehnst das ab, und in einem Jahr kommst du her und findest einen Schottergarten mit Kitschfiguren darin vor.«

»Großer Gott!«, lachte Simona.

Kapitel 11

Burschui

St. Petersburg, 1914 bis 1915

Juliette war überrascht, wie schön St. Petersburg war. Die Stadt wirkte auf den ersten Blick so leicht und elegant wie eine der italienischen Städte, die sie bereist hatten. Zu ihrer großen Freude gab es sehr viel Wasser. Der Fluss Newa und etliche Seitenarme und Kanäle durchzogen St. Petersburg und ließen Juliette bisweilen sogar an Venedig denken. Wobei Venedig natürlich unerreichbar war. Doch bald schon fiel ihr auf, dass der Stadt in all ihrer Pracht und Eleganz etwas Künstliches anhaftete. Sie war zu perfekt, zu durchgeplant, ein Extrakt südlicher Architektur, als hätte der Zar sich eine Kulisse für sein ganz persönliches Theater, seine Demonstration der Macht, errichten lassen. Es fehlte dieser Kopie die Tiefe, das Gewachsene, das Unordentliche und Missgestaltete. Wo waren die Trümmer und Ruinen, wo das Alte, Marode, Wahrhaftige, das, was den Charakter einer Stadt ausmachte? Selbst die Mietskasernen, die es natürlich auch gab, schienen ordentlicher als woanders.

Ihr Eindruck hatte sie nicht getrogen, wie sie in den Geschichtsstunden noch erfahren sollte. Anders als die italienischen Städte und auch Nizza gab es St. Petersburg erst seit etwa zweihundert Jahren, was für eine Stadt nun wirklich kein Alter war. Nachdem Russland im Großen Nordischen Krieg die Festung Nyenschanz an der Mündung der Newa von den

Schweden erobert hatte, ließ Zar Peter der Große in den Jahren nach 1703 die Stadt in ein Sumpfgebiet bauen, ähnlich wie Venedig, das in einer Lagune errichtet worden war. Er benannte sie nach seinem Namenspatron, dem Apostel Simon Petrus.

An die russische Kälte gewöhnte Juliette sich rasch, zumal in der Villa der Lobanows nicht am Brennmaterial gespart wurde. Es wurde dort an gar nichts gespart. Die Villa lag im Zentrum, in einer Seitenstraße des Newski-Prospekts, der berühmten Prachtstraße von St. Petersburg, und nicht weit vom Alexandrinski-Theater. Das Haus war elegant und groß, und es dauerte Wochen, bis Juliette sich in dem Labyrinth zurechtfand. Es gab ungefähr vierzig Zimmer, den Dienstbotentrakt nicht mitgezählt. Zum Besitz gehörten Stallungen für die Kutschpferde und Garagen für die drei Automobile des Grafen. Auf der Rückseite der Villa erstreckte sich ein Garten mit Hecken, Bänken und Spazierwegen, der von einem hohen, spitzen Eisenzaun umgrenzt wurde. Ein gutes Dutzend Bediensteter kümmerten sich um Haus und Hof und das Wohlergehen der Familie.

Juliette bewegte sich in der Rangordnung irgendwo dazwischen. Sie stand über dem Küchenpersonal und den Dienstmädchen, aber unter den Hauslehrern, dem Verwalter und der Hausdame, die das Personal unter sich hatte. Ihr Zimmer lag direkt neben dem von Sofia, war aber etwas einfacher ausgestattet, und sie hatte keine eigene Kammerzofe, im Gegensatz zu Sofia. Sie aß mit der Familie, es sei denn, Sofia hegte aus irgendeiner Laune heraus einen Groll gegen sie. Dann ließ sie sie im Souterrain in der Küche mit den Bediensteten essen. Irgendwann bekam die Gräfin davon Wind. Sofia hatte ihr bei diesen Gelegenheiten wohl erzählt, Juliette habe keinen Hunger und fehle deshalb bei Tisch. Sie wies Sofia energisch zurecht. Von da an musste Juliette nicht mehr n der Küche essen, selbst dann nicht, wenn Sofia gerade wieder einmal wegen irgendetwas schmollte.

Juliette nahm an Sofias Unterrichtsstunden teil und bekam wunderschöne Kleider. Sogar ein Cape aus sibirischem Fuchspelz schenkte man ihr. Das war auch nötig, denn an manchen Tagen fegte der Ostwind erbarmungslos durch die Straßen, und eine feuchte, durchdringende Kälte kroch aus den Kanälen und der Newa.

Zu Hause in Nizza hatte Juliettes Tagesablauf zum größten Teil aus körperlicher Arbeit bestanden: Zimmer und Toiletten putzen, Wäsche waschen, beim Kochen helfen, den kleinen Emporio herumtragen. Das Treibholzsammeln am Strand war eine Erholung gewesen, ein Vorwand, um Zeit für sich zu haben, herumzutrödeln und den häuslichen Pflichten für eine Weile zu entgehen. Jetzt waren kaum noch körperliche Tätigkeiten zu verrichten, außer sich zu waschen, anzukleiden und zu frisieren. Was allerdings einen nicht unbeträchtlichen Anteil des Vormittages in Anspruch nahm. Geistige Anstrengung gab es dafür im Übermaß. Vor allem anderen hatte Juliette es sich zur Aufgabe gemacht, Russisch zu lernen. Die erste Hürde war die fremde Schrift. Doch Juliette wollte es unbedingt. Nicht, weil man sie in der Familie sonst nicht verstanden hätte. Wie in allen Adelsfamilien war man sehr europäisiert und sprach überwiegend Französisch, sowohl untereinander als auch mit den befreundeten Familien. Eine französische Gouvernante für den Nachwuchs war schon seit Langem Standard in allen Adelsfamilien. Doch es widerstrebte Juliette, in einem Land zu leben, dessen Sprache sie nicht beherrschte. Sie musste sich doch auf der Straße verständigen können! Allerdings war sie im Grunde nie *auf der Straße*, schon gar nicht allein, und abgesehen von den Dienstboten und den Hauslehrern, kam Juliette bei kaum einer Gelegenheit mit *dem Volk* in Berührung. Sie musste ja keine Einkäufe machen und auch nicht zur Schule gehen. Die Grenzen zwischen den Klassen waren strikt gezogen und undurchlässig. Sogar in der Kirche hatten die Aristokraten ihre eigenen Bänke. Außerhalb der Villa bewegte man sich entweder in der eigenen Kutsche, die im Winter gegen einen Schlitten getauscht wurde, nahm sich von unterwegs eine Droschke, oder man fuhr, wie der Graf es gerne tat, mit einem der drei Automobile über Land.

Der Ablauf der Unterrichtsstunden bestimmte im Großen und Ganzen das Leben der Mädchen, die dadurch sehr viel Zeit im Haus verbrachten. Daran musste sich Juliette erst gewöhnen. Hin und wieder spielten sie im Garten Federball oder, wenn die Cousins Nikolai und Boris zu Besuch waren, Verstecken und Fangen. Eine willkommene Abwechslung waren gelegentliche Spaziergänge in einem Park, der sich Sommergarten nannte, doch die Mädchen durften nicht allein dorthin. Sie durften nirgendwohin allein. Es war immer wenigstens das Fräulein Kleinmeier dabei, oftmals die Gräfin und manchmal auch deren Schwester Olga. Den Damen folgte, mit etwas Abstand, stets ein männlicher Bediensteter zu ihrem Schutz. Im Winter ging es in ähnlicher Formation zum Schlittschuhlaufen. Juliette liebte es, doch sie schaffte es nie, so elegant übers Eis zu schweben wie Sofia. Sofia hatte ein Talent zur Bewegung, das merkte man schon beim Federballspiel, aber erst recht beim Eislaufen und am meisten beim Ballett- und Tanzunterricht. Wäre es nicht gänzlich unpassend für eine junge Gräfin, wäre aus Sofia vielleicht eine gute Balletttänzerin geworden. Juliette war, was das Tanzen anging, eher durchschnittlich begabt, aber sie genoss die körperliche Betätigung. Es war so ziemlich das einzige, das sie noch hatte, abgesehen von der Morgengymnastik, die das Fräulein Kleinmeier regelmäßig im Garten absolvierte und bei der Juliette freiwillig mitmachte – sanft bespöttelt von Sofia.

Juliette wollte von Sofia wissen, ob sie und ihre Familie vor Ausbruch des Krieges auch schon immer so abgeschirmt von allem gelebt hatten, aber sie war nicht sicher, ob Sofia überhaupt verstand, was sie meinte. Was das denn mit dem Krieg zu tun habe? Den würde man doch kaum bemerken, meinte

Sofia. Für die junge Gräfin war diese überbehütete Lebensweise offenbar normal, und Juliette musste sich auf die Zunge beißen, um nicht den Begriff vom goldenen Käfig zu verwenden. Es hätte womöglich undankbar geklungen. Sie überlegte, wann sie eigentlich zum letzten Mal allein draußen unterwegs gewesen war. Die Antwort war einfach: in Nizza, am Strand und auf dem Weg zum Markt. Im Nachhinein kam es ihr wie ein Wunder vor, dass man Sofia allein an den Strand gelassen hatte, wo Juliette sie getroffen hatte.

Aber anscheinend hatte Sofia doch verstanden, was Juliette beschäftigte, denn ein paar Tage später erklärte sie ihr: »Wir können nicht einfach rausgehen und auf der Straße herumspazieren wie in Nizza. Das wäre nicht sicher. Die Bolschewiken haben das Volk aufgewiegelt. Die hassen uns. Wir sind *burschui.*«

Das Wort *burschui* kannte Juliette bereits. Es kam von *bourgeoise* und war ein verächtlicher Sammelbegriff für sämtliche privilegierten Kreise. Allen voran natürlich der Adel, aber auch die bürgerliche Elite, die Reichen, die Kultivierten, die Intelligenzija und die Juden fielen unter *burschui*. Die Deutschen sowieso. Im Grunde war *burschui* der Feind, das Verhasste, das, was man – wie der junge Graf Konstantin Liwny seinerzeit so drastisch bemerkt hatte – am liebsten abschlachten würde. Inzwischen verstand Juliette, was er damit gemeint hatte, und dass er wahrscheinlich nicht unrecht gehabt hatte.

»Meinst du, das gilt auch für die Hausangestellten?«, fragte Juliette.

»Natürlich«, antwortete Sofia, ohne zu zögern. »Man kann ihnen nicht trauen. Einige von denen würden uns bestimmt am liebsten töten, wenn sie damit ungestraft davonkämen!«

»Hast du keine Angst, dass sie euch eines Tages vergiften könnten?«

Schon, aber damit würden sie schon seit Generationen leben, meinte Sofia leichthin und fügte mit süffisantem Lächeln hinzu: »Vielleicht sollte ich dich zu meiner Vorkosterin ernennen.«

Derlei kleine Spitzen musste sich Juliette wohl oder übel gefallen lassen. Vielleicht war es auch gar nicht so schlecht, dass sie von Sofia bisweilen mehr oder weniger taktvoll auf ihre untergeordnete Stellung hingewiesen wurde, auch wenn es für Außenstehende anders aussehen mochte. So vergaß Juliette wenigstens nie, wo sie herkam.

Manchmal nahm man sie mit ins Eremitage-Theater, in die Oper, wo die Lobanows eine eigene Loge hatten, oder ins Ballett, wo es in der Pause Champagner zu trinken gab. Ein andermal musste sie zu Hause bleiben. Begründet wurden diese Entscheidungen nicht. Man war großzügig zu ihr, bisweilen auch eine Spur gönnerhaft, wobei Juliette besonders der Gräfin keine bösen Absichten unterstellte. Es war eben die Art, wie der Adel seine Untergebenen behandelte, und die Lobanows behandelten die ihren vergleichsweise gut. Doch eine Untergebene war sie, trotz ihrer Sonderstellung, dies vergaß Juliette an keinem einzigen Tag. Hin und wieder, wenn sie sich von Sofia ungerecht behandelt fühlte oder der kalte Ostwind Sehnsüchte nach dem warmen, milden südfranzösischen Klima in ihr weckte, haderte sie mit ihrem Entschluss. Ja, sie besaß einen Schrank voll teurer Kleider, sie lebte in einer luxuriösen Villa, und man gab ihr mehr Taschengeld als ein Arbeiter in einer Fabrik verdiente. Obwohl sie es gar nicht ausgeben konnte. Doch was hatte sie dafür eingetauscht? Sie war die Tochter eines Mannes, der den Geist der Revolution *Freiheit, Gleichheit, Brüderlichkeit* ernst genommen hatte. Nicht einen von diesen Werten lebte sie. Sie war nicht frei, und ganz bestimmt nicht auf gleicher Stufe wie die Lobanows, und sie war für Sofia nur eine Schwester auf Abruf.

Die Dienstboten wussten das natürlich auch und ließen es häufig an Respekt fehlen. Besonders in der ersten Zeit, als Juliette noch kein Russisch konnte, war sie ziemlich sicher, dass manche von ihnen sogar in ihrer Gegenwart abfällig über sie redeten oder sich über sie lustig machten. Einzig mit Ira, der Köchin des Hauses Lobanow, verstand Juliette sich gut. Sie hatte bei der älteren Frau mit der kräftigen Figur einen Stein im Brett, seit sie ihr das Rezept ihrer Mutter für Fischsuppe gegeben und ihr außerdem gezeigt hatte, wie sie die Suppe zubereiten musste. Seither gab es mindestens einmal im Monat Bouillabaisse.

Irgendwann fragte das Fräulein Kleinmeier Juliette, ob sie an Heimweh litte. Sie hatte den deutschen Begriff benutzt, und nachdem Juliette verstanden hatte, was sie meinte, verriet sie Greta Kleinmeier ihre geheimen Gedanken. Es brach einfach aus ihr heraus, sie musste sich jemandem anvertrauen, selbst auf die Gefahr hin, dass das Fräulein sie dafür tadeln und undankbar nennen würde.

Greta Kleinmeier meinte jedoch: »Ich kann dich verstehen, Juliette, und du hast jedes Recht, ab und zu traurig zu sein. Aber es ist nicht nur ein Schrank voller Kleider, was du hier bekommst. Das Wichtigste hast du vergessen.«

»Das Wichtigste?«

»Bildung, Juliette. Bildung und Erziehung. Was du hier lernst, egal, ob es höhere Mathematik ist oder wie man Servietten faltet, das kann dir keiner mehr wegnehmen. Du musst dich nicht mit ihnen gemein machen, aber nimm mit, was du kriegen kannst! Dieses morsche System der Klassengesellschaft wird eines nicht allzu fernen Tages zusammenbrechen. Dann kannst du wieder zurück nach Frankreich oder wohin du möchtest, und in Freiheit und Unabhängigkeit leben. Alles, was du bis dahin gelernt hast, wird dir dann von Nutzen sein.«

Es war wahr, Juliette durfte an Sofias Unterricht teilnehmen. Doch da einige von Sofias Lehrkräften nur Russisch sprachen und Juliette in vielen Dingen die Grundlagen fehlten, verstand sie oft nicht, worum es ging. Nachzufragen wagte sie nicht, denn sie wusste, sie war im Unterricht nur geduldet und wollte auf keinen Fall stören oder die Lektionen aufhalten. Im ersten Jahr gab es deswegen oft heimliche Tränen. Mit der Zeit holte sie aber auf, und in Mathematik musste sie sich nach einer Weile sogar zurückhalten, um nicht besser dazustehen als Sofia. Sofia schätzte es nämlich gar nicht, wenn Juliette sie überflügelte, egal worin, und Sofia konnte ziemlich unausstehlich sein, wenn ihr etwas nicht passte. Juliette wusste das und blieb wohlweislich stets ein wenig hinter Sofia, und sei es nur zum Schein. Einzig, was das verhasste Klavierspiel anging, sah Sofia die Sache anders. Die Gräfin bestand auf dem Unterricht. Klavierspielen gehörte zur Ausbildung einer Höheren Tochter nun einmal dazu, auch wenn diese weder talentiert noch motiviert war. Juliette dagegen schien ein gewisses Talent zu besitzen, was ihr selbst neu war. Woher hätte sie es auch wissen sollen? An ihrer Schule war kaum gesungen worden, ein Instrument hatte sie nie besessen, und das einzige Lied, das Juliette von klein auf regelmäßig zu hören bekommen hatte, war die Marseillaise, die ihr Vater voller Inbrunst schmetterte, wenn er zu viel intus hatte.

Madame Kaminsky, eine resolute Dame, führte Juliette in die Grundlagen ein. Anfangs kannte diese nicht einmal die Noten. Doch Juliette hatte Freude am Klavierspiel, sie begriff und lernte schnell und war bald über die ersten Fingerübungen hinaus. Nach einem Jahr konnte sie dieselben Stücke spielen wie Sofia. Nur besser, mit mehr Gefühl und mehr Enthusiasmus. Zudem brauchte Juliette ihre Fähigkeiten dieses Mal nicht zu verstecken, denn Sofia zog daraus ihren Nutzen. Sie überließ Juliette nur zu gern das Instrument. Die Gräfin achtete zwar darauf, dass Sofia täglich übte, aber meistens verließ sie sich dabei auf ihr Gehör. So bekam sie lange Zeit nicht mit, dass anstatt ihrer Tochter oftmals Juliette spielte, während Sofia daneben im Sessel saß und einen schwülstigen Liebesroman oder Detektivgeschichten über Sherlock Holmes las. Am liebsten aber tanzte Sofia zu Juliettes Klavierspiel. Ihr neuestes Steckenpferd war der Tango. Madame Kaminsky musste ihr Tangonoten besorgen, ungeachtet der Tatsache, dass der Tango vorrangig auf dem Akkordeon gespielt wurde. Irgendwie schaffte es Juliette, etwas Tanzbares auf dem Piano zusammenzuklimpern, das mit einigem guten Willen als Tango durchgehen konnte. Für die Rolle des männlichen Parts des Tanzes stellte sich Greta Kleinmeier zur Verfügung. Es war alles andere als perfekt, aber sehr lustig. Bis die Tür des Musikzimmers aufging, als Sofia und Greta Kleinmeier gerade mit viel Gekicher übers Parkett fegten, während Juliette in die Tasten griff. Alle drei wandten sich erschrocken um. Die Gräfin? Die sollte sich doch eigentlich noch in einem dieser berüchtigten Salons aufhalten, die von adeligen Damen unterhalten wurden, und von denen einige der subversiven, antimonarchistischen Umtriebe verdächtigt wurden. Es war aber nicht die Gräfin, sondern der Graf, den wohl der Lärm angelockt hatte. Er stutzte zuerst, dann musste er laut lachen, drehte sich um und ging kopfschüttelnd davon. Am nächsten Morgen ließ er sich nichts anmerken, und auch die Gräfin war wie immer. Offenbar hatte er ihr nichts gesagt.

Allzu oft bekam man Sofias Vater nicht zu sehen, meist nur an den Sonntagen, wenn die Familie nach dem Kirchgang gemeinsam zu Mittag aß. Für gewöhnlich kamen dann auch Vera, Sofias ältere Schwester, und ihr Mann, Gabriel Laurent, der Doktor der Medizin. Im Arbeitszimmer des Grafen hing eine große Landkarte mit bunten Fähnchen, die die verschiedenen Regimenter darstellten und mit denen er den Frontverlauf und die Standpunkte der Heere markierte. »Schaut her«, sagte er zu den Mädchen. »Mitte August sind unsere Truppen in Ostpreußen einmarschiert. Aber leider hat uns dieser verfluchte Hindenburg keine zwei Wochen später mit seiner 8. Armee in der Schlacht von Tannenberg vernichtend geschlagen. Und dort, bei der Schlacht an den Masurischen Seen, sind die Unseren wieder ein Stück zurückgedrängt worden, und fünfundvierzigtausend unserer Soldaten sind seit September in deutscher Kriegsgefangenschaft.«

Machte er sich Sorgen um seinen Sohn Sergej? Falls ja, ließ er sich nichts davon anmerken, aber vielleicht war diese Fähnchensteckerei ja auch nur Ausdruck seines Kummers.

Zum Weihnachtsfest 1914 bekam Sofias Bruder Sergej Fronturlaub. Wie schneidig er aussah in seiner Garde-Uniform! Juliette sah ihn immer wieder mehr oder weniger heimlich an, er dagegen beachtete sie kaum. Überhaupt wirkte der junge Mann sehr ernst und in sich gekehrt. Er führte lange Gespräche mit seinem Vater in dessen Arbeitszimmer, von deren Inhalt jedoch nichts nach außen drang. Selbst Sofia, die hemmungslos an Türen zu horchen pflegte, bekam nicht mit, worum es ging. Nur einmal war bei Tisch die Rede davon, dass dieser Krieg in seinen Dimensionen und seinem Ablauf alles bisher Dagewesene in den Schatten stellte. Frühere Kriege hatten sich auf Schlachtfeldern abgespielt, und über die Wintermonate hatten die Kampfhandlungen zwangsläufig pausiert. Nicht so bei diesem Krieg. Die Fronten verschoben sich nur wenig, die Soldaten steckten fest in den Schützengräben und kämpften einerseits gegen Hunger, Kälte und Schlamm und andererseits gegen vollkommen neue Waffensysteme.

Allmählich spürten die Stadtbewohner und auch die Mädchen doch die Auswirkungen des Krieges. Einige Adelige stellen Lazarette zur Verfügung, indem sie Teile ihrer großzügigen Anwesen freiräumten. Besonders unter den hochwohlgeborenen Damen entbrannte eine Art Wettstreit, in welchem Haus die Soldaten am besten versorgt wurden. Die Lobanows selbst richteten kein Lazarett in ihrem Anwesen ein. Graf Alexander war dagegen. Lazarette so weit hinter den Linien seien nutzlos und lediglich eine durchschaubare Mitleidspose, wetterte er. Seine Frau sah das anders. Sie selbst, ihre Schwester Olga, die Töchter Vera und Sofia sowie Juliette verrichteten ab dem Winter 1914 regelmäßig Dienst im improvisierten Lazarett der Gräfin Jekaterina Scheremetjewa, in dem auch Veras Mann Dienst tat. Mit voller Hingabe und ausgestattet mit weißen Schürzen und Hauben, leisteten die Damen der Gesellschaft ihren Anteil am Kriegseinsatz. Sofia allerdings ließ es stellenweise an Patriotismus fehlen. »Ich will keine abgefaulten Zehen verbinden und eitrige Geschwüre aufstechen, ich ekle mich und bekomme Albträume davon, Mama!«, beklagte sie sich.

»Denk daran, unser Einsatz könnte auch eines Tages deinem Bruder Sergej zugutekommen«, erinnerte die Gräfin ihre Tochter.

»Aber ich kann kein Blut sehen!«

»Dann leere die Bettpfannen«, erwiderte die Gräfin kurz angebunden.

Schließlich fand Sofia ihre Berufung beim Auskochen von Spritzen und beim Packen von Hilfspaketen für russische Kriegsgefangene.

Gräfin Jelisaweta versuchte, die Mädchen so gut es ging vor dem Anblick der schlimmsten Fälle zu bewahren, aber immer funktionierte es nicht. So musste Juliette einmal bei einer Unterschenkelamputation assistieren. Es ging blitzschnell, doch es war ein fürchterliches Gemetzel, und das Geräusch der Säge, die den Knochen durchtrennte, würde sie ihrer Lebtage nicht vergessen. Erst nach dem Eingriff musste sie sich übergeben. Überhaupt war das Leid, das Juliette mit ansehen musste, oft schwer zu ertragen. Es machte ihr tagelang zu schaffen, wenn ein Patient an seinen Verletzungen starb oder wenn ein einst gesunder junger Mann als einbeiniger Krüppel davonhumpelte. Doch der Dienst war eine Möglichkeit, herauszukommen aus dem goldenen Käfig, etwas Nützliches zu tun und mit Menschen aus dem Volk in Kontakt zu treten. Ein Großteil der Soldaten waren Bauernburschen vom Land, und Juliettes Russischkenntnisse reichten oft nicht aus, um sich mit ihnen über das Nötigste hinaus zu unterhalten. Vielleicht wollten sie auch gar nicht mit ihr reden. Die wenigsten von ihnen waren freiwillig in den Kampf gezogen, sie hegten mehr oder weniger verhohlene Ressentiments gegen die *burschui*, zu denen in ihren Augen auch Juliette gehörte. Doch es gab auch gebildete junge Männer, die gepflegtes Russisch oder sogar Französisch sprachen. Allerdings redeten auch sie nicht gern über das Erlebte, und sei es aus Furcht, wegen Defätismus belangt zu werden. Einiges sickerte trotzdem durch, und es war nicht gerade beruhigend, was man hörte. Offenbar fehlte es überall an Ausrüstung. Soldaten wurden ohne Waffen an die Front geschickt und angewiesen, die Gewehre der Toten an sich zu nehmen. Manche besaßen nicht einmal Stiefel. Die Soldaten waren keine Feiglinge, aber sie waren den Anforderungen, die die Offiziere an sie stellten, größtenteils nicht gewachsen. Einer erzählte, Offiziere hätten Artilleriegranaten auf ihre eigenen Männer abgefeuert, um sie in den Kampf zu zwingen. Es ging das Gerücht um, Soldaten schossen sich absichtlich die Finger weg, um dem Gemetzel an der Front zu entgehen. Viele desertierten auch und kehrten in ihre Dörfer zurück.

»Du bist Französin?«, fragte im Oktober 1915 ein Soldat namens Pawel, dem man ein Dutzend Granatsplitter aus dem Rücken geholt hatte. Er kam vom Land, hatte jedoch eine französische Mutter und konnte sich deshalb gut mit Juliette unterhalten.

»Ja«, antwortete sie.

»Dann geh zurück in dein Land.«

»Warum? Frankreich befindet sich ebenso im Krieg wie Russland. Die Deutschen standen schon einmal kurz vor Paris, hast du das vergessen?«

»Der Zar hat im letzten Monat das Oberkommando an sich gerissen. Abgesehen davon, dass er unfähig ist, wird man ab sofort jeden Fehlschlag ihm anlasten, sie werden ihn über kurz oder lang stürzen.«

»Ich kann sehr gut ohne den Zaren leben«, versetzte Juliette, aber leise, denn man wusste nie, wer mithörte.

Pawel griff nach Juliettes Hand und hielt sie fest, um sie zum Zuhören zu zwingen. Seine Augen glänzten fiebrig. Juliette war nicht ganz wohl in seiner Gegenwart, aber sie nickte ihm aufmunternd zu, und er ließ ihre Hand wieder los und sagte: »Sie haben Millionen von Bauern und Landarbeitern eingezogen, niemand hat die Felder bestellt und die Ernte eingefahren, auch nicht auf den Gütern der adeligen Herrschaften. Das bedeutet, es wird eine Hungersnot geben. Wenn die Arbeiter in den Städten nichts mehr zu essen haben, weil die Preise ins Unermessliche steigen, dann streiken sie, und mit Streiks beginnen Revolutionen. Es wäre nicht die erste. Denk daran, Mädchen, und flieh, wenn du kannst.«

Das Gerede von der Revolution war Juliette ebenfalls nicht neu, es gehörte praktisch zum Grundrauschen, seit sie in Russland war. Das Küchenpersonal zischelte Parolen, wenn es sich unbeobachtet wähnte, und sogar die Gräfin und ihre Freundinnen äußerten bei Tee und Kuchen ziemlich monarchiefeindliche und liberale Ansichten. Die wachsende Unzufriedenheit mit Zar Nikolaus II. und seiner Alix weckte Wünsche nach Veränderung, und es gab durchaus Aristokraten, welche dem Gedanken an eine Revolution ebenfalls etwas abgewinnen konnten. Was konnte der Familie des Grafen auch schon groß passieren? Man besaß schließlich Land, Geld und ausländische Aktien, es lief nichts ohne die Elite des Landes, man würde sich mit einer neuen Regierung arrangieren und ansonsten weitermachen wie bisher. Das hatte man seit Jahrhunderten getan, und was so lange Bestand hatte, das konnte nicht untergehen.

Trotz des Krieges funktionierte die Post einigermaßen zuverlässig. Juliette schickte alle paar Wochen pflichtschuldigst einen kurzen Brief nach Hause, und ihre Mutter schrieb zurück. Vielmehr diktierte sie Baptiste die Briefe, Juliette erkannte seine Handschrift, obwohl die Briefe mit *maman* unterzeichnet waren. Im Frühjahr 1915 hatte ihre Mutter Juliette mitgeteilt, dass sie und Monsieur Morel geheiratet hätten. Seither hatte Juliette nicht mehr geantwortet. Was hätte sie auch schreiben sollen? *Ich gratuliere?* Das wäre eine glatte Lüge. *Ekelst du dich nicht vor dem Kerl?* Dann lieber Schweigen.

Ein halbes Jahr danach, im November, erhielt sie einen Brief, der direkt von ihrem Bruder Baptiste stammte. Er teilte Juliette mit, dass der kleine Emporio an Keuchhusten gestorben war. Juliette weinte viele Nächte lang, und die alten Gewissensbisse holten sie wieder ein. Bestimmt hatten sie den Kleinen vernachlässigt, bestimmt würde er noch leben, wäre sie nicht gegangen.

Ausgerechnet in diese Zeit fiel auch die Mitteilung an die Lobanows, die die Familie über den Tod ihres Sohnes, des Grafen Sergej Lobanow, unterrichtete. Irgendwo in Frankreich hatte er sein Leben gelassen auf dem Feld der Ehre, wie es hieß. Das Weihnachtsfest des Jahres 1915 war das traurigste, das je in der Villa der Lobanows begangen wurde.

Kapitel 12

Alte und neue Freunde

Belmonte, Gegenwart

Carla hatte sich in den Pavillon am obersten Ende des Grundstücks zurückgezogen. Dort, versteckt hinter einer wuchernden Kletterrose, hatte sie ihren neuen Lieblingsplatz gefunden, nachdem sie vor ein paar Tagen am Teich Bekanntschaft mit einer meterlangen schwarzen Schlange gemacht hatte. Sie wollte an ihrer Geschichte arbeiten, doch gerade störte das Geräusch, mit dem Roddy jede einzelne Schindel auf das Dach des Hühnerhauses nagelte, das Adriano in den vergangenen Tagen gebaut hatte.

Mit seinem Gejammer, er habe nicht den Hauch einer Idee für einen zweiten Roman, ging der neue Star am englischsprachigen Literaturhimmel allen auf die Nerven. Gestern beim Abendessen hatte Adriano noch in der Wunde gebohrt, indem er bemerkte, beim zweiten Roman zeige es sich, ob man wirklich ein Schriftsteller sei oder nur ein One-Hit-Wonder, jemand, der sich in einem einzigen Buch alles von der Seele schrieb und danach leer sei und nichts mehr zu erzählen habe.

Roddy sank daraufhin in sich zusammen. »Aber was soll ich denn machen, wenn mir die Inspiration fehlt?«, jammerte er und schaute Adriano an wie den Messias, von dem er sich Erleuchtung erhoffte.

Manchmal, verkündete dieser denn auch prompt, helfe

körperliche Arbeit, je schwerer und eintöniger, desto besser. »Bewegung stimuliert das Hirn, dabei können die Gedanken schweifen.«

»Sag mir, was ich machen soll!«

»Das Hühnerhaus... Die neuen Schindeln müssen aufs Dach, und danach kannst du es streichen«, antwortete der Hausherr, während Carla in ihre Serviette kicherte.

»Du kannst ihm dabei helfen«, sagte Adriano zu ihr.

»Wieso? Ich habe doch keine Schreibblockade.« Carla verwies auf ihr Ungeschick in handwerklichen Dingen, versprach aber, Roddy beim Streichen des Hühnerstalls künstlerisch beratend zur Seite zu stehen.

Nun klappte sie den Laptop zu. Sie fand nicht die nötige Ruhe bei dem Krach, und irgendwie war sie heute nicht ganz bei der Sache. Sie gönnte sich einen Blick über die Landschaft der Marken, Hügel und Felder, die sich zusehends braun färbten. Seit sie in Belmonte war, musste sie oft an ihre Kindheit denken. Doch gerade war sie in ihren Erinnerungen schon ein paar Jahre weiter, als ihre Familie bereits in Mailand lebte, in einer großzügigen Wohnung in der Nähe der Porta Venezia, die sich über zwei Ebenen erstreckte und über eine Dachterrasse und drei Balkone verfügte. Heute fragte sich Carla, woher ihre Eltern eigentlich das Geld für diese luxuriöse Wohnung genommen hatten. Das Gut hatten sie damals ja noch nicht verkauft. Wer wollte schon ein erdbebengeschädigtes Gebäude mitten in der Provinz?

Carla, so erinnerte sie sich, hatte gerade drei Tage im Ospedale San Paolo verbracht, wegen des Verdachts auf Blinddarmreizung, welcher sich jedoch nicht bestätigte. Ihre Mutter saß fast die ganze Zeit neben ihr am Bett, die Schwestern und der Kinderarzt mussten sie am letzten Abend beinahe nötigen, das Zimmer ihrer Tochter für die Nacht zu verlassen. Carla gehe es gut, versicherte man ihr immer wieder, man wolle nur noch ein paar Laborergebnisse abwarten, dann könnte sie am nächsten

Tag entlassen werden. Man würde die Signora anrufen, wenn es so weit sei. Ihre Mutter gab schließlich nach. Sie bedeckte Carlas Gesicht mit Küssen und ging widerstrebend und mit Winken und Kusshänden um sich werfend aus dem Zimmer. »Hab keine Angst, *topolina*, Mäuschen, ich komme gleich morgen früh wieder«, versprach sie.

Carla hatte keine Angst. Sie war erst neun, doch dieses Krankenhaus war nicht das erste, das sie von innen sah. Die Schwestern und Ärzte im Ospedale San Paolo waren sogar besonders nett zu ihr, noch netter als die in der Poliklinik. Ihr Bauch tat auch schon gar nicht mehr weh. Sie habe wohl nur etwas Falsches gegessen, meinte Schwester Elena. Das hatten sie in dem anderen Krankenhaus auch gesagt. Carla überlegte, welches Essen wohl falsch gewesen war, denn dieses Mal hatte sie wirklich nichts, gar nichts, heimlich genascht.

Am nächsten Morgen erschienen weder ihre Mutter noch ihr Vater und auch nicht Paula. Das wunderte Carla, die ungeduldig auf ihre Entlassung wartete. Sie wollte endlich wieder zurück in die Schule. Die Krankenschwestern tuschelten und warfen ihr seltsame Blicke zu. Eine wischte sich eine Träne aus dem Augenwinkel. Carla begriff nicht, was vorging. Am späten Nachmittag kam endlich jemand, um sie abzuholen, doch es war nicht ihre Mutter, es war *zia* Anna, Mamas ältere Schwester. Anna hatte rot geweinte Augen. Sie brachte Carla zum Auto, doch sie fuhren nicht nach Hause, sondern in die entgegengesetzte Richtung. Die Fahrt endete im Navigli-Viertel, wo *zia* Anna und *zio* Bandino wohnten. Spätestens jetzt begann Carla zu ahnen, dass etwas ganz und gar nicht in Ordnung war.

Wann und wie hatte sie davon erfahren, was wirklich geschehen war? Wie hatten sie ihr beigebracht, dass ihr Vater ihre Mutter getötet hatte? Sie wusste es nicht mehr. Verdammt, wie konnte man so etwas vergessen? Sie glaubte zu wissen, dass die Erkenntnis nicht auf einen Schlag kam, sondern dass die Wahrheit schleichend, Stück für Stück, zu ihr durchsickerte. Zuerst gab es allerhand Ausflüchte und seltsame Erklärungen, warum Paula und sie bei Onkel und Tante waren, zusammen mit all ihren Sachen. Denn als Carla mit ihrer Tante das kleine Reihenhaus betrat, wartete bereits Paula in dem Zimmer mit der blau gestreiften Tapete auf sie, und ihre dämlichen Puppen belegten das einzige Bett, das im Zimmer stand, während Carlas Spielsachen und die Stofftiere noch in einem Karton lagen. Carla musste in den ersten Tagen auf einer Matratze auf dem Boden schlafen. Es störte sie nicht, im Gegenteil, es war etwas Neues, Ungewohntes, und sie fand es aufregend.

Auf keinen Fall konnte es *zio* Bandino gewesen sein, der ihr die grausige Mitteilung machte. Ihr Onkel, dieser sanfte Riese, der einen Job als Elektriker bei der RAI hatte, war viel zu weichherzig für so etwas. Er hatte es bestimmt seiner Frau, einer Mathematiklehrerin, überlassen, den Mädchen beizubringen, was geschehen war. Tante Anna hatte jedoch ebenfalls nicht sofort die Wahrheit gesagt, sondern erst einmal behauptet, ihre *mamma* sei im Himmel und der *papà* verreist. Vermutlich war es am Ende Paula gewesen, die Carla die Schreckensnachricht beibrachte. Ihre Schwester war zwölf und für ihr Alter schon recht klug und aufgeweckt, sie ließ sich bestimmt nicht lange hinhalten und mit Notlügen und Phrasen beschwichtigen. Ja, Carla glaubte sich zu erinnern, wie Paula auf dem Bett saß, eine ihrer Puppen kämmte und sagte, dass *mamma* tot sei und *papà* im Gefängnis. Zumindest waren diese Worte endlich zu ihr durchgedrungen.

»Hier versteckst du dich, Dornröschen! Du wolltest mir doch beim Streichen helfen!«, riss sie Roddys Stimme aus ihren Betrachtungen.

Carla schrak zusammen. Es war ihr gar nicht aufgefallen, dass das Hämmern aufgehört hatte. Roddys kupferfarbener Haarschopf leuchtete durch die Zweige der Kletterrose, die den

Pavillon umrankte. Herrgott! War man denn nirgends vor ihm sicher?

»Ich? Nein! Das kann ich mir nicht vorstellen. Ich sprach von Beratung in Sachen Ästhetik.«

»Ach komm schon.« Seine Veilchenaugen schauten sie bittend an. Niedliches Kerlchen, dachte Carla und erwog, ihn bei Gelegenheit zu verführen. Zur Ablenkung für sich, und vielleicht brachte es ihm die ersehnte Inspiration.

»Wie sieht's aus, hat dich beim Hämmern wenigstens schon die Muse geküsst?«

»*Fuck! No!*«

Carla hatte ihm von ihrem eigenen Schreibvorhaben nur berichtet, dass es sich um eine Familiengeschichte handelte. Keine Details. In seiner Verzweiflung war dieses junge Talent am Ende noch imstande, ihr die Idee zu klauen.

»Hey, was ist denn das?« Er deutete auf zwei rechteckige Grabsteine unterhalb des Pavillons.

Carla stand auf, um sich die Stelle anzusehen. Sie hatte die zwei Steine schon vor Tagen entdeckt, aber vergessen, Adriano danach zu fragen. Der eine war aus Marmor und hatte bereits Moos angesetzt. Er erinnerte an eine gewisse Teresa, 1924 geboren und im Januar 1952 gestorben. Kein Nachname, nur eine denkwürdige Inschrift.

»Was bedeutet *continua a sognare?*«, fragte Roddy.

»Träume weiter«, übersetzte Clara.

Der andere Stein war aus grauem Granit und jüngeren Datums. Er erinnerte an eine Franca Mälzer, die im Mai 1945 zur Welt gekommen und im April 2019 gestorben war.

»Die Steine kenne ich gar nicht«, sagte Carla.

»Logisch, der eine ist ja auch ziemlich neu, aber der andere… Wie alt warst du, als ihr weggezogen seid?«

»Sechs.«

»Vielleicht war er zugewachsen?«

»Meine Schwester und ich kannten jeden Zentimeter dieses Parks, vor uns war nichts sicher, wir hätten ihn gefunden«, entgegnete Carla und murmelte: »Vielleicht betreibt der *americano* hier einen kleinen Privatfriedhof als Nebenerwerb.«

»Oder dies sind die Grundsteine einer Geschichte für meinen zweiten Roman!« Roddy, bereit, sich an jeden Strohhalm zu klammern, bekam bei der Vorstellung leuchtende Augen.

»Los, du irisches Genie, lass uns lieber dafür sorgen, dass die Hühner einen edlen Palast kriegen.«

Es war sicher nicht schlecht, ein wenig mit anzupacken und guten Willen zu zeigen, überlegte Carla. Sonst würde Adriano sie am Ende noch für faul und verwöhnt halten. Dabei hatte sie heute schon in aller Frühe den Gemüsegarten gegossen.

»Ein Hühnerhaus mit Schindeldach, das ist doch völlig verrückt, und jetzt habe ich Blasen an den Händen«, maulte Roddy vor sich hin, während Carla ihm auf dem Weg nach unten folgte.

Carla hielt den Kopf gesenkt, um nicht auf Blättern auszurutschen oder über eine Baumwurzel zu stolpern, aber auch, um ihr Grinsen zu verbergen. Am Schuppen angekommen, meinte sie: »Das ist das schrägste Hühnerhaus aller Zeiten!«

»Es sieht aus wie eine Mischung aus einer Südstaatenvilla und einer bayerischen Alm!«, bestätigte Roddy.

»Woanders steht so etwas in einer Kunstgalerie«, ergänzte Carla.

»In Mailand sicherlich. Stimmt es, dass die Bewohner arrogant sind und sich von allen anderen Italienern abgrenzen?«

»Ja, und das ist nicht ohne Grund so«, antwortete Carla betont hochmütig und näherte sich dem Regal mit den Lackdosen. Die Bildhauerin, die für die Stelen und Figuren im Garten verantwortlich war, hatte eine ganze Sammlung davon dagelassen. »Hat Adriano gesagt, welche Farbe es haben soll?«, fragte sie.

Roddy schüttelte den Kopf.

Carla wischte die Hände an ihrer Latzhose ab. Ein teuflisches Lächeln machte sich auf ihrem Gesicht breit, als sie meinte: »Dann können wir unserer Kreativität ja freien Lauf lassen.«

* * *

Simona erwachte morgens um sieben auf dem Wohnzimmersofa vom Knattern einer Ape, welches nach kurzer Zeit hinter ihrem Haus erstarb. Es war Flavia, die vor Öffnung des Ladens vorbeikam, um Gemüse zu ernten. Simona stand mühsam auf. Ihr tat jeder Knochen weh, denn so bequem war das Sofa auch wieder nicht. Obendrein hatte sie Kopfschmerzen. Kein Wunder, nach dem gestrigen Abend mit Claudia. Ihre Tante war auf jeden Fall trinkfest. Sie setzte Kaffee auf, und während die Bialetti blubberte, ging sie ins Bad, spritzte sich eine Ladung kaltes Wasser ins Gesicht und fuhr in Jeans und ein Sweatshirt.

»Zeit für einen *caffè*, Cousine?«, rief Simona durch das Fenster nach draußen, als Flavia die letzte Kiste mit Zucchini auf die Ladefläche des dreirädrigen Fahrzeugs wuchtete.

»Aber sicher doch!« Flavia kam auf die Terrasse. Die Morgensonne fiel durch das Geäst des Moro. Noch war die Temperatur angenehm, aber es würde bestimmt ein heißer Tag werden. Gut so. Simona sehnte sich nach der italienischen Wärme, auch wenn einem diese rasch zu viel werden konnte. Sie setzten sich auf die kleine Steinbank neben dem Kücheneingang. Auf dem Tisch standen noch die zwei Flaschen Wein von gestern und die Gläser. Simona verzichtete darauf, sie gleich abzuräumen.

»Wir beide hatten noch gar keine Zeit zum Reden«, bedauerte Simona, als Flavia zu ihr kam.

»Diese Woche war das reine Chaos. Ich kann es noch gar nicht richtig fassen, dass *bisnonna* Marta nun nie mehr durchs Dorf schlurft und ihren Cappuccino bei *mamma* trinkt.«

»Es ist, als wäre ein Teil von Belmonte gestorben«, stimmte ihr Simona zu.

»Wohnt Claudia jetzt bei dir?« Flavia deutete auf den Leihwagen, der vor der Garage stand.

Simona nickte und dämpfte ihre Stimme. »Es gab Ärger mit Irma.«

Flavia winkte ab. »Der lag schon die ganzen Tage in der Luft. Die *nonna* war total gestresst, und die zwei haben sich ja noch nie sonderlich verstanden.«

»Sie sind aber auch wirklich sehr verschieden.« Simona konnte sich gerade noch zügeln, etwas Despektierliches über ihre verknöcherte Tante Irma zu sagen, die ja immerhin Flavias Großmutter war. Vorsicht war geboten, um nicht zwischen die Fronten zu geraten. Stattdessen fragte sie bekümmert: »Kann es sein, dass die Familie jetzt auseinanderbricht, ohne Marta?«

»Ach was! Nicht jeder mag jeden gleich gern, das ist bei mehreren Geschwistern wohl normal. Sagt man«, fügte Flavia hinzu. »Ich kann es nicht beurteilen, ich habe ja nur einen Bruder. Aber selbst den könnte ich manchmal…« Sie machte eine Halsabschneidegeste.

»Du bist meine Lieblingscousine, wir dürfen uns nie streiten!«, bat Simona. »Versprich das einem armen Einzelkind!«

»Das will ich doch hoffen«, grinste Flavia und hob drei Finger zum Schwur. »Erzähl, was gibt es bei dir Neues?«

»Sebastian geht nach China.«

»Oh! Dann sind wir ja jetzt Leidensgenossinnen.«

»Hä? Wieso?«

»Michael, Amerika, Fernbeziehung…«

»Nein. Keine Beziehung mehr, weder fern noch nah. Ich hab's vermasselt.«

Flavia hob ihre dunklen, geschwungenen Brauen. »Schade, ich fand ihn nett.«

»Ja, das war er wohl: *nett*.«

»Wie geht es dir jetzt?«

»Besser, als es mir nach vier Jahren Beziehung eigentlich gehen sollte. Was entweder heißt, dass ich ein gefühlskaltes

Monster bin oder dass er wohl doch nicht die Liebe meines Lebens war.«

Flavia tätschelte ihr die Wange. »Armes Monster!«

Simona antwortete mit einem schiefen Grinsen und fragte: »Wie läuft es mit deinem Texaner?«

»Schleppend. Michael lebt jetzt in Kalifornien und ist inzwischen geschieden. Er will in ein paar Wochen kommen, dann werden wir sehen, wie es weitergeht. Ich weiß im Moment selbst nicht so recht, was ich will.«

»Willkommen im Club.« Simona trank von ihrem Espresso.

»Was hast du jetzt vor?«, wollte Flavia wissen.

»Ich weiß es noch nicht«, gestand Simona. »Ich werde erst mal eine Weile hier sein. Belmonte tut mir gut.«

Das stimmte. Seit sie hier war, ging es ihr besser. Sie kam erst gar nicht dazu, sich abzukapseln, denn ständig war etwas los. Dazu kamen das Essen, die Sprache, das Licht, die Düfte, die Sonne, die Leute… Aber um diese Wirkung Italiens auf den Menschen aus dem Norden wusste ja schon der alte Goethe, dachte Simona ironisch. Sie genoss es, den ganzen Tag Italienisch zu sprechen, die Sprache ihrer Großmutter, und Simona war fast schon wieder an dem Punkt, an dem sie nicht nur ihre Selbstgespräche auf Italienisch führte, sondern auch Italienisch dachte und träumte.

»Wenn du wieder in den Laden einsteigen willst, sag es. Immerhin war es deine Idee, und die Ware wächst auf deinem Grund und Boden«, durchdrang Flavias Stimme ihre Gedanken.

»Lieb von dir, aber nein«, wehrte Simona sofort ab. Die Idee war ihr auch schon gekommen, aber sie hatte sie sofort wieder verworfen. Eine Saison lang hatte es Freude gemacht, Ladenbesitzerin zu sein. Es war aufregend, auszuprobieren, ob sich der alte *alimentari*, den einst *nonna* Marta und ihr Salvatore betrieben hatten, wiederbeleben ließe, ob die Leute das Angebot frischer, heimischer Produkte, die keine zwei Kilometer weit weg wuchsen, annahmen oder ihr Gemüse doch lieber im Supermarkt kauften. Der Start war holprig, doch letztendlich hatte das Konzept überzeugt. Damit war das Experiment abgeschlossen, der Reiz vorbei. Außerdem wäre es Flavia gegenüber unfair, jetzt wieder Teilhaberin zu werden. Der Laden ernährte eine Person ganz ordentlich, zu zweit wurde es eng. Wenn Simona ihren Lebensentwurf änderte, war das eine Sache, aber ihre Cousine durfte nicht darunter leiden.

»Der Laden ist jetzt deiner, und ich bin froh, dass es so ist«, bekräftigte Simona und glaubte ein erleichtertes Durchatmen bei Flavia zu bemerken. Für beide war das Arrangement, so wie es jetzt war, optimal. Flavia kam regelmäßig hier vorbei, sah nach dem Rechten, bewirtschaftete das Beet und konnte das Gemüse und das Obst direkt vermarkten, ohne Zwischenhändler. Und Flavia, die mit Ende zwanzig noch zu Hause wohnte, konnte zuweilen ihrer Familie entrinnen und ein paar ruhige Stunden in Simonas Haus verbringen. Was sie angeblich nicht allzu oft in Anspruch nahm, aber allein das Wissen um einen familienfreien Zufluchtsort sei Gold wert, hatte sie dankbar gestanden. Simona hingegen musste nicht wie andere Ferienhausbesitzer jemanden bezahlen, um Haus und Garten in Ordnung zu halten.

»Aber falls du demnächst in die USA reisen willst, mache ich gerne für eine Weile die Vertretung«, bot Simona an.

»Das werde ich mir wirklich überlegen«, strahlte Flavia. »Also hast du doch vor, länger zu bleiben?«

»Mein Vater will, dass ich die Gartenanlage des neuen Hotels plane.«

Ihre Cousine wirkte nicht überrascht. Wahrscheinlich war Simona die Letzte in der Familie, die erfuhr, was ihr Vater mit ihr vorhatte.

»Und nimmst du den Auftrag an?«, fragte Flavia.

»Ich überlege noch.«

Das stimmte. An den gestrigen Worten ihrer Tante Claudia

war etwas dran. Waren erst einmal die moralischen Bedenken beiseitegeschoben, schien die Aussicht auf einen solchen Auftrag durchaus verlockend.

»Du klingst nicht begeistert.«

»Es hat alles zwei Seiten«, antwortete Simona ausweichend. Sie wusste, sie brauchte Flavia nicht mit ihren individuellen Bedenken kommen, wie etwa der Lärmbelästigung. Sie würde ja doch nur zu hören kriegen, dass das typisch deutsch wäre und sie sich nicht so anstellen solle.

Beide schwiegen eine Weile. Simona beobachtete eine hellgrüne Eidechse auf der Steinmauer, die die Terrasse umgab. Das Tier wärmte sich an den ersten Sonnenstrahlen, die über den Bergkamm blinzelten.

»Sag mal, kennst du eine Carla Prisco?«, fragte Simona.

»Äh, ja?«, wunderte sich Flavia über die Frage und fügte hinzu: »Die kennt ja wohl jeder.«

»Wieso kennt die jeder?«

»Du meinst doch das Model, oder?«

»Sie ist Model?«

»Eigentlich das berühmteste Model, das Italien in den letzten Jahren zu bieten hatte. Kaum zu glauben, dass so eine aus Belmonte kommt«, fügte Flavia hinzu und fragte dann: »Wie kommst du jetzt auf sie?«

»War ja klar!«, seufzte Simona und murmelte auf Deutsch und mehr zu sich selbst: »Drunter macht er's wohl nicht, der Herr Ex-Schriftsteller.«

»*Cosa?* Was hast du gesagt?«, erkundigte sich Flavia in holprigem Deutsch.

»Ich habe sie gestern getroffen, sie war bei Adriano auf dem Gut.«

Flavias Augenbrauen schnellten in die Höhe. »Carla Prisco? Wirklich?«

»Sie saß hinterm Haus und hat Bohnen geputzt«, antwortete Simona.

»Bist du sicher?«

»*Fagiolini verdi*. Grüne Stangenbohnen, um genau zu sein.«

»Nein, ich meine, ob sie es wirklich war.«

Simona nickte.

»Was macht sie dort?«

»Sag ich doch: Bohnen putzen.«

»Aber was macht sie *jetzt* da?«, wiederholte Flavia die Frage, die beide bewegte.

»Angeblich schreibt sie an einer Familiengeschichte. Verkauft sich sicher gut, mit ihrem Promibonus.«

»Ich hatte wirklich keine Ahnung, dass sie hier ist«, versicherte Flavia.

»Ich dachte, du belieferst das Gut regelmäßig.«

»Nein, nicht mehr, seit diese Maria selbst einen *orto* angelegt hat.« Flavia zuckte mit den Achseln und war wieder beim Thema Carla. »Es hat sie noch niemand im Dorf gesehen, denn *das* wüssten wir.«

»Vielleicht will sie nicht angestarrt werden und geht deshalb nicht ins Dorf.«

»Du weißt also von dieser Sache?«

»Welcher Sache?« Simona bekam allmählich das Gefühl, dass sie und Flavia permanent aneinander vorbeiredeten.

»Das mit ihrer Mutter. Laura Prisco. Sie ist von ihrem Vater ermordet worden.«

»Also vom Großvater dieser Carla?«

»Was? Nein! Laura wurde von ihrem Mann umgebracht. Von Filippo, Carlas Vater. Das ist der, von dem Adriano das Gut gekauft hat.«

»Weiß Adriano das?«, fragte Simona.

»Keine Ahnung. Filippo wird's ihm wohl nicht auf die Nase gebunden haben. Es ist ja nicht gerade das, was einen Käufer anlockt.«

»Filippo nicht, aber der Dorftratsch...«

»Der *americano* ist sich doch zu fein für Dorftratsch«, erinnerte Flavia. »Außerdem ist das schon über zwanzig Jahre her, und es ist in Mailand passiert, nicht hier.« Sie betonte dies geradeso, als wäre Belmonte von Natur aus gegen Gräueltaten immun.

»Dann war sie ja noch ein Kind«, stellte Simona fest.

»Ich kenne keine Einzelheiten, aber ich frage nachher mal meine Mutter.«

»Mach das«, nickte Simona. Giovanna wusste bestimmt mehr, und falls nicht, würde sie es in Erfahrung bringen.

»Meinst du, sie ist Adrianos neue Flamme?«, überlegte Flavia.

Simona, deren Laune sich auf einmal im freien Fall befand, zuckte nur mit den Achseln.

»Ich muss los.« Ihre Cousine stand auf. »Grüß Tante Claudia von mir. Ich schau heute Abend noch mal vorbei, wenn es euch recht ist. Wir könnten ja zusammen etwas kochen.«

»Gute Idee.«

»Bis dahin weiß ich sicher mehr. Salve!« Flavia eilte zu ihrer Ape.

»Bau keinen Unfall!«, rief Simona ihr nach.

Falls Carla Prisco vorgehabt hatte, sich inkognito bei Adriano aufzuhalten, dann war es in dieser Sekunde damit vorbei. Ein anderer Gedanke streifte Simona. Wenn noch niemand im Dorf wusste, dass sich Carla in Belmonte aufhielt, nicht einmal Flavia und ihre Mutter, dann konnte sie noch nicht lange und noch nicht oft hier gewesen sein. Vielleicht war sie gar nicht seine Freundin und wirklich wegen eines Schreibprojektes auf dem Gut?

Simona räumte die Gläser vom gestrigen Abend in die Küche und musste dabei daran denken, wie sie Adriano zu sich zum Essen eingeladen hatte, mit der festen Absicht, ihn zu verführen. Es ließ sich auch alles recht gut an – bis er plötzlich auf Abstand ging und erzählte, wie seine Frau Mia und sein kleiner Sohn Josh ums Leben gekommen waren. Damals kam Simona zu dem Schluss, besser die Finger von einem zu lassen, der so sehr von seinen Schuldgefühlen beherrscht wurde, dass er es sich nicht erlaubte, ein klein wenig glücklich zu sein.

Doch immerhin hatte er sich ihr gegenüber geöffnet, von seiner Trauer erzählt und der Schuld, die er empfand. Das tat er bestimmt nicht bei jedem, er war nicht der Typ, der mit seinen innersten Gefühlen hausieren ging. Sie dagegen hatte sich von seiner Melancholie und Misanthropie abschrecken lassen, aus Furcht davor, in den Sog seiner Selbstzerstörung zu geraten. Da war Sebastian die unkompliziertere Alternative gewesen.

Seither waren zwei Jahre vergangen, und die Welt war nicht stehen geblieben. Leute ändern sich, auch Simona hatte sich verändert. Zwischendurch hatte sie bezweifelt, jemals so lieben und eine Partnerschaft leben zu können, wie ein ganz normaler Mann wie Sebastian es erwartete und verdiente. Erst im Verlauf der letzten Tage war ihr der Gedanke gekommen, dass es einen Grund für ihr Zögern und ihre Furcht gegeben hatte, nämlich den, dass Sebastian gar nicht zu ihr passte.

Sie sollte vielleicht weniger über vergossene Milch nachgrübeln und sich lieber mit dem Klostergarten beschäftigen, ermahnte sich Simona. Denn gestern Abend hatte ihre Tante Claudia noch ein Wort gesagt, das trotz der zwei Flaschen Rotwein in Simonas Gedächtnis hängen geblieben war. *Spirito.* Claudia hatte sie mit diesem Wort daran erinnert, dass es im Areal des Klosters nicht nur um Pflanzen und Tiere ging, sondern auch um die Menschen, um die Spuren der Nonnen, die jahrhundertelang dort gelebt hatten. Wer immer durch diesen Garten wandelte, sollte den Geist dieses Ortes spüren, die Spiritualität von den Tausenden Gebeten, die von dort aus in den Himmel geschickt worden waren.

Oje. Das alles war ziemlich viel verlangt von einer gewöhnlichen Landschaftsgärtnerin, die so gut wie nichts über dieses Kloster wusste.

Plötzlich zuckte Simona zusammen. Ein Schatten huschte

an dem Mäuerchen entlang, das die Terrasse auf zwei Seiten umgab. Es war eine Katze, groß und grau gestreift.

»Kater? Bist du das?«

Das Tier tat, als würde es Simona nicht bemerken. Es inspizierte den Boden unter dem Tisch und leckte an einer der Steinplatten, auf die gestern etwas Soße herabgetropft war. Ihren letzten Aufenthalt in Belmonte hatte Simona in sporadischer Gesellschaft eines grau-weiß gestreiften Katers verbracht, wobei sie nicht sicher war, ob es wirklich ein Kater war. Sie nahm es lediglich an, aufgrund gewisser Machoallüren, die er an den Tag legte. Bei ihrer Abreise hatte sie überlegt, ob sie ihn ins Allgäu mitnehmen sollte, sich dann aber dagegen entschieden. Man tat dem Tier sicher keinen Gefallen, es aus seiner gewohnten Umgebung zu reißen. Aber sie hatte noch oft an ihn gedacht und Flavia angewiesen, ihn zu füttern, sollte sie ihn sehen. Was aber nicht geschehen war.

»Hey, Kater? Bist du es, oder bist du ein Nachkomme?«

Der Kater blickte sie kurz an, rieb sich an ihrem Hosenbein und schritt dann, Schweif und Haupt erhoben, in die Küche und nahm Kurs auf den Kühlschrank. Er war es, ganz bestimmt! Diese unverschämte, fordernde Art kam Simona doch sehr bekannt vor.

»Nur keine Hemmungen! *Mi casa es tu casa!*«

Sie strahlte und freute sich über die Rückkehr des alten Freundes.

Von drinnen hörte sie Claudias Stimme. »*Jesus*, Simona! Die erste von deinen fünf Katzen ist schon da!«

Kapitel 13

Revolution

St. Petersburg, Frühjahr 1917

Als Juliette schon nicht mehr an die Revolution glaubte, von der alle sprachen, kam sie schließlich doch noch, an einem eiskalten Tag Ende Februar 1917. Ihr Schlachtruf lautete, ganz profan: Brot! Der Ruf kam von streikenden Textilarbeiterinnen, die am Internationalen Frauentag durch die Straßen marschierten und denen sich bald schon die Arbeiter aus anderen Fabriken anschlossen, sodass schließlich um die neunzigtausend Menschen protestierten, angetrieben von Hunger und Armut und einer Inflation von dreihundert Prozent. Es wurden Bäckereien und Lebensmittelgeschäfte geplündert, doch bald schon riefen die Marschierer nicht mehr nach Brot, sondern *nieder mit dem Krieg! Nieder mit dem Zaren!*

Über den Winter hatten sich die Dinge zugespitzt. Da Millionen von Bauern an der Front kämpften, anstatt die Felder zu bestellen, drohte Russland eine massive Hungersnot. In der Zeitung las man immer häufiger von Streiks in den Fabriken, die Gefahr einer Rebellion der Unterschichten wurde immer größer und realer. Juliette erinnerte sich an diesen Pawel aus dem Lazarett, der ein Jahr zuvor, im Herbst 1915, genau dies prophezeit hatte und den sie seinerzeit nicht ernst genommen hatte. Was hätte sie auch tun können?

Nach dem Tod ihres Sohnes hatte Gräfin Jelisaweta den

Dienst im Lazarett aufgegeben. Sie brachte es einfach nicht fertig, die Söhne anderer Mütter zusammenzuflicken und gesund zu pflegen, während ihr eigener in der Familiengruft lag. Dabei musste sie froh sein, dass man seine Leiche überhaupt geborgen und nach Hause transportiert hatte. Ohne die Stellung und die Beziehungen des Grafen wäre das sicher nicht möglich gewesen. Sofia hatte die Gelegenheit ergriffen und die ungeliebte Tätigkeit ebenfalls aufgegeben, und damit war der Dienst auch für Juliette beendet, obwohl sie gerne noch weitergemacht hätte. Doch es war ihre Pflicht, dort zu sein, wo Sofia war, ein eigenes Leben war für sie nicht vorgesehen.

»Jetzt ist es so weit«, meinte Sofia mit leuchtenden Augen. Die Wintertage des dritten Kriegsjahres waren derart langweilig gewesen – kaum noch Bälle und Empfänge, die jungen Männer an der Front oder tot –, dass jede Abwechslung willkommen war, sogar die Revolution. Besonders die Revolution.

»Ich kann diese verzweifelten Menschen gut verstehen«, meinte Gräfin Jelisaweta am Ende des Tages, als der Lärm schließlich verklungen und die Ordnung von den Behörden wiederhergestellt worden war. »Was bleibt ihnen anderes übrig, wenn sie ihre Familien nicht mehr ernähren können? Schuld daran ist dieser aberwitzige Krieg! Und natürlich diese hohle Nuss von einem Zaren! Wenn man marschieren muss, um ihn loszuwerden, dann schnüre ich morgen meine Stiefel!«

Graf Alexander, der es normalerweise nicht schätzte, wenn der Zar angefochten wurde, schwieg dazu. Wohl deshalb, weil es nicht viel zur Verteidigung von Nikolaus II. zu sagen gab. Seine Unfähigkeit, das Reich zu regieren, hatte er längst hinlänglich bewiesen, und wenn der Graf sich bislang Beleidigungen des Herrschers verbeten hatte, dann nur aus Respekt vor dem Amt, nicht mehr vor der Person. Die Gräfin wiederum war nicht gut auf den Zaren zu sprechen, seit sie erfahren hatte, dass er seine politischen Gegner in sibirische Arbeitslager deportieren ließ und seine Geheimpolizei gewisse Salons bespitzelte, in denen auch sie und ihre Schwester Olga verkehrten. Man vermutete an diesen Orten bolschewistische Umtriebe, und etliche Damen der Gesellschaft standen im Verdacht, die Moral der eingeladenen Offiziere mit staatsfeindlichem Gedankengut zu untergraben. Was nicht immer ganz von der Hand zu weisen war.

Sogar im Hause Lobanow hatte man während der vergangenen Monate gewisse Einschränkungen hinnehmen müssen. Das Essen wurde eintöniger, es gab oft Kohl, Rüben und Kartoffeln, und nur noch zweimal in der Woche Fleisch und Fisch und mindestens einmal in der Woche grässlichen Borschtsch. Den Speisen fehlten nun öfter Gewürze, zum Tee vermisste man Pralinen und frische Früchte, und dem Gebäck aus der Konditorei mangelte es einmal an Vanille und ein andermal an Kardamom, wie die mäkelige Sofia bemängelte. Aber natürlich konnte von *Hunger* noch lange keine Rede sein.

Gräfin Jelisaweta war das Essen sowieso egal. Sie musste sich dazu zwingen. Sie hatte sich von dem Schlag, den der Tod ihres Sohnes ihr versetzt hatte, nie mehr richtig erholt, wirkte verhärmt und um Jahre gealtert. Nach außen hin gab sie sich beherrscht. Mit durchgedrücktem Rücken und gepuderten Wangen nahm sie gelegentlich sogar wieder am gesellschaftlichen Leben teil, so dieses denn überhaupt stattfand. Zusätzlichen Kummer bereitete ihr ihre ältere Tochter Vera. Deren Ehemann, Dr. Laurent, hatte sich vor einem Jahr entschlossen, seinen Dienst künftig in den Lazaretten nahe der Front zu verrichten, und Vera wollte sich ebenfalls nützlich machen. Sie folgte ihrem Mann und ließ sich zur Sanitäterin ausbilden. »Nun fährt sie mit einem Röntgenwagen an der Westfront herum, ein radiologisches Gerät, das die Franzosen Petite Curie nennen«, klagte die Gräfin bei einer Teestunde im kleinen Kreis zweier Freundinnen.

»Ich hörte davon. Der Apparat kann Fotografien von Knochen machen. Faszinierend!«, schwärmte eine der Damen.

»Ich bewundere den Mut deiner Vera«, bekannte die andere. »Vielleicht trifft sie Madame Curie persönlich. Ich hörte, sie und ihre Tochter Irène arbeiten mit einer ihrer Maschinen selbst an der Front. Stell dir vor, eine doppelte Nobelpreisträgerin, und das als Frau! Gegen eine wie sie kommt man sich geradezu altbacken und nutzlos vor.«

Gräfin Jelisaweta entgegnete, ihr wären weniger mutige und dafür lebendige Kinder lieber.

In ihren Augen war Vera bereits eine Todgeweihte. Umso mehr wurde nun auf Sofia geachtet. Die Gräfin verbot den Mädchen nachdrücklich, in den nächsten Tagen auch nur einen Fuß auf die Straße zu setzen – als ob die beiden das sonst jemals ohne Erlaubnis tun würden. »Bleibt auch vom Garten weg. Ich fürchte, das wird noch nicht alles gewesen sein!«

Tags darauf schlossen sich Arbeiter aus den Außenbezirken den Streiks an und marschierten ins Zentrum. Mehr als doppelt so viele Demonstranten fluteten die Innenstadt. Kosakeneinheiten und sogar die berittene Polizei wichen zurück vor der schieren Menschenmasse, die die Newa überquerte und aus allen Richtungen vordrang bis zum Newski-Prospekt.

»Solche Massenzusammenkünfte hat es seit der Revolution nicht mehr gegeben«, stellte Graf Alexander besorgt fest und meinte damit die des Jahres 1905. Da Revolutionen in diesem Land eine regelmäßig wiederkehrende Sache waren, konnte Juliette nur hoffen, dass die Obrigkeit damit umzugehen wusste und der Gewalt bald ein Ende bereiten würde. Zwar konnte auch Juliette die Menschen verstehen und war derselben Meinung wie die Gräfin, doch das alles jagte ihr eine Heidenangst ein. Mochten die Russen an Revolutionen gewöhnt sein, sie war es nicht.

Nieder mit dem Zaren, nieder mit dem Krieg skandierte die gewaltige Menschenmenge auf dem Newski-Prospekt und in den Nebenstraßen. Juliette und Sofia konnten die Rufe und den Lärm bis in ihr Zimmer hören, den ganzen Tag ging das so.

»Warum wird denn nichts dagegen unternommen?«, bedrängte nun auch die Gräfin ihren Mann.

»Weil der Zar nicht in der Stadt ist und Innenminister Protopopow meint, es sei nichts vorgefallen, womit man den Zaren behelligen müsste.«

* * *

Am nächsten Tag, Samstag, dem 25. Februar, kamen noch einmal hunderttausend Protestierende zusammen, darunter auch etliche Soldaten, und schließlich hörte man nur noch einen Ruf: *Lang lebe die Revolution!*

Am Sonntag patrouillierten Kosaken durch die Stadt, an strategischen Punkten des Zentrums wurden Maschinengewehre in Stellung gebracht, und die Behörden ließen Plakate aufhängen, die Versammlungen verboten und die Menschen warnten, man werde jeden Aufruhr mit Gewalt niederschlagen. Die Aufständischen ließen sich davon nicht abhalten, sie strömten erneut in Massen in die Stadt, wurden aber dieses Mal mit Gewehrsalven empfangen. Die Gräfin, Sofia, Juliette und Greta Kleinmeier saßen im Salon und spielten Karten, aber keine hatte wirklich Freude daran, immer wieder horchten sie auf die Rufe der Menge, und bei jeder Maschinengewehrsalve zuckten sie zusammen. Das revolutionäre Leuchten in den Augen Sofias und der Gräfin wich zusehends der Angst, und Juliette begann erstmals ernsthaft zu bereuen, sich damals als naive Fünfzehnjährige auf das Abenteuer Russland eingelassen zu haben. Auch andere dachten offenbar an Flucht. »Ich wünschte, wir könnten für eine Weile zu Cousine Ada nach New York«, seufzte die Gräfin.

»Ich denke, ihr seid seit Jahren zerstritten?«, wunderte sich Sofia.

»Wir sind nicht wirklich zerstritten, wir hatten nur lange keinen Kontakt. Es war meine Schuld, ich war etwas zu forsch und habe seinerzeit ihren Verlobten und späteren Ehemann, diesen Mister Whittaker, als dahergelaufenen Neureichen bezeichnet.«

»Das war nicht nett«, bestätigte Sofia.

»Nein. Aber manchmal sagt man eben etwas dahin, was man später bereut«, räumte die Gräfin ungewohnt selbstkritisch ein, und ihr neuerlicher schwerer Seufzer wurde akustisch untermalt von einer Maschinengewehrsalve in einer der umliegenden Straßen. »Ada hat mir zu Sergejs Tod in sehr warmen, versöhnlichen Worten kondoliert, seither schreiben wir uns wieder«, erklärte die Gräfin. »Allerdings wäre es tatsächlich demütigend, jetzt bei ihr anzuklopfen.«

Lieber gedemütigt als tot, dachte Juliette.

»Außerdem ist die Fahrt über den Atlantik wohl auch nicht ungefährlich, falls überhaupt Linienschiffe verkehren«, warf das pragmatische Fräulein Kleinmeier ein. »Man denke nur an den britischen Passagierdampfer Lusitania, der im Mai 1915 von einem deutschen U-Boot versenkt wurde. Fast zweitausend Menschen sind ertrunken.«

»Danke, Fräulein Kleinmeier, Sie verstehen es wirklich, uns aufzumuntern«, bemerkte Sofia spitz.

»Also sitzen wir hier fest«, realisierte die Gräfin und ballte die Fäuste im Schoß, dass die Knöchel und ihre Finger sich weiß färbten.

Der Graf berichtete am Abend, dass Soldaten zweier Regimenter, die eigentlich für Ordnung hätten sorgen sollen, sich angesichts des Blutvergießens unter den Zivilisten den Aufständischen angeschlossen hatten. »Sie haben die Waffen gegen die Polizei gerichtet, der Befehlshaber des Wolynski-Regiments wurde von den eigenen Leuten erschossen! Das ist die pure Anarchie! Der Pöbel will nicht mehr nur Brot, die wollen die Macht.«

In der Tat wechselten immer mehr Soldaten die Seiten, sodass nach wenigen Tagen von den hundertsechzigtausend

Garnisonsangehörigen der Stadt nur noch zweitausend loyale Streitkräfte übrig blieben. Zu wenig, um die Ordnung wiederherzustellen. Anarchische Zustände waren die Folge: Gefängnisinsassen wurden befreit, Polizeireviere und Ministerien überfallen, ebenso die Waffen- und Munitionsdepots der Stadt. Es gab Plünderungen von Geschäften und Villen und erste Morde an Männern, die nach *burschui* aussahen. Etliche Polizisten wurden zu Opfern des wütenden Mobs. Die Minister des Zaren erklärten ihren Rücktritt, wodurch auch Graf Alexander seine Stellung verlor.

Seine Frau nahm es mit Erleichterung auf. »Jetzt könnten wir doch alle für eine Weile aufs Land ziehen«, schlug sie vor, und Juliette erfuhr bei dieser Gelegenheit, dass sowohl die Familie von Graf Alexander als auch die seiner Frau, der Gräfin Jelisaweta, seit Generationen etliche Landgüter besaßen. Natürlich!, dämmerte es ihr. Von einem Ministeriumsposten allein kann man schließlich keinen derartigen Reichtum anhäufen.

Der Graf widersprach: »Auf dem Land sind wir ganz auf uns gestellt, falls es den Bauern einfällt, mit Mistgabeln auf uns loszugehen. Bleiben wir besser hier, wo es noch eine loyale Polizei gibt, die uns schützen kann.«

»Ja, *noch*«, betonte die Gräfin.

»Was ist mit Frankreich, könnten wir nicht nach Frankreich?«, schlug Sofia vor und hauchte voller Sehnsucht: »Nach Paris!«

»Dort ist auch Krieg, schon vergessen?«, gab ihr Vater zurück.

»Krieg ja, aber keine Revolution.«

»Im Moment ist das Reisen zu gefährlich. Habt Geduld, der Spuk geht vorbei. Das war noch jedes Mal so«, versicherte der Graf. »Russland wird vielleicht eines Tages keine Monarchie mehr sein, aber sonst wird sich nicht viel ändern.«

* * *

Zumindest der erste Teil der Prophezeiung des Grafen erfüllte sich, jedoch nicht *eines Tages*, sondern bereits eine Woche später. In der Nacht vom zweiten auf den dritten März dankte Zar Nikolaus II. ab und übertrug seinem Bruder, dem Großfürsten Michail Alexandrowitsch, den Thron, den dieser jedoch zurückwies. Damit endete nach dreihundert Jahren die Romanow-Dynastie. Auf dem Winterpalais wehte die rote Fahne. Es war vorbei. »Nachdem man jahrelang auf diese Revolution gewartet hat, ging jetzt doch alles recht schnell«, bemerkte – überraschend gut gelaunt – die Gräfin, die der Abdankung des ungeliebten Zaren schon seit Langem entgegenfieberte. Ihr Mann entgegnete mit einem grimmigen Seitenblick, er für seinen Teil habe die Revolution *gefürchtet* und nicht etwa auf sie gewartet.

Tatsächlich trug der Kutscher seit Wochen eine rote Banderole am Ärmel, wenn er Gräfin Jelisaweta durch die Stadt fuhr – sehr zum Missfallen des Grafen. Dieser sah bereits der nächsten Zumutung entgegen: Die rote Fahne der Revolution wehte nun auch auf dem Dach der Villa Lobanow. Er selbst hatte zähneknirschend angeordnet, *diesen roten Lumpen* zu hissen, weniger aus Begeisterung für die Revolution, sondern weil er hoffte, das Symbol werde den Zorn des aufständischen Proletariats beschwichtigen. Ein Trugschluss, wie sich noch erweisen sollte.

Auch Greta Kleinmeier hatte sich in den vergangenen Monaten keine Mühe mehr gegeben, mit ihrer politischen Ansicht hinterm Berg zu halten, wusste sie doch die Gräfin insgeheim auf ihrer Seite. Mitgerissen von der allgemeinen Euphorie des Neubeginns, ging sie an ihrem freien Nachmittag auf die Straße, um ihre Solidarität mit dem Volk zu bekunden, dem sie sich zugehörig fühlte. Mit den Demonstranten unter roten Fahnen marschieren und dazu die Marseillaise singen, darauf habe sie schon so lange gewartet, vertraute sie Juliette an. Die Gräfin hatte dafür Verständnis, doch sie verbot Sofia und Juliette, das Fräulein zu begleiten. Es sei unangemessen und vor allen Dingen zu gefährlich. Murrend blieben die Mädchen im Haus, wie immer. Zum ersten Mal rebellierte Juliette – zumindest innerlich –, denn sie hatte das Gefühl, dass gerade das pralle Leben an ihr vorbeizog, während sie artig am Kaminfeuer saß und Backgammon spielte, Dostojewski las oder sich an den Goldberg-Variationen abarbeitete.

Erst lange nach Einbruch der Dunkelheit kehrte das Fräulein Kleinmeier zurück. Sie bot einen ernüchternden Anblick, mit zerrissenem Mantelsaum und -kragen, derangierter Frisur und einer blutenden Blessur über dem Auge. Auf schmerzhafte Weise hatte die Hauslehrerin die Lektion gelernt, dass in den Augen der Demonstranten auch sie *burschui* und ihre Solidarität nicht gefragt war.

Das Fräulein Kleinmeier habe trotzdem noch Glück gehabt, bemerkte Graf Alexander. Hätten die Aufständischen gemerkt, dass sie von der Abstammung her eine Deutsche ist, hätte sie den Tumult wohl nicht überlebt.

»Seht ihr jetzt ein«, dozierte er vor seiner Frau und den Mädchen, »dass das nicht unsere Revolution ist? Sie ist vielmehr darauf ausgerichtet, Leute wie uns zu vernichten. Der Mob kämpft nämlich lieber gegen die Eliten dieses Landes als gegen die Deutschen.«

Juliette glaubte sich zu erinnern, den Satz mit den Deutschen so ähnlich schon einmal gehört zu haben, und im Laufe des Abends fiel es ihr wieder ein. Etwas Ähnliches hatte im Sommer 1914 der neunmalkluge Konstantin Liwny von sich gegeben, der Sohn des Grafen Fjodor Liwny und der *nicht geborenen* Gräfin Marie, die sie auf der Europareise ein Stück begleitet hatten. Man hatte längere Zeit nichts von ihnen gehört, was Juliette nicht bedauerte. Aus Furcht vor der drohenden Revolution hatten sie sich auf ihr Landgut in Karelien zurückgezogen. Im Verlauf des letzten Winters mit seiner katastrophalen Hungersnot waren dort jedoch Unruhen ausgebrochen, und sie fühlten sich auf dem Land nicht mehr sicher, so schilderte es Gräfin Marie. Man erinnerte sich an frühere Revolutionen, bei denen die Bauern die Landbesitzer getötet, die Häuser zerstört und die Vorräte und Gerätschaften an sich genommen hatten. Wer konnte wissen, ob sie dieses Mal warten würden, bis ihnen der Besitz womöglich auf legale Weise in die Hände fiel, oder ob man nicht lieber an den guten alten Traditionen des Mordens und Plünderns festhalten würde? Darum kehrten die Liwnys um die Weihnachtszeit herum in die Hauptstadt zurück und waren seither häufiger zu Gast im Hause Lobanow.

Sofia wärmte prompt ihre Gefühle für den jungen Grafen Konstantin Liwny wieder auf und Juliette ihre Abneigung. Doch wie bei allem Aufgewärmten schlugen die Flammen nicht mehr gar so hoch, und Juliette hatte den Verdacht, dass Liwny hauptsächlich mangels einer besseren Alternative zum Gegenstand von Sofias Schwärmerei avancierte. Fast alle gut aussehenden Kadetten aus der Aristokratie waren inzwischen an der Front oder tot.

Das kommt vom ständigen Lesen dieser Schmonzetten, diagnostizierten unisono Juliette und Greta Kleinmeier. Die aufgestauten Gefühle brauchten ein Ventil, notfalls eben den nächstbesten Lackaffen, den einem der Zufall über die Schwelle wehte.

Juliette fand Konstantin noch genauso arrogant wie früher, doch inzwischen war sie seinen Spötteleien und Anfeindungen nicht mehr hilflos ausgeliefert. Ihre Stellung in der Villa Lobanow war gefestigt, ihr südlicher Dialekt kaum noch zu hören, sie war selbstsicherer geworden und rhetorisch gewappnet, um ihm Kontra zu geben, sollte er anzüglich oder unverschämt werden. Mit der Bemerkung, Sofias Schoßhündchen sei inzwischen recht bissig geworden, streckte er die Waffen.

Anscheinend hatten Sofias Eltern zwischenzeitlich keine Vorbehalte mehr gegen die nicht ganz einwandfreie Herkunft der Gräfin Marie, jedenfalls unternahmen sie nichts, um Sofias Tändelei mit dem jungen Grafen zu unterbinden. Vielleicht hatte der Tod ihres Sohnes Sergej die Lobanows milder gestimmt, vielleicht fürchteten sie aber auch, dass Sofia, die im April achtzehn wurde, sitzen bleiben könnte, jetzt, da junge Männer ihres Standes allmählich zur Mangelware wurden. Graf Konstantin war neunzehn, und Juliette fragte sich, warum er nicht an der Front kämpfte. Bestimmt hatten seine Eltern irgendwelche Beziehungen spielen lassen. Angeblich studierte er an der Militärakademie.

* * *

Mitte März empfingen Graf Alexander und Gräfin Jelisaweta zum ersten Mal seit dem Umsturz wieder Gäste. Es war der dreiundfünfzigste Geburtstag des Grafen, den wollte seine Frau nicht sang- und klanglos vorübergehen lassen und wenigstens in kleiner Runde feiern. Dazu gehörten ihre Schwester Olga und deren Mann, Graf Gregor Pokrow, die drei Liwnys und der französische Botschafter Monsieur Durant, der seinen Adjutanten mitbrachte, einen jungen Mann namens Maurice Schuhman.

Man hatte gerade die Suppe serviert, da tönte Gepolter und Geschrei aus der Halle. Ein Pulk bewaffneter Männer hatte den Pförtner und den Butler bedroht und stürmte in den Salon, wo ihr Anführer, ein Kerl mit harten grauen Augen und einem ausgeschlagenen Vorderzahn, mit vorgehaltenem Gewehr den Grafen Alexander Lobanow zu sprechen verlangte. Offenbar kannte er den Grafen weder persönlich noch wusste er, wie dieser aussah, denn sein Blick irrlichterte suchend zwischen den männlichen Mitgliedern der Tischgesellschaft hin und her.

Juliette, steif vor Schreck, beobachtete, wie die Damen reihum blass wurden und Gräfin Olga einen kleinen, erstickten Schrei ausstieß, als ihr Schwager, der Graf, sich langsam erhob. Groß, grau und gravitätisch stand er am Ende der Tafel, eine

Respekt einflößende Gestalt, die die Eindringlinge mit ruhiger Stimme bat, ihm in die Halle zu folgen. Juliette begriff: Was immer diese Kerle vorhatten, es sollte nicht vor den Augen der Frauen geschehen. Der französische Botschafter und sein Adjutant sprangen im selben Moment auf, ebenso Olgas Mann, Graf Gregor Pokrow und Graf Fjodor Liwny. Konstantin vollführte eine halbherzige Bewegung, eher ein angedeutetes Aufstehen, und als seine Mutter zischte, er solle sich auf der Stelle wieder hinsetzen, glitt seine Gestalt wieder auf seinen Stuhl zurück und sank in sich zusammen wie ein Lappen, den man fallen lässt.

Juliette verzog den Mund und schielte hinüber zu Sofia. Bemerkte sie, was für ein erbärmlicher Feigling ihr sonst so großmäuliger Verehrer war, jetzt, da es ernst wurde? Deren Blick hing jedoch nur an ihrem Vater, der, ungeachtet des mit dem Gewehr herumfuchtelnden Soldatenanführers, gemessenen Schrittes den Speisesaal durchquerte, gefolgt von seinen vier Begleitern und einer Handvoll Soldaten, die ebenfalls die Waffen auf die Männer gerichtet hielten. Zurück im Salon blieben drei Soldaten, die den Übriggebliebenen befahlen, gefälligst auf ihren Ärschen sitzen zu bleiben.

Juliette schickte ein Stoßgebet zum Himmel. *Lieber Gott, mach, dass nichts Schlimmes passiert!* Dennoch war sie darauf gefasst, jeden Moment Schüsse zu hören. Womöglich besaßen die Revolutionäre einen Rest an Anstand, der es ihnen verbot, ihre Widersacher in Gegenwart der Damen zu exekutieren. Doch was würde danach mit ihnen geschehen?

Niemand im Salon sprach ein Wort. Mit angehaltenem Atem lauschten sie dem hitzigen Wortwechsel zwischen dem Anführer der Soldaten, dem Grafen und dem Botschafter, der seinem Gastgeber energisch zur Seite stand. Der Graf fragte nach dem Namen des Anführers, dessen Antwort Juliette aber nicht verstand. Offenbar waren sie in der Absicht gekommen, den Grafen festzunehmen. Einen Grund nannten sie auf dessen Nachfrage nicht, und einen schriftlichen Auftrag schienen sie auch nicht zu haben. Der Anführer faselte etwas von einem Befehl, wollte aber nicht sagen, von wem er diesen erhalten habe.

Graf Alexander meinte freundlich, es müsse ein Irrtum vorliegen. »Ich bin ein Mitglied des ständigen Rats des Vereinigten Adels und des Reichsrats, und in meiner letzteren Funktion habe ich einen Eid auf die Provisorische Regierung abgelegt.«

Monsieur Durant gab sich und Maurice Schuhman als Mitglieder des diplomatischen Korps der verbündeten Republik Frankreich zu erkennen. Als ein solches bestehe er auf einer korrekten Behandlung sämtlicher Anwesender und eine Verhaftung ohne Befugnis stehe völlig außer Frage. Anderenfalls werde er sowohl die Provisorische Regierung Russlands als auch seine eigene über diese Anmaßung informieren. »Und glauben Sie mir, die Folgen wären fataler, als Sie sich ausmalen können«, hörte man ihn mit Nachdruck sagen.

Offenbar hatte seine Rede Eindruck gemacht. Die Soldaten forderten jetzt nur noch die Herausgabe sämtlicher im Haus befindlicher Waffen. Monsieur Durant begann erneut zu protestieren, aber Graf Alexander Lobanow bat die Herren höflich, zu warten, und schickte den Butler und einen Diener los, um die vier Jagdgewehre und die zwei Pistolen herbeizuschaffen und sie den Soldaten auszuhändigen. Doch das genügte dem Anführer nicht, er ließ seine Männer sämtliche Zimmer durchsuchen. Immerhin befahl er ihnen, dabei nichts zu stehlen oder zu zerstören. Sie fanden lediglich ein paar historische Waffen, alte Säbel, Musketen und Duellpistolen, die Dekorationszwecken dienten und nicht mehr funktionierten. Die alten Waffen interessierten sie nicht, aber sie plünderten die Vorräte, nahmen die für das Diner bereitgestellten Weinflaschen an sich, und am Ende fielen sie in den Salon ein. Mit den Händen stopften sie sich die Fischpastete, die auf der Anrichte stand, in die Münder.

»Was haben wir denn da für ein Jüngelchen?«, fragte einer beim Anblick von Graf Konstantin. »Du hast doch sicher nichts dagegen, wenn ich mich mal bediene?« Der Angesprochene fixierte stumm sein Gedeck, die lockige Haarpracht fiel ihm ins Gesicht, und seine Mutter tätschelte ihm die Hand, die sich um die Serviette krallte. Der Soldat ließ ein Grunzen hören, griff nach Konstantins Suppentasse, schlürfte sie in einem Zug leer und warf die Schale hinter sich, wo sie an der Wand zersprang. Die anderen machten es ihm mit den restlichen Suppentassen nach, wobei die Damen erschrocken zurückwichen, um den Soldaten nur ja nicht ins Gehege zu kommen. Einer begann das Silberbesteck an sich zu raffen, wurde aber vom Anführer der Truppe zurechtgewiesen. »Lass das. Das alles wird bald dem russischen Volk gehören, und wir sind keine Diebe, wir berauben unser Volk nicht«, meinte er mit einem siegessicheren Grinsen seines lückenhaften Gebisses. Dann endlich gab er den Männern ein Zeichen, und sie stapften hinaus aus dem Salon und in die Halle, wo zwischenzeitlich zwei von ihnen den Grafen und seine Begleiter mit vorgehaltenen Gewehren in Schach gehalten hatten. Polternd verließen sie das Haus.

Kaum waren sie gegangen, fiel Gräfin Olga in Ohnmacht. Auch die Gräfin war bleich wie ein Laken, aber sie hielt sich tapfer und verlangte nach Wasser und einem Riechfläschchen. Sofia warf sich ihrem Vater in die Arme und schluchzte. »Ich dachte, sie erschießen dich.«

»Das waren nur ein paar Banditen«, beruhigte der Graf seine Tochter.

»Ausgesprochen widerliche Kreaturen«, bemerkte Marie Liwny und rümpfte die Nase. »Ist das Volk so arm, dass es sich nicht einmal ein Stück Seife leisten kann?« Tatsächlich hatte auch Juliette den dumpfen Geruch nach ungewaschenen Körpern und Kleidern bemerkt, der von den Männern ausging. Erinnerungen wurden wach. So rochen Armut und Verwahrlosung.

Konstantin war ausnahmsweise einmal still und tat, als bemerkte er den verächtlichen Blick nicht, mit dem Juliette ihn penetrant musterte.

»Meine Lieben. Lassen wir uns von diesem Intermezzo nicht den Abend verderben!«, fand Gräfin Jelisaweta tapfer in die Rolle der Gastgeberin zurück, nachdem man Gräfin Olga wieder ins Diesseits zurückgeholt hatte. »Was das Essen angeht, müssen wir wohl etwas improvisieren, die Herren scheinen hungrig gewesen zu sein.«

»Aber Wein ist noch genug da. Zum Glück haben sie den Zugang zum Keller nicht entdeckt«, ergänzte der Hausherr.

»Ich frage mich, ob der Zwischenfall aufwühlend genug war, um einen Kognak zu rechtfertigen«, überlegte Monsieur Durant laut und zwirbelte dabei mit einem schelmischen Schmunzeln die Enden seines Schnurrbarts. Der Vorschlag fand Anklang, und der Graf bedeutete einem der Diener, sich darum zu kümmern.

»Und Sherry für die Damen«, verlangte die Gräfin Olga, deren Wangen gerade wieder Farbe annahmen.

Ira, die Köchin, servierte anstelle der Pastete einen aufgeschnittenen kalten Braten vom Vortag. Es war nicht mehr viel, aber den meisten war der Appetit ohnehin vergangen.

Juliette lächelte Maurice zu, als der sich wieder hinsetzte, und der junge Mann mit den Sommersprossen und den tiefblauen Augen lächelte zurück. Als er sein Glas hob, sah sie, wie seine Hand zitterte.

Ob sie schon daran gedacht hätte, wieder nach Frankreich zurückzukehren, angesichts der Turbulenzen, fragte Maurice nach dem Essen. Er hatte dafür einen Moment gewählt, in dem er und Juliette außer Hörweite der anderen waren. Juliette zögerte. Zuweilen überkam sie ein Gefühl der Verlassenheit, und in solchen Momenten verspürte sie den Wunsch, in ihre Heimat zurückzukehren. Sie dachte voller Sehnsucht an die

Wärme Südfrankreichs, an das Licht und das Meer, an die Gerüche von Nizza, an die Farben und an die Menschen, die so ganz anders waren als die Russen. Doch selbst wenn es möglich wäre, St. Petersburg zu verlassen, wohin sollte sie gehen? Zu ihrer Mutter und Monsieur Morel? Auf keinen Fall. Außerdem wusste sie nicht, ob sie den treuen Augen von Maurice wirklich trauen konnte, deshalb antwortete sie: »Ich denke, mein Platz ist hier. In Frankreich wüsste ich nicht, wohin ich sollte.«

Sie hatte seit dem Tod des kleinen Emporio nie wieder nach Hause geschrieben, und von Baptiste war auch kein Brief mehr gekommen. Sie wusste nicht, was mit ihren Brüdern war, ob sie wohlauf waren. Was sie jedoch genau wusste, war, dass ihr kleiner Bruder noch leben würde, hätte sich ihre Mutter wie eine richtige Mutter verhalten und nicht wie eine läufige Hündin.

»Haben Sie keine Familie?«, mischte sich die sanfte Stimme von Maurice in ihre düsteren Gedanken.

»Keine, auf die ich Wert lege«, gestand Juliette. »Aber sollte Gräfin Sofia eines Tages heiraten und der Krieg zu Ende sein, werde ich noch einmal darüber nachdenken.«

»Sagen Sie mir, Mademoiselle Juliette, was hat das eine mit dem anderen zu tun?«, wunderte er sich.

»Ich bin ihre Gesellschafterin. Also eine Art Angestellte«, sagte Juliette ohne Umschweife. Sie fragte sich, was man Maurice und seinem Vorgesetzten Monsieur Durant über sie gesagt hatte und wie Maurice wohl auf ihre Mitteilung reagierte. Sie hatte oft genug erlebt, dass sich ein schneidiger Offizier oder ein adeliger Kadett, mit dem sie bei einem Empfang oder in der Pause einer Opernaufführung geflirtet hatte, pikiert abwandte und verdrückte, sobald Juliette ihn über ihre Stellung im Hause Lobanow in Kenntnis setzte. Andere nahmen dies zum Anlass, in ihr eine leichte Beute zu sehen und sich zu schlüpfrigen Bemerkungen und anderen Respektlosigkeiten hinreißen zu lassen. Darin unterschieden sie sich nicht allzu sehr von gewissen Pensionsgästen, mit denen Juliette es einst in Nizza zu tun bekommen hatte. Sie hoffte, dass Maurice anders war.

»Mögen Sie es, *Gesellschafterin* zu sein?«, fragte er.

»Meistens«, antwortete Juliette wahrheitsgetreu.

»Es muss schwer sein, zu keiner Seite richtig dazuzugehören.«

Er hatte die Problematik ihres Lebens glasklar erkannt und in einem Satz zusammengefasst.

»Verzeihen Sie, ich wollte Ihnen nicht…«

»Nein, nein«, lächelte Juliette. »Sie haben recht, genauso fühle ich mich. Ich bin nicht Fisch und nicht Fleisch. Aber es hat Vorteile. Ich nehme an Sofias Unterricht teil. Es ist eine Möglichkeit, mich zu bilden und voranzukommen.«

»Und wohin möchten Sie kommen?«, fragte er.

»Das… das weiß ich noch nicht. Man wird sehen.«

»Eine kluge Strategie«, lächelte Maurice. Er wollte wissen, wie lange sie schon in der Familie sei und welche anderen Teile Russlands sie bereits gesehen habe.

Keine, antwortete Juliette und erklärte, sie sei mit Beginn des Krieges gekommen und habe daher noch nicht viel mehr als St. Petersburg gesehen. »Ich kenne Russland nur im Kriegszustand.«

»Ganz ehrlich, das macht keinen großen Unterschied, den Rest kann man sich schenken«, flüsterte Maurice. »Moskau ist ein Moloch, und auf dem Land leben die Menschen wie im Mittelalter, sie sind bettelarm, und man hat das Gefühl, dass sie noch immer Leibeigene sind, wie vor fünfzig Jahren. Zumindest sind sie es im Kopf. Ich selbst habe eine Bäuerin auf die Knie fallen sehen, als der Gutsbesitzer in der Kutsche an ihr vorbeifuhr. Die Russen sind im Großen und Ganzen ein Sklavenvolk«, flüsterte er.

»Jetzt scheinen sie aber aufgewacht zu sein«, bemerkte Juliette.

»Ja, und gnade Gott diesem Land, wenn der Pöbel die Macht

in Händen hält. Einen Vorgeschmack haben wir ja eben erhalten.«

»Stimmt, sie waren ziemlich ungehobelt. Und hungrig.«

Er winkte sie näher zu sich heran. Sein Parfum roch gut, nach Bergamotte und Zedern und etwas Dunklem, Geheimnisvollem.

»Mein Dienst geht dieses Jahr zu Ende, dann werde ich abgelöst und bekomme eine neue Dienststelle in einem anderen Land. Und ich schwöre, ich bleibe keine Minute länger als nötig…«, er schaute sich um, ehe er flüsterte, »… in diesem barbarischen, unkultivierten Land mit seiner fürchterlichen Küche und den ewig schlecht gelaunten Menschen.«

Juliette musste lachen. Er übertrieb natürlich, aber es steckte ein wahrer Kern in seinen Worten. Sie musste zugeben, dass er ihr gefiel, obwohl auch er ein klein wenig arrogant zu sein schien. Aber auf eine charmante Art.

»Ich kann Sie verstehen«, gestand Juliette. »Irgendwann möchte auch ich wieder in angenehmer Umgebung leben, wo es sicher ist, die Sonne scheint und ich die Sprache auf der Straße verstehe.«

»Ich könnte Sie mitnehmen«, bot er an. »Ich stamme aus Bordeaux, meine Eltern haben ein großes Weingut. Dort könnten Sie bestimmt eine Weile bleiben.«

»Um was zu tun?«, fragte Juliette.

»Haben Sie große Füße?«

»Wie bitte?«

»Dann könnten Sie die Trauben stampfen, nach der Lese. Das ist ein Heidenspaß, glauben Sie mir.«

Sie mussten beide lachen.

»Fragen Sie mich noch einmal, wenn es so weit ist«, sagte Juliette und erschrak über sich selbst, denn sie kam sich vor wie eine Verräterin.

Die Soldaten hatten alles durchstöbert, auch die Kommoden und Schränke. Kleider, Blusen, Unterröcke, Unterwäsche, Nachthemden, alles lag verstreut in den Zimmern der Mädchen herum.

Sofia schaute sich angewidert um und läutete nach der Zofe, damit diese aufräumte und ihr neue Kleidung brachte. »Ich werde nichts mehr anziehen, was diese Tiere in ihren schmutzigen Klauen gehalten haben«, erklärt sie und verlangte, als die Zofe erschien, nach einem frischen Nachthemd. »Ist mir egal, woher.«

Juliette war der Gedanke, dass die Männer alles angeschaut und angefasst hatten, wahrscheinlich begleitet von derben Kommentaren, ebenfalls zuwider. Eigenartigerweise musste sie dabei an Monsieur Morel denken, der jetzt streng genommen ihr Stiefvater war. An seine Blicke und die »zufälligen« Berührungen. Auf eine gewisse Weise fiel das alles in dieselbe Kategorie und löste bei ihr Empfindungen von Ekel, Scham und Abneigung aus. Ihr Besitz war entehrt worden, und damit auch sie selbst. Sie befahl sich, nicht überempfindlich zu sein. Sofia konnte sich solch eine Haltung leisten, Juliette dagegen nicht. Sie begann ihre Sachen aufzuheben und wieder in ihren Schrank zu hängen, und legte die Unterwäsche in die Schubladen. Man konnte sie morgen zum Waschen geben, jetzt war sie müde.

* * *

Als Juliette am nächsten Morgen Konstantins nicht gerade heldenhaftes Benehmen vom Vorabend ansprach, reckte Sofia nur trotzig das Kinn und entgegnete: »Einer musste schließlich bei den Frauen bleiben. Wer weiß, was sie uns sonst angetan hätten? – Was gibt es denn da zu lachen, Juliette?«

Juliette konnte nicht anders. Die Vorstellung von diesem Jüngelchen, das kurz davor gewesen war, sich in die Hosen zu machen, als Retter ihrer aller Tugend und Ehre war zu absurd. Selbst Sofia schien nicht so ganz an ihre Interpretation zu glauben, denn an den zwei darauffolgenden Tagen sprach sie kaum ein Wort mit Juliette, was dieser umso deutlicher signalisierte, dass Sofia Konstantin im Grunde durchschaute.

»Dieser Maurice hat es dir wohl angetan«, begann Sofia, als sie genug geschmollt hatte und wieder mit Juliette redete.

»Er ist nett.«

»Gib es zu, er gefällt dir. Hast du dich etwa verliebt?«

»Man kann jemanden einfach nur gernhaben, stell dir vor! Man muss sich nicht dem Erstbesten an den Hals werfen, nur weil man so empfinden möchte, wie es die Frauen in den Schnulzenromanen angeblich tun«, gab sie verärgert zurück. Woraufhin Sofia sich erneut in beleidigtes Schweigen hüllte.

Ab und zu machte Juliette sich aber doch Gedanken, was für ein Mann eines Tages für sie infrage käme. Auf keinen Fall ein Russe, das stand fest. Die Russen, besonders die Männer, waren ihr noch immer vollkommen fremd, sie misstraute ihnen und ihrer Einstellung den Frauen gegenüber. Sie wollte einen Mann, der ihr in ihrer Mutter- oder Vatersprache seine Liebe erklärte und mit dem sie sich in einer der beiden Sprachen streiten konnte. Also ein Franzose oder ein Italiener, aber da Letztere in St. Petersburg ziemlich rar waren, würde es eher auf einen Franzosen hinauslaufen. *Flausen!*, erkannte sie und zwang sich, nicht mehr an Maurice und Konsorten zu denken.

Obwohl ihn der Verlust seiner Jagdwaffen bekümmerte, maß Graf Alexander dem Zwischenfall mit den Banditen, wie er sie nannte, nicht allzu viel Bedeutung bei. Zumindest behauptete er das gegenüber seiner Familie. Dennoch patrouillierten danach vier Männer eines Sondertrupps der Polizei regelmäßig vor dem Anwesen der Lobanows. Juliette bezweifelte, dass dieser Trupp die Familie gegen eine bewaffnete Horde aufgebrachter Bolschewiken würde schützen können. Andererseits waren diese vier immerhin mehr Schutz, als andere Bewohner der Stadt für sich in Anspruch nehmen konnten.

Wie die meisten Aristokraten und Bürger des Landes wünschte sich auch Graf Alexander die Romanows nicht zurück und war mittlerweile zu dem Schluss gelangt, dass man sich mit der neuen Regierung eben arrangieren müsse. Dies schien die einzige Möglichkeit, um die Ordnung wiederherzustellen, das Land zu einen und sich auf das zu konzentrieren, was jetzt das Wichtigste war: den Krieg gegen Deutschland zu gewinnen.

Die Nachricht von der Abdankung des Zaren wurde überall im Land mit Freude und Erleichterung aufgenommen, auch wenn bis zu einem Monat verging, ehe sie auch in die entlegensten Gebiete des riesigen Staatsgebiets vorgedrungen war. Es gab Feiern und Freudenfeuerwerke, jedoch keine nennenswerten Unruhen, weder in Moskau, wo Graf Alexander Lobanow entfernte Verwandte hatte, mit denen er regelmäßig korrespondierte, noch anderswo. Die Aufstände in der Hauptstadt hatten offenbar kaum Nachahmer gefunden, und auch in St. Petersburg beruhigte sich allmählich die Lage auf den Straßen. Die überregionalen Zeitungen schrieben im Zusammenhang mit der St. Petersburger Februarrevolution von einer *blutlosen Revolution*. Dass es nicht ganz so harmlos abgelaufen war, wussten die Bewohner der Stadt besser. Es hatte Tote gegeben, viele sogar, bei den Demonstranten und in den Reihen der Polizisten. Aber anscheinend nicht genug für die Presse.

Kapitel 14

Hühner und andere Vögel

Belmonte, Gegenwart

Carla stand in der Küche und drückte ihre Finger tief in den weichen, elastischen Teig. Es war ein gutes Gefühl, sinnlich geradezu, und so faszinierend, wie aus lauter losen Zutaten – Mehl, Salz, Öl, Wasser – unter ihren eigenen Händen und in kürzester Zeit diese dehnbare Masse entstanden war.

»Mehr ist nicht drin? Keine Hefe oder so etwas?«, staunte sie.

»Hefe? Guter Gott, nein, wie würde die *pasta* dann wohl aussehen, wie dicke Maden!«, kreischte Maria, entsetzt bei der bloßen Vorstellung.

Das Teigkneten hatte etwas Meditatives. Carla dachte an ihr Handy, das wie eine tickende Bombe in ihrem Zimmer lag und das sie seit Tagen nicht mehr angeschaltet hatte, aus Furcht vor dem, was sie darauf vorfinden könnte. Sie wusste, dass ihre Taktik auf Dauer nicht aufgehen konnte, aber im Augenblick machte ihr das nichts aus, es zählte nur dieser Teig, das Hier und Jetzt. Ihre Ängste und Probleme schienen weit weg an diesem sonnigen Morgen, an dem sie, ausgerüstet mit einer von Marias Schürzen, am bemehlten Küchenbrett stand und selig vor sich hin knetete, bis ...

»Aufhören, Carla! Du machst ja den Teig ganz nervös!«

Sie wandte sich um. »Wie bitte? Ich mache den Teig nervös?«

»So eine *pasta* ist etwas Lebendiges, weißt du. Wenn du sie knetest und knetest und knetest, wird ihr ganz schwindelig, und das ist nicht gut.«

Carla ließ augenblicklich die Finger vom Teig. Was Küchenbelange anging, war sie bereit, Marias Autorität bedingungslos zu akzeptieren, auch wenn das, was sie sagte oder tat, manchmal reichlich sonderbar klang. Die Mikrowelle zum Beispiel war in den Augen der Haushälterin schieres Teufelswerk. Maria unterhielt sich mit den Pflanzen im Gemüsegarten, sprach ihnen gut zu oder schimpfte mit ihnen, und sie redete sogar mit den Zutaten der Mahlzeiten. Soeben legte sie ein Tuch über den Teig, wobei sie murmelte: »Du ruhst dich jetzt erst einmal ein bisschen aus von dieser wilden Kneterei.« Sie nahm die Nudelmaschine vom Regal. »Carla, geh doch schon mal in den Garten und hole Tomaten und Auberginen für den *sugo*. Und einen Zweig Basilikum.«

Das wiederum war eine Aufgabe ganz nach Carlas Geschmack.

Den *orto* hatte es zu ihrer Kindheit schon gegeben, ganz bestimmt, aber sie erinnerte sich kaum daran. Ihn zu besitzen war eine Selbstverständlichkeit gewesen, aber nicht sonderlich interessant, und sie konnte sich kaum vorstellen, dass ihre Mutter ihn gepflegt hatte. Sie hatte sie jedenfalls nie mit schmutzigen Händen im Boden wühlen sehen. Wer dann? Wahrscheinlich die jeweiligen Haushaltshilfen, so wie jetzt auch.

Als Maria ihr zum ersten Mal den *orto* gezeigt hatte, heuchelte Carla nur aus Höflichkeit Interesse, aber nach den ersten paar Mahlzeiten, die Maria aus den Produkten der Parzelle gezaubert hatte, änderte sich das. Inzwischen stand Carla sogar freiwillig früher auf, um den Garten zu gießen, Schnecken zu entfernen und die Pflanzen genau zu inspizieren. Und ja, auch, um mit ihnen zu sprechen. Gab es irgendwo Schimmel, Mehltau, Braunfäule, Hitzeschäden? War eine Tomatenpflanze umgeknickt, hatte Asso verbotenerweise irgendwo gebuddelt? Dabei aß sie natürlich die eine oder andere Tomate oder Erdbeere. Sie hatte nämlich festgestellt, dass sie alles, was aus dem Garten kam, getrost essen konnte, und zwar in Mengen – zumindest für ihre Verhältnisse. Es war *richtiges* Essen – im Gegensatz zum falschen, welches ihrem Körper regelmäßig Probleme bereitete. Vielleicht, überlegte sie nun, würde es auch mit selbst gemachter *pasta* funktionieren. Deshalb wollte sie unbedingt den Teig kneten, und gleich würden sie und Maria mit der Nudelmaschine Linguine formen. Das fühlte sich *richtig* an, auch wenn der Hartweizen für die *pasta* natürlich nicht hinter dem Haus wuchs. Carla hatte Maria nichts von richtigem oder falschem Essen erzählt, denn sie wusste selbst, wie abgedreht sich das anhörte. Sie erinnerte sich an die ewigen Klagen ihrer Tante Anna, wie heikel und mäkelig Carla doch sei. Man hatte sie auf alle möglichen Allergien und Unverträglichkeiten getestet, doch nichts gefunden, das ihre Beschwerden erklären würde. Im Mailänder Viertel Brera, wo Carlas Wohnung lag, gab es einige ausgewählte Lokale, in denen man ihre Sonderwünsche kannte und deren Küche ihr einigermaßen bekam. Schwieriger war es auf Reisen, und da sie bis vor anderthalb Jahren sehr viel gereist war, hatte sich mit der Zeit eine kurze Liste internationaler Fertiggerichte herauskristallisiert. Für Notfälle führte sie immer eine Ration von Zwieback und gedörrten Apfelscheiben mit sich.

Maria wusste nichts davon, dass es Carla beim Essen oft von einer Sekunde auf die andere vor Ekel die Kehle zuschnürte und sich alles in ihr gegen das, was vor ihr auf dem Teller lag, sträubte, geradeso, als wäre darin ein tödliches Gift. Instinktiv schien Maria jedoch verstanden zu haben, was Carla bei ihrem Problem half. Vorgestern hatte sie sie zum Einkaufen mitgenommen. In der Nähe des Nachbardorfes Montecarotto, in dem Maria lebte, gab es einen Hof mit angeschlossenem Laden. Er wurde von eigenartig aussehenden, aber sehr freundlichen jungen Leuten betrieben, die, wie das Schild neben der Tür des Hofladens verriet, sich der Slow-Food-Bewegung verschrieben hatten. Während Maria ihre Bestellung bei einer Frau mit langen Dreadlocks und Piercings in den Augenbrauen aufgab, wurde Carla von Alessio, einem drahtigen Typen mit tätowierten Armen, auf dem Hof herumgeführt. Er erklärte ihr bereitwillig, was ihre Gemeinschaft auf den umliegenden Feldern anbaute und woher die Produkte stammten, die sie von anderen Slow-Food-Herstellern bezogen und verkauften. Im Garten hinter dem Hof sprangen ein gutes Dutzend Ziegen herum, alte und junge, aus deren Milch sie Käse machten, ihr ganzer Stolz offenbar. »Unser Käse hat schon etliche Preise gewonnen«, verriet er und zählte sie der Reihe nach auf. Carla hörte ihm zu und bewunderte dabei die Bizepse unter seinen Tattoos.

»Wir feiern nächsten Samstag unser Fünfjähriges mit einem Sommerfest. Darf ich dir eine Einladung mitgeben?«, fragte er am Ende der Besichtigungsrunde.

Carla lächelte. »Gerne.«

»Ich würde mich freuen, wenn du kommst. Am Abend grillen wir.«

»Ich esse kein Fleisch.«

»Ich ebenfalls nicht. Wir grillen auch Gemüse und Käse.«

»Ich denke darüber nach«, versprach sie, denn ihr gefielen seine sanften bernsteinfarbenen Augen.

Er half Maria, die Einkäufe – Mehl, Brot, Eier, Käse, Olivenöl, Schinken, Butter und Salami – auf die Ladefläche von Adrianos Ape zu stellen. Auch ein paar Kisten Wein waren dabei. »Signor Adrianos eigene Ernte in Ehren, aber du weißt ja...«, zwinkerte Maria ihr zu.

Was die Eier anging, würde man bald auf Selbstversorgung umsteigen. Der Hühnerstall stand inzwischen in einem umzäunten Gehege. Adriano und Roddy hatten es am Abend zuvor fertiggestellt, es lag gleich hinter dem *orto*. So konnten

Gemüseabfälle und alles, was keine Gnade vor Marias strengen Augen fand, gleich den Hühnern hingeworfen werden. Vorhin war Adriano losgefahren, um auf einem *agriturismo* am anderen Ende von Belmonte die neuen Bewohnerinnen der Hühnervilla abzuholen.

Für Carla waren diese demnächst zu erwartenden Eier noch um einiges faszinierender als selbst gezogene Bohnen. Eier von Hühnern, die man aus dem Garten ernährte, für deren Wohlbefinden man selbst verantwortlich war! Das war unglaublich, das hatte was. Die Palette an akzeptablen Nahrungsmitteln erweiterte sich für Carla gerade eklatant. Wenn es so weitergeht, werde ich noch dick, dachte sie vergnügt.

* * *

Simona warf einen letzten, prüfenden Blick in den Spiegel und zupfte am Kragen ihrer Leinenbluse. Hinten hochgestellt oder lieber unten? Unten, das wirkte lässiger. Doch zu viel Lippenstift? Sie presste die Lippen um ein Blatt Klopapier. Schon besser. Dezenter. Es ging schließlich darum, einen seriösen, kompetenten Eindruck zu machen.

Sie hatte zwischenzeitlich im Internet über die Firma Cavallari Edifici recherchiert. Es war ein mittelständisches Familienunternehmen, die Inhaber waren zwei Brüder, Arturo und Michele Cavallari. In der Liste der Vorzeigeprojekte fanden sich etliche Seminarhotels, drei Fitnessstudios und ein Yogazentrum. Seit Tagen lag Simona ihrem Vater in den Ohren, um mit einem der Auftraggeber des Hotelbaus zu sprechen. Sie hatte dabei natürlich an ein persönliches Treffen gedacht, am besten vor Ort, doch alles, was er arrangieren konnte, war ein Zoom-Gespräch an diesem Vormittag. Pünktlich um elf Uhr saß Simona vor ihrem Laptop und wartete, dass ein gewisser Signor Bondi, Geschäftsführer der Firma, auf dem Bildschirm zu erscheinen geruhte.

»Herrgott, wo bleibt er denn?«

»Er wäre wohl kein Italiener, wenn er pünktlich zur Stelle wäre«, bemerkte Claudia, die gerade mit einer Schüssel Aprikosen, die sie zu Marmelade verarbeiten wollte, aus dem Garten zur Tür hereinkam.

»Das sind Klischees. Es gibt auch pünktliche Italiener.«

»Kennst du einen?«

»Lass mich nachdenken – nein.«

Simona ging ihre Notizen noch einmal durch. Sie lagen neben ihrem Rechner auf dem Küchentisch, nur für den Fall, dass sie im Verlauf des Gesprächs den Faden verlieren sollte.

»Aufgeregt?«, fragte Claudia.

»Ein bisschen.« Jetzt, nachdem Simona sich für das Projekt entschieden hatte, befürchtete sie, sich vor ihrem Vater zu blamieren, falls man sie und ihre Vorstellungen ablehnen würde.

Claudia stellte ein Glas Limoncello vor Simona hin.

»Ich kann doch nicht am helllichten Vormittag auf nüchternen Magen Likör trinken!«, protestierte Simona.

»Du bist total verkrampft, das macht dich lockerer, los, runter damit!«

Simona gehorchte.

»Du schaffst das, keine Sorge. Du bist wie dein Vater, wenn der etwas wollte, hat er es auch immer gekriegt.«

»Pscht, es geht los!« Simona stellte das Glas beiseite, Claudia hob den Daumen und schlich auf Zehenspitzen hinaus auf die Terrasse, ließ aber die Tür auf, um ungestört lauschen zu können. Zu spät, um noch einmal aufzustehen und die Tür zu schließen. Schon erschien auf dem Bildschirm ein junger Typ, schätzungsweise Ende zwanzig, der unrasiert war und dafür etwas viel Haargel abbekommen hatte. Sein weißes Hemd war zerknittert und weit aufgeknöpft, ein Büschel dunkles Brusthaar schaute heraus.

»Angelo Bondi, *buongiorno*, Signora Ferri!«

»Simona Mälzer«, presste Simona hervor und schickte ein

piacere, sehr erfreut, hinterher. Dieses Jüngelchen, das aussah, als hätte man ihn geradewegs aus einem Club gezerrt und vor den Computer gesetzt, war der Geschäftsführer? Echt jetzt?

»Sie sind also die Tochter von Federico Ferri. Ich habe schon viel von Ihnen gehört.«

»Ja, und ich habe Garten- und Landschaftsbau studiert.« Simona zwang sich, ihren Blick von dem Brusthaarbüschel zu lösen und zu lächeln.

»Sie leben in Deutschland?«

»Zur Zeit lebe ich in Italien, ich habe ein Haus in Belmonte, ganz in der Nähe der künftigen Baustelle«, erklärte Simona. »Signor Bondi, ich habe dieses Gespräch initiiert, weil ich meine Vorstellungen für die Gestaltung des Klosters... ich meine, des Hotelgartens, gerne mit Ihnen abstimmen möchte.«

»Sicher, sicher, das ist eine gute Idee.« Er nahm einen Schluck aus einer Tasse und machte eine lässige Handbewegung. »Dann lassen Sie mal hören, Signora Ferri.«

Simona verzichtete darauf, ihn erneut zu korrigieren und fing an. Sie wolle den Charakter des Bauwerks im Garten gespiegelt sehen durch eine gewisse Strenge in der Linienführung. Der hintere Teil dagegen, in Richtung des Felsabsturzes, sollte naturnah bleiben, mit Wegen zwar, aber eben auch mit Arealen, die den Pflanzen und Tieren vorbehalten blieben, und schön wäre auch, wenn irgendwo etwas, vielleicht ein Stein, an die Nonnen erinnern würde, die doch seit Jahrhunderten dort gelebt hatten... Sie redete fast fünf Minuten, ohne dass er auch nur eine einzige Frage stellte oder eine Bemerkung machte. Zudem beschlich Simona der Verdacht, dass ihr Gegenüber entweder schielte oder nebenbei noch etwas anderes machte, denn seine Pupillen glitten hin und her, und er schaute immer ein wenig an ihr – beziehungsweise der Kamera – vorbei. Las er nebenbei seine Mails, oder verfolgte er ein YouTube-Video? Oder hatte er schon nach wenigen Sätzen ihres Monologs abgeschaltet und für sich beschlossen, dass sich Simonas Vorstellungen nicht mit denen der Bauherren deckten? Sie wurde immer nervöser und begann ebenfalls zur Seite zu schielen, zu ihren Aufzeichnungen, um nur ja nichts zu vergessen. Schließlich war sie fertig und schaute ihn abwartend an, während sie überlegte, an welcher Stelle sie wohl Kompromisse machen musste, denn die musste man immer machen, oder ob er gerade darüber nachdachte, wie er sie am schonendsten feuerte.

Mr Brusthaar zeigte noch immer keine Reaktion. War er eingeschlafen? Die Schultern nach vorn gesunken fixierte er irgendetwas, das sich außerhalb des Winkels der Kamera befand.

»Signor Bondi?«

Er gab sich einen Ruck, nahm eine aufrechte Sitzposition ein und blickte nun direkt in die Kamera. Dabei lächelte er wie auf Knopfdruck. Am liebsten hätte Simona gefragt, ob sie ihn gelangweilt habe, aber das wagte sie nicht. Schließlich saß er am längeren Hebel.

»Ich hätte gar nicht erwartet, dass Sie schon so ins Detail gehen. Aber es hört sich alles sehr gut an, und was uns betrifft, es ist, wie ich schon Ihrem Vater gesagt habe: Sie haben völlig freie Hand. Alles, was wir wollen, ist, dass der Gast morgens aus dem Fenster schaut und etwas sieht, das sein Auge und sein Herz erfreut.«

»Das sollte so sein, ja, sicher«, stammelte Simona perplex.

»Gut, dann sind wir uns einig. Den Vorschuss haben wir bereits an Ihren Vater überwiesen, Sie arbeiten auf seine Rechnung, also ist er ab jetzt Ihr Ansprechpartner.«

»Ja, ich weiß ...«

»Es war mir ein Vergnügen, Signora Ferri, Ihnen noch einen schönen Tag! Salve, *arriverderci!*«

»*Arriverderci*«, grüßte sie zurück, doch da verschwand sein Gesicht bereits vom Bildschirm.

»Was war denn das jetzt?«, ereiferte sich Simona, die bisweilen immer noch in ihre alte Gewohnheit fiel und Selbstgespräche führte.

»Und?« Claudia, die den Ausgang des Gesprächs auf der Terrasse abgewartet hatte, kam wieder herein.

»Seltsam. Ich glaube, er hat mir gar nicht zugehört.«

»Aber den Auftrag hast du?«

»Sie haben jedenfalls schon den Vorschuss bezahlt. Sagt er.«

»Dann ist doch alles bestens«, meinte Claudia.

»Tja, hm«, antwortete Simona. »Sieht so aus.«

»Freust du dich nicht?«

»Doch, schon. Irgendwie.«

»Du siehst aber gar nicht so aus.«

»Wenn ich früher auch nur einen Reihenhausgarten geplant habe, brauchte es immer etliche Gespräche und Vorschläge, und jetzt... Der hat keine einzige Frage gestellt, der wollte nicht mal einen Entwurf sehen. Irgendwas stimmt da doch nicht.«

»Ruf deinen Vater an, und frag ihn, was er dazu meint«, schlug Claudia vor.

Das klang vernünftig. Claudia machte meistens vernünftige Vorschläge, ohne dass sie belehrend wirkten oder von oben herab. Sie war binnen weniger Tage definitiv zu ihrer Lieblingstante avanciert.

Simona suchte noch nach ihrem Handy, da ertönte von draußen ein schriller, krächzender Hupton. Sicher Flavia, die Hupe der Ape klang so. Sie trat vor die Tür, um nachzusehen. Es war tatsächlich eine Ape, aber die von Adriano, und Simona war froh, dass sie sich für das Videotelefonat ein wenig hübsch gemacht hatte. Auf dem Beifahrersitz saß eine Frau. Es war nicht Carla Prisco, wie Simona im ersten Moment vermutet hatte, sondern eine Frau in den Sechzigern, die Simona noch nie gesehen hatte: schmales, etwas faltiges Gesicht mit ausdrucksvollen grauen Augen, brauner Haarknoten, keinerlei Make-up, und ihr Holzfällerhemd hatte auch schon bessere Tage gesehen.

»Salve, Simona!« Adriano war ausgestiegen. »Du siehst hübsch aus. Hast du etwas vor?«

»Danke. Nein, ich habe nichts vor.« Immerhin hatte er es bemerkt!

»Darf ich dir Johanna Burger vorstellen? Ihr beide kommt aus derselben Stadt. Sie wohnt schon seit vielen Jahren in der Gegend, ein Tal weiter, auf einem alten Hof am Berg.«

»Ich glaube, ich habe schon von Ihnen gehört«, erinnerte sich Simona. Sie ging auf das dreirädrige Fahrzeug zu, reichte Johanna durch das offene Fenster die Hand und sagte auf Deutsch: »Sie sind die mit den vielen Hunden.«

»Die bin ich. Sag Johanna und Du zu mir, bitte. Wir siezen hier nur die Arschlöcher. Verzeihung!«

»Gern«, lachte Simona. »Ich bin Simona.«

Auf der Ladefläche stand eine große Hundetransportbox. Darin war aber kein Hund, sondern ... Simona kniff die Augen zusammen. *Hühner.* Sechs oder sieben lebendige Hühner, so genau konnte man es bei diesem Gewimmel nicht feststellen.

»Hast du auf Hühner umgesattelt, Johanna?«, fragte Simona.

»Die sind für mich«, klärte Adriano sie auf. »Johanna hat mir geholfen, sie auszusuchen, sie stammen vom Moretti-Hof.«

Der Moretti-Hof. Moretti war der Mädchenname ihrer Großmutter Franca, denn deren Mutter, Teresa Farina, war nach dem Krieg dorthin verheiratet worden, und Franca hatte die ersten fünf Jahre ihrer Kindheit auf dem Moretti-Hof verbracht. Nun lebte dort die Mutter von Flavias Texaner Michael, fiel Simona ein. Johanna war seine Tante. Auch so eine eigenartige Verflechtung. Die Welt war klein in Belmonte, und irgendwie alles eine einzige Inzucht.

»Ich wollte fragen, ob du mitkommen und zusehen willst, wie die Hühner ihr neues Heim in Besitz nehmen«, sagte Adriano.

»Äh, ja, gern«, sagte Simona. Das war ja mal eine originelle Einladung!

Simona winkte Claudia heran und stellte sie Adriano und

Johanna vor. »Das ist meine Tante Claudia aus Schottland. Ihre Schwester Irma hat sie verstoßen, deshalb wohnt sie gerade bei mir.«

»Musst du das allen gleich unter die Nase reiben?«, grinste Claudia.

»Es weiß doch eh schon jeder, hier ist noch nie etwas geheim geblieben.«

Adriano wandte sich an Claudia: »Wenn du hier aufgewachsen bist, dann kennst du das Gut sicher noch von früher?«

»Kaum. Unsereins verkehrte damals nicht mit den hohen Herrschaften. Aber mein Bruder hat mir schon berichtet, wie schön es zurzeit renoviert wird.«

»Ja, er berät mich dabei. Komm doch auch mit«, sagte Adriano. »Ihr müsst aber entweder selber fahren oder hinten bei den Hühnern Platz nehmen.«

»Wir setzen uns zu den Hühnern!«, rief Claudia begeistert, und ehe Simona auch nur einen Ton von sich geben konnte, erklomm ihre Tante mit einer für ihr Alter bemerkenswerten Geschmeidigkeit die Ape und landete mit einem satten Plumps neben den Hühnern.

»Gut, okay. Ich muss nur rasch die Tür abschließen«, sagte Simona, und vor lauter Freude über die gelungene Überraschung vergaß sie augenblicklich das seltsame Gespräch mit Signor Bondi.

Das Hühnerhaus war… einzigartig. Allein schon der eigenwillige Stilmix mit Säulenveranda und Schindeldach, aber dann war da die Bemalung…

»*Jesus on a bike!*« Claudia schlug bei seinem Anblick die Hände zusammen, und Johanna meinte leise zu Simona, man könne nur hoffen, dass Hühner farbenblind seien.

Die Seitenwände zierten psychedelische Muster in schreienden Farben, die an die Malgruppe einer Psychiatrie – die schweren Fälle – denken ließen, dagegen waren die Front und die Rückseite in Pink und Weiß gehalten und erinnerten an das Barbie-Haus, das Simona einst besessen und kaum damit gespielt hatte.

»Das waren die Kinder«, bemerkte Adriano und warf Roddy und Carla einen vorwurfsvollen Blick zu.

Das Künstlerpaar stand triumphierend lächelnd neben seinem Werk, taub und erhaben gegenüber jeglicher Lästerei. Carla, in Jeans und einer über dem Hosenbund geknoteten Bluse, sah auf eine nachlässige Art umwerfend gut aus, wie Simona registrieren musste, und Roddys Veilchenaugen leuchteten mit seinem roten Haar um die Wette.

Adriano holte die Hühner, wobei er sich des Hunderudels erwehren musste, das die Transportbox umringte und neugierig beschnüffelte. Johanna jagte die Hunde davon, und Adriano stellte die Box ins Gehege, in dem Körner und frisches Gemüse für die künftigen Bewohnerinnen bereitstanden.

»Achtung, es naht der große Moment!«

Er öffnete die Tür. Zögernd oder forsch, je nach Temperament, begaben sich die sechs Hühner und der Hahn ins Freie. Einige stürzten sich sofort auf die Salatblätter, andere sondierten erst einmal das Terrain, ein großes, dunkles Huhn erklomm über die Hühnerleiter die Veranda des Hühnerhauses und plusterte sich in Chefinnenmanier vor dem Eingang auf. Der Hahn wirkte etwas desorientiert.

Adriano hatte absichtlich verschiedene Exemplare ausgesucht. »Damit man sie gut unterscheiden kann.« Der Hahn war prächtig bunt, humpelte aber ein wenig und schien schon ein paar Jährchen auf dem Buckel zu haben.

Maria hatte ein Tablett mit Sektgläsern herbeigeschafft, und Adriano brachte einen Toast aus: »Auf die Hühner und die vielen Eier, die sie legen werden.«

»Man muss die Sensationen, die das ländliche Leben zu bieten hat, gebührend feiern«, sagte Johanna zu Claudia. »Es gibt sonst nicht viel.«

»Wem sagst du das? Ich wohne in einem Nest mit tausend Einwohnern«, antwortete Claudia.

»Der Hahn, den sie euch angedreht haben, ist aber schon reichlich betagt«, stellte Simona fest.

»Es war ein Gnadenakt«, gestand Adriano. »Laut Gabriella ist er verträglich und macht nicht so viel Krach wie ein junger.«

»An dem werden die armen Hühner nicht viel Freude haben«, meinte Roddy, voll des Mitleids.

»Ich kann mir eh nicht vorstellen, dass es Spaß macht, mehrmals am Tag für ganze drei Sekunden besprungen zu werden«, meinte Claudia.

»Genauso ist es«, bestätigte Johanna. »Junge Hähne nerven nur. Hühner brauchen eigentlich überhaupt keinen Hahn, sie legen auch so.«

Die beiden Damen hatten bereits einen Draht zueinander gefunden. Auf dem Weg durch den Garten bis zum Hühnerhaus hatten sie sich in fließendem Englisch unterhalten und sich dabei gut amüsiert.

»Sie brauchen Namen«, meinte Carla. »Es sind sieben Stück, wir sind auch zu siebt, das ist ein Zeichen! Jeder darf sich eins aussuchen und ihm einen Namen geben.«

Simona wurde klar, warum Adriano vorhin die Formulierung *die Kinder* gebraucht hatte. Carla hatte tatsächlich etwas Kindliches an sich. Ob sie wohl immer so war, oder ob die Begegnung mit dem Ort ihrer Kindheit dieses Verhalten hervorrief? Manche Männer mochten ja diese kindhaften Frauen, die sich benahmen wie kleine, verwöhnte Prinzessinnen. Nur hatte Simona nicht angenommen, dass auch Adriano zu dieser Sorte gehörte.

»Wer fängt an?«, fragte Carla.

Zu aller Überraschung wollte Maria als Erste dem Hahn einen Namen geben. »Luigi«, bestimmte sie und erklärte: »So hieß mein Mann, hol ihn der Teufel. Und so, wie dieser Gockel aussieht, macht er es nicht mehr allzu lange. Wenn er

Luigi heißt, wird es mir leichtfallen, ihm den Kopf abzuhacken.«

Alle lachten und hoben ihr Glas auf Luigi, den Hahn.

»Charlotte«, sagte Johanna und deutete auf ein schwarzweiß gesprenkeltes. »Das war meine Mutter, sie fällt in dieselbe Kategorie wie Luigi!«

»Abgründe tun sich auf«, seufzte Adriano. »Hat jemand vielleicht einen harmlosen Namen für ein harmloses Huhn?«

»Das ist ein Sussex!« Claudia deutete auf das Weiße mit dem schwarzen Kragen. »Es soll Harriet heißen, nach Prince Harry, dem Herzog von Sussex.«

»Also, geht doch«, nickte der Hühnerbesitzer.

»Ein Schluck auf Harriet und Charlotte!«, rief Roddy und nannte das große dunkle Huhn Leia. »Nach Prinzessin Leia aus *Star Wars.* Sie scheint mir die Chefin zu sein.«

»Trinken wir auf Leia!«, kicherte Carla.

»Jetzt du, Simona«, wandte sich Adriano an sie.

»Isolde.« Simona deutete auf ein zartes braunes, das lustige Sprünge vollführte, weil es versuchte, Insekten aus der Luft zu fangen. »So wollte ich als Kind immer heißen, keine Ahnung, warum. Weil es schön klingt, nehme ich an.«

»Ist das nicht eine Figur aus einer Wagneroper?«, fragte Carla.

»Ist das ein Problem?«, erwiderte Simona mit einer ganz leichten Schärfe im Tonfall.

»Dann nenne ich das rötliche Huhn Aida«, beschloss Carla.

Alle tranken auf Aida und Isolde.

»So, und welches habt ihr mir übrig gelassen?«, fragte Adriano.

»Das dicke, weiße. Italienische Hausrasse«, antwortete Johanna.

»Marilyn«, bestimmte Adriano. »Viel Brust und dieselbe Haarfarbe.«

»Ein Hoch auf Huhn Marilyn! Möge es die dicksten Eier

legen. *Cheers!*«, rief Claudia, und sie leerten ihre Gläser. Simona musste zugeben, dass Carlas Idee mit der Hühnertaufe gar nicht mal schlecht war, zumindest lockerte sie die Stimmung auf.

»Wieso bleibt ihr nicht alle zum Mittagessen hier?«, fragte Carla in die Runde. »Maria und ich haben frische *pasta* gemacht, und ich habe einen *sugo* zubereitet.«

»Du?«, fragte Adriano misstrauisch, während Simona – wieder einmal – bemerkte, dass Carla sich ganz wie die Gastgeberin und Hausherrin benahm.

»Ich lerne kochen«, verkündete sie.

»Kann man das dann auch wirklich essen?«, wandte sich Adriano an Maria, welche daraufhin voller Entrüstung verkündete, die Soße sei köstlich und Carla eine sehr gute Schülerin. »Aus ihr wird noch eine richtig gute Hausfrau!«, versicherte sie augenzwinkernd.

»Gut, dann deckt den Tisch unter der Kastanie. Und zur Not ist ja auch noch Brot und Käse da«, fügte er hinzu. »Claudia, soll ich dich in der Zwischenzeit im Haus herumführen?«

»Eine Schlossführung? Da sage ich nicht Nein.«

»Kommst du mit, Simona, du warst ja auch schon länger nicht mehr hier?«

Natürlich kam Simona mit, und sie musste feststellen, dass sich tatsächlich viel getan hatte. Das Gerüst, das seinerzeit in der Halle gestanden hatte, war längst verschwunden, der Riss, den das Erdbeben hinterlassen hatte, war nicht mehr zu sehen. Im oberen Stockwerk führte Adriano sie in die Bibliothek mit dem Kamin und dem Deckengemälde, das Simona schon kannte und bei Claudia Hochrufe des Entzückens auslöste. Die Türen zu den Schlafräumen der drei Bewohner blieben verschlossen, als hüteten sie Geheimnisse.

»Früher hast du da drin mehr gehaust, jetzt wohnst du hier!«, stellte Simona am Ende des Rundgangs fest. Sie standen wieder in der Eingangshalle, am Fuß der Treppe, deren

Holz edel glänzte. »Ich weiß natürlich von meinem Vater, was du mit dem Gut so alles anstellst«, fügte sie hinzu. »Aber es ist wirklich beeindruckend, es im Original zu sehen.«

»Ihr beide redet also über mich?« Er tat verwundert.

»Wir reden über dein Haus. Marmorplatten, Wandputze, Treppengeländer…«

»Ich verstehe. Dein Vater und ich reden auch manchmal über dich.«

»Tatsächlich?« Während Simona in gespielter Verblüffung die Augen aufriss, machte ihr Herz einen kleinen Hüpfer. Ob er über die jüngsten Entwicklungen in Sachen Beziehung auch schon auf dem Laufenden war? Wohl eher nicht, schätzte sie. Ihr Vater hatte in den Tagen nach Martas Tod sicher anderes zu tun gehabt, als Adriano über den Beziehungsstatus seiner Tochter zu unterrichten.

»Hat er dir vom Rosenwurz erzählt?«

»Rosen… was?«

»Ach egal.«

Claudia, die ein feines Gespür dafür hatte, wann sie überflüssig war, machte sich in Richtung Küche auf, um zu sehen, ob sie helfen könne, wie sie dabei murmelte.

»Ich muss dir was sagen«, begann Simona.

Er runzelte die Stirn. »Das hört sich ernst an.«

»Ist es auch. Na ja, nicht wirklich. Ich werde höchstwahrscheinlich die Planung des Hotelgartens übernehmen. Du weißt schon, das alte Kloster. Mein Vater hat mir den Auftrag angeboten, ich habe erst gezögert, aber andererseits…«

»Hey, das ist doch großartig«, unterbrach er sie. »Ehrlich gesagt, hatte ich mir so etwas schon fast gedacht.«

»Wirklich?«

»Er entwirft das Haus, du kannst Gärten planen – was liegt näher als ein Vater-Tochter-Projekt?«

»Ich wollte, dass du es von mir erfährst. Weil du ja auch nicht sonderlich begeistert bist über dieses Bauvorhaben.«

»Wenn es schon gebaut und der Garten neu gestaltet werden muss, dann seid ihr beide sicherlich die Besten für diese Aufgabe.«

»Ich bin froh, dass du es so siehst.«

»Bedeutet das, dass du eine Weile hierbleiben wirst?«

Simona nickte. »Ja, das werde ich wohl.«

»Und deine Gärtnerei in Deutschland?«

»Die gibt es nicht mehr. Also, doch, schon noch, irgendwie. Aber nicht so, wie ursprünglich geplant. Ich habe umgestellt auf Rosenwurz. Der wächst auch ohne mich.«

»Ich verstehe«, sagte er, wobei er nicht so wirkte, was Simona ihm nicht verdenken konnte. Sie sollte die Angelegenheit vielleicht näher ausführen und dabei, in einem Nebensatz, ihre Trennung von Sebastian zur Sprache bringen, doch dazu kam es nicht, denn plötzlich stand, wie aus dem Boden gewachsen, Maria vor ihnen und mahnte in anklagendem Tonfall zum Essen.

»Ich habe schon dreimal gerufen!«, beschwerte sie sich.

»Wir kommen.« Adriano lächelte Simona entschuldigend an, und Simona folgte ihm und der Haushälterin nach draußen. Maria hatte bestimmt keine dreimal gerufen, sie beide waren schließlich nicht taub. Nein, sie wollte die Unterhaltung stören. So nett diese Maria an sich war, so spielte sie doch ganz eindeutig im Team Carla. Wie sie vorhin deren neu erworbene hausfrauliche Fähigkeiten angepriesen hatte! Es war allzu offensichtlich, dass sie versuchte, die beiden zu verkuppeln. Und da Carla hier wohnte, sich schon wie die Gutsherrin benahm, und Maria sehr oft herkam, waren die Aussichten, dass es am Ende klappte, ja auch gar nicht schlecht.

Das Essen, Linguine mit einer Soße auf der Basis von Tomaten und Auberginen, war wirklich ausgesprochen lecker, das musste Simona den Köchinnen zugestehen. Auch die Hunde schienen dieser Ansicht zu sein, sie lungerten um den Tisch herum und leckten sich die Schnauzen.

Es gab Proteste, als Adriano zum Essen seinen eigenen Wein anbieten wollte.

»Geh mir bloß weg damit, ich hatte zwei Tage Sodbrennen davon«, wehrte Johanna Adriano ab, als er sich mit der Flasche in der Hand anpirschte.

»Der Weiße von dieser Slow-Food-Kommune schmeckt um Längen besser«, schlug Carla in dieselbe Kerbe und deckte ihr Weinglas mit der Hand zu.

»Simona, du lässt mich doch nicht im Stich, oder?«, wandte sich Adriano schmeichelnd an sie. Simona begriff, dass die Qualität seines Eigengewächses ein Running Gag unter Eingeweihten war und sagte: »Ein andermal. Ich habe für heute schon genug.« Sie spürte tatsächlich den Limoncello von vorhin und den Prosecco von eben.

»Claudia?«

»*No, grazie!* Man muss nicht jede Erfahrung selbst machen.«

»Verwöhnte Bande!«, rief Adriano in künstlicher Empörung, der, wie Simona wusste, sehr wohl etwas von Wein verstand. Sie hatte ihn noch nie so erlebt wie heute – so fröhlich und zu Albernheiten bereit. Wenn er so weitermachte, war sein Ruf als misanthropischer Eigenbrötler bald dahin. Ob es an Carla lag? An wem sonst?

»Gib schon her!« Roddy Robinson griff nach der Flasche und schenkte sich das Glas großzügig voll. »Wir Iren sind nicht solche Memmen. Sláinte!«

»Du bist mein einziger Freund!«

»Äh, wie jetzt, du selbst trinkst nichts davon?«, wunderte sich Robby.

»Ach, weißt du, es gibt nicht viele Flaschen davon, die bewahre ich lieber für Gäste auf.«

Alle lachten, und Roddy leerte mit Todesverachtung sein Glas in einem Zug, schüttelte sich und meinte, damit könnte man eine Katze umbringen.

Nach dem Essen zog Roddy seinen Stuhl an den von Simona

heran und fragte: »Diese zwei Grabsteine da oben, beim Pavillon. Stimmt es, dass das Frauen aus deiner Familie sind?«

Simona warf einen fragenden Blick hinüber zu Adriano, der etwas verlegen die Schultern hob. Es war klar, dass der Autor die Information nur von ihm haben konnte. Was hatte er noch alles erzählt?

»Ja, das sind meine Urgroßmutter und meine Großmutter.«

»Wieso sind ihre Gräber an dieser Stelle?«

»Das ist eine längere Geschichte.«

»Erzählst du sie mir?« Roddys Blick hatte etwas von einem bettelnden Welpen.

»Vielleicht«, antwortete Simona.

»Dir ist schon klar, dass er gnadenlos alles verwendet und einen Roman daraus macht?«, mischte sich Carla ein. »Er hat eine Schreibblockade. Er ist verzweifelt und kennt keine Skrupel. Trau ihm bloß nicht über den Weg. Ich zum Beispiel erzähle ihm keine Silbe von meinem Plot.«

»Sie schreibt an der Biografie ihrer Urgroßmutter, das weiß ich längst«, trumpfte Roddy auf.

»Es ist ein Roman, keine Biografie.«

»Egal, es geht jedenfalls um eine russische Gräfin.«

»Hast du etwa in meinem Zimmer herumgeschnüffelt?«, zischte Carla.

»Nein, ich habe gelauscht, als du mit Adriano darüber geredet hast«, antwortete er mit entwaffnender Ehrlichkeit.

Carla schaute ihn finster an und sagte zu Simona: »Erzähl ihm nichts, was du nicht eines Tages gedruckt und in zehn Sprachen übersetzt wieder lesen möchtest!«

»Du kannst ruhig einen Roman daraus machen, ich selbst habe es nicht vor«, meinte Simona großzügig zu Roddy. »Ändere einfach ein paar Namen.«

Roddy, der schon nicht mehr ganz nüchtern war, rutschte vom Stuhl, kniete sich vor Simona hin und küsste ihre Hände. »Danke, ich danke dir, du bist mein rettender Engel!«

»Setz dich hin, du Spinner!« Carla griff in seinen roten Schopf und zog ihn wieder zurück auf seinen Stuhl, wo er, weinselig grinsend, sitzen blieb und Simona ansah, als wäre sie eine Erscheinung.

»Ja, reiß dich ein wenig am Riemen«, meinte nun auch Adriano.

»Du weißt doch noch gar nicht, ob die Geschichte für dich interessant ist«, gab Simona zu bedenken.

»Es ist schon mal ein grandioser Anfang: ein verwunschener alter Grabstein im Garten eines alten italienischen Gutshofs... Das ist eine Story, ich spüre das. Vielleicht verlege ich die Handlung auf eine irische Burg oder ein schottisches Schloss...«

Über Roddys Kopf hinweg begegnete Simona dem Blick von Carla, die sich lächelnd an die Stirn tippte.

Simona konnte nicht anders, als automatisch zurückzulächeln. Irgendwie fiel es ihr schwer, Carla nicht zu mögen.

»Ich wollte sowieso gleich zu den Grabsteinen, du kannst mitkommen«, bot Simona dem Verzweifelten an.

Zuerst wurde aber noch eine Runde *caffè* mit Gebäck serviert. Danach stiegen sie den bewaldeten Hang hinauf. Adriano als Begleitung wäre Simona deutlich lieber gewesen, aber die Dinge waren nun einmal so, wie sie waren. Sie hatte ihre Chance bei Adriano gehabt. Jetzt war Carla da, und sämtliche Pluspunkte waren auf ihrer Seite. Sie war jung, schön, charmant und selbstbewusst, sie hatte sich bei Adriano eingenistet, sie schrieb an einem Buch, und vermutlich war er ihr Mentor. Was konnte zwei Menschen mehr verbinden als ein gemeinsames Projekt? Deshalb lernten immer wieder Leute ihren künftigen Ehepartner am Arbeitsplatz kennen. War das der Grund, warum es zwischen ihr und Sebastian nicht geklappt hatte – weil sie nie an etwas Gemeinsamem gearbeitet hatten? Weil sie nie Partner gewesen waren?

Beim Pavillon angekommen, mussten beide verschnaufen

und genossen dabei die Aussicht. Vögel zwitscherten, Gesprächsfetzen und Lachen drang von der Terrasse herauf, und Simona dachte, was für eine angenehme, spontane Gesellschaft gerade zusammengekommen war, und das nur wegen ein paar Hühnern. Simona hatte plötzlich den uralten Adriano-Celentano-Song *Una Festa Sui Prati*, ein Fest in den Wiesen, im Ohr. *Una bella compagnia* ging der Text weiter, und sie war plötzlich sehr froh, dass sie in Belmonte war, auf Adrianos Gut, in dieser *bella compagnia*, dieser schönen Gesellschaft, und an den Gräbern ihrer Vorfahrinnen.

»Warum also diese unorthodoxe Art der Bestattung?«, brachte der junge Autor sein Anliegen erneut zur Sprache.

»Es war der Wunsch meiner Großmutter, dass ihre Asche an einem schönen Platz in Belmonte zu liegen kommt. Und da der Friedhof, wie ich finde, kein besonders schöner Platz ist, habe ich sie neben ihrer Mutter beerdigt.«

»Und warum liegt ihre Mutter da? Hat sie sich umgebracht?«

»Was? Nein! Niemals, sie war katholisch...«

Sie setzten sich auf die Stufen des Pavillons, und Simona erzählte diesem wildfremden jungen Iren, was sie über das Leben und Sterben von Teresa Farina, spätere Moretti, wusste. Roddy lauschte mit leuchtenden Augen, stellte hin und wieder eine Frage, und Simona merkte, wie sehr es sie berührte, in diese vergangene Welt einzutauchen und sie vor ihm auszubreiten. Auch wenn es gar nicht so einfach war, das auf Englisch zu tun. Dabei fiel ihr ein, wie sie vor zwei Jahren, nachdem Teresas Gebeine begraben wurden, genau an dieser Stelle gesessen hatte und dieselbe Geschichte Adriano erzählt hatte.

Zum Schluss erwähnte sie Teresas heimlichen Geliebten Cesare Prisco, Adrianos Großvater, und ihre Treffen in diesem Pavillon. »Er hat sie gezeichnet, es gibt ein Bild von ihr, es entstand genau hier. Das Bild hängt in meinem Haus. Wenn du willst, kannst du es dir ansehen.«

Er nickte, dann meinte er: »Das ist ein starker Stoff, ist dir das klar?«

»Gern geschehen«, lächelte Simona und fragte: »Wovon handelt dein letztes Buch?«

»Mein erstes und wahrscheinlich letztes«, lachte er. »Och, von meiner Kindheit und Jugend. Ich wollte das gar nicht schreiben, es war eine dumme Wette. Ich bin in einem Problemviertel am Rand von Dublin groß geworden. Vor zwei Jahren traf ich einen von diesen Sozialarbeitern wieder, die uns früher immer auf den Sack gegangen sind. Wir kamen ins Reden, und er meinte, ich hätte ein Talent zum Erzählen und ich solle aufschreiben, was bei uns im Viertel so abging. Das habe ich dann gemacht, und plötzlich fanden es alle super. Aber ich habe ja nur ein Leben, und nun muss ich mir etwas Neues einfallen lassen.«

»Ich verstehe. Aber hör mal, die Geschichte meiner Urgroßmutter ist doch ein völlig anderes Genre.«

»Kann sein. Aber sie steckt voller Leben, weißt du. Ich kann damit arbeiten. Es arbeitet schon!« Er vollführte eine Kreisbewegung neben seinem Kopf. »Bevor ich herkam, hatte ich ein Brett vor dem Kopf, aber nun ist es anders.«

»Ortswechsel tun immer gut«, meinte Simona. »Ich bin hier auch irgendwie anders als ... in Deutschland.« Beinahe hätte sie zu Hause gesagt, aber sie war sich nicht mehr sicher, wo ihr Zuhause war. Vielleicht hatte sie ja auch einfach zwei davon. »Sag mal ...«, begann Simona zögernd, »... nur so aus Neugierde. Läuft da was zwischen Carla und Adriano?«

Er riss die Augen auf, dann überzog ein breites Grinsen sein Lausbubengesicht. »Ah! Verstehe. Du bist scharf auf ihn.«

»Quatsch. Er ist ein Freund, da kümmert man sich eben.«

»Schon klar. Nein, ich glaube nicht.«

»Wirklich?«

»Sie ist viel für sich. Ehrlich gesagt, finde ich sie sehr seltsam.«

»Warum?«

»Sie benutzt ihr Handy nicht. Sie hat eines, ich habe es gesehen, aber sie schaltet es nicht ein. Das ist doch eigenartig, oder?«

»Vielleicht macht sie eine digitale Fastenkur? Oder sie will einfach nur ihre Ruhe haben und liest ihre Nachrichten auf ihrem Laptop.«

»Kann sein. Aber es ist trotzdem eigenartig, oder?«

»Schon ein bisschen«, räumte Simona ein, der gerade wieder Carlas seltsames Benehmen bei Roddy Robinsons Ankunft einfiel. Ihr Schrecken und ihre Flucht in die Küche, als es am Tor geklingelt hatte.

»Ich glaube, dass sie sich vor etwas versteckt«, fuhr Roddy fort. »Sie geht nämlich auch nicht ins Dorf. Sie war bis jetzt nur einmal mit Maria auf diesem Biohof, das war alles.«

Simona war versucht, ihm von der Tragödie mit Carlas Mutter zu berichten, aber sie ließ es sein. Sie war schließlich keine Klatschbase.

»Wir sollten wieder runter, zu den anderen«, meinte sie.

Sie standen auf.

»Halte mich auf dem Laufenden, wenn du Neuigkeiten über Carla rauskriegst«, sagte Simona und legte im selben Moment die Hand auf ihren Mund. Hatte sie das wirklich gerade gesagt? »Nein, warte! Vergiss es! Es geht mich nichts an.«

Der Meinung schien Roddy nicht zu sein. »Ich halte die Augen und Ohren offen und erstatte dir Bericht.«

Kapitel 15

Flucht

St. Petersburg, Oktober 1917

Am dritten April 1917, spät in der Nacht, rollte ein Zug in den Finnländischen Bahnhof von St. Petersburg ein. Er brachte Lenin aus dem Stockholmer Exil zurück, und der verlor keine Zeit. Bereits am nächsten Morgen hielt er seine erste Rede, in welcher er dazu aufrief, den »bourgeoisen« Krieg der Nationen umzuwandeln in einen Klassenkrieg des Proletariats gegen die Bourgeoisie. Er sprach sich gegen eine Zusammenarbeit der Arbeiterschaft mit der Provisorischen Regierung aus und für die Übertragung der Macht an die Räte, die Verstaatlichung des Bodens und sämtlicher Produktionsmittel, die Beschlagnahme der Landgüter, die Abschaffung von Polizei und Armee zugunsten einer Volksmiliz und die Einrichtung einer Nationalbank unter Sowjetkontrolle.

»Was für ein verwirrter Schwätzer«, ereiferte sich die Gräfin, als sie davon in der Zeitung las. Mit dieser Meinung stand sie nicht allein da. Auch seine bolschewistischen Parteigenossen und die komplette Linke fanden Lenins »Aprilthesen« absurd. *Hirngespinste eines Wahnsinnigen*, lästerte man, *unannehmbar,* urteilte die Prawda. Lenin habe im schwedischen Exil offenbar den Bezug zur Realität eingebüßt.

Dennoch konnte die Provisorische Regierung nicht verhindern, dass immer mehr Anarchie um sich griff und die Armee sich auflöste. Die Soldaten waren nicht länger bereit, für eine Sache zu kämpfen und zu sterben, an die sie nicht glaubten. Aus den Landgebieten kamen beunruhigende Nachrichten von Pogromen und Plünderungen.

Hausdurchsuchungen bei Beamten, Offizieren und der Aristokratie waren ab sofort in Petrograd, wie die Stadt nun genannt werden musste, an der Tagesordnung. In die Villa der Lobanows kamen mit schöner Regelmäßigkeit Mitglieder der Tscheka, *der Allrussischen Außerordentlichen Kommission für die Bekämpfung von Konterrevolution, Spekulation und Sabotage*. Die Tschekisten waren höflicher, als der Banditentrupp es gewesen war. Oft waren es dieselben, die immer wieder kamen. Ungeachtet dieser Tatsache, stellten sie die gleichen Fragen: Sie erkundigten sich nach dem Verbleib der männlichen Familienmitglieder und nach vorhandenen Waffen, was Graf Alexander in seiner Überzeugung bestärkte, dass die Durchsuchungen lediglich eine Farce waren, eine Machtdemonstration, um ihn zu demütigen und zu quälen, indem er jedes Mal erklären musste, dass sein Sohn gefallen und er selbst das einzige verbliebene männliche Mitglied der Familie war.

Für die Damen des Hauses wurde eine Kammer im Dienstbotentrakt bereitgehalten, in die sie sich begaben, sobald sich eine Hausdurchsuchung ankündigte. Der Raum lag gleich neben der Hintertreppe, die zu den Zimmern der Bediensteten führte. Von dort aus gelangte man über den Dienstbotenausgang nach draußen. Alte Mäntel und einfache Kleider lagen für eine eventuell notwendige Flucht bereit, und die Gräfin ließ ihren Schmuck in zwei Stoffgürtel zum Umschnallen einnähen und legte sie unter ein loses Brett im Kleiderschrank dieser Kammer, wohl wissend, dass die Tschekisten nie die Räume der Bediensteten betraten.

Fräulein Kleinmeier war der Ansicht, ein Plan für den Notfall wäre nur so gut wie seine Ausführung, und die wollte so lange geübt sein, bis sie in Fleisch und Blut überging. Also probten die Mädchen unter dem Kommando ihrer Hauslehrerin, wie sie sich in aller Eile in ihr Versteck begaben, sich der Kleider möglichst rasch entledigten, die bereitgelegten schlichten Hauskleider und Stiefel anzogen, dann das Haus durch den Dienstbotentrakt und über die Dienstbotentreppe verließen und zum hinteren Ausgang des Gartens liefen. Die Übungen erfolgten unter schrillen Kommandos des Fräuleins, das mit einer Stoppuhr hinter ihnen herjagte.

»Das sitzt jetzt«, meinte das Fräulein nach der vierten oder fünften Übung, die die Mädchen unter viel Gekicher, Greta Kleinmeier jedoch mit dem heiligen Ernst eines Feldwebels absolviert hatten. »Heute Abend wiederholen wir das Ganze bei Dunkelheit.«

Erstaunlicherweise gewöhnte man sich mit der Zeit an den Ausnahmezustand und lernte mit Aufruhr und Unruhen zu leben, als seien sie etwas Unabdingbares, wie die Launen des Wetters, mit denen es fertigzuwerden galt.

»Es ist nur die Revolution«, bemerkte die Gräfin, wenn von draußen wieder einmal der Nachhall von Schüssen und Gewehrsalven in den Salon drang, und gab Anweisung, die Vorhänge zu schließen.

Da sich nur wenige den Zaren und die Monarchie zurückwünschten, blieb eine Konterrevolution aus. Doch die Aristokratie reagierte auf ihre Weise. Man ging vermehrt aus. Gräfin Jelisaweta und ihr Mann besuchten sogar wieder Theatervorstellungen und Opernaufführungen, was sie nach Sergejs Tod nur noch selten getan hatten. Es war die Art der gehobenen Gesellschaft, Normalität zu demonstrieren und sich öffentlich zu Kunst, Kultur und Lebensart zu bekennen. Die Spielpläne von Theater und Oper waren vollgepackt wie lange nicht mehr und die Vorstellungen oftmals ausverkauft.

* * *

Zu den einschneidenden Ereignissen des Sommers 1917 gehörte für Juliette die Kündigung und die Abreise von Greta Kleinmeier, die überraschend beschlossen hatte, zu einer Tante zu ziehen, die in der Nähe von London lebte. »Sie wird älter und hatte kürzlich einen Schwächeanfall. Sie braucht jemanden, der für sie sorgt, und wird mir dafür im Gegenzug ihr Haus vermachen«, erklärte sie und klagte: »Was bleibt mir für eine Wahl? So habe ich im Alter wenigstens ein Dach über dem Kopf.«

»Sie könnten doch noch heiraten«, meinte Sofia, wobei sich »noch« auf Fräulein Kleinmeiers fortgeschrittenes Alter von achtunddreißig Jahren bezog.

Greta Kleinmeier schüttelte resigniert den Kopf. »Ich weiß nicht, was schlimmer ist. Dass eine berufstätige Frau heiraten muss, wenn sie im Alter versorgt sein will, oder dass meine Erziehung so wenig gefruchtet hat, dass du mir einen solchen Vorschlag machst.«

Sofia blickte die Hauslehrerin verwirrt an, aber Juliette wusste genau, was Greta Kleinmeier damit sagen wollte: Es passte ihr nicht, dass Frauen immer irgendjemandes Besitz waren. Außerdem war Greta Kleinmeier die Letzte, die ihre Erfüllung in einer Ehe gesucht und gefunden hätte.

Juliette bedauerte Fräulein Kleinmeiers Fortgehen, sie hatte das Gefühl, eine heimliche Verbündete zu verlieren. Denn so freundlich und gütig sich die Lobanows auch ihr gegenüber zeigten, so würde Juliette doch nie dazugehören, das wurde ihr immer wieder bewusst. Sie saß zwischen allen Stühlen. Nicht Fisch, nicht Fleisch. Außerdem fehlte Juliette nun erneut jemand, der ihr die Welt erklärte, auch wenn Fräulein Kleinmeiers Standpunkt nicht immer objektiv gewesen war, so wenig wie der ihres Vaters. Aber wessen Standpunkt war das schon? Ein Mensch war ein Mensch und kein Lexikon. Warum nur mussten immer gerade die Menschen aus ihrem Leben verschwinden, die ihr wichtig waren?

Er sei im Grunde ganz froh, dass man diese Suffragette auf elegante Weise losgeworden war, hörte Juliette den Grafen zu seiner Frau sagen. »Das aufmüpfige Frauenzimmer hätte womöglich noch Sofia angesteckt mit ihren abstrusen Ideen und ihrem Gerede von Gleichberechtigung und einem Wahlrecht für Frauen.«

Die Gräfin stimmte ihm zu. »Mir ist sie in letzter Zeit auch ein wenig zu keck aufgetreten. Sie ließ es zuweilen an Respekt fehlen. Außerdem braucht Sofia jetzt keine Hauslehrerin mehr, für eine junge Aristokratin ist sie längst gebildet genug.«

Das zweite herausragende Ereignis der Saison war die bevorstehende Verlobung Sofias mit Konstantin Liwny.

»Wann hat er dich gefragt?«, fragte Juliette entgeistert, als Sofia ihr die Neuigkeit strahlend verkündete. Warum hatte sie nichts mitbekommen? Sämtliche Theateraufführungen und Konzerte hatten Juliette und Sofia gemeinsam besucht, manchmal war Graf Konstantin Liwny mitgekommen und hin und wieder auch Maurice Schuhman. Aber Konstantin war nie länger als eine Minute mit Sofia allein gewesen, darauf hatte Juliette gewissenhaft geachtet. Das gehörte nämlich ebenfalls zu den Aufgaben einer Gesellschafterin: Sofias Anstand zu wahren.

»Mich? Gar nicht«, antwortet Sofia. »Er hat bei meinem Vater um meine Hand angehalten.«

»Wie, du wirst gar nicht gefragt?«

»Doch, natürlich. Aber die wichtigste Voraussetzung ist doch erst einmal die Zustimmung meines Vaters. Und natürlich auch die von Mama. Jetzt kann er einen spektakulären Ring mit einem kolossalen Diamanten besorgen und dann vor mir auf die Knie fallen.«

»Willst du wirklich Ja sagen?«, flüsterte Juliette, die es einfach nicht glauben wollte. Natürlich würde Sofia eines Tages heiraten, das war immer schon ihr Ziel gewesen, dazu wurde sie ihr Leben lang erzogen: eine Ehefrau zu sein und ein großes, respektables Haus zu führen, so wie ihre Mutter. Aber das musste doch nicht jetzt schon geschehen, wo sie gerade achtzehn war, und vor allen Dingen hatte sie es nicht nötig, diesen eingebildeten Schnösel zu heiraten!

»Natürlich werde ich Ja sagen. Nun mach nicht so ein Gesicht, Juliette! Du kommst mit mir, ganz egal, ob ich verheiratet bin oder nicht. Du bist und bleibst doch meine Schwester.«

Juliette, gerührt von diesen Worten, nickte. Doch die Aussicht, künftig mit Konstantin Liwny in einem Haus leben zu müssen, hatte nicht nur wenig Erfreuliches, es war schlichtweg undenkbar. So, wie sie ihn einschätzte, würde er gewiss einen Weg finden, sie loszuwerden, sobald er mit Sofia verheiratet war und das Sagen hatte. Dazu würde Juliette es nicht kommen lassen. Sie würde vorher freiwillig gehen, egal wohin. Sie dachte an das Angebot von Maurice Schuhman, welches nun sehr an Attraktivität gewonnen hatte.

Für die Hochzeit gab es noch kein festes Datum. »Wenn der Krieg vorbei ist«, meinte Sofia vage. »Meine Hochzeitsreise soll schließlich nicht über Schlachtfelder führen.«

In Juliette keimte die Hoffnung auf, dass Sofia allmählich kalte Füße bekam und die Sache so lange vor sich herschob, bis sie sich von selbst erledigte. Aber sie hatte sich verkalkuliert.

Die Verlobungsfeier wurde auf den 1. November angesetzt, sie sollte in der Villa Lobanow stattfinden, denn das Haus der Liwnys, das gerade noch in der Innenstadt lag, war mit seinen zwölf Zimmern eher bescheiden und nicht sonderlich repräsentativ. »Wir müssen uns etwas Passendes suchen, wenn wir erst verheiratet sind, ich werde nicht zusammen mit seiner geschwätzigen Mutter in dieser Hundehütte leben«, vertraute Sofia Juliette an.

Zur Freude aller traf Tage vorher ein Telegramm von Sofias

Schwester Vera ein. Sie hatte den Brief ihrer Mutter mit der Einladung tatsächlich erhalten und sich für zwei Wochen vom Dienst befreien lassen. Sie sollte am 26. Oktober eintreffen.

Ihr Vater holte sie mit einer schlichten Mietkutsche am Bahnhof ab. Die anderen wollten mitkommen, aber der Graf war dagegen und befahl den Seinen ungewohnt harsch und energisch, auf keinen Fall das Haus zu verlassen.

Am Abend zuvor war es in der ganzen Stadt zu Stromausfällen gekommen, auch in der Villa Lobanow hatte man bei Kerzenlicht dinieren müssen. Inzwischen kannte Graf Alexander den Grund dafür: Die Roten Garden sowie bolschewistische Soldaten und Matrosen hatten auf Anweisung des Militärischen Revolutionskomitees die Kontrolle über die Kraftwerke, das Postamt, die Staatsbank und die Telegrafenvermittlungsstelle an sich gerissen. Außerdem kontrollierten sie strategisch wichtige Brücken und Bahnhöfe. Es gab kaum noch loyale Soldaten zur Verteidigung, weshalb die Übernahme auf wenig Widerstand gestoßen war. Einen ungünstigeren Zeitpunkt für ihre Rückkehr hätte Vera sich kaum aussuchen können.

Es grenzte an ein Wunder, dass Graf Alexander – wenn auch unter den Augen schwer bewaffneter und finster blickender Bolschewiki – einigermaßen unbehelligt bis zum Bahnsteig vordringen, seine Tochter in die Arme schließen und dann rasch von dort wegbringen konnte. Unterwegs musste der Kutscher etliche Umwege fahren, um Horden Betrunkener auszuweichen, die randalierend und plündernd durch die Stadt zogen.

»So schlimm hatte ich es mir nicht vorgestellt«, gestand Vera, die sich vom Regen in die Traufe gekommen sah.

»So schlimm war es auch noch nie«, gestand der Graf und berichtete seiner Ältesten im Vertrauen, was der Rest der Familie noch nicht wusste: »Heute früh hat ein Trupp Bewaffneter das Winterpalais erobert und sämtliche Minister verhaftet. Es war nur eine Frage der Zeit, wann das passieren würde, doch das Schlimmste ist: Es hat sich ihnen so gut wie niemand entgegengestellt.«

»Aber woher kommen die ganzen Betrunkenen?«, fragte Vera und deutete auf ein paar Gestalten, die am Boden knieten und aussahen, als würden sie etwas aus dem Rinnstein lecken. »Das sind doch keine Soldaten!«

»Es hat sich schnell herumgesprochen, dass im Weinkeller des Zaren Zehntausende von Flaschen lagern, die jetzt ans Volk verteilt werden sollen. Der Mob hat den Keller geplündert, das Palais verwüstet, und jetzt lassen sie ihrem Hass und ihrer Habgier freien Lauf. Sofern sie noch stehen und laufen können, greifen sie alles und jeden an, nicht nur *burschui*, sondern sogar die Tscheka. Die Bolschewiki haben den Wein in die Gosse geleert, um das Chaos zu beenden, aber wie du siehst, legen sich die Leute dann eben in den Rinnstein und saufen daraus.«

»Wie beschämend. Diese Revolution hat rein gar nichts vom Sturm auf die Bastille.«

»Nein, das ist ein Volksbesäufnis, eine Orgie, ein durch und durch unwürdiges Schauspiel.«

»Es geschieht den Bolschewiken recht«, meinte Vera, die eher angewidert als erschrocken war. »Sollen sie zusehen, wie sie des Pöbels Herr werden.«

»Und wir müssen sehen, dass wir ungeschoren nach Hause kommen und hoffen, dass sie bald wieder nüchtern werden und Vernunft annehmen.«

Nun verstand Vera, weshalb ihr Vater einen einfachen Umhang trug, den er sich von einem Diener ausgeliehen hatte, und sie in eine ungefederte Mietkutsche mit zwei mageren Gäulen davor verfrachtet hatte.

»Deine Mutter und Sofia wissen noch nichts von diesen Ereignissen, wir müssen es ihnen schonend beibringen. Ich weiß nicht einmal, ob diese Verlobungsfeier planmäßig stattfinden kann.«

Ein Todesengel!, durchfuhr es Juliette, als sie Gräfin Vera Lobanowa in ihrem mehrfach geflickten, staubgrauen Kleid, den derben Schuhen und dem schwarzen Cape aus der Droschke steigen sah. Die junge Frau war bleich und abgemagert, und das Leid, das sie tagaus, tagein zu sehen bekam, hatte Spuren in ihrem Gesicht hinterlassen. Sie war so erschöpft, dass sie sofort nach dem Diner – »Ich könnte ein Pferd essen!« – zu Bett ging und am nächsten Tag erst zum Tee wieder aufstand. Als müsste sie anderthalb Jahre Schlaf nachholen.

Ihr Mann war nicht mitgekommen. Er würde hinter der Frontlinie dringender gebraucht, erklärte Vera ihren Eltern. Der Graf und seine Frau hegten allerdings den Verdacht, dass Dr. Laurent der Kriegseinsatz im Lazarett als willkommene Ausrede diente. »Er ist gewiss ein ehrenwerter Mann, aber er passt nicht zu uns. Er weiß einfach nicht, was sich gehört«, meinte Gräfin Jelisaweta hinter vorgehaltener Hand zu Sofia. »Umso glücklicher bin ich, dass du eine halbwegs akzeptable Verbindung eingehst.«

Zwischenzeitlich waren die Ereignisse um den Winterpalast auch zu den restlichen Bewohnern der Villa Lobanow durchgedrungen. Die Reaktionen darauf fielen unterschiedlich aus. Die Gräfin schüttelte resigniert den Kopf, als schämte sie sich stellvertretend für diese Menschen. Sofia schob trotzig die Unterlippe vor und meinte, sie würde sich ihre Verlobung nicht von einem Haufen betrunkener Bolschewiken verderben lassen. Juliette wurde unweigerlich von Nationalstolz durchdrungen. Plünderer und Randalierer, die aus dem Rinnstein soffen? Dies sollte nun also die große sozialistische Revolution sein? Wie glorreich nahm sich dagegen doch die Französische Revolution aus, die der Welt die Aufklärung gebracht hatte, auch wenn bestimmt nicht jedes Detail seinen Weg in die Geschichtsbücher gefunden hatte. Sie hütete sich jedoch wohlweislich, diese Gedanken auszusprechen.

Am Abend nach Veras Ankunft kam die ganze Familie zusammen, um die verlorene Tochter willkommen zu heißen. Auch Olga und ihr Mann trafen ein, trotz der Unruhen in den Straßen. »Ich lass mich von diesem Mob nicht davon abhalten, meine Nichte zu begrüßen«, erklärte Olga und schloss Vera in die Arme. Vera sah heute Abend nicht mehr gar so erschreckend aus. Sie war sorgfältig frisiert und hatte eines ihrer schönen Kleider angezogen, das allerdings an ihrer Gestalt schlotterte.

»Wie dünn du geworden bist, du hast ja überhaupt nichts mehr auf den Rippen«, bemerkte Olga. »Musst du wirklich wieder zurück? Deine Mutter sorgt sich jeden Tag zu Tode.«

Vera zog es vor, diese Frage unbeantwortet zu lassen oder zumindest nicht mit ihrer Tante zu diskutieren.

»Gräfin Vera, haben Sie Madame Curie persönlich getroffen?«, fragte Juliette. Sie waren inzwischen beim Dessert angelangt, einem gehaltvollen Schokoladenkuchen. Der Wein hatte etwas Farbe auf Veras Wangen gezaubert, und sie hatte noch immer einen großen Appetit.

»Ganz zu Anfang, ja. Sie hat uns Krankenschwestern und die Techniker in die Handhabung ihres mobilen Röntgenapparates eingewiesen. Sie ist eine bewundernswerte Frau. Klug und gebildet, voller Energie, ich bewundere… Nanu, was ist denn jetzt los?«

Das elektrische Licht hatte zu flackern begonnen.

»Schon wieder«, stöhnte Gräfin Jelisaweta.

»Nicht einmal für Licht können diese Revolutionäre sorgen!«, echauffierte sich der Graf.

Entweder wegen der wechselnden Beleuchtung oder aus Ungeschicklichkeit stieß Sofia ihr Glas um, und der süße Dessertwein ergoss sich auf ihr rosafarbenes Kleid.

»Noch immer so schusselig und ungeschickt wie früher«, lächelte Vera. Sofia wischte mit der Serviette an sich herum, aber das machte es nur schlimmer.

»Ih, das ist klebrig, ich werde mich rasch umziehen.« Sofia nahm vorsichtshalber einen Kerzenleuchter von der Anrichte. Das Flackern hatte gerade wieder aufgehört, aber man konnte nie wissen.

»Ich helfe dir.« Juliette sprang auf und folgte Sofia die Treppe hinauf, denn Sofia war imstande, so spät noch nach der Kammerzofe zu läuten, nur damit diese ihr ein frisches Kleid aus dem Schrank nahm. Dass auch Dienstboten ihren Schlaf brauchen, kam Sofia nicht in den Sinn, und erst recht nicht, dass das Personal sehr früh aufstehen musste, um die Zimmer zu heizen und alles vorzubereiten, damit die Herrschaft es den Tag über bequem hatte. Juliette hatte sich zwar schnell an all den Luxus gewöhnt, dabei aber nicht vergessen, wie es war, auf der anderen Seite zu stehen.

»Ich ziehe nur schnell das Blaue an, wir gehen ja eh bald zu Bett.«

Juliette suchte das Kleid heraus, es war zum Glück keines, das man schnüren musste. Sofia schlüpfte hinein und ordnete vor dem Spiegel ihr Haar. Schon wieder flackerte das Licht. Von unten hörte man Lärm. Das Splittern von Glas, Gepolter, Schreie, Männerstimmen.

»Was ist das?«, flüsterte Sofia mit weit aufgerissenen Augen.

Wie zur Antwort fielen Schüsse. Erst einzelne, dann viele, kurz aufeinanderfolgende Schüsse, ganze Salven, wie man sie während der vergangenen Monate bisweilen als Echo der Straßen bis in die Zimmer gehört hatte. Nun dröhnten sie scharf und laut durchs Haus.

»Mama! Papa!«, schrie Sofia und wollte zur Tür laufen, doch Juliette hielt sie am Arm fest, presste ihr die andere Hand auf den Mund und sagte leise: »Notfallplan!«

»Aber...«

»Still! Du kannst ihnen nicht helfen«, zischte Juliette und zog Sofia aus dem Zimmer und an der Hand den Flur entlang und die Stufen zum Dienstbotentrakt hinauf, denn sie hatte den Ernst der Lage begriffen, und dass ihre einzige Chance zum Überleben eine rasche Flucht war. Wie gut, dass Greta Kleinmeier seinerzeit den Notfall so gründlich mit ihnen geübt hatte. Das ersparte das Nachdenken in dieser panischen Situation. Unten wurden schon wieder Schüsse abgefeuert, aber Juliette verspürte plötzlich eine sonderbare Ruhe. Sie wusste exakt, was zu tun war: Sie holte die zwei Gürtel mit dem eingenähten Schmuck aus dem Versteck im Schrank und die Mappe mit den Papieren; ihren Pässen und Sofias Geburtsurkunde. Es blieb keine Zeit, sich umzuziehen, also legten sie die Gürtel um, streiften die einfachen Kleider über die, die sie schon trugen, zogen die bereitgelegten Mäntel an und fuhren in die derben Stiefel.

»Los, beeil dich, Sofia!«

Sie hörten die Männer die untere Treppe, die von der Halle in den ersten Stock führte, hinaufpoltern. Unterwegs rissen sie anscheinend die dort hängenden Bilder der Lobanow'schen Ahnengalerie herab. Holz splitterte, Leinwand riss. Schüsse krachten gegen die Decke, sodass der Putz herabfiel. Betrunken, vom Wein des Zaren und von ihrem Sieg, waren sie entfesselt und rachedurstig und brüllten Kommandos und Parolen. »Nieder mit dem Zaren, nieder mit den Aristokraten, tötet sie alle!«

Sofia gab einen Wimmerlaut von sich, als sie das hörte.

Im ersten Stock wurden Türen aufgestoßen, Schüsse hallten durch das Haus.

»Weiter, weiter!« Juliette schob Sofia aus dem Zimmer, und die Mädchen hasteten durch den Flur, von dem die Kammern der Dienstboten abgingen. Einige standen offen, es herrschte Tumult. Das Personal, teilweise aus dem Schlaf gerissen, war auf den Beinen und ebenfalls im Begriff, das Weite zu suchen. Juliette kümmerte sich nicht um sie, wer immer sich ihr den Weg stellte, sei es absichtlich oder nicht, den stieß sie beiseite, gleichzeitig zerrte sie Sofia weiter, die hintere Treppe hinab. Sie erreichten den Dienstboteneingang. »Warte!« Juliette wusste, wo der Schlüssel hing, auch das hatte die umsichtige Greta Kleinmeier natürlich bedacht. Sie schloss die Tür auf und spähte nach draußen. Es war niemand da.

»Los, komm!« Sie rannten durch den Garten. Die Nacht war kalt, ihr keuchender Atem bildete Wolken. Auch Sofia hatte inzwischen wohl eingesehen, dass Flucht im Moment die einzige Option war, wenn man nicht sterben oder vorher noch vergewaltigt werden wollte. Auf halber Strecke drehte sie sich noch einmal um in Richtung Haus. Der Strom floss wieder, alle Fenster waren erleuchtet, wie zu einem Fest. Erneut ertönten Schüsse, es zerbrach ein Fenster, und man hörte ein Krachen, als hätte jemand ein Möbelstück hinausgeworfen. Die blanke Zerstörungswut, erkannte Juliette und schauderte.

»Wir müssen weg!« Juliette zog Sofia am Ärmel, und im Schutz einer Hecke liefen sie weiter.

Im rückwärtigen Bereich des weitläufigen Grundstücks gab es, überwuchert von Efeu, ein kleines Tor. Der Schlüssel lag unter einer Wegplatte, Juliette hob sie hoch. »Halt mal fest!« Sofia kauerte sich hin und hielt die Steinplatte hoch. Juliette tastete im Dunkeln nach dem Schlüssel. Verdammt, wo war er? Hatte sie die falsche Wegplatte erwischt? Endlich fand sie ihn. Er passte, das eiserne Tor ging leise quietschend auf. Sie schlüpften hindurch.

Dann standen sie auf der Straße, die geradezu gespenstisch leer war. Ein dünner, kalter Nebel war aufgezogen, das Licht der Straßenlaternen warf einen goldenen Schimmer auf den nassen Asphalt. Der Nachhall der Schüsse dröhnte Juliette noch in den Ohren, ein klingelndes, singendes Geräusch.

»Sind sie tot?«, hörte sie Sofia leise fragen.

»Ich weiß es nicht«, flüsterte sie. Aber sie befürchtete es und Sofia ebenfalls, das sah sie ihr an.

»Wo sollen wir hin?«, fragte Sofia.

An dieser Stelle versagte Greta Kleinmeiers Plan. Ursprünglich hatten sie besprochen, im Fall der Fälle, an den sie ja trotz allem nie ernsthaft geglaubt hatten, zu Sofias Tante, Gräfin Olga Pokrowa und deren Gatten zu flüchten. Es wäre nur ein Fußweg von zwanzig Minuten. Aber die waren ja ebenfalls in der Villa gewesen und nun vermutlich tot. Erschossen von besoffenen Bolschewiken oder einfach nur besoffenem Pöbel, der irgendwie in den Besitz von Waffen gelangt war. Und wenn sie trotzdem zur Villa der Pokrows flohen?, überlegte Juliette. Sofias Neffen Boris und Nikolai waren ja zu Hause, also musste auch Personal dort sein…

Juliette machte Sofia diesen Vorschlag, doch die schüttelte den Kopf. »Boris und Nikolai sind bei Verwandten auf der Krim«, schluchzte sie. »Es sind nur die Dienstboten da.«

»Denen ist nicht zu trauen«, meinte Juliette. Wer immer diese Eindringlinge waren – denn es waren nicht die Tschekisten, an deren Hausdurchsuchungen man sich schon gewöhnt hatte – wie konnte es sein, dass sie ausgerechnet an dem Abend kamen, an dem die ganze Familie zusammensaß? Es mochte ein Zufall sein und mit der Erstürmung des Winterpalastes und dem anschließenden Massenbesäufnis zusammenhängen, aber Juliette glaubte nicht an Zufälle. Wie hatten sie einfach eindringen können, was war mit den Polizisten vor dem Haus, was mit dem Butler?

»Dann lass uns zu Konstantin laufen!«, schlug Sofia vor.

»Was? Aber das ist viel zu weit.«

»Suchen wir uns eine Droschke.«

»Ich glaube nicht, dass wir eine Droschke finden werden.«

»Aber was dann?«, rief Sofia verzweifelt.

»Nicht so laut«, mahnte Juliette und beschloss: »Gut, gehen wir zu den Liwnys. Wir müssen sehen, dass wir aus dem Zentrum rauskommen.« Es kam kein Widerspruch von Sofia, und sie setzten sich in Bewegung.

»Kennst du den Weg?«, fragte Sofia nach einer Weile

»Nein. Es ist dein Verlobter und deine Stadt, du müsstest doch wissen, wo wir hinmüssen.«

»Aber ich bin hier doch nie zu Fuß herumgelaufen, und schon gar nicht in der Nacht«, jammerte Sofia.

»Pscht!«

Sie hörten Schritte und Stimmen, und im nächsten Moment bog eine Gruppe von sechs Männern um die Ecke. Sie trugen eine rote Fahne an einem Stock und skandierten wirre Parolen. Zu spät, um zu fliehen, erkannte Juliette. Sie straffte die Schultern, nahm Sofia bei der Hand und ging weiter, dem Trupp entgegen.

»He, ihr zwei Hübschen! Wohin denn noch so spät?«

Juliette stießt Sofia an, die auf Russisch antwortete: »Wir waren auf einer Demonstration und haben uns verlaufen. Wo geht es bitte zum Newski-Prospekt?«

»Das sind *burschui*-Weiber, die sind nur verkleidet«, erkannte ein Kräftiger mit einer zerrissenen Uniformjacke und einem zerzausten schwarzen Bart. »Da schau, der Kleidersaum unter dem Mantel, das ist Seide.«

»Wollen wir auch mal unter die Röcke sehen?«, fragte sein Nebenmann und rieb sich voller Vorfreude die Hände. Er trug eine Fellmütze mit Ohrenklappen und hatte ein blutunterlaufenes Auge.

Gelächter und Gegröle war die Antwort. Sie waren reichlich angetrunken.

»Untersteht euch! Wir sind Französinnen, wir waren Lehrerinnen, aber wir wollten nicht mehr für diese Leute arbeiten. Wir sind Seite an Seite mit euch marschiert.«

»Ach ja? Französinnen, wie nett. Dann kommt doch noch ein bisschen mit«, meinte Fellmütze und schenkte Juliette ein zahnlückiges Grinsen. Sofia begann vor Angst zu wimmern. Juliette sah nur noch einen Ausweg. Sie stellte sich zwischen Sofia und die Männer und schrie sie in ihrem bestmöglichen Russisch an: »Was seid ihr eigentlich für jämmerliche Revolutionäre? Habt ihr denn gar keinen Anstand, ist Saufen und Mädchen belästigen alles, was ihr könnt?« Und ehe einer der

Verblüfften antworten konnte, begann sie so laut und inbrünstig, wie sie nur konnte die Marseillaise zu singen. Sofia hielt mit bebender Stimme mit.

Die Männer stießen sich an und lachten, aber dann sang plötzlich einer von ihnen mit, und die anderen stimmten ein, soweit sie den Text konnten. Juliette hakte Sofia unter, und sie marschierten im Takt ihres Liedes an der Gruppe vorbei, wobei Juliette das Herz bis zum Hals klopfte. Das konnte nicht gut gehen, oder? Gleich würde sie einer aufhalten, und wer weiß, was dann geschah. Immer noch singend bogen sie um die nächste Ecke, und dann, auf einen Wink von Juliette, begannen sie zu rennen. Sie rannten, so schnell ihre Angst sie trug und so lange, bis sie nicht mehr konnten. Unter einer Laterne blieben sie schließlich vornübergebeugt vor Erschöpfung stehen. Juliettes Lungen brannten, ihr Atem ging keuchend.

Sofia hatte eine Hand gegen ihre Brust gepresst. »Ich glaube… ich weiß… wo wir sind«, japste sie nach einer Weile. »Da vorn… müssen wir abbiegen, dann sind wir…« Sie verstummte erschrocken, und auch Juliette zuckte zusammen, denn neben ihnen hielt mit quietschenden Bremsen ein langer schwarzer Wagen. Eine der hinteren Türen sprang auf, und eine bekannte Stimme rief: »*Mon Dieu!* Gräfin Sofia? Sind Sie das? Und Mademoiselle Juliette! Was machen Sie denn hier auf der Straße, mitten in der Nacht?«

»Monsieur Durant!«, presste Sofia hervor.

Der französische Botschafter war ausgestiegen und hielt ihnen die Türen auf. »*Vite, vite, mesdames!*«, trieb er sie zur Eile an. »Steigen Sie ein, die Straßen sind heute Nacht gefährlich!«

* * *

Monsieur Durant verständigte noch in der Nacht die Polizei, und am Morgen danach schickte er seinen Adjutanten Maurice Schuhman zur Villa der Lobanows. Maurice fand dort die Spuren dessen vor, was Juliette bereits befürchtet hatte: ein Massaker. Sämtliche Familienmitglieder, die sich im Salon aufgehalten hatten, waren von Kugeln regelrecht durchsiebt worden.

Das Personal war fort, und man fand auch keine Leichen von Bediensteten. Die Angestellten oder die Mörderbande, vielleicht auch alle zusammen, hatten bereits mitgenommen, was sie tragen konnten. Alles, was auch nur den geringsten Wert hatte und nicht zerstört worden war, war ihnen in die Hände gefallen. Es fand sich kaum noch Geschirr, nicht ein einziger Silberlöffel, sogar die Kleider und die Unterwäsche der Bewohner waren verschwunden. Den Weinkeller hatten sie selbstverständlich geleert, die Möbel und Bilder waren zertrümmert oder wiesen Einschusslöcher auf, die Lampen hatten sie zerschlagen. Das Haus war unbewohnbar. So berichtete es Maurice Schuhman nach seiner Rückkehr aus der Villa Lobanow und sah dabei bleich und mitgenommen aus.

Weder Sofia noch Juliette sollte die Villa Lobanow jemals wieder betreten.

In den ersten Novembertagen setzte Sofia ihre komplette Familie auf dem Lazarus-Friedhof in der Familiengruft der Lobanows bei. Ihre Mutter, ihren Vater, ihre Schwester, ihre Tante und den Onkel. Juliette konnte es nur schwer mit ansehen. Unvorstellbar, was Sofia durchmachen musste. Auch ihre Cousins Nikolai und Boris standen fassungslos und mit rot geweinten Augen vor der Grabstätte. Verwandte ihres Vaters hatten sich der beiden Jungs angenommen.

In den nächsten Wochen blieben Juliette und Sofia in der französischen Botschaft, denn nur dort fühlte Sofia sich sicher. Sie überstand die ersten Tage und Wochen mithilfe von Beruhigungsspritzen und -tabletten, die wohl den größten Schmerz dämpften, aber auch ihre Fähigkeit, klar zu denken und sich mit ihrer Situation auseinanderzusetzen.

Anfangs befürchtete Juliette, Sofia werde aus schierem Kummer sterben. Das wünsche sie sich, sie sagte es immer wieder. Doch so leicht starb man nicht an Kummer und an gebrochenem Herzen, und zum Selbstmord fehlte Sofia schlichtweg die Kraft. Eher bestand die Gefahr, dass sie verhungerte, weil sie kaum etwas aß. Juliette musste ihr jeden Bissen in den Mund betteln, wie einem störrischen Kleinkind.

Konstantin Liwny, Sofias Beinahe-Verlobter und der Einzige, der ihr noch geblieben war, wie sie irrtümlich glaubte, hatte sich sang- und klanglos aus dem Staub gemacht. Angeblich hatten die Liwnys sich aus Gründen der Sicherheit auf die Krim begeben. Nicht einmal zur Beisetzung der Lobanows waren er und seine Familie gekommen. Juliette wunderte das nicht. Als schwer traumatisierte und todtraurige Waise und Erbin einer beschädigten und geplünderten Villa war Sofia keine besonders gute Partie mehr, und die Gesellschaft einer Trauernden versprach wenig Amüsantes. Nein, für die Wellentäler des Lebens war Konstantin Liwny nicht gemacht, er war ein ausgemachter Drückeberger.

»Ein Glück nur, dass wir noch nicht verlobt waren, so gelte ich jetzt wenigstens nicht als Sitzengelassene«, war alles, was Sofia dazu sagte. Man hätte meinen können, dass sie im Moment ganz andere Sorgen und Kümmernisse bewegten. Doch aus ihren Worten sprach keine Herzenskälte, sondern nur ihre Erziehung. Ihr untadeliger Ruf war ihr Kapital, das einzige, das ihr, abgesehen von ein paar Handvoll Juwelen, noch geblieben war.

Auch an Juliette war der gewaltsame Tod der Lobanows nicht spurlos vorübergegangen, sie war schockiert und traurig. Die Lobanows waren während der vergangenen drei Jahre ihre Familie gewesen, so hatte sie es jedenfalls empfunden. Sie war ihnen nicht nur zu Dank verpflichtet, sie hatte besonders Gräfin Jelisaweta über alle Klassenschranken hinweg gern gemocht und auch den Grafen sehr geschätzt. Doch aus Sorge um Sofia fand Juliette kaum Zeit, sich ihren Gefühlen zu stellen. Sie musste ihre Trauer rasch überwinden und stark sein, für Sofia, die sie jetzt mehr denn je brauchte. In diesen Tagen dachte sie oft an das Versprechen, das sie vor gut drei Jahren, im Sommer 1914, im Hotel Grande Bretagne, der Gräfin Jelisaweta gegeben hatte: auf Sofia aufzupassen und ihr eine gute Kameradin zu sein, egal, was kommt. So hatte sie es geschworen, leichtfertig und ahnungslos. Nun war die Zeit gekommen, den Schwur einzulösen. Sich um Sofia zu kümmern, solange es nötig war, war sicherlich die beste Art, das Andenken ihrer Eltern zu ehren, nützlicher als Tränen und Gebete.

Allmählich stellte sich die Frage, wie es weitergehen sollte. Die beiden jungen Frauen konnte schließlich nicht ewig in der französischen Botschaft bleiben, auch wenn dort Platz war und der Botschafter sie zu nichts drängte.

Sie spielten verschiedene Möglichkeiten durch. Die Villa Lobanow schied aus, sie war zu verwüstet, und man konnte Sofia nicht zumuten, an den Ort zurückzukehren, an dem ihre gesamte Familie ermordet worden war. Außerdem war es gut möglich und wohl nur eine Frage der Zeit, bis die Bolschewiken das Gebäude für sich beanspruchten, indem sie es zum Volkseigentum erklärten.

»Hast du denn keine anderen Verwandten mehr?«, erkundigte sich Juliette.

Aufseiten von Graf Alexander gab es ein paar Cousins und Cousinen dritten oder vierten Grades in Moskau, aber Sofia kannte diese kaum. »Sie waren einmal hier, das sind für mich wildfremde Leute«, antwortete sie.

Eigentlich fand Juliette es gar nicht so schlimm, dass Sofia in diesem Land niemanden mehr hatte. So war sie vielleicht eher bereit, Russland zu verlassen.

»Die Revolution wird nicht an der Stadtgrenze von St. Petersburg haltmachen wie im Februar«, gab Juliette zu bedenken.

»Russland wird binnen kurzer Zeit ein vollkommen anderes Land sein.«

Dies konnte Monsieur Durant nur bestätigen. Bis in die entferntesten Provinzen gebe es Unruhen und Übergriffe auf den Adel und die Bourgeoisie, berichtete er und meinte: »Die Revolution hat ein Feuer entfacht, das rasend schnell um sich greift und sich nicht so bald wieder löschen lassen wird.«

Monsieur Durant spielte Juliette damit in die Karten, möglicherweise steckte auch sein verliebter Adjutant dahinter.

»Unser lieber Maurice wird uns zum Jahresende verlassen, wie die Damen vielleicht wissen«, begann Monsieur Durant eines Nachmittags beim gemeinsamen Tee mit seinen beiden weiblichen Gästen und Maurice, dem er bei diesen Worten mit einer väterlichen Geste die Hand auf die Schulter legte.

»Sagt man nicht, die Ratten verlassen das sinkende Schiff?«, entgegnete Sofia.

Juliette warf Monsieur Durant und Maurice über das Teegeschirr hinweg einen Verständnis heischenden Blick zu. Trauer und Verzweiflung ließen Sofia zuweilen ausgesprochen grob, mitunter sogar bösartig werden.

»So ist es ganz und gar nicht, Gräfin Sofia«, nahm der Botschafter seinen Mitarbeiter geduldig in Schutz. »Es gehört zu Monsieur Schuhmans Ausbildung, an wechselnden Botschaften zu hospitieren. Sein Einsatz wird an einem anderen Ort dieser Welt gebraucht. Er wird deshalb nach Paris reisen, um dort von der Regierung seinen neuen Einsatzort zu erfahren. Er könnte die Damen mitnehmen«, schlug der gewiefte Diplomat vor und zwirbelte lächelnd seinen Schnurrbart.

Juliette tat, als hörte sie zum ersten Mal von dieser Möglichkeit, und zeigte sich angetan.

»In meinem Heimatland scheint es mir inzwischen tatsächlich angenehmer und ungefährlicher als hier«, bekräftigte auch Maurice. »Juliette, Sie sind ja ohnehin Französin, Sie könnten

Gräfin Sofia dort sicherlich eine noch bessere Hilfe sein als hier.«

»Ja, Paris, das klingt schön, ich wollte immer schon nach Paris«, stimmte Sofia zu. Ihre Stimme klang müde, das kam von den Pillen, die sie wie Bonbons verzehrte.

»Haben Sie dort Verwandte oder Freunde?«, fragte der Botschafter.

Sie schüttelte den Kopf.

»Nun, es sind schon viele Russen nach Paris geflohen«, meinte Monsieur Durant. »Es hat sich dort eine kleine Gemeinschaft russischer Exilanten gebildet, darunter etliche Leute von Stand. Ich könnte mich umhören, es wird sich bestimmt jemand finden, der sich um Sie kümmern kann, Gräfin Sofia.«

»Tante Ada weiß bestimmt noch gar nicht, was geschehen ist«, sagte Sofia. Ich muss ihr schreiben. Woher sollte sie es denn auch wissen?« Sie blickte Juliette fragend an. Ihr Blick war vernebelt, ihre Stimme klang schleppend und verwaschen. Diese Tabletten ließen sie wie eine Schlafwandlerin wirken und beeinträchtigten ihre Konzentration, was zur Folge hatte, dass sie bei Gesprächen oft unvermittelt das Thema wechselte.

»Ada ist die Cousine von Gräfin Jelisaweta«, erklärte Juliette den beiden Herren. »Sie lebt in New York.«

»Wenn der Krieg vorbei ist, könnten wir von Frankreich aus über den Atlantik reisen«, fuhr Sofia fort.

»Das ist eine gute Idee«, stimmte Juliette ihr zu, bei der erst einmal nur das Wort Frankreich hängen geblieben war.

»Du bleibst doch bei mir, Juliette, nicht wahr?«

»Natürlich bleiben wir zusammen. Ich lasse dich nicht im Stich.«

»Ich möchte mich zurückziehen und ein wenig schlafen.«

Juliette fragte sich, ob Sofia gemeint hatte, sie solle mit ihr zusammen in die Vereinigten Staaten reisen. Wenn sie sich recht erinnerte, hatte Sofia *wir* gesagt. Aber im Moment durfte man nichts für bare Münze nehmen, was Sofia sagte, die Drogen sprachen aus ihr. Bis der Krieg vorüber war, falls er überhaupt jemals enden sollte, konnte noch viel geschehen. Erst einmal war Juliette froh über die Aussicht, Russland endlich den Rücken kehren zu können, und dass sie es zusammen mit Maurice Schuhman tat, versüßte ihr den Abschied erst recht.

Am 15. Dezember 1917 vereinbarte Sowjetrussland einen Waffenstillstand mit den Mittelmächten, doch es war eher Zufall, dass Juliette und Sofia zusammen mit Maurice Schuhman und einem Chauffeur Russland an genau diesem Tag verließen. Der Waffenstillstand änderte an ihrem Vorhaben nichts. Ihr größtes Problem war nicht der Krieg, sondern der Systemumsturz, den Lenin und Konsorten bereits auf den Weg gebracht hatten. In einem Automobil mit Diplomatenkennzeichen fuhren sie unbehelligt am frühen Morgen aus der Stadt hinaus. Trotz des Waffenstillstands wichen sie nicht ab von ihrer geplanten, umständlichen Reiseroute, die sie zuerst über die Ostsee nach Skandinavien führen sollte. Immerhin waren drei von ihnen Bürger Frankreichs, das mit den Deutschen nach wie vor an der Westfront um jeden Meter Boden kämpfte. Da war es nicht ratsam, deutschen Boden zu betreten, lieber nahmen sie die Odyssee auf sich.

Den Jahreswechsel begingen sie im neutralen Schweden und begrüßten das Jahr 1918 im riesigen Wintergarten des Grand Hôtel Royal. Das Hotel, von dem einige sagten, es wäre Schwedens einziger Palast, erinnerte Juliette schmerzlich an ihre Reise durch die Luxushotels Südeuropas. Was für glückliche Zeiten das noch waren, im Nachhinein betrachtet. Auch Sofia wurde von Erinnerungen heimgesucht, und um Mitternacht lagen sie sich weinend in den Armen.

Später in dieser Nacht verlor Juliette Bonnet ihre Unschuld an Maurice Schuhman. Sie hatte ihn vom ersten Moment an gemocht und sich im Verlauf der letzten Wochen schon fast zwangsläufig in ihn verliebt. Ihre Jungfräulichkeit zu verlieren war in ihren Augen keine allzu große Sache. Körperlich betrachtet, war es nicht so schlimm gewesen, wie manche sagten, und was die Gefühle betraf: So romantisch, wie es in gewissen Romanen dargestellt wurde, hatte sie es nicht empfunden. Auch fühlte sie sich hinterher weder entehrt noch beschmutzt oder dergleichen, sondern nur ein wenig erwachsener.

Kapitel 16

Geständnisse

Belmonte, Gegenwart

»Dieser Adriano ist ein attraktiver Mann«, stellte Claudia am Abend nach der Hühnertaufe fest, als sie und Simona bei einem letzten Glas Wein auf der Terrasse saßen und den Mond betrachteten. Der Kater strich um ihre Beine. Simona hatte ihm zuvor etwas Käse serviert.

»Findest du?«

Claudia wandte sich ihr zu und grinste. »Komm schon, mir alter Frau musst du nichts vormachen.«

»Kann sein, ja. Wir hätten ja auch beinahe mal was angefangen. Aber es hat dann doch nicht funktioniert.«

»Es ist ja noch nicht aller Tage Abend.«

»Ich weiß nicht. Diese Carla…«

»Die ist nichts für ihn.«

»Vielleicht sieht er das anders.«

»Er hat jedenfalls sehr zufrieden ausgesehen, als er erfuhr, dass du dich von deinem Freund getrennt hast.«

»Was? Wieso? Ich habe ihm das doch gar nicht gesagt«, wunderte sich Simona.

»Du nicht, aber ich«, antwortete Claudia und tippte sich an die Lippen. »Es ist mir so rausgerutscht, als du mit diesem kleinen Iren weg warst. Sorry, ich bin ein geschwätziges altes Weib.«

»Rausgerutscht, ja, klar.«

»Sei mir nicht böse. Ich dachte, du könntest etwas Schützenhilfe gebrauchen.«

»Ich bin dir nicht böse.« Simona musste lachen. Es war immer dasselbe, so etwas wie ein Privatleben gab es in Belmonte nicht. Ständig fühlte sich irgendjemand dazu berufen, sich in guter Absicht einzumischen.

»Ich dachte, es wäre auf jeden Fall eleganter, wenn er es von mir erfährt anstatt von dir. Ich habe natürlich keine Einzelheiten verraten.«

»Danke, liebe Tante!«

Sie prosteten sich zu.

»Darf ich dich was fragen?«, fragte Simona.

»Nur zu.«

»Haben sie dich seinerzeit rausgeworfen, weil du lesbisch bist? Ich meine Marta und Salvatore...«

»Nein, haben sie nicht«, antwortete Claudia. »Ich wollte immer ins Ausland, ich bin schon mit achtzehn das erste Mal nach England gegangen und habe dort Ausbildungen in verschiedenen Hotels gemacht. Aber als mir klar wurde, dass ich Frauen liebe, wusste ich, dass ich nie wieder nach Belmonte zurückkann, jedenfalls nicht, um dort zu leben. Du musst dir vorstellen, Italien in den Siebzigern und Achtzigern – das war noch richtig eisern in der Hand der Kirche.«

»Damit hättest du dir keinen Gefallen getan«, nickte Simona.

»Meine Eltern und Geschwister haben es lange nicht gewusst. Nur deinen Vater hatte ich eingeweiht. Wir beide hatten schon immer eine enge Verbindung, er war früher als Architekt viel unterwegs, in Dubai, den Emiraten und weiß der Teufel wo. Wenn er in London zwischengelandet ist, hat er mich besucht und ausgeführt, das war immer sehr schön. Er ist nicht so bigott wie Irma. Die anderen haben es erst erfahren, als Kate und ich vor zwanzig Jahren geheiratet haben. Davor hatten wir aber schon sehr lange zusammengelebt und schließlich unseren Traum verwirklicht und in Schottland ein eigenes Hotel eröffnet. Sie können bis heute nicht wirklich damit umgehen. Ich denke, mein Streit mit Irma hat auch damit zu tun. Sie schämt sich für mich, den Schandfleck der Familie. Ich will gar nicht wissen, wie viele in Belmonte genauso denken.«

Da musste Simona ihr im Stillen zustimmen. »Also war deine Frau auch nie hier?«

»Nein, das wollte ich Kate nicht antun.«

»Das kann ich nachvollziehen. Die Leute hier ändern zwar auch langsam ihre Ansichten, aber die Betonung liegt auf *langsam*, und die jungen, aufgeschlossenen Leute sind ja nun mal leider in der Minderzahl.«

Claudia seufzte. Ihr weißes Haar leuchtete im Mondlicht. »Ich muss dir noch etwas sagen, Simona. Kate und ich – wir sind schon seit acht Jahren geschieden.«

»Das tut mir leid.« Simona meinte es aufrichtig. Sie war nicht allzu überrascht, sie hatte sich während der vergangenen Tage schon darüber gewundert, dass Claudia nie über Kate sprach und auch nie mit ihr telefonierte. Und dass Claudia es offensichtlich auch nicht eilig hatte, nach Hause zu kommen. Sie hatte nicht gewagt, sie darauf anzusprechen, denn das hätte Claudia womöglich falsch interpretiert und gedacht, sie wäre Simona lästig. Was nicht so war. Sie mochte ihre Tante, sie war einer der wenigen Menschen, deren Gegenwart sie längere Zeit ertrug.

»Die anderen wissen das nicht?«, fragte Simona.

»Nein, auch dein Vater nicht. Es hat sich nie mehr ergeben, er war schon länger nicht mehr bei mir. Ich weiß, es ist blöd, es zu verheimlichen. Aber mir ist klar, was für einen Skandal es für gewisse Leute bedeutet, wenn eine Frau eine andere heiratet. Da möchte man gerne beweisen, dass es klappt. Wenn es dann doch scheitert, ist es doppelt demütigend, es zuzugeben.«

»Oje. Ich verstehe. Wie kam es dazu? Ihr wart doch so lange zusammen.«

»Es fing an, nachdem wir das Hotel verkauft und uns zur Ruhe gesetzt hatten. Auf einmal hatten wir nichts mehr zu tun und gingen uns fürchterlich auf die Nerven. Dann hat sie jemanden kennengelernt, und so kam es zur Trennung. Wie das eben manchmal läuft. Sie ist nach Glasgow gezogen und ich aufs Dorf, weil ich dachte, in einer Dorfgemeinschaft ist man als ältere Single-Frau besser aufgehoben. Du weißt schon, Handarbeitskreis, Kirchenchor und Yoga im Gemeindesaal. Aber ich glaube, ich war schon zu alt, um mich noch zu integrieren. Es ist eine andere Welt, all diese alten Paare und die unvermeidlichen Enkel. Ich habe vor, wieder in eine Stadt zu ziehen. Vielleicht komme ich auch zurück nach Italien.«

»Also wartet zu Hause nicht viel auf dich?«

»Nein, im Grunde gar nichts.«

»Dann bleib doch noch eine Weile. Du kannst dir von hier aus italienische Städte ansehen.«

Claudia griff nach Simonas Hand und drückte sie. »Das ist lieb von dir. Aber ich möchte dir nicht zur Last fallen.«

»Das tust du nicht. Ich würde es sagen, ehrlich.«

»Das hoffe ich. Ich bin froh, dass ich nun wenigstens dich nicht mehr anlügen muss.«

»Die anderen werden sich natürlich wundern, wenn du länger bleibst.«

»Ich sage es deinem Vater, wenn ich ihn dieser Tage mal treffe. Hast du ihm eigentlich schon von deinem Plausch mit Herrn Bondi erzählt?«

»Mr Brusthaar? Nein. Mach ich morgen.« Dafür holte sie jetzt ihr Handy aus der Küche, um einen Blick auf ihr Girokonto zu werfen. »O Gott, ich glaub, ich dreh gleich durch! Das gibt's doch gar nicht!« Sie sprang auf. Der Kater schoss erschrocken unter dem Tisch hervor.

»Was ist los?«, fragte Claudia erschrocken.

»*Papà* hat mir vierzigtausend Euro als Vorschuss überwiesen.«

»Teufel auch! Der Baubranche scheint es gut zu gehen.«

Simona setzte sich wieder hin. Ihr war leicht schwindelig.

»Eigentlich habe ich genug für heute und muss ins Bett, aber ich finde, darauf sollten wir doch noch einen trinken«, meinte Claudia.

»Auf jeden Fall!«, lachte Simona. »Ich muss schon sagen, meine Rückkehr nach Belmonte lässt sich nicht schlecht an.«

Erst später, als sie trotz Müdigkeit nicht einschlafen konnte, begann Simona zu zweifeln. Als sie ihren Vater vor Tagen nach dem genauen Honorar für ihre Arbeit gefragt hatte, meinte er vage, er stünde noch in Verhandlungen. Was, wenn das Honorar in Wirklichkeit viel geringer war und er diese Gelegenheit ergriff, um seine Tochter auf elegante Art zu sponsern? Das sähe ihm ähnlich! Sie warf sich auf dem Sofa herum, denn zum Ausräumen des Gästezimmers waren sie heute nicht mehr gekommen. Wieder einmal lagen ihre deutsche und ihre italienische Seele miteinander im Clinch. Die deutsche fand, sie müsse der Sache auf den Grund gehen, ihr italienisches Gemüt hielt dagegen: Sei nicht so typisch deutsch! Nimm das Geld, es hilft dir, und es hilft vor allen Dingen ihm und seinem väterlichen Gewissen. Im Grunde war die Sache doch ganz simpel: Sie wohnte bis auf Weiteres in Italien, also galt es, sich den italienischen Sitten anzupassen. Basta!

Federico Ferri beteuerte tags darauf auf Simonas vorsichtige Nachfrage am Telefon, dass mit dem Honorar alles in Ordnung sei, das schwöre er beim Grab seiner Mutter Marta, Gott habe sie selig.

Gott und Marta! Wenn er so schwere Geschütze auffuhr, konnte Simona dem wenig entgegensetzen und sich nur noch für seine Vermittlung bedanken, seine Verhandlungskünste loben, und ihn zum Abendessen in ein feudales Restaurant in Senigallia einladen.

»Claudia kommt auch mit.«

Er seufzte. »Ich habe schon gehört, dass sie bei dir untergeschlüpft ist.«

»Also einverstanden, heute Abend?«

»Natürlich. Ich reserviere einen Tisch für acht Uhr. Macht euch hübsch. Ha, das wird teuer!«, frohlockte er.

* * *

Der Hühnerharem
In der Villa Kunterbunt
Ein Erfolgsmodell?

Adriano musste grinsen über die Poesie, die er beim Frühstück auf dem Küchentisch vorgefunden hatte, und sich eingestehen, dass Carlas Haiku durchaus einen wahren Kern hatte, wenn man es auf die Menschen übertrug. Es war ihm gestern bei der Hühnertaufe und dem anschließenden Essen aufgefallen, dass es gewisse Spannungen zwischen Simona und Carla gab. Wobei diese eindeutig von Simona ausgingen, nicht von Carla. Es wunderte ihn allerdings nicht. Frauen wie Carla mit ihrer plakativen Schönheit, ihrem Selbstbewusstsein und dem Hang, das Kommando zu übernehmen und die Organisation an sich zu reißen, weckten wohl bei fast jeder anderen Frau eine gewisse Stutenbissigkeit.

Nach allem, was er gestern noch von Simona und über Simona gehört hatte, ließen sich die Dinge gar nicht mal so schlecht an, und vielleicht konnte ihm Carla sogar ausnahmsweise einmal nützlich sein. Gut gelaunt wie lange nicht mehr, setzte er Kaffee auf und warf einen Keks in Assos Schlund. Der Hund saß neuerdings ständig in der Küche, ganz besonders während der Mahlzeiten. »Nicht wahr, Alter, du weiß das auch: Konkurrenz belebt das Geschäft.«

* * *

»Ich habe nichts Schickes anzuziehen. Nichts! *Niente!*« Simona stand ratlos vor dem überquellenden Kleiderschrank.

»Tja, hm. Wenn ich es richtig sehe, stammt das meiste da drin von Franca. Sie wäre dir sicher nicht böse, wenn du ihre Klamotten entsorgst. Es sei denn, *dir* fällt es schwer, dich davon zu trennen.«

»Ja, es stimmt schon, ich sollte langsam aufhören, das Ganze hier als ein Ferienhaus zu betrachten, in dem man nichts verändern darf. Ich lebe zwischen Francas Möbeln, ihren Kleidern, ihrem Geschirr, ihren kitschigen Reisemitbringseln und ihren CDs und Büchern.«

»Loslassen geht anders«, konstatierte Claudia.

»Aber das löst nicht mein akutes Problem.«

»Wir finden schon was. Lass uns erst mal frühstücken, dann machen wir uns über den Schrank her. Notfalls peppen wir ein Kleid von Franca auf.«

»Mein Vater kriegt einen Schock, wenn ich in einem Kleid seiner verstorbenen Geliebten antanze.«

»Stimmt auch wieder«, lachte Claudia. »Herrgott, in dieser verrückten Familie lauern überall Stolpersteine.«

»Wem sagst du das?«

»Federico war schon als Junge verliebt in Franca«, verriet Claudia, als sie kurz darauf mit ihrem *caffè* auf der Terrasse unter dem Maulbeerbaum saßen, dessen Blätter die Sonnenstrahlen filterten. »Und sie auch in ihn, aber das hat sie natürlich geleugnet, vor allem vor sich selbst. Als sie nach Deutschland gegangen ist, hat ihn das regelrecht aus der Bahn geworfen. Er war eine Zeit lang fast depressiv, saß in seinem Zimmer und hat sich für nichts mehr interessiert, dann wieder musste er seinen Frust rauslassen, hat sich geprügelt und mit sämtlichen Dorfschlampen rumgemacht. Männer halt!« Sie lachte ihr raues schottisches Lachen, an das Simona sich schon gewöhnt hatte und das sie besonders an ihr mochte.

Der Kater, der um sie herumgestrichen war, stob plötzlich davon, und Claudia bemerkte: »Sieh an, wir kriegen Besuch aus Downton Abbey.«

Simona rechnete mit Roddy Robinson, der noch Fragen in Sachen Grabsteine hatte oder Teresas Porträt anschauen wollte. Allerdings nicht schon morgens um neun Uhr. Doch es war Carla Prisco, die auf das Haus zukam und den beiden einen guten Morgen wünschte. Sie trug einfache weiße Sneakers, enge Jeans und einen dünnen hellblauen Kapuzenpulli. Teenagerklamotten, dachte Simona. Aber natürlich sah sie auch darin wunderschön aus. Offensichtlich war sie zu Fuß unterwegs. Wollte sie sich tatsächlich einmal ins Dorf wagen?

»Salve, Carla. So zeitig schon unterwegs?«

Sie machte eine zerknirschte Miene. »Mist, ich bin viel zu früh, nicht wahr? Weißt du, seit ich morgens immer den Garten gieße, stehe ich praktisch mit den Hühnern auf, und irgendwie verliere ich dadurch das Zeitgefühl. Ich geh einfach wieder und komme später …«

»Es ist in Ordnung«, beruhigte Simona sie. »Wir sind ja wach. Setz dich, willst du einen *caffè*?«

»Lieber ein Wasser.«

Simona bot ihr den Platz mit dem bunten Kissen auf der steinernen Bank an, auf dem sie gerade gesessen hatte, und holte ein Glas Wasser.

»Bist du unterwegs ins Dorf?«, fragte Claudia.

»Nein, ich wollte euch besuchen«, sagte Carla rundheraus und schaute dabei Simona an. »Wir sind ja sozusagen Nachbarn, da besucht man sich auf dem Land, oder? Ist das in Ordnung?«

Simona musste lachen. »Ja, das ist total in Ordnung. Man leiht sich Eier aus und Zucker... Apropos! Wie geht es den Hühnern?«

»Bestens. Allerdings hat noch keines ein Ei gelegt, aber das ist normal, sie müssen erst mal den Umzug verkraften. Isolde entwickelt sich zur Primaballerina, sie hüpft so hoch.« Carla deutete eine Höhe von etwa einem Meter an.

»Sag mal, Carla Prisco, berühmtes Model...«, begann Claudia. »Hast du heute schon etwas vor?«

»Ex-Model. Und nein, ich habe nichts vor. Was soll man hier auch schon groß vorhaben?«

»Simona hat nämlich ein Problem...«

»Was? Nein! Quatsch! Du hast gesagt, wir kriegen das hin«, protestierte Simona.

»Das war reiner Zweckoptimismus«, winkte Claudia ab. »Carla, diese junge Frau braucht für heute Abend etwas Schickes zum Anziehen, und generell täte ihr ein bisschen Styling ganz gut. Wie wär's, wenn ihr zusammen shoppen gehen würdet?«

»Natürlich, sehr gerne!«, rief Carla und sprang auf. »Das machen wir. Ich glaube, Jesi ist die beste Adresse im näheren Umkreis. *Andiamo,* Simona, du fährst!«

Simona erhob sich und warf Claudia einen grimmigen Blick zu. »Kommst du auch mit, *liebe* Tante?«, fragte sie.

»Nein, nein, macht ihr das mal alleine. Ich halte hier die Stellung. Vielleicht räume ich das Gästezimmer auf.«

»Was für ein Raubzug!«, ächzte Simona etwa fünf Stunden später. Sie und Carla saßen an einem Tisch unter den Arkaden, wo es angenehm kühl war, umringt von zahlreichen Tüten der ortsansässigen Geschäfte und Boutiquen. Nur gut, dass ihr Bankkonto gerade eine fette Spritze bekommen hatte.

»Zu schade, dass wir nicht in Mailand sind«, meinte Carla. »Hier ist halt Provinz und die Auswahl entsprechend.«

»Ich bin eine Provinzlerin«, erinnerte Simona ihr Gegenüber. »Jesi ist deshalb genau richtig für mich. Jedenfalls sind die Sachen toll, die ich gekauft habe, und ohne dich hätte ich sie nie gefunden. Ich danke dir!«

Simona war tatsächlich sehr zufrieden mit ihren Einkäufen. Eine bessere Mode- und Stilberaterin als Carla hätte man sich nicht wünschen können. Natürlich hatten sämtliche Verkäuferinnen sie sofort erkannt, und Simona war bedient worden wie eine Königin. Es war die verrückteste Shoppingtour, die sie jemals unternommen hatte.

»Gern geschehen. Aber das mit Mailand müssen wir trotzdem irgendwann einmal nachholen«, meinte Carla. »Du ahnst ja nicht, was dir entgeht.«

»Mal sehen.« Simona nahm einen großen Schluck von ihrem alkoholfreien Cocktail. Mutig geworden, wagte sie sich einen Schritt vor. »Und warum bist du nicht in Mailand, sondern hier, in der Provinz?«

Carla holte tief Atem und schaute sie prüfend an, als müsste sie erst noch abwägen, ob Simona einer Antwort würdig war.

»Schon gut, vergiss es. Es geht mich nichts an.«

»Kannst du ein Geheimnis bewahren?«

»Ich denke schon«, antwortete Simona und fragte sich, ob sie vielleicht als Zweitberuf Kummerkastentante oder professionelle Hüterin von Geheimnissen werden sollte.

»Ich verstecke mich vor meinem Vater.«

»Ich habe von der Sache mit deiner Mutter gehört«, gestand Simona. »Auf dem Land reden die Leute halt, man erfährt Dinge, nach denen man gar nicht fragt«, fügte sie entschuldigend hinzu.

»Er war acht Jahre lang in Haft. Lächerliche acht Jahre für ein Leben! Danach ist er ins Ausland gegangen, aber nun ist er zurück und will meine Schwester Paula und mich sehen. Er will mit uns reden. Aber ich will nicht mit ihm reden, ich habe Angst davor. Paula gibt keine Ruhe deswegen, sie bedrängt mich. Als es mir zu viel wurde und ich befürchten musste, dass er eines Tages vor meiner Tür steht, bin ich weggefahren.«

Simona dachte eine Weile nach, dann sagte sie: »Und wieso ausgerechnet auf das Gut?«

»Ich wollte zurück an den Ort, an dem noch alles in Ordnung war und an dem ich meiner Mutter wieder nah sein kann.«

»Es ist aber kein gutes Versteck. Du musst damit rechnen, dass er dich dort findet.«

»Ja, und vielleicht bin ich irgendwann so weit, dass ich mit ihm reden kann. Aber jetzt noch nicht.«

»Hast du denn nach der Tat mit ihm gesprochen?«

»Nein. Tante Anna und Onkel Bandino hätten es nicht erlaubt. Sie wollten uns beschützen.«

»Aber jetzt bist du erwachsen«, stellte Simona fest.

»Ich will ihn trotzdem nicht sehen.«

»Du hast aber nicht wirklich Angst vor ihm, oder? Ich meine, was immer damals vorgefallen ist – ist es nicht ein bisschen übertrieben, dich zu verstecken, als wäre er …«

»Ein Mörder?«, schlug Carla vor.

»Er würde dir doch sicher niemals etwas tun, er ist schließlich dein Vater!«

»Nein, natürlich nicht. Paula hat ihn ja schon getroffen. Sie war immer ein Papakind. Sie hat ihn heimlich im Gefängnis besucht, das weiß ich, auch wenn sie nichts gesagt hat. Ich konnte es ihr anmerken. Aber auch ihr hat er nicht erzählt, wieso er es getan hat. Ich glaube der Geschichte des Anwalts nicht, der behauptet, meine Mutter hätte meinen Vater betrogen, und er hätte es rausgefunden, das ist Unsinn. Das ist ein Vorwand, weil man für so eine Tat in Italien relativ milde bestraft wird. Diese Machojustiz betrachtet Frauen noch immer als Besitz ihrer Männer, und wenn eine Ehefrau fremdgeht und ihr Mann sie umbringt, dann nennen sie es ein Eifersuchtsdrama. Das klingt doch gleich viel unschuldiger, und dafür gibt es auch nur lächerliche Strafen. Dabei ist es Mord.

Femizid. Schlimm genug, dass es für Morde an Frauen schon einen Sammelbegriff gibt.« Carla hatte sich in Rage geredet, und um sich abzureagieren, schnappte sie sich den Tabak, den Simona gerade erst gekauft hatte, und begann unbeholfen, sich eine Zigarette zu drehen. Simona konnte das Elend nicht mit ansehen und drehte eine für sie.

»Interessiert dich denn nicht, was wirklich geschehen ist?«, fragte sie, nachdem Carla einen Zug genommen hatte und daraufhin heftig zu husten begann. Viel Übung im Rauchen hatte sie offenbar nicht. »Ich an deiner Stelle würde es wissen wollen, auch wenn die Begegnung vielleicht nicht angenehm sein wird.«

»Wie es wirklich war, werde ich nie erfahren, weil ich meine Mutter nicht mehr fragen kann«, gab sie zurück. »Auf seine Lügen bin ich nicht scharf.«

»Was hätte er für einen Grund, dich jetzt noch anzulügen?«

»Ach, ich weiß auch nicht. Ich sagte zu Paula, er soll ihr erklären, warum er es getan hat, und sie erzählt es mir. Aber er möchte mich unbedingt sehen. Dann soll er ins Internet gehen, ich bin als Model für jedermann gut sichtbar«, meinte Carla mit einem Anflug von Trotz.

Das stimmte. Simona hatte Carla gegoogelt und vor all den Fotos kapituliert, auf denen sie noch wunderschöner aussah als in natura. Auf ihrem Instagram-Account konnte man ihre Wohnung sehen, ihre Kleidung und ihre Lieblingslokale. So etwas war unvorteilhaft, wenn man eines Tages untertauchen wollte. Ihr letzter Eintrag war vom 20. Mai, es ging um sündteure Sneakers.

»Einfach den Kopf in den Sand zu stecken bringt dich auch nicht weiter«, gab Simona zu bedenken.

»Doch, irgendwie schon. Du ahnst nicht, wie es war, als ich mein altes Zimmer wiedergesehen habe, und den Park, den Teich... Es ging mir miserabel, als ich ankam. Jetzt fühle ich mich schon viel besser. Aber ich möchte ihn trotzdem nicht sehen, ich bin noch nicht so weit.«

»Dein Vater und deine Schwester müssten doch eigentlich akzeptieren, dass du noch etwas Zeit brauchst.«

Sie seufzte. »Angeblich ist er sehr krank. Er wird sterben. Bald wahrscheinlich.«

Aus diesem Dilemma wusste Simona auch keinen Ausweg.

»Vielleicht solltest du dich doch aufraffen und mit ihm sprechen. Nicht nur seinetwegen. Stell dir vor, er stirbt und du bereust es hinterher ...«

»Das sage ich mir auch jeden Tag. Aber dann schiebe ich es doch wieder vor mir her.«

»Während du an deinem Roman schreibst.«

Sie zog erneut an der Zigarette, dieses Mal vorsichtiger. »Ablenkung, nichts weiter. Ich bin keine Schriftstellerin, ich will auch keine sein. Ich muss etwas anderes finden, was ich künftig mit meinem Leben anstelle. Nichts Dekadentes wie bisher, sondern zur Abwechslung mal etwas Nützliches.«

»Tja, ich befürchte, du wirst deinen Weg nicht finden, solange dieser große Brocken mittendrin liegt.« Simona presste eine Hand auf ihren Mund. »Verdammt, ich höre mich an wie eine Briefkastentante!«

Carla griff nach ihrer Hand und drückte sie. »Es stimmt ja. Du bist eine gute Freundin, Simona.«

Etwas beschämt musste Simona an ihr Gespräch mit Flavia denken. Hätte sie doch lieber den Mund gehalten! Bestimmt wusste mittlerweile jeder Bescheid, dass Carla Prisco in Belmonte war. Und es war nur eine Frage der Zeit, wann die Nachricht auch zu Carlas Schwester und ihrem Vater durchdrang.

»Wir kennen uns doch kaum«, murmelte Simona verlegen.

»Aber du sagst mir Sachen, die ich nicht hören will. Das machen gute Freunde.«

»Das war nur die Retourkutsche. Weil du vorhin bei allen

Kleidern, die mir gefallen haben, gesagt hast, dass sie mir nicht stehen!«

»Weil es nun mal so war«, stellte Carla klar, die sich ihrer Autorität in Geschmacksfragen sehr wohl bewusst war. »Dafür bist du jetzt exquisit ausgestattet. Dein Date heute Abend wird Augen machen.«

»Es ist mein Vater!«

»Heilige Madonna.« Carla rang die Hände und verdrehte die Augen, ehe sie beide lachen mussten.

Kapitel 17

Paris

Paris, 1918 bis Januar 1919

Mitte Januar 1918 trafen Sofia, Juliette und Maurice in Paris ein. Kaum hatte Juliette einen Fuß auf das Pflaster der französischen Hauptstadt gesetzt, überkam sie ein leichtes, schwebendes Gefühl. Ihr war, als hätte sie während der letzten Jahre die Luft angehalten und könnte nun erstmals wieder durchatmen. Freiheit! Endlich konnte man sich nach Belieben in den Straßen bewegen, ohne um Leib und Leben fürchten zu müssen, und vor allen Dingen: Man war unter seinesgleichen. Juliette verstand wieder, was die Händler auf dem Markt schrien, sie fing lächelnd die Satzfetzen auf, die ihr aus den Cafés entgegenwehten, und blickte in überwiegend freundliche Gesichter. Noch dazu war Paris eine Stadt von echter Schönheit und keine aus dem Sumpf gestampfte Zarenkulisse. Juliette blühte auf.

Maurice bekam bis zu seinem nächsten Einsatz zwei Wochen Urlaub, von denen er eine bei seiner Familie in Bordeaux verbringen wollte. Der Gedanke an den bevorstehenden Abschied dämpfte Juliettes gute Laune. Er bat sie, mitzukommen nach Beirut, zu seiner nächsten Dienststelle.

»Hat er um deine Hand angehalten?«, wollte Sofia wissen.

»Nein, wieso? Das hätte ich ja wohl erwähnt«, antwortete Juliette.

»Er macht es sich ja recht einfach, dein Liebhaber. Sollst du ihm etwa als seine Mätresse in den Orient folgen? Was wirst du tun, wenn er sich dort einen Harem zulegt?«

»Was für ein Unsinn«, fauchte Juliette. Dennoch nagten Sofias Worte an ihr. Nicht der Quatsch mit dem Harem, aber es stimmte schon: Würde Maurice sie wirklich lieben, nähme er sie als seine Frau mit in den Libanon und wohin auch immer ihn der diplomatische Dienst danach noch führen würde. Ein Leben als Diplomatengattin könnte Juliette sich eventuell sogar vorstellen: herumreisen, alle paar Jahre das Land wechseln oder gar den Kontinent … So käme zumindest keine Langeweile auf. Doch dafür müsste er die entscheidende Frage stellen, damit hatte Sofia durchaus recht, und Juliette hatte ihren Stolz.

Sie machte ihm – und sich selbst – klar, dass sie bei Sofia bleiben musste, eine diplomatische Begründung, die niemanden verletzte. Es stimmte ja auch. Die junge Gräfin käme alleine in Paris nicht zurecht, denn zur Selbstständigkeit war sie nicht erzogen worden. Sie würde auf den erstbesten Betrüger hereinfallen, der sie um ihren Schmuck brächte, und wo sie dann enden würde, das mochte Juliette sich lieber nicht ausmalen. Denn mit Sofias Menschenkenntnis, insbesondere was Männer betraf, war es nicht sehr weit her, das hatte sie ja bereits hinlänglich bewiesen. Dass Konstantin Liwny aus Sofias und Juliettes Leben endgültig verschwunden war, war das einzig Positive an den fürchterlichen Geschehnissen jener Oktobernacht. Jede Wolke hat auch einen Silberrand, dachte Juliette, die neuerdings eine Neigung zum Sarkasmus an sich wahrnahm.

»Ich schreibe dir, sobald ich Sofia in ein Schiff gesetzt habe, das nach New York fährt«, versprach Juliette Maurice. Doch im Grunde ihres Herzens wusste sie, dass sie das nicht tun würde, und Maurice wusste es wohl auch, als er sich auf dem Bahnsteig von ihr verabschiedete. Tieftraurig und mit einem seltsamen Schmerz in der Brust blickte sie dem davonfahrenden Zug durch einen Tränenschleier hinterher. Dabei hatte sie sich solche Mühe gegeben, sich nicht allzu sehr in ihn zu verlieben.

* * *

Es kostete Juliette große Überredungskünste, Sofia davon zu überzeugen, dass man nicht auf Dauer im Ritz wohnen konnte. Der Schmuck, den sie in jener Nacht hatten retten können, würde schließlich nicht ewig dafür reichen, die Hotelrechnung zu begleichen und den gewohnten aufwendigen Lebensstil zu praktizieren. Zumal die Pfandleiher und Juweliere bei Weitem keine angemessenen Preise für die Ketten und Geschmeide zahlten. Es herrschte ein Überangebot an Gold und Juwelen, denn Sofia und Juliette waren nicht die Einzigen, die nur mit dem Familienschmuck und dem, was sie am Leib trugen, nach Frankreich geflohen waren. Paris wimmelte geradezu von russischen *burschui* auf der Flucht vor den Bolschewiken und Lenins Räterepublik. Die Pfandhäuser quollen über vor Schmuck und Kunstgegenständen, und der Markt bestimmte nun einmal die Preise.

Schließlich sah Sofia ein, dass sie sich ein wenig einschränken mussten. Maurice hatte Juliette vor seiner Abreise noch mit einer gewissen Madame Lewinsky bekannt gemacht, wohlhabende Witwe eines Moskauer Geschäftsmannes, die schon vor dem Krieg nach Paris gezogen war und sich dort niedergelassen hatte. Ihr gehörte ein vierstöckiges Mietshaus im Viertel Montmartre. Nachdem Madame Lewinsky vom Schicksal der jungen Gräfin Sofia Lobanowa erfuhr, warf sie den Schauspieler, der seit Monaten keine Miete zahlte, aus der Dachwohnung und vermietete die zwei Zimmer an die beiden jungen Frauen. »Wir Landsleute müssen zusammenhalten«, meinte sie zu Sofia. Das Bad und die Toilette im Zwischengeschoss mussten sie sich allerdings mit zwei Balletttänzerinnen und einem Operettensänger teilen.

Ruth Lewinsky war eine lebhafte Frau unbestimmten Alters, die sich vorteilhaft zu kleiden und zu schminken wusste. Sie bewohnte die Beletage ihres Hauses und betrieb dort einen Salon, in dem Künstler und solche, die sich dafür hielten, verkehrten. Madame Lewinsky nannte sich selbst eine Lebedame, und tatsächlich feierte sie das Leben, versuchte, jeden Tag so zu gestalten, als wäre es der letzte, und ließ dabei wahrlich nichts anbrennen. Als erklärte Pazifistin bot sie Deserteuren und Kriegsdienstverweigererern Unterschlupf, und so mancher junge Anarchist und Pazifist – »oder einfach Feigling«, wie Sofia zu bemerken pflegte – fand den Weg in ihr Schlafzimmer. Fast jeden Abend war Remmidemmi in ihrem Salon, in dem auch ein Klavier stand, das Juliette benutzen durfte. Hier lernte Juliette im Frühjahr den Maler Pierre Berthon kennen. Er hatte als einer der wenigen Glücklichen die Schlacht von Verdun überlebt, war aber seither kriegsuntauglich. Narben übersäten seinen Rücken, und wenn er sich anstrengte, begannen seine Lungen zu stechen, und sein Atem ging nur noch pfeifend. »Ich bin ein dreißigjähriges, nutzloses Wrack, aber vielleicht kann ich der Welt wenigstens noch ein paar schöne Bilder hinterlassen«, pflegte er zu sagen. Er zeigte ihr Paris, die Sehenswürdigkeiten und die Bars und Kneipen, vor allen Dingen aber die Kunst, die Malerei. Immer wieder schleppte er sie in den Louvre, und bei jedem Besuch pickte er sich einige wenige Werke heraus, die er ihr bis ins Kleinste erläuterte; das Motiv, die Beschaffenheit der Farben, die Maltechnik, die Geschichte des Bildes und des Malers.

Juliette tröstete sich mit ihm über den Verlust von Maurice hinweg, wohl wissend, dass er nicht ihr Mann fürs Leben war. Ihre Einstellung, was Affären und Liebesangelegenheiten anging, war inzwischen deutlich lockerer als die von Sofia, die nach wie vor in ihren Konventionen verhaftet war.

Ihre Dachwohnung mit den zwei Mansardenfenstern war für Juliettes Geschmack hübsch möbliert. Im Schlafzimmer prangte ein breites Himmelbett mit gedrechselten Bettpfosten und leicht zerschlissenen Vorhängen, dazu zwei Nachtschränkchen, ein Schrank und eine Frisierkommode. Im Wohnzimmer standen ein Sofa mit Samtbezug, ein Tisch und drei Stühle sowie ein Buchregal. Den Boden bedeckte ein Wust an sich überlappenden Orientteppichen. Und es gab sogar eine kleine Kochnische mit Gaskocher und einen Gasofen. In den kühlen Februartagen konnte man den Ofen gut gebrauchen. Aber natürlich entsprach das alles nicht dem Standard, den Sofia gewohnt war, und so nahmen deren Klagen kein Ende, obwohl Juliette wirklich alles tat, um ihr das Leben so angenehm wie nur möglich zu machen.

»Es ist ja nur, bis der Krieg vorbei ist«, tröstete Juliette ihre Freundin, wenn diese sich wieder einmal über eine unsaubere Toilette oder zugige Fenster beschwerte. Es stand für Sofia bereits fest, dass sie Paris so bald wie möglich verlassen würde. Ada Whittaker hatte ihrer Nichte angeboten, bei ihr in New York zu leben. Sofia sollte zu ihnen kommen, sobald die politischen Verhältnisse eine sichere Reise über den Atlantik zuließen.

Die Gewichte zwischen Sofia und Juliette hatten sich verschoben, seit sie in Paris lebten. Juliette verdiente ihr eigenes Geld, auch wenn Sofia dies als *eine völlig übertriebene Pose* betrachtete. Man könne doch vom Verkauf der Schmuckstücke leben, jedenfalls so lange, bis der Krieg zu Ende war und sich die Dinge ändern würden. Es war Juliette jedoch wichtig, sich und Sofia zu beweisen, dass sie jederzeit auf eigenen Beinen stehen konnte. Das zu wissen war ein gutes Gefühl, denn Juliette hegte den Verdacht, dass Sofia sie lieber weiterhin in Abhängigkeit gesehen hätte. Doch die Lage hatte sich eher ins Gegenteil verkehrt. Ob Sofia ohne Juliette zurechtgekommen wäre, war fraglich, und deshalb waren die beiden jungen

Frauen auch noch immer zusammen, denn Juliette fühlte sich für Sofia verantwortlich.

Im Laufe der Zeit probierte Juliette verschiedene Jobs aus. Modell für Kunstmaler zu sein war nur einer davon und keiner, der besonders gut bezahlt wurde. Pierre hatte sie an seine Kollegen vermittelt. Aber es machte ihr Spaß, und sie musste zugeben, dass sie einen gewissen Hang zu Künstlern hatte. Sie waren interessanter als andere Menschen, fand Juliette. Daneben arbeitete sie als Zimmermädchen in Hotels, bediente in Cafés und Restaurants, und neuerdings gab sie Klavierunterricht. Der Pianist der Hotelbar, in der Juliette ab und zu kellnerte, hatte sie darauf gebracht. Leider reichten ihre Kenntnisse nicht für den Nachwuchs der Reichen. Die wollten für ihre Sprösslinge echte Profis, Leute mit einem Studium, am liebsten Konzertpianisten, selbst wenn die Kinder völlig untalentiert oder noch blutige Anfänger waren. Also unterrichtete Juliette hauptsächlich Lehrer- und Beamtenkinder. Der Unterricht wurde anständig bezahlt, und ohnehin würden die wenigsten ihrer Schüler jemals ein Niveau erreichen, das nach einem *maestro* als Lehrkraft verlangte.

Sofia dagegen hielt es für unter ihrer Würde, eine Arbeit anzunehmen, und anfangs war sie dazu auch wirklich nicht in der Verfassung gewesen. Sie litt noch immer entsetzlich an dem Verlust ihrer Familie. Ganze Tage verbrachte sie, indem sie nur auf dem Bett lag und an die Decke starrte, und Juliette musste sie zwingen, etwas zu essen und zu trinken.

Vergeblich versuchte Juliette ihre Freundin von den Vorzügen der französischen Hauptstadt zu überzeugen. Sie schleppte sie zu sämtlichen Sehenswürdigkeiten und in die hübschesten Cafés, aber Sofia schaffte es nicht, sich mit ihrem Exil anzufreunden. Ja, gestand sie, an Paris war architektonisch nichts auszusetzen, das Seineufer, der Eiffelturm, die Museen, die Oper und natürlich Notre-Dame, das alles war beeindruckend, großartig, es zeugte von Kultur und Lebensart, und doch gelang es ihr nicht, dort heimisch zu werden. Sie beschwerte sich über den Schmutz auf den Straßen und das viele Gesindel, das sich dort herumtrieb.

»Glaubst du denn, in Manhattan ist das besser?«, hielt Juliette ihr vor, als ihr eines Tages der Kragen platzte. »Denkst du, dort sind die Straßen mit Gold gepflastert, und es gibt keine Bettler und Taschendiebe und arme Menschen, deren Anblick du ertragen musst?«

»Mag sein. Aber dort werde ich wieder in einem großen Haus mit Personal leben, so wie früher. Tante Ada wird mich in die Gesellschaft einführen und mich den richtigen Leuten vorstellen. Sie werden mir helfen, einen Ehemann zu finden, der mir ein Leben bieten kann, wie es meine Mutter für mich gewollt hat.«

Deine Mutter wollte zuletzt Konstantin Liwny für dich, dachte Juliette, hütete aber ihre Zunge.

»Ich kann nicht so leben wie du, Juliette. Dich mag die Bohème anziehen wie das Licht die Motte, aber mein Leben ist das nicht. Du lieber Himmel, ich als braves Frauchen an der Seite eines schwadronierenden Schriftstellers oder Intellektuellen, die seine Sekretärin spielt und seine Schulden verwaltet – ist es das, was dir vorschwebt?«

»Man muss sich nicht unbedingt über einen Mann definieren«, hielt Juliette dagegen. »Man kann doch auch versuchen, als Frau ein freies, selbstbestimmtes Leben zu führen.«

»Ha! Jetzt redest du schon genauso daher wie diese Suffragetten. Wie Greta Kleinmeier, die jetzt in einem winzigen Häuschen in der englischen Provinz sitzt und ihre Tante zu Tode pflegt. Was für eine Emanzipation!«

»Lass Greta in Ruhe, sie hat es immer gut mit uns gemeint! Es ist keine Schande zu arbeiten.«

»Kannst du dir mich etwa als Zimmermädchen vorstellen oder als Bardame?«

»Nein«, gab Juliette zu.

»Die Männer, die man hier trifft, sind noch dazu lauter mehr oder weniger verkappte Bolschewiken!«

Das war natürlich übertrieben, aber es stimmte zumindest, was den Salon von Madame Lewinsky betraf, wo viele Linke verkehrten. Es dauerte meist nicht lange, bis einer von der russischen Arbeiterrevolution zu schwärmen begann, oft mit dem Hinweis, die Französische Revolution habe den Menschen die Aufklärung gebracht, die Russische dagegen Gleichheit und Gerechtigkeit. Wenn Sofia so etwas hörte, fuhr sie augenblicklich die Krallen aus, beschrieb zuerst genüsslich und in allen widerlichen Details das Bild der besoffenen Revolutionäre, die den Zarenwein aus dem Rinnstein schlürften, um dann ihren Trumpf auszuspielen, die brutale Ermordung ihrer Familie durch die Bolschewiken. Dass es vermutlich gar keine Bolschewiken gewesen waren, sondern einfach nur betrunkener Pöbel, unterschlug sie dabei gern. Nicht nur einmal kam es dadurch zu Streitereien in Madame Lewinskys Salon. Juliette war jedes Mal dankbar dafür, dass Sofia kein Mann war, denn sonst hätte sie sich unweigerlich einmal pro Woche mit einem Kommunisten geprügelt.

»Wenn du so weitermachst, fliegen wir hier noch raus und landen auf der Straße. Ist es das, was du willst?«, schimpfte Juliette nach dem letzten Eklat.

»Wir können immer noch zurück ins Ritz«, versetzte Sofia. »Ich lebe ohnehin nur in diesem Loch wegen deiner kleinbürgerlichen Prinzipien, was das Geldverdienen angeht, und damit du deinem Hang zum Lotterleben frönen und dich mit diesen Anarchisten herumtreiben kannst.«

»Ich führe kein Lotterleben, und Pierre ist kein Anarchist, er hat seinen Dienst am Vaterland geleistet und dafür einen hohen Preis bezahlt. Im Gegensatz zu gewissen anderen Personen, über die wir nicht mehr sprechen wollen.«

Nein, es war nicht einfach mit Sofia, und manchmal begann Juliette den Tag herbeizusehnen, an dem sie ihr Lebewohl sagen und die Verantwortung für sie an jemand anderen abgeben konnte. An diese Verwandte aus New York, Ada Whittaker, und ihren angeblich schwerreichen Gatten oder an einen Ehemann, der vielleicht vorher noch aus dem Nichts auftauchen würde. Allerdings war die Chance darauf gering. Wie schon in Russland, leisteten die meisten jungen Männer ihren Kriegsdienst ab oder waren, um ihrer Pflicht zu entgehen, ins neutrale Spanien geflohen. Zurück blieben nur die Alten, die Versehrten und ein paar Kriegsdienstverweigerer, die im Untergrund lebten. Alles keine passenden Kandidaten für die junge Gräfin, der es, wohl auch mangels eigener Anstrengung, nicht gelungen war, in Paris Anschluss an die dortige gesellschaftliche Elite zu finden.

* * *

»Dreh den Kopf ein wenig zum Licht!«

Juliette blinzelte in die Sonnenstrahlen, die durch das schlecht geputzte Fenster fielen und den Staub tanzen ließen. Es war ein schwüler Tag im Mai, und die Luft in Pierres Atelier klebte wie Sirup auf der Haut.

»Ja, genau so! Jetzt sieh zu mir her, aber nur mit den Augen. Wunderbar, bleib so!«

Pierres Kopf mit den früh ergrauten Haarsträhnen verschwand wieder hinter der Leinwand, und Juliette sah nur noch seine Beine, die aus der viel zu weiten Unterhose hervorragten, und seinen gebräunten und behaarten rechten Arm, der sich bewegte, während er mit dem Kohlestift seine Skizze auf die Leinwand warf.

»Wie lange brauchst du noch?«, fragte Juliette.

»Wir haben doch gerade erst angefangen.«

»Aber irgendetwas juckt und pikt ständig. In diesem Sofa lebt Ungeziefer. Flöhe oder Wanzen!«

Er schaute hinter der Leinwand hervor und warf ihr eine Kusshand zu. »Das bildest du dir ein.«

»Tu ich nicht.« Es wäre ja auch kein Wunder, dachte Juliette. Der Rest des Hinterhof-Ateliers blinkte auch nicht gerade vor Sauberkeit.

»Wirklich, Juliette, du bist das ungeduldigste Modell, das ich je hatte. Aber auch das hübscheste«, räumte er ein.

»Es ist anstrengend, so krumm zu liegen, mir schläft alles ein. Außerdem heißt es *Modell stehen*, nicht Modell liegen.«

»Dann stell dich hin. Aber ohne das Tuch.«

»Das würde dir so passen.«

»Der Louvre ist voll von Nackten, du hast es doch gesehen.«

»Ach, und du glaubst, wenn du mich nackt malst, hängt dein Kunstwerk auch eines Tages im Louvre?«

»Wäre doch möglich. Würdest du es nicht gut finden, im Louvre zu hängen, noch in hundert Jahren so schön wie heute?«

»Aber nur angezogen«, sagte Juliette. »Außerdem sind es immer nur die Künstler, die den Ruhm absahnen, über die Modelle rümpft man die Nase, sofern sie nackt sind.«

Es fehlte ohnehin nicht mehr viel dazu. Alles, was sie noch am Leib trug, war ein dünnes Seidenhemd, unter dem sich ihre Brüste deutlich abzeichneten, und ein Tuch aus rotem Samt, das er über ihre Hüften drapiert hatte. Sie durfte sich nicht bewegen oder gar aufstehen, weil sonst der Faltenwurf nicht mehr stimmte. Nein, sie wollte nicht, dass er sie nackt malte, schon allein, weil seine Freunde das Bild sehen würden und sie jedes Mal erröten würde, wenn sie danach einem von ihnen begegnete. Ganz zu schweigen von Sofia, die diese Art des Geldverdienens aufs Schärfste missbilligte, wie sie immer wieder betonte. Wenn sie wüsste, wie leicht bekleidet Juliette hier herumlag!

Allerdings gab Juliette mittlerweile nicht mehr gar so viel auf Sofias Worte.

»Ich kann nicht mehr, Pierre, tut mir leid. Mir ist so kalt.«

»Dir ist *kalt*? Bei dieser Hitze?« Er legte den Pinsel weg und betrachtete sie mit einem besorgten Gesichtsausdruck. »Was ist mit dir?«

»Ich weiß auch nicht.« Juliette stand auf und griff nach ihrem Kleid. »Eben war mir auch noch warm, aber jetzt... Ich geh besser nach Hause. Es ist wahrscheinlich gar nichts.«

Mitten im schönsten Frühling lag Juliette mit Schüttelfrost und hohem Fieber im Bett. Sofia ließ einen Arzt kommen, der eine sofortige Quarantäne für die Patientin anordnete. »Halten Sie sich um Himmels willen von ihr fern«, sagte er zu Madame Lewinsky und Sofia.

»Aber sie braucht doch etwas zu essen und zu trinken«, protestierte Sofia.

»Dann binden Sie sich Tücher vor Mund und Nase, lüften Sie, und verlassen Sie sofort wieder das Zimmer. Und desinfizieren Sie alles, was sie angefasst hat.«

»Es wird doch nicht diese Spanische Grippe sein?«, flüsterte Madame Lewinsky entsetzt.

»Man muss es befürchten«, antwortete der Arzt und machte sich eilig davon.

Tatsächlich waren einen Monat zuvor aus Spanien beunruhigende Nachrichten nach Paris gelangt, über eine Seuche, welche angeblich schon seit dem Frühjahr an der Westfront grassierte. Auf beiden Seiten wütete der »Blitzkatarrh«, das »flandrische Fieber«, oder das »knock-me-down-fever« unter den Soldaten. Wegen der Zensur war zuerst nichts davon durchgedrungen, doch diese Seuche war angeblich der Grund, warum sich an der Front, wo sich die Truppen der Entente und der Mittelmächte metertief eingegraben hatten, oft tagelang nichts bewegte und Offensiven ins Stocken gerieten. Den Berichten nach handelte es sich um ein besonders gefährliches Influenza-Virus, das man fortan die Spanische Grippe nannte, weil aus diesem Land die ersten Meldungen gekommen waren. Der Ursprung lag woanders. Es ging das Gerücht um, die amerikanischen Soldaten, die im Frühjahr über den Atlantik gekommen waren, um aufseiten der Entente zu kämpfen, hätten sie mitgebracht.

»Juliette, du darfst nicht sterben, ich brauche dich«, jammerte Sofia, und ihre Stimme klang gedämpft von dem dicken Schal, den sie sich, dem Doktor gehorchend, umgebunden hatte.

»Ich sterbe nicht, macht doch nicht so ein Aufhebens«, antwortete Juliette mit schwacher Stimme.

»Ich werde für dich beten«, verkündete Sofia.

»Ich koche ihr lieber eine Hühnersuppe nach dem Rezept meiner Großmutter«, meinte die praktisch veranlagte Madame Lewinsky.

Nach vier Tagen ließ das Fieber nach, Juliette bekam wieder Appetit, und schon zwei Tage später verließ sie ihr Bett und fühlte sich nur noch ein wenig müde.

»Siehst du! Gott hatte ein Einsehen, weil ich in der Kathedrale von Notre-Dame eine Kerze für dich angezündet habe«, triumphierte Sofia, während Madame Lewinsky den Heilungserfolg für sich und ihre Hühnersuppe beanspruchte. »Jetzt kann ich es euch ja sagen«, flüsterte sie. »Unsere Concierge Madame Duval hat's erwischt. Vorgestern hat sie sich vom Dienst abgemeldet, und heute früh musste ich den Bestatter rufen.«

Die Concierge war nicht die einzige Bewohnerin von Paris, die in diesem Frühjahr der Seuche zum Opfer fiel, es gab zahlreiche Tote binnen weniger Wochen. Doch im Laufe des Sommers ließ der Spuk wieder nach und verebbte fast ganz.

Juliette hatte die Krankheit längst vergessen, sie beschäftigte ein anderes Problem. Seit sie in Paris waren, litt Sofia an extremen Stimmungsschwankungen, und ihre Umgebung, respektive Juliette, litt unweigerlich mit. Nie wusste man, was einen erwartete, Sofia pendelte permanent zwischen Apathie und Euphorie. Sie äußerte Sterbewünsche und Selbstmordgedanken, klagte sich an, weil sie aus ihrer Familie als Einzige noch am Leben war, dann wieder fand sie, es sei ihre Pflicht, ihr auf so wundersame Weise verschontes Leben nach Kräften zu genießen, und war bereit, sich ins Nachtleben von Paris zu stürzen. Wenn Letzteres auf dem Plan stand, hatte Juliette alle Hände voll zu tun, um ihr Versprechen an die Gräfin zu halten: auf Sofia aufzupassen und sie vor Dummheiten zu bewahren. Dennoch, im Endeffekt ertrug Juliette Sofias Launen und Ausrutscher und hielt zu ihr. Wer weiß, wie sie selbst einen solchen Schicksalsschlag ertragen würde, wie er Sofia getroffen hatte, sagte sie sich immer wieder, wenn ihr der Geduldsfaden zu reißen drohte.

Bis Juliette eines Tages aus gegebenem Anlass ein paar Mausefallen im Zimmer aufstellte und dabei hinter dem Nachttisch von Sofias Bett das Ledermäppchen mit den Spritzen fand.

»Was ist das?«

»Das brauche ich für meine Medikamente.«

»Ach! Und warum versteckst du deine *Medikamente* hinter dem Nachtschränkchen?«

»Damit sie mir niemand klaut. In dieser Bude ist doch nichts sicher, ich kann sie ja schlecht im Bankschließfach aufbewahren, wie den Schmuck.«

»Gib zu, dass du morphiumsüchtig bist!«

»Morphium *ist* Medizin!«

Sofia verschwieg eisern, woher sie ihren Vorrat bezog. Das wiederum ärgerte Juliette ungemein. Die verzärtelte, alltagsuntaugliche Sofia, die kaum in der Lage war, ein paar Brötchen aus der Bäckerei zu besorgen, war selbstständig und schlau genug, um regelmäßig an Morphium zu gelangen.

Sofia sah ein, dass sie davon loskommen musste, und versuchte es tapfer mit Juliettes Hilfe. Allerdings ohne durchschlagenden Erfolg. Drei Entzugsversuche scheiterten kläglich, beim letzten Mal wäre Sofia um ein Haar in einem Anfall von Wahn aus dem Fenster gesprungen. Also versuchte Juliette, sie dazu zu bringen, die Dosis peu à peu zu reduzieren und so das

Gift langsam auszuschleichen. Das schien besser zu funktionieren, und so lavierte sie sich durch die ersten Sommermonate.

* * *

Es war August, der Hitzemonat, und bei strahlendem Sonnenschein, so wie an diesem Tag, hielt man es tagsüber in den Räumen der Dachwohnung kaum aus. Deshalb war Juliette froh, den Nachmittag in Pierres Atelier verbringen zu können. Seine Malerwerkstatt, in der er auch wohnte, lag im Erdgeschoss mit Blick auf den Hinterhof, und auch hier drin war es warm und stickig, aber längst nicht so sehr wie bei ihnen unter dem Dach.

Ein Schatten huschte am Fenster vorbei, dann klopfte es an der Tür. Pierre reagierte nicht, denn er schätzte es nicht, beim Malen gestört zu werden. Außerdem befürchtete er, es könnte seine Vermieterin sein, die zur Zahlung mahnte, denn der Erste des Monats lag bereits über eine Woche zurück.

Es klopfte, dieses Mal war es ein rhythmisches Signal. Pierre legte Palette und Pinsel weg und ging mit bloßem Oberkörper zur Tür. Es war Joseph, ein Halbwüchsiger, dessen Dienste Pierre häufiger nutzte, denn Joseph war gewieft darin, Dinge aufzutreiben, die es eigentlich gar nicht mehr gab. Heute aber kam er mit leeren Händen, dafür mit einer Nachricht, die er beim Anblick von Juliette kurzzeitig jedoch vergessen zu haben schien.

»Schau gefälligst mich an!«, kommandierte Pierre. »Was gibt's? Ich male!«

»Die Deutschen!«, keuchte Joseph, anscheinend war er gerannt.

Juliette fuhr in die Höhe, wobei sie die rote Decke an sich riss, um den Lümmel, der immer noch Stielaugen machte, nicht zu sehr zu verwirren, und weil sie für einen Augenblick von der Horrorvorstellung heimgesucht wurde, es könnte jeden Moment eine Mannschaft bis an die Zähne bewaffneter Deutscher durch die Tür treten und um sich schießen, so wie damals …

»Nein«, hörte sie Joseph durch den Nebel ihrer aufkommenden Panik lachen. »Es gab eine Großoffensive bei Amiens. Unter den britischen Panzern, es waren ein paar Hundert, ist die deutsche Verteidigung völlig zusammengebrochen.«

»Und was heißt das jetzt?«, fragte Juliette. Die Frage war an Pierre gerichtet, aber es antwortete der Junge: »Dass der Krieg bald vorbei sein wird und die Alliierten gewinnen.«

»Abwarten«, meinte Pierre skeptisch. »Das hat man schon öfter gehört.«

Aber Juliette konnte nicht verhindern, dass sich Hoffnung in ihr breitmachte. Irgendwann musste es ja überstanden sein, es hatte schon genug Tote gegeben.

Tatsächlich mehrten sich in den folgenden Wochen die Anzeichen für eine baldige Wende, und als es Ende September Verbänden der Alliierten gelang, die deutschen Truppen zwischen den Argonnen und der Maas zurückzudrängen, begann sich eine fiebrige Unruhe zu verbreiten. Die Bewohner von Paris fassten wieder Mut, das Kriegsende schien in greifbarer Nähe. »Das könnte die Entscheidung sein«, erlaubte sich dieses Mal auch Pierre ein gewisses Maß an Optimismus.

Madame Lewinsky ging sogar noch weiter, richtete voller Zuversicht ein rauschendes Fest in ihrem Salon aus, das im Lauf der Nacht eher Züge einer Orgie annahm.

Und tatsächlich: Drei Tage später forderten Paul von Hindenburg und Erich Ludendorff die Aufnahme von Waffenstillstandsverhandlungen. Sie dauerten den ganzen Oktober. Am 9. November ließ der deutsche Kaiser Wilhelm das Ende der Monarchie verkünden und ernannte einen Sozialdemokraten namens Friedrich Ebert zum neuen Reichskanzler. Zwei Tage danach wurde in einem Waldstück nördlich von Paris, im Wald von Compiègne, ein Waffenstillstandsvertrag geschlossen, der einer bedingungslosen Kapitulation gleichkam.

Der Krieg war zu Ende.

Doch damit begannen die Verhandlungen zwischen Juliette und Sofia, die nun unbedingt so schnell wie möglich nach Amerika wollte, aber nicht ohne Juliette. Juliette war unschlüssig. Immerhin wusste sie ganz genau, was sie nicht wollte: wieder als Sofias Schoßhündchen bei Menschen leben, denen sie sich nicht ebenbürtig fühlte.

»Ich muss weg von hier, Juliette, bitte begreife das. Ich bin keine Einzelgängerin, ich muss eine Familie um mich herum haben, ich bin nicht so mutig und eigenständig wie du.«

»In Amerika brauchst du mich doch nicht mehr«, hielt Juliette dagegen. »Die paar Tage auf dem Schiff wirst du ja wohl ohne mich klarkommen.«

»Aber ich kenne Tante Ada gar nicht, ich habe nur eine alte Fotografie von ihr gesehen, das ist alles. Ich brauche da drüben eine Freundin, eine Schwester!«

Immer dieselbe Leier, dachte Juliette verdrossen. Immer ging es um das, was Sofia brauchte.

»Was ist, wenn mir Amerika nicht gefällt?«

»Dann bezahle ich dir die Rückreise«, fügte Sofia hinzu. »Das verspreche ich dir hoch und heilig. Ach, bitte, Juliette, komm mit, wenigstens auf Probe. Es ist die letzte Bitte, die ich an dich habe, danach lasse ich dich für alle Zeiten in Ruhe!«

»Wer's glaubt!«

Sofia änderte die Taktik. »Juliette, ich weiß, wie wohl du dich gerade hier fühlst, ich sehe ja, wie du aufblühst, aber hast du schon einmal darüber nachgedacht, wie es weitergehen soll? Du kannst doch nicht ewig von Gelegenheitsarbeiten leben. Die Männer, die von der Front zurückkommen, werden Arbeit brauchen, dann bleiben für Frauen nur noch die schlecht bezahlten Tätigkeiten. Willst du wirklich allein und auf dich gestellt oder an der Seite eines Pierre oder wie auch immer der Nächste heißen wird, in den Tag hineinleben?«

Juliette schwieg. Sofias ungewohnt vernünftige Rede hatte sie tatsächlich beeindruckt. Gerade erinnerte sie sie nämlich sehr an Gräfin Jelisaweta, und ein bisschen sogar an Greta Kleinmeier. Nur hütete sie sich, ihr das zu sagen.

»Und was wäre in Amerika anders?«, entgegnete Juliette.

»Amerika ist vollkommen anders«, sagte Sofia. »In den Vereinigten Staaten zählen Adelstitel nichts, da gibt es keine Klassenschranken.«

»Arme gibt es dort aber auch«, zweifelte Juliette.

»Schon, aber es ist nicht wie unter diesem Spinner Lenin und seinem Sozialismus, wo einfach nur alle arm sind. Dort herrscht keine Gleichmacherei von oben, sondern der Kapitalismus. Jeder kann es schaffen, Fleiß und Können werden belohnt. Du kannst ein Geschäft eröffnen, du kannst dir einen Mann suchen…«

»Das kann ich hier auch«, warf Juliette ein.

»Ich meine, die richtige Art Mann«, antwortete Sofia. »Du könntest sogar studieren! Du warst immer besser als ich im Unterricht.«

»Studieren? Ich habe ja nicht einmal einen offiziellen Schulabschluss. Und wer, bitte schön, sollte mir ein Studium bezahlen?«, fragte Juliette und dachte: Was für ein Irrsinn!

»Ich«, sagte Sofia ernst. »Ich verdanke dir mein Leben, Juliette, denk nicht, dass ich das je vergessen werde. Das ist eine Schuld, die ich niemals abtragen kann. Dir zu geben, was immer man mit Geld kaufen kann, ist das wenigste, was ich für dich tun kann.«

Juliette schluckte, sie war sehr gerührt über diese Worte. So deutlich hatte Sofia noch nie ihre Dankbarkeit geäußert, im Gegenteil, in ihren dunklen Stunden schien sie es Juliette eher übel zu nehmen, dass diese sie vor dem Tod bewahrt hatte, indem sie in jener Schreckensnacht einen kühlen Kopf behielt.

Ja, es war etwas dran an dem, was Sofia sagte. Wie damals, als sie entscheiden musste, ob sie nach St. Petersburg mitkommen sollte oder nicht, fragte Juliette sich auch jetzt, in welchem Land sie wohl die bessere Perspektive hatte. Im kriegsgeschüttelten Frankreich oder im kapitalistischen Amerika, das zwar spät noch in den Krieg eingegriffen und Soldaten geschickt hatte, aber keinen Krieg auf seinem Territorium hatte erdulden müssen. Vielleicht sollte sie sich Amerika einfach mal ansehen.

»Gut, ich begleite dich«, lenkte sie ein. »Unter einer Voraussetzung…«

»Alles, was du willst!«, unterbrach Sofia enthusiastisch.

»Ich verlange, dass du von deiner *Medizin* wegkommst. Keine Spritzen, keine Tabletten mehr, nichts. Ich will mit eigenen Augen sehen, dass du einen Monat ohne auskommst. Wenn das gelingt, dann komme ich mit. Aber nur auf Probe«, setzte sie vorsichtshalber hinzu.

»Wenn es nur das ist, das schaffe ich«, jubelte Sofia. »Kein Problem.«

Was folgte, war eine harte Zeit für beide. Sofia schien es dieses Mal wirklich ernst zu sein, aber Juliette traute ihr nicht über den Weg.

»Sie ist eine Süchtige, und Süchtige lügen wie gedruckt, die Sucht treibt sie dazu, sie verändert die Persönlichkeit«, meinte Pierre.

Es blieb Juliette nichts anderes übrig, als ihre Jobs zu kündigen und Sofia Tag und Nacht zu beaufsichtigen. Es galt, sie vom Nachschub ihrer Drogen abzuschneiden, doch von wem sie kamen, wusste Juliette immer noch nicht. Sie hatte aber Marceline, eine der beiden Balletttänzerinnen aus dem vierten Stock, im Verdacht.

»Lässt du mich wenigstens noch allein zur Toilette gehen?«, fragte Sofia gereizt.

»Erst nachdem ich sie inspiziert habe«, erklärte Juliette, und das war nicht als Scherz gemeint, sie tat es wirklich.

»Hast du mal an eine Karriere als Wärterin im Zuchthaus gedacht? Du hättest absolut das Zeug dazu«, geiferte Sofia.

Juliette zog Madame Lewinsky ins Vertrauen, bat sie um Hilfe in Sachen Drogenentzug und erwähnte dabei auch ihren Verdacht gegen Marceline. Madame Lewinsky nahm selbst gern einmal eine Nase Kokain oder zog an einer Opiumpfeife, allerdings hatte sie gelernt, mit ihren Lastern umzugehen. Aus irgendeinem Grund hatte sie einen Narren an Juliette und Sofia gefressen, deshalb versprach sie, mit Marceline zu reden. Tatsächlich schien der Nachschub auszubleiben, nachdem Madame Lewinsky ein ernstes Wort mit der Tänzerin gesprochen hatte. Danach würdigte Marceline Juliette keines Blickes mehr, aber das nahm diese mit einem Achselzucken in Kauf.

Die ständige Beaufsichtigung Sofias belastete Juliettes Beziehung zu Pierre. Vorbei die langen Nachmittage in seinem Atelier, die Streifzüge durch Paris. Entweder mussten sie Sofia mitnehmen oder es sein lassen. Pierre kam zwar hin und wieder in ihrer Dachwohnung vorbei, aber was sollten sie zu dritt schon anfangen? Sofia war über die Besuche nicht begeistert, denn sie mochte Pierre nicht sonderlich und fühlte sich in seiner Anwesenheit wie das fünfte Rad am Wagen. Pierre sah bald auch keinen Sinn mehr in diesen verkrampften Visiten. Sie trafen sich noch einige Male im Salon von Madame Lewinsky, aber als Pierre irgendwann nicht mehr kam, wusste Juliette, dass es vorbei war. Ohne Streit, ohne Groll, sanft, fast schmerzlos war diese Romanze zu Ende gegangen. Juliette horchte in sich hinein, auf der Suche nach dem, was man gemeinhin Liebeskummer nannte. Aber da war nur eine leise Wehmut, ein Bedauern, das man empfindet, wenn man sich von einem guten Freund trennen muss, weil man verschiedene

Wege geht. Das war einerseits gut, denn wer litt schon gerne? Außerdem, so sagte sie sich, hätte sie sich ja ohnehin bald von Pierre trennen müssen, spätestens am Tag ihrer Abreise in die Vereinigten Staaten. Trotzdem fand sie es beunruhigend, keine tiefe Trauer zu empfinden. Sie fing an, an sich und ihrer Fähigkeit zur Liebe zu zweifeln. War sie eine kalte, herzlose Person? Die Trennung von Maurice hatte sie mitgenommen, sie weinte Rotz und Wasser, als sein Zug aus dem Bahnhof rollte. Doch auch damals war es nicht dieser herzzerreißende, selbstzerstörerische und alles andere überschattende Schmerz gewesen, wie er in den Romanen und den Operndramen beschrieben wurde. Was stimmte nicht mit ihr? Sie war neunzehn Jahre alt und offenbar noch nie richtig verliebt gewesen. War das normal, oder übertrieben die Liebesromane und die traurigen Chansons einfach nur maßlos? Wahrscheinlich traf Letzteres zu. Wer wollte schon etwas von lauwarmen Gefühlen hören oder Bücher lesen über Beziehungen zwischen Menschen, denen im alltäglichen Kampf ums Dasein der Sinn für Romantik und Dramen abhandengekommen war?

Juliette erzählte Madame Lewinsky von der Reise, die Sofia und sie antreten würden, sobald Sofia nicht mehr von ihren Medikamenten abhängig wäre. »Deshalb diese strengen Maßnahmen«, dämmerte es der Madame. »Ich habe mich schon gewundert, wozu das gut sein soll, da doch alle Welt irgendwelchen Lastern verfallen ist.«

»Nun, ich kann sie ja schließlich nicht drogensüchtig bei ihrer Tante abliefern«, meinte Juliette.

»Ihr Mädchen wollt ganz alleine nach New York fahren?«, erkundigte sich Madame Lewinsky. »Das gefällt mir gar nicht.«

»Wir haben schon Schlimmeres durchgestanden als ein paar Tage auf einem Schiff«, antwortete Juliette gelassen. »Im Hafen von New York werden wir von Verwandten der Gräfin erwartet.« Hoffentlich, fügte Juliette im Stillen hinzu.

Sie fragte sich, ob Ada und Sofia einander überhaupt erkennen würden. Die beiden hatten sich wegen des zwei Jahrzehnte lang schwelenden Streits zwischen Ada und ihrer Cousine Jelisaweta ja noch nie gesehen.

Nach diesem Gespräch vergingen ein paar Tage, dann stand plötzlich Madame Lewinsky auf der Türschwelle der Dachwohnung. Sie habe Freunde jenseits des Atlantiks, erklärte sie, und überhaupt sei New York eine der interessantesten Städte der Welt, sie sitze außerdem schon viel zu lange in Paris fest und bräuchte dringend eine Luftveränderung. »Kurz und gut, ich werde mitkommen und euch auf dem Schiff Gesellschaft leisten. Als Anstandsdame sozusagen.«

Juliette und Sofia amüsierten sich danach noch lange über den Begriff *Anstandsdame*, denn es scherte sich wohl kaum jemand weniger um Sitte und Anstand als Ruth Lewinsky.

»Wir sollten eine Wette abschließen, wie lange sie braucht, um den Kapitän zu verführen«, meinte Juliette.

»Oder sämtliche Offiziere und Matrosen, die nicht schnell genug den Mast hinaufklettern«, kicherte Sofia.

»Hat ein Dampfschiff denn einen Mast?«, fragte Juliette.

»Keine Ahnung«, lachte Sofia. »Wenn nicht – Pech für die Knaben.«

Natürlich antworteten sie ihrer Vermieterin, dass sie sich über ihre Gesellschaft außerordentlich freuen würden. Es war nicht gelogen, zumindest was Juliette anging. In Begleitung der mit allen Wassern gewaschenen und nicht gerade auf den Mund gefallenen Madame Lewinsky würde sie sich grundsätzlich sicherer fühlen, erst recht auf dem Weg über den Atlantik. Außerdem hatte man mit ihr immer eine Menge Spaß.

Jetzt brauchten sie nur noch Schiffspassagen. Aber auch darum kümmerte sich Madame Lewinsky.

* * *

Am 8. Januar 1918 fuhren die drei Damen mit dem Zug von Paris nach Bordeaux. Von dort würde das Dampfschiff mit dem Namen Rochambeau, benannt nach Graf Rochambeau, Marschall von Frankreich, am 9. Januar nach New York auslaufen. Die Rochambeau hatte auch während des Krieges im nordatlantischen Passagierdienst gestanden, da das Flaggschiff der CGT, der Compagnie Générale Transatlantique, die France, während des Krieges als Lazarettschiff diente. Vor zwei Jahren war die Rochambeau von einem deutschen U-Boot beschossen worden, doch der Schaden hielt sich in Grenzen. Juliette musste zugeben, dass sie sich ein wenig fürchtete beim Gedanken, tagelang nichts als Wasser um sich zu sehen. Mit dem Fischerboot ihres Vaters waren sie zwar auch oft weit hinausgefahren, aber man hatte immer noch das Land gesehen. Da war es einigermaßen beruhigend, zu wissen, dass man sich auf einem großen, krisenerprobten Schiff befand.

Diese Fahrt war etwas Besonderes, nicht nur für Juliette und Sofia, nein, auch für die zweihundert Besatzungsmitglieder. Es sollte nämlich vorerst die letzte Überfahrt sein, ehe das Schiff modernisiert und umgebaut werden sollte.

»Wieso steht auf unseren Passagen *2. Klasse?*«, beschwerte sich Sofia während der Zugfahrt. »Ich möchte Erster Klasse reisen, wenn ich schon einmal den Atlantik überquere.«

»Die Rochambeau hat keine Erste Klasse«, klärte Madame Lewinsky sie auf und berichtete, das Schiff habe Platz für über zweitausend Passagiere, davon vierhundertachtundzwanzig in der Zweiten Klasse. »Aber keine Sorge, ich habe mir sagen lassen, dass es anständige, geräumige Kabinen sind, das stehen wir schon durch.«

»Na hoffentlich«, blaffte Sofia. »Bestimmt werde ich seekrank. Schaukelei vertrage ich überhaupt nicht. Wieso gibt es noch keine Flugzeuge, die den Atlantik überqueren?«

»Wo sollten die, bitte schön, auftanken?«, gab Juliette zurück.

Manchmal hatte Sofia wirklich absurde Vorstellungen von den Möglichkeiten der Technik.

Sofia war im Zug schon ein wenig übel geworden. Außerdem hustete sie. Die letzten Tage in Paris waren sehr kalt gewesen, der Gasofen der Mansarde hatte es nicht geschafft, für angenehme Temperaturen zu sorgen, und wenn sie nicht gerade mit Packen beschäftigt waren, hatten sie beide bibbernd unter den Bettdecken gelegen.

»Höchste Zeit, dass wir verschwinden«, hatte Sofia noch gemeint. »Tante Adas Villa an der Fifth Avenue ist hoffentlich gut geheizt.«

Das Schiff war riesig. So empfanden es jedenfalls Juliette und Sofia, die allerdings beide wenig Ahnung von Schiffen hatten. Seine Länge betrug 163 Meter, das hatten sie vorhin aus den Gesprächen der anderen Reisenden aufgeschnappt.

»Es *hat* Masten! Zwei sogar!«, flüsterte Sofia, als sie in der Schlange vor der leicht schwankenden Brücke standen, die sie überqueren mussten, um auf das Schiff zu gelangen.

»Und zwei Schornsteine«, antwortete Juliette, und Madame Lewinsky wunderte sich, weshalb diese Beobachtung bei den jungen Damen gar so große Heiterkeit hervorrief. Sie schob es auf die Aufregung, das Reisefieber. »Gut, dass ich mitgekommen bin. Jemand muss euch Gänse ja im Zaum halten« murmelte sie, woraufhin die beiden erst recht losprusteten. Bei Sofia ging das Lachen allerdings übergangslos in ein Husten über.

»Hör auf zu husten, sonst lassen sie uns nicht auf das Schiff«, mahnte Madame Lewinsky.

Sofia wickelte sich ihr Halstuch um, um die kalte Januarluft nicht direkt einzuatmen, und sie gelangten ohne Probleme auf das Schiff und wurden von einem Steward zu ihren beiden Außenkabinen geleitet.

Sofia fühlte sich nicht wohl und legte sich sofort hin, während Madame Lewinsky und Juliette sich ein wenig auf dem Schiff umsahen. Es war kein Luxusdampfer, aber trotzdem sehr beeindruckend.

»Ich fühle mich unpässlich. Geht allein zum Abendessen, ich habe keinen Hunger«, sagte Sofia, als es Zeit wurde, sich zum Diner umzuziehen.

Juliette bekam es mit der Angst. »Sofia, sag mir, dass es nur eine Erkältung ist und nicht das, was ich befürchte!«

Im Herbst war, zusammen mit den aus den Kriegsgebieten und den Gefangenenlagern zurückkehrenden Soldaten, die Spanische Grippe in einer zweiten Welle über Paris hereingebrochen. Doch während im Frühjahr viele, so wie auch Juliette, die Krankheit mit lediglich ein paar Tagen Fieber und Schüttelfrost überstanden hatten, schien das Virus nun an Wirkung zugelegt zu haben. Mit mörderischer Wucht raffte es über die Herbst- und Wintermonate die Menschen, die sich infizierten, in kürzester Zeit dahin.

»Es ist nur eine Erkältung«, sagte Sofia matt. »Und die Seekrankheit.«

Aber so war es nicht. Die Krankheit nahm einen dramatischen Verlauf. Am nächsten Morgen bemerkte Juliette dunkelrote, ins Bräunliche tendierende Flecken auf Sofias Wangen, es sah gespenstisch aus, besonders als sich diese im Lauf des Tages über das ganze Gesicht ausbreiteten. Sie riefen den Schiffsarzt, der etwas von heliotroper Zyanose murmelte und dann seine niederschmetternde Diagnose stellte. Es war die Spanische Grippe in ihrer gefährlichen mutierten Form.

»Sie darf ihre Kabine nicht verlassen.«

Als ob sie dazu fähig wäre, dachte Juliette.

»Sie beide bleiben ebenfalls in Ihrer Kabine«, befahl er Madame Lewinsky und Juliette.

»Darf ich zu ihr?«, fragte Juliette. »Ich habe die Krankheit im Frühjahr selbst überstanden. Müsste ich nicht immun sein?«

Der Arzt zögerte.

»Ich habe in einem russischen Lazarett gedient!«

»Gut, dann wissen Sie ja, was strikte Hygiene bedeutet. Kommen Sie ihr nicht zu nahe, hüten Sie sich vor ihrem Atem, waschen Sie sich gründlich die Hände.«

Sofia bat Juliette, ihr Papier und einen Stift zu besorgen.

»Wozu?«

»Bitte, Juliette!«

»Sofia…«, schluchzte Juliette. »Du erholst dich wieder, so wie ich auch. Was die Bolschewiken nicht geschafft haben, wird dieses Virus auch nicht schaffen.«

»Bring es mir einfach«, keuchte Sofia und Juliette gehorchte.

Am Abend spuckte Sofia Blut, und über Nacht verfärbte sich die Haut am ganzen Körper lila.

»Wird sie sterben?«, fragte Madame Lewinsky den Arzt geradeheraus.

»Ja«, antwortete der ebenso direkt. »Es dürfte eine Frage von Stunden sein.«

Juliette spürte den Boden unter ihren Füßen nicht mehr. Sie musste sich an Madame Lewinsky festhalten.

»Kein Wort zu niemandem«, mahnte der Arzt mit, wie es Juliette vorkam, kaltherziger Professionalität. »Es gilt, nicht nur die Ausbreitung der Seuche zu verhindern, sondern auch die einer Panik.«

Madame Lewinsky versprach es.

»Es geht zu Ende«, presste Sofia gegen Mitternacht hervor. »Ich bekomme keine Luft mehr…«

Juliette hatte die Anweisungen des Arztes in den Wind geschlagen und saß seit Stunden neben Sofias Bett. Jetzt sprang sie verzweifelt auf. »Ich hole den Arzt! Er muss doch was tun können!«

»Kein… Arzt. Bleib bei mir«, röchelte Sofia. »Ich habe dir… etwas aufgeschrieben…«

»Schon gut, Sofia, das ist jetzt nicht wichtig.« Juliette drückte Sofias Hand, die sich anfühlte wie ein Fisch, den man aus eiskaltem Wasser zog.

»Doch. Lies es. Gleich ... gleich, wenn ich tot bin. Versprich es mir, Juliette, meine Schwester.«

Juliette, blind vor Tränen, versprach es.

Sofias letzte Minuten waren qualvoll. Ihre Augen quollen hervor, sie rang nach Luft, die ihre Lungen jedoch nicht mehr zu erreichen schien. Juliette litt verzweifelt mit ihr, und doch war es das Schlimmste, was sie je mit ansehen musste. Sie sträubte sich gegen die Erkenntnis, dass Sofia sterben würde, und gleichzeitig hoffte sie, dieser schreckliche Zustand möge rasch vorbei sein.

Von einem Augenblick auf den anderen froren Sofias Gesichtszüge ein.

Im ersten Moment verspürte Juliette Erleichterung darüber, dass die entsetzliche Qual für Sofia vorüber war.

Sie bedeckte Sofias von Tod und Krankheit entstelltes Gesicht mit einem Tuch und blieb eine ganze Weile lang neben ihr sitzen, versuchte zu begreifen, was geschehen war und was es für sie bedeutete. Wie oft hatte sie sich in der letzten Zeit gewünscht, Sofia loszuwerden. Aber doch nicht so!, schrie alles in ihr, und sie schämte sich im Nachhinein für jeden ihrer schlechten Gedanken. Dann fiel ihr Blick auf den Umschlag, der auf der kleinen Ablage neben dem Bett lag. Vermutlich enthielt er Anweisungen für ihre Bestattung. Falls Sofia bei ihrer Familie beigesetzt werden wollte, würde Juliette ihr zuliebe sogar noch einmal zurück nach St. Petersburg reisen.

Sie öffnete den Umschlag und las, was Sofia mit zittrigen Händen aufgeschrieben hatte. Und las es noch einmal.

»Nein«, flüsterte sie. »Nein, Sofia, das kann ich nicht tun, das will ich nicht. Und es geht auch nicht. Es ist unmöglich!«

Gegen drei Uhr in der Nacht legten zwei vermummte Männer Sofias Leichnam in eine schlichte Holzkiste, die sie an Ort und Stelle zunagelten. Juliette spürte jeden Hammerschlag wie einen Stich ins Herz.

»Eine schlichte Seebestattung wäre in diesem Fall wohl das Angebrachte«, sagte der Schiffsarzt zum Steward. »Am besten noch heute früh, in aller Stille, um niemanden zu beunruhigen.«

»Wenn Sie damit einverstanden sind?«, wandte sich der Steward an Madame Lewinsky.

Die nickte. Juliette stand wie versteinert neben ihr.

»Wir würden Sie bitten, für den Rest der Reise Ihre Kabine nicht zu verlassen und in New York, sofern Sie beide sich gesund fühlen und keine Symptome der Krankheit zeigen, ohne Aufhebens von Bord zu gehen. Die Hafenbehörden in New York sind streng, und wir haben doch alle kein Interesse daran, dass womöglich noch eine Quarantäne über das ganze Schiff verhängt wird, nicht wahr?«

»Wir sind einverstanden«, sagte Madame Lewinsky. Juliette brachte kein Wort heraus.

»Ach ja, der Name der Toten? Damit ich ihn von der Liste der ankommenden Passagiere streichen kann...«

»Juliette Bonnet«, antwortete Madame Lewinsky. »Sie war die Gesellschafterin der Gräfin Sofia Lobanowa.« Bei den letzten Worten nickte sie Juliette zu.

Kapitel 18

Die Melancholie

Belmonte, 1918 bis 1919

Bruna polierte den Silberleuchter auf Hochglanz. Das ganze Haus war in heller Aufregung, und auch Bruna hatte fast die ganze letzte Nacht schlaflos verbracht. Es war eine gute Schlaflosigkeit gewesen, voller Freude auf den kommenden Tag. Sie kannte auch andere Nächte, solche, in denen ihre Gedanken immerzu um die Sache mit Donatos Briefen kreiste. Nachdem die Köchin seinen ersten Brief samt Umschlag ins Feuer geworfen hatte, konnte Bruna den zweiten, den sie in letzter Sekunde unter die Kartoffeln geschoben hatte, bei ihrem nächsten Besuch auf dem Gutshof der Priscos an sich nehmen. Er klang kaum besser als der erste. Die italienischen Truppen waren besiegt und Donato mit zwei Kameraden von seiner Einheit getrennt worden. Jetzt versteckten sie sich vor dem Feind und der italienischen Militärpolizei. Bruna hütete den Brief dennoch wie einen Schatz unter der losen Bodendiele in ihrem Zimmer. Es blieb ihr nichts anderes übrig. Wie hätte sie einen Brief von Donato ohne Kuvert der Signora erklären sollen? Briefe fielen schließlich nicht vom Himmel. Dennoch, es war kaum zu ertragen, mit ansehen zu müssen, wie die Ungewissheit über das Schicksal ihres Sohnes an der Signora nagte. Die Frau war bald nur noch ein Schatten ihrer selbst. Hätte Bruna ihr doch ein Zeichen geben können, dass ihr Sohn noch lebte oder zumindest im November 1917 noch gelebt hatte!

Was danach mit Donato geschehen war, wusste niemand. Auch Bruna quälte sich mit dieser Frage herum. Hatten Luigi Cadornas Militärpolizisten Donato und seine Kameraden in ihrem Versteck entdeckt und hingerichtet? Aber wären seine Eltern darüber nicht benachrichtigt worden? *Geehrter Signor Prisco, geehrte Signora, Ihr Sohn hat sich unerlaubt von der Truppe entfernt. Er wurde in einem Versteck gefunden und erschossen …*

Sie beruhigte sich damit, dass bis jetzt keine solche Nachricht gekommen war, denn das hätte Bruna bestimmt erfahren. Oder ließ man die Angehörigen lieber in dem Glauben, der Sohn wäre verschollen? Ein Deserteur warf ja schließlich ein schlechtes Licht auf die Armee. Wenn Bruna daran dachte, lief es ihr eiskalt den Rücken hinunter. Die andere Möglichkeit, die er in seinem Brief angedeutet hatte, war auch nicht viel beruhigender. War er in die Hände der Feinde geraten? Was hatten die Barbaren aus dem Norden mit ihm gemacht? Musste er jetzt irgendwo schwere Arbeit für die Deutschen oder die Österreicher verrichten, bei Hitze und Kälte und schlechter Ernährung? Und dann hielt Brunas Gedankenkarussell noch eine dritte Variante bereit, welcher sogar ein gewisses romantisches Kolorit anhaftete: Donato war beiden Mächten entkommen und hielt sich irgendwo in den Wäldern versteckt. In den Nachtstunden, wenn die Fantasie mit ihr durchging, malte Bruna sich aus, wie er in einem Zelt hauste, das aus alten Decken oder Tierfellen bestand und mit Zweigen getarnt war. Er musste jeden Tag um sein Überleben in der rauen Natur kämpfen. Er sammelte Pilze und Beeren, er fing Forellen mit der Hand und Kaninchen in selbst gebauten Fallen, deren Fleisch er über einem Feuer briet. Sein Haar war lang und verfilzt, genau wie der Bart, seine eigene Mutter würde ihn nicht mehr erkennen, er wurde mehr und mehr zu einem Waldwesen. Wie aber sollte er in seinem Waldversteck überhaupt davon erfahren, wenn der

Krieg eines Tages zu Ende sein würde? Womöglich verbrachte er den Rest seines Lebens als Einsiedler in den Wäldern, aus Angst, geschnappt zu werden...

Ende Mai 1918 kam die Erlösung: ein Brief von Donato. Bruna erfuhr es von Marcella.

»Was stand drin?«

»Denkst du, mir sagt irgendeiner was?«, knurrte die Köchin und stocherte mit dem Schürhaken im Herdfeuer. Man hatte vor Jahren einen Gasherd installiert, aber Marcella misstraute dem Gerät, das aus einer großen Flasche gespeist wurde.

Bruna kam zurzeit jeden Tag ins Haus und half in der Küche und im Garten aus, denn Marcella hatte sich beim Sturz von einer Leiter die rechte Schulter ausgerenkt und sollte sich schonen.

Gegen vier Uhr schickte Marcella Bruna nach Hause und meinte, den Rest schaffe sie auch alleine.

In der Halle hörte Bruna Klaviergeklimper. Das Instrument stand im Esszimmer, und man hörte sofort, wer darauf spielte, Agata oder die Signora. Bei der Signora klang es leicht, und die Töne perlten wie feine Regentropfen aus dem Instrument heraus, Agata dagegen haute in die Tasten wie ein Holzfäller. Eben spielte Agata, unverkennbar, und es war abzusehen, wann ihr die Lust am Üben verging. Bruna lungerte so lange in der Halle herum, bis das Klavier verstummte und Donatos Schwester auf dem Weg in ihr Zimmer »zufällig« an Bruna vorbeikam.

»Oh, Bruna! Hast du schon gehört? Donato hat geschrieben.«

»Wirklich?«

»Ja, es ist wahr. Wir sind alle überglücklich.«

»Was schreibt er denn, wo ist er, wie geht es ihm?«

Agata bat Bruna, in die Bibliothek mitzukommen. Diese kannte Bruna sehr gut. Früher, wenn Brunas Mutter sich auf dem Gut aufhielt, um Näharbeiten zu erledigen, hatten Agata und die zwei Jahre jüngere Bruna oft zusammengesessen und Schule gespielt. Bruna musste dann vorlesen, Märchen und Abenteuergeschichten, und Agata war die strenge Lehrerin. Auf diese Weise lernte Bruna lesen und schreiben, denn in der Schule war sie nicht richtig mitgekommen, weil sie oft fehlte. Zu viel Arbeit zu Hause. Sie erinnerte sich, wie Agata ihr einmal die Zöpfe flocht und dabei sagte, sie hätte Bruna gern als kleine Schwester. Das hätte Bruna auch viel besser gefallen, als zu Hause die Älteste von vieren zu sein. Donato, der drei Jahre älter war als Agata, hatte den beiden manchmal gruselige Geschichten erzählt, und Bruna hatte sich vorgestellt, wie es wäre, ihn später einmal zu heiraten. Inzwischen wusste sie, dass das nie passieren würde. Später, als Agata etwa fünfzehn war und Bruna dreizehn, steckten sie oft noch die Köpfe zusammen und lasen kichernd diese Liebesromanheftchen, die Agata Gott weiß woher bezog. Doch bald darauf hatte sich ihre Kinderfreundschaft verflüchtigt. Ohne es je ausgesprochen zu haben, schienen beide zu begreifen, dass eine Erwachsenenfreundschaft zwischen ihnen nur schwer möglich war, erst recht, seit Bruna ab und zu auf dem Gut arbeitete und dadurch zum Personal gehörte. Da galt es die nötige Distanz zu wahren. Deswegen hatte Bruna in letzter Zeit eine gewisse Scheu verspürt, die Bibliothek zu betreten. Nur ab und zu schlich sie sich doch einmal herein und betrachtete die Fotografie von Donato, die in einem Silberrahmen auf dem Kaminsims stand. Sie war vor drei Jahren aufgenommen worden, anlässlich seiner Abreise an die Front. Er trug seine Uniform und die Begeisterung und der Patriotismus, mit denen er sich in das Abenteuer Krieg gestürzt hatte, war ihm nicht anzusehen. Er blickte ernst in die Kamera, ein Gesicht mit feinen Zügen, etwas eng stehenden Augen und vollen Lippen.

Die Bibliothek war das schönste Zimmer im ganzen Haus und das prächtigste, das Bruna überhaupt jemals gesehen hatte.

Die deckenhohen Regale, die Bücher mit den Lederrücken und den Goldbuchstaben, der mächtige Schreibtisch mit dem Globus darauf, den Schreibutensilien und dem silbernen Brieföffner, der breite Kamin, die Samtvorhänge, das alles wirkte vornehm und edel, aber das Glanzstück war das Deckengemälde mit der Madonna und dem Jesuskind. Es erweckte den Eindruck, als stünde man in einer Kirche. Gerade hatte Bruna jedoch keinen Blick dafür, denn Agata nahm Donatos Brief vom Kaminsims. Er hatte neben seinem Porträt gelehnt, und nun setzte Agata sich damit in den Ohrensessel. Bruna blieb gespannt vor ihr stehen, denn die Zeiten waren lange vorbei, in denen man sich zusammen zum Lesen in den Ohrensessel gekuschelt hatte. Die Kaminuhr tickte leise, durch das Fenster schien die Nachmittagssonne auf das Parkett. Agata las vor.

Donato war in den letzten Novembertagen in Gefangenschaft geraten. Wie das im Einzelnen zugegangen war, schrieb er nicht. Seit Dezember 1917 befand er sich im Lager Sigmundsherberg, einem Gefangenenlager am Rande der gleichnamigen Ortschaft, die nördlich von Wien lag. Donato schrieb, er sei dort zusammen mit sehr vielen Kameraden, die ebenfalls an der letzten Isonzo-Schlacht teilgenommen hatten. Es gehe ihm inzwischen wieder gut. Über die Wintermonate sei das Lager mit siebentausend Mann überfüllt gewesen, in den Baracken habe man dreistöckige Betten aufgestellt, und die Verpflegung habe hauptsächlich aus Rüben bestanden. Mancher vom Einsatz an der Alpenfront geschwächte Kamerad sei im Lager an Kälte und Mangelernährung gestorben, andere erlagen einer der im Lager grassierenden Seuchen, angeführt von Typhus und der Spanischen Grippe. Mittlerweile, so schrieb Donato, habe sich die Lage jedoch gebessert. Nach Beschwerden beim österreichischen Kriegsministerium würden nun die Gefangenentransporte umgeleitet nach Braunau am Inn, und durch den im März geschlossenen Frieden mit Russland hätten die russischen Gefangenen bereits gen Heimat reisen können. Außerdem gebe es einen Invalidenaustausch mit Italien. Die Kälte habe seit Frühlingsbeginn ebenfalls nachgelassen, der Speiseplan sei wieder reichhaltiger, und es gebe weniger Krankheiten unter den Insassen. Den Winter über habe er in der Paketsammelstelle gearbeitet, denn in Sigmundsherberg würden die Pakete für alle Gefangenenlager sortiert und weiterverschickt, aber demnächst müsse er wahrscheinlich nach Wien, um an der Baustelle der Floridsdorfer Hochbahn zu arbeiten. Der Brief endete mit den Worten: *In der Hoffnung auf ein baldiges Kriegsende und ein Wiedersehen grüße ich Euch alle, Euer Sohn und Bruder Donato.*

»Zufrieden?«, fragte Agata, der die Erleichterung, von ihrem Bruder zu lesen, deutlich ins Gesicht geschrieben stand. Äußerlich sah sie Donato nicht sehr ähnlich, Agata kam eher nach ihrem Vater, mit ihrer hohen Stirn, den breiten Augenbrauen und dem kräftigen Kinn.

»O ja. Das klingt schon viel besser als… Also, ich meine, es ist doch besser für ihn, in diesem Lager zu sein, anstatt an der Front, nicht wahr?«

Gerade noch mal die Kurve gekriegt! Sie musste wirklich aufpassen, dass sie sich nicht verriet. »Es geht ihm doch gut, oder, Signorina Agata?«, setzte sie nach. Sie musste es unbedingt noch einmal aus berufenem Mund hören.

»Nun ja, mein Vater sagt, man kann nie wissen, ob die Post nicht doch zensiert wird.«

»Zensiert?«

»Das bedeutet, die Briefe werden gelesen, von der Lagerverwaltung. Sie dürfen nicht einfach schreiben, was sie wollen und wie es ihnen *wirklich* geht.«

»Hätte er dann das von den Rüben und den Seuchen schreiben dürfen?«

Agata zuckte mit den Schultern. »Was weiß ich. Es ist ein Lebenszeichen, immerhin.«

»Wann kommt er denn nach Hause?«

»Das steht in den Sternen. *Papà* meint, wir müssen Geduld haben, es könne noch Jahre dauern.«

»Jahre?«, rief Bruna entsetzt. »Was ist mit diesem Inva...«

»Invalidenaustausch? Das sind die, die nicht mehr lange leben oder denen Arme und Beine fehlen. Die sind nutzlos, sie können nicht arbeiten, darum lassen sie sie gehen.«

»Du lieber Gott!«

»Zu denen scheint er ja nicht zu gehören«, meinte Agata, als sie Brunas erschrocken geweitete Augen sah. »Sonst hätten sie ihn uns längst zum Sterben nach Hause geschickt.«

Übertriebenes Feingefühl gehörte nicht unbedingt zu Agatas herausragenden Charaktereigenschaften, aber daran war Bruna gewöhnt.

»Wenn er schon seit Dezember in diesem Lager ist, warum hat er dann nicht früher geschrieben?«, wollte Bruna wissen.

»Himmel, Bruna, du kannst einem wirklich ein Loch in den Bauch fragen! Woher soll ich das wissen? Vielleicht haben sie erst jetzt die Erlaubnis dazu bekommen, vielleicht fehlten ihm schlichtweg Stift und Papier! So ein Lager ist schlimmer als ein Zuchthaus, die Gefangenen müssen hart arbeiten, und sie haben nichts für sich. Da kann man sich nicht einfach hinsetzen und mal eben in Ruhe seine Korrespondenz erledigen.« Bei diesen Worten deutete Agata auf den Schreibtisch aus Walnussholz, dessen Platte auf drei Seiten von einem kleinen Geländer umrahmt wurde, und Bruna stellte sich Donato vor, wie er dort saß und nach den rechten Worten sinnend die Feder ins Tintenfass tauchte.

»Wichtig ist doch, dass er offenbar am Leben ist und wir wissen, wo er ist«, stellte seine Schwester fest.

Bruna nickte. Ja, natürlich war das die Hauptsache. Aber *Jahre* bis zu seiner Rückkehr! »Man kann ihm Pakete senden, stimmt das?«

»Es sieht so aus. Auch wenn er nicht darum gebeten hat.

Meine Mutter hat Vater trotzdem sofort losgeschickt, um Schokolade und Zigaretten aufzutreiben.«

»Was machst du hier?«, fragte eine scharfe Stimme hinter Bruna. Sie fuhr herum. Es war Romina, das Dienstmädchen, wobei *Mädchen* auf Romina schon lange nicht mehr zutraf. Sie war eine ältliche, zerknitterte Frau, die stets eine säuerliche Miene zur Schau trug, weshalb Brunas Mutter sie *den Drachen* nannte. Sie war für die Wäsche und die Reinhaltung der Räume zuständig, mit Ausnahme der Küche, über die Marcella herrschte, und sie kümmerte sich um Donatos achtzigjährige Großmutter Giuseppina, die an der Auszehrung litt und kaum noch ihr Zimmer verließ.

»Es ist schon in Ordnung, Romina«, rief Agata aus den Tiefen des Ohrensessels.

»Verzeihung, Signorina Agata, ich habe Sie nicht gesehen.«

Bruna schickte dem zurückweichenden Drachen einen finster-triumphierenden Blick hinterher.

In der darauffolgenden Nacht konnte Bruna zum ersten Mal wieder durchschlafen, und am Sonntag, nach der Messe, zündete sie zum Dank am Altar der Jungfrau Maria eine Kerze an und bat sie, Donato auch weiterhin zu beschützen.

* * *

Die Madonna hatte ein Einsehen. Nachdem Anfang November 1918 der Waffenstillstand zwischen Italien und den Mittelmächten unterschrieben war, durfte Donato Prisco als einer der ersten italienischen Gefangenen das Lager verlassen. Kaum über der Landesgrenze, kabelte er an seine Familie, er sei frei und unterwegs nach Hause, er werde wohl am Martinstag mit dem Zug in Senigallia eintreffen.

Das Telegramm traf am 8. November ein. So blieb wenig Zeit, um seine Ankunft gebührend vorzubereiten. Es wurde nach Bruna geschickt, denn man konnte jetzt jede helfende Hand gebrauchen.

Der Silberleuchter blinkte, ebenso wie das Besteck und die Kristallgläser. Der Tisch war für fünf gedeckt, den engsten Familienkreis: Domenico und Annabella Prisco, Donato, die Hauptperson, seine Schwester Agata, und Giuseppina Prisco, die Mutter des Signore, deren Verstand sich allerdings zusehends einnebelte, sodass es fraglich war, ob sie ihren heimkehrenden Enkel wiedererkennen würde. Bruna ging vor die Tür und schnitt im schwachen Licht der Hoflampe ein paar späte Rosenblüten ab. Die Standuhr schlug halb sechs, es war schon dunkel.

Signor Prisco war selbst mit seinem Automobil nach Senigallia gefahren, um seinen Sohn abzuholen. Sie könnten jeden Moment eintreffen, falls der Zug sich an den Fahrplan hielt. Bruna arrangierte die blassgelben Rosen in der Vase, trat einen Schritt zurück und überprüfte ihr Werk. Alles bereit. Sie dachte daran, wie es für Donato sein müsste, nach so langer Zeit zum ersten Mal wieder an so einem schön gedeckten Tisch zu sitzen und essen zu können, so viel er wollte. Denn Marcella hatte geschlachtet – zwei Stallhasen und ein Huhn – und gekocht und gebacken, was das Zeug hielt, man könnte meinen, ein ganzes Bataillon kehrte heim. Man würde noch tagelang davon essen können, und Bruna spekulierte darauf, dass auch für sie etwas davon abfiel.

Die Signora kam herein. Sie lächelte, und zum ersten Mal realisierte Bruna, dass die Signora, obwohl bestimmt schon Mitte vierzig, noch immer eine schöne Frau war, daran änderten auch die Falten um ihren Mund und die Augen nichts, Spuren, die drei Jahre Sorge und Ungewissheit hinterlassen hatten. Seit sie wusste, dass ihr einziger Sohn noch am Leben war, war ihr Appetit zurückgekehrt, jedenfalls musste Brunas Mutter in letzter Zeit keine Kleider mehr enger machen. Sie war nach wie vor dünn, aber ihre Augen leuchteten, ihre Wangen hatten

Farbe, und aus ihren Bewegungen war die Schwere gewichen, die sie jahrelang niedergedrückt hatte. Beschwingt und mit neu gewonnener Grazie ging die Signora um den Tisch herum, entfernte hier ein unsichtbares Stäubchen, zupfte dort am Tischtuch und wandte sich dann an Bruna. »Das hast du sehr gut gemacht, Bruna. Du scheinst ein Händchen fürs Dekorative zu haben. Das Talent hast du sicherlich von deiner Mutter.«

»Danke, Signora«, sagte Bruna errötend und machte einen kleinen Knicks. »Es soll doch alles schön sein, wenn unser Held zurückkommt.«

»Unser Held«, wiederholte die Signora, und ein Schatten wanderte über ihr Gesicht. »Wenn nur sein Vater auch so denken würde.«

»Aber Signora, sein Sohn hat doch tapfer für unser Land gekämpft und gelitten, und wir haben den Krieg gewonnen«, platzte Bruna heraus und biss sich sogleich auf die Lippen. Das war frech und vorlaut, man kritisierte den Signore nicht, auch nicht in seiner Abwesenheit. Jedenfalls niemand wie sie. Allerdings war sie felsenfest überzeugt davon, dass Donatos Vater seinem Sohn Unrecht tat.

Die Signora schien sich an Brunas Benehmen nicht zu stören, sie antwortete: »Sagen wir es so: Italien ist auf der Siegerseite, und das trotz all seiner verlorenen Schlachten. Gewonnen haben andere.«

Bruna musste unweigerlich an den unterschlagenen Brief von Donato an seine Eltern denken, der noch immer unter der losen Bodendiele in ihrem Zimmer lag. Zum ersten Mal kam ihr der Gedanke, dass Marcella womöglich doch richtig gehandelt hatte, als sie den anderen Brief verbrannte, in dem er von Dreck und Blut und vom Desertieren schrieb. Vielleicht sollte Bruna das auch mit dem zweiten Brief tun, ihn verbrennen. Sein Inhalt war, genau wie der des ersten Briefes, ebenfalls nichts, was die Signora, geschweige denn der Signore, jemals zu sehen bekommen sollten.

Draußen bellte der Hofhund, den man sicherheitshalber an die Kette gelegt hatte, denn es war ein junger Hund, der Donato noch nicht kannte. Beide stürzten ans Fenster. Scheinwerfer bogen um die Ecke, der schwarze Wagen rollte die Einfahrt entlang und hielt vor dem Haus.

Die Signora stieß einen kleinen, entzückten Schrei aus und eilte hinaus in die Halle. Bruna folgte ihr mit einigem Abstand. Sie stellte sich halb unter die Treppe, wo sie alles im Blick hatte, aber selbst nicht auffallen würde.

Donato betrat sein Elternhaus dicht hinter seinem Vater, und Bruna wurde unweigerlich an ihre nächtlichen Waldschrat-Fantasien erinnert. Zwar trug Donato weder Bart noch Mähne, sondern das Gegenteil traf zu, sein Schädel war kahl rasiert und der Bartwuchs höchstens ein paar Tage alt, doch der Rest entsprach fast ihrer Vorstellung. Seine Kleidung sah aus, als hätte er sie von einem kleineren, dickeren Mann gestohlen, Hose und Jacke waren zigmal ausgebessert und schlotterten an seiner Gestalt. Außerdem hatte sie ihn größer in Erinnerung. Das mochte an seiner Haltung liegen; er ging geduckt, als müsste er einen zu niedrigen Türstock passieren. Drei Jahre Kriegsdienst und Gefangenschaft hatten einen vollkommen anderen Menschen aus ihm gemacht, und sie war nicht sicher, ob sie ihn auf der Straße erkannt hätte, so hohlwangig und ausgezehrt, wie er aussah. Zum Fürchten! Seine Augen lagen in tiefen Höhlen, waren von bräunlich-lilafarbener Haut umgeben, er hielt den Kopf gesenkt, und sein Blick glitt von unten herauf unruhig hin und her, wie bei einem Tier, das Gefahr wittert.

Ungeachtet dieser Verwandlung stürzte seine Mutter auf ihn zu und riss ihn in ihre Arme, während der Signore milde lächelnd danebenstand. Er wirkte nicht gerade euphorisch, aber sie hatten sich ja bestimmt schon auf dem Bahnsteig herzlich begrüßt. Außerdem – wann hatte man den Signore jemals euphorisch erlebt?

Nun kam auch Agata die Treppe heruntergerannt, wurde aber auf den letzten Stufen langsamer und presste die Hand auf ihren Mund, ehe sie sich zusammennahm, die Schultern straffte und ein Lächeln aufsetzte, mit dem sie auf ihren Bruder zuging, um ihn willkommen zu heißen.

Bruna hatte vorgehabt, Donato ebenfalls zu begrüßen, natürlich nicht mit einer Umarmung, aber vielleicht per Handschlag oder mit einem kurzen Winken aus höflicher Distanz, doch nun wich sie unwillkürlich zurück in den Schatten unter der Treppe, während Donato und seine Eltern in Richtung Esszimmer strebten und Agata noch einmal nach oben lief, um die *nonna* zu holen. So blieb die Halle für einen Moment leer, und Bruna schlüpfte unter der Treppe hervor. Sie war schockiert und wollte nur noch weg, ehe sie Donato noch einmal ansehen oder mit ihm reden musste. Als Marcella die ersten Schüsseln ins Esszimmer hinübertrug, riss Bruna ihren Mantel vom Haken an der Küchentür und verließ unbemerkt das Haus.

Begleitet vom Gebell des Hofhundes, rannte sie zum Tor, die *strada bianca* hinab, vorbei an der Mauer des Klosters Santa Maria delle Stelle, vorbei am Farina-Hof und am Friedhof von Belmonte, und sogar auf dem Schleichweg, der durch die Gärten wieder hinauf nach Belmonte führte, ging sie in hohem Tempo. Sie wusste selbst nicht, warum, aber es war ihr ein Bedürfnis.

* * *

Bruna brauchte drei Tage, um Mut zu fassen und ihre Mutter zum Gutshof zu begleiten. Die Schneiderin war gerufen worden, weil man Donatos Kleidung anpassen musste.

»Sollen wir damit nicht lieber noch ein wenig warten? Er wird doch wieder zunehmen, Signora?«, hörte Bruna ihre Mutter fragen.

»Sicher wird er das, und dann lassen wir ihn neu ausstaffieren. Aber bis dahin sollte er die alten Hosen nicht beim Gehen verlieren, meinen Sie nicht, Signora Greco?«

Bruna hingegen kassierte einen Anpfiff von Marcella. »Wo warst du denn, du dummes Ding, wir hätten dich brauchen können.«

»Mir war nicht wohl«, sagte Bruna, was ja auch irgendwie stimmte, auch wenn es kein körperliches Unwohlsein gewesen war. Schon sah sie sich einer prüfenden Musterung vonseiten der Köchin ausgesetzt.

»Du wirst doch nicht in anderen Umständen sein?«

»Was?«

»Du hast doch nicht etwa herumgehurt und kriegst ein Balg?«

»Nein, das habe ich nicht!«, rief Bruna entrüstet. »Ich habe keinen Liebsten, und ich würde niemals herumhuren, also hüten Sie Ihre Zunge! Sonst erzähle ich der Signora, dass Sie Donatos Brief verbrannt haben!« Es war eine leere Drohung, natürlich, aber Bruna war außer sich vor Wut und fand, dass es allmählich Zeit wurde, sich bei Marcella ein wenig Respekt zu verschaffen.

Marcella kam auf sie zu und baute sich in voller Größe und Breite vor ihr auf. Eine Frau wie ein Gebirge, Bruna bekam es mit der Angst.

»Leg dich nicht mit mir an, Bruna Greco!«, flüsterte die Köchin gefährlich leise. »Kein Wort von diesem Brief, hörst du? Schließlich hast du ihn geöffnet, nicht ich. Wir sitzen im selben Boot.« Marcella schnaubte wie ein Stier, zwischen den Haaren auf ihrer Oberlippe glänzten Schweißperlen. Dann drehte sie sich um und begann mit heftigen Bewegungen ein Huhn zu rupfen, wobei sie Unverständliches vor sich hin brabbelte. Doch tatsächlich mäßigte sie sich in nächster Zeit in ihren Worten und ihrem Tonfall gegenüber Bruna.

Bruna versuchte mit allen Tricks, Donato aus dem Weg zu gehen. Sie hatte Angst, sich ihm gegenüber nicht gut genug verstellen zu können. Er würde ihr das Entsetzen über seine Veränderung sofort ansehen, und sie wollte ihn nicht kränken. Denn sie hatte ihn immer noch sehr gern, trotz seiner äußerlichen Veränderung. Aber sie beobachtete ihn heimlich durch das Küchenfenster, wenn er im Park herumspazierte, durch das Laub, das nun in Massen von den Kastanien herunterfiel. Das tat er ziemlich oft, einfach herumlaufen und in den Himmel schauen. Oder am Teich sitzen und aufs Wasser starren. Das konnte man zwar von der Küche aus nicht sehen, aber Arturo, der Stallknecht, berichtete davon. Donato schien außerdem seine neue Lieblingsbeschäftigung gefunden zu haben. Er warf Stöcke, die der Hund dann apportierte. Das schien beiden Spaß zu machen, dabei sah man Donato sogar lächeln. Überhaupt war er viel draußen, trotz Nebel und Novemberkälte. Als wollte er seiner Familie aus dem Weg gehen, so wie Bruna ihm. Aber wer konnte schon wissen, was in ihm vorging? Seit er wieder seine eigene, ordentliche Kleidung trug, wirkte Donato zivilisierter, doch jetzt erinnerte er Bruna plötzlich an die kolorierte Zeichnung von Graf Dracula in einem der Bücher, die sie einst mit Agata zusammen gelesen hatte. Irgendwann würde eine Begegnung mit ihm unvermeidlich sein, das war ihr klar. Sie wollte ihn ja auch gerne sehen, mit ihm sprechen. Nur eben noch nicht gleich.

Als Bruna eines Morgens im Schuppen Holz holen ging, um Nachschub für den Küchenherd zu besorgen, sah sie ihn am Teich, wie er dastand und aufs Wasser starrte, genau wie Arturo es geschildert hatte. Sie nahm sich zusammen und blieb stehen, bis er sie bemerkte.

»Bruna!«, rief er und winkte. Sie holte tief Atem und ging auf ihn zu.

Zwei Wochen waren seit seiner Ankunft vergangen, und er

sah besser aus, doch wirklich. Er war wieder glatt rasiert, und das Kopfhaar unter seiner Kappe sprießte dunkel. Bald würden auch seine Locken wieder zum Vorschein kommen.

»Bruna! Mein Gott, ich habe dich schon durchs Küchenfenster gesehen, aber ich war nicht sicher, ob du es bist. Du hast dich verändert.«

»Sie aber auch, Signor…« Herrgott! Konnte sie nicht *einmal* ihr Mundwerk zügeln. Wieso war ihr das nun wieder herausgerutscht? »Entschuldigen Sie, Signor Prisco…« Sie merkte, wie sie rot anlief. Das fing ja schon gut an.

»*Signor Prisco*? Komm schon, Bruna! Hör auf, mich zu siezen, und nenn mich einfach Donato, so wie früher auch.«

»Lieber nicht, Signor Donato, Ihre Eltern könnten sich daran stören.«

Er seufzte. »Alles hat sich geändert, sogar du. Du bist erwachsen geworden.«

»Ich bin siebzehn, Signor Donato.«

Er war zweiundzwanzig, rechnete sie, wirkte jedoch mindestens zehn Jahre älter.

»Du bist mir aus dem Weg gegangen, stimmt's?«

»Ich, äh, ich wollte nicht…«

Er winkte ab. »Ich weiß, alle haben einen strahlenden Helden zurückerwartet, am allermeisten ich selbst. Ich kann dir nicht verdenken, dass du enttäuscht bist über dieses Wrack, das ich bin.«

Bruna wehrte ab und sagte: »Ich finde schon, dass Sie ein Held sind, Signor Donato, und das Strahlen, das kommt wieder.«

»Das ist sehr freundlich von dir, Bruna. Mein Vater denkt da anders. Er nimmt uns die Sache am Isonzo übel. Damit ist er nicht allein, die ganze Nation tut das. Ich glaube, er würde mich lieber tot sehen als an der Nase herumgeführt von einer Handvoll Deutscher.«

»Das dürfen Sie nicht sagen!«, brach es aus Bruna heraus.

»Ihr Vater liebt Sie. Er wäre an Ihrem Tod verzweifelt, genauso wie die Signora und Agata. Ich weiß das, ich habe gesehen, wie sich alle um Sie gesorgt haben. Ihr Vater kann seine Gefühle nur nicht gut zeigen, er ist halt ein Mann.«

Er lächelte, und es wärmte Bruna das Herz, sodass sie es wagte, hervorzubringen, was sie neulich aufgeschnappt hatte, als sie ihren Vater in der Bar von Belmonte zum Essen abgeholt hatte. »Eine Niederlage ist nie die Schuld einzelner Soldaten, der Fisch stinkt immer vom Kopf her.«

Jetzt lachte er sogar, wenn auch ein wenig bitter.

»Willst du wissen, warum ich vor drei Jahren in den Krieg gezogen bin?«, begann er und fuhr, ohne ihre Antwort abzuwarten, fort: »Hauptsächlich aus Langeweile. Und aus Ruhmsucht und Dummheit. Für König und Vaterland wollte ich kämpfen, und damit mein Vater mir auf die Schulter klopft und stolz auf mich ist. Wenn ich heute daran denke, wie verblendet ich war! Du bist bestimmt klüger, Bruna, du würdest bestimmt nicht auf das Kriegsgeschrei zweifelhafter Patrioten hereinfallen.«

Es freute Bruna, dass er sie für klug erachtete, doch um den Bogen nicht zu überspannen, hielt sie es für besser, in die Küche zurückzukehren, ehe sie sich noch um Kopf und Kragen redete. Sie entschuldigte sich, Marcella würde auf sie warten, schnappte sich den Korb mit dem Holz und ging rasch davon.

»Danke«, rief er ihr nach, und Bruna lächelte glücklich.

»Wo warst du denn so lange?«, wollte Marcella wissen. »Das Feuer ist ausgegangen, das *ragù* ist kalt geworden.«

»Ich habe mich mit Signor Donato unterhalten«, sagte Bruna mit gelassener Selbstverständlichkeit.

»Ach. Was hätte der junge Herr wohl mit dir zu reden?«

»Wir haben über Krieg und Heldentum gesprochen«, antwortete Bruna, denn sie wusste, dass Marcella sich darüber ärgern würde. Mit ihr hätte sich Donato bestimmt nicht unterhalten, und wenn, dann höchstens über die nächste Mahlzeit.

»Er ist nicht mehr derselbe«, meinte Marcella.

»Wir wissen ja, was er durchgemacht hat, da ist es wohl kein Wunder«, versetzte Bruna, und weil sie es sich mit Marcella nicht verscherzen wollte, fügte sie hinzu: »Aber dank Ihrer guten Küche sieht er schon viel besser aus als noch vor ein paar Tagen.«

»Ja, äußerlich. Doch da drin...« Sie legte die Hand auf ihre Brust, »... ist etwas zerbrochen, und sein Kopf... Er wacht nachts schreiend auf, und dann wandert er im Haus umher wie ein Gespenst. Die Signora sagt, es ist die Melancholie.«

* * *

Langsam erholten sich die Menschen und die Wirtschaft vom Krieg, doch es herrschte noch immer Mangelwirtschaft. Sogar auf dem Gut der Priscos wurde gespart, das Weihnachtsfest fiel jedenfalls bescheidener aus als in den Jahren zuvor. Die Ländereien, die zum Gut gehörten und die Familie ernährten, hatten in den Kriegsjahren nicht annähernd so viel an Ernte hervorgebracht wie in normalen Zeiten, es fehlten junge Männer und Pferde, um die Felder zu bewirtschaften. Dementsprechend waren auch die Pachtzahlungen zurückgegangen. Domenico Prisco erklärte den Seinen, dass es unklug wäre, die Pächter auszupressen bis aufs Blut, denn wenn sie verhungerten oder hinwarfen und in die Fabriken gingen, sei damit der Sache auch nicht gedient. Dies alles erfuhr Bruna aus zweiter Hand, durch Marcella. »Der Krieg hätte kein Jahr mehr gehen dürfen, dann wären die Reserven aufgebraucht und die Familie pleite gewesen und ich meine Stelle los«, unkte die Köchin im Nachhinein. Bruna fragte nicht nach, woher sie ihr Wissen bezog. In einem größeren Haushalt gab es diverse Allianzen, jeder vom Personal hatte seine eigenen Informationsquellen.

Über die Wintermonate sah Bruna wenig von Donato, sie wurde nur selten als Aushilfe geholt, vermutlich stimmte es, was Marcella gesagt hatte, und die Priscos mussten wirklich sparen. Aber im Frühjahr kam die Wende zum Besseren. Es standen wieder genug Arbeitskräfte für die Feldarbeit zur Verfügung, es wurde gepflügt und gesät, und auch wenn es bis zur Ernte noch dauerte, so war jedenfalls ein Ende der Durststrecke absehbar. Auch für Bruna brachte das Frühjahr eine große Veränderung. Sie wurde bei den Priscos fest angestellt, als Aushilfsköchin und Dienstmädchen. Der Grund war Großmutter Giuseppina, deren Körper und Geist zusehends zerfielen, sodass das Dienstmädchen Romina fast nur noch mit der Pflege und Beaufsichtigung der alten Mutter des Gutsherrn beschäftigt war.

»Arme *nonna*, sie ist vollkommen gaga«, meinte Agata zu Bruna. »Sie erkennt niemanden mehr, und man kann sie keine fünf Minuten aus den Augen lassen, sonst stürzt sie die Treppen hinab oder beschmiert die Wände mit ihren Exkrementen.«

Man stellte Bruna eine Dachkammer als Unterkunft im Haus zur Verfügung.

»Wieso musst du gleich dort wohnen? Du kannst doch nach Dienstschluss nach Hause kommen«, beschwerte sich ihre Mutter, aber Bruna weigerte sich und behauptete, sie müsse immer erreichbar sein. Sie war überglücklich. Endlich verfügte sie über ein eigenes Reich, endlich war sie der Beaufsichtigung ihrer Brüder und der schlechten Laune ihres Vaters entronnen. Und sie verdiente eigenes Geld, auch wenn es nicht viel war.

Donato begann allmählich wieder seinem alten Selbst zu ähneln, zumindest was das Äußerliche betraf. Sein Vater spannte ihn zur Arbeit ein, denn das, so die Meinung des Signore, sei die allerbeste Kur. Sein Sohn sollte die Verwaltung des Gutes von Grund auf lernen. Donato gehorchte und tat, was verlangt war, aber er war nicht mit Enthusiasmus dabei. Zwar wanderte er offenbar nachts nicht mehr im Haus herum, denn das hätte Bruna wohl gemerkt, aber er war noch immer in seiner Melancholie gefangen.

»Signor Donato, Sie sind ja schon wieder nicht in der Messe«, sagte Bruna eines Morgens zu ihm. Er saß am Schreibtisch der Bibliothek, vor ihm lagen die Geschäftsbücher, doch er drehte geistesabwesend an dem Globus, der in der Ecke der Tischplatte stand, und schien sehnsüchtig die fremden Länder zu betrachten. Es war ein strahlend schöner Sonntag im Mai, die Familie war mit dem Wagen ins Dorf gefahren, um den Gottesdienst zu besuchen, aber Donato war hiergeblieben. Seit seiner Rückkehr weigerte er sich standhaft, den Gottesdienst zu besuchen, was immer wieder zu Streitereien mit seinen Eltern geführt hatte.

»Du doch auch nicht«, entgegnete er mürrisch.

»Ich war gestern in der Abendmesse. Und ich bete jeden Tag für Sie, dass Sie Ihre Zuversicht und Ihr Gottvertrauen wiedererlangen.«

»Spar dir die Mühe. Es gib keinen Gott, und falls doch, dann will ich nichts mit ihm zu tun haben.«

Bruna legte den Staubwedel aus Straußenfedern beiseite und bekreuzigte sich. »Das dürfen Sie nicht sagen«, flüsterte sie.

»Warum nicht? Weil er sonst einen Blitz auf mich schleudert? Das wird er nicht, er geht viel subtiler vor.«

Bruna wusste nicht, was subtil bedeutete, aber Sie sagte: »Gott liebt Sie, Signor Donato. Er hat Sie gerettet und heil zurückgebracht.«

»Und was ist mit meinen Kameraden? Hat er die nicht geliebt? Warum wurde ein neunzehnjähriger Bengel aus Urbino direkt neben mir vom Maschinengewehrfeuer durchsiebt, warum wurde ein anderer von einer Granate zerfetzt? Warum diese beiden, warum nicht ich? Warum ist mein Freund und Kamerad Emilio, nach allem, was wir zusammen durchgemacht haben, im Lager an Typhus gestorben? Was hat er getan, dass Gott ihn so strafte? Wo war Gott überhaupt in diesem Krieg, wieso hat er das alles zugelassen, dieses Schlachten und

Sterben an allen Fronten? Hat er einen Plan, steckt irgendein Sinn hinter dieser Grausamkeit?«

»Das weiß nur der Herr selbst«, murmelte Bruna, die sich bisweilen ähnliche Fragen stellte.

»Ja, ja, die Wege des Herrn sind unergründlich, ich weiß. Was für eine miserable Ausrede.« Er wandte sich ihr zu und sagte: »Bruna, ich habe furchtbare Dinge getan. Wie kann ich an einen gütigen und gerechten Gott glauben, wenn er mich damit davonkommen lässt?«

»Gott wird Ihnen verzeihen, Sie müssen ihn bloß darum bitten.«

»Ich pfeife auf seine Absolution«, brach es aus ihm hervor. »Selbst wenn er mir verzeiht, ich verzeihe ihm nicht und mir selbst auch nicht.«

Vielleicht sollte sie lieber gehen. Sie war nicht die Richtige, um solche Dispute zu führen. Gleichzeitig regte sich Widerstand in ihr. Nein, man durfte ihn in seiner rabenschwarzen Weltsicht nicht auch noch bestärken.

»Es war Krieg. Sie waren gezwungen, furchtbare Dinge zu tun.«

»Auf Menschen schießen, Menschen töten, nennen wir diese Dinge ruhig beim Namen«, stieß er wütend hervor. »Auf junge Kerle, wie ich selbst, die Mütter und Väter und Brüder und Schwestern haben, die jetzt um sie trauern. Es war meine Pflicht als Soldat, sie zu töten, und das war schlimm genug. Doch was ich getan habe, war noch viel schlimmer.«

Bruna bekam es mit der Angst, aber sie stand da wie erstarrt.

»Willst du hören, wie es war? Es ist keine schöne Geschichte.«

Sie nickte und zwang sich, ihm zuzuhören.

»Nachdem wir die Deutschen hinter der Frontlinie bemerkt hatten, war alles in Auflösung begriffen. Wir waren drei Kameraden, Emilio, Fausto und ich, verloren den Kontakt zu den anderen, und schließlich versteckten wir uns in einem verlassenen Bauernhaus. Allmählich wurde uns klar, dass wir erschossen werden würden, sollten die eigenen Leute uns finden, denn es gab für Deserteure kein Pardon. Wir beschlossen, uns lieber dem Feind zu stellen. Doch Fausto konnte nicht mehr gehen, sein Bein war zerschossen, die Wunde hatte sich infiziert, er hatte Fieber, und er litt fürchterliche Schmerzen, und wir hatten Angst, sein Geschrei würde uns noch verraten. Er hat uns angefleht, ihn zu erschießen, aber einen Schuss hätte man vielleicht im nahen Dorf gehört. Mitnehmen konnten wir ihn auch nicht, wir waren selbst geschwächt und halb verhungert, und wir wären nicht vorwärtsgekommen. Also ließen wir ihn zurück. Wir waren feige. Nie werde ich seinen ungläubigen Blick vergessen, mit dem er uns ansah, als wir gingen. In einem Lazarett hätte er vielleicht trotz seiner Verletzung überlebt, aber auch wenn nicht… Es war nicht recht, es war feige und… schlecht. Ich bin ein schlechter Mensch, Bruna.« Er gab einen Laut von sich, der sich wie ein Schluchzen anhörte. »Fausto erscheint mir manchmal im Traum. Er sieht fürchterlich aus, wie eine Gruselgestalt aus einem Schauermärchen, und er fleht mich an, und dann wache ich auf…« Er stockte und rollte mit den Schultern, als wollte er etwas abstreifen.

»Wissen Ihre Eltern davon?«, fragte Bruna.

»O nein! Obwohl ich so dumm war, ihnen aus unserem Versteck zu schreiben. Ich gab einer Bäuerin, die uns geholfen und uns verpflegt hat, einen Umschlag mit zwei Briefen. Sie hat sie wohl nicht abgeschickt, oder sie sind unterwegs verloren gegangen. Gut so, denn wenn mein Vater wüsste… Ich habe ihm auch nicht gesagt, dass Emilio und ich uns freiwillig den Österreichern gestellt haben. Er würde mich noch mehr verachten als ohnehin schon.«

Bruna war versucht, ihm die Sache mit den Briefen zu gestehen. Zu gerne wäre sie diese Last endgültig los. Er würde ihr sicherlich verzeihen, wo er doch ganz andere Dinge auf dem Kerbholz hatte. Aber er würde zwangsläufig fragen, warum sie den Brief geöffnet hatte, und darauf hatte sie keine vernünftige Antwort. »Vielleicht versuchen Sie es mit einer Beichte«, schlug sie vor.

Bruna zerbrach sich den Kopf darüber, wie man Donato helfen könnte, und als Ergebnis dieser Anstrengungen läutete sie einige Tage später die gusseiserne Glocke am Tor des Klosters Santa Maria delle Stelle. Eine Novizin mit weißer Kutte und weißer Haube, kaum älter als sie selbst, öffnete das Tor für sie und bat sie herein.

»Ich würde gerne mit einer Nonne sprechen, die sich gut mit Medizin und Kräutern auskennt«, sagte Bruna.

Die Novizin bat sie, mitzukommen. Sie gingen durch den Garten.

»Schwester Serafina, hier ist jemand, der Ihren Rat sucht.«

Schwester Serafina, eine betagte Nonne, die gerade dabei war, Tomatenpflanzen anzubinden, hegte zunächst einen gewissen Verdacht und runzelte bekümmert die Stirn. Hin und wieder kamen junge Frauen oder deren Mütter vorbei und fragten nach Kräutern, die bei gewissen Umständen zur Anwendung kommen und helfen sollten, ebenjene Umstände ungeschehen zu machen. Was die Schwestern selbstredend strikt ablehnten.

Als Bruna den Irrtum bemerkte, wehrte sie verlegen ab. »Es geht nicht um mich, sondern um den jungen Signor Prisco. Seit er wieder aus Krieg und Gefangenschaft zurück ist, leidet er an der Melancholie.«

Die Novizin und Schwester Serafina atmeten synchron auf.

»Hat die Signora dich geschickt?«, fragte Schwester Serafina.

»Nein. Es weiß niemand, dass ich hier bin. Ich kann auch bezahlen.«

Die Nonne machte eine unwirsche Handbewegung und fragte: »Wie äußert sich diese Melancholie?«

»Er ist ständig betrübt, er interessiert sich nicht für seine Umgebung, er grübelt, fühlt sich schuldig und hadert mit Gott. Ich habe Angst, dass er sich eines Tages etwas antut.«

»Hat er Wahnvorstellungen oder Angstattacken?«

»Ich... ich glaube nicht. Aber er hat schlechte Träume.«

»Ist sein Körper unversehrt?«

»Er wurde nicht von Kugeln oder Granaten getroffen, nein.«

»Manchmal treffen die Kugeln und Granaten, die nicht treffen, trotzdem«, meinte die alte Nonne. Sie deutete auf eine zarte, gelbe Blume, die neben der Klostermauer wuchs, und sagte zu der Novizin: »Wir versuchen es mit Johanniskraut, das bringt Licht ins Gemüt, dazu Baldrianwurzel, zur Beruhigung der Nerven, und dazu vielleicht etwas Schafgarbe... Lavendelöl kann auch nicht schaden.« Sie wandte sich an Bruna. »Warte hier.«

Bruna vertrat sich ein wenig die Beine. Überall summten Bienen, sie gehörten zu den Bienenstöcken, die im hinteren Bereich des Klostergartens standen, inmitten einer Wiese, die schon lange keine Sense mehr gesehen hatte. Vom Kirchengebäude her wehte Gesang herüber, es hörte sich an wie eine Chorprobe. Im Garten duftete es nach Kräutern und nach blühenden Rosen, die neben dem Tor an der Mauer hochrankten. In den Beeten standen Gemüse- und Salatpflanzen, Bohnen schlängelten sich an Gestellen hoch, dazwischen wuchsen allerhand Kräuter, Küchenkräuter, die Bruna erkannte, und viele andere, die sie noch nie gesehen hatte. Man hätte sie für Unkraut halten können, wüsste man es nicht besser. In einem Gehege scharrten etwa zwei Dutzend Hühner, daneben gab es Kaninchenställe. Wo die Beete endeten, befand sich der Friedhof des Klosters. Grabsteine und Grabkreuze in geraden Reihen, die Bruna langsam abschritt. Auch hier blühte und summte es, Rosen zierten die Gräber, dazwischen wuchsen Margeriten, und die Blüten der Ringelblumen, die sich wohl wild ausgesät hatten, leuchteten in grellem Gelb und Orange. Ein gepflegter Friedhof war das nicht. Aber dann kam Bruna das Wort Gottesacker in den Sinn. Ja, dies war ein Acker, in dem wuchs, was Gott wachsen ließ. Einige Gräber waren schon recht alt, die Steine verwittert und die Inschriften kaum zu lesen, andere waren neueren Datums. Im letzten Jahr waren sechs Nonnen gestorben, fünf davon waren um die dreißig Jahre alt. Auffällig, fand Bruna, die zwar nicht wusste, wie viele Schwestern im Kloster wohnten, aber in anderen Jahren schien es oft nur einen oder zwei Todesfälle gegeben zu haben, oft auch gar keinen.

»Das Spanische Fieber«, hörte sie die Stimme von Schwester Serafina, die sich unbemerkt genähert hatte. »Gegen diese Plage ist kein Kraut gewachsen.«

Sie händigte Bruna die Kräuter für den Tee aus und dazu ein Fläschchen Lavendelöl, welches sie auf ein Riechsäckchen mit Lavendelblüten oder direkt aufs Kopfkissen träufeln sollte. »Sprich dazu einen Segen oder ein Gebet.«

»Danke, Schwester Serafina.«

»Gott segne dich, meine Tochter.« Sie malte mit ihrem Daumen ein Kreuz auf Brunas Stirn und ermahnte diese, sie müsse Geduld haben, es könne dauern, bis eine Wirkung eintrete.

Bruna ging beschwingt davon, im festen Glauben, dass die heiligen Kräuter ihr gutes Werk verrichten würden.

Ob es tatsächlich so war, würde man wohl nie wirklich erfahren. Einige Wochen später fuhren die Signora und der Signore zusammen mit Donato nach Jesi, um dort für ihn eine Reihe von Hemden, Hosen und Sakkos anfertigen zu lassen.

»Als ob es in Amerika keine Schneider gäbe«, meinte Agata zu Bruna, die den Frühstückstisch abräumte, nachdem die drei fort waren. Agata war beleidigt, weil man sie, was neue Kleider betraf, auf den Herbst vertröstet hatte, wenn die Ernte verkauft sein würde.

»Amerika?« Bruna stellte das volle Tablett wieder auf den Tisch zurück und schaute Agata fragend an.

»Du weißt es noch nicht? Donato fährt nach New York.«

»Für immer?«, entfuhrt es Bruna entsetzt.

»Nein! Was denkst du nur, Bruna, mein Bruder ist der Gutserbe, warum sollte er nach Amerika auswandern? Es ist nur für ein paar Wochen oder Monate. Wir haben schließlich Verwandtschaft dort, warum sollten wir das nicht nutzen?«

»Nutzen wofür?«, fragte Bruna.

»Er soll dort Geschäfte anbahnen, neue Absatzmärkte für unsere Produkte erschließen. Sie mögen dort die italienische Küche, außerdem leben in New York viele Italiener, die kaufen gerne original italienisches Olivenöl, Hartweizen für die Pasta oder Salami.«

»Dann gibt es Priscos also auch in Amerika«, staunte Bruna. Der Gedanke hatte etwas Faszinierendes.

»Es hängt mit unserem Erbrecht zusammen. Es erben hierzulande ja immer die erstgeborenen Söhne die Höfe und die Güter. Die Töchter und die anderen Geschwister können sehen, wo sie bleiben. Als der Vater meines Vaters das Gut übernommen hat, das war wohl irgendwann in den 1860er-Jahren, sind seine beiden jüngeren Brüder, also die Onkel meines Vaters, in die Vereinigten Staaten ausgewandert und haben dort Familien und neue Existenzen gegründet. Ich glaube, ich habe dort bestimmt an die fünfzig Verwandte, sie vermehren sich wie die Hasen, ich habe den Überblick verloren. Einige von ihnen handeln mit italienischen Seiden- und Wollstoffen, einer hat wohl ein Restaurant in Little Italy, das ist ein Viertel in Manhattan, wo sehr viele Italiener leben, und ein anderer importiert Lebensmittel.«

»Ich würde auch gern einmal mit einem großen Schiff nach Amerika fahren«, seufzte Bruna sehnsüchtig.

»Ich ebenfalls«, versetzte Agata zornig. »Aber sie lassen mich nicht mit. Jetzt, nachdem der Krieg endlich vorbei ist, wollen sie für mich einen Ehemann suchen. Meine Mutter meint, es würde langsam Zeit.«

»Gibt es denn schon einen Kandidaten?«, wollte Bruna wissen.

»Ach, nein. Ich will keinen Mann heiraten, der fast doppelt so alt ist wie ich, nur weil meine Mutter das getan hat.«

»So alt ist der Signore doch noch nicht«, warf Bruna ein.

»Fünfzehn Jahre älter, immerhin. Als sie geheiratet haben, war sie siebzehn und er zweiunddreißig. Ich will einen jungen Ehemann«, beharrte Agata trotzig. »Ich bin schließlich erst neunzehn. Nur kommt es mir fast so vor, als wären die Guten alle auf den Schlachtfeldern und in den Schützengräben geblieben.«

»Aber Signorina Agata…«

»Ist doch wahr«, brummte Agata. »Entweder ihnen fehlen Arme oder Beine, ihre Lungen sind durchlöchert vom Gas, oder sie haben hier einen Knacks weg.« Sie tippte sich gegen die Stirn und schob leise hinterher: »Man muss sich ja nur meinen Bruder anschauen.«

Bruna überhörte die Bemerkung.

»Ist es, weil er die Melancholie hat?«, fragte sie. »Denkt die Signora, dass Donato eine Reise und eine Luftveränderung guttun werden?«

Agata lachte. »Du hast es durchschaut, Bruna, dir kann man nichts vormachen, was? Ja, das ist wohl auch einer der Gründe. Meine Mutter befürchtet, Donato und mein Vater könnten ernsthaft aneinandergeraten, wenn Donato noch länger hier herumhängt, sein Seelenleid zelebriert und uns allen damit auf die Nerven fällt.«

Kapitel 19

Alles sehr italienisch

Gegenwart, Belmonte

Die Wellen brandeten an den Strand von Marotta. Was für ein wunderbares Geräusch, dachte Simona und bedauerte, es seit ihrer Ankunft nicht früher an den Strand geschafft zu haben. Am liebsten wäre sie vor dem Essen mit ihrem Vater und ihrer Tante noch kurz ins Wasser gesprungen, aber das Badezeug lag zu Hause, und sie hatte für diesen Abend viel Zeit und Sorgfalt auf Frisur und Make-up verwendet.

»Das ist eine Sensation!«, hatte Claudia ausgerufen, als Simona – auf ungewohnt hohen Absätzen – die Treppe heruntergeklettert war.

»Ist es nicht etwas dick aufgetragen für ein Abendessen?«, fragte Simona, inzwischen wieder leicht verunsichert.

»Nein! Du siehst... umwerfend aus. Und sehr italienisch!«

»Ich hätte mich also doch noch im Gesicht rasieren sollen«, lachte Simona, die plötzlich den gepuderten Schnurrbart von *nonna* Marta im Sarg vor Augen hatte.

Nie und nimmer hätte Simona das schwarze, wadenlange Kleid mit den raffinierten Schlitzen und den Pailletten am Oberteil alleine ausgesucht. »Der Schnitt gefällt mir ja, aber ich mag dieses Glitzerzeug nicht, das ist nicht mein Stil! Wieso müssen in Italien an allen Klamotten Pailletten und Nieten und Goldfäden und sonstiger Firlefanz sein?«

Carla hatte zuerst einen bedeutungsvollen Blick mit der Boutiquenbesitzerin gewechselt und dann so blasiert, wie sie konnte – und sie war darin meisterhaft –, die Augen verdreht und gestöhnt: »Ach, ihr Deutschen! Immer wollt ihr es dezent und bequem, aber dann die anderen um ihre Eleganz beneiden. Los jetzt, trau dich, anziehen kostet ja nichts!«

Es kostete dann doch etwas, und zwar mehr, als Simona jemals für ein Kleid ausgegeben hatte. Aber die Verwandlung, die das Kleid an ihr bewirkte, war jeden Betrag wert, und als sie und Claudia am Abend aufbrachen, bedauerte Simona, dass ihr einziges Publikum bei diesem Diner aus ihrem Vater und ihrer Tante bestehen würde, mal abgesehen von fremden Leuten auf der Terrasse des Lokals.

»Man weiß nie, wem man begegnet«, meinte dazu ihre Tante Claudia, die in einem grün-weiß gestreiften Etuikleid ebenfalls einen eleganten Anblick bot. »*Be prepared* ist meine Devise.«

Und siehe da, als Claudia und Simona von einem Kellner zu ihrem Tisch auf der Terrasse geführt wurden, wartete nicht nur Simonas Vater auf sie, sondern auch ihr Nachbar, Adriano Prisco höchstpersönlich.

»Es macht euch doch nichts aus, dass ich Signor Prisco eingeladen habe?«, säuselte Federico Ferri in den höchsten Tönen der Scheinheiligkeit. »Immerhin feiern wir ja heute das Projekt Hotel im Klostergarten, und das betrifft als Anrainer ja auch ihn.«

»Es freut mich, dass wir uns so rasch wiedersehen«, grinste Claudia, die, da war Simona ganz sicher, Teil dieses peinlichen Komplotts war. Das Ganze war derart fadenscheinig, dass es schon durchsichtig war, das wusste bestimmt auch Adriano. Er hatte den Anlass genutzt, um seinen neuen Anzug noch einmal auszuführen, allerdings ohne Krawatte und mit einem weißen Hemd. Simona, die zunächst vor Verlegenheit am liebsten unter den Tisch gekrochen wäre, fand auf einmal Spaß an der Sache. Hatte sie sich nicht vorhin, als sie sich im großen Spiegel betrachtet hatte, insgeheim gewünscht, Adriano möge sie so sehen? Da man sie heute ja schon einmal als *sehr italienisch* eingestuft hatte, begrüßte sie ihren Vater und Adriano denn auch stilecht mit *baci* links und rechts.

»Du siehst klasse aus«, meinte Adriano.

»Ich hatte eine gute Beraterin.«

»Ich hörte davon. Aber es ist noch mal etwas anderes, das Original zu sehen.«

Simona wurde rot wie ein Schulmädchen und war froh, als der Kellner zu ihnen an den Tisch trat, mit einer Art Schultafel, auf der die Gerichte des Tages mit Kreide in schier unleserlicher Schrift vermerkt waren.

»Wollen wir unser kleines Geschäftsessen mit einem Aperitif beginnen?«, fragte ihr Vater in die Runde und bestellte im selben Atemzug vier Gläser Champagner.

Ein Geschäftsessen, soso. Tatsächlich kam Federico Ferri, nachdem der Champagner serviert war, noch einmal auf den Hotelbau zu sprechen. »Ohne die Einwilligung des *americano* hätten wir die Straße nicht erweitern und verlegen können, damit wäre das Bauvorhaben gestorben«, erklärte er den Damen. »Also schuldet ganz Belmonte ihm Dank.«

Es hätte also eine Möglichkeit gegeben, das alles abzuwenden, wurde Simona klar. Adriano hatte es in der Hand gehabt, das Projekt im Keim zu ersticken. Warum hatte er sie nicht gefragt oder wenigstens informiert? Aber jetzt, an diesem Abend, mit einer frischen, fetten Überweisung auf ihrem Konto, war es zu spät, um zu protestieren, das wurde Simona im selben Moment bewusst. Sie hatte sich kaufen lassen, also hielt sie besser den Mund, zumindest in Gegenwart ihres Vaters. Das hatte der alte Fuchs wirklich schlau eingefädelt, das musste man ihm lassen, und mit Adrianos Einladung verfolgte er vermutlich nicht nur das offensichtliche Anliegen, seine Tochter an den Mann zu bringen, Adrianos Anwesenheit verhinderte obendrein, dass Simona ihm noch einmal wegen des Vorschusses von Cavallari Edifici auf den Zahn fühlte. Zumindest für heute Abend war er aus dem Schneider. Alles in allem liefen die Dinge gerade wirklich sehr italienisch ab.

Adriano, der wohl ahnte, was in Simona vorging, antwortete eine Spur zu schnell: »Ich hätte nicht gewagt, mich zu weigern, das Stück Land zu verkaufen. Das ganze Dorf wäre gegen mich gewesen.«

»Es ist, wie es ist«, resümierte Simona und schickte ein versöhnliches Lächeln in seine Richtung.

»Genau. Wir sollten darauf trinken!«, rief Federico Ferri und strahlte in die Runde.

Im Stillen dachte Simona: Na, wartet, *americano, papà*, dieses Hühnchen ist noch nicht gerupft.

Das war alles, was bei diesem Geschäftsessen an Geschäftlichem besprochen wurde. Ab dann perlte die Unterhaltung leicht dahin, Federico Ferri verstand es, sie mit Geschichten seines bewegten Arbeitslebens zu unterhalten, und Claudia gab in ihrer derb-fröhlichen Art ein paar Anekdoten aus ihrer Zeit zum Besten, als sie noch mit ihrer Frau Kate das Hotel führte. Simona und Adriano blieben die meiste Zeit still. Adriano, weil er eben Adriano war, und Simona war noch immer leicht verschnupft darüber, wie man sie über den Tisch gezogen hatte. Doch im Laufe des Abends gelang es ihr, ihren Ärger mithilfe des einen oder anderen Glases eines köstlichen Weißweins hinunterzuspülen und einfach den Moment zu genießen. Sie betrachtete den Mond, der sich als silberner Streifen im dunklen Wasser der Adria spiegelte, während aus den Lautsprechern des Lokals schnulzige Schlager tropften, und ihr wurde auf einmal bewusst, dass gerade die drei Menschen, die sie zurzeit am liebsten hatte, an diesem Tisch versammelt waren. Wer weiß, dachte sie, wann es wieder einmal so sein wird. Sie fand es schade, dass sie ihrer *nonna* Franca nicht davon erzählen konnte, und sie wünschte, sie könnte sie vier jetzt am Tisch vereint sehen. Plötzlich merkte sie, wie ihr die Augen feucht wurden, und schon bahnte sich eine Träne ihren Weg die Wange hinunter. Sie wischte sie verstohlen weg, doch leider hatte ihr Vater ihren Stimmungsumschwung schon bemerkt. »Um Himmels willen, *figlia*, was hast du?«, fragte er, nicht eben dezent.

»Nichts!«, entgegnete Simona. »Mir ist nur gerade aufgefallen, dass ich seit bestimmt zwei Jahren keinen so schönen Abend mehr hatte. Ich meine, mit euch und hier am Meer zu sein... und... das alles. Oh, verdammt, ich bin unmöglich, wenn es zu schön wird, muss ich immer heulen. Und ich glaube, ich hätte auch weniger trinken sollen!«

Jetzt war definitiv der Moment gekommen, um unter den Tisch zu kriechen oder auf die Toilette zu verschwinden, aber da hörte sie Adriano sagen: »Komisch, ich hatte gerade denselben Gedanken.«

Ihre Blicke trafen sich, und so bekam es keiner von ihnen mit, wie Claudia ihren Bruder unter dem Tisch mit dem Fuß anstieß und dazu teuflisch grinste.

* * *

Simona hing über der Müslischale am Küchentisch und jammerte. »Ich hab's verbockt. Ich war so uncool. Sitz da und fange an zu heulen, ich weiß gar nicht, was mit mir los ist. Was muss Adriano jetzt von mir denken? Er wird mich für eine hysterische Schnepfe halten.«

»Das wird er nicht«, widersprach Claudia. »Wir sind in Italien, da sind die Leute sentimental. Überall wird geheult, was das Zeug hält, in der Oper, beim Fußball, im Kino... Die Briten, ja, die sind cool, praktisch tiefgefroren, aber du bist schließlich nicht die Queen. Du hast viel durchgemacht in letzter Zeit, und in solchen Momenten bricht sich das aufgestaute Gefühl eben mal Bahn.«

»Aber doch nicht vor *ihm!* Und überhaupt war das eine ziemlich peinliche Nummer, die ihr euch da ausgedacht habt, du und mein Herr Vater. Aber das war euch hoffentlich eine Lehre. Man mischt sich nicht ins Leben anderer, dabei kommen nur solche Peinlichkeiten heraus. Außerdem ist es nicht notwendig, Adriano und mich so plump zu verkuppeln, wir kennen uns schließlich, wir haben schon einiges…« Simona unterbrach sich, denn der Kater sprang gerade auf den Tisch, kam frech auf sie zu, und Simona war, als würde er sie über ihr Frühstück hinweg angrinsen. »Runter da! Was sind denn das für Manieren?«

Der Angesprochene kam der Aufforderung, wie immer, mit aufreizender Langsamkeit nach.

»Ich finde, du machst dir zu viele Gedanken. Ich hatte den Eindruck, dass dein Adriano den Abend sehr genossen hat.«

»Er ist nicht *mein* Adriano. Wenn es so wäre, dann hätte er doch längst schon mal geschrieben, wie es mir geht oder was man halt so schreibt nach so einem Abend, an dem Teile der Tischgesellschaft plötzlich in Tränen ausbrechen.« An dieser Stelle überprüfte Simona, nicht zum ersten Mal an diesem Morgen, ihr Handy. »Nichts, siehst du! Er hüllt sich in Schweigen, weil es ihm durch und durch unangenehm war, wie ich mich benommen habe und wie er von euch beiden in die Falle gelockt wurde.«

»Es ist gerade mal zehn Uhr«, gähnte Claudia. »Und warum schreibst du ihm eigentlich nicht?«

»Was? Nein, nein, nein.« Sie wedelte entschlossen mit den Händen. »Ich war gestern schon… emotional genug. Jetzt ist er an der Reihe.«

»Was für ein Kindergarten«, sagte Claudia zum Kater.

»Signor Adriano, die Post war da!«

Adrianos Stimmung, die sich seit dem gestrigen Abend auf einem ungewohnt hohen Niveau eingependelt hatte, verdüsterte sich ein klein wenig.

Je nach Laune und Gutdünken der häufig wechselnden Postboten wurde sein Gut angefahren oder nicht. Manche Briefe fuhren eine Woche lang spazieren, ehe die Zusteller sich die *strada bianca* hinaufbequemten. Deshalb ließ Adriano sich den New Yorker und was sonst noch wichtig war, lieber gleich in die Bar von Belmonte schicken, wo Giovanna ihn zuverlässig per Chatnachricht über neue Sendungen verständigte. Die Post vom Finanzamt, der Gemeinde oder anderen Behörden wurde natürlich nach wie vor an seine eigene Adresse geschickt, deshalb bedeutete das Auftauchen des roten Postautos meistens, dass man sich um unangenehme oder lästige Dinge zu kümmern hatte. »Was wird das wieder sein?«, brummte er daher.

»Es ist ein Brief für Carla.« Maria hielt mit spitzen Fingern einen Umschlag in die Höhe.

»Ah. Na dann.« Noch mal davongekommen. Er warf einen Blick aus dem Fenster. Carla saß auf einem Klappstuhl vor dem Hühnergehege. Die Hühnerbeobachtung schien ihr neues Hobby zu sein, regelmäßig wurden er und Maria über die gruppendynamischen Prozesse innerhalb der kleinen Herde informiert. Adriano fragte sich, ob Carla überhaupt noch an ihrem Roman arbeitete, und wenn ja, wann.

»Er ist von ihrem Vater. Sie wissen schon, dem...«

»Ja, ich weiß«, wehrte er ab. »Es ist ihr Brief, er geht uns absolut nichts an.«

Maria zuckte mit den Achseln und legte den Umschlag auf den Küchentisch. Als sie damit beschäftigt war, frischen Kaffee aufzusetzen, und gerade nicht hinsah, drehte Adriano den Brief um. Der Absender lautete tatsächlich nur F. Prisco, von Hand geschrieben. Er war vor sechs Tagen in Mailand aufgegeben worden.

»Waren Sie gestern noch aus, Signor Adriano?«

Ertappt ließ er den Brief auf den Tisch fallen. »Ja, mit Verlaub.«

»Ich dachte nur, weil der Anzug oben über dem Geländer hängt.«

Er wusste, sie wollte nur zu gerne wissen, wo er gewesen war und mit wem. Er tat ihr den Gefallen und sagte: »Es war ein Geschäftsessen mit meinem Architekten Signor Ferri.«

»Ah, der Signor Ferri. Ein stattlicher Mann, er macht schon was her.«

»Interessant, dass ich mal Ihr Beuteschema kennenlerne, Maria«, grinste Adriano.

»Mein *was?*«

»Ach nichts. Er gefällt Ihnen also? Na ja, diese graue Mähne, der etwas ölige Charme, und Geld hat er auch. Seine Tochter wird übrigens den Garten des neuen Hotels gestalten.«

»Diese Deutsche vom Farina-Hof?«

»*Diese Deutsche* heißt Simona, und sie ist Italienerin, sogar mehr als ich!«, stellte er klar.

»War sie auch bei diesem *Geschäftsessen?*«, erkundigte sich Maria süßsäuerlich.

»Ja, und ihre Tante. Es war ein Lokal am Strand von Marotta, es gab Fisch in allen Variationen und eine sehr angenehme Unterhaltung.«

Maria betrachtete ihn mit beunruhigter Miene. »Stimmt was nicht mit Ihnen, Signor Adriano?«

»Wieso?«

»Sonst muss man Ihnen jedes Wort aus der Nase ziehen, respektive früh am Morgen, und heute reden Sie wie ein Wasserfall.«

»*Sorry*, es wird nicht wieder vorkommen.«

»Sie hätten ruhig Carla mitnehmen können. Mit ihr hätten Sie Eindruck gemacht, besonders bei einem Mann wie Ferri.«

»Sie finden also, ich hätte mir Carla wie eine Blume ans Revers heften sollen, als Schmuckstück, als Trophäe?«

»Was meinen Sie?«

»Ach nichts«, gab Adriano den Versuch auf, seine Haushälterin auf feministisches Glatteis zu führen.

»Sie wäre vielleicht froh gewesen um ein bisschen Abwechslung.«

Adriano fand, dass das Gespräch gerade in eine seltsame Richtung abdriftete. Und nicht nur das Gespräch, die ganze Situation, und das schon seit Tagen. Es wurde Zeit, ein paar Dinge richtigzustellen.

»Signora Santino, ich ahne, was Sie vorhaben, aber Sie sind auf dem Holzweg. Sie mögen Carla Prisco, das Model oder meinetwegen auch Ex-Model, anhimmeln, ich dagegen finde diesen Beruf verabscheuenswert, und davon abgesehen: Carla Prisco ist hier, weil ... ach, weiß der Teufel, weil ich mich habe breitschlagen lassen. Als *Frau* interessiert sie mich nicht die Bohne, damit das klar ist, und auch sonst ist sie eine Person, die höchstens dazu taugt, mir gehörig auf die Nerven zu gehen. Sie können also Ihre Versuche, sie mir anzupreisen wie saures Bier, getrost einstellen.«

Adriano hatte sich in Rage geredet und dabei leider die hektischen Handbewegungen und Grimassen seiner Haushälterin missinterpretiert. Dass er besser den Mund gehalten hätte, wurde ihm erst klar, als er hinter sich Carlas Stimme hörte: »Gut, dann wäre das also geklärt.«

»Das war sehr grob von Ihnen, Signor Adriano!«, ging Maria auf ihn los.

Asso, der sich bis jetzt unter dem Tisch aufgehalten hatte, zog es vor, an Carla vorbei nach draußen zu verschwinden.

»Ja, das war es«, gab Adriano ohne Umschweife zu. »Ich entschuldige mich für die Form, aber nicht für den Inhalt.«

»Akzeptiert.« Carla goss sich aus der Espressokanne einen *caffè* ein. »Ist ja nichts Neues«, fügte sie hinzu und legte Maria, die noch immer entrüstet nach Luft schnappte, ihre Hand auf die Schulter. »Alles in Ordnung, Maria. Nur ein kleiner Schlagabtausch unter Verwandten.«

»Apropos Verwandtschaft. Da ist ein Brief für dich.«

Mit Carla ging eine erstaunliche Verwandlung vor. Eben noch aufsässig und lässig, starrte sie sekundenlang den Brief an, der auf dem Tisch lag. Dann nahm sie ihn in die Hand, langsam und zögernd, drehte ihn um, las den Absender und legte ihn zurück auf den Tisch. Ohne ein Wort wandte sie sich um und verließ die Küche. Ihr *caffè* stand noch immer auf der Ablage. Adriano und Maria hörten, wie sie die Treppe hinaufpolterte, und dann schlug oben eine Tür zu.

»Da sehen Sie es«, lamentierte Maria und rang die Hände.

»Was soll ich sehen?«, erwiderte Adriano.

»Sie hat Angst vor ihm.«

»Mag sein«, meinte Adriano. »Und ich möchte, verdammt noch mal, wissen, was hier läuft.« Damit stand er auf und folgte ihr die Treppe hinauf.

Im Obergeschoss wäre er fast in Roddy Robinson hineingelaufen, der gerade in Unterhosen aus seinem Zimmer kam und ihn mit den Worten begrüßte: »Maestro, ich hatte eine Erleuchtung. Ich weiß jetzt, was ich...«

»Nicht jetzt!«, fuhr Adriano den Halbnackten an, ehe er an ihm vorbeistapfte und an Carlas Tür hämmerte.

* * *

Wohin mit dem Bügelbrett? Und dieses Fußmassagegerät? Vielleicht konnte jemand aus der Verwandtschaft es gebrauchen. Auf jeden Fall musste es weg, genauso wie die Lavalampe. Obwohl – die Dinger waren ja inzwischen schon wieder Kult. Simona hatte sich gegen Mittag ein wenig hingelegt, aber jetzt war sie wach, ausgenüchtert und voller Tatendrang und räumte endlich das Gästezimmer auf. Claudia hatte ihre Hilfe angeboten, aber Simona wollte es allein und ungestört tun, und so war Claudia ins Dorf gegangen, um sich bei Giovanna in der Bar nach dem neuesten Klatsch und Tratsch zu erkundigen. »Außerdem sollte ich langsam meine Versöhnung mit Irma in die Wege leiten«, hatte sie geseufzt.

Ja, Ordnung schaffen tat not, nicht nur im Gästezimmer, auch in ihrem Leben. Sie war, was Ersteres betraf, gut vorangekommen, hatte alte Handtücher und Waschlappen – Waschlappen(!) – aussortiert und eine kaputte Stehlampe in den Schuppen gebracht. Dabei war sie zu einigen Entschlüssen gelangt.

1. Das Haus musste befreit werden von allem, was Simona nicht brauchte, ihr nichts bedeutete oder ihr nicht gefiel – kurz gesagt, man musste Francas Geist, der noch immer hier herumspukte, in die Schranken weisen. Ein paar Erinnerungsstücke ausgenommen. Drei pro Zimmer, das reicht!
2. Sie musste den Sebastian-Filter loswerden. Viel zu oft noch erwischte sie sich bei Überlegungen, was er von diesem oder jenem halten würde. Hierfür wäre eine kleine Teufelsaustreibung nützlich, eine Art Gegenfeuer, womit sie beim nächsten Punkt wäre …
3. Sich darüber klar werden, was sie von Adriano wollte.

Es war kompliziert. Einerseits lechzte sie nach einer Nachricht von ihm – die immer noch auf sich warten ließ –, dann wieder sagte sie sich, dass es unklug wäre, eine Affäre in der Nachbarschaft zu beginnen, aus demselben Grund, aus dem auch Affären am Arbeitsplatz tabu sein sollten: Wenn es zu Ende wäre, und das würde es früher oder später, weil Simona schließlich noch jede Beziehung gegen die Wand gefahren hatte, wäre es unangenehm, sich dauernd über den Weg zu laufen. Dann wäre ihr Haus in Belmonte nicht mehr ihr Refugium, sondern verbrannte Erde, vermintes Terrain. Warum, zum Teufel, fielen ihr dazu eigentlich nur Kriegsmetaphern ein? Es konnte doch auch anständig zu Ende gehen, freundschaftlich, zivilisiert. Andererseits, wieso machte sie sich eigentlich Gedanken über eine Ende von etwas, das noch gar nicht angefangen hatte und wohl auch nie anfangen würde?

Und dann war da noch Carla. Sie waren sich bei ihrer Einkaufstour zwar nähergekommen, empfanden wohl sogar Sympathien füreinander, aber das Thema Adriano hatte, zumindest aus Simonas Sicht, zwischen ihnen gestanden.

Sie ergänzte einen vierten Punkt: Herausfinden, wie sie zu Carla stand. War sie Freundin oder Rivalin?

Sie kniete sich wieder vor die Kommode, um wenigstens beim ersten Punkt weiterzukommen, doch kaum hatte sie die ersten Bettbezüge und Laken aussortiert, klopfte unten jemand an die Tür, und Simona fuhr so rasch in die Höhe, dass ihr schwindelig wurde. Sie strich ihre Bluse glatt, fuhr sich durchs Haar und taumelte barfuß die Treppe hinunter, wobei sich reflexhaft ein Lächeln auf ihrem Gesicht ausbreitete. Wie hatte sie bloß wie ein Teenie am Handy hängen können? Es ging schließlich um Adriano, einen Mann mit Stil, der chattete nicht albern in der Gegend herum. Ein Besuch war viel persönlicher als eine schnöde Whatsapp-Nachricht.

»Guten Morgen, Simona!«

»Oh. Hi, Roddy. Komm rein.«

Das junge Talent betrat die Küche und überreichte Simona ein Buch – Roddy Robinson, *A fuckin' good life* – und eine rosafarbene Rose.

»Danke. Wofür ist die Rose?«

»Hiermit gebe ich feierlich die Geschichte deiner Urgroßmutter an dich zurück.«

Er sagte es mit todernster Miene und ohne jede Ironie. Sicher gab es irgendwo eine passende Vase, aber fürs Erste steckte Simona die Blume kurzerhand in ein Weizenglas.

»Woher der Sinneswandel?«, fragte Simona und spürte diesem diffusen Gefühl der Erleichterung nach, das sie gerade überkam. Als hätten äußere Umstände eine ohnehin schlechte Entscheidung korrigiert.

»Der Stoff ist super, keine Frage, aber ich bin der falsche Mann dafür. Mal ehrlich, was habe ich, ein waschechter Dubliner aus der North Inner City, mit einer italienischen Frau zu tun, die vor hundert Jahren geboren wurde? Authentisch geht anders.«

»Ja, du hast recht.« Simona hatte sich so etwas von Anfang

an gedacht, aber seiner Begeisterung nicht im Weg stehen wollen.

»Darf ich mir trotzdem das Bild ansehen? Ich bin neugierig, wie sie aussieht.«

»Warte, ich hole es.« Das kleine Porträt hing in ihrem Schlafzimmer, wo der junge Ire nun wirklich nichts zu suchen hatte. Simona musste schon schmunzeln, denn sicher würde es Roddy gleich ähnlich ergehen wie ihr damals, als sie die zart kolorierte Bleistiftzeichnung zum ersten Mal sah. Da hatte das Bild noch bei Adriano in der Bibliothek über dem Kamin gehangen...

»*What the fuck?* Du willst mich verarschen. Das bist du!«

»Nein, das ist Teresa, meine Urgroßmutter.«

»Die Ähnlichkeit ist irre.«

»Wo du schon mal hier bist, ich bräuchte kurz deine Hilfe.«

Roddy trug die Kommode alleine die Treppe hinunter und in den Schuppen, während Simona Kaffee aufsetzte.

»Jetzt stehst du also wieder ohne Idee da?«, fragte sie etwas später, als sie zusammen auf dem steinernen Bänkchen unter dem Moro saßen.

»Nein«, strahlte er. »Ich werde über meinen Großvater schreiben. Er hatte drei Ehefrauen, war bei der IRA und im Knast.«

»Hört sich gut an. Ich meine, interessant.«

»Weißt du, *mein* Leben reicht vielleicht nur für ein Buch, aber ich kenne so viele Leute, die eine Menge krassen Scheiß erlebt haben, alleine schon meine Verwandtschaft. Meine Großmutter mütterlicherseits, zum Beispiel, sie hieß Fiona und kannte jeden Männerarsch in der Fabrik.« Roddy grinste und schaufelte den dritten Löffel Zucker in seinen Espresso. »Wäre das nicht ein toller erster Satz? *Fiona O'Brian kannte jeden Männerarsch in der Fabrik...*«

»Er macht auf jeden Fall neugierig«, meinte Simona.

»Sie war Krankenschwester und verabreichte Impfungen.«

Sie lachte und fragte: »Was sagt denn der große Meister dazu?«

»Der? Gar nichts, bis jetzt.« Roddy blickte sich nach allen Seiten um, ehe er mit flüsternder Stimme sagte: »Der war heute früh nicht ansprechbar, und danach ist er weggegangen. Er und Carla haben sich gefetzt, es ging ganz schön heftig zur Sache!«

»Hast du gelauscht?«

»Natürlich. Als Schriftsteller ist es meine Pflicht, genau hinzusehen und hinzuhören. Sie waren ja auch laut genug.«

Simona lehnte sich zurück an die warme Hausmauer und verschränkte die Arme über dem Bauch. »Erzähl! Ich will alles wissen, jedes einzelne Wort...«

Adriano war einfach losgelaufen, zusammen mit seinem Hund. Es verlangte ihn nach Bewegung, um so seinen Ärger loszuwerden. Er war nicht den üblichen Weg bergab gegangen, in Richtung Dorf, sondern in die andere Richtung. Die *strada bianca* hörte kurz hinter seiner Zufahrt auf, doch es führten ein paar Pirschwege den Berg hinauf und auf der anderen Seite ins benachbarte Tal wieder hinunter. Er hatte diese Wanderung das letzte Mal vor zwei Jahren unternommen, und gerade schien ihm der Zeitpunkt für eine Wiederholung passend. Nur hätte er vielleicht besser etwas Wasser und Proviant mitnehmen sollen, und das Handy wäre womöglich auch von Nutzen gewesen, obgleich Google-Maps hier in der Wildnis rein gar nichts brachte. Es gab zu wenige Funkmasten für eine Triangulation, und ohne die war keine Standortbestimmung möglich. Adriano war inzwischen nicht mehr sicher, ob die verschlungenen Wege, denen er bergan gefolgt war, noch zu seinem Ziel und nicht einfach bloß ins Nichts führten. Was typisch wäre für die Gegend. Selbst ausgeschilderte Wanderwege führten bisweilen in die Irre, hörten plötzlich auf oder waren so zugewachsen, dass ein Weiterkommen unmöglich war. Aber solange er Richtung Berggrat ging, konnte es nicht so falsch sein, also arbeitete er sich mäandernd durch mehr oder weniger dichtes Gestrüpp bergan.

Wenn er Carlas krude Logik richtig verstanden hatte, versteckte sie sich ausgerechnet auf dem Gutshof ihrer Kindheit vor ihrem Vater, der unbedingt mit ihr sprechen wollte, aber sie nicht mit ihm. Ihr Hass auf ihn – oder auch ihre Furcht vor ihm – hatte offenbar längst pathologische Züge angenommen. Das alles hing wahrscheinlich irgendwie zusammen, ihre Angst vor dieser Begegnung, ihre speziellen Essgewohnheiten, ihr extremes und seltsames Verhalten. Litt sie an einer bipolaren Störung oder dergleichen? Er kannte sich damit nicht aus, doch in seinem Heimatland wäre sie längst in Therapie. Das sagte er ihr dann auch, dass sie in eine Therapie gehöre. Obendrein nannte er sie feige und hinterhältig, weil sie ihm verschwiegen hatte, weshalb sie hergekommen war.

Erwartungsgemäß explodierte Carla: »Du nennst mich feige? Ausgerechnet du? Du bist doch der viel größere Feigling von uns beiden. Wer versteckt sich denn schon seit Jahren vor der Welt? Diese narzisstische Pose…«, an dieser Stelle verdrehte sie affektiert die Augen, und ihre Stimme nahm einen theatralisch-weinerlichen Klang an, »*… ich bin voller Trauer um meine Frau und meinen kleinen Sohn, ich kann nie wieder ein Wort schreiben, ich lebe hier als einsamer Wolf und zelebriere mein Selbstmitleid und meinen Weltschmerz und meine Schreibblockade.*« Ihre Stimme wurde wieder normal, vielmehr fauchte sie ihn an: »Deine Schuldgefühle am Tod deiner Frau und deinem Sohn nehme ich dir nicht ab, und wenn du nur einmal ehrlich zu dir selbst wärst, würdest du das auch nicht tun. Trauer ja, aber das Büßerhemd könntest du allmählich ablegen, das wird langsam albern.«

Da war er längst auf hundertachtzig und herrschte sie an: »Du hast überhaupt keine Ahnung! Sprich gefälligst nie wieder von meiner Frau und meinem Sohn!«

Ein Verbot, das sie erst recht anstachelte.

»Ich weiß, was passiert ist«, entgegnete sie. »Es steht im Internet, deine alte Fangroup hat die Details veröffentlicht. Du bist fremdgegangen, ihr habt euch deswegen gestritten, sie ist mit dem Kind weggefahren und kam auf eisglatter Straße unter einen Laster. Aber hast du dich mal gefragt, wie bescheuert es ist, mit einem kleinen Kind bei Schneesturm, Glätte und Dunkelheit loszufahren? So etwas macht man doch nicht als Mutter, unter keinen Umständen. Jede Frau, die noch einen Funken Verantwortungsgefühl besitzt, hätte *dich* hinausgeworfen, anstatt ihr Kind in Gefahr zu bringen.«

»Halt den Mund, Carla! Es reicht!«

Doch sie war noch nicht fertig: »Aber es ist ja auch viel einfacher, dich in deiner angeblichen Schuld zu suhlen, als dir zu verzeihen und weiterzumachen mit dem, was du kannst, nämlich schreiben, und dir vielleicht mal ein bisschen Glück zu erlauben. Also erzähl du mir nicht, was ich tun oder lassen soll. Ach, und nur zu deiner Information: Therapien habe ich schon einige hinter mir!«

Er war verletzt und wütend und wollte nur noch eins: sie ebenfalls verletzen. »Ist dir mal der Gedanke gekommen, dass deine Mutter womöglich auch kein Unschuldsengel war?«, schrie er sie an. »Nicht, dass die Tat deshalb entschuldbar wäre, aber du vergötterst deine Mutter und verteufelst deinen Vater, alles schön schwarz-weiß. Deshalb weigerst du dich auch, ihn zu sehen und mit ihm zu sprechen, denn die Wahrheit könnte ja deine hübsche, selbst gesponnene Legende über den Haufen werfen!«

Damit waren sie wieder am Ausgangspunkt ihres Streits angekommen, und Carla hatte es – endlich! – die Sprache verschlagen. Er verbuchte das als Sieg und ließ sie in ihrem scheußlichen rosa Zimmer mit dem ungeöffneten Brief zurück.

Er beschloss, Carla heute Abend, höflich, aber bestimmt, nahezulegen, sich eine andere Bleibe zu suchen. Falls sie nicht schon von selbst auf die Idee gekommen war. Das wäre ihm am allerliebsten: nach Hause zu kommen und das rosa Zimmer leer vorzufinden.

Der Hund bellte aufgeregt, Adriano schrak zusammen. Etwas raschelte und knackte laut vor ihm, dann erbebte der Boden. Eine Rotte Wildschweine querte den Pfad, darunter waren ein paar ordentliche Exemplare, aber auch Frischlinge. Er griff blitzschnell nach Assos Halsband und leinte ihn an. »Hiergeblieben, Freund. Die werden nicht gejagt, die sind gefährlich.«

Die Rotte stob durch das Unterholz davon. Er atmete auf.

Kurz danach erreichten sie den Scheitelpunkt des lang gezogenen Bergrückens, und dort, wo der Wald sich ein wenig lichtete, konnte er ins nächste Tal hinabschauen. Er erkannte die Straße, die das Tal durchschnitt, eine der für die Gegend typischen weißen Schotterstraßen, sie führte rechts nach Belmonte, und wenn man weiterfuhr, landete man wahrscheinlich irgendwann in Umbrien. Von dieser Straße zweigte ein Waldweg ab, den er von hier aus nicht gut sehen konnte, doch er entdeckte das Haus auf der Lichtung, auf halber Höhe des gegenüber liegenden Berghanges. Die *Villa Fortuna.* Ein reichlich hochgestochener Name für einen heruntergekommenen kleinen Hof, aber Johanna Burger schien dort recht zufrieden zu sein, also stimmte das mit dem Fortuna, und die Villa war eine hübsche Ironie. »Wollen wir deine Freunde besuchen?«, fragt er seinen Hund. »Otto, Mauri und die Mädels?«

* * *

»*Das* hat sie zu ihm gesagt?« Simona schaute Roddy fassungslos staunend an, nachdem dieser seine Schilderung des Streits beendet hatte. »Na, die traut sich was!«

»Sich mit Toten anzulegen geht meistens in die Hose«, stimmte Roddy ihr zu.

Simona musste Carla im Geheimen zustimmen. Etwas Ähnliches hatte sie sich damals, als Adriano ihr von den tragischen

Ereignissen jener verhängnisvollen Winternacht berichtete, auch gedacht, aber sich gehütet, es auszusprechen. *Über Tote nichts Schlechtes*, dieser Imperativ hatte durchaus seinen Sinn. Andererseits hatte Adriano sie ja auch nicht derart provoziert, wie Carla es fertiggebracht hatte. Simona dachte an ihre Streitigkeiten mit Sebastian aus diversen Anlässen, bei denen auch sie ab und zu verbale Schläge unter die Gürtellinie ausgeteilt hatte.

»Die Retourkutsche ließ dann ja auch nicht lange auf sich warten«, grinste Roddy. »Echt, mir wurde angst und bange. Ich meine, ich wusste schon, dass Italienerinnen Temperament haben und eine Neigung zum Drama, aber das war ganz großes Kino, wirklich.«

»Wenigstens sammelst du eine Menge Anregungen während deiner Schreibklausur.«

»Wenn man vom Teufel spricht…«, murmelte Roddy, denn gerade bog Carla um die Ecke und kam auf sie zu. »Kein Wort, hörst du? Sie weiß nicht, dass ich weiß…«

»Salve, Carla!«, flötete Simona.

Carla, in Jeans mit Löchern und weißem Hemd, kam näher und musterte die beiden wie eine Lehrerin, die ihre Schüler beim Rauchen erwischt hat. Dass sie heute schon nach allen Regeln der Kunst ausgerastet war, sah man ihr nicht im Geringsten an. »Was treibt ihr hier?« Die Frage war an Roddy gerichtet.

»Wir plotten«, antwortete er.

»Diese Urgroßmuttergrabsteingeschichte? Echt jetzt?«

»Ja, wir spinnen so rum«, nickte Simona, während sie sich fragte, wo das alles noch hinführen sollte. *Bin ich neuerdings die Auffangstation für Adrianos verstoßene Heuler?*

»Heute ist ein Fest auf diesem Ökohof bei Montecarotto«, begann Carla. »Hast du Lust, mitzukommen?«

»Ein Fest? Klar, immer!« rief Roddy.

»Ich meinte eigentlich Simona, aber du kannst auch mitkommen. Oder, Simona? Wenn er uns einen ausgibt?«

Simona zögerte. Schon wieder ausgehen, schon wieder mit Carla. Wenn es so weiterging, entwickelte sie sich noch zu einem Party-Animal und obendrein zu Carlas Busenfreundin. Andererseits war sie lange genug allein zu Hause herumgesessen, und es konnte nicht schaden, seinen Bekanntenkreis zu erweitern. Nebenbei könnte man sich Flavias Konkurrenz einmal näher ansehen. »Wann wolltest du los?«

»Es geht schon den ganzen Tag. Von mir aus sofort.«

»Es stört dich doch nicht, wenn ich noch eine Freundin mitnehme?«

»Nein, natürlich nicht.«

Simona ging ins Haus und griff zum Telefon.

»Was? Ein Fest bei diesen Ökofreaks, die mir die Kundschaft abwerben? Du hast vielleicht Nerven, mich das zu fragen!«, regte sich Flavia auf.

»Dann nicht«, meinte Simona. »Es macht dir doch nichts aus, wenn Carla und ich trotzdem hingehen? – Flavia? Bist du noch dran?«

»Gib mir fünfzehn Minuten!«

* * *

Der Abstieg gestaltete sich ähnlich hindernisreich wie der Aufstieg, nur etwas weniger anstrengend. Immer wieder mussten Adriano und sein Hund einem Dickicht ausweichen und sich mühsam Wege suchen. Hauptsache, irgendwie runter, sagte sich Adriano. Wenn erst die Straße erreicht war, war der größte Teil der Strapaze vorbei.

Er versuchte einem Bach zu folgen, was nicht immer klappte, aber schließlich stieß er auf etwas, das man mit einiger Berechtigung als Weg bezeichnen konnte. Jetzt, da er sich nicht mehr als Pfadfinder betätigen musste, konnte er in Ruhe nachdenken. Sein Zorn auf Carla war inzwischen größtenteils verraucht, auch wenn er nach wie vor fand, dass sie eine rote Linie überschritten hatte. Inzwischen tat ihm leid, was er zum Schluss über ihre Mutter gesagt hatte. Er würde sich bei ihr dafür entschuldigen müssen, aber nur dafür. Denn eines war ihm mittlerweile auch klar geworden: Der Umgang mit Carla war Gift für ihn. Sie brachte die schlimmsten Seiten in ihm hervor. Solche Menschen galt es zu meiden, schon aus Selbstschutz. Das hatte *sein* Therapeut ihm vor Jahren geraten. Unter anderem. Der Therapeut hatte dasselbe über seine Schuldgefühle gesagt wie Carla, nur in verklausuliertem Therapeuten-Kauderwelsch, aber die Botschaft war identisch. Adriano hatte die Therapie abgebrochen, genau wie heute das Streitgespräch.

Hatten beide recht, war er ein Feigling, der seinen Selbstekel zelebrierte und sich hinter seiner vermeintlichen Schuld versteckte?

Der Weg brachte ihn direkt zur Talstraße, und nur hundert Meter weiter erkannte er die Abzweigung, die zu Johannas Haus führte. Eine Kette mit einem Schild *privato* hing davor.

»Das war ja fast eine Punktlandung, was, Alter?«

Asso wedelte. Der Hund ahnte, wohin der Ausflug gehen sollte und sprang übermütig voraus. Es dauerte noch einmal eine Dreiviertelstunde, dann erreichte Adriano, ziemlich fertig, die Obstwiese vor Johannas Haus und wurde von ihrer Meute begrüßt, ehe sie selbst ihm entgegenkam.

»Wo ist dein Auto? Sag nicht, es liegt schon wieder ein Baum auf dem Weg!«, begrüßte sie ihn mit kummervoller Miene.

»Nein. Entschuldige den Überfall. Ich habe eine spontane Wanderung gemacht, und dann sah ich dein Haus und dachte …«

»Moment! Von wo hast du mein Haus gesehen?«

Er deutete auf den gegenüberliegenden Berg. »Von da oben.«

»Du bist von dir aus über den Berg bis hierher gelaufen?« Johanna war in unmittelbarer Nähe der Alpen aufgewachsen, man konnte ihr nichts vormachen. Sie blickte prüfend an ihm hinab. »Ohne Rucksack, ohne Proviant und Wasser?«

»Wir haben einen Bach entdeckt, nicht wahr, Asso?« Der

Angesprochene reagierte nicht. Er hatte längst die Trinknäpfe der anderen Hunde geleert und unter dem Walnussbaum eine Kuhle in den Kies gescharrt, in der er jetzt lag wie erschossen.

»Setz dich«, befahl Johanna. »Herrgott, ich dachte immer, die Einheimischen wären klüger als die Touristen, aber so kann man sich täuschen!« Schimpfend verschwand sie im Haus, holte einen Krug Wasser und zwei Gläser und stellte wenig später Brot, Käse, Salami und Butter auf den Tisch. »Du musst am Verhungern sein.«

Beim Anblick der Brotzeit wurde ihm ganz flau im Magen und er griff zu. »Danke! Du bist meine Rettung.«

Sie ließ ihn erst einmal in Ruhe, während sie sich in der Küche zu schaffen machte. Es begann nach Kaffee zu duften. Bis sie mit der Kanne und den Tassen wieder herauskam und sich zu ihm setzte, hatte er bereits zwei dick belegte Brote verschlungen.

»Rede, *americano*, was ist los? Und keine Ausflüchte, mir kannst du nichts vormachen.«

»Hm. Wo soll ich anfangen? Ich hatte einen Mordskrach mit Carla. Sie hat es geschafft, mich zur Weißglut zu bringen, was mich wiederum ärgert und an mir zweifeln lässt.«

»Womit hat sie das geschafft?«

»Sie hat... sie hat etwas gesagt, das ich nicht hören wollte. Über meine verstorbene Frau. Das steht ihr nicht zu, deshalb war ich so wütend. Was sie sagte, war nicht falsch, das muss ich zugeben.«

Johanna hob fragend ihre Augenbrauen.

»Ich will nicht darüber reden.«

Johanna, das wusste er, war selbst nicht der Typ, der anderen ihr Herz ausschüttete, deshalb war sie nicht beleidigt und bohrte auch nicht nach. Sie schenkte Kaffee in die Tassen. »Echter deutscher Filterkaffee.«

»Ist das eine Strafe, oder ist die Espressokanne kaputt?«

Sie schnaubte und holte eine Tüte Milch.

»Was hältst du eigentlich von Simona?«, fragt er, nachdem

er den Kaffee probiert und ihn sich mit dem Kommentar »kann man trinken« einverleibt hatte.

»Sie gefällt mir jedenfalls besser als der Hungerhaken. Und das meine ich nicht nur äußerlich. Sorry, wenn ich das so geradeheraus sage.«

»Was hast du gegen Carla?«

»Nichts Konkretes, ich kenne sie ja nicht. Sie kommt mir nur vor wie jemand, der Probleme geradezu magisch anzieht. Ist nur so ein Gefühl, ich kann es nicht begründen.«

»Dein Gefühl täuscht dich nicht. Carla ist im Grunde ein wandelndes Problem, auch wenn sie für manches sicher nichts kann.«

»Dann sind wir uns ja einig«, stellte Johanna fest. »Du hast jedenfalls ziemlich säuerlich dreingeschaut, als Simona mit dem Iren im Gebüsch verschwand.«

»Ich bitte dich, ein junger Kerl, strotzend vor Testosteron, noch dazu ein Ire, da ist Vorsicht geboten!«

»Die Frau macht mir den Eindruck, als könnte sie ziemlich gut auf sich selbst aufpassen.«

»Ja, leider. Ich hatte gehofft, ich könnte mich als ihr Beschützer aufspielen.« Er grinste.

»Du hast sie ziemlich gern, oder?«

»Hm, ja.«

»Ich weiß aus zuverlässiger Quelle, dass sie dich auch recht gern hat.«

»Wirklich?«, fragt er erfreut. »Ich war mir nicht sicher. Ich bin einfach schon zu lange raus aus dem Geschäft. Ich weiß nicht, was ich jetzt machen soll, um es nicht zu verbocken.«

»Du weißt nicht mehr, wie man einer jungen Frau den Hof macht?«

Adriano musste lachen. »Ich hätte einen anderen Begriff als *den Hof machen* gewählt, aber im Grunde läuft es darauf hinaus.«

»Denkst du, ich alte Jungfer bin die richtige Adresse, um dir

Ratschläge zu erteilen? Im Zeitalter von Tinder und all dem Quatsch?«

»Erstens bist du keine alte *Jungfer*, wie wir alle wissen«, er zwinkerte ihr gespielt anzüglich zu, »und zweitens ist sonst gerade niemand da, den ich fragen könnte.«

»An deinem Charme müssen wir noch arbeiten«, meinte Johanna.

»Frauen sind in Gefühlsangelegenheiten einfach klüger.«

»Zu spät für Schmeicheleien.«

Er goss sich Kaffee nach, was Johanna mit einem triumphierenden Grunzen kommentierte, ehe sie fragte: »Wie sieht es mit der Konkurrenz aus?«

»Ist weg. Nach China.«

»Dann lade sie doch mal zum Essen ein.«

»Danke, darauf wär ich nie von allein gekommen!«

»Bitte«, spielte sie die Eingeschnappte. »Wenn du meine überaus wertvollen Ratschläge nicht willst!« Sie kraulte einem der Jagdhunde die Schlappohren.

Er winkte ab. »Das Stadium konventioneller Beziehungsanbahnung liegt längst hinter uns. Wir haben schon zusammen die Urne ihrer Großmutter begraben und eine Herde toter Schafe zerlegt.«

»Das volle Romantikprogramm, von dir kann man lernen.«

Er wurde wieder ernst. »Ich war schon einmal kurz davor mit Simona. Es hätte alles gepasst, aber dann setzte mein Fluchtreflex ein, und ja, ich habe mich hinter meiner toten Frau und meinem toten Sohn versteckt wie hinter einem Schutzschild. Und glaub mir, besser kann man eine Frau nicht vergraulen.«

»Ich verstehe dich gut. Beziehungen sind ziemlich bedrohlich.« Johanna sagte es ohne jede Ironie. »Man macht sich angreifbar, quasi nackt, und es gibt keine Garantie, nicht verletzt und enttäuscht zu werden.«

Sie klang, als wüsste sie, wovon sie redete. Er hatte sie nie gefragt, warum sie allein mit ihren Hunden in der Einsamkeit lebte. Vielleicht sollte er es tun, irgendwann.

»Du hast dein Problem inzwischen immerhin erkannt«, fügte sie hinzu.

»Ja, aber was ist, wenn das wieder passiert? Sofern sie mir überhaupt eine zweite Chance einräumt. Dann hält sie mich für das größte Arschloch aller Zeiten, und wir sind nicht einmal mehr Freunde. Und das könnte ich gar nicht ertragen.«

»Warum redest du nicht einfach mit ihr darüber, so wie mit mir gerade? Dann kennt sie dein Problem und ist nicht so geschockt, wenn du in irgendeiner Situation seltsam reagierst.«

»Einfach?«, wiederholte er. »Das ist nicht einfach, über so etwas zu reden.«

»Eben ging's doch schon ganz gut.«

»Ja, mit dir …«

Nach einer Weile gemeinsamen nachdenklichen Schweigens sagte Johanna: »Mir ist zu Ohren gekommen, dass sie bei diesem Hotelprojekt mitmacht.«

»Ihr Vater ist der Architekt.« Adriano musste immer wieder staunen, wie schnell doch Neuigkeiten in Belmonte die Runde machten.

»Da muss sie doch sicher auch ein paar einschlägige Gärten besichtigen, oder? Um sich Anregungen zu holen.«

Er zuckte mit den Achseln. »Darüber habe ich mir keine Gedanken gemacht. Ich meine, sie wird schon wissen, wie sie ihren Job macht.«

»Ich habe ja einen Bruder in Rom …«, begann Johanna, um gleich darauf zu verstummen, als hätte sie den Faden verloren.

»Weiß ich. Er ist Bischof oder so ähnlich.«

»Titularbischof. Ein Hirte ohne Herde, er hat unterrichtet und geforscht. Saß also immer nur im Elfenbeinturm.«

»Mhm«, machte Adriano, den eine leichte Müdigkeit überkam.

»Er ist inzwischen Pensionär«, verriet Johanna, »aber kennt natürlich Hinz und Kunz im Vatikan.«

»Wieso reden wir jetzt von deinem Bruder?«, fragte Adriano, den der Verdacht beschlich, dass Johanna auf etwas Bestimmtes hinauswollte.

Damit lag er goldrichtig.

* * *

Der Mini kämpfte sich von Schlagloch zu Schlagloch die steile Straße hinauf und hielt schließlich vor dem eisernen Tor, dessen Spitzen abweisend in den Himmel ragten. Es war geschlossen. Filippo Prisco und seine Tochter Paula stiegen aus dem Wagen und schauten sich um.

Vier Uhr, die Zeit nach der Mittagsruhe. Noch wirkte alles schläfrig, und die Luft flirrte über dem Schotter der Straße, deren Zustand genauso schlecht war wie früher. Die Kastanienbäume waren ein gehöriges Stück gewachsen, obwohl sie, seit Filippo denken konnte, schon groß gewesen waren. Hölzerne Stelen mit fantasievollen Kunstwerken standen über das Grundstück verteilt herum, sonst sah der Park nicht sehr verändert aus. Er war nicht völlig verwildert, aber auch nicht zu gepflegt, was bei der Größe des Grundstücks auch kaum möglich war.

Sein Zuhause.

Er war auf dem Gut aufgewachsen, hatte eine im Großen und Ganzen heile Kindheit mit zwei älteren Schwestern durchlebt. Er wollte nie Gutsherr werden, doch sein Vater war streng, er kannte kein Pardon und zwang ihn mehr oder weniger dazu, Agrarwesen und Wirtschaft zu studieren. Doch kaum damit fertig, drückte Filippo sich aus purem Trotz in der Welt herum, wie sein Vater es nannte. Jobbte mal hier, mal da, investierte geschickt und besaß irgendwann sogar eine Farm in Namibia. Er war schon Mitte dreißig, als er nach Italien zurückkam mit dem guten Gefühl, es dem Alten lange genug gezeigt zu haben. Doch dann starb seine Mutter, sein Vater, gesundheitlich angeschlagen, zog zu seiner jüngeren Schwester, und Filippo bekam das Gut, genau wie es der Brauch und das anscheinend unvermeidliche Schicksal für den erstgeborenen Sohn vorsah. Er lernte Laura kennen, verliebte sich... Bilder stiegen auf vor seinem inneren Auge. Laura, wie sie zum ersten Mal das Gut und den Park gesehen hatte, ihre Begeisterung, so viel Platz für nur eine Familie! Ja, hier wollten sie leben, hier sollten ihre Kinder aufwachsen und auch ihre Enkel...

Nach der ersten Begeisterung wusste die Städterin aus Mailand allerdings nicht mehr viel mit sich und dem Leben auf dem Land anzufangen. Sie wurde nicht warm mit den Leuten aus dem Dorf und diese nicht mit ihr. Sie blieb für sich, beschäftigte sich mit Nähen, Lesen und nahm sogar ein paar Klavierstunden, ehe sie feststellte, dass sie nicht musikalisch genug war. Ihren Beruf als Laborantin eines Pharmaherstellers hatte sie wohl oder übel aufgeben müssen, denn es gab im Umkreis keine passende Stelle. Sie leugnete, ihren Beruf zu vermissen, wollte ganz für ihre Kinder da sein. Und das war sie auch, viel zu sehr und immer besorgt, sie könnten Schaden nehmen. Die Haushälterinnen konnten ihr nichts recht machen, sie kochte selbst, baute Kräuter an und stand eine Zeit lang in regem Austausch mit den Nonnen vom benachbarten Kloster, die sich mit Küchen- und Heilkräutern auskannten. Die Mädchen waren noch klein, und eine Zeit lang war alles heiter und schön, so hatte er es empfunden. Geblendet vom hellen Schein, hatte er die Schatten nicht wahrgenommen.

»Hast du Angst?«, fragte Paula.

Er schüttelte den Kopf. »Ich werde doch vor meiner Tochter keine Angst haben.«

Sein Herz raste. Er wäre vielleicht weniger aufgeregt, wenn Carla auf seinen Brief, mit dem er, auf Paulas Drängen hin, seinen Besuch angekündigt hatte, geantwortet hätte. Selbst eine Absage wäre ihm lieber gewesen als ihr Schweigen, es wäre wenigstens ein Lebenszeichen, wenn auch ein erzwungenes. So wusste er nicht einmal, ob sie den Brief bekommen hatte und ob sie tatsächlich hier war, wie Paula steif und fest behauptete. Oder wollte Carla ihn bestrafen, indem sie ihn im Ungewissen ließ?

Paulas Schritte knirschten auf dem Kies, als sie auf das Tor zuschritt und energisch an der Glocke zog. Die gellenden, aufdringlichen Töne ließen Filippo zusammenzucken. Er hätte seine Ankunft lieber leiser gestaltet, wie es einem Bittsteller zukam.

Das Bimmeln verklang. Hinter dem Haus krähte ein Hahn, sonst tat sich nichts. Paula rüttelte am Tor und drückte von innen die Klinke. Abgeschlossen. Gleich dahinter parkte eine rote Vespa, in der Einfahrt standen ein Jeep und eine Ape.

So viele Fahrzeuge, und niemand zu Hause? Zu Fuß kam man hier doch nirgendwohin, außer vielleicht ins Dorf, aber dafür brauchte man auch schon eine gute halbe Stunde.

Er wollte weg. Er gehörte nicht hierher. Nicht mehr.

»Sie ist nicht hier.«

»Das ist wieder typisch Carla! Nicht mal absagen kann sie!« Paula war wütend, das sah er ihr an, und er fragte sich, ob sie, bei all der vordergründigen Fürsorge für ihre jüngere Schwester, ihn womöglich benutzte, um Carla etwas heimzuzahlen. Der Gedanke bereitete ihm Unbehagen. Vielleicht war seine Sicht auf die Welt inzwischen allzu zynisch. Was wusste er schon vom Leben seiner Töchter? Er hatte sie nur als Kinder aufwachsen sehen, hatte ihre Jugend, ihre Teenagerkämpfe nicht mitbekommen. Paulas Charakter konnte er gut greifen, sie war Lehrerin geworden, wie ihre Tante Anna. Sie war auf eine etwas polternde, resolute Art geradeheraus und direkt, manchmal etwas zu sehr, ein offenes Buch. Von Carla kannte er nur ihr offizielles Ich, dieses künstliche Wesen, das im Internet zu finden war, und die andere Carla, die neurotische, empfindliche, von tausend Ängsten und Ticks geplagte Carla, von der Paula ihm berichtet hatte. Nichts von beidem war vermutlich vollkommen und spiegelte die Realität.

Nach seiner Entlassung aus dem Gefängnis wollte er seine Mädchen sehen, aber ihre Tante Anna und ihr Mann Bandino ließen ihn nicht zu ihnen. Er sah sich noch auf der Straße stehen und am Zaun entlanglaufen, wie er diesen Idioten Bandino anflehte, ihn mit seinen Töchtern reden zu lassen. Doch der drohte, die Polizei zu holen, und da Filippo auf Bewährung entlassen worden war, beschloss er, dass es wohl besser wäre, erst einmal aus dem Leben der beiden zu verschwinden. Später, als er längst in Afrika lebte, bereute er seine damalige Feigheit. Aber für einen zweiten Anlauf hatte es auch nie gereicht, bis jetzt jedenfalls.

Man denkt ja immer, man hätte noch so viel Zeit, und dann ist plötzlich nur noch ganz wenig vorhanden.

Während der letzten zwei Jahre seiner Haft gelang es der damals sechzehnjährigen Paula, sich der Aufsicht von Onkel und Tante zu entziehen und ihn alle paar Wochen einmal zu besuchen. Er hatte sich über ihre Besuche gefreut, obwohl es meist eine etwas verkrampfte Angelegenheit gewesen war. Nie sprachen sie über Laura, seine Frau, ihre Mutter, und was damals tatsächlich geschehen war. Er rechnete immer damit, dass sie irgendwann Fragen stellen würde. Sie tat es aber nicht, und er fing auch nicht damit an. Bei jedem Besuch bat er sie, das nächste Mal Carla mitzubringen, doch es passierte nie. Mag sein, dass Paula es erst gar nicht versuchte. Sie hatte ihre Mutter verloren, vielleicht wollte sie ihren Vater für sich allein. Möglicherweise tat er ihr aber auch unrecht mit dieser Unterstellung. Carla war jünger, auf sie wurde noch mehr aufgepasst.

»Sie ist nicht da«, stellt er erneut fest. »Lass uns verschwinden.«

»Oder sie macht einfach nicht auf!«

»Vielleicht war sie nie hier und hat meinen Brief nie bekommen«, gab er zu bedenken.

»Sie muss hier sein«, beharrte Paula. »Ich habe mit der Besitzerin der Bar von Belmonte gesprochen, die hat es mir bestätigt.«

»Hat sie sie getroffen?«

»Nein, das nicht«, musste Paula einräumen. »Aber du hast doch die Fotos von ihr gesehen, die eine Boutiquenbesitzerin aus Jesi gepostet hat? Warum wohl sollte Carla in Jesi einkaufen, wenn sie nicht in Belmonte wäre?«

»Es war falsch, sie mit dem Brief unter Zugzwang zu setzen. Wer weiß, in welchem Winkel der Welt sie sich inzwischen verkrochen hat.«

Nein, er hätte nicht auf Paula hören sollen. Womöglich hatten sie Carla nun endgültig vergrault, und er würde seine jüngere Tochter gar nicht mehr sehen. Denn es konnte gut sein, dass er in ein paar Monaten tot war. Der Lungenkrebs war in einem fortgeschrittenen Stadium, die erste Chemotherapie hatte nicht allzu viel gebracht, und ob der zweite Versuch erfolgreich sein oder ihm wenigstens etwas mehr Zeit verschaffen würde, stand in den Sternen. Er hatte Mühe, seine Enttäuschung vor Paula zu verbergen.

»Bring mich hier weg! Bitte!«, stieß er kurzatmig hervor.

Paula presste die Lippen zusammen und setzte sich wieder ans Steuer. Sie wartete, bis ihr Vater eingestiegen war, und wendete den Wagen. Filippo warf einen letzten Blick durch das Tor. Ihm war, als hätte sich hinter einem der Fenster im ersten Stock etwas bewegt. Es konnte aber auch nur eine Spiegelung auf der Scheibe gewesen sein.

Kapitel 20

Ich bin Sofia

New York, 1919

Nein, das konnte nicht funktionieren, niemals. Sie würde im Gefängnis enden, Juliette Bonnet, die Betrügerin, die Hochstaplerin, die versucht hatte, sich als Gräfin Sofia Lobanowa auszugeben, um sich die Gunst von deren Verwandtschaft zu erschleichen und noch andere Vorteile, die ein Adelstitel versprach.

Madame Lewinsky sah das vollkommen anders. Während der restlichen Überfahrt über den Atlantik versuchte sie ihren Schützling mürbe zu machen.

»Denk nach, Kind! Ada Whittaker und Sofia, die Tochter ihrer Cousine Jelisaweta, haben sich nie im Leben gesehen, das hat uns Sofia im Zug erzählt, weißt du nicht mehr? Aufgrund ihres langjährigen Zerwürfnisses werden sie auch weder Fotografien noch intime Familieninterna ausgetauscht haben. Woher sollten diese Ada und ihr Mann also wissen, dass du nicht Sofia bist? Noch dazu, wo ihr gleich alt seid und ihr euch sogar ein wenig ähnlich seht.«

»Das ist trotzdem Wahnsinn, Madame Lewinsky! Es muss nur jemand zu Besuch kommen, der Sofia kannte!«

»Wer sollte das sein?«, erwiderte Madame Lewinsky. »Wir befinden uns bald auf einem anderen Kontinent, da kommt nicht mal eben jemand aus St. Petersburg zum Tee vorbei.

Juliette, das ist eine einmalige Chance, die dir das Leben bietet. Deine Freundin hat das erkannt und dir das in ihrem Abschiedsbrief erklärt. Sie hat ein großes Opfer gebracht, indem sie dir zuliebe auf ein angemessenes Begräbnis verzichtet hat. Sie war nicht dumm, sie hat das gut durchdacht.« Zur Bekräftigung ihrer Worte erinnerte sie Juliette: »Es war ihr letzter Wille!«

»Selbst wenn es so ist, wie kann ich die Güte ihrer Tante Ada so skrupellos ausnutzen? Ich müsste ununterbrochen lügen, das wäre nicht anständig. Ich würde mich jeden Morgen beim Blick in den Spiegel aufs Neue schämen!«

»Anstand und Ehrlichkeit sind hohe Tugenden«, meinte Madame Lewinsky lapidar, während sie in lasziver Haltung auf dem Bett ihrer Kabine lag und eine Patience legte. »Möchte man jedoch weiterkommen im Leben, dann muss man seine Prinzipien zuweilen über Bord werfen und sich neue suchen.«

»So wie Sofias Leichnam, meinen Sie das?«, erwiderte Juliette.

»Ach Kind, jetzt wirst du polemisch.«

Nie wieder würde Juliette dieses Geräusch vergessen, mit dem der Sack mit dem Leichnam darin auf dem Wasser aufklatschte, nie den Anblick, mit dem der Körper zwischen den Wellen verschwand, während die Rochambeau mit unverminderter Geschwindigkeit weiterfuhr. Juliette war zutiefst entsetzt über die kaltherzige Art, mit der man sich *des Problems* entledigt hatte. Auf keinen Fall durfte ein totes Dienstmädchen den Geschäften der Compagnie Générale Transatlantique oder deren Passagieren in die Quere kommen, erst recht nicht, wenn es an einer ansteckenden Krankheit gestorben war.

Am liebsten wäre Juliette vor Madame Lewinskys verbalem Dauerbeschuss geflohen, doch nicht einmal das war möglich, denn man hatte ihnen ja untersagt, ihre Kabine zu verlassen.

»Was ist die Alternative? Was wird Juliette Bonnet mit ihrem Leben anfangen? Was?«, bohrte Madame Lewinsky weiter, beharrlich wie ein Terrier.

Sie könnte nach Nizza, nach Hause, zu ihrer Mutter, die jetzt Madame Morel hieß, zurück zu Baptiste und Libero und sehen, was aus ihnen geworden war. Sie sah sich im Geist dabei zu, wie sie die Rue Bonaparte entlangkam, in einem der schicken Kleider, die Sofia sich in Paris zugelegt hatte und die Juliette inzwischen gut passten. Sie sah sich auf die Pension zugehen, ihrer Mutter begegnen, ihrem Bruder Libero… Nein! Es ging nicht. Denn eines hatte Juliette in Russland gelernt: Mehr noch als die Reichen waren die Kultivierten Hassfiguren der Unterschicht. Wie sollte sie mit ihrer Familie sprechen, mit all ihrer Bildung im Kopf, mit den feinen Manieren und Sitten, die sie aufgesogen und verinnerlicht hatte? Sie würden die Verachtung spüren, die Juliette ihnen entgegenbrachte; Morel und ihrer Mutter, weil die beiden roh und berechnend waren und den kleinen Emporio auf dem Gewissen hatten, Libero, weil er ihnen nachschlug. Sie würden sie für das hassen, was aus ihr geworden war, alle miteinander, wahrscheinlich sogar Baptiste.

Sie war nicht mehr Juliette Bonnet, die Fischerstochter. Schon in dem Moment, als sie zu Greta Kleinmeier in die Droschke gestiegen war und an ihrer Seite das Negresco betreten hatte, hatte sie ihr altes Leben abgestreift. Sie war aber auch nicht Gräfin Sofia Lobanowa. Sie war irgendjemand dazwischen. Aber wenn man sich das Ganze als Linie vorstellte, als einen Maßstab, dann war sie näher an Gräfin Sofia Lobanowa als an der alten Juliette Bonnet. Die Jahre im Familienkreis der Lobanows, der Unterricht, die Höhere-Töchter-Erziehung, ihre Zeit in Paris, das alles hatte sie geformt. Sie dachte an Greta Kleinmeier, an deren Worte über die Bildung, die ihr niemand mehr wegnehmen konnte.

Es gab noch eine Alternative, nämlich Sofias Verwandten von deren schrecklichem Tod zu berichten und dann mit dem nächsten Schiff zurückzufahren. Sie könnte wieder in Paris leben, in Madame Lewinskys dürftig beheizter Dachwohnung und sich von einer schlecht bezahlten Arbeit zur nächsten hangeln... Denn in einem hatte Madame Lewinsky recht: Ihre Kenntnisse in Mathematik, Fremdsprachen und gutem Benehmen allein reichten nicht, um die Klassenschranken aus eigener Kraft zu überwinden. Schon gar nicht als Frau. Es fehlte der Rückhalt eines klangvollen Namens, der einem verschlossene Türen öffnete. Mochte die Gesellschaft sich noch so egalitär und aufgeklärt geben, an diesen Dingen hatte noch keine Revolution etwas geändert.

Schließlich stimmte Juliette dem Vorhaben, so irrsinnig es auch sein mochte, zu. Sie hoffte, dass die lebenserfahrene Madame Lewinsky die Dinge besser durchblickte und die Chance des Gelingens besser abschätzen konnte als Juliette.

Doch falls Juliette gehofft hatte, nun für den Rest der Schiffsreise ihre Ruhe zu haben, hatte sie sich getäuscht. Nachdem die Überzeugungsarbeit geleistet war, begann die Gehirnwäsche. »Erzähl mir alles über Juliette Bonnet. Ihr ganzes Leben.«

Das war eine seltsame Bitte, aber da sie genug Zeit hatten und man nicht den ganzen Tag Tee trinken und Patiencen legen konnte, tat Juliette der Madame den Gefallen und erzählte ihr von ihrem Vater, seinem Tod, der Pension, ihren Brüdern und vom Tod Emporios.

Madame Lewinsky hörte ihr aufmerksam zu, besonders als sie von Monsieur Morel sprach und der Entfremdung zwischen ihr und ihrer Mutter. Als Juliette geendet hatte, sagte Madame Lewinsky: »Das war das letzte Mal, dass du über sie gesprochen hast.«

»Wen meinen Sie, mich oder meine Familie?«

»Ich meine Juliette Bonnet, die Frau, die tot ist, die im Atlantik treibt. Vergrabe ihre Existenz im hintersten Winkel deines Gedächtnisses. Du bist Sofia, Gräfin Sofia Lobanowa. Wiederhole es.«

»Ich bin Gräfin Sofia Lobanowa.«

»Noch mal mit etwas mehr Verve, wenn ich bitten darf.«

»Ich bin Gräfin Sofia Lobanowa!«

»Wo bist du geboren?«

»In St. Petersburg.«

»Wo hast du Italienisch gelernt?«

»Ähm ...«

»Dafür brauchst du eine Erklärung, also denk dir etwas aus, los, *vite, vite!*«

»Die Bildungsreisen! Dafür habe ich Italienisch gelernt!«

Und schon hatte Madame Lewinsky den nächsten Einfall: »Weißt du was, Sofia Lobanowa? Nutz doch die Zeit, die wir hier gefangen sind, und schreibe deine Memoiren auf. Halte jedes Detail fest, an das du dich erinnerst oder das du aus Erzählungen kennst. Egal, was es ist. Erzähle von den Reisen, beschreibe die Eigenarten der einzelnen Familienmitglieder, das Haus, die Dienerschaft, die Hauslehrer, alles! Details sind wichtig.«

Sie kam der Bitte nach, schon allein, weil dies Madame Lewinsky zwang, in der Zeit den Mund zu halten.

»Da ist noch ein Problem«, erkannte sie. »Mein Russisch ist nicht besonders gut.«

»Wie lange lebt deine Tante schon in Amerika?«

»Ich weiß nicht genau. Auf jeden Fall länger als zwanzig Jahre.«

»Also wird ihr Russisch auch etwas eingerostet sein ...«

»Man hört es trotzdem, wenn jemand mit Akzent spricht und Fehler macht«, widersprach Sofia.

Madame Lewinsky dachte laut nach: »Erstens habt ihr zu Hause Französisch gesprochen, auch untereinander, nicht wahr? Also ist Französisch deine Muttersprache. Außerdem könntest du dich weigern, Russisch zu sprechen, weil dich das an die furchtbaren Erlebnisse der Revolution erinnert. Das würde deine Tante auch davon abhalten, dich mit Russen bekannt zu machen. Sag ihnen, du willst Amerikanerin werden ...«

»Will ich das?«

»Tu einfach so. Du musst nicht für alle Zeiten bei deiner Tante bleiben. Betrachte es als Sprungbrett. Lass dich in die Gesellschaft einführen, sieh dich nach einer guten Partie um, und führe ein angenehmes Leben. Die Amerikaner lieben die alte europäische Aristokratie, und was klingt romantischer als eine junge, mittellose russische Aristokratin, die auf tragische Weise ihre Familie verlor? Es wird nicht allzu schwierig sein, einen passenden Heiratskandidaten zu finden. Er hat das Geld und du den Glamour.«

»Ich weiß nicht, Madame. Ich glaube, ich bin nicht geschaffen für die Liebe.«

»Ich sprach nicht von Liebe, Dummchen, ich sprach von einer vorteilhaften Ehe, von guter Versorgung, von Reichtum, nach Möglichkeit.«

»Das sagen gerade Sie, die Sie immer die Unabhängigkeit und Selbstbestimmung der Frau predigen!«

»Du musst auf die Reihenfolge achten. Was nützen dir Unabhängigkeit und Selbstbestimmung ohne Geld? Geld ist die Basis von allem. Das ist leider so.«

Es ging weiter. Mitten in der Nacht wurde sie von Madame Lewinsky geweckt. »Wie ist dein Name?«

»Sofia. Gräfin Sofia Lobanowa.«

»Wann wurdest du geboren?«

»Am 12. April 1899.«

»Wer sind deine Eltern?«

»Lassen Sie mich schlafen, Madame Lewinsky!«

»Wann ist der Geburtstag deiner Mutter?«

»Gute Nacht, Madame Lewinsky!«

»Noch eines, Sofia«, begann ihre Foltermagd am nächsten Morgen. »Du brauchst einen Notfallplan.«

Sie zuckte unwillkürlich zusammen. »Großer Gott, hört das denn niemals auf? Sie erinnern mich an Greta Kleinmeier.«

»Wer ist das?«

»Sie war meine Hauslehrerin. Ihr Plan hat uns das Leben gerettet.«

»Da hast du es. Wie viel ist noch von dem Schmuck da?«

»Ein paar Stücke nur noch.«

»Leg sie zusammen mit dem Pass von Juliette Bonnet und etwas Bargeld in ein Versteck. Nicht im Haus! Das Personal schnüffelt zu gern herum. Miete ein Bankschließfach, und erzähle keinem davon. Solltest du auffliegen, kannst du darauf zurückgreifen und rasch untertauchen.«

Madame Lewinskys Verbrecherjargon ließ sie erschaudern. *Auffliegen, untertauchen*. Aber was sie vorhatte, war ja auch verbrecherisch.

»Kann ich die Sachen nicht Ihnen geben, wenigstens vorerst?«

»Und wenn ich eine Betrügerin bin?«

»Das glaube ich nicht.«

»Du kennst mich doch gar nicht. Ich könnte dich zu alldem gedrängt haben, um an deinen Schmuck zu kommen.«

»Aber ... Nein!« Sofia schüttelte lächelnd den Kopf. »Nein, Madame, woher sollten Sie wissen, dass Sofia stirbt?«

»Das wusste ich natürlich nicht. Aber wenn sich eine Gelegenheit bietet ...«

»In dem Fall würden Sie mich doch nicht darauf hinweisen!«

»Vielleicht gehört das zu meiner Taktik? Vertrauen schaffen ... Ein guter Betrüger bleibt immer nah an der Wahrheit und erzählt den Leuten das, was sie hören wollen.« Sie lachte angesichts der entsetzten Miene ihres Gegenübers. »Was ich damit sagen will, Mädchen: Traue niemandem, hörst du! Keinem Freund, keiner Freundin, absolut niemandem! Du bist jetzt auf dich gestellt. Verlass dich nur auf dich, Sofia.«

»Madame Lewinsky, darf ich Sie etwas fragen?«

Sie vollführte eine grazile Handbewegung.

»Woher nehmen Sie all das... dieses strategische Denken, diese geradezu kriminelle Energie?«

»Das ist mein Geheimnis, Sofia. Nur so viel: Ich stamme aus sehr armen Verhältnissen, ich weiß, was Hunger bedeutet, und habe mich hochgearbeitet auf eine Art, von der du lieber nichts wissen solltest. Ich musste oft lügen, betrügen und vorgeben, jemand zu sein, der ich nicht bin. Weißt du, Kind, Anstand und Ehrlichkeit muss man sich leisten können. Heute kann ich das. Aber ich habe nichts verlernt.«

Der Abschied bei der Ankunft im Hafen von New York fiel beiden schwer. In Sofias Augen glitzerten Tränen. Sie hatte die Frau mit der etwas speziellen Moral sehr lieb gewonnen, und umgekehrt war es wohl ebenso, auch wenn Madame Lewinsky sich gefasst, fast schon burschikos, gab: »Hör auf zu weinen, Kind, das macht eine Frau nicht schöner. Courage, du schaffst das! Ich wünsche dir noch ein schönes Leben, Gräfin Sofia!«

Dann winkte Madame Lewinsky ein letztes Mal, ehe sie in der Menschenmenge untertauchte.

* * *

Ada Whittaker bildete das optische Gegenstück zu ihrer Cousine Jelisaweta Lobanowa. Sie war klein und ihre Figur eher mollig, soweit man das erkennen konnte, denn sie trug einen weiten schwarzen Umhang mit einem Pelzkragen und einen Hut ohne Krempe, ebenfalls schwarz, der aussah wie ein umgedrehter Kochtopf. Zwei hellgrüne, in Gold gefasste Schmucksteine zogen ihre Ohrläppchen nach unten, und eine Perlenkette lenkte die Blicke unvorteilhaft auf ihr Doppelkinn. Aber sie hatte warme braune Augen und ein herzliches Lächeln, und sie umarmte ihre Nichte unter Tränen und vor den Augen ihres dunkelhäutigen Chauffeurs, der am Pier mit einem großen Schild neben seinem Wagen gestanden hatte, auf dem in riesigen Lettern ihr Name prangte. *Gräfin Sofia Lobanowa.*

Wieder einmal fing ein neuer Lebensabschnitt damit an, dass sie in einen Wagen stieg, wie einst in die Mietkutsche in Nizza oder in das Automobil der französischen Botschaft, mit dem sie St. Petersburg verlassen hatte. Doch Sofia verschwendete keine Zeit mit solch andächtigen Betrachtungen. Sie war froh, die Prozeduren der Einwanderungsbehörde überstanden zu haben und endlich im Wagen zu sitzen, denn es pfiff ein eiskalter Wind. Die Temperaturen standen denen von St. Petersburg im Januar in nichts nach. Sie fror in ihrem roten Wollcape, das zwar den Pariser Chic widerspiegelte, jedoch für solch ein Klima nicht geschaffen war. Niemand hatte ihr gesagt, dass es in New York so sibirisch kalt sein konnte. Auf den Gehwegen lag eine dünne Schneedecke, und aus den Gullis stieg Dampf.

Ada sprach Französisch mit Sofia, die Sprache, in der auch sie erzogen worden war, und Sofia musste sich bei der Begrüßung ihrer Tante ins Gedächtnis rufen, dass auch Ada Whittaker eine geborene Adelige war, eine Gräfin Sweljanowa. Sie und Jelisaweta hatten als Cousinen ja dieselben Großeltern.

»Dein Onkel konnte nicht mitkommen, ich hoffe, du entschuldigst ihn. Charles hat einfach zu viel zu tun.«

»Natürlich verstehe ich das, Tante Ada. Umso mehr freue ich mich, dich zu sehen. Was genau macht er?«

»Er handelt. Mit allem Möglichen, Import-Export, weltweit.«

»Oh, sieh nur! Es ist wirklich unglaublich…« Sofia wischte das angelaufene Wagenfenster sauber und deutete auf die Hochhäuser. Sie hatten Namen, die Ada ihr nannte. »Das Singer-Hochhaus, du weißt schon, die Nähmaschinen. Dies ist das Verwaltungsgebäude. Es hat siebenundvierzig Stockwerke. Und das ist das Woolworth-Building. Es hat über dreizehn Millionen Dollar gekostet und ist das höchste Gebäude der Welt, bis zur Spitze sind es 241 Meter. Vor sechs Jahren wurde es fertig, am 24. April 1913.«

»Das weißt du noch so genau?«

»Ja, denn wir waren zur Einweihungsfeier geladen, zusammen mit ungefähr achthundert anderen Gästen. Ich habe die Karte behalten, zur Erinnerung. Der Präsident selbst setzte per Fernleitung aus Washington die Beleuchtung am Tag der Einweihung in Gang, es war ein Riesenspektakel.«

»Es ist wunderschön. Es hat gotische Elemente, kaum zu glauben!«

Ja, New York war wirklich etwas völlig anderes, eine Stadt der Superlative.

»Wo ist eigentlich deine Gesellschafterin? Du hast mir doch geschrieben, dass du sie mitbringen wolltest? Ich habe extra ein Zimmer für sie herrichten lassen«, fügte Ada, leicht vorwurfsvoll, hinzu.

Da haben wir den Salat! Kaum einen Fuß auf den neuen Kontinent gesetzt, schon lauerte die erste Falle.

»Entschuldige, Tante Ada, ich konnte es dir nicht mehr mitteilen. Es hat sie im letzten Augenblick der Mut vor dem Sprung über den Atlantik verlassen. Sie ist von Bordeaux aus weitergereist zu ihrer Mutter nach Südfrankreich.«

»Ach, wie unerfreulich«, seufzte Ada. »Dann hat sie dich also Knall auf Fall im Stich gelassen, und du musstest die Reise ganz allein bewältigen?«

»Sie hat ihre Schuldigkeit getan. Ich weiß nicht, wie ich die Flucht und die Zeit in Paris ohne sie überstanden hätte. Ich war monatelang am Boden zerstört und zu keiner vernünftigen Handlung fähig. Sie hat sich um mich gekümmert, Tag und Nacht. Sie verdient es, wieder ihr eigenes Leben zu führen, deshalb trage ich ihr nichts nach.«

Möglich, dass sie es mit ihrem Loblied auf ihr altes Ich ein wenig übertrieben hatte, aber es war ihr ein Bedürfnis gewesen. Juliette Bonnets Grabrede sozusagen, dachte sie. Nun musste sie Madame Lewinskys Rat befolgen und sie vergessen.

Ich bin Sofia, ich bin Sofia, ich bin Sofia!

»Du bist ein tapferes Mädchen!« Ada, die neben ihr im Fond des Wagens saß, drückte ihr die Hand. »Es tut mir so leid, dass du dieses Schicksal erleiden musstest.« Ihre Augen bekamen einen feuchten Schimmer, und auch Sofia tupfte sich eine Träne aus dem Augenwinkel. »Danke, Tante Ada«, sagte sie mit erstickter Stimme.

»Ich freue mich, dass du hier bist«, sagte Ada Whittaker. »Wie du ja weißt, haben Charles und ich keine eigenen Kinder. Umso glücklicher bin ich jetzt, dass wir dir wieder auf die Beine helfen können. Ich hoffe, du wirst dich bei uns gut einleben. Amerika ist anders, dir steht ein Kulturschock bevor«, lachte sie. »Aber glaub mir, man kann hier gut leben. Wie steht es um dein Englisch?«

»Ich hatte eine Zeit lang Unterricht, aber nur zweimal die Woche. Doch ich lerne schnell.«

»Mit Französisch kommst du hier nämlich nicht sehr weit, wir sind ja keine Südstaatler, und Russisch…« Sie zuckte bedauernd mit den Achseln. »Wir verkehren kaum in russischen Kreisen. Charles, ja, der macht hin und wieder auch mit Russen Geschäfte, aber wenn ich ehrlich sein soll, lege ich keinen Wert darauf, privat welche zu treffen. Ich bin einfach schon zu lange weg, mich verbindet nichts mehr mit Russland, und die Russen sind mir zu sentimental und rückwärtsgewandt. Mein Russisch ist inzwischen wohl auch miserabel, denn wer braucht in den Staaten schon Russisch?«

Darin stimmte Sofia ihr sofort zu und dachte an Madame Lewinsky, die das erstaunlicherweise genau richtig eingeschätzt hatte.

»Ich spreche ein bisschen Italienisch. Meine Mutter wollte, dass ich es lerne. Vor dem Krieg waren wir oft in Italien, auf Bildungsreise.«

Besser gleich raus damit, ehe sich irgendwann irgendwer darüber wunderte.

»Dann müssen wir beizeiten einen Ausflug nach Little Italy machen«, meinte Ada. »Das ist das Schöne an dieser Stadt. Man muss nicht mehr verreisen, die Welt kommt hierher.«

Am Abend lag Sofia in ihrem neuen Zimmer mit der Rosentapete und den imitierten Rokoko-Möbeln und fand keinen Schlaf. Hätte sie sich doch niemals auf diesen Schwindel eingelassen! Wären die Whittakers doch wenigstens diese protzenden, arroganten, ordinären Neureichen, als die Gräfin Jelisaweta ihre Cousine und deren Mann bisweilen hingestellt hatte. Aber so war es ganz und gar nicht. Ada Whittaker war eine wohlmeinende, freundliche Person und ihr Mann Charles, glatzköpfig, ein kleines Bäuchlein vor sich herschiebend, war trotz des Wohlstands, den er geschaffen hatte, ein höflicher und zurückhaltend auftretender Mensch mit einem feinen Humor, den er ab und zu durchblitzen ließ.

Seine Familie gehöre einer puritanisch geprägten Religionsgemeinschaft an, die jeglichen Luxus verdamme, deshalb habe man sich auf dieses relativ kompakte Stadthaus geeinigt, erklärte Ada ihrer Nichte beim ersten Rundgang durch das Haus, um dann bekümmert zu seufzen: »Du bist natürlich etwas anderes gewohnt, Sofia. Es tut mir leid, dass wir dir nicht mehr bieten können.«

»Aber nein!«, rief diese, während sie dachte, wie sehr es doch auf die Maßstäbe ankam, die man einer Betrachtung zugrunde legte. »Es ist ein wunderbares Haus! Es ist so geschmackvoll eingerichtet, ich mag es sehr!«

Ada freute sich sichtlich und verriet: »Anfangs musste ich um jedes Möbelstück, jeden Teppich und jede Vase kämpfen, denn wenn es nach Charles gegangen wäre, würden wir in einer Blockhütte hausen!« Aber inzwischen, so Ada, habe sich zum Glück seine Einstellung in dieser Hinsicht geändert, und er wisse ein komfortables, gemütliches Heim zu schätzen. »Ich darf es gar nicht laut sagen«, flüsterte sie, »aber weißt du, ich bin froh, dass seine Eltern seit einigen Jahren tot sind. Sie kamen vom Land, waren bei uns zweimal im Jahr zu Besuch und haben immer nur herumgemeckert. Seine Mutter hat behauptet, unsere Kinderlosigkeit sei die Strafe für unser sündiges Luxusleben, stell dir das vor!« Ada blinzelte sie aufgeregt an, und Sofia beeilte sich zu versichern, wie grausam und unmöglich sie das fand.

»Seit Kurzem haben wir sogar eine Zentralheizung. Eine große Erleichterung!«

Sofia schämte sich zutiefst. Es wäre ihr leichtergefallen, Menschen zu betrügen, bei denen man sich einreden konnte, dass sie es verdienten. Aber auf diese beiden traf das nicht zu, im Gegenteil. Sie beschloss, ihnen wenigstens eine Nichte zu sein, an der sie ihre Freunde haben würden. Gut, ein paar Sofia-Allüren sollte sie vielleicht hin und wieder erkennen lassen, damit es nicht zu sehr auffiel, wenn sie sich anders verhielt, als man es von einer jungen, verwöhnten Gräfin erwarten würde.

Das Haus gefiel ihr wirklich sehr. Die Stadtvilla an der Upper East Side, zwischen der Park Avenue und der 5th Avenue, war vollkommen anders als der Palast der Lobanows in St. Petersburg. Die einstöckige Villa mit dem Säulenportal war deutlich kleiner und hatte viel weniger Zimmer, vielleicht zehn oder zwölf. Es gab einen schmalen Vorgarten und einen kleinen Garten nach hinten hinaus, der jetzt, im Winter, nicht viel hermachte. Die Möbel in der Villa waren kostbar und aus glänzenden Hölzern gefertigt, aber die Einrichtung war nicht auf Repräsentation ausgerichtet, sondern es war ein gemütliches Haus, ein Haus, um darin zu leben, ein Haus, das leider vergeblich darauf gewartet hatte, dass Kinder durch die Räume tobten und das Treppengeländer hinunterrutschten. In fast jedem Zimmer standen üppige Blumengestecke, dafür schien

Ada eine Menge übrigzuhaben, überhaupt fand sich viel Blumendekor an Wänden, Sofas, Kissen und Vorhängen, und eine Menge Nippes in den Vitrinen. Charles Whittaker schien, was den Puritanismus in Sachen Einrichtung betraf, schon seit längerer Zeit die Waffen gestreckt zu haben.

Anders als die Lobanows hatten die Whittakers nur drei Bedienstete: Die Köchin, Mrs Hernandez, die auch Besorgungen machte, eine Putzfrau sowie den Chauffeur. Die Putzfrau hieß Marjorie und war die Tochter des Chauffeurs, den Ada Whittaker konsequent mit Mr Gordon ansprach. Wahrscheinlich um ihm damit den Respekt zu zollen, den andere Weiße den Schwarzen gegenüber vermissen ließen. Dies vermutete Sofia, nachdem sie ihre Tante ein wenig besser kennengelernt hatte. Marjorie wurde Marge genannt, weil die junge Frau es selbst so wollte, auf diesen Hinweis legte Ada Wert.

Alle drei wohnten nicht im Haus. Marge kam an drei Vormittagen die Woche, Mr Gordon fuhr John Whittaker zur Arbeit und wieder zurück und stand ansonsten tagsüber auf Abruf zur Verfügung. Man hatte ihm hierfür extra einen Telefonanschluss in seine Wohnung in Harlem legen lassen. Mrs Hernandez erschien an Wochentagen gegen zehn und verließ das Haus nach dem Abendessen gegen acht Uhr.

Wie angenehm es war, nicht ständig von Personal umgeben zu sein! Man konnte in legerer Kleidung durchs Haus laufen und sich vor allem unterhalten, ohne befürchten zu müssen, belauscht zu werden. Seit der Schreckensnacht von St. Petersburg hatte Sofia ein gespaltenes Verhältnis zum Personal. Sie war immer noch der Überzeugung, dass jemand von den Bediensteten hinter dem Überfall gesteckt oder zumindest Informationen geliefert hatte.

Es brach einem ja auch wirklich kein Zacken aus der Krone, ab und zu einmal selbst Hand anzulegen. Ada jedenfalls war sich nicht zu schade, ihrem Mann und sich das Frühstück zuzubereiten, ab und zu Kuchen zu backen oder eine vorgekochte

Mahlzeit aufzuwärmen. Sofia ging ihr dabei zur Hand, wobei sie sich manchmal absichtlich etwas ungeschickt anstellte. Sie war froh, etwas zu tun zu haben, sie konnte schließlich nicht den ganzen Tag im Zimmer sitzen und englische Romane lesen und Grammatik büffeln.

»Ich will mich nützlich machen, Tante Ada. Ich mag mich nicht mehr ständig bedienen lassen, so wie früher. In Paris musste ich feststellen, dass ich nichts kann! Was nützen mir Fremdsprachen, das Klavierspiel und Lektionen in Philosophie und Mathematik, wenn ich mir nicht mal ein Ei kochen oder einen Knopf annähen kann!«

»Es freut mich, dass du so denkst, Sofia. Eine junge Frau muss heutzutage gebildet sein *und* einen Apfelkuchen zustande bringen. Ich fand es, ehrlich gesagt, immer schon dekadent, wie die russische Aristokratie sich von vorn bis hinten bedienen ließ und die Frauen zu unselbstständigen Püppchen erzogen wurden.«

»Ich möchte nichts mehr mit Russland zu tun haben«, brach es – nur scheinbar impulsiv – aus ihr heraus. »Es ist zwar meine Heimat, aber das Volk war immer unser Feind. Nun haben sie sogar meine Familie umgebracht, darum ist das nicht mehr mein Volk und nicht mehr mein Land. Ich zucke jedes Mal zusammen, wenn ich jemanden Russisch sprechen höre. Am liebsten würde ich diese Sprache aus meinem Gehirn ausradieren.«

»Ach, Kind, ich kann dich so gut verstehen«, meinte Ada bekümmert.

»Ich will Amerikanerin werden. Bitte, Tante Ada, sprich ab jetzt nur noch Englisch mit mir!«

»Okay«, antwortete Ada Whittaker in breitestem Ami-Slang. »Machen wir eine Amerikanerin aus dir. Ich zeige dir jetzt, wie man *pancakes* macht, in Ordnung?«

Na, Madame Lewinsky, wie war ich?

Ada Whittaker mochte aussehen wie ein Hausmütterchen, aber sie war in vieler Hinsicht eine fortschrittliche Frau. Anders als die meisten ihrer Freundinnen interessierte sie sich für Politik. Über den Tag verteilt las sie die Zeitungen, die jeden Morgen vor der Tür lagen, und besprach die Dinge beim Abendessen mit Charles. So verfolgte sie aufmerksam die Pariser Friedenskonferenz, die der amerikanische Präsident Wilson leitete. »Das Zeitalter der Imperien scheint vorbei zu sein. Europa zerfällt in lauter kleine Nationalstaaten. Tsche-cho-slo-wa-kei… Da bricht man sich ja die Zunge! Und Deutschland muss ordentlich Federn lassen, im Osten und im Westen. Elsass-Lothringen geht wohl an Frankreich.«

»Geschieht ihnen recht«, murmelte Sofia, die diese Diskussionen stets aufmerksam verfolgte und sich angewöhnt hatte, ebenfalls den politischen Teil der Zeitungen zu lesen. Schon um ihr Englisch zu verbessern.

»Ja, und das britische Empire bröckelt ebenfalls an allen Ecken und Enden«, bemerkte Charles Whittaker. »Auch die Iren mucken wieder auf, sie wollen die Unabhängigkeit und hoffen auf die Hilfe von Präsident Wilson.«

»Kein Wunder«, meinte Ada. »Die Iren haben nicht vergessen, wie die Briten sie Mitte des vergangenen Jahrhunderts zu Millionen verhungern ließen. So etwas prägt sich ein, und das Wissen darum und der Hass vererben sich, von Generation zu Generation. Ich würde es ihnen wünschen, dass es ohne viel Blutvergießen klappt.«

In anderen Dingen dagegen war Ada konservativ – oder es lag an den kulturellen Unterschieden zwischen den Kontinenten Europa und Amerika. Sofias Haar sei ganz schön kurz, stellte sie mit kritischer Miene fest. Das stimmte, es reichte knapp bis zum Kinn, doch daran konnte Sofia ja nun nichts mehr ändern, außer zu erklären, dass in Paris inzwischen viele junge Frauen ihr Haar so kurz trugen. »Nun ja, es ist ungewohnt, aber es steht dir. Du hast den eleganten Hals deiner Mutter.« Als Tante Ada jedoch das erste Mal Lippenstift an Sofia bemerkte, zeigte sie deutlich ihr Missfallen. »Das mag in Paris anders gewesen sein«, begann sie vorsichtig, »aber hier verzichten anständige Frauen auf Lippenstift. Den benutzen nur die Suffragetten, als Akt des Protestes, und… gewisse Damen, du weißt schon.«

So war das also. In New York mochten sie zwar die höchsten Hochhäuser der Welt bauen, aber was Mode und Stil anging, hinkten sie den Französinnen ganz schön hinterher. Sofia entschuldigte sich und wischte das Lippenrot wieder ab.

»Hast du etwas gegen die Suffragetten, Tante Ada?«, fragte sie dann, halb amüsiert, halb gespannt.

»Ach, ich weiß nicht«, meinte Ada unschlüssig. »Sie mögen in manchen Dingen sicherlich recht haben, aber sie sind mir ein bisschen zu laut und zu radikal. – Aber ich würde dich nicht daran hindern, wenn du an einem ihrer Märsche teilnehmen wolltest«, fügte sie hinzu. »Amerika ist ein freies Land, in dem jeder seine Meinung frei äußern darf. Junge Frauen wie du sehen vielleicht viele Dinge anders.«

Sofia versicherte, sie habe nicht vor, sich den Suffragetten anzuschließen, was Ada mit Erleichterung zur Kenntnis nahm. Es war so einfach, Ada glücklich zu machen, das stellte Sofia immer wieder fest. Warum also sollte sie es nicht tun? Außerdem war ihr noch immer das Bild Greta Kleinmeiers vor Augen, wie derangiert, verletzt und ernüchtert sie von ihrer ersten Demonstration zurückkam.

»Jetzt kann ich es dir ja sagen«, gestand Ada eines Abends ihrer Nichte Sofia. Sie saßen im Wohnzimmer, Ada hatte ein Familienalbum aufgeschlagen. »Ich habe dich in Gedanken immer für eine andere gehalten.«

»Eine andere?« Sofia spürte, wie sich ihr Magen zusammenkrampfte.

Ada blätterte vor zum letzten Bild in dem Album.

»Das hat mir deine Mutter geschickt, vor etwa zwei Jahren, als wir uns endlich wieder geschrieben haben.«

Der Schrecken fuhr wie ein Stromschlag durch ihre Glieder. Es war eine Fotografie vom Weihnachtsfest 1914, als Sergej zu Besuch gewesen war und die ganze Familie sich im Salon um den prächtigen Weihnachtsbaum herum gruppiert hatte. Sie war auch darauf, deutlich sichtbar, sie saß am Rand, neben der echten Sofia auf der einen und Olgas Söhnen Nikolai und Boris auf der anderen Seite.

»Ich dachte immer, das da wärst du.« Ada deutete auf die echte Sofia, die vor einem eingepackten Geschenk kniete und, welch ein Glück, zwar in die Kamera schaute, aber den Kopf im Augenblick der Aufnahme wohl nicht ganz ruhig hielt, sodass ihr Gesicht ein wenig verschwommen und die Konturen unscharf waren.

»Das ist Juliette, meine Gesellschafterin.« Sie zwang sich zu einem kleinen Lacher. »Immer mittendrin im Geschehen. Sie gehörte sozusagen zur Familie.«

»Sie sieht dir ein bisschen ähnlich«, meinte Ada. »Hat aber dieses typisch französische Spitzmausgesicht, wenn ich das sagen darf. Du bist hübscher. Du ähnelst deiner Urgroßmutter Katharina, also meiner Großmutter. Hat man dir das schon gesagt?«

»Nein, du bist die Erste, die das feststellt«, lächelte Sofia, und um vom heiklen Thema abzulenken, fuhr sie mit dem Finger zärtlich über das Gesicht von Sergej. »Mein armer Bruder. Das war sein letzter Besuch, sein letztes Weihnachten.« Ihre Augen füllten sich mit Tränen, wofür sie sich nicht allzu sehr anstrengen musste, denn die Fotografie beschwor tatsächlich widerstreitende Gefühle herauf. Sie dachte daran, wie fröhlich sie in diesen Wochen gewesen waren, obwohl schon Krieg geherrscht hatte und Sergej bald wieder an die Front musste. »Damals haben wir alle noch geglaubt, dass der Krieg bald vorbei sein wird und alles wieder so wird wie früher.«

»Armes Kind. Tut mir leid, wenn ich alles wieder aufgerührt habe«, sagte Ada und schloss sie in die Arme.

In dieser Nacht warf Sofia sich unruhig hin und her und fand kaum in den Schlaf. Das mit der Fotografie war zwar noch einmal gut gegangen, aber der Vorfall hatte sie daran erinnert, auf welch dünnem Eis sie tanzte. Gut möglich, dass sie eines Tages gezwungen sein würde, dieses Haus fluchtartig zu verlassen. Auch wenn sie diesen Gedanken, wann immer er aufblitzte, weit von sich schob.

Sie hatte sich nur bedingt an Madame Lewinskys Notfallplan gehalten. Der Teil des Schmucks, den sie Ada gezeigt hatte und den sie sogar ab und zu auch trug, wurde im Safe in Charles Whittakers Arbeitszimmer aufbewahrt. Die andere Hälfte, von der niemand wusste, lag in der abschließbaren Schublade ihres Nachtschränkchens. Abends, wenn ihr Blick beim Zubettgehen das Möbel streifte, dachte sie jedes Mal, dass Tante Ada sehr gekränkt wäre, sollte sie eines Tages von dem Schmuck darin erfahren. Sie würde sich fragen, warum Sofia ihn versteckte und womit sie so viel Misstrauen verdient hatte.

Sofia hatte es obendrein nicht übers Herz gebracht, den Abschiedsbrief zu verbrennen. Zum Teil aus sentimentalen Gründen, zum anderen aber auch, weil sie nicht sicher war, ob das wirklich eine gute Idee war. Sollte ihr Betrug auffliegen, könnte der Brief zumindest beweisen, dass die Scharade dem letzten Willen der echten Sofia entsprochen hatte und dass diese an einer Krankheit gestorben war und nicht etwa von ihrem Dienstmädchen ermordet worden war, wie man ihr böswillig unterstellen könnte. Sie hatte das Samtfutter eines Etuis, das eine Haarbürste mit silberner Rückseite, einen Kamm und einen kleinen Spiegel, ebenfalls aus Silber, enthielt, vom Rand gelöst, den Brief und ihren französischen Pass dahintergeschoben, und das Futter wieder angeklebt. Die echte Sofia hatte das Set bei einem Pariser Antiquitätenhändler erstanden. Es war eines der vielen überflüssigen Accessoires, auf die sie anscheinend nicht verzichten konnte. Jetzt hatte es endlich einen Nutzen. Der Schlüssel für das Nachtschränkchen klebte an der Decke des Kleiderschranks, ganz vorn an der Kante, man müsste schon hineinkriechen, um ihn zu sehen. Trotzdem, ein Nachtschränkchen war weder ein Safe noch ein Bankschließfach, und vielleicht hatte die verschlossene Schublade schon längst die Neugierde der Putzfrau Marjorie erregt. Nicht, dass sie der jungen Frau Böses unterstellte, aber sie erinnerte sich an Madame Lewinskys Worte, absolut niemandem zu trauen. Sie beschoss, wenigstens den Schmuck so bald wie möglich an einem sicheren Ort unterzubringen.

Aber Schmuck und Papiere waren es nicht, was ihr in dieser Nacht das größte Kopfzerbrechen bereitete, es war die Erwähnung von Nikolai und Boris beim Betrachten der Fotografie. An die beiden hatten Madame Lewinsky und sie bei ihren Planungen nämlich nicht gedacht.

Außer Veras Mann, Dr. Laurent, waren die jungen Grafen Nikolai und Boris Pokrow, Olgas Söhne, Sofias Cousins, die Einzigen aus der Familie, die noch lebten und die Juliette Bonnet kannten. Von Dr. Laurent war wenig zu befürchten, was sollte den Arzt nach New York und zur Cousine seiner Ex-Schwiegermutter führen? Anders verhielt es sich mit den beiden verwaisten Grafen. Sie waren zur Beisetzung ihrer Eltern erschienen, damals vierzehn und elf Jahre alt, und danach wieder mit den Verwandten väterlicherseits zurück auf die Krim gefahren. Was, wenn sich einer oder beide eines Tages dazu entschlössen, ihre Cousine Sofia zu besuchen? Was, wenn das nicht *eines Tages* passierte, sondern schon bald? Wenn man den Zeitungen glauben durfte, wurden die Zustände in der Sowjetunion, wie das russische Reich inzwischen hieß, immer schlimmer. Neulich war in der *New York Times* eine Fotografie zu sehen gewesen, die Adelige und Professoren zeigte, wie sie auf den Straßen Moskaus Schnee schippten, eine Zwangsarbeit im

Dienst des Volkes. Dies sei, so das Blatt, eine der harmloseren Schikanen, denen die Bourgeoisie in Russland ausgesetzt war.

Es wäre durchaus denkbar, dass die beiden jungen Grafen angesichts der ständig wachsenden Gefahr für Leib und Leben an Auswanderung dachten. Und wohin, wenn nicht nach Amerika…

Der Gedanke schnürte Sofia die Kehle zu, sodass sie in die Höhe fuhr und nach ihrem Wasserglas griff. Sie überlegte fieberhaft: Wussten die beiden, dass Sofia hierherwollte, kannten sie Adas Adresse, wussten sie überhaupt von deren Existenz? Ja, natürlich! Ada war schließlich nicht nur die Cousine von Jelisaweta, sondern logischerweise auch die von deren Schwester Olga, der Mutter der zwei Jungen. Im Treppenhaus hing ein großer, goldgerahmter Stammbaum der Familie Sweljanowa, da konnte sie es schwarz auf weiß nachlesen. Vielleicht hatten Ada und Olga sogar über die Jahre Kontakt gehalten. Es mussten ja nicht beide Schwestern mit ihr zerstritten gewesen sein. Sollte sie ihre Tante danach fragen? Lieber nicht. Nur keine schlafenden Hunde wecken.

Sie lehnte sich zurück, versuchte, sich zu beruhigen. Es bestand keine unmittelbare Gefahr, sagte sie sich. Vor Überraschungsbesuchen war man jenseits des Atlantiks einigermaßen sicher. Falls sich bei Ada Besuch aus Russland ankündigte, würde Sofia wohl rechtzeitig davon erfahren, aber die Gefahr würde wachsen mit jedem Jahr, in dem Olgas Söhne älter wurden und in welchem sich die Verhältnisse in Russland verschlechterten. So oder so, die beiden Cousins waren ein Damoklesschwert über ihrem Kopf. Früher oder später sollte Sofia woanders sein und entweder ihre Spuren verwischt haben, oder sich an einem Ort aufhalten, der für Besucher höchst unattraktiv war. Vielleicht, übte sie sich in Galgenhumor, sollte ich mich nach Alaska absetzen und einen Holzfäller heiraten.

* * *

In den ersten drei Monaten nach ihrer Ankunft verbrachte Sofia viel Zeit im Haus. Es war ihr oftmals schlichtweg zu kalt zum Ausgehen. New York, so sagte sie sich, würde ihr nicht davonlaufen. Die Warenhäuser, die Varieté-Theater, die Bars und Musikhallen, all das würde mehr Spaß machen, wenn man auf dem Weg dorthin nicht bis auf die Knochen fror. Sofia nutzte die Zeit anderweitig. Sie las sich durch die Bibliothek der Whittakers, lernte amerikanische Gerichte zu kochen, doch vor allen Dingen schlief sie. Sie schlief lange und viel, mehr als je zuvor in ihrem Leben. Erst jetzt wurde ihr bewusst, wie anstrengend das Jahr in Paris gewesen war: der Kampf ums Überleben, das Hetzen von Job zu Job und nicht zu vergessen die langen Nächte in Madame Lewinskys Salon. Das waren Lichtblicke gewesen, zweifellos, die sie nicht missen wollte, aber auch die hatten an ihren Kräften gezehrt. Und natürlich die ständige Sorge um die echte Sofia. Kein Wunder, dass sie inzwischen mühelos in deren Kleider passte, die ihr früher zu eng gewesen waren. Das Leben hatte an ihr gezehrt, hatte sie erschöpft und ausgelaugt. Nun kam sie endlich zur Ruhe, hielt eine Art Winterschlaf, igelte sich ein in dieses warme, zentralgeheizte Haus, in das Rosenzimmer, in ihre rosa Bettwäsche. Ihr Körper brauchte dringend diese Verschnaufpause, dieses Atemholen, und ihr Geist das Erinnern, Rekapitulieren und Verarbeiten der Geschehnisse der letzten Jahre.

»*Our little groundhog*, unser kleines Murmeltier«, wurde sie von Ada zärtlich genannt, die den Erschöpfungszustand ihrer Nichte vor allen Dingen der Trauer um ihre verlorene Familie zuschrieb.

Manchmal in diesen Wochen gab sich Sofia der Traumvorstellung hin, dass es bis ans Ende ihres Lebens so weitergehen könnte. Sie würde bei Ada und Charles leben, sie pflegen, wenn sie alt wären, sie irgendwann zu Grabe tragen und schließlich selbst an diesem hübschen Ort, in dem Zimmer mit der Rosentapete, sterben.

Es wurde Frühling. In Paris wurde der Versailler Vertrag verhandelt, New York taute wieder auf, und Sofias Lebensgeister erwachten ebenfalls.

»Du musst an die Luft«, mahnte Ada. Also gingen Sofia und Ada so oft wie möglich im nahen Central Park spazieren.

»Du musst unter die Leute!«, beschloss Ada, nachdem Sofia genug Schlaf und frische Luft getankt hatte. Sie telefonierte herum, und schon bald war Sofia Teil einer Clique handverlesener Söhne und Töchter von Adas zahlreichen Freundinnen oder Charles' Geschäftspartnern, die sie mit ins Kino nahmen, ins Theater oder zum Tanzen. Am liebsten waren Sofia die Bars, in denen Bands mit schwarzen Musikern spielten. Dieser Rhythmus, diese Tänze! Tante Ada wäre sicher nicht mit allem einverstanden, was an diesen Abenden getan wurde, deshalb schwieg Sofia. Überhaupt war das Thema Farbige ein heißes Eisen. Nicht zwischen ihr und Tante Ada, aber oft genug schnappte sie beim Ausgehen mit ihrer Clique despektierliche Bemerkungen über Schwarze auf. Wie konnten sie gerade noch zu deren Musik die Hüften verdrehen und dann, kaum vor der Tür, als *Nigger* über sie sprechen? Sofia fand das abstoßend. Sie hielt vorsichtshalber den Mund, realisierte aber, dass die New Yorker Oberschicht im Grunde genauso blasiert und überheblich war wie die russische Aristokratie. Doch es waren nicht nur die privilegierten Schichten, die so über Schwarze dachten und redeten, nein, insgesamt war das weiße Amerika eine ziemlich rassistische Gesellschaft, die auf die schwarze Bevölkerung herabsah, ebenso wie auf Asiaten, Latinos und die Ureinwohner sowieso. In Paris war man viel toleranter und aufgeschlossener gewesen. Oder lag es daran, dass sie dort in völlig anderen Kreisen verkehrte?

Abgesehen vom Rassismus, waren diese jungen Amerikaner nicht dumm, sie hatten Eliteschulen besucht, und doch kamen sie Sofia irgendwie infantil vor, in ihrem ständigen Bemühen, originell und witzig zu sein. Selbst wenn sie schon auf die dreißig zugingen, alberten sie noch herum wie die Teenager. Waren die Russen zu ernst und mürrisch gewesen, so waren die Amerikaner zu kindisch und unreif. Und immer diese Sportvergleiche, wenn sie eigentlich von Sex sprachen. Die Franzosen hatten die Dinge wenigstens beim Namen genannt, ohne alberne Codes. Die Amerikaner dagegen waren so lächerlich verklemmt. Manchmal musste Sofia an sich halten, zu groß war die Versuchung, sie durch eine frivole Bemerkung zu schockieren. Natürlich tat sie es nicht, auch mit Rücksicht auf Ada und Charles. Doch falls die beiden gehofft hatten, sie würde sich für einen der Söhne ihrer Freunde und Geschäftspartner interessieren und sich aus deren Reihen einen Ehemann angeln – nein danke! Ada Whittaker kompensierte ihre Kinderlosigkeit, indem sie sich der Wohltätigkeit verschrieb. Was für Madame Lewinsky ihr von Künstlern und Intellektuellen frequentierter Salon war, war für Ada Whittaker *Charity*. Im Alltag führte sie ihren Gräfinnentitel nicht, sie war einfach Ada Whittaker oder auch Mrs Charles Whittaker, eine Anrede, bei der Sofia jedes Mal die Nackenhaare zu Berge standen. Sollte sich ihr Adelstitel jedoch als nützlich erweisen, dann ließ ihre Tante, ganz im Dienst der guten Sache, sehr wohl die Gräfin heraushängen. »Der gute Zweck heiligt die Mittel«, pflegte Ada in solchen Fällen augenzwinkernd zu bemerken.

Spenden für die Mühseligen und Beladenen zu sammeln war ihr Lebensinhalt – sei es für Soldatenwitwen und -waisen, für kostenloses Schulessen in ärmeren Bezirken, für neue Geräte in Hospitälern, für neue Hospitäler überhaupt, für Kriegsveteranen, eine Kirchenorgel oder für die Heilsarmee ... Sie saß in Ausschüssen und Organisationskomitees und war Schirmherrin für zig wohltätige Vereine. Doch im Unterschied zu Madame Lewinsky lebte sie ihre Leidenschaft nicht im heimischen Wohnzimmer aus. Für ihre Empfänge und Bälle mussten es Säle im Plaza, im Waldorf oder im gleich gegenüberliegenden Astoria sein, in denen sich ein paar Hundert Angehörige der oberen Zehntausend der Stadt trafen. *Think big* lautete Adas Devise.

Selbstverständlich wurde Sofia sofort in diese Welt eingebunden. Sie avancierte zu einer Art Maskottchen, musste bei Bällen die Tombola drehen und Lose ziehen, für welche die Anwesenden drei- und vierstellige Schecks ausgestellt hatten. Sofia tat dies nur ihrer Tante zuliebe, denn sie mochte es aus verschiedenen Gründen nicht, in exponierter Stellung auf der Bühne zu stehen und von ihrer Tante voller Stolz als ihre *geliebte Nichte, Gräfin Sofia Lobanowa* präsentiert zu werden wie ein Pfingstochse. Sie nahm sich jedes Mal vor, Ada zu bitten, in Zukunft jemand anderen die Lose ziehen zu lassen, aber dann brachte sie es wieder nicht übers Herz. Es war ja auch schön und schmeichelhaft, zu erleben, wie stolz die Whittakers auf sie waren. Als wären sie auf ihre alten Tage noch zu einer Tochter gekommen.

Allmählich wurde Sofia bewusst, dass ihre Tante eine echte Größe im gesellschaftlichen Leben der Stadt war, und sie verstand, weshalb sich im Dachgeschoss ihrer Villa nicht die üblichen Dienstbotenwohnungen befanden, sondern Adas Büro mit einem eigenen Telefon, in dem sie ihre *Charity*-Aktionen und Veranstaltungen generalstabsmäßig plante. Ihr wurde auch klar, dass Charles Whittaker innerhalb der oberen Zehntausend sicherlich zu den Top Hundert gehörte. Die echte Sofia hatte also doch nicht übertrieben, als sie vom Reichtum ihrer Verwandtschaft gesprochen hatte. Nur behielten die Whittakers, im Gegensatz zu den Lobanows, nicht alles Geld für sich. Vielleicht, dieser ketzerische Gedanke spukte zuweilen durch ihren Kopf, waren die Lobanows und andere ihres Schlages auch ein wenig selbst schuld an ihrem grausamen Schicksal. Und wenn die weißen Amerikaner nicht aufpassten, spann sie den Faden weiter, dann drohte ihnen womöglich irgendwann eine Rebellion vonseiten der unterdrückten Schwarzen.

Wieder einmal musste Sofia die Lottofee spielen. Der Ball fand im Waldorf statt, die gesammelten Spenden waren für den Bau eines Heimes für gefallene Mädchen und ihrer ledigen Kinder gedacht. Eine sinnvolle Einrichtung, dachte Sofia, die in der Zeit ihres Pariser Lotterlebens durchaus in eine solche Bredouille hätte geraten können. Es war der 12. April, Sofias zwanzigster Geburtstag. Ada hatte sich ganz bekümmert dafür entschuldigt. Der Festsaal des Hotels Waldorf sei vor einem halben Jahr im Voraus gebucht worden. »Ich konnte es nicht mehr ändern. Wir können deinen Geburtstag morgen im kleinen Kreis nachfeiern, was meinst du?«

»Aber nein, es ist alles perfekt, Tante Ada. Was könnte man sich Schöneres vorstellen als einen Geburtstag mit einem Ball, der noch dazu einem guten Zweck dient?«

»Ich wusste, dass du es so siehst. Du bist zwar noch jung, aber du weißt, worauf es im Leben ankommt.«

Kürzlich hatte Sofia erwähnt, dass Jelisaweta Lobanowa und auch sie selbst während des Krieges in einem Lazarett geholfen hatten. Es hatte Tante Ada nicht nur schwer beeindruckt, sondern sie sah ab sofort in Sofia eine Mitkämpferin für die gute Sache, egal, welche gerade an der Reihe war.

Ada hatte darauf bestanden, ihr für diesen Anlass bei Macy's ein neues Kleid zu kaufen. Es war jadegrün und floss unterhalb der Empire-Taille in drei Kaskaden an ihrem Körper hinab. »Es passt wunderbar zu deinen hellbraunen Augen und deinem rosigen Teint, den du zum Glück inzwischen wieder bekommen hast. Als du ankamst, dachte ich, ein Gespenst steigt zu mir in den Wagen.«

Sofia legte dazu ihre Lieblingskette an, sie bestand aus dünnen Ketten geschwärzten Silbers, die wie ein Netz verwoben waren, und in den Knoten der Netze saßen Rubine, insgesamt neun.

»Ist der Schmuck nicht zu üppig, Tante Ada?«

»Nein, überhaupt nicht. Warte nur, du kriegst heute Abend noch ganz andere Klunker zu sehen.«

Der Saal, glänzend und prächtig, war Manege für eine fröhlich und ausgelassen umherschwärmende Menge. Frauen flanierten in Satin und Seide, brillantenbehängt, man kannte sich, begrüßte sich lächelnd und umarmte sich, vorsichtig, wegen der Frisuren und des Make-ups. Junge Leute standen in Grüppchen zusammen, distinguierte, schwarz befrackte Herren führten Gespräche mit lässiger Ernsthaftigkeit. Zweifellos waren in diesem Saal die reichsten, mächtigsten und berühmtesten Menschen versammelt, die New York zu bieten hatte, und damit sie sich unter ihresgleichen nicht langweilten, hatte man sie durchmischt mit Leuten vom Theater und der Oper, auch einige Künstler waren eingeladen worden, Maler, Bildhauer, Literaten, manche schon bekannt, berühmt gar, manche jung und vielversprechend. Dazwischen stachen wie bunte Blüten liebreizende junge Damen hervor, ob Töchter der Reichen oder Geliebte der Künstler, das ließ sich nicht immer eindeutig zuordnen, aber wen interessierte es? Whisky schimmerte goldbraun in Kristallgläsern, Eiswürfel klimperten in bunten Cocktails, goldfarben schimmerte der Champagner in den Kelchen. Inmitten der wogenden Menge standen, wie Pfähle in bewegter See, steifleinene Kellner mit silbernen Tabletts auf den Armen, die für einen nie versiegenden Nachschub an Getränken sorgten.

Der offizielle Teil war überstanden, die Reden, das Essen, jetzt wurde geplaudert, mit einem Glas in der Hand herumgewandert oder zu den Klängen einer Big Band getanzt. Mitten in diesem Labyrinth von Klängen und Bewegung befand sich Sofia. Sie hatte eine Tanzrunde mit einem jungen Anwalt hinter sich gebracht, den Ada ihr vorgestellt hatte, aber nun hatte sie sich bei ihrem Partner entschuldigt. Sie müsse sich im *bathroom* die Nase pudern gehen. In Wirklichkeit wollte sie ihn loswerden, denn sie fand ihn nicht sonderlich aufregend und wollte verhindern, dass er womöglich für den Rest des Abends an ihr klebte.

»Gräfin Lobanowa?« Sie erkannte den russischen Einschlag sofort und blieb stehen, als hätte man ihr in den Rücken geschossen. Dann, nachdem sie des ersten Schreckens Herr geworden war, drehte sie sich langsam um. Zwei mittelalte Männer mit Backenbärten standen vor ihr und stellten sich ihr auf Russisch vor. »Michail und Pjotr Gudowitsch.«

Sie machten den Eindruck, als warteten sie auf ein Zeichen des Wiedererkennens. Sofia hatte keine Ahnung, wer sie waren, sie war wie paralysiert und wusste nicht, was sie sagen sollte. Am besten gar nichts! Bloß kein Gespräch anfangen, den beiden würde sonst sofort auffallen, wie fehlerhaft ihr Russisch war. Der Ältere ergriff das Wort. »Wir kannten Ihren Vater, Graf Alexander, sehr gut.«

Sie räusperte sich und würgte ein »Tatsächlich?« hervor.

»Es tut uns schrecklich leid, was mit Ihrer Familie geschehen ist.«

Sofia schaute sich Hilfe suchend um. Ada war beschäftigt, sie tanzte mit einem kleinen, glatzköpfigen Herrn, den dieser Tanz vermutlich teuer zu stehen kommen würde. Charles Whittaker stand zwar in der Nähe, war aber in ein Gespräch mit dem Bürgermeister vertieft, Sofia erkannte ihn von Fotografien in den Zeitungen. Und wie hätten die beiden ihr auch helfen können, ahnungslose Betrugsopfer, die sie waren. Irgendwann musste so etwas ja einmal passieren. Sie spürte einen Kloß im Hals und starrte die beiden entgeistert an.

»Gräfin Sofia? Ist Ihnen nicht wohl?«, fragte der Jüngere der beiden, sie hatte sich nicht gemerkt, wer welcher war. Er machte Anstalten, auf sie zuzugehen und ihr seinen Arm anzubieten, falls sie Gefahr lief, in Ohnmacht zu fallen. Sofia wurde von Panik ergriffen, sie wich unwillkürlich einen Schritt zurück, und als sie schon dachte, er würde sie anfassen, fragte direkt neben ihr eine unbekannte Stimme in holprigem, stark akzentuiertem Englisch: »*Please, can I ask you for this dance?*«

Sie fuhr herum. Vor ihr stand ein junger Mann, dunkle Locken, dunkle Augen, ein schüchternes Lächeln. Für einen Moment kam er ihr vor wie ein Engel, der vom Himmel gefallen war, um sie aus ihrer prekären Situation zu retten. Sie bemerkte, wie er über die Schulter nach hinten schielte. In einiger Entfernung standen zwei Männer, nur etwas älter als er, die nach Schuljungenart feixten und sich mit den Ellbogen anstießen. Einer hob den Daumen. Sofia begriff. Wahrscheinlich hatten diese beiden Kindsköpfe gewettet, dass ihr Freund es nicht wagen würde, sie aufzufordern. Schließlich war sie hier so etwas wie die Ballkönigin, dafür hatte Tante Ada gesorgt, indem sie Sofia auf die übliche Weise vorgestellt hatte. So etwas forderte heraus, nicht nur Russen, die über alte Zeiten plaudern wollten, sondern auch Kerle wie diese beiden da hinten, die offenbar schon ein bisschen angesäuselt waren, und ihr mutiger Freund.

»Sehr gerne«, sagte Sofia zu dem jungen Mann und ergriff seinen Arm wie einen Rettungsring. »*Sorry, maybe we can talk later*«, sagte sie zu den Russen und dachte: von wegen, *wir reden später*. Sie würde mit diesem Jüngling eine Runde tanzen und dann ein Unwohlsein vortäuschen und mit einem Taxi flüchten. Das war ihre einzige Chance.

Sie hatten die Tanzfläche erreicht. Die Kapelle spielte einen langsamen Walzer, und sie schmiegte sich in seinen Arm. Eine Weile tanzten sie stumm. Er tanzte etwas hölzern, offenbar tat er das nicht oft, und er gehörte wohl auch nicht zur gesprächigen Sorte.

»Sie sind nicht von hier, sind Sie Italiener?«, fragte sie, ehe das Schweigen peinlich zu werden begann.

»Hört man das so gut?«, fragte er zerknirscht.

»Mir zumindest ist es gleich aufgefallen«, sagte sie auf Italienisch.

»Sie sprechen Italienisch!«, stellte er erfreut und ebenfalls in seine Muttersprache wechselnd fest.

»Ein bisschen.«

Die Scheu fiel von ihm ab, nun, da er sich nicht mehr auf Englisch verständigen musste. »Ich muss mich für Dario und Fabio entschuldigen«, sprudelte er hervor. »Sie sind meine Cousins, sie haben mich hierher gebracht. Ihr Vater Orlando Prisco ist ein Geschäftsfreund Ihres Onkels John Whittaker.«

»Worum ging die Wette?«

»Welche Wette denn?«, fragte er und bekam rote Ohren.

»Ob Sie sich trauen würden, mich aufzufordern.«

Er war geständig. »Eine Flasche Champagner.«

Sie lächelte. »Es ist immer gut, seinen Wert zu kennen.«

»Das war kindisch, entschuldigen Sie.«

»Ich bin froh, Sie haben mich gerettet.«

»Haben diesen beiden bärtigen Typen Sie etwa belästigt?«

»Nein, das würde hier wohl keiner wagen«, lachte Sofia. »Es sind Russen, sie kannten meinen Vater. Aber ich mag mich nicht über Russland unterhalten, ich mag das Gejammer nicht hören und nicht über Lenin oder den Zaren reden und den alten Zeiten hinterherweinen. Also, noch einmal danke für die Rettung!«

»Gern geschehen, Gräfin…«

»Sofia. Nur Sofia, bitte.«

»Sofia«, wiederholte er.

Wie schön der Name klang, wenn er auf Italienisch ausgesprochen wurde, mit klaren, langen Vokalen und der richtigen Betonung.

»Wie heißen Sie?«

»Verzeihung, ich habe ganz vergessen, mich vorzustellen. Donato. Donato Prisco.«

Das Stück war zu Ende, die Kapelle machte eine Pause, und Sofia fragte: »Ich habe schrecklichen Durst. Wollen wir an die Bar gehen und Ihren Wettgewinn einlösen?«

Er wirkte überrascht, vielleicht sogar ein wenig schockiert. Es war ungehörig, was sie tat, das wusste sie. Ein italienisches Mädchen hätte bestenfalls auf eine Einladung *gehofft* und sich dann erst einmal geziert und sich endlos bitten lassen. Aber sie waren in New York, sie war kein italienisches Mädchen, und ihr waren zwei lästige Russen auf den Fersen. Sollte er ruhig glauben, dass alle Amerikanerinnen oder Russinnen so forsch waren.

Sie setzten sich an einen kleinen Tisch in der Nähe der Bar, abseits des Getümmels des Ballsaals und hoffentlich gut versteckt vor den Russen. Er ging selbst an die Bar und besorgte zwei Gläser Champagner. Diese bescheidene Geste gefiel ihr. Andere hätten gleich eine Flasche auffahren lassen.

»Woher aus Italien kommen Sie, Donato Prisco?«

»Aus den Marken.«

»Verzeihen Sie?«

»Tiefste Provinz, kaum jemand kennt die Gegend«, seufzte er. »Dabei ist sie so schön. Es ist praktisch die Wade des Stiefels, an der Adria. Das Hinterland von Ancona.«

»Ich habe es bisher nur bis in die Toskana geschafft.«

»Die ist auf der anderen Seite.«

Sofia entspannte sich. Keine Russen weit und breit, und es tat gut, endlich einmal wieder Italienisch zu sprechen und dabei ein wenig mit diesem hübschen Kerl zu flirten. Sie lächelte ihn an und fragte: »Was machen Sie in New York, Donato? Urlaub?«

»Ich besuche Verwandte. Aber nicht nur zum Spaß. Meine Familie besitzt ein Landgut in den Marken – die Sie übrigens unbedingt einmal besuchen sollten, sie sind mindestens so schön wie die Toskana.« Er lächelte zurück.

Ah, es klappt also noch!

»Mein Vater möchte, dass ich ihm ein paar Geschäftswege ebne. Für unser Olivenöl, beispielsweise. Aber ich möchte Sie nicht langweilen.«

»Tun Sie nicht.« Sie hob ihr Glas. »Auf Italien!«

»Woher können Sie Italienisch?«

Sie erzählte ihm dieselbe Lüge wie Tante Ada, und er glaubte ihr natürlich, was hätte er für einen Grund gehabt, ihr nicht zu glauben? Besonders da sie darauf achtete, immer wieder mal einen kleinen grammatischen Fehler einzubauen oder ein Wort auf französische Art zu betonen. Es widerstrebte ihr, sich schon wieder verstellen zu müssen, denn er schien ein anständiger Kerl zu sein. Jedenfalls gefiel er ihr auf Anhieb besser als die jungen Amerikaner, die man ihr bisher vorgestellt hatte. Donato Prisco war europäisch, um nicht zu sagen: durch und durch italienisch. Oder auch wieder nicht, denn in manchen Momenten, ganz kurz nur, umgab ihn eine Aura der Schwermut, die er jedes Mal tapfer wegzulächeln versuchte.

Er hat ein Geheimnis, genau wie ich.

Das war natürlich nur eine Ahnung, aber der Gedanke erschreckte sie nicht, im Gegenteil, es machte ihn interessant. Er gefiel ihr.

»Waren Sie im Krieg?«, fragte sie unvermittelt.

Er nickte. Sein Blick saugte sich am leeren Champagnerglas fest. »Alpenfront, danach österreichische Gefangenschaft.«

»Das tut mir leid.«

Er lächelte schief. »Ich hatte Glück, ich bin schon im November letzten Jahres nach Hause gekommen. Und ich habe es überlebt. Sogar am Stück.«

»Etwas bleibt immer zurück«, erwiderte sie.

»Das ist wahr.«

Ihre Blicke begegneten sich. »Sie haben auch schlimme Dinge erlebt. Ich habe gehört, was mit Ihrer Familie während der Revolution geschehen ist. Es tut mir sehr leid.«

»Danke«, sagte sie. »Aber reden wir heute Abend nicht vom Krieg und nicht über die Revolution.«

»Es versteht ohnehin niemand, der nicht dabei war«, stimmte er ihr zu.

Sie hatten ihre Gläser ausgetrunken, und Sofia bestellte zwei neue. »Die gehen auf mich.« Sie hob die Hand, als er protestieren wollte. »Ich bin eine emanzipierte Frau, die sich nicht scheut, einem Mann ein Glas Champagner auszugeben. Haben Sie ein Problem damit?«

»Tja, ich weiß nicht. Sie sind die Erste, die das tut. Aber ich denke, ich kann damit leben.« Zwei Grübchen erschienen auf seinen Wangen. Sofia ertappte sich bei dem Wunsch, sie zu küssen.

»Außerdem habe ich heute Geburtstag. Ich werde zwanzig«, verriet sie ihm.

»Ich gratuliere! Dann auf Sie, Sofia. Mögen Ihre Träume in Erfüllung gehen.«

Sie hielt ihr Champagnerglas ins Licht, um die goldenen Bläschen aufsteigen zu sehen. »Wie alt sind Sie, Donato?«

»Dreiundzwanzig.«

»Erzählen Sie mir von dem Gut, auf dem Sie zu Hause sind.«

»Wo soll ich anfangen? Es steht in einem sehr großen Garten mit Kastanien, an einem Berghang in der Nähe eines Dorfes namens Belmonte. Wir leben von der Pacht und vom Handel mit unseren Gütern. Es ist nichts Großartiges, ein normales italienisches Landgut eben. Es gibt eine Bibliothek, die ist sehr schön, aber so ziemlich das einzig Noble im Haus. Ach ja, und im *salotto* steht ein Klavier. Meine Mutter und meine Schwester spielen darauf. Meine Mutter sehr gut, meine Schwester ganz fürchterlich. Wir haben eine Köchin, zwei Dienstmädchen und einen Stallknecht, allerdings haben wir kaum noch Pferde, die sind fast alle beschlagnahmt worden.« Er hielt inne und meinte, leicht verunsichert: »Das ist alles nicht besonders spektakulär, ich meine... verglichen mit Ihrem Leben hier.«

»Ist es sehr weit von Ihrem Gut bis ans Meer?«

Er schüttelte seine Locken. »Nicht sehr, nein. Mit einem

Wagen braucht man bis zum Strand von Senigallia nur eine Dreiviertelstunde. An klaren Tagen kann man es sogar vom Garten aus sehen.«

»Man kann das Meer sehen?«, wiederholte sie.

»Ja. Es liegt hinter den Hügeln, wie eine blaue Borte.«

Sie lächelte. »Eine blaue Borte. Das klingt wunderschön.«

Kapitel 21

Die russische Verlobte

Belmonte, Juli bis Oktober 1919

»Eine Verlobte! Ich fasse es nicht, er kann sich doch nicht einfach mit einer Wildfremden verloben!« Die Signora war außer sich, Bruna erkannte inzwischen die Signale. Dann wurden Annabella Priscos Augen zu Schlitzen, ihre Lippen zum Strich, und ihr schmaler Brustkorb schien das Mieder sprengen zu wollen.

Gerade war der neue Postbote gekommen. Es war nicht mehr der alte Giulio, sondern ein jüngerer Kerl, der trotz der Sommerhitze, die jetzt im Juli erbarmungslos zuschlug, die Strecke hinauf zum Gut mit dem Fahrrad nicht scheute. Er hatte einen Brief von Donato dabei, und Bruna, die ihn kommen sah und die Post entgegennahm, wobei zwischen ihnen stets ein paar neckische Bemerkungen hin und her flogen, brachte den Brief sofort der Signora.

Diese hatte sich über die Mittagszeit in das Zimmer zurückgezogen, das bis vor Kurzem Giuseppina Prisco, ihre Schwiegermutter, bewohnte. Kurz nach Donatos Abreise nach Amerika starb die alte Frau jedoch, was freilich nichts mit dem Abschied von ihrem Enkel zu tun hatte, den sie ohnehin nicht mehr erkannte. Nach ihrem Tod ließ Annabella Prisco das Zimmer für sich herrichten. »Jeder hier hat ein Zimmer für sich, sogar die Dienstboten, nur ich nicht, das sehe ich nicht länger ein«, verkündete sie am Tag nach der Beisetzung ihrer Schwiegermutter, die sie, das war kein Geheimnis, zeit ihres Lebens nicht sonderlich gemocht hatte, genauso wie andersherum. Der Raum am Ende des Flurs bekam einen neuen Anstrich, ein zartes Gelb, was hübsch aussah, besonders wenn die Sonne hereinschien. Mit einem hellen Teppich aus Schafwolle, einem grünen Diwan, einer Kommode und einem zierlichen Sekretär war ihr Rückzugsraum perfekt, in dem sie neuerdings auch ihre mittägliche Siesta zu halten pflegte.

Der Tod der alten Signora Giuseppina kostete auch Bruna schlaflose Nächte. Nun war das Dienstmädchen Romina, der Drachen, wieder frei verfügbar und Bruna somit, zumindest theoretisch, überzählig. Aber die Signora hatte sich an Brunas Anwesenheit gewöhnt und schien sie lieber um sich zu haben als die mürrische Romina. Bis jetzt hatte niemand etwas von einer Kündigung gesagt, obwohl Romina alles tat, um zu beweisen, dass Brunas Qualitäten als Dienstmädchen weit hinter den ihren zurückstanden und Brunas Anwesenheit ab sofort überflüssig war.

Bruna war halb in der Tür stehen geblieben. Hatte sie richtig gehört?

Eine Verlobte?

Die Nachricht traf auch sie wie ein Blitz. Sie hoffte, noch etwas mehr zu erfahren, aber die Signora fegte, den Brief in der Hand, an ihr vorbei und ging schnurstracks in die Bibliothek. Bruna folgte in respektvollem Abstand, verharrte auf dem Flur und spitzte die Ohren. Sie konnte von ihrem Posten aus Domenico Prisco sehen, der am Schreibtisch saß und telefonierte. Er legte jedoch, nach einer hastigen Verabschiedung von seinem Gesprächspartner sofort den Hörer auf, als er seine Frau mit energischen Schritten auf sich zukommen sah.

»Unser Sohn hat sich verlobt!«

Der Signore riss erstaunt die Augen auf.

»Ja, so habe ich auch dreingeschaut, als ich es gelesen habe.

Hier!« Sie legte den Brief mit einem Knall vor ihn hin. Der Signore griff nach seiner Brille, setzte sie sich umständlich auf die Nase und begann zu lesen. Er schien für diesen Brief so lange zu brauchen wie für einen Roman, während seine Frau mit verschränkten Armen, verkniffenem Mund und wippendem Fuß darauf wartete, dass er etwas sagte.

»Eine Gräfin?«, fragte er schließlich.

»Eine Russin!«, schnaubte die Signora.

»Einigen wir uns auf eine russische Gräfin«, schlug der Signore vor. Offenbar löste die Nachricht bei ihm deutlich weniger Ärger aus als bei der Signora, die nun stöhnte: »Eine russische Gräfin, meinetwegen. Das ist genau das, was dieses Gut jetzt braucht!«

»Die Bolschewiken haben ihre ganze Familie umgebracht. Das ist ja schrecklich! Das arme Ding.«

»Ja, ist es. Aber muss es ausgerechnet unser Sohn sein, der sie tröstet? Wir hätten ihn schon längst mit Daniela Garibaldi verloben sollen.«

»Daniela sieht aus wie ein Pferd«, warf der Signore ein.

»Mag sein, aber als Winzertochter kann sie wahrscheinlich auch arbeiten wie ein Pferd!«, ereiferte sich die Gräfin. »Was sollen wir mit einem verwöhnten russischen Püppchen anfangen, das außer ihrem Titel nichts mehr hat?«

»Das weißt du doch gar nicht«, wandte der Signore ein. »Von Geld und Vermögen schreibt er ja nichts, unser Romantiker. Nur, dass sie sehr hübsch und sehr klug sein soll…«

»Eben. Wenn da nichts von einem Vermögen steht, dann wird da auch nichts sein.«

»Seit wann bist du denn so materiell eingestellt, *carissima*, meine Teuerste? Es geht schließlich um das Glück deines einzigen Sohnes.«

»Seit ich erleben musste, dass wir nahezu pleitegegangen wären«, fauchte die Signora. »Und seit wann zählt für dich das Aussehen, wenn es ums Heiraten geht?«

Bruna hielt den Atem an.

»Jetzt hör aber mal auf!«, protestierte Signor Prisco. »Denkst du, dich hätte ich geheiratet, wenn du hässlich gewesen wärst, Annabella, Mitgift hin oder her?«

Statt einer Antwort funkelte sie ihn nur wütend an.

»Komm schon, beruhige dich. Wenn er mit ihr sein Glück findet...«

Aber die Signora beruhigte sich nicht. »Es ist ganz allein deine Schuld!«, klagte sie. »Du wolltest, dass er nach Amerika geht und dort Ablenkung findet von seiner Schwermut!«

»Hat doch auch funktioniert, wie man sieht«, gab der Signore zurück.

»Pah!«

»Er schreibt, dass diese Sofia seit ein paar Monaten bei ihrer Tante und ihrem Onkel lebt, Charles Whittaker. Ich werde meinen Cousin Orlando fragen, ob er über diese Whittakers etwas herausbekommen kann. Anscheinend haben Donato und diese Gräfin sich auf einem Wohltätigkeitsball kennengelernt, und auf solchen Bällen sind bekanntlich nur die Reichen.«

»Vielleicht wurden dort Almosen für das arme Waisenmädchen gesammelt«, giftete die Signora.

»*Amore*, nun sei nicht so voreingenommen«, mahnte der Signore. »Es gefällt mir ebenso wenig wie dir, dass er uns mit dieser Nachricht vor vollendete Tatsachen stellt, ich hätte auch gerne ein Wörtchen mitgeredet, und mir wäre eine Braut aus der Gegend lieber gewesen, die vielleicht etwas Landbesitz mit in die Ehe bringt. Aber wir haben ja nun noch drei Monate Zeit, um uns an den Gedanken zu gewöhnen.«

»Das ist auch so eine Sache!«, ereiferte sich die Signora. »Wollte er nicht ursprünglich zu *ferragosto*, zu Maria Himmelfahrt, zurück sein? Jetzt kommt er einfach zwei Monate später. Was machen sie denn so lange in New York?«

»Sich amüsieren, nehme ich an«, antwortete der Signore.

Die Signora stieß ein unfrohes Lachen aus. »Tja, da wird

seine Gräfin ganz schön Augen machen, wenn sie sieht, wie es bei uns um das Amüsement bestellt ist. Vielleicht sollten wir die Hochzeit so lange wie möglich hinauszögern. Wenn sie merkt, wie langweilig es hier ist, wird sie ihre Sachen packen und wieder an den Broadway zurückkehren.«

Jetzt wurde es dem Signore zu bunt, er schlug mit der Faust auf den Schreibtisch. »Du könntest ihr wenigstens eine Chance geben. Ich hätte nicht gedacht, dass du einmal eine von diesen grässlichen, besitzergreifenden Schwiegermüttern wirst, denen die Eifersucht aus jeder Pore kriecht!«

»Du meinst, so wie deine Mutter?«, kreischte die Signora.

Bruna machte, dass sie wegkam, um nicht zwischen die Fronten eines handfesten Ehekrachs zu geraten, denn nach so einem sah es verdächtig aus. Sie lief so schnell sie konnte die Treppen hinab, um Marcella die Neuigkeit mitzuteilen.

»Na, das ist ja was, das ist ja ein Ding«, stotterte Marcella, der sonst immer ein schlauer Kommentar zu allem einfiel, verblüfft. »Und du hast dich sicher nicht verhört?«

»Natürlich nicht!«

»Das wird die Signorina Agata aber kränken, wenn ihr Bruder noch vor ihr eine Partie findet.«

»Er ist doch auch älter als sie«, gab Bruna zu bedenken, aber das ließ Marcella nicht gelten.

Bruna wusste selbst nicht so recht, was sie davon halten sollte. Einerseits sicherte diese Neuigkeit ihre Stellung ab, denn wenn ab sofort eine Person mehr im Haus lebte, gab es mehr zu tun. Andererseits hatte sie immer gehofft, Donato würde sich mit dem Heiraten noch etwas Zeit lassen. Ehe er nach Amerika abgereist war, hatten sie öfter einmal im Park oder wo immer sie sich über den Weg gelaufen waren, miteinander geplaudert. Eigentlich hatte die meiste Zeit er geredet, Bruna hatte zugehört, wie er an der Front gefroren und gelitten und sich gefürchtet hatte, vor den Granaten, den Bomben und dem Gas. Oder er berichtete von den Läusen und den Bettwanzen im Gefangenenlager, und wie er ständig in Angst gelebt hatte, sich mit einer der vielen Krankheiten, die im Lager kursierten, anzustecken. Manchmal dachte Bruna, dass sie wahrscheinlich die Einzige war, der er solche Dinge erzählen konnte, und sie hatte ihre Stellung als seine Vertraute sehr genossen. Damit würde es jetzt wohl vorbei sein. Seine neue Frau würde es nicht dulden, dass er einem Dienstmädchen regelmäßig sein Herz ausschüttete.

Nein, im Grunde freute sich wohl niemand auf dem Gut so richtig auf diese neue Frau.

* * *

»Bruna, hast du das Gästezimmer vorbereitet?«

»Ja, Signora, schon vor Tagen.«

»Dann staub die Möbel lieber noch einmal ab.«

»Signora, darf ich einen Vorschlag machen?«

»Was denn?«, fragte die Signora leicht gereizt. Sie war nervös, das sah man ihr an. In wenigen Stunden würde ihre zukünftige Schwiegertochter eintreffen. Die Frau, die ihr früher oder später die Herrschaft über Haus und Hof streitig machen würde. Dennoch galt es, einen guten ersten Eindruck zu machen. Damit diese Gräfin gleich sah, dass hier Reinlichkeit, Ordnung und Kultur keine Fremdworte waren. Noch nie hatte das Haus so geblitzt vor Sauberkeit, nicht einmal zu Weihnachten. Der Signore hatte die Gelegenheit genutzt, endlich ein elektrisch betriebenes Grammofon anzuschaffen.

»Wie wäre es, wenn wir die Gräfin in Donatos Zimmer unterbringen würden? Das ist größer, das Bett ist bequemer, und es hat die schönere Aussicht. Und der Ofen zieht besser als der im Gästezimmer. Jetzt, im Oktober, wird es ja schon langsam kalt in der Nacht.«

»Nun, Kälte dürfte ihr als Russin ja wohl nichts ausmachen.«

»Sie ist Russin, kein Eskimo«, schaltete sich der Signore ein, der im Vorbeigehen ihre Sätze aufgeschnappt hatte.

»Ich dachte nur ... ich meine, sie wird etwas Luxus gewohnt sein«, beendete Bruna ihre Rede.

Die Signora runzelte die Stirn und ließ sich den Vorschlag durch den Kopf gehen. Seit ihr Mann über seinen Verwandten herausgefunden hatte, dass der Onkel der jungen Gräfin ein sehr wohlhabender New Yorker Geschäftsmann war und die Whittakers keine Kinder hatten, stand sie der Verlobung ihres Sohnes nicht mehr gar so ablehnend gegenüber. »Gut«, sagte sie zu Bruna. »Veranlasse das. Romina soll dir helfen. Bringt Donatos Kleider in das kleinere Zimmer und das Blumengesteck in das größere.« Sie lächelte ein wenig grimmig. »Geschieht ihm ja auch irgendwie recht. Wer sich hinterrücks verlobt, muss eben die Konsequenzen tragen.«

Der Wagen röchelte den Berg hinauf und hielt in einer weißen Staubwolke, die sich erst nach kurzer Zeit wieder verzog. Ein Mann, den Sofia vor lauter Staub kaum erkennen konnte, öffnete das Tor. »Danke, Arturo!«, rief Donato aus dem Fenster und fügte hinzu: »Das war Arturo, der Stallbursche.«

»Eigentlich wollte ich im Frühjahr neue Pferde anschaffen, für die Kutschen und den Pflug«, ergänzte der Signore. »Aber nun haben wir ja den Mercedes und demnächst wohl auch einen Traktor.«

»Was wird dann aus Arturo?«, fragte Sofia.

»Das wird man sehen. Es gibt immer etwas zu tun.«

Sie fuhren auf das Haus zu. Das war es also, das Landgut der Priscos. Es stand auf einem Plateau am Hang, umgeben von Bäumen, die meisten davon Kastanien, deren Laub sich bereits braun färbte. Es war ein einfach gehaltenes Gutshaus, einstöckig, mit einem Erker in der Mitte und Dachgauben, aber doch von respektabler Größe. Die Nachmittagssonne warf ein paar letzte Strahlen auf die gelblichen Mauern und ließ sie in einem warmen Ton erstrahlen. Neben dem Portal blühten Rosen. Es sah alles genau so aus, wie Donato es ihr geschildert hatte, nichts war weggelassen oder schöngefärbt worden, was sie nun, da sie ihn schon recht gut kannte, auch nicht erwartet hatte.

»Es ist wunderschön!«, rief sie begeistert. »So viel Grün und mittendrin dieses wunderschöne Haus! Hat es einen Namen?«

»Nicht, dass ich wüsste«, antwortete der Signore. »Man nennt es das Gut, weil es das einzige in der Gegend ist.«

»Es müsste *il palazzo nel verde* heißen, der Palast im Grünen!«, schwärmte Sofia.

»Das ist zu lang!«, meinte Donato, der den Mercedes steuerte, und lächelte ihr im Rückspiegel zu.

»Dann eben nur *palazzo verde*. Auch wenn die Mauern eher gelb sind.«

Donatos Vater, der neben seinem Sohn auf dem Beifahrersitz saß, drehte sich um und sagte, wobei er ihr heimlich zuzwinkerte: »Es freut mich, dass es dir gefällt. Du ahnst ja nicht, wie sehr wir alle gezittert haben vor deinem Urteil.«

»*Papà!* Nun bring sie doch nicht in Verlegenheit.«

Aber Sofia lächelte nur verschmitzt.

In der Halle standen drei Frauen in gestärkten weißen Schürzen, aufgereiht wie Hühner auf der Stange, zwei ältere und eine recht junge. »Marcella, unsere Köchin, Romina unser Dienstmädchen und Bruna, Mädchen für alles«, stellte Donato sie vor. Alle drei knicksten, was Sofia mit einem Lächeln quittierte.

Die Signora und Agata kamen die Treppe herunter und begrüßten erst Donato stürmisch, dann mit einer steifen Umarmung seine Verlobte, die Donato stolz mit vollem Namen und Titel vorstellte.

Beide lächelten etwas verkrampft, was Sofia auch nicht anders erwartet hatte. Mütter und Söhne, und erst recht italienische Mütter und ihre Söhne, waren ohnehin ein Kapitel für sich. Die Söhne wurden bedingungslos vergöttert, und eine

Schwiegertochter konnte anstellen, was sie wollte, sie würde niemals gut genug sein für den gottgleichen Sohn. Dafür war sie ab sofort verantwortlich für alles Ungemach, das den Sohn, die Enkel, den Hausstand treffen sollte.

Agata, Donatos Schwester, war natürlich gespannt, wen ihr Bruder da aus Übersee anschleppte, denn auch wenn Töchter niemals den Hof erbten, solange noch ein Sohn vorhanden war, so war sie doch bisher die junge First Lady gewesen, und von diesem Posten würde Sofia sie durch ihre bloße Existenz verdrängen. Ob der Adelstitel bei all dem hilfreich war, musste sich noch erweisen.

Arturo schleppte das Gepäck herein.

»Bruna, bring die Sachen der Gräfin bitte nach oben«, ordnete die Signora an.

»Oh bitte«, sagte Sofia zu ihrer künftigen Schwiegermutter. »Bitte, Signora Prisco, sagen Sie einfach Sofia zu mir.«

»Natürlich werde ich Sofia zu dir sagen«, erwiderte Annabella Prisco kühl. »Die Anweisung galt den Dienstboten. Es schadet nicht, wenn sie etwas Respekt haben.«

»Natürlich, Signora.«

Das fängt ja schon gut an.

»Du möchtest dich sicher ein wenig ausruhen. In einer Stunde treffen wir uns zum *aperitivo*. Donato? Ich würde dich gerne sprechen.« Der Ton der Signora ließ darauf schließen, dass Donato sich auf etwas gefasst machen durfte.

Er warf seiner Verlobten einen hilflosen Blick zu, während Sofia ihm verstohlen zulächelte und dann die Treppe hinaufging, hinter dem jungen Dienstmädchen her, das sich mit den ersten beiden ihrer vier Koffer abmühte.

Sofias Zimmer war groß, und man hatte auf einer Kommode ein Blumengesteck arrangiert. Sie trat ans Fenster und registrierte voller Freude, dass man tatsächlich das Meer sehen konnte, ganz hinten, am östlichen Horizont. *Die blaue Borte*, wie Donato gesagt hatte. Davor die Landschaft der Marken, sanft wie Wellen bei einer leichten Brise. Ihre neue Heimat. Die fünfte inzwischen. Sie konnte es selbst kaum glauben. Aufgewachsen in Nizzas Hafenviertel, hätte ihr wohl niemand prophezeit, dass es sie eines Tages nach St. Petersburg verschlug, in eine Welt mit seidenen Kleidern, Pelzen, Hauslehrern, Klavierunterricht und Ausfahrten im Vierspänner – bis zum blutigen Ende. Dann die Vertreibung aus dem aristokratischen Paradies ins Paris der Nachkriegszeit, mitten hinein in die Bohème, wo der verarmte Adel sich die Wunden leckte und der frische Wind einer neuen Zeit durch die Salons wehte. Bisweilen streifte sie der Gedanke, ob sie nicht dort hätte bleiben sollen, am Puls des neuen Zeitalters. Aber es war wieder anders gekommen, und dieses Mal wechselte sie nicht nur den Kontinent und die Sprache, sondern sogar ihre Persönlichkeit. Als Gräfin Sofia betrat sie das glitzernde New York, die Hochburg des Kapitalismus, die Metropole der Neuen Welt. Ja, sie wäre gerne noch eine Weile dort geblieben, in der Geborgenheit von Tante Adas Liebe und ihrem Reichtum, aber ihr Instinkt riet ihr, beizeiten zu verschwinden. Die Begegnung mit Donato Prisco war wie ein Wink des Schicksals, ein Schild, das ihr den Ausgang zeigte. Und nun war sie also in Italien.

Was blieb eigentlich noch von einem selbst, bei so vielen Wechseln, fragte sie sich. Wer war das überhaupt, dieses *Ich?* Gab es irgendwo, tief in ihr drin, noch einen ursprünglichen, unveränderlichen Kern, etwas, das ihr Wesen ausmachte, unabhängig von Orten und Namen?

Tante Ada und Onkel Charles waren natürlich nicht begeistert von ihrer Verlobung mit einem italienischen Gutserben.

»Dein Donato ist zweifellos ein netter junger Mann, Sofia, aber verzeih mir, wenn ich es so offen sage: Er ist kein Mann zum Heiraten, nicht für dich. Ein Gutsbesitzer, ich bitte dich! Das ist ein besserer Bauer. Oder was stellst du dir unter einem Gut in der italienischen Provinz vor?«

»Jedenfalls nichts Pompöses, Tante Ada.«

»Eben. Du hast doch ganz andere Chancen. Lass dir Zeit, Kind, wir finden eine *wirklich* passende Partie für dich. Dir steht die Welt offen, wir verschaffen dir Kontakte zu jungen Männern aus den besten New Yorker Familien. Du machst einen Fehler, wenn du dich unter Wert verkaufst. Entschuldige, wenn das allzu prosaisch klingt, aber so ist es nun einmal, die Ehe ist immer auch ein wenig ein Kuhhandel. Was zieht dich denn nach Europa, ausgerechnet nach Italien?«

»Es ist ein wunderschönes Land, es besitzt ungemein viele Kulturgüter, es ist warm, sonnig...«

»Es ist vor allen Dingen ein armes Land! Sie sind zu Millionen hierher ausgewandert...«

So ging es in einem fort, manchmal war Sofia kurz davor, ihre wahre Identität zu lüften, nur um ihre Ruhe zu haben. Aber sie wagte es nicht. Die Whittakers, besonders Ada, hatten sie sehr lieb gewonnen, und enttäuschte Liebe, das wusste Sofia, schlug nur allzu oft um in Hass. Die Whittakers waren zu einflussreich, sie könnten die betrügerische Gesellschafterin ihrer toten Nichte mit einem Fingerschnippen für lange Zeit ins Gefängnis bringen. Darum konnte sie Tante Ada unmöglich erklären, dass ein abgelegenes italienisches Landgut für sie genau das Richtige war. In Italien konnte sie endlich wieder ihre Muttersprache benutzen, dort wäre sie garantiert sicher vor Boris und Nikolai und anderen Russen, die sie verraten konnten, und außerdem war für eine Fischerstochter aus Nizza ein künftiger Erbe eines Gutes nicht die schlechteste Partie. All das musste sie ihr verschweigen und sich hinausreden auf die Liebe. Die Liebe allein musste als Argument bestehen gegen sämtliche Anwürfe von Ada, was schwierig genug war, auch wenn es nicht gelogen war. Sie war tatsächlich verliebt in Donato Prisco – auf ihre ruhige, pragmatische Art. Sie mochte ihn lieber, als sie Maurice und Pierre gemocht hatte, und das war doch schon etwas. Er besaß einen aufrechten Charakter, er würde sie immer gut behandeln. Sie wusste auch, dass er sie mehr liebte als sie ihn, und das war eine gute Voraussetzung, um nicht an der Liebe zu leiden, wie ihre Mutter einst gelitten hatte; zuerst jahrelang an der notorischen Untreue ihres Ehemannes und dann an seinem Tod. Bestimmt hätte Sofia sich unter anderen Umständen mehr Zeit gelassen mit der Verlobung, aber Donato musste zurück in seine Heimat, und für sie war es sicherer, ihm lieber heute als morgen dorthin zu folgen, was in der Praxis bedeutete, dass sie ihn auf demselben Schiff begleitete.

Die Whittakers fügten sich schließlich ins Unvermeidliche und versprachen, zur Hochzeit nach Italien zu kommen.

Wieder ein Abschied, dachte Sofia. Dieses Mal fiel es ihr besonders schwer, weil sie Menschen zurückließ, die ihr etwas bedeuteten und denen sie etwas bedeutete.

»Das ist das Zimmer mit der schönsten Aussicht!«

Sie wandte sich um. Das Mädchen, Bruna, stand noch immer neben ihrem Gepäck wie ein Hotelpage, der auf Trinkgeld wartete.

»Es ist das Zimmer von Donato, nicht wahr?« Sie zeigte auf das Bücherregal, in dem noch seine Abenteuerromane standen, neben den Lehrbüchern vom Gymnasium. »Er hat mir schon viel von dir erzählt. Ihr kennt euch schon lange.«

Sie wurde rot. Natürlich ist sie in ihn verliebt, dachte Sofia, es wäre ein Wunder, wenn es nicht so wäre.

»Was für ein Kind war er?«, fragte sie.

»Ein Träumer. Ab und zu hatte er einen Anflug von Wildheit und Abenteuerlust und brachte damit die Signora in Rage, aber die meiste Zeit lebte er in seiner Fantasiewelt. Er hat Agata und mir immer Schauergeschichten erzählt, die er selbst erfunden hat.«

Sofia lächelte. Das klang nach einer schönen Kindheit, anders als ihre, die begleitet war vom Gezänk ihrer Eltern, dem ständigen Kommen und Gehen der Pensionsgäste, dem Grölen und Randalieren der betrunkenen Hafenarbeiter auf der Straße, dem Fischgeruch… Seltsam, dachte sie, als so düster hatte sie ihre Kindheit und Jugend bisher gar nicht empfunden. Lag es an diesem schönen, stillen Ort, der das Gegenteil von all dessen zu sein schien? Ein idealer Ort, um Kinder in Ruhe und Sicherheit aufzuziehen.

»War er glücklich?«, fragte sie. »Donato meine ich. Als Kind.«

Sie senkte verlegen den Blick und flüsterte. »Als Kind schon, ja. Aber der Krieg…«

»Entschuldige, ich wollte dich nicht aushorchen.«

»Soll ich Ihnen beim Auspacken helfen, Gräfin?«

Früher oder später würde Bruna ihre Nase ohnehin in die Schränke stecken, deshalb sagte Sofia: »Gerne. Aber nenn mich nicht Gräfin.«

»Wie soll ich Sie dann ansprechen?«

»Wie nennst du Agata?«

»Signorina Agata.«

»Einigen wir uns vorerst auf Signorina Sofia.«

»Abgemacht, Signorina Sofia«, entfuhr es Bruna, die gleich darauf stammelte. »Ich meine… ich wollte sagen… jawohl, Signorina Sofia.«

Sie öffneten zusammen den ersten der zwei Koffer.

»Was für schöne Sachen!«, flüsterte Bruna und strich über ein seidenes Mieder.

»Sie stammen fast alle aus Paris. Zumindest die schickeren davon. In Amerika sind sie ein bisschen altbacken, was die Mode betrifft«, verriet Sofia.

»Haben Sie auch noch etwas aus Russland, Signorina Sofia?«

»Nein. Von dort habe ich nur mitnehmen können, was ich auf dem Leib trug. Aber diese Kleider würden für den Süden und das Leben auf dem Land ohnehin nicht taugen. Man brauchte immer Hilfe, um sie anzuziehen, und selbst dann dauerte es eine Viertelstunde.«

»Aber sie waren sicher sehr schön.«

»Ja, schön waren sie. Jetzt haben alles die Bolschewiken.«

»Die Bolschewiken tragen Kleider?«

»Man weiß nie«, meinte Sofia, und sie mussten beide lachen bei dieser Vorstellung, und es war ein befreites Lachen, ein Lachen, das die gegenseitigen Spannungen löste.

»Wie haben Sie gewohnt, als Gräfin? Ich meine, in was für einem Haus. War es größer als dieses hier?«, fragte Bruna, während sie ein Kleid nach dem anderen auf Bügel und in den Schrank hängte.

»Ein bisschen«, sagte Sofia.

»Wie viele Dienstboten hatten Sie, Signorina Sofia?«

»Zu viele«, seufzte diese und fragte: »Bruna, kann ich dir vertrauen?«

Das Mädchen blickte sie überrascht an. »Ich denke schon, ja. Ich kann den Mund halten, wenn Sie das meinen.«

»Das ist eine sehr wichtige Tugend. Dann beantworte mir eine Frage: Wer in diesem Haus ist mein Freund und wer mein Feind?«

Bruna schien zu überlegen, dann sagte sie leise: »Nehmen Sie sich vor Romina in Acht. Sie spioniert und spinnt gern Intrigen. Sie ist böse.«

»Ich werde darauf achten, danke.«

»Marcella ist manchmal etwas grob, aber sie kann wirklich gut kochen.«

»Die Signora?«, fragte Sofia.

»Sie war nicht begeistert von der Verlobung. Donato ist ihr einziger Sohn... Aber sonst ist sie in Ordnung. Der Signore hätte gerne, dass Donato sich etwas eifriger um die Verwaltung des Gutes kümmert, aber gegen Sie hat er nichts.«

»Was ist mit Agata?«

»Sie ärgert sich, dass sie noch keinen Verlobten hat. Hat wohl Angst, dass sie eine alte Jungfer wird und irgendwann die Kinder ihres Bruders hüten muss.«

Sofia lachte. »Wie alt ist sie, um Himmels willen?«

»Neunzehn.«

»Und du, Bruna?«

»Ich stehe auf Ihrer Seite. Ich gebe zu, dass ich erst auch nicht begeistert war von der Verlobung. Ich dachte, Sie sind bestimmt eine ganz Eingebildete, als ich von der *russischen Gräfin* hörte. Aber jetzt, wo ich Sie kennengelernt habe, glaube ich, dass Donato eine gute Wahl getroffen hat.«

»Dein Wohlwollen freut mich sehr. Aber eigentlich wollte ich nur wissen, wie alt du bist, Bruna.« Sofia verkniff sich das Lachen und weidete sich an der Verlegenheit des Mädchens, das flammend rot anlief und »achtzehn« murmelte. Bruna erinnerte Sofia sehr stark an die fünfzehnjährige Juliette, die noch nicht gelernt hatte, ihr Mundwerk zu beherrschen, und die im Lügen und Betrügen noch nicht so perfekt war wie Sofia.

Am Sonntag fuhr die ganze Familie zum Gottesdienst in die Kirche von Belmonte. Die Verlobung des jungen Prisco hatte sich längst im Dorf herumgesprochen, und Sofia war die Sensation. Sie wurde ungeniert angestarrt, man tuschelte, einige besonders Mutige begrüßten die Signora und den Signore und warteten dann mehr oder weniger beharrlich darauf, Sofia vorgestellt zu werden. »Sofia, meine Verlobte«, sagte dann jedes Mal Donato, denn so hatten sie es abgesprochen, und Sofia lächelte und nickte bescheiden und wünschte einen guten Tag. Sie trug ein bordeauxrotes Kostüm mit einem schmalen, wadenlangen Rock zu schwarzen Strümpfen und knöchelhohen Stiefeln mit gewagten Absätzen, darunter eine hochgeschlossene, cremefarbene Spitzenbluse, deren Kragen von einer mit Saphiren besetzten Nadel geschlossen wurde. Über ihren Schultern hing ein schwarzes Cape mit einem kleinen, hellen Pelzkragen, denn es war ein kühler Tag.

»Du siehst aufregend aus«, hatte Donato ihr voller Stolz zugeflüstert. »Die Dörfler werden sich tagelang das Maul zerreißen.«

So kam es dann auch, das erfuhr Sofia später von Bruna. Fünf junge Frauen seien allein im Laufe dieser Woche zu Caterina Cesaretti in den Frisiersalon gekommen und hätten einen Haarschnitt »wie den der Gräfin« verlangt, und bei Brunas Mutter stapelten sich die Röcke, die enger gemacht und gekürzt werden sollten. Und während Rocksäume und Haare abgeschnitten wurden, rätselten die alten Frauen, was für einen Glauben die neue Braut wohl hatte. Eine Russin, die war doch bestimmt nicht katholisch! Sonst wäre sie ja auch bei der Kommunion nicht sitzen geblieben...

Sofia musste heimlich grinsen. Natürlich war sie katholisch – gewesen, als Juliette. Auch wenn die Kirche in ihrem Elternhaus kaum eine Rolle gespielt hatte. Ihre Mutter führte den Namen des Herrn höchstens im Mund, um zu fluchen, ihr Vater bezeichnete sich als Atheist und hing seinem Aberglauben an, so wie alle Fischer. Sofia allerdings war russisch-orthodox.

Nach der Messe, beim gemeinsamen Mittagessen im Salon, fragte Sofia beiläufig, ob es im Haus einen Tresor gebe, in den sie »ein paar Schmuckstücke« legen könne. Natürlich wollten die Frauen den Schmuck auf der Stelle sehen, sie konnten es kaum erwarten, bis der Kaffee serviert und hinuntergestürzt worden war. Im Gänsemarsch folgten sie Sofia in ihr Zimmer, wo diese die kleine Kassette aus Ebenholz öffnete und all ihren materiellen Besitz auf die Tagesdecke ihres Bettes legte. Die Signora und Agata beugten sich darüber und beäugten den Schmuck wie Elstern, während sich der Signore – nur scheinbar desinteressiert – im Hintergrund hielt, aber doch genau hinsah. Donato, der den Schmuck bereits kannte, weil er ihn auf der Überfahrt wie ein Schießhund bewacht hatte, beobachtete die Szene schmunzelnd von der Tür aus.

Ehrfürchtig hielten die Signora und ihre Tochter die Colliers, Anhänger, Armbänder und Ohrringe ins Licht, das durch die Erkerfenster der Bibliothek schien und die Rubine, Saphire, Smaragde und Brillanten zum Funkeln brachte.

»Heilige Madonna, das ist ja ein Vermögen!«, platzte Agata heraus.

Die Signora stieß ihre Tochter in die Seite.

»Es sind alte Erbstücke. Leider musste ich das meiste davon in Paris versetzen, um mich durchzubringen«, bemerkte Sofia, und die Signora stöhnte auf, als verspürte sie bei diesem Gedanken einen körperlichen Schmerz.

Der kleine Safe befand sich in der Bibliothek hinter den Lexika, und dort wurden die Geschmeide erst einmal eingelagert. Sofia fragte den Signore, ob er wüsste, wo es in der Nähe eine Zweigstelle der Banca Monte dei Paschi di Siena gebe. Natürlich erkundigte sich der Signore umgehend nach dem Grund ihrer Frage.

»Es geht um ein paar Anteilscheine…«

Ehe Mr Gordon, der Chauffeur der Whittakers, Sofia zum Pier gefahren hatte, bat Charles Whittaker seine Nichte in sein Büro und überreichte ihr im Beisein seiner Frau eine dicke lederne Mappe. »Darin sind Aktien aller großen Firmen der Vereinigten Staaten. Bewahre sie gut auf, am besten in einem Bankschließfach. Falls nicht wieder ein Weltkrieg dazwischenkommt, werden sie im Wert steigen. Die Aktien der Rüstungsfirmen werden dann natürlich erst recht steigen«, bemerkte er mit einem Schmunzeln. »So bist du für gute und für schlechte Zeiten abgesichert. Dazu gehört ein Bankkonto auf deinen Namen bei der Banca Monte dei Paschi di Siena. Darauf werden die jährlichen Dividenden überwiesen. Der Wert schwankt naturgemäß, aber er dürfte sich mit der Zeit steigern.«

»Ich verstehe nicht…«

»Wir möchten, dass du unabhängig bist und über dein eigenes Einkommen verfügst. Das verschafft dir eine angemessene Stellung in deiner künftigen Familie. Und du weißt hoffentlich, dass du jederzeit zu uns zurückkommen kannst, falls sie dich nicht anständig behandeln.«

»O Gott, ich… ich weiß gar nicht, was ich sagen soll«, stotterte Sofia, tief beschämt, während in ihr eine Stimme flüsterte: *Jetzt ist der Betrug perfekt. Jetzt geht es nicht mehr nur um ein paar Kleider und eine Unterkunft; wenn du das nimmst, bist du eine ausgemachte Hochstaplerin, eine Kriminelle.*

»Das kann ich nicht annehmen.«

»Natürlich kannst du, du musst sogar. Das sind wir deiner verstorbenen Familie schuldig«, sagte Tante Ada in jenem Tonfall, der keinen Widerspruch duldete. Also wanderte die Mappe in ihren Koffer und fuhr mit ihr zurück über den Atlantik.

Sofia holte die Papiere aus ihrem Koffer und reichte sie dem Signore, der die Mappe ebenfalls in den Safe legte und versprach, sich wegen der Bank kundig zu machen. »Sie müssen schleunigst in ein Bankschließfach«, meinte er, »stell dir vor, es würde hier brennen…«

Sofia war klar, dass er die Papiere zuvor noch genau sichten, ihren Wert ermitteln und die Dividende ausrechnen würde. Das sollte er auch.

Danach ging sie in ihr Zimmer und schrieb den längst fälligen Dankesbrief an Ada und Charles Whittaker.

* * *

»Wir müssen für deine Schwester einen Bräutigam finden«, sagte Sofia ein paar Tage später zu Donato. »Sonst wird sie uns verfluchen, wenn wir im nächsten Frühjahr noch vor ihr vor dem Altar stehen.«

»Du glaubst doch nicht etwa an Flüche?«, erwiderte Donato.

»Es ist ihr sehnlichster Wunsch, den sollten wir ihr erfüllen.«

»Wieso wir? Und wie willst du das anstellen?«, fragte er.

»Lass mich einfach machen, ja?«

Die Signora hatte ein Stück von Chopin am Klavier geübt und gerade den Deckel zugeklappt, als Sofia hereinkam und um ein Gespräch bat.

Die beiden setzten sich an den Tisch.

»Im Dorf tratscht und spekuliert man über meine Religion«, begann Sofia unumwunden. »Ich denke, es würde die Dinge vereinfachen, wenn ich zum Katholizismus übertrete, was meinen Sie, Signora?«

Der Signora fiel sichtlich ein Stein vom Herzen. »Ich danke dir, Sofia. Ehrlich gesagt, hat mich das auch schon beschäftigt, ich habe nur nicht gewagt, es anzusprechen. Es ist natürlich besser, wenn beide Eltern dieselbe Religion haben, schon wegen der Kinder.«

»Signora, ich bitte Sie, wenn Sie in Zukunft ein Anliegen haben, dann reden Sie ohne zu zögern mit mir«, sagte Sofia und blickte ihrem Gegenüber direkt in die dunklen Augen, die von einem feinen Faltengeflecht umgeben waren. »Ich habe keine Familie mehr, ich habe nur noch Sie, Donato, Agata und den Signore. Könnten wir nicht versuchen, mit dieser unseligen Tradition zu brechen, nach der sich Schwiegermütter und Schwiegertöchter stets bekriegen müssen? Ich liebe Ihren Sohn, und Sie lieben ihn auch, jede auf ihre eigene Weise, wir nehmen einander nichts weg. Ich finde, wir sollten ehrlich zueinander sein, was meinen Sie?«

Die Signora, die es nicht gewöhnt war, über Gefühlsdinge zu sprechen, schien peinlich berührt von diesen Worten, doch sie griff nach Sofias Hand und drückte sie. »Es stimmt, was mein Sohn schrieb«, sagte sie und lächelte. »Du bist nicht nur hübsch, sondern auch klug.«

Die Signora schickte sich an aufzustehen, aber Sofia war noch nicht fertig. »Signora, was halten Sie von einem Hausmusik-Abend?«

»Ein *was*?«, fragte sie verblüfft.

»Wir könnten die Leute aus der Gegend einladen. Ihre

Freunde, Donatos Freunde. Leute, mit denen das Gut zusammenarbeitet... Es wäre sozusagen eine kleine, inoffizielle Verlobungsfeier. Wir, die Damen des Hauses, könnten Klavier spielen, vielleicht könnten wir beide sogar etwas Vierhändiges einstudieren...«

Die Signora hob abwehrend die Hand. »Sofia, du kannst gerne ein kleines Konzert geben, wenn du möchtest, du spielst ja wirklich ausgezeichnet. Du darfst auch eine Verlobungsfeier veranstalten, ich habe nichts dagegen. Aber ich halte mich da lieber im Hintergrund.«

»Signora, Sie spielen ebenfalls sehr gut, und es würde Donato und dem Signore sicher gefallen, wenn wir ein gemeinsames Stück darbieten würden. Wir müssten natürlich noch ein wenig üben, aber dann wären wir unschlagbar.«

Die Signora schien nachzudenken und meinte dann: »Abgesehen davon, wäre es tatsächlich schön, wenn in dieses Haus mal wieder etwas Leben käme. Früher haben Domenico und ich regelmäßig Gäste eingeladen.« Ihre Stimme wurde munterer. »Ein Fest, das hatten wir seit dem Krieg nicht mehr. Agata wäre sicher ganz aus dem Häuschen, sie trifft ja sonst kaum junge Leute. Ich könnte mir schon mal Gedanken machen wegen der Gästeliste...« Sie stockte, als ihr etwas einfiel. »Oje! Was machen wir mit Agata? Ich meine, wegen des Klaviers. Sie wird auch spielen wollen.« Jede weitere Erläuterung des Problems erübrigte sich.

»Agata soll selbstverständlich spielen«, meinte Sofia gelassen. »Ihr Anschlag eignet sich perfekt für eine Polka.«

»Eine Polka?« Die Mundwinkel der Signora begannen zu zucken, und dann verlor sie die Beherrschung und prustete los. Sie musste so lachen, dass sie fast keine Luft mehr bekam, während Sofia murmelte, zur Not habe man ja noch das Grammofon.

Angelockt von dem ungewöhnlichen Geräusch, eilte der Signore herbei, der gerade von draußen hereingekommen war, in der einen Hand die Schrotflinte, in der anderen zwei tote Karnickel.

»Eine Polka! O mein Gott!« Die Signora wischte sich die Lachtränen aus den Augen und fächelte sich Luft zu.

Der Signore, obgleich ahnungslos, was den Grund der Heiterkeit betraf, lächelte gerührt, denn er konnte sich nicht mehr daran erinnern, wann er seine Frau zuletzt derart lachen gesehen hatte. Kopfschüttelnd ging er in die Küche, warf Marcella die Kaninchen auf das Küchenbrett und dankte Gott für diese russische Verlobte.

Kapitel 22

Zukunftspläne

Belmonte, Gegenwart

Carla erwachte vom Klang fremder Stimmen und Geräusche, die sie nicht zuordnen konnte. Sie blinzelte in die Sonnenstrahlen, die durch die Streifen einer Jalousie schienen, und schaute sich um. Sie befand sich in einem Zimmer aus selbst gebauten Möbeln, es erinnerte sie an den Strandbungalow auf Bali vor einigen Jahren. Ein Wecker auf dem Nachttisch verriet ihr, dass es fünf nach zehn war. Sie trug ein Männer-Unterhemd, sonst aber nichts. Langsam kehrte die Erinnerung an den gestrigen Abend zurück. Das Fest auf dem Biohof, der blond gelockte Alessio und der Joint, den sie zusammen geraucht hatten. Die Geräusche kamen wohl von den Ziegen und den anderen Tieren. Sie zog sich an, ging einen langen Flur entlang, öffnete ein paar Türen zu ähnlichen Zimmern und fand schließlich das Bad.

Als sie nach unten kam, war niemand mehr in der Küche. Sie fand ein Glas Instantkaffee und schaltete den Wasserkocher ein. Aus einer Schale, die auf dem Tisch stand, nahm sie einen Pfirsich und biss hinein. Er schmeckte sehr gut, bestimmt stammte er aus eigener Ernte.

Sie hatte Simona, Flavia und Roddy gestern allein zurückfahren lassen. Die drei würden sich ihren Teil denken, aber was soll's? Schließlich war sie erwachsen und niemandem Rechenschaft schuldig. Sie machte sich auf die Suche nach Alessio. Auf dem Hof herrschte bereits eine ameisenhafte Betriebsamkeit. Die verschiedensten Tiere mussten versorgt werden, es wurden Essens- und Getränkestände abgebaut, leere Flaschen und Gläser eingesammelt, Klappstühle weggeräumt. Keiner der Bewohner nahm sonderlich viel Notiz von ihr. Die ihr begegneten, nickten nur freundlich oder hoben grüßend die Hand. Eine Frau mit Rastalocken drückte ihr ein leeres Bierfass aus Aluminium in die Arme. »Kannst du das mal zum Schuppen bringen?«

»Klar«, sagte Carla und erledigte den Auftrag.

Am Hühnergehege sah sie einer jungen Frau zu, die die Nester nach Eiern absuchte. »*Buongiorno*«, grüßte Carla, als die andere sie bemerkte.

»Hey. Ich bin Sara.«

»Carla«, sagte Carla. »Du hast gestern Abend gegrillten Ziegenkäse verkauft. Ich esse sonst nie Käse, aber der war echt toll.«

»Danke. Und du bist die Freundin von Alessio?«

»Das würde ich zum jetzigen Zeitpunkt noch nicht behaupten«, wehrte Carla ab und fragte: »Wohnst du auf dem Hof?«

»Ja, ich studiere ökologischen Landbau und mache hier ein Praktikum« meinte Sara.

»Hast du Alessio gesehen?«

»Versuch's mal da hinten.« Sie deutete in eine Richtung. »Dem Weg nach, dann rechts. Er ist sicher bei seinen Lieblingen.«

Was immer das für Geschöpfe sein mögen, dachte Carla und folgte Saras Wegbeschreibung. Sie fand ihn am Rand eines großen Feldes, auf dem mannshohe, grünblättrige Pflanzen wuchsen, und auch wenn Carla wenig Ahnung von Botanik hatte, kamen sie ihr doch ziemlich bekannt vor.

»Ich sehe wohl nicht recht! Das ist nicht dein Ernst, oder? Sag mir, dass das keine riesige Grasplantage ist! Habt ihr keine Angst, dass die Polizei euch erwischt?«

»Wenn du uns nicht verrätst«, grinste er. »Es ist alles angemeldet. Das sind Hanfpflanzen, ja, aber nicht zur Gewinnung von Marihuana. Komisch, die Leute denken immer zuerst daran.«

»Ja, nun!«, meinte Carla. »Was haben wir denn gestern geraucht?«

»Das war eine kleine Sonderzüchtung.« Er kam auf sie zu und drückte ihr einen Kuss auf den Mund. Es gefiel ihr, dass es zwischen ihnen keinerlei Verlegenheit gab. Hat man ja auch nicht immer, am Morgen danach.

»Hast du eine Ahnung, was man alles aus Hanf machen kann?«, fragte Alessio und musterte sie mit strahlendem Blick.

»Öl«, antworte Carla wie eine Schülerin bei der mündlichen Prüfung. »Und ich habe diese CBD-Kapseln, die sollen angeblich entspannen...«

»Ja, und Stoff und Papier und Seile und Isoliermaterial für Gebäude«, zählte er begeistert auf. Er vollführte eine die Gegend umspannende Armbewegung und rief: »Es ist der schiere Irrsinn! Sie bauen in den Marken Mais an und Sonnenblumen, alles, was jede Menge Dünger und Spritzmittel braucht und die Böden auslaugt. Wohingegen Hanf gar nichts braucht, nur Sonne und ein bisschen Wasser. Die Pflanze ist ein wahres Gottesgeschenk, man kann alle ihre Bestandteile verwerten.«

»Warum tut man das dann nicht?«

»Weil die Welt verrückt ist und die EU lieber die Zerstörung des Planeten subventioniert.«

»Was macht ihr denn mit den Hanfpflanzen?«, wollte Carla wissen.

»Stoff«, erklärt er. »Früher machte man viele Textilien aus Hanffasern, aber die Technik ist leider in Vergessenheit geraten. Hast du eine Ahnung, wie viel Ressourcen ein simples T-Shirt aus Baumwolle verschlingt, wie sehr die Herstellung und der Transport die Umwelt belastet, ganz zu schweigen von den ausbeuterischen Produktionsbedingungen?«

»Zufällig ja«, antwortete Carla amüsiert, denn er wusste offenbar noch immer nicht, wer sie war. Würde er sich von ihr abwenden, wenn er es erfuhr?

»Wir wollen Kleidung aus Hanf herstellen. Nichts kommt aus China oder sonst woher, kein Faden, kein einziger Knopf, und die Arbeit wird bei uns im Land erledigt, alles *made in Italy*.«

»Ist das schon konkret oder nur eine Utopie?«

Er ging auf eine der Pflanzen zu, riss ein paar Blätter ab und hielt sie ihr unter die Nase. »Sieht das aus wie eine Utopie? Es ist bereits angelaufen. Andere Produzenten und wir bauen den Hanf an. Es gibt einen Typen in Fano, der hat alte Spinnmaschinen aus einem Museum wieder in Gang gesetzt. Damit wird der Hanf gesponnen. Dann lassen wir daraus Stoffe weben, eine Weberei haben wir auch schon aufgetan. Ich kann dir unseren ersten Stoff zeigen, den Prototypen sozusagen. Und genäht wird auch in Italien. Alles bleibt im Land.«

Carla ließ sich die Blätter durch die Finger gleiten. »Wer macht die Entwürfe?«

»Ein Designerteam. Es sollen schicke Sachen werden, nicht zu brav und öko.«

»Wann kommt die erste Kollektion?«

»Im nächsten Jahr. Wenn wir Glück haben und die Bank uns Kredit gibt.«

»Cool. Kann ich noch einsteigen?«

»Wie meinst du das?«

»Finanziell zum Beispiel.«

»Soll das ein Witz sein?«, fragte er skeptisch.

»Wieso glaubst du, dass das ein Witz sein soll? Was spräche dagegen, mein Geld in ein gutes Projekt zu investieren? *Greenwashing* sozusagen, nachdem ich jahrelang Teil einer Industrie war, die die Menschen und den Planeten ausgebeutet hat.« Sie musste plötzlich kichern. Wahrscheinlich hielt er sie für komplett übergeschnappt, und das konnte sie ihm nicht einmal verübeln. »Fährst du mich nach Hause?«, fragte sie.

»Ja, ja, klar«, versicherte er eilig und offenbar froh, die Durchgeknallte loszuwerden. »Oder warte… Ich sollte eigentlich beim Aufräumen helfen. Kannst du ein Moped fahren?«

»Natürlich.«

Sie gingen zurück, er holte das Moped und einen Helm aus dem Schuppen. »Fahr vorsichtig damit.«

»Ich komme wieder«, verkündete sie und startete den Motor.

»Das will ich hoffen. Es ist ein altes Moped, aber ich hänge dran.«

»Ich komme wieder«, sagte Carla, »und dann will ich euren Geschäftsplan sehen. Alles sauber aufgelistet, vom Einkauf des Saatguts bis zum Vertriebsweg. Tu einfach so, als wäre ich die Tussi von der Bank.«

»Echt jetzt?«

»Es war mir noch nie so ernst.«

* * *

Gut gelaunt stieg Carla vom Moped und streichelte Asso, der ihr entgegenkam und sie freudig begrüßte.

Sie schaute zuerst nach den Hühnern und holte zwei Eier aus den Nestern. Ob sie mal versuchen sollte, das Rührei so gut hinzukriegen wie Maria?

Adriano saß in der Küche und las den New Yorker, der immer mit beträchtlicher Verspätung in Belmonte eintraf, als Carla zur Tür hereinschaute.

»Hallo, Carla.«

»Hallo, Adriano.«

Sie maßen einander vorsichtig mit Blicken. Wie Carla ihn einschätzte, war er nachtragend und bestimmt immer noch sauer.

»Wo warst du?«, fragte er.

»Auf einem Fest. Mit Simona und Roddy. Hat er nichts erzählt? Wo ist er überhaupt?«

»Oben. Er schreibt, endlich!« Er formte die Hände wie zu einem Dankgebet.

Sie schlug Eier in eine Schüssel. »Auch ein Rührei?«

»Ja danke. – War's schön, das Fest?«

Sie nickte, während sie mit dem Schneebesen heftig zu Gange war. Schließlich hörte sie auf zu rühren und platzte heraus: »Ich möchte mich entschuldigen für das, was ich über deine Frau gesagt habe. Das war anmaßend. Es tut mir leid.«

»Ich entschuldige mich ebenfalls. Was ich über deine Mutter gesagt habe, war auch nicht in Ordnung.«

»Sagen wir einfach, es war nicht unsere Sternstunde. In Zukunft halten wir uns aus dem Leben des anderen raus, okay?«

»Weil du gerade von Zukunft sprichst…«, begann er zögernd.

»Du willst mich rauswerfen?« Sie stellte die Pfanne unsanft auf das Herdgitter und stach ein großes Stück Butter ab.

»Nein. Ich werfe niemanden raus, und es hat auch nichts mit unserem Streit von gestern zu tun, aber du kannst schließlich nicht ewig hier wohnen.«

»Schon gut, ich bin eh bald weg. Ich weiß jetzt nämlich, was ich als Nächstes machen will.«

»Lass mich raten. Du wirst Schriftstellerin.«

»Falsch!« Sie gab die geschlagenen Eier in die Pfanne.

»Hast du es aufgegeben?«

»Den Roman meinst du? Nein, nur Geduld. Die Story wird dich umhauen.«

»Davon bin ich überzeugt.«

Sie überhörte die Ironie. »Ich werde in ein Start-up einsteigen, das Kleidung aus Hanf produziert. Der Rohstoff wächst gleich da drüben.« Sie zeigte in die Richtung, in der Montecarotto lag. »Dafür stelle ich mich notfalls sogar noch mal vor die Kamera.«

»Hanfklamotten. Ganz was Neues«, bemerkte er sarkastisch.

»Ich werde dafür sorgen, dass diese Kreationen Kult werden. Hanf, gewachsen in Italien, das Garn und der Stoff auf Maschinen gesponnen und gewebt, die hundert Jahre alt sind. Nachhaltiger geht es nicht. Diese Kleider werden eine *Geschichte* erzählen, und die Kunden werden sich damit besser fühlen als mit Billigzeug *made in China.*«

»Klingt interessant«, meinte Adriano, dieses Mal ohne Ironie. »Aber du solltest ...«

»Weißt du, das Geheimnis erfolgreicher Modemarken ist ja nicht, dass die Sachen so viel besser sind als andere, sondern es ist die Geschichte, die dahintersteckt, und die Emotionen, die diese Story auslöst.«

»Schon, aber ...«

»Schuhe von Prada oder Tod's verleihen dir Sicherheit und Selbstbewusstsein, weil du ...«

»Carla! Das Rührei!«

»Scheiße!« Sie zog die qualmende Pfanne vom Herd.

Nun, da es mit dem Ei nichts wurde, stand Adriano wieder auf. »Da liegt ein Zettel mit Marias Telefonnummer auf dem Tisch. Du sollst sie dringend anrufen.«

»Weshalb?«

»Hat sie nicht gesagt.«

Sie ging nach oben, schaltete ihr Handy ein und wählte die Festnetznummer. Wahrscheinlich wollte Maria ihr nur mitteilen, dass der Signore stinksauer war. Dann konnte sie der guten Seele gleich sagen, dass sich die Gemüter wieder beruhigt hatten.

»Santino?«

»Maria, hier ist Carla.«

»Carla! Ich muss dir etwas sagen!« Maria klang aufgeregt. »Ich glaube, gestern war dein Vater hier!«

So schnell änderten sich die Dinge. Eben war sie noch voller Optimismus und Zuversicht gewesen, jetzt saß sie auf dem Bett und starrte den nach wie vor ungeöffneten Brief ihres Vaters an. Ihre Taktik, einfach alles von sich wegzuschieben, funktionierte nicht länger. Sie überwand ihren Widerwillen und öffnete das Kuvert.

Der Brief war kurz. Er würde sehr gerne persönlich mit ihr sprechen, er hoffe, sie würde ihm diese Bitte erfüllen. Er schrieb, er werde am Samstag am späten Nachmittag auf dem Gut sein, es sei denn, sie wollte das nicht oder nannte ihm bis dahin einen anderen Treffpunkt. Seine Handynummer hatte er auch angegeben.

Offenbar war er tatsächlich hier gewesen. War vermutlich noch immer in der Gegend und konnte wiederkommen. Dahinter steckte Paula, garantiert. Was glaubte sie eigentlich? Dass ein Nein von Carla nichts bedeutete, dass man sie einfach übergehen, ihr ein Ultimatum stellen konnte?

Ihr Rückzugsort war nun eine Falle. Simona hatte recht gehabt, der *palazzo verde* war das denkbar schlechteste Versteck, das sie wählen konnte. So oder so, sie war im Zugzwang. Wie es aussah, würde sie um ein Gespräch mit ihrem Vater nicht herumkommen. *Was bedeutet es schon?*, redete sie sich ein. Ein kurzes Treffen zu ihren Bedingungen, er konnte ihr sagen, was er zu sagen hatte, danach könnten sie wieder getrennte Wege gehen.

Es war so einfach. Diese paar Zahlen eintippen, und sie würde seine Stimme hören. Gleichzeitig wusste sie, dass sie zu keinem Telefongespräch bereit war. Sie könnte ihm eine Nachricht schicken. Mit unterdrückter Nummer. Quatsch! Wozu? Ihre Handynummer hatte er sicher längst von Paula. Verwunderlich, dass er sie noch nicht selbst angerufen oder kontaktiert hatte. Das hat er dann doch nicht gewagt.

Oder hatte er? Sie überprüfte ihr Handy, aber die Nummer, die in dem Brief stand, tauchte nicht auf. Nur zig Whatsapp-Nachrichten von Paula. Sie löschte sie alle und sperrte den Kontakt, damit ihre Schwester kapierte, dass sie den Bogen überspannt hatte.

Ihr Blick fiel auf Sofias Memoiren, die neben ihrem Laptop lagen. Was hätte ihre Urgroßmutter Sofia in so einer Lage getan? Taugte sie überhaupt zum Vorbild? Jedenfalls hätte sie nicht tagelang gezittert und gezaudert, sondern entschlossen gehandelt.

Also nahm Carla sich ein Beispiel, schöpfte Mut und schrieb eine SMS an ihren Vater, die nur aus einem Wort bestand: *Montag?*

* * *

Simona brauchte an diesem Morgen ein wenig Ruhe. Sie war hinauf zum Klostergarten gegangen und saß nun auf einem halbwegs ebenen Felsbrocken. Auf dem gestrigen Fest hatte sie lediglich mit einem Ziegenbock geflirtet, abgesehen von Roddy, dem langweilig gewesen war. Carla dagegen war im Bett eines attraktiven, blond gelockten Kerls gelandet. »Model müsste man sein«, seufzte sie.

Gerade beobachtete sie eine Eidechse im Gras und rauchte dabei eine Zigarette. Rauchen half ihr beim Nachdenken, zumindest redete sie sich das ein. Ihre Gefühlslage, was dieses Gartenprojekt anging, hatte sich nicht geändert. Allerdings gab es kaum noch ein Zurück, jedenfalls nicht, ohne ihren Vater und die ganze Sippschaft vor den Kopf zu stoßen. Jetzt hieß es Augen zu und durch.

»Es sieht nicht gut aus für dich und deine Kumpels hier«, sagte sie zu der Eidechse.

Sie zuckte zusammen, als eine Stimme rief: »Mit wem redest du?«

Oh, der Gutsherr höchstpersönlich!

»Mit einer Eidechse«, antwortete Simona.

»Tiere bieten einen wunderbaren Vorwand für Selbstgespräche«, meinte Adriano, während er durch das hohe Gras auf sie zustapfte und die Eidechse Reißaus nahm. »Ich bespreche auch ziemlich viel mit Asso.« Er setzte sich ihr gegenüber auf einen abgesägten Baumstumpf. »Störe ich dich?«

»Nein. Was machst du hier?«, fragte sie.

»Ich wollte zu dir. Deine Tante hat mir verraten, dass du hier bist. Gibst du mir auch eine?«

»Du rauchst?«

»Eigentlich nicht.«

Sie machte sich daran, ihm eine Zigarette zu drehen, und reichte sie ihm, zusammen mit dem Feuerzeug.

»Simona, ich wollte dich etwas fragen. Hättest du vielleicht Lust, ein paar Tage mit mir nach Rom zu fahren?«

»Nach Rom?« Um ihrer Verblüffung Herr zu werden und Zeit zu gewinnen, nahm sie einen tiefen Zug von der Zigarette. »Da war ich zuletzt mit der Abschlussklasse meines Gymnasiums.«

»Das ist ja schon ewig her.«

»So *ewig* auch wieder nicht! Was für ein Charmeur!«

»Nein, so meinte ich das nicht. Ich bin ein Trampeltier!«

»Wieso ausgerechnet Rom?«, fragte sie.

»Wieso nicht?«

»Sag schon.«

Er seufzte. »Eigentlich soll das eine Überraschung sein.«

»Für mich?«

»Ja, für wen denn sonst?«

»Weißt du, allein diese Frage ist für mich schon Überraschung genug. Ich meine – erst lässt du tagelang nichts hören, und jetzt das ...«

»Tut mir leid. Ich neige dazu, mich abzusondern, um dann mit der Tür ins Haus zu fallen.«

»Das kann man wohl sagen.« Simona drückte ihre Zigarette sorgfältig aus. Im ersten Moment hatte sie sich gefreut, aber schon wenige Augenblicke später begann sie dem Glück zu misstrauen und sich zu fragen, wo der Haken war. War sie am Ende nur die Lückenbüßerin, die zweite Wahl? Hatte er die Reise ursprünglich mit Carla machen wollen, ehe die beiden sich gestritten hatten? Als das Schweigen unangenehm zu werden begann, sagte sie mit übertriebener Förmlichkeit: »Wie lange wolltest du dich in Rom aufhalten, und wo wirst du residieren?«

»Ich habe keinen Zeitplan, und *ich* werde gar nirgends residieren, wenn, dann residieren nur *wir*«, antwortete er.

Simona lauschte dem Echo des Wir nach. Es hörte sich gut an, und ja, auf einer Reise war man ein Wir, ein Paar, nach außen sowieso, aber auch sonst. Man musste sich mit dem anderen auseinandersetzen, musste Kompromisse schließen, und je nachdem, wo man sich herumtrieb, kam man nicht so einfach vom anderen weg. Zusammen verreisen war wie Zusammenziehen auf Zeit, und einige Male in Simonas Leben hatten gemeinsame Reisen auch schon zu einer Trennung geführt.

»Was ist das für eine Überraschung?«, fragte sie.

»Es hat etwas mit dem Garten zu tun. Mit deinem Auftrag.«

»Das klingt tatsächlich spannend«, meinte Simona, die es vor Neugier kaum aushielt. Anscheinend wollte er tatsächlich mit ihr verreisen, mit niemandem sonst. War das zu glauben?

»Was ist es, sag's mir!«

»Du musst schon mitkommen, sonst erfährst du es nie im Leben.«

»Das ist Erpressung!«

»Es ist eine Einladung«, korrigierte er. »Und eine Frage des Vertrauens. Es gibt da in den Albaner Bergen ein Hotel in einem alten Palazzo, der in einem traumhaft schönen Garten steht. Der würde dich vielleicht inspirieren, wer weiß? Sie hätten auch zufällig noch eine Suite mit zwei Schlafzimmern frei.«

»Zwei Schlafzimmer«, wiederholte Simona schmunzelnd.

»Ich mag inzwischen etwas verbauert sein, aber einen gewissen Restanstand besitze ich noch.« Er drückte seine Zigarette ebenso gründlich aus wie sie, denn der Boden war trocken und die Brandgefahr hoch.

Simona verspürte ein flaues Gefühl im Magen und gleichzeitig ein Kribbeln am ganzen Körper, während sie sich sagen hörte: »Wenn das so ist, dann nehme ich die Einladung gerne an.«

Er zog seine Augenbrauen nach oben. »Wirklich?«

Vermutlich hatte er mit einer so prompten Zusage nicht gerechnet. War sie mal wieder zu impulsiv, hätte sie ihn auf die Folter spannen und sich Bedenkzeit lassen sollen, wie es eine Italienerin garantiert getan hätte? War sie diejenige, die jetzt mit der Tür ins Haus fiel, die sich zu einfach hatte rumkriegen lassen? So oder so, jetzt war es zu spät. Außerdem hatte sie für derlei pubertäre Spielchen noch nie viel übrig gehabt.

»Ja, wirklich«, bekräftigte sie. »Wann geht es los?«

»Wie wäre es am Mittwoch? Also in drei Tagen.«

»Passt«, sagte Simona und versuchte, nicht gar so sehr zu strahlen.

»Ich freu mich.« Er sah jedoch gar nicht erfreut aus, sondern eher, als wollte er es nicht glauben oder hätte Angst vor der eigenen Courage bekommen. Was Simona gut nachfühlen konnte, ihr ging es ähnlich.

Er trat von einem Bein aufs andere, als hätte er noch etwas auf dem Herzen, wandte sich aber dann doch zum Gehen. »Ich melde mich.«

»Klar«, sagte sie. »Bis dann.«

»Salve, Simona!«

Kapitel 23

Böse Träume

Belmonte, Frühjahr 1920

Der Hausmusik-Abend im vorigen Herbst war ein voller Erfolg gewesen und im Grunde nichts anderes als eine ausgelassene Party. Alle fanden, dass man so etwas ruhig wiederholen könnte, und das taten sie auch, und zwar zur Zeit des *carnevale*. Es sollte ein Kostümfest werden, das Motto lautete: Märchenfiguren. Man rechnete damit, dass Sofia als Prinzessin auftreten würde, aber diese Rolle überließ sie Agata, die sich sehr geschmeichelt fühlte. Sofia selbst ließ sich von Signora Greco ein Zwergenkostüm nähen.

Bruna konnte ihr Entsetzen nicht verbergen. »Ein Zwerg? Sie sind so schön, Signorina Sofia, warum gehen Sie nicht wenigstens als Schneewittchen?«

»Weil ich schon einen Prinzen habe«, antwortete Sofia.

Am Nachmittag vor dem Fest winkte Sofia Agata in ihr Zimmer und überreichte ihr einen kleinen Flakon. »Dieses Parfum ist eines der wenigen Dinge, die ich aus Russland retten konnte. Es ist aus Frankreich, meine Mutter hat es von meinem Vater bekommen. Es ist das Parfum, das die Zarin benutzte. Man sagt ihm eine magische Wirkung nach. Damit soll Alix sogar Rasputin gezähmt haben.«

»Darf ich einen winzigen Tropfen davon haben?«, flehte Agata.

»Ich schenke es dir.«

»Nein! Das kann ich nicht annehmen, es ist von deiner Mutter!«

»Ihr seid jetzt meine Familie. Du wirst es in Ehren halten, das weiß ich. Nimm nur ganz wenig, ein Hauch genügt, mit Magie muss man vorsichtig sein.«

Agata umarmte sie und stürmte mit ihrem Schatz davon.

Das Parfum stammte noch von Madame Lewinsky, vermutlich war es die verschmähte Gabe eines ihrer Liebhaber, welche sie an die Mädchen aus der Dachwohnung weiterverschenkt hatte. Doch der Glaube versetzt bekanntlich Berge, so auch in diesem Fall. Es war geradezu erstaunlich, wie Agata sich verwandelte, kaum dass sie das Prinzessinnenkostüm und das Parfum trug. Sie wirkte selbstbewusst, so wie eine junge Frau, die sich schön fand und von innen heraus strahlte. Das blieb nicht ohne Folgen. Prinzessin Agata küsste an diesem Abend einen Frosch. Er hieß Cipriano di Bianchi und war zwar kein Prinz, aber der künftige Erbe eines Weingutes mit angeschlossenem Hotel. Es lag in der Nähe von Cupramontana, einer hoch gelegenen kleinen Stadt in den Hügeln, etwa eine knappe Autostunde südlich von Belmonte.

Es folgten Einladungen ins Kino, ins Theater und zu einem Tanzabend, bei denen Sofia und Donato als Anstandsbegleitung fungierten und ihre Pflichten sträflich vernachlässigten. Annabella und Domenico Prisco waren zufrieden, was Herkunft, Besitz und Zukunftsperspektiven des jungen Mannes angingen. Zwar war Cipriano kein ausgemachter Adonis und ein paar Zentimeter kleiner als Agata, aber er besaß ein angenehmes Wesen, bei dem immer wieder der Schalk durchblitzte. Welcher andere Mann würde sich als Frosch verkleiden, dachte Sofia, die ihren künftigen Schwager beim Anblick seines lustigen grünen Kostüms sofort ins Herz geschlossen hatte. Bald wurde gemunkelt, dass es noch vor der Hochzeit von Sofia und Donato zu einer Verlobung kommen würde. Sofia war zufrieden. So würde ihre junge Ehe wenigstens nicht durch eine missgünstige Schwägerin in Torschlusspanik belastet werden.

Anderes ließ sich nicht so einfach lösen. Bruna hatte recht behalten, denn Romina, das ältere Dienstmädchen, schien eine tiefe Abneigung – oder war es Misstrauen? – gegenüber der künftigen Herrin des Hauses zu hegen. Anweisungen von Sofia nahm sie nur höchst widerwillig entgegen. Dann verkniff sich ihr kleines, faltiges Gesicht, und ihr Blick schien zu sagen, dass sie Sofia durchschaute und nicht so rasch von ihr ablassen würde. Meist gehorchte sie ohnehin erst nach Rücksprache mit der Signora, sodass Sofia es so gut es ging vermied, etwas mit Romina zu tun zu haben. In ihrer missmutigen Respektlosigkeit erinnerte sie Sofia an die Bediensteten des Hauses Lobanow. Außerdem schnüffelte sie in ihren Sachen herum. Ob zum privaten Vergnügen oder im Auftrag der Signora ließ sich schwer sagen. Andererseits, was sollte sie finden? Es gab nichts, was Sofia verraten könnte. Bis auf das Notizbuch. Sofia hielt darin alles fest, jede Kleinigkeit, an die sie sich erinnerte, angefangen von ihrer Kindheit in Nizza, bis zum heutigen Tag. Sie schrieb die Memoiren auf Französisch, eine Sprache, die Romina nicht verstand, dessen hatte Sofia sich vergewissert. Lediglich Annabella Prisco hatte am *liceo* ein wenig Französisch gelernt, aber da sie die Sprache jahrzehntelang nicht praktiziert hatte, war nicht viel davon hängen geblieben. Dennoch besorgte Sofia sich ein abschließbares Holzkästchen für das Buch und bewahrte den Schlüssel in ihrem bewährten Versteck auf, dem Haarbürsten-Etui.

Die Aufzeichnungen bargen ein gewisses Risiko, das war Sofia durchaus bewusst. Andererseits verspürte sie einen unwiderstehlichen Drang, sie zu verfassen. Wenn sie spät am Abend in ihr Notizbuch schrieb, war sie wieder einmal sie selbst. Sie stellte sich vor, sie würde eines Tages ihr Gedächtnis verlieren und hätte nur noch dieses Buch. Also musste sie ehrlich sein, durfte nicht lügen, nichts weglassen, nichts beschönigen.

Irgendwo zwischen den Seiten lag auch der Brief der echten Sofia. Höchstwahrscheinlich würde man in einigen Jahren *Sofia Prisco, geborene Gräfin Lobanowa*, in ihren Grabstein meißeln, aber wenigstens ihre Kinder sollten eines Tages, und sei es nach ihrem Tod, erfahren, wer ihre Mutter wirklich gewesen war.

Es schmerzte sie schon genug, Donato zu täuschen. Sie hatte ernsthaft vorgehabt, es ihm während ihrer Rückreise aus New York zu sagen. So hätte er die Zeit der Überfahrt auf dem Schiff nutzen können, um zu einer Entscheidung zu gelangen, ob er sie immer noch heiraten wollte oder ob beide nach der Ankunft getrennte Wege gingen. Denn es war eine Sache gewesen, Tante Ada und Onkel Charles hinters Licht zu führen, doch eine ganz andere, seinen Ehemann ein Leben lang belügen zu müssen. Besonders da sie ihn zu diesem Zeitpunkt schon aufrichtig liebte.

Doch kaum waren sie auf dem Schiff, berichtete er ihr strahlend, dass er seine Braut seinen Eltern bereits als Gräfin avisiert hatte. Seine Eltern und bestimmt das ganze Dorf, so meinte er voller Stolz, fieberten sicherlich schon ihrer Ankunft entgegen.

Sofia befand sich in einer Zwickmühle. Wie hätte er im Fall ihres Geständnisses dagestanden? Er müsste sich entweder von ihr trennen, was ihm das Herz gebrochen hätte, oder seinen Eltern eine Lügnerin als Schwiegertochter präsentieren, was seinen Stolz gebrochen hätte. Im schlimmsten Fall hätte er, aus Liebe und Loyalität zusammen mit ihr seine Eltern getäuscht und dazu das ganze Dorf und irgendwann auch seine und ihre Kinder. Das wollte sie ihm auf gar keinen Fall antun. Belogen zu werden war sicher nicht schön, ständig lügen zu müssen aber noch viel schlimmer. Irgendwann hätte er sie dafür verachtet und womöglich sogar gehasst. Also entschloss Sofia sich, zu schweigen und die Bürde allein zu tragen.

Abgesehen von Donato, war Sofia am liebsten mit Bruna zusammen. Sie war sich sehr wohl bewusst, dass sie mit dem Mädchen gerade genauso verfuhr wie seinerzeit die richtige Sofia mit Juliette. Sie behandelte Bruna nicht wie ein Dienstmädchen, sondern wie ihre Gesellschaftsdame. Bruna besaß einen wachen Verstand und eine gesunde Neugierde, die sich nicht darin erschöpfte, in den Schränken ihrer Herrschaft herumzuschnüffeln. Sie schien zu erkennen, dass Sofia für sie eine Art Tor zur Welt darstellte.

Einmal ertappte Sofia Bruna, wie sie, anstatt die Bücher mit dem Wedel aus Straußenfedern abzustauben, angestrengt den Globus auf dem Schreibtisch in der Bibliothek studierte.

»Willst du verreisen, Bruna?«

»Ich habe St. Petersburg gefunden, Signorina Sofia!« Bruna zeigte es ihr. »Ist es schön dort?«

»Je nachdem, wie man es betrachtet«, meinte Sofia. »Es ist eine Stadt, die aus einem Guss gebaut wurde, einzig und allein, um bewundert zu werden. Erbaut wurde sie von Zar Peter, der dafür einen Sumpf trockenlegte. Die Arbeit verrichteten Leibeigene, Kriegsgefangene, Sträflinge, viele von ihnen starben an Kälte, Unterernährung und Krankheiten. Der Zar wohnte die meiste Zeit in seinem Winterpalais, das ist fast eine kleine Stadt für sich, nach dem Vorbild von Versailles. Immer wollen sie Frankreich imitieren und gar übertreffen, sei es in der Architektur, der Kunst, der Gartengestaltung oder der Revolution. Was man aber in erster Linie übertroffen hat, sind die Grenzen des guten Geschmacks. Im Zentrum der Stadt ist beinahe jedes Haus ein Palast, Mietskasernen gibt es nur am Rand. Der Adel lebte bis vor Kurzem noch in Saus und Braus von dem, was auf ihren Landgütern erwirtschaftet wurde, aber die meisten waren noch nie auf dem Land, und wenn doch, dann waren sie entsetzt, wie arm und primitiv ihr Volk ist. Doch sie verschlossen die Augen vor dem Elend und vergnügten sich bei ihren Bällen und in den Salons.«

Bruna schaute sie mit großen Augen an, und Sofia realisierte, dass sie das Mädchen erschreckt hatte. »Tut mir leid, Bruna, ich muss mich anhören wie eine Bolschewikin. Es liegt daran, dass ich so viel Zeit hatte, um darüber nachzudenken, warum alles so gekommen ist, wie es kam.«

Bruna nickte, sie wirkte immer noch verwirrt.

Um das Mädchen wieder zu beruhigen, schilderte Sofia die Parks, die goldenen Kuppeln der Kirchen, die breiten Straßen, die Militärparaden.

In Situationen wie dieser machte Sofia an sich selbst die Beobachtung, dass ihr neuerdings, wenn sie an St. Petersburg dachte, vieles in einem milderen Licht erschien. Es war, als hätte die Bluttat alles, was dort gut und schön war, zunächst begraben, und nun kam es langsam wieder unter Staub, Schutt und Blut hervor, um in neuem Glanz zu erstrahlen. Gerade dachte sie an das Esszimmer mit dem großen Tisch, bedeckt mit weißen Leinentüchern und Servietten, darauf die Kandelaber, das schwere Tafelsilber mit dem Familienwappen, das Service mit den goldenen Rändern, die kostbaren Samoware, der Blumenschmuck aus der Orangerie, und wie so oft schwankte sie zwischen der Verteufelung der Dekadenz dieses Lebens und einer klammheimlichen Sehnsucht danach.

»St. Petersburg muss die schönste Stadt der Welt sein!«, meinte Bruna sehnsüchtig.

»O nein«, widersprach Sofia. »Die schönste Stadt der Welt ist Venedig.«

»Dann ist es die zweitschönste.«

»Das ist Paris, und danach kommt Nizza, dann die italienischen Städte, Florenz, Rom…«

»Was ist mit New York?«

»New York ist nicht unbedingt schön, aber unglaublich interessant und sprühend vor Leben. Es gibt noch einige Städte auf der Welt, die sehenswert sind. Konstantinopel wahrscheinlich…« Sofia setzte den Globus in Bewegung und seufzte. Sie hoffte, sie würde noch einiges von der Welt sehen und sich auf dem Land nicht irgendwann zu Tode langweilen oder auf dumme Gedanken kommen, wie Madame Bovary.

Es wurde Februar, ehe Sofia sich zum ersten Mal mit ihrer künftigen Schwiegermutter anlegte. Annabella Prisco plante, das Hochzeitskleid für Sofia mindestens in Bologna, noch lieber gleich in Mailand anfertigen zu lassen. Sofia dagegen fand, man müsse gerade bei diesem besonderen Ereignis zu seinen Leuten stehen, was in diesem Fall Brunas Mutter war. Annabella schwebte vermutlich etwas Ähnliches vor wie das Kleid auf der Fotografie, die auf dem Kaminsims stand und sie und Domenico als Braut und Bräutigam zeigte. Darauf trug sie ein weißes Gespinst, das sie aussehen ließ wie die Drohne eines Bienenstocks. Sofia gab ihr zu verstehen, dass sie sich ein elegantes Hochzeitskleid ohne Rüschen und Reifrock wünschte. Den Stoff könne man ihretwegen aus Mailand besorgen, aber den Schnitt würde sie gerne mit Signora Greco besprechen und das Kleid von ihr nähen lassen.

»Meinetwegen, es ist deine Hochzeit. Wenn du aussehen willst wie ein x-beliebiges Bauernmädchen, bitte schön«, lenkte die Signora schließlich gekränkt ein.

Normalerweise wohnte ein verlobtes Paar bis zur Hochzeit in den jeweiligen Elternhäusern von Braut und Bräutigam, was in Sofias Fall nicht möglich war. Daher lebten die Brautleute zwar in einem Haus, jedoch in getrennten Schlafzimmern, wie es Sitte und Anstand verlangten. Sofia behielt Donatos altes Zimmer und er »die Besenkammer«, wie Donato das Gästezimmer, in gespielter Empörung über seine Unterbringung nannte. Zum Glück für die Verliebten war das Grundstück sehr weitschweifig, man konnte sich im eigenen Garten treffen, ohne gesehen zu werden, außerdem hatte niemand etwas gegen gemeinsame Ausfahrten mit dem Mercedes einzuwenden.

Es war Anfang März, der Brautkleid-Dissens war gerade ausgestanden, als Sofia mitten in der Nacht wach wurde. Sie wusste nicht, was sie geweckt hatte, aber sie hatte Durst. Der Krug auf dem Nachttisch war leer. Sie schlich über den Flur in Richtung des Badezimmers, als sie die Schreie hörte. Sie kamen aus Donatos Zimmer. Ohne zu überlegen, ging sie hinein. Er musste einen fürchterlichen Traum haben, er schlug um sich und stammelte unzusammenhängende, kaum verständliche Worte. Einmal klang es, als riefe er den Namen Fausto und *perdonatemi*, vergib mir. Sie schüttelte ihn so lange, bis er wach wurde und sie anstarrte, das blanke Entsetzen stand ihm ins Gesicht geschrieben.

»Donato! Du hast schlecht geträumt!«

Er ließ sich auf das Kissen zurücksinken. Schweiß stand ihm auf der Stirn. Sie gab ihm Wasser zu trinken, wusch ihm das Gesicht und den Rücken ab und nötigte ihn, einen frischen Schlafanzug anzuziehen. Danach legte sie sich zu ihm, weil er sie darum bat, und sie hielt ihn fest, wie damals ihren kleinen Bruder Emporio, wenn er schlecht geträumt hatte.

»Erzähl mir, was passiert ist«, flüsterte sie. »Vielleicht kannst du es dann loslassen.«

»Es wird mich nie wieder loslassen! Wozu soll ich dich damit belasten?«

Erst als sie schon glaubte, er sei eingeschlafen, begann er zu sprechen. Was er ihr flüsternd erzählte, war grausam, und doch hörte sie von diesen abscheulichen Dingen nicht zum ersten Mal. Ähnliches hatten die Veteranen in Paris von der Westfront berichtet, freilich in Abwandlungen und ohne den Schnee und das eisige Alpenklima als erschwerende Faktoren.

»Die Schmach von Caporetto wird immer ein Schandfleck in der Geschichte Italiens sein. In den Augen meines Vaters bin ich ein Feigling und Versager. Und jetzt geben sie uns nicht einmal die Gebiete in Dalmatien, die die Engländer und Franzosen uns versprochen haben. Die Leute sprechen schon vom verstümmelten Sieg.«

»Donato, du bist kein Versager, und was kümmert dich Dalmatien?«

Er seufzte und meinte, das könne sie nicht verstehen.

»Wer ist Fausto? Du hast seinen Namen gerufen.«

»Du musst dich verhört haben«, erwiderte er schroff.

Sofia strich ihm übers Haar. »Du bist kein Feigling, nur ein Mensch, der schreckliche Dinge erlebt hat. Du musst dir selbst verzeihen, dass du überlebt hast. Das musste ich auch. Es ist nicht leicht.«

Er umarmte sie. »Du bist so klug und schön. Dich habe ich auch nicht verdient!«

Sofia blieb bei ihm, bis seine Atemzüge regelmäßig wurden und er einschlief und sie auch. Im Morgengrauen, das dieser Nacht folgte, wurde ihr Sohn Basilio gezeugt, und später, als der kleine Basilio scheinbar ohne Grund die Nacht durchschrie oder als Kleinkind einen seiner Wutanfälle hatte, dachte seine Mutter: *Was soll auch aus einem Menschen werden, der das Ergebnis eines Albtraums ist?*

* * *

Bei den Priscos wurde anders gestritten als bei Bruna zu Hause, wo man sich anschrie, es auch mal Ohrfeigen hagelte oder jemand mit Sachen warf. Bei den Priscos gab es *Unstimmigkeiten*, und eine zugeknallte Tür galt schon als Ausbruch der Gewalt. Dennoch hatte Bruna sehr wohl mitbekommen, dass es zwischen Signorina Sofia und Signora Prisco wegen des Brautkleides gekracht hatte. Bruna rechnete es der Braut hoch an, dass diese das Kleid unbedingt von ihrer Mutter schneidern lassen wollte. Dabei war Bruna gar nicht sicher, ob man ihrer Mutter damit einen Gefallen tat, denn Stefania Greco konnte seither kaum noch ruhig schlafen, aus Angst, die Sache zu verderben.

Tagelang saßen sie und die Signorina über Schnittmusterbögen, bis sie sich auf ein Modell geeinigt hatten. Als der Stoff, florentinische Seide in einem Perlmuttton, eintraf, strichen Bruna und ihre Mutter vorsichtig und ehrfurchtsvoll darüber. Auf Anweisung von Annabella Prisco wurde in der kleinen Kammer hinter dem *salotto* ein Nähzimmer eingerichtet.

»Wahrscheinlich glaubt sie, bei uns ist es zu dreckig«, meinte die Schneiderin etwas pikiert. Allerdings war diese Befürchtung durchaus berechtigt, wie Bruna sich eingestand. Dieser Stoff im Eintopfdunst ihrer Küche oder zwischen Bergen von Schmutzwäsche – undenkbar! Wenn ihr Vater heimkam, nachdem er ein Hufeisen geschmiedet oder ein Pferd beschlagen hatte, wusch er sich nicht immer sofort die Hände. Was, wenn er die helle Seide mit seinen schmutzigen Pranken anfassen würde? Vor allen Dingen aber herrschte bei ihnen immer Unordnung, wofür in erster Linie Brunas jüngere Brüder verantwortlich waren.

Alles in allem fand auch Bruna, dass der empfindliche Stoff im Nähzimmer auf dem Gut besser aufgehoben war. Außerdem sollte dort nicht nur das Brautkleid entstehen, sondern auch das Kleid für Agata, die Trauzeugin, und der Anzug für ihren Verlobten Cipriano, den dieser dann gleich zu seiner eigenen Hochzeit im Herbst tragen sollte.

Mitten in dieser aufregenden Zeit erhielt Signorina Sofia einen Brief aus Amerika. Bruna brachte ihn ihr und beobachtete sie, während sie ihn las. Es war schwer, ihren Gesichtsausdruck zu deuten.

»Tante Ada und Onkel Charles werden nicht zur Hochzeit kommen können«, berichtete sie Bruna. »Tante Ada musste sich im Krankenhaus einer Operation unterziehen. Es geht ihr wohl schon besser, aber die Reise wäre zu anstrengend.«

»Wirklich schade«, sagte Bruna aus vollem Herzen, denn sie hätte diese Amerikaner so gerne gesehen. »Ich hoffe, Sie sind nicht allzu traurig, Signorina Sofia.«

»Ein bisschen schon«, gestand die Braut. »Aber es macht natürlich auch manches einfacher.« Sie senkte die Stimme. »Ich kann mir nicht vorstellen, dass sich Tante Ada und die Signora besonders gut verstehen würden. Sie sind einfach zu verschieden.«

»Was hat sie denn, Ihre Tante?«, fragte Bruna neugierig.

»Das stand da nicht. O Gott, warum hat Charles nicht mehr darüber geschrieben, ich mache mir Sorgen!«

Im April, einen Monat vor der Hochzeit, geschahen drei Dinge. Das Hochzeitskleid wurde fertig. Nur die Signora und Bruna bekamen es bei der Anprobe zu sehen. Es war eng geschnitten, mit einem geraden Dekolleté und einem blauen Taillenband mit einer kleinen Schleife. Der Rock hatte im unteren Drittel vier raffinierte Kellerfalten, die aufsprangen und ein zartes Spitzengeflecht hervorblitzen ließen, sobald die Trägerin sich bewegte.

Sofia war begeistert.

»Ein bisschen sehr schlicht, aber durchaus elegant«, urteilte die Signora süßsäuerlich, aber von ihr hatte auch niemand Begeisterung erwartet. Immerhin fügte sie hinzu: »Eine sehr gute Arbeit, Signora Greco, Sie haben sich selbst übertroffen.«

Brunas Mutter lächelte und wurde rot wie ein Schulmädchen.

»Was ist mit dem Schleier?«, fragte die Signora.

»Kein Schleier!«, sagte Sofia entschlossen und lächelte wie jemand, der ein Geheimnis hütet, während die Signora für einen Moment resigniert die Augen schloss und den Kopf schüttelte.

Das zweite Ereignis waren die beiden riesigen hölzernen Kisten, jede fast so groß wie ein Sarg, die einen Monat vor der Hochzeit angeliefert wurden, mit einem Lastwagen, der es nur mit Ach und Krach den Berg hinauf schaffte. Sie kamen direkt aus Amerika, und nun standen sie in der Halle wie Monumente aus einer anderen Welt. Alle wollten dabei sein, als man sie öffnete, sogar Romina lungerte im Hintergrund herum. Sie enthielten eine Art Aussteuer: ein Silberbesteck, silberne Leuchter, ein zwölfteiliges Tafelservice aus Wedgwood-Porzellan mit Blumenmuster, Tischwäsche und Bettlaken vom Feinsten, mehrere Ballen geblümter Stoffe für Gardinen oder Polster.

»Deine Tante scheint ein Faible für Florales zu besitzen«, stellte die Signora fest.

»Das stimmt allerdings«, bestätigte Sofia.

»Und sie glaubt wohl, wir essen mit Händen direkt von der Tischplatte«, setzte die Signora nach.

Es entstand ein betretenes Schweigen.

Der Signore funkelte seine Frau böse an, Donato drückte seiner Braut, welche angestrengt die Zähne zusammenbiss, die Hand und sagte: »Ich finde die Sachen sehr schön.«

»Ich auch«, sprang Signorina Agata dem jungen Paar bei. »Schade, dass die zwei nicht hier sein können.«

»Ada und Charles wollten immer Kinder, und wahrscheinlich hat es ihnen eine große Freude gemacht, mir diese Aussteuer zusammenzustellen, und auch ich freue mich sehr darüber«, stellte Signorina Sofia mit fester Stimme klar, und alle wussten, an wen diese Worte gerichtet waren.

»Es ist wirklich sehr nett von deinen Verwandten, Sofia«, sagte nun auch der Signore.

Die Signora sah wohl ein, dass sie zu weit gegangen war, und schwieg.

Übrig blieb eine hohe, schmale Holzkiste, bei der auf jeder Seite in großen Buchstaben *HANDLE WITH CARE* aufgedruckt war.

»Das heißt, dass man vorsichtig sein muss, vermutlich ist etwas Zerbrechliches darin«, erklärte die Signorina und schickte Bruna los, Werkzeug holen. Donato zog die Nägel heraus und hob vorsichtig den Deckel hoch. Wie schon beim

Porzellan, kam jede Menge Holzwolle zum Vorschein, was Bruna begeisterte, denn mit diesen Mengen ließ sich wochenlang der Küchenherd anheizen, und sie musste keine Spreißel hacken. In einem Nest aus Holzwolle und Packpapier kam eine Art goldenes Ei zum Vorschein. Es war bestimmt über einen halben Meter hoch, und alle starrten es zunächst sprachlos an, bis die Adressatin der Geschenke etwas verlegen erklärte: »Das ist ein Samowar. Damit kann man Wasser heiß machen, für Tee. Die Russen trinken den lieben langen Tag Tee. Der hilft gegen die Kälte.«

»Mein Gott, das Ding sieht aus, als hätte man es aus einer Kirche gestohlen!«, kicherte Signorina Agata.

Donato musste lachen, und auch seine Braut wirkte weniger verkrampft als noch gerade eben.

Bruna verstand nicht ganz, was an dem Geschenk so lustig war. Signorina Agata hingegen strich prüfend über die Oberfläche, in die ein fein ziseliertes Muster eingraviert war. »Ist das Gold?«, fragte sie.

»Nein, das ist Messing mit einer Goldauflage«, antwortete der Signore, auch er schien sichtlich amüsiert.

Sofia meinte, man müsse die gute Absicht honorieren, und räumte ein, dass es nach ihrem Geschmack ein versilberter Samowar auch getan hätte. Sie wirkte ebenfalls nicht ganz so glücklich über dieses Geschenk. »Wir müssen ihn nicht aufstellen«, murmelte sie.

»Unsinn, nun ist er schon hier, jetzt wird er zumindest ausprobiert. Romina, Bruna, schafft das Monstrum in den Salon«, befahl die Signora.

»Ruft mich dann zum Tee«, witzelte der Signore und ging wieder seiner Wege, gefolgt von Donato.

Der Samowar blieb im Salon stehen und wurde sogar ab und zu benutzt.

Das dritte Ereignis war die Taufe der Signorina Sofia. Der Pfarrer wollte das Ritual am Ende der Messe am Ostersonntag durchführen, aber der Vorschlag fand keinen Anklang. Bruna hatte den Eindruck, dass die Familie die Taufe am liebsten rasch und unauffällig hinter sich bringen wollte. Schließlich wurde das Sakrament am Freitag vor dem Osterwochenende ohne vorherige Ankündigung im Anschluss an die Morgenandacht zelebriert.

Es war eine recht kurze Prozedur ohne viel Publikum, denn die Morgenandacht war nie besonders gut besucht, und so wurden lediglich ein halbes Dutzend alter Witwen Zeuginnen von Sofias Bekenntnis zum katholischen Glauben und zur römisch-katholischen Kirche.

»Jetzt, wo Sie auch eine Christin sind, Signorina Sofia, kann ich Sie mal mitnehmen zu den Nonnen«, sagte Bruna treuherzig, als sie wieder zu Hause waren und die Signorina ein Frühstück zu sich genommen hatte.

Diese schmunzelte und erklärte: »Die russisch-orthodoxe Kirche ist ebenfalls eine christliche, Bruna. Nur haben sie statt eines Papstes einen Patriarchen.«

»Ach, so. Verzeihen Sie, Signorina Sofia.«

»Außerdem wüsste ich nicht, was ich bei den Nonnen sollte.«

»Die haben einen wunderschönen Garten mit Blumen und Kräutern. Man holt sich bei ihnen Medizin, wenn man krank ist.«

»Interessant«, kam es wenig begeistert. »Gut, meinetwegen gehen wir zu den Nonnen.«

»Was, jetzt gleich?«, fragte Bruna.

»Warum nicht? Oder gibt es spezielle Besuchszeiten?«

»Nein, aber wir bräuchten schon einen Grund.«

»Reicht ein Nachbarschaftsbesuch nicht aus?«

»Ich weiß nicht«, meinte Bruna verunsichert.

»Warum warst du bisher dort?«

Bruna wurde augenblicklich rot. »Weil... also...«

»Entschuldige! Das war eine unangemessene Frage, das geht mich nichts an.«

»Es war wegen Signor Donato«, brach es aus Bruna heraus. »Wegen der Melancholie. Als er zurückkam vom Krieg, bevor er nach Amerika gefahren ist, da war es ganz schlimm mit seinen schlechten Träumen, und manchmal lief er stundenlang draußen herum und hat immer nur mit dem Hund gespielt. Schwester Serafina hat mir für ihn einen Tee mitgegeben.«

Auf einmal hatte Bruna die volle Aufmerksamkeit von Donatos Verlobter. »Hat er geholfen?«

»Ja, ein bisschen schon.«

Sie gingen den kurzen Weg zum Koster hinab, läuteten am Tor und wurden eingelassen. Bruna fragte nach Schwester Serafina. Sie erhielt die Antwort, dass die Nonne zurzeit verreist sei, zu einem befreundeten Kloster in Südfrankreich, um sich in Sachen Heilbehandlungen weiterzubilden. Worum es denn gehe?

Sofia stellte sich vor und sagte: »Schwester Serafina hat einen Tee für meinen Verlobten zusammengestellt. Gegen Depressionen und Albträume.«

»Wartet hier!« Die Nonne rauschte in ihren Gewändern davon.

»Sind die immer so schroff?«, flüsterte die Signorina. Bruna nickte.

Die beiden spazierten durch den Garten, in dem es summte und blühte. Sie trafen eine junge Nonne, die sie höflich begrüßte. Ihr Italienisch klang etwas seltsam in Brunas Ohren. Signorina Sofia sprach sie prompt darauf an. »Kommen Sie aus Frankreich?«

Die Nonne versuchte auf Italienisch zu antworten, aber dann kapitulierte sie und ließ einen französischen Wortschwall auf sie beide los, von dem Bruna rein gar nichts verstand. Die zwei Frauen unterhielten sich lebhaft, bis die andere Nonne zurückkam und ihnen die Kräuter für den Tee brachte. Wieder wollten sie kein Geld dafür. »Es kommt aus Gottes Apotheke«, sagte sie, »Gott stellt uns keine Rechnung aus.«

Die Signorina versprach dennoch, demnächst eine kleine Spende vorbeizubringen, und die Nonne lächelte und verabschiedete die Besucherinnen eine Spur freundlicher.

»Was hat die französische Nonne gesagt?«, wollte Bruna wissen, kaum dass sich das Tor hinter ihnen geschlossen hatte.

»Schwester Larissa ist für eine Weile hier, im Austausch für Schwester Serafina. Sie hat gesagt, ich darf wiederkommen, dann will sie mir die Bibliothek zeigen.«

»Sehen Sie, Signorina Sofia«, trumpfte Bruna auf. »Wie gut, dass wir da waren. Sie beklagen sich doch immer, dass man in Belmonte so schlecht an Bücher kommt.«

Mitte Mai führte Domenico Prisco Gräfin Sofia Lobanowa zum Altar der Kirche von Belmonte, um sie mit seinem Sohn Donato zu vermählen. Die Kirche war zum Bersten voll mit Menschen, deren Neugierde das Ausmaß ihrer Frömmigkeit bei Weitem überstieg. Die Hochzeit war *das* Ereignis in Belmonte, und natürlich erregte die Braut eine Menge Aufsehen. Nicht nur wegen des außergewöhnlichen Kleides. Jetzt wurde klar, warum sie keinen Schleier wollte. Sie trug ein brillantbesetztes Diadem im Haar, das nur so funkelte. Es war atemberaubend, so etwas hatte noch niemand aus der Nähe gesehen. Die alten Frauen lästerten über den fulminanten Auftritt, so wie über alles Neue und Ungewohnte, aber die jungen Frauen waren hingerissen. Die Verheirateten unter ihnen bedauerten, dass sie nicht noch einmal heiraten konnten, in genau so einem Kleid. Ein Diadem war natürlich für alle vollkommen außerhalb jeglicher Realität.

Für Bruna bot der Hochzeitstag eine kleine Überraschung. Ihre Mutter hatte ihr, auf Sofias Geheiß, ein neues Kleid für die Hochzeit genäht. Es war hellblau mit kleinen, eingestickten Blüten und hatte einen Rock, der ein gutes Stück über den Knöcheln endete. Und doch war es immer noch so geartet, dass sie damit beim Tanztee in der Umgebung nicht übermäßig auffallen würde. Nur beim zweiten Hinsehen, und wenn man sich ein bisschen auskannte, bemerkte man, dass der Stoff edler war als das, was sich ein Dienstmädchen normalerweise leisten konnte, und dadurch besser anlag, wo er anliegen sollte, und besser fiel, wenn sie sich drehte. Bruna war damit das stolzeste und glücklichste Mädchen in ganz Belmonte. Abgesehen von der Braut natürlich.

Kapitel 24

Falsches Essen

Belmonte, Gegenwart

Sich durchgerungen zu haben, ihren Vater zu treffen, war eine Erleichterung, wie Carla kurz nach dem Absenden ihrer SMS erstaunt feststellte. Er hatte nur Minuten danach geantwortet. Montag wäre gut. Er fragte, wo sie sich treffen sollten. Das Dorf fiel aus, dort würden sie angestarrt werden wie Monster, das Gut kam auch nicht infrage, sie wollte Adriano nicht mit ihrem Familiendrama behelligen. Er hatte ohnehin schon genug davon mitbekommen. Außerdem war unklar, welche Gefühle das alte Zuhause bei ihrem Vater auslösen würde, und auf einen sentimentalen Ausbruch konnte sie gut verzichten.

Schließlich schlug sie ihre alte Badestelle am Ortsausgang von Senigallia vor, den *wilden Strand*, wie sie ihn früher bezeichnet hatten. Er begann, wo die *bagni*, die Strandabschnitte, die die Liegestuhl- und Sonnenschirmverleiher gepachtet hatten, aufhörten und der Strand etwas wilder, man könnte auch sagen ungepflegter, war. Dieser Streifen wurde nur in unregelmäßigen Abständen gesäubert, wenn überhaupt, daher lag dort stets Treibgut herum, was sie und Paula als Kinder spannend fanden, während ihre Mutter ständig hinter ihnen her war, damit sie nur ja keinen Unrat aufsammelten oder sich an einer Flaschenscherbe verletzten. Irgendwann ging es Paula nach so einem Strandaufenthalt am Abend ziemlich schlecht, sie musste sich sogar übergeben. Wahrscheinlich hatte sie nur einen Sonnenstich, aber ihre Mutter machte die unhygienischen Verhältnisse am *wilden Strand* dafür verantwortlich. Von da an gingen sie nur noch in die *bagni*, wo der Sand täglich mit dem Rechen bearbeitet wurde, als würde man einem Hund die Flöhe auskämmen. Carla hatte den wilden Strand danach immer vermisst. Sie schrieb ihrem Vater, dass sie ihn am Montag gegen fünf Uhr dort treffen wolle, und setzte hinzu: *Ohne Paula.* Sie war noch immer sauer auf ihre Schwester, außerdem wollte sie ihren Vater lieber allein treffen.

Den Rest des Tages tigerte sie nervös herum. Es fiel nicht nur Maria auf, sogar Roddy meinte, sie erinnere an ein legekrankes Huhn und mache ihn verrückt, jetzt, da er gerade einen neuen Stoff entwickeln müsse.

Schließlich besuchte sie Simona. Die war bester Laune, wollte aber nicht damit herausrücken, warum. Vielleicht hat sie auf dem Fest ebenfalls jemanden kennengelernt, überlegte Carla. Sie erzählte ihr von ihrem Entschluss.

»Das ist das Richtige, glaub mir«, versicherte Simona. »Egal, wie euer Treffen verläuft, du wirst dich hinterher besser fühlen.«

»Danke!« Carla umarmte sie spontan.

»Wofür?«, fragte Simona.

»Ich fühle mich jetzt schon besser.«

»Gern geschehen«, grinste Simona.

* * *

Am Montagnachmittag fuhr Carla schon um vier Uhr mit Alessios Moped nach Senigallia und nach dem Ortsende noch ein Stück den *lungomare* entlang. Sie wollte vorher noch ein wenig am Strang entlanggehen, sich Bewegung verschaffen, um ihre Nervosität in den Griff zu bekommen. Während der Fahrt stellte sie zu ihrer Zufriedenheit fest, dass sie wirklich nur nervös war. Diese lähmende, alles verschlingende Angst war fort. Es war tatsächlich so, als hätte bereits ihr Entschluss, ihrem Vater entgegenzutreten, ausgereicht, um sie verschwinden zu lassen.

Ehe sie das Moped abstellte, patrouillierte sie zweimal die Küstenstraße am wilden Strand entlang und schaute sich die geparkten Fahrzeuge an. Paulas Mini Cooper war nicht darunter. Als sie sicher war, dass ihre Schwester nirgendwo lauerte, parkte sie, nahm den Helm ab, rückte ihre Sonnenbrille zurecht und ging über den Strand. Es war nicht viel los, ein paar Jugendliche rauchten Gras, Touristen sonnten sich auf Strandmatten, eine Frau warf ihrem Hund einen Ring ins Wasser. Tief atmete sie den vertrauten, lange vermissten Geruch des Meeres ein.

Sie sah ihn schon von Weitem. Er saß auf einem angeschwemmten Stück Baumstamm und betrachtete die kleinen Wellen, die heute nur sanft anbrandeten, denn es war ein windstiller, sonniger Tag.

Sie war noch etwa zwanzig Meter entfernt, als er sich umwandte. Erschrocken verlangsamte sie ihre Schritte. Er war ein alter Mann. Wieso schockierte sie das so? Sie wusste doch, wie alt er war. Im Mai war er siebzig geworden. Er hatte erst mit Ende dreißig geheiratet, ihre Mutter war neun Jahre jünger als er. Als Carla ihren Vater zum letzten Mal sah, war er fünfzig und in ihrer Vorstellung dieser attraktive und gut erhaltene Fünfzigjährige geblieben. Zwanzig gelebte Jahre, davon acht im Gefängnis, und eine schwere Krankheit konnten einem Menschen ganz schön zusetzen. Er war dürr und hohlwangig, aber das Schlimmste war, dass er fast keine Haare mehr hatte.

»Salve, *papà*«, sagte Carla, als sie vor ihm stand.

»Carla! Wie schön, dich zu sehen.« Er war aufgestanden und machte Anstalten, sie zu umarmen, aber sie hielt ihn mit einer Handbewegung auf Abstand.

»Es ließ sich ja wohl nicht vermeiden.«

»Der wilde Strand.« Er lächelte. »Das war eine schöne Idee, sich hier zu treffen. Gehen wir ein Stück?«

Sie nickte.

»Es war nicht nötig, dass du dich versteckst. Ich hätte dich nicht besucht ohne dein Einverständnis, auch nicht in Mailand.«

»Ist ja nun egal«, murmelte sie beschämt, denn gerade erkannte sie, wie kindisch ihr Verhalten gewesen war.

»Also, was willst du?«

»Ich wollte dich einfach sehen.«

»Gut, hier bin ich. War's das?«

»Ich habe Lungenkrebs«, sagte er. »Ich bin in Behandlung, Chemotherapie.« Er tippte an seinen kahlen Kopf. »Vielleicht nützt es ja etwas, wenn ich schon meine Schönheit opfere. Aber man weiß nie, deshalb wollte ich dich gerne sehen.«

»Das mit deiner Krankheit tut mir sehr leid«, sagte Carla eine Spur freundlicher und setzte hinzu: »Wirklich.«

»Danke, dass du gekommen bist. Es tut gut, dich zu sehen.«

Sie lächelte verkrampft.

Eine Weile lang schauten sie dem Hund zu, der unermüdlich den Ring aus dem Wasser apportierte, bis er das Schweigen brach: »Was der Anwalt vor Gericht angegeben hat, stimmt nicht. Deine Mutter hatte keinen Liebhaber.«

»Das wusste ich schon immer«, erwiderte Carla. »Warum hast du sie dann getötet?« Sie zuckte selbst zurück vor dem Wort.

»Erinnerst du dich noch, dass ihr sehr oft krank wart, du und Paula?«

»Ja, öfter einmal, das stimmt.«

»Später, als ihr bei Anna und Bandino gelebt habt, hattet ihr da auch so oft Bauchschmerzen, oder war euch übel?«

»Worauf willst du hinaus?«

»Sagt dir der Begriff Münchhausen-Stellvertreter-Syndrom etwas?«

»Das sind Leute, die andere krank machen, um sie dann

umsorgen zu können und dafür Anerkennung zu bekommen.« Sie blieb stehen. »Du willst doch nicht etwa behaupten, dass unsere Mutter…?«

»Ich hatte schon länger einen Verdacht. Als wir noch auf dem Gut wohnten, waren es die Kräuter, die sie von den Nonnen bekam. Es sind gute Kräuter, wenn man sie richtig anwendet. Brechwurz wirkt, wie der Name schon sagt, und Heiligenkraut fördert die Verdauung, aber es kommt eben auf die Dosis an. Sie hat es übertrieben, absichtlich, damit sie am Krankenbett die aufopferungsvolle Mutter spielen konnte.«

»Du behauptest allen Ernstes, dass Mama eine Giftmischerin war?«

»Sie war krank, Carla, und sie hat euch ebenfalls krank gemacht. Sie hätte in psychiatrische Behandlung gehört, ich mache mir Vorwürfe, dass ich es viel zu spät gemerkt habe. Ich wollte es zuerst nicht wahrhaben und vielleicht auch nicht sehen. Kinder haben ab und zu Bauchschmerzen, sagte ich mir, Kinder essen mal etwas Falsches, Kinder haben oft Fieber… Aber ihr hattet das alles viel zu oft, und es gab nie eine handfeste Diagnose. Als wir in Mailand waren, wurde es etwas besser. Die Stadt bot ihr mehr Ablenkung, sie hat sogar davon gesprochen, wieder zu arbeiten. Du weißt, sie war Laborantin. Das kam noch erschwerend hinzu, dass sie sich auskannte. Oder vielleicht war es auch gut, weil sie euch dadurch wenigstens nicht in tödliche Gefahr gebracht hat.« Er musste nach Luft ringen.

Falsches Essen.

Carla war, als würde man ihr den Boden unter den Füßen wegziehen.

Er hustete, ehe er weitersprach. »Bei Paula hatte sie zuletzt wohl damit aufgehört, ich nehme an, deine Schwester wurde langsam misstrauisch oder hat sich geweigert, ihre Tees und Limonaden zu trinken. Als du wieder einmal im Krankenhaus warst, wegen Verdacht auf Blinddarmentzündung, die dann doch keine war, habe ich die Wohnung von oben bis unten durchsucht und fand im Schrank im Schlafzimmer die Medikamente und Kräuter aus der Apotheke. Ich habe Laura zur Rede gestellt, ich wollte, dass sie zu einem Psychiater geht, aber sie hat alles abgestritten, sie wurde sofort aggressiv, ging auf mich los und drohte mir. Falls ich versuchen sollte, ihr die Kinder wegzunehmen, würde sie die schlimmsten Lügen erzählen, was angeblich *ich* euch antun würde. Einer Frau, meinte sie, glaubt man in solchen Fällen immer. Sie war wie eine Furie, ich habe sie nicht wiedererkannt. Ich wollte das nicht, Carla, ich wollte euch nur vor ihr beschützen, aber in dem Moment wurde mir klar, dass sie alles, wirklich alles tun würde, um mich zu vernichten und euch weiterhin zu schaden mit ihrer krankhaften Mutterliebe. Wir hatten während dieses Streits im oberen Flur gestanden, vor dem Schlafzimmer, und als ich zuschlug, verlor sie das Gleichgewicht und fiel die Treppe hinab. Sie war sofort tot, und ich muss zugeben, im ersten Moment war ich beinahe erleichtert. Dann wurde mir klar, was ich Furchtbares getan hatte. Ich rief die Polizei, und den Rest kennst du.«

»Angenommen, das stimmt«, sagte Carla, »warum hast du deinen Anwalt diese Lüge von der betrügerischen Ehefrau erzählen lassen?«

»Weil er meinte, mit solchen Geschichten kämen Männer erfahrungsgemäß mit einer milderen Strafe davon.«

»Die italienische Machojustiz, ein echtes Aushängeschild für unser Land.«

»Wenn ich das mit dem Gift erwähnt hätte, hätte man dich und Paula vielleicht als Zeuginnen aufgerufen. Das wollte ich auf keinen Fall. Der Anwalt warnte mich außerdem, dass der Staatsanwalt dann womöglich auf Mord plädieren könnte. Außerdem wollte ich, dass ihr wenigstens eure Mutter in guter Erinnerung behaltet.«

»Wie nobel von dir!«

»Natürlich hatte ich kein Recht, ihr das anzutun, und ich bereue es jeden Tag, bitte glaub mir das. Aber ich habe ihr bis heute nicht verziehen, was sie euch angetan hat, egal, ob sie nun krank war oder nicht.«

»Warum erzählst du mir das alles jetzt?«

Er zuckte mit den Schultern. »Es ist die Wahrheit, und ich finde, ihr solltet sie kennen. Ich will keine Absolution, ich kenne meine Schuld, sie wird durch nichts kleiner, und du musst mir auch nicht verzeihen, was ich tat.«

»Dann sind wir uns in diesem Punkt wenigstens einig.«

»Paula hat mir von deinen gesundheitlichen Problemen erzählt. Ich bin kein Psychiater, aber ich könnte mir vorstellen, dass sie daher rühren. Wenn das Essen, das die eigene Mutter einem hinstellt, regelmäßig zu Magenkrämpfen und Übelkeit führt...«

»Dazu hatte Paula kein Recht!«

»Nimm es ihr nicht krumm. Sie hat manchmal diese bestimmende Art, aber sie meint es gut.«

»Ich bin mir nicht sicher, ob ich dir das alles glauben soll«, sagte Carla. »Immerhin hattest du ja im Gefängnis genug Zeit, dir Geschichten auszudenken.«

»Ach, Carla«, erwiderte er matt. »Ich habe nicht damit gerechnet, dass du mir sofort glaubst. Doch bestimmt werden dir einige Dinge im Nachhinein klar. Sprich mit Paula, sie war älter, sie weiß noch mehr. Ich hoffe, es hilft dir, wenn du endlich die Wahrheit über deine Mutter kennst. Nur deshalb wollte ich unbedingt mit dir reden. Nein, nicht nur deshalb«, ruderte er zurück. »Ich wollte auch gern mein kleines Mädchen wiedersehen.«

Ihr war noch immer, als hätte man ihr einen Schlag versetzt. Sie wusste beim besten Willen nicht, was sie jetzt tun oder sagen sollte, also schwieg sie.

»Auf Wiedersehen, Carla«, sagte er lächelnd. »Du hast meine Nummer. Wenn du reden willst, jederzeit.«

»Danke, ich brauche deine Hilfe nicht, ich komme prima zurecht.«

»Es war schön, dich zu sehen. Ich fahre morgen zurück nach Mailand, die nächste Therapie fängt an.«

»Gute Besserung«, sagte Carla steif und wandte sich um.

Sie konnte gar nicht schnell genug vom wilden Strand und von ihm wegkommen. Sie stieg auf das Moped, raste die Strandpromenade entlang, bog ab durch einen engen Tunnel, der unter den Bahngleisen hindurchführte, und folgte einer engen, kurvigen Straße den Berg hinauf. Es war ein Schleichweg durch Weinberge und mit grandioser Aussicht. Das Fahren beruhigte sie einigermaßen. Dennoch ließen sich die Gedanken nicht abstellen.

War er ein dreister Lügner, oder sagte er die Wahrheit?

Falsches Essen.

Es könnte doch aber auch ganz anders sein: Paula hatte ihm von ihren Problemen erzählt, und daraufhin hatte er sich dieses Märchen zusammengereimt.

Zwei Kurven weiter sagte ihre innere Stimme: Was ist, wenn er doch recht hat? Was fing sie dann mit dieser Wahrheit an? Abgesehen davon – ganz egal, was ihre Mutter getan hatte, Filippo Prisco hatte das schlimmste Verbrechen begangen, das man begehen konnte: einen Menschen zu töten. Wie könnte sie ihm verzeihen? Nein, sie durfte nicht zulassen, dass er die wenigen schönen Erinnerungen an ihre Mutter beschmutzte. Sie brauchte keine derartige Hilfe! Gerade war ihr Leben dabei, eine gute Wendung zu nehmen, nun kam er daher und zerstörte alles. Sie wünschte, sie hätte ihn nie getroffen, ihm nie zugehört…

Plötzlich zog sich ihr Magen zusammen, ein altbekanntes Gefühl, sie schaffte es gerade noch, anzuhalten und sich den Helm vom Kopf zu reißen, ehe sie sich über den Straßengraben beugte.

Eigentlich hatte sie das Moped zurückbringen und sich mit Alessio über das Hanfprojekt unterhalten wollen, doch dazu war sie nicht mehr in der Lage. Sie fuhr zum Gut hinauf, vorbei am alten Kloster. Der Garten. Der Garten mit den Kräutern, dem Brechwurz... Sie gab Gas, der Kies spritzte nur so unter den Reifen.

Sie betrat das Haus, so wie fast jeder, durch die Küche. Asso lag vor der Tür und blinzelt träge, drinnen roch es nach Pilzen.

»Ha! Hast du mich erschreckt.« Maria ließ den Kochlöffel los und legte eine Hand auf ihre Brust, wo sie das Herz vermutete. Dann musterte sie Carla mit zusammengekniffenen Augen. »Was ist los?«

»Nichts.«

»Du siehst aus wie der Tod!«

Carla ließ sich auf einen Stuhl sinken, stützte das Kinn auf die Hände und sagte: »Ich habe meinen Vater getroffen.«

Maria bekreuzigte sich, ehe sie wieder an den Herd eilte und das Steinpilzrisotto umrührte.

»Es war schrecklich«, brach es aus Carla heraus. »Er hat so schlimme Sachen über meine Mutter gesagt...«

Maria nahm den Topf vom Herd, zog sich einen Stuhl heran und griff nach ihrer Hand. »Willst du es mir erzählen?«

Carla wiederholte den Inhalt des Gesprächs und meinte dann: »Ich kann das alles nicht glauben.«

»Ich habe von solchen Frauen wie deiner Mutter gehört«, meinte Maria vorsichtig. »Sie können nichts dafür, es ist eine Krankheit. Deine Mutter hat euch bestimmt sehr geliebt. Wahrscheinlich ein bisschen zu sehr.«

»Ja, das hat sie wohl«, nickte Carla. »Mit einem hat er recht, ein Leben lang hat mich das Thema Essen verfolgt. Tante Anna machte sich ständig Sorgen, weil ich so wenig aß. Aber ich habe nicht gehungert, um dünn zu sein und Model zu werden, es war umgekehrt. Weil ich so dünn war, kam ich auf die

Idee, Model zu werden. Es war der ideale Beruf für mich. Endlich bin ich mit meinen Essgewohnheiten nicht mehr aufgefallen, weil alle Haute-Couture-Models mehr oder weniger essgestört sind, anders geht es ja gar nicht.«

»Das ist nicht gesund«, stellte Maria fest.

Carla lächelte Maria an, während sie ein paar Tränen wegblinzelte, und meinte: »Maria, du müsstest immer für mich kochen, bei dir vertrage ich fast alles.«

Dabei fiel ihr ein, dass Marias Küche nicht die einzige war, die ihr neuerdings bekam. Auf dem Biohof hatte sie ohne Probleme diverse Salate und sogar gegrillten Ziegenkäse gegessen. Dabei konnte sie Käse sonst nicht ausstehen, schon gar nicht warm.

Maria sprang auf. »Soll ich dir etwas machen? Das Risotto dauert noch, aber vielleicht etwas anderes?«

»Nein, jetzt gerade kann ich wirklich nichts essen, danke.« Carla stand auf, begleitet von einem schweren Seufzer von Maria, und ging hinauf in ihr Zimmer.

Sie googelte Münchhausen-Stellvertreter-Syndrom, und je mehr sie las, desto schlechter fühlte sie sich. Denn alles, was da beschrieben wurde, an Symptomen, an Fallbeispielen, an Verhaltensweisen, es traf nur zu gut auf ihre Mutter zu.

Sie überwand sich und rief Paula an. »Spar dir die Vorwürfe und den Rest«, sagte sie einleitend. »Ich will nur eines wissen: Ist es wahr?«

»Ja, es stimmt«, sagte Paula ohne Umschweife. »Es passt alles ins Bild.«

»Was denn zum Beispiel?«

»Die ständigen Arztwechsel, die unterschiedlichen Krankenhäuser und die immer wieder wechselnden Haushaltshilfen. Warum konnten wir nie eine länger als ein halbes Jahr behalten? Immer waren sie weg, wenn wir uns gerade an sie gewöhnt hatten. Als wäre Mama eifersüchtig gewesen auf sie. Vielleicht war sie das sogar. Oder sie haben etwas gemerkt.

Weißt du noch, das französische Au-pair-Mädchen, das gehen musste, weil sie Mama beklaut hatte? Später habe ich die angeblich fehlenden Ohrringe in ihrem Wäscheschrank entdeckt.«

Carla atmete schwer. »Warum konnte er uns das nicht früher sagen?«

»Hättest du denn zugehört?«, erwiderte Paula.

»Sein Schweigen hat es nur schlimmer gemacht.«

»Was wirst du jetzt tun?«, wollte Paula wissen.

»Nachdenken«, sagte Carla. »Ich melde mich wieder.«

»Danke, dass du mit ihm gesprochen hast.«

»Das heißt nicht, dass ich ihm verziehen hätte.«

»Er liebt uns wirklich, Carla. Er, nicht sie. Sie war nur krank.«

Paula legte auf.

Carla saß auf dem Bett und starrte den Schaukelstuhl an, sah im Geist ihre Mutter darin sitzen, mit dem Strickzeug, mit einem Buch. Ihre Fürsorge soll Theater gewesen sein, aufgeführt, um sich selbst und anderen zu gefallen? Kaum vorstellbar, und doch sickerte der Zweifel an Laura Priscos Mutterliebe nach und nach in Carlas Bewusstsein. Eine Mutter, die ihre Kinder misshandelt, um ihre Lieblingsrolle zu spielen. Man wusste nicht einmal, ob es neben der krankhaften auch echte Liebe gegeben hatte. Warum hatte sie sich ihrem Wahn nicht gestellt, ihn bekämpft? Warum hatte sie keine Hilfe gesucht, sondern immer weitergemacht, bis sie ihren Vater dazu gebracht hatte, handgreiflich zu werden – und anschließend ebenfalls zu lügen? Sie nahm ihrem Vater diese Lüge inzwischen so übel wie die Tat selbst.

Was habe ich nur für furchtbare Eltern?

Sie versuchte, sich abzulenken und sich ihrem Roman zu widmen, aber dann kam ihr der Gedanke, dass ihre Urgroßmutter ebenfalls eine Lügnerin war. In ihrer momentanen Verfassung sah Carla sich nicht in der Lage, sich fair mit Sofia auseinanderzusetzen, weder als ihre Ahnin noch als Romanfigur. Also legte sie sich hin und starrte an die Decke, bis sie völlig erschöpft einschlief.

* * *

Carla war schon wach, als der altersschwache Luigi zu krähen begann. Erleichtert, die Nacht ohne Albträume überstanden zu haben, zog sie sich an, goss den Garten und fütterte die Hühner. Der Morgen war angenehm kühl, der Garten lag in einem grünen Dämmerlicht. Nachher musste sie Alessio sein Moped wiederbringen und mit ihm über Geschäftliches reden. Diese Sache mit dem Hanf schien ihr eine sinnvolle, vielversprechende Investition zu sein. Doch Gefühle konnten täuschen, wie man gesehen hatte. Zahlen schon weniger.

Doch zuerst würde sie frühstücken. Ich werde mein Leben wieder in den Griff bekommen, dachte sie, während sie sich in der Küche eine Scheibe Brot abschnitt und es mit Erdnussbutter bestrich. Ich bin nicht wie meine Mutter, ich stehe zu meinen Problemen und suche mir professionelle Hilfe, einen guten Therapeuten. Jetzt, da ich die Ursache der ganzen Misere kenne, bringt das vielleicht endlich einmal etwas.

Die Tür ging auf, Adriano und sein Hund betraten die Küche.

»Guten Morgen, Carla!«, meinte er mit munterer Stimme und füllte die Espressokanne mit Wasser.

»Morgen«, murmelte Carla.

»Ich wollte dich um einen Gefallen bitten. Kannst du ab Mittwoch für ein paar Tage hier die Stellung halten und Asso versorgen? Wenn es nicht geht, bringe ich ihn zu Johanna.«

»Sicher, ich mache das, versprochen. Asso und ich werden prima klarkommen.« Sie tätschelte den riesigen Schädel, dessen Schnauze sich langsam ihrem Teller näherte. »Fährst du weg?«

»Ein paar Tage nach Rom«, murmelte er über das Zischen der Gasflamme hinweg. »Asso! Nase vom Tisch!«

»Rom! Kann ich mitkommen? Ich war schon ewig nicht mehr shoppen.«

»Ähm, weißt du…«

»Das war ein Witz! Du fährst nicht alleine, stimmt's?«

»Mit Simona.«

»Mit Simona«, wiederholte Carla gedehnt.

»Sie muss etwas recherchieren, wegen ihres Gartenprojekts.«

»Ja, klar, ich verstehe. Und du begleitest sie auf ihrer Geschäftsreise.«

»Was dagegen?«

»Absolut nicht. Ich mag sie, ich finde, ihr passt gut zusammen.«

»Vielen Dank, dass du uns deinen Segen gibst«, grinste Adriano.

»Bitte schön. Ich habe übrigens meinen Vater gestern getroffen.«

»Maria hat es mir schon erzählt.«

»War ja klar.« Carla verdrehte die Augen.

»Sie macht sich eben Sorgen um dich. Ich glaube, sie würde dich am liebsten adoptieren.«

»Wenigstens würde sie mich nicht vergiften.«

»Es tut mir leid, was du über deine Mutter erfahren hast«, sagte er. »Das war sicher nicht einfach zu verkraften.«

»Wenigstens weiß ich jetzt Bescheid, das ist ja auch was wert.«

»Die Wahrheit kann ganz schön wehtun.«

Carla nickte, obwohl sie nicht ganz sicher war, ob er noch von ihrer Mutter sprach.

Kapitel 25

Schwester Larissa

Belmonte, 1920 bis 1923

Im September heiratete Agata ihren Cipriano, und Anfang Dezember 1920 erblickte Basilio Prisco, Sofias erstes Kind, das Licht der Welt. Dass der kräftige Knabe sechs Monate nach der Hochzeit geboren wurde, führte in Belmonte zu Getuschel über allzu lose Sitten auf dem Gut. Dessen Bewohner hingegen freuten sich alle sehr über den Stammhalter und gaben rein gar nichts auf das Dorfgeschwätz. Sogar Annabella Prisco winkte gelassen ab und meinte, die Leute seien hoffnungslos rückständig und bigott. Sofia musste unweigerlich daran denken, wie man in den russischen Salons über die Landbevölkerung gesprochen hatte. »Das sind Tiere«, hatte sie Marie Liwny irgendwann einmal sagen hören. Sofia zog die Schulterblätter zusammen, denn gerade war ihr ein Schauder über den Rücken gekrochen, beim Gedanken an diese schreckliche Frau und ihren aufgeblasenen Sohn. Abgesehen von solchen Erinnerungen, die sie blitzartig überfielen, verblasste die Zeit in St. Petersburg immer mehr. Nur manchmal ließ sie die Bilder neu entstehen, wenn sie Bruna ihr Leben als Gräfin beschrieb. Sie erzählte von Opern- und Ballettaufführungen und von den Bällen. Dass sie wegen des Krieges nicht allzu viele davon erlebt hatte, musste sie Bruna ja nicht auf die Nase binden. Sie wusste, wie sehr Bruna Schilderungen von juwelenbehangenen Frauen in Ballkleidern liebte, die in blumengeschmückten Sälen mit jungen Kadetten und Offizieren in ihren Gardeuniformen tanzten. »Am besten waren natürlich die Bälle im Winterpalais. Die Zarin ließ Orchideen zum Schmuck der Säle in geheizten Kutschen aus Frankreich kommen.«

»Das ist nicht wahr!«, staunte Bruna.

»O doch«, erwiderte Sofia, denn diese Anekdote war nicht ihrer Fantasie entsprungen. Sie erzählte Bruna von den schwülen Petersburger Sommern und den weißen Nächten, in denen die Sonne nie ganz unterging. Die Mückenplage ließ sie dabei außen vor.

»Ist es im Winter nicht schrecklich kalt?«, fragte Bruna.

»O ja. Aber an klaren Tagen kann man Schlittschuh laufen. Im Winter findet man in der ganzen Stadt keine Kutschen mehr, nur noch Pferdeschlitten, und alles sieht aus wie mit Zuckerwatte überzogen.« Sie musste lächeln bei dieser Erinnerung. »Um die Weihnachtszeit herum ist es dunkel, nur mittags dämmert es kurz, dann wird es wieder dunkel. Doch es war alles beleuchtet, die Häuser, die Straßen und Brücken, und die Frauen trugen Pelze, die Männer auch, und die Stadt glitzerte wie im Märchen.«

Nicht nur Bruna gefielen solche Geschichten, auch Sofia brauchte ein wenig Träumerei und ihre kleinen Fluchten vor der Gegenwart. Denn die war anstrengend genug, mit diesem Schreikind, das der kleine Basilio leider nun einmal war. Oft fragte sie sich, ob sie etwas falsch machte, besonders wenn sie sich die zweifelnden, tadelnden Blicke der Signora gefallen lassen musste, die nicht vergaß, regelmäßig anzumerken, es habe weder mit Donato noch mit Agata solch ein Theater gegeben. Nicht einmal die Nonnen wussten einen nützlichen Rat. Wie auch, sie waren ja keine Mütter. Der Arzt konnte nichts feststellen. Das Kind sei kerngesund. Immerhin, dachte Sofia. Donato war in dieser Angelegenheit ebenfalls keine große Hilfe, zumal er mit seinen eigenen Dämonen zu kämpfen hatte. Der Tee der Nonnen half nämlich nur phasenweise.

»Manche Dinge sind so schrecklich, man kann sie nicht vergessen, sie sind wie Schlingpflanzen in einem Teich. Man kann sie ausreißen, aber sie kommen immer wieder hoch«, lautete Schwester Serafinas Kommentar zu dieser Angelegenheit. Sie fügte hinzu, es tue ihr leid, aber nicht gegen jedes Leiden sei ein Kraut gewachsen.

Schwester Larissa hatte Sofia, wie versprochen, die Bibliothek gezeigt. Natürlich suchte man dort vergeblich nach Dostojewski, Flaubert oder George Sand, aber es gab auch nicht nur religiöse Literatur. In den Regalen standen Nachschlagewerke, Biografien, Bücher über Geschichte und Medizin, eine Menge Folianten mit botanischen Zeichnungen, Werke von Shakespeare und Goethe, die italienischen Klassiker, das gesamte Werk von Dante Alighieri und sogar ein paar französische Romane. Sofia durfte sich ausnahmsweise Bücher ausleihen und hinterließ jedes Mal eine Spende. Um darüber hinaus ihren Lesehunger zu stillen, ließ sie sich über eine Buchhandlung in Senigallia französischsprachige Bücher kommen. Dort gab es auch internationale Zeitungen. Es schien ja gerade eine Menge los zu sein in der Welt. Wovon man im verschlafenen Belmonte rein gar nichts mitbekam.

Irgendwann schlief auch Basilio durch, und nicht einmal zwei Jahre später, im August des Jahres 1922, kam der nächste Sohn zur Welt. Sie nannten ihn Cesare, nach dem Vater von Annabella Prisco, wohingegen Basilio, der Erstgeborene, nach Domenico Priscos Vater benannt worden war. Bruna wurde vom Dienstmädchen zur Kinderfrau befördert. »Du bist ihre *Njanja*«, sagte Sofia. Es war eines der wenigen russischen Worte, die sie ab und zu benutzte. Die Kinder waren anstrengend, und doch langweilte Sofia sich manchmal ein wenig.

Es gab viele kleine Theater in den Dörfern, doch die nächsten Kulturstätten, die höheren Ansprüchen genügten, waren in Jesi, Senigallia und Ancona. Donato wusste, wie viel Kultur seiner Frau bedeutete, und versuchte daher, möglichst an jedem Wochenende mit ihr auszugehen. An den Wochentagen widmete sich Sofia der Gartengestaltung. Sie pflanzte Blumen und ließ einen kleinen Teich anlegen. Dabei stand ihr Schwester Larissa beratend zur Seite. Sie war nur wenig älter als Sofia, und die beiden verstanden sich auf Anhieb, was nicht nur an der Sprache lag. Sie hatten eine gemeinsame Wellenlänge, obwohl ihre Lebenswege verschiedener nicht sein konnten. Jede von ihnen war auf ihre Art gebildet. Larissa konnte sehr gut malen und zeichnen, sie interessierte sich für Botanik, Biologie und Chemie und besaß einen ausgeprägten Sinn für Ästhetik. »Der Teich wäre noch hübscher, wenn man in ihm als Blickfang einen Felsen platzieren würde«, meinte sie, und Sofia beauftragte Donato, einen Felsen für den Teich zu beschaffen.

Sofia mochte Schwester Larissa sehr und bedauerte, dass sie ihr nicht die Wahrheit über ihre Herkunft sagen konnte. Sie vertraute der jungen Nonne, sie hätte Sofia niemals verraten. Aber etwas hielt sie dennoch davon ab. Vielleicht Scham.

An einem Sommertag beobachtete Sofia Schwester Larissa, wie sie sich im Gewächshaus eine Ecke mit allerhand Gerätschaften einrichtete.

»Wollen Sie etwa Schnaps brennen?«, fragte sie, denn die Apparatur ähnelte verdächtig jener im heimischen Schuppen, mit welcher der Stallknecht Arturo Obst in hochprozentige Seelentröster zu verwandeln pflegte.

»Ich versuche ein landestypisches Parfum herzustellen.« Die Schwester wies auf das Beet mit den Rosen und dem Lavendel und auf ein Bäumchen im Gewächshaus.

»Zitronen?«, fragte Sofia.

»Aber nein! Bergamotte.«

»Verzeihung, aber wozu brauchen denn Nonnen ein Parfum?«, fragte Sofia.

»Das Gebäude hat ein neues Dach nötig, und meine Mitschwestern hätten gerne eine Zentralheizung und ein Automobil. Mutter Kirche lässt die Nonnenklöster am langen Arm verhungern, also müssen wir uns selbst helfen. In Frankreich ist das Geschäft mit Parfum aus Klöstern recht einträglich.«

Sofia verfolgte Schwester Larissas Bemühungen gespannt und war gleichzeitig die Versuchsperson für deren Kreationen. Nicht nur deshalb besuchte sie den Klostergarten beinahe täglich. Sie mochte die Stimmung dort, die Ruhe, die Kontemplation. Es gab unter den Nonnen etliche, die sich auf ein Fach spezialisiert hatten. Nicht immer nur auf Geistliches. Viele verfügten über sehr praktische Fähigkeiten, sie waren gute Handwerkerinnen, wussten mit Hammer und Säge umzugehen, konnten Wege pflastern und Reparaturen am Haus durchführen. Denn es galt, mit Ausnahme des Pfarrers, möglichst keine Männer auf den Grund des Klosters zu lassen. Nur im äußersten Notfall wurde ein Handwerker oder ein Arzt gerufen. In der Zeit, die Sofia im Klostergarten verbrachte, überließ sie Bruna und ihrer Schwiegermutter die Kinder. Cesare war inzwischen ein knappes Jahr alt und begann zu laufen, Basilio war zweieinhalb und machte eine Trotzphase durch, da war man froh um jede Stunde, die man außer Haus verbringen durfte.

»Warum sind Sie Nonne geworden, Schwester Larissa?«, fragte Sofia eines Nachmittags. Sie standen in Schwester Larissas Laboratorium unter einer hellen Plane, die die Sonnenstrahlen abschirmte und die Szenerie in ein milchiges Licht tauchte.

Die Ordensschwester lächelte. »Es gab kein Erweckungserlebnis, falls Sie das meinen. Ich bin nicht einmal übermäßig religiös, verglichen mit manchen meiner Mitschwestern.

Natürlich glaube ich an Gott und unseren Herrn Jesus Christus«, versicherte sie rasch und bekreuzigte sich, ehe sie erklärte: »Es waren sehr praktische Überlegungen. Ich stamme aus einer Durchschnittsfamilie, ein Studium oder auch nur das Lyzeum war für mich nie vorgesehen, obwohl ich in der Schule nicht schlecht war. Als Ordensfrau kann ich forschen und mich verwirklichen, ich habe alle Zeit der Welt dafür. Ich weiß, dieses Leben geht auch mit Verzicht einher, die körperliche Liebe, die Mutterschaft, all das ist mir verwehrt. Aber ich habe gewählt, was mir wichtiger ist.«

»Sind Sie glücklich?«

»Darum geht es nicht. Das Glück ist nichts Beständiges, es sind immer nur Momente, aber ja, die gibt es.« Schwester Larissa griff nach Sofias Handgelenk und träufelte ihr eine winzige Menge aus einem Glaskolben auf die Haut, dort, wo die Adern bläulich durchschimmerten. »Warten Sie einen Moment, dann riechen Sie und sagen mir ehrlich, was Sie davon halten.« Die Schwester ließ sie nicht sofort wieder los. Die Berührung durchrieselte Sofia wie etwas Warmes, Glänzendes. *Sie ist golden*, ging es Sofia durch den Sinn, während sie Larissa ansah; die feinen goldenen Härchen an ihrem Nacken und auf ihren Unterarmen, die honigfarbene Haarsträhne, die unter ihrer Haube hervorspitzelte, die Sommersprossen auf ihrer schmalen Nase. Sogar die hellbraunen Augen hatten goldene Sprenkel.

»Das ist es! Es ist Ihnen wunderbar gelungen! Es hat eine zarte Süße und eine frische Leichtigkeit, aber darunter liegt etwas Dunkles, Geheimnisvolles.«

»Sie ahnen nicht, wie glücklich mich das macht«, sagte Schwester Larissa. »Ich habe weniger Rosen und Bergamotte verwendet, dafür mehr von einer ganz gewöhnlichen ...«

»Halt!« Sofia winkte ab. »Ich bitte Sie, verraten Sie es nicht. Ich will es nicht wissen, am Ende verliert es sonst noch seinen Zauber.«

»Sie haben recht, manchmal ist es besser, nicht alles zu wissen«, sagte Larissa.

* * *

Der Sommer ging zu Ende, die Blätter der Kastanien färbten sich schon gelb und braun, da lag ein kleines, an Sofia adressiertes Päckchen am Tor. Sofia erkannte die Handschrift und öffnete es an Ort und Stelle. Es enthielt einen viereckigen Flakon und ein einfach gehaltenes Etikett. Auf dem stand mit veilchenblauer Tinte in schwungvollen Buchstaben: *Santo Fiore*.

Heilige Blumen. *Fleurs sacrées.* Ja, natürlich. Wie sonst sollte ein Parfum aus einem Kloster genannt werden? Sie wollte das Fläschchen gerade öffnen und daran riechen, da begriff sie, was das Päckchen zu bedeuten hatte. Sie ließ es liegen und rannte hinab zum Kloster.

Schwester Larissa war abgereist, zurück in ihr Konvent in Aix-en-Provence. Vor zwei Tagen erst hatten sie sich gesehen, sie hatte kein Wort gesagt, sich nicht verabschiedet, und Sofia hatte komplett verdrängt, dass ihr Aufenthalt von vornherein nur auf Zeit angelegt gewesen war. Sie wusste es immer, aber sie wollte es nicht glauben, so wie man um die Gefahr eines Unwetters weiß, das aufkommt, und doch hofft man, es möge vorbeiziehen. Statt der geplanten sechs Monate hatte Larissa drei Jahre im Kloster Santa Maria delle Stelle verbracht. War die Herstellung des Parfums der Grund gewesen, oder gab es da noch etwas anderes?

Als sie wieder nach Hause kam, niedergeschlagen und traurig, entdeckte sie den Brief, der in dem Päckchen lag.

Liebe Sofia, ich bin nicht gut im Abschiednehmen, bitte verzeihen Sie mir meine Schwäche. Ich umarme Sie und sende Ihnen Gottes Segen. Ich wollte Ihnen noch etwas sagen,

habe es aber nie gewagt: Sie sind keine Russin, Sie sind Französin durch und durch, mit jeder Faser, vermutlich aus dem Süden. Was immer Sie veranlasst hat, Ihre Identität zu verschleiern, ich hoffe, es geht Ihnen damit gut. Sollten Sie jemals in Schwierigkeiten geraten, wissen Sie, wo Sie mich finden.
Ihre Schwester Larissa.
PS: Ich verrate Ihnen wenigstens meinen Taufnamen, er lautet Flora.

Larissas Fortgang hinterließ eine durch nichts zu ersetzende Leere. Nach außen versuchte Sofia sich nichts anmerken zu lassen, doch manchmal war ihr zum Heulen zumute, so schmerzlich fehlte ihr die Vertraute. Gleichzeitig war sie beunruhigt, weil Larissa sie entlarvt hatte. Wenn sie es konnte, dann würde das womöglich auch anderen gelingen. Allerdings hatte Sofia, abgesehen von ihrer Familie, noch nie jemanden so nah an sich herangelassen wie Larissa. In ihrer Gegenwart hatte Sofia alle Vorsicht fahren lassen und geredet, wie ihr der Schnabel gewachsen war. Es war so erholsam gewesen. Doch dergleichen durfte nicht noch einmal geschehen!

Zu Weihnachten schickte Schwester Larissa an Sofia eine selbst gemalte Grußkarte, ein kleines Aquarell, das einen Stechpalmenzweig abbildete, verbunden mit den üblichen Weihnachtsgrüßen. Sofia freute sich über das Lebenszeichen. Sie beschloss, ihr nach Neujahr einen Brief zu schreiben. Aber sie zögerte es Woche für Woche hinaus. Es wollten ihr einfach nicht die richtigen Worte einfallen.

Kapitel 26

Noch mehr Gärten

Belmonte, Rom, Gegenwart

»Du packst aber früh deinen Koffer.« Claudia stand in der Tür zum Schlafzimmer und beobachtete Simona, die fast den ganzen Kleiderschrank auf ihrem Bett ausgebreitet hatte. Dazwischen stolzierte der Kater herum, der den Abschied wohl erahnte.

»Es sind nur noch achtundvierzig Stunden, und ich mag es nicht, wenn alles auf den letzten Drücker passieren muss.«

»Du bist ganz schön nervös, was?«

Simona versuchte erst gar nicht, es abzustreiten. »Ich werde es vermasseln! Ich weiß es jetzt schon. Ich werde ihm auf die Nerven gehen, irgendwann werde ich etwas sagen, was ihn kränkt oder an seine tote Frau und den Sohn erinnert, und dann wird der Rest des Aufenthalts eine verkrampfte Angelegenheit werden, so wie unser erstes Date vor zwei Jahren. Wahrscheinlich bin ich auch noch nicht so weit! Es heißt ja immer, dass nach einer längeren Beziehung erst mal eine Chaotenbeziehung folgen muss, ehe man bereit ist, sich etwas Ernsthaftem zu stellen. Ich will aber nicht, dass Adriano diese Chaotenbeziehung wird. Es ist viel zu früh, es wird schiefgehen!«

»Wo hast du das gelesen, beim Friseur?«

»Wahrscheinlich.«

»Deswegen nehme ich immer ein Buch mit zum Friseur, damit ich erst gar nicht solchen Unsinn lesen muss.«

»Friseur! Ich sollte morgen unbedingt noch zum Friseur!«

»Nach dem, was ich bisher gehört habe, war eher Sebastian deine Chaotenbeziehung.«

»Der? Nein, der war solide wie Vollkornbrot.«

Draußen ertönte eine Hupe. Claudia schaute aus dem Fenster. »Da ist er ja, dein *americano*! Und wie gut er wieder aussieht!«

»Was? Oje!«, erschrak Simona. »Er wird absagen! Er ist gekommen, um mir zu sagen, dass es voreilig war, nein, er wird natürlich behaupten, dass irgendetwas Wichtiges dazwischengekommen ist. Gut, okay, ist ja wahrscheinlich auch besser so.«

Claudia winkte entnervt ab und ging nach unten. Simona folgte ihr, langsam und widerstrebend. Sie würde es gelassen hinnehmen, zumindest nach außen. *Contenance!* Allmählich hatte sie ja Übung darin, Abfuhren zu kassieren.

Auf Claudias einladende Geste hin betrat er die Küche und fuhr sich verlegen durch sein Haar. »Salve, Simona!«

»Guten Morgen, Adriano«, sagte sie förmlich.

»Mir ist etwas eingefallen…«, begann er.

»Ja?«

»Wir haben noch gar nicht verabredet, wann ich dich abholen soll, also, um welche Uhrzeit.«

Simona brachte vor Erleichterung keinen Ton heraus, erst als Claudia ihr den Ellbogen in die Seite stieß, fragte sie: »Wann geht denn der Zug?«

»Wenn es dir nichts ausmacht, würde ich lieber mit dem Auto fahren. Dann können wir auch mal einen Ausflug in die Umgebung machen, und das Hotel ist ja auch eher auf dem Land. Aber wenn du lieber Zug fährst, kein Problem, dann fahren wir mit dem Zug, entscheide du das.«

»Nein, nein, das Auto ist okay. Sag, wann du loswillst«, antwortete Simona.

»Neun Uhr? Oder ist das zu früh?«

»Neun Uhr ist prima.«

»Adriano, möchtest du dich nicht setzen und einen *caffè* trinken?« Claudia, die den Dialog amüsiert verfolgt hatte, deutet auf einen Stuhl.

»Nein danke«, wehrte er hastig ab. »Ich muss noch einiges erledigen. Hundefutter besorgen und so weiter. Carla versorgt Asso. Hoffentlich überlebt er das. Zur Not kippt er einfach die Mülltonne um, er war ja mal ein Straßenhund. Also dann…«

Schon war er wieder weg.

»Herrgott!«, schimpfte Simona, während sie seinem Wagen hinterherschaute. »Muss er mich so erschrecken? Kann er für diese kurze Frage nicht eine WhatsApp schicken, so wie jeder normale Mensch in diesem Jahrhundert?«

Claudia konnte nur noch mit dem Kopf schütteln und lachen. »Ihr passt wirklich gut zusammen. Zwei erwachsene Menschen, die sich benehmen wie die Zwölfjährigen.«

»Du irrst dich. Die Zwölfjährigen sind cooler.«

* * *

Schon zwei Tage waren seit der Abreise vergangen, und wider Erwarten war bis jetzt alles gut gegangen. Keiner war dem anderen auf die Nerven gefallen oder in einen Fettnapf getreten, und mit jeder Stunde, die sie zusammen verbrachten, verloren Simona und Adriano mehr von ihrer Verstocktheit und Unsicherheit. Zwischen ihnen herrschte eine Stimmung prickelnder Erwartung, die beide genossen, ja geradezu zelebrierten. Ein langer Blick, eine zufällige Berührung, ein zarter Gutenachtkuss. Sie beobachteten und belauerten einander auf eine spielerische Art, sie flirteten, gaben Signale, es war das alte Ritual. Ungestört von der Familie und sonstigen Ratgebern, lebten sie wie in einer Blase. Einer bunten, schillernden Seifenblase, dachte Simona.

Das Hotel in den Albaner Bergen war traumhaft und von jenem leicht angestaubten Luxus, der alte Hotels noch nobler und charmanter wirken ließ. Sie saßen beim gemeinsamen Frühstück auf einer von Wein überrankten Terrasse mit Blick auf einen wirklich wunderschönen Garten, der allerdings sehr durchgestylt war. In Simona wuchs die Befürchtung, dass die Italiener von der Gartenanlage eines Hotels genau das erwarteten: gezähmte, fein ziselierte Natur. Sie dagegen würde mit ihren Ideen bestimmt Kopfschütteln hervorrufen. Dieses antik anmutende kleine Wasserbecken in der Mitte sah allerdings wirklich sehr hübsch aus und war immerhin ein Anziehungspunkt für Libellen und Frösche.

»Was ist eigentlich mit dieser Überraschung, mit der du mich hierhergelockt hast?«, fragte sie.

»Die kommt heute. Wir müssen um zwei Uhr am Petersdom sein.«

Nach dieser Auskunft versuchte Simona mit allen Tricks, mehr aus ihm herauszubekommen, aber er verriet nichts und floh schließlich vor ihren Fragen ans Büfett, um sich noch eine Portion Obstsalat zu holen.

Simonas Handy vibrierte. Es war eine Nachricht von Carla, sie enthielt nur eine Reihe von Smileys und einen Link zu ihrem Instagram-Account. Simona klickte ihn an und staunte nicht schlecht.

»Was ist so lustig?«, fragte Adriano, als er sich wieder zu ihr setzte.

Sie hielt ihm ihr Handy hin. Auf dem Bildschirm waren Carla und Maria in der Küche des Gutshofs zu sehen. Beide trugen lange grüne Schürzen, die Simona und Adriano sehr bekannt vorkamen, denn sie trugen den Aufdruck des Ladens *il giardino*. Flavia musste sie ihnen geliehen haben.

Carla redete. *Willkommen zur ersten Folge unseres Kochkurses* pasta basta. *Die Dame neben mir ist die begnadete Maria Santino, sie wird euch heute beibringen, wie man richtige italienische Pasta macht, und natürlich auch einen sugo dazu. Ich werde ihr assistieren, zusammen mit Asso, unserem Vorkoster. Asso – wo bist du? Ah, hier. Nein, nicht die Kamera ablecken! Maria, womit fängt es bei einer original italienischen Pasta an?*

Maria kam groß ins Bild und sagte streng: *Beim richtigen Mehl natürlich!*

Adriano stoppte das Video und schaute Simona ungläubig an. »Das ist nicht passiert, oder? Das ist ein Fake!«

»Es ist seit gestern online und hat schon zwölftausend Likes.«

»In meiner Küche! Mit meinem Hund! Ich wusste, man kann diese Person nicht allein lassen.«

Simona kam zu dem Schluss, dass Adrianos Entrüstung teils echt, teils gespielt war. Sie glaubte inzwischen etwas klarer zu sehen, was das Verhältnis der beiden zueinander betraf. Neulich hatte Adriano in Bezug auf Carla den Begriff *teenage daughter* verwendet. Denn seit Carla auf seinem Gut wohnte, hatte er das Gefühl, es mit einer aufsässigen Teenagertochter zu tun zu haben, die einen zwar fürchterlich nerve, für die man sich aber auch verantwortlich fühle.

Jetzt sagte Simona zu Adriano: »Du musst das verstehen. Carla hatte bisher einen anstrengenden Beruf, und da das Modeln jetzt wegfällt, hat sie jede Menge überschüssige Energien frei. Ich finde die Idee übrigens grandios. Maria ist richtig telegen. Die Leute werden sie lieben. Du wirst sehen, bald hat sie einen fetten Werbevertrag mit Barilla.«

Adriano schüttelte den Kopf. »Na warte, Carla! Ich werde für Asso eine Gage aushandeln, die sich gewaschen hat!«

»Sei lieber froh, dass es ihr gut geht, nach dieser Geschichte mit ihrem Vater.«

Carla hatte Simona am Tag vor ihrer Abreise besucht und ihr alles mitgeteilt, was in ihrem Leben gerade wichtig war und sie bewegte. Im Verlauf ihrer Unterhaltung hatte sie Adriano als »einsamen Drachen« bezeichnet und zu Simona gemeint, es würde bestimmt nicht einfach werden, ihn aus seiner grünen Höhle zu locken.

»Hat sie dir von den Hanfklamotten erzählt?«, fragte er.

Simona nickte. »Ich werde sie mir kaufen.«

»Sie wird damit bestimmt Erfolg haben«, meinte Adriano. »Sie ist bekannt, und sie hat ein Händchen fürs Geschäft, wie alle Priscos.«

»Wie ist das bei dir?«, fragte Simona. »Über welche Talente verfügst du, dass du dir Einladungen in solche Hotels wie dieses hier leisten kannst?«

Er zögerte, und einen Moment lang glaubte Simona, dass nun der Moment gekommen war, an dem sie zielsicher in einen Fettnapf getreten war. Doch dann sagte er: »Ich wollte eigentlich noch nicht darüber sprechen, aber ein Streamingdienst will die Rechte an meinen drei Thrillern kaufen.«

»Echt jetzt?«

»Unser Texaner Michael, Flavias Freund, hatte seine Finger im Spiel. Er arbeitet zurzeit in einem Serienteam und hat einen Kontakt hergestellt, so kam eines zum anderen. Ein Medienanwalt tüftelt gerade den Vertrag aus.«

»Und wann wolltest du mir das verraten?«

»Ich dachte an heute Abend, bei einer Flasche Champagner.«

Um Punkt zwei Uhr standen sie hinter dem Petersdom, am Eingang zum Campo Santo Teutonico, dem Friedhof für deutsche Pilger.

»Diese Renaissance-Uniformen sind großartig!«, stellte Simona beim Anblick der beiden Wachleute der Schweizergarde fest und fragte: »Warum gehen wir nicht hinein?«

»Wir warten noch auf Max.«

»Wer ist Max? Hast du einen Reiseführer gebucht?«

»So ähnlich. Da kommt er schon. Auf deutsche Pünktlichkeit ist Verlass.«

Ein älterer Herr in einem gut sitzenden schwarzen Anzug

näherte sich mit ausgreifenden Schritten. »*Salvete*, ich bin Max Burger«, stellte er sich vor.

Adriano nickte ihm zu, nannte seinen Namen und machte ihn mit Simona bekannt. »Wir freuen uns, Sie zu sehen, Eure Exzellenz.«

»Oh, bitte. Signor Burger reicht, oder noch lieber Max. Ich weiß, dass Sie, Adriano, ein enger Freund von Michael sind. Und ich habe heute also das Vergnügen, Sie beide in den Vatikanischen Gärten herumzuführen.«

»Wir sind Ihnen sehr dankbar. Simona ist Landschaftsgärtnerin und hat den Auftrag, einen ehemaligen Klostergarten in einen Hotelgarten umzuwandeln, und möchte sich ein paar Anregungen holen. Ihre Schwester meinte, eine kundige Führung würde dabei nicht schaden.«

»Vor allen Dingen können wir noch ein paar Ecken besichtigen, zu denen Touristen normalerweise keinen Zutritt haben. Wollen wir mit dem deutschen Pilgerfriedhof anfangen? Er ist wunderschön, wie ich finde...«

Sie gingen an der Schweizergarde vorbei, die Max Burger zunickten. Offenbar kannte man sich.

»Wer ist das?«, zischte Simona. »Wieso Eure Exzellenz?«

»Das ist der Bruder von Johanna Burger«, wisperte Adriano. »Die Hundefrau, du erinnerst dich? Er ist ein Titularbischof. Das ist ein Bischof ohne Gemeinde, soviel ich weiß. Ein Gelehrter im Ruhestand.«

»Wow. Tolle Idee, das mit den Gärten!«, flüsterte Simona.

»Wirklich?«

»Ja, sicher!«, rief sie. »Danke, dass du das arrangiert hast.«

Die Vatikanischen Gärten! Das war, als würde man einen Reihenhausgarten planen und sich dafür Anregungen in Versailles holen. Andererseits war es nicht von Bedeutung, denn das Wichtigste daran war: Adriano hatte sich Gedanken um sie gemacht. Nicht nur, wie er sie nach Rom locken konnte, das hätte wohl auch so geklappt, aber er wollte ihr bei ihrer Arbeit behilflich sein. Das war rührend, besonders für einen Eigenbrötler und Egozentriker wie ihn. Sie überlegte, wann sich zum letzten Mal ein Mann so sehr ins Zeug gelegt hatte, um sie zu erobern.

Die Gärten waren sehenswert, und so abwegig war es gar nicht, sie auch im Hinblick auf ihr Gartenprojekt zu besichtigen. Die unterschiedlichen Stile waren wie ein Lehrbeispiel für Gartengestaltung. Der italienische Renaissance-Garten war sehr geometrisch, der französische barock verspielt, mit Statuen und Wasserspielen, und der englische Teil besaß Grotten, Bäche, Laubengänge, sogar Tempel und Ruinen, die in großflächigen Arealen zwischen Bäumen und Sträuchern standen. Hier war an nichts gespart worden. Zudem war heute anscheinend ein Tag, an dem keine Touristenführungen stattfanden, so war es angenehm ruhig in den Gärten. Wasser rauschte, Vögel zwitscherten, man hätte meinen können, auf dem Land und nicht im Herzen einer Metropole zu sein. Simona genoss den Besuch, sie lauschte den priesterlich weitschweifigen, aber interessanten Ausführungen von Max Burger, und während sie über die Wege des Englischen Landschaftsgartens schlenderten, wanderte ihre Hand wie selbstverständlich in Adrianos. Etwas später, als Max sich mit einem älteren Herrn in einer Jesuitenkutte unterhielt, fragte Adriano: »Was meinst du, kommen wir in die Hölle, wenn wir uns in den Vatikanischen Gärten küssen?«

»Ich würde es riskieren«, antwortete Simona.

Aber ehe es dazu kam, hatte Max sein Gespräch beendet und fragte, ob sie auch noch den Gemüsegarten sehen wollten.

»Unbedingt«, sagte Simona und drückte verstohlen Adrianos Hand.

»Erinnere mich heute Abend, dass da noch etwas war, was wir tun wollten«, murmelte Adriano.

»Falls ich es nicht vergesse«, erwiderte Simona.

* * *

»Ich habe überhaupt keine Lust, wieder nach Belmonte zurückzufahren«, erklärte Simona eine knappe Woche später. Sie waren noch nicht aufgestanden, Adrianos Kopf lag auf ihrem Bauch, und sie fuhr ihm durch seine Locken. Der Zimmerservice hatte schon zweimal angeklopft, doch sie konnten sich noch immer nicht aufraffen, aufzustehen und ihre Koffer zu packen.

»Es muss sich doch gar nichts zwischen uns ändern«, meinte Adriano. »Außer das mit dem Frühstücksservice aufs Zimmer, das wird ein Problem.«

»Zu Hause ist es immer anders.«

»Es kann ja auch besser sein.«

»Besser als das hier?«

»Ah, Madame haben sich an den Luxus gewöhnt!«

»Das auch. Aber mir graut schon vor den anzüglichen Blicken, den mehr oder weniger subtilen Fragen und den schalen Witzen und Anspielungen meiner Verwandtschaft. Du kennst sie, du weißt, was ich meine.«

Flavia hatte gar nicht erst bis zu ihrer Rückkehr gewartet, sondern sich per WhatsApp so lange nach ihrem »Beziehungsstatus« erkundigt, bis Simona ihr ein Foto des Bitte-nicht-stören-Schildes geschickt hatte. Seither gab sie Ruhe.

»Ja, allerdings. Das wird hart für dich«, bedauerte Adriano sie.

»Können wir nicht ab sofort in einer Höhle leben oder auf einer einsamen Insel?«, flehte Simona.

»Oder wir bleiben einfach so lange weg, bis sie froh sind, dass wir überhaupt wieder zurückgekommen sind. Dann erübrigt sich auch jede anzügliche Frage.«

»Genial!«

Er setzte sich auf und meinte mit diesem für ihn so typischen Ausdruck von Ernsthaftigkeit: »Wir könnten durch ganz Italien fahren und jede Menge alter Klöster und ihre Gärten anschauen. Ihre Exzellenz Max gibt uns bestimmt ein paar Adressen.«

»Das könnten wir wirklich?«, fragte Simona. »Ohne Witz?«

»Warum denn nicht?«

»Dann machen wir das«, sagte sie. »Warum sind wir bloß nicht gleich darauf gekommen?«

* * *

»Einen ganzen Monat zu verschwinden! Also wirklich!«

Kaum wieder in Belmonte angekommen, hatte Simona Besuch von ihrem Vater, der sich selbst zum Frühstück eingeladen hatte. Claudia war inzwischen abgereist, hatte aber versprochen, bald wiederzukommen. Das leere Haus fühlte sich seltsam an, nach den Wochen intensiver Zweisamkeit. Aber irgendwann war jeder Ausnahmezustand zu Ende, und man musste sich dem Alltag und der Normalität stellen, sah Simona ein.

»Ich wollte mir eben möglichst viele alte Klöster und die dazugehörigen Gärten ansehen. Das nennt man eine gründliche Recherche«, hielt sie ihrem Vater entgegen.

»Von wegen Recherche! Du strahlst ja regelrecht. Seid ihr euch denn nicht auf die Nerven gegangen, der *americano* und du? Deine Großmutter und ich haben es kaum einmal länger als zwei Wochen am Stück zusammen ausgehalten.«

»An wem das wohl lag?«, murmelte Simona.

Doch anstatt sie weiter über ihre Beziehung zu Adriano auszufragen, womit Simona eigentlich gerechnet hatte, sagte er: »Da ist eine Sache, die ich mit dir besprechen muss.«

»Was ist?«, fragte sie beunruhigt, denn ihr Vater wirkte plötzlich ernst und bedrückt, wie er da auf der Terrasse saß, mit hängenden Schultern und einem trüben Blick.

»Es wird nichts mit dem Hotelbau. Zumindest nicht in nächster Zeit.«

»Wie bitte? Warum?«

»Willst du die kurze Version oder die lange?«

»Erst einmal die kurze.«

»Die Mafia.«

»Was?«, rief Simona erschrocken.

»Gegen die Geschäftsleitung von Cavallari Edifici wird ermittelt, sie sitzen in Untersuchungshaft. Ihre Fitnessstudios und Hotels dienten der Geldwäsche für die Mafia. Dieses hier wäre nichts anderes geworden. Ihr Vermögen ist beschlagnahmt, es ist vorbei.« Er blickte sie aus rot unterlaufenen Augen an.

»Also wird kein Hotel gebaut?«, vergewisserte sich Simona.

»Nein.«

Simona konnte nicht mehr an sich halten, sie musste lachen, so absurd war diese plötzliche Wendung des Schicksals.

»Schön, dass du es so gelassen nimmst«, sagte ihr Vater, leicht verärgert.

»Entschuldige«, kicherte Simona. »Es ist schon kurios, oder? Mein erster Auftrag in Italien, und zack! – gerate ich an die Mafia.«

»Sehr witzig, ja!«

»Komm schon, *papà*, reg dich nicht auf. Es gibt Schlimmeres. Du bist auf dieses Projekt nicht angewiesen, oder? Und ich finde schon etwas anderes. Du kannst mir dabei helfen, unser alter Plan, weißt du noch? Nur das nächste Mal vielleicht eine Nummer kleiner und ohne das organisierte Verbrechen.«

Die Erleichterung über ihre Worte waren ihm anzusehen. »Ich bin froh, dass du es so siehst. Ich dachte, für dich bricht eine Welt zusammen.«

»Wegen eines verlorenen Auftrags? Ich bitte dich!«

»Du willst also trotzdem hierbleiben? Hat das vielleicht etwas mit dem *americano* zu tun?«

»Und wenn es so wäre?«

»Meinen Segen habt ihr.«

»Großartig, vielen Dank, *papà!*«

Taub für die Ironie ihrer Worte, sagte er: »Was wird aus deiner Gärtnerei in Deutschland?«

»Verkaufen, verpachten, das findet sich schon«, meinte

Simona, die auf einmal eine sonderbare Ruhe und Gelassenheit empfand. »Ich zahle den Vorschuss natürlich zurück. Ich habe ihn zum Glück noch nicht verprasst.«

»Unsinn, niemand zahlt hier irgendetwas zurück.«

»O doch. Das ist Geld von der Mafia, da klebt Blut dran, das will ich nicht! Ich zahle es zurück.«

»An wen, an die Mafia?«, spottete er.

»An dich natürlich.«

»Das wirst du gefälligst sein lassen!«

»Herrgott, *papà!*«

»Du kannst etwas Gutes damit machen, dir fällt sicher etwas ein. Außerdem hattest du ja eine Menge Kosten und Aufwand. Allein deine wochenlange Recherche!«

Da war es wieder, das anzügliche Augenzwinkern.

»Ich bin aber nicht scharf darauf, dass eines Tages die *guardia di finanza* vor der Tür steht. Oder die Mafia.«

»Vor deiner Tür wird niemand stehen. Du bist nur meine Subunternehmerin, du weißt von nichts.«

Simonas ursprünglicher Verdacht, dass gar kein Vorschuss oder nur ein deutlich kleinerer geflossen war und das Geld in Wirklichkeit ein Vater-Tochter-Sponsoring darstellte, verhärtete sich.

»Es ist schade um deinen schönen Entwurf«, wechselte Simona nun lieber das Thema.

»Ja, wirklich schade. Es sollte mein letztes, großes Projekt werden.«

»Könnten wir das nicht selbst durchziehen? Als Familienunternehmen?«

»Daran habe ich auch schon gedacht. Ich weiß nur noch nicht, was mit dem Grund geschieht, ob er an die Kirche zurückgeht oder ob die Gemeinde einspringt. Egal, was passieren wird, es kann Jahre dauern. Die Bürokratie! Bis dahin bin ich zu alt. Wir sind ...«

»... in Italien. So langsam lerne ich das auch.«

Nachdem ihr Vater fort war, zog sie ihre festen Schuhe an und stieg den Hang hinauf. Sie musste die Nachricht sofort Adriano mitteilen. Der wäre sicher auch nicht traurig darüber. Mit jedem Schritt wurde ihr leichter, bis sie fast den Berg hinaufschwebte. Kein Hotel! Der Garten konnte bleiben, wie er war, jedenfalls auf absehbare Zeit. Zwar wusste Simona gerade nicht, wie es weiterging, doch seltsamerweise versetzte sie das nicht in Panik. Es würde etwas Neues kommen, das tat es doch immer. Im Moment zählte nur, dass sie nicht tun musste, was sie nie wirklich gewollt hatte, denn an diesem beklemmenden Gefühl hatten auch ihre Besichtigungen diverser alter Klöster nichts geändert.

Er kam ihr am Tor des Gutshofs entgegen, Asso an seiner Seite. »Zu dir wollte ich gerade«, begrüßte Adriano sie. »Du weißt es schon, ja?«

»Hab's gerade erfahren.«

Er schloss sie in die Arme. »Es tut mir leid, für dich und die Familie.«

»Mir nicht wirklich«, gestand Simona. »Ich bin sogar erleichtert. Und es gibt ja immer noch den Rosenwurz.«

Er wich zurück, seine dunklen Augen schauten sie erschrocken und verwirrt an.

Simona hob abwehrend die Hände. »Nein, nein, nein! Nicht, was du denkst. Ich fahre nur kurz nach Deutschland, kümmere mich um die Ernte und den Verkauf, und dann komme ich wieder, versprochen.«

»Ach so.« Seine Miene hatte sich wieder aufgehellt. »Du hättest mir sehr gefehlt, weißt du.«

»Ach, ist das so?«

»Ehrlich gesagt, fehlst du mir schon, seit wir gestern angekommen sind. Von der Nacht will ich gar nicht reden.«

»Geht mir auch so«, lächelte Simona und spürte, wie ihr Herz einen kleinen Satz machte.

Kapitel 27

Bonsoir, Juliette

Belmonte, Aix-en-Provence, 1923 bis 1930

Donato war die betrübte Stimmung seiner Frau nicht entgangen, auch wenn er deren genauen Grund nicht kannte. Er schlug vor, ein paar Wochen zu verreisen. Seit ihrer Hochzeitsreise waren sie nirgendwo mehr gewesen, und die Kinder waren allmählich alt genug, um sie eine Weile in der Obhut ihrer Großmutter und Brunas zu lassen. Sofia war einverstanden.

Im Frühjahr 1923 reisten sie nach Wien. Er zeigte ihr die Hochbahn, an der er als Kriegsgefangener gebaut hatte, und sie hatte das Gefühl, dass dieser Besuch vorrangig therapeutische Zwecke hatte. Seine Albträume hatten nachgelassen, aber völlig verschwunden waren sie nicht und würden es wohl auch nie. Sie besuchten die Oper und Konzerte. Sofia blühte auf, und Donato war glücklich, seine Frau wieder fröhlich und lebhaft zu sehen. Es ging weiter nach Budapest, wo sie erneut Konzerte besuchten und tagsüber der Bäderkultur huldigten. Schließlich fuhren sie nach Berlin. Ach, Berlin! Die Hauptstadt des ehemaligen Feindes erinnerte Sofia so sehr an Paris, es war beinahe schmerzlich, wie sehr. Sie zogen durch die Nachtclubs und die Bars und konnten kaum fassen, was in dieser Stadt los war. Das reinste Tollhaus! Beide waren auf einmal wieder die Jungverliebten, wie damals in New York.

»Nicht genug, dass man älter wird«, seufzte Sofia am letzten Abend, in der Hand ihren dritten Martini, den sie an der Bar des Hotel Adlon zu sich nahm. »Die Welt um einen herum verändert sich in rasantem Tempo, und man bekommt kaum etwas davon mit.«

»Ich weiß, dass du dich langweilst in der Provinz«, sagte Donato traurig, und ehe sie protestieren konnte, gestand er: »Mir geht es genauso, *amore*. Doch zumindest solange meine Eltern noch leben, kann ich das Gut nicht aufgeben, es würde sie umbringen.«

»Du denkst daran, das Gut aufzugeben?«, fragte Sofia überrascht.

»Für dich würde ich es tun.«

»Das würde ich niemals zulassen«, sagte Sofia.

Es war ihr ernst damit. Sie sah sich und vor allen Dingen Donato in einer Reihe von Menschen einer Familie, die das Gut seit Generationen bewohnten und denen noch etliche folgen sollten. Da tanzte man nicht aus der Reihe, nur weil man sich langweilte. Oder heimlich einer Ordensschwester nachweinte. Sie spießte die Olive auf und deutete damit auf Donato. »Außerdem bin ich noch lange nicht fertig mit der Umgestaltung des Parks.«

»Der Teich reicht dir nicht?«

»Ich wünsche mir einen Pavillon, ganz oben, am Waldrand. So eine Art chinesisches Teehaus. Ein Ort, an den man sich zurückziehen kann.«

Er lachte. »Du denkst doch nicht etwa, die Jungs finden dich dort nicht?«

»Falls doch, werfe ich sie in einen Fuchsbau!«

Donato, der auch nicht mehr ganz nüchtern war, grinste breit und schnappte nach der Olive.

»Wir sollten in Zukunft jedes Jahr verreisen!«, sagte Sofia überschwänglich. »Nur wir beide.«

»Versprochen«, sagte er. »Außerdem sollten wir diese

Hausmusik-Abende wieder einführen. Nur ohne Hausmusik. Zumindest kein Klavierspiel von meiner Schwester.«

»Gott bewahre! Wie froh das Klavier sein muss, dass es nicht mehr von ihr malträtiert wird. Lieber engagieren wir eine Jazzband.«

»Die dürfte bei uns schwer zu finden sein.«

»Warte es ab. Das Jazzfieber wird auch an Italien nicht spurlos vorübergehen. Zur Not tun es auch Schallplatten. Lass uns ganz viele kaufen und mit nach Hause nehmen!«

Sie machten ernst. Im Februar, zum Karneval, luden sie zu einem Kostümfest ein, und ab da fanden in lockerer Folge drei- oder viermal im Jahr Partys statt, die schon nach kurzer Zeit legendär waren. Agata und Cipriano kannten viele Leute, und da sonst nicht viel los war in der Gegend, sprachen sich die Feste schnell herum. Es kamen jedes Mal noch mehr Leute, denn stets fragten ein paar Gäste, ob man beim nächsten Mal den Freund, Schwager, Bruder, die Schwester oder die Freundin mitbringen durfte, und natürlich wurde keinem die Bitte abgeschlagen. Es wurde zwar keine Jazzband engagiert, aber es fanden sich junge Musiker aus der Umgebung, die froh waren um einen kleinen bezahlten Auftritt.

Sofia genoss es, Gastgeberin zu sein. Am liebsten hätte sie einen richtigen Salon geführt, wie die russischen Aristokratinnen oder, in der anrüchigeren Variante, Madame Lewinsky. Aber dafür fehlte es am passenden Publikum, und die Lage des Guts war ebenfalls nicht geeignet für ein solches Vorhaben. Man musste nehmen, was das Leben einem bot, sagte sich Sofia und steckte sehr viel Liebe und Aufmerksamkeit in die Organisation der Feste, seien es die Speisen oder die Dekoration. Sie hatte in Tante Ada eine gute Lehrmeisterin gefunden. Arme Ada! Ihre Tante litt seit Jahren an Krebs, man hatte sie schon einige Male operiert. Sie komme sich vor wie ein ausgenommener Fisch, hatte sie kürzlich geschrieben.

Die Tumore kehrten immer wieder zurück, es sah nicht gut aus.

* * *

Kurz vor Weihnachten des Jahres 1925 bekam Signora Annabella hohes Fieber, Schüttelfrost und Husten. Der Arzt diagnostizierte eine schwere Grippe. Sofia wurde auf grausame Weise an den Tod der richtigen Sofia erinnert, auch wenn dies nicht die Spanische Grippe war. Doch die Symptome waren ähnlich und die Folgen dieselben. Annabella Prisco verstarb Mitte Januar. Sie wurde im Mausoleum des Friedhofs von Belmonte beigesetzt. Donato war am Boden zerstört, er verfiel wochenlang in Schwermut, unfähig, zu arbeiten. Sofia und ihr Schwiegervater mussten ihn ersetzen und sich um die Geschäfte und die Gutsverwaltung kümmern. Warum nicht, dachte Sofia. Es schadet nicht, wenn man sich als Dame des Hauses um die Finanzen kümmerte. Sie wollte nicht sein wie die Signora, die alles, was mit Geld zu tun hatte, ihrem Mann und ihrem Sohn überlassen hatte. Eine solche Einstellung erschien ihr naiv und riskant. Außerdem war nun sie die Signora, sie wollte ihren Teil der Verantwortung tragen. Sie beschloss, reinen Tisch zu machen und als Erstes Romina, ihre griesgrämige Widersacherin, zu entlassen. Sie sah keinen Grund darin, eine Frau zu bezahlen, die sie jahrelang belauert und wahrscheinlich hinter ihrem Rücken schlecht über sie geredet hatte. Romina schien jedoch etwas zu ahnen, kam Sofia zuvor und kündigte selbst. Sie tat dies nicht bei ihr, sondern bei Domenico Prisco, ihrem Signore. Ein letzter Affront. Von Sofia verabschiedete sie sich mit einem verächtlichen, triumphierenden Ausdruck. Am liebsten hätte Sofia sie gefragt, woher ihre Bitterkeit und der Hass kamen, aber sie ließ es sein. *Contenance!* Sie atmete auf, als Romina fort war. Auch wenn die Frau ihr nie wirklich etwas anhaben konnte, war es doch, als hätte ein böser Geist das Haus verlassen.

Andere schienen ebenso zu empfinden: »Ich glaube, sie hat uns verflucht, Signora! Vorne am Tor hat sie sich umgedreht und die Faust geschüttelt und irgendetwas gemurmelt. Das war bestimmt ein Fluch. Marcella hat es auch gesehen.«

»Du wirst doch nicht an solchen Unsinn glauben, Bruna?«

»Ich werde zu den Nonnen gehen und etwas zum Ausräuchern besorgen. Vorsichtshalber.«

»Ach! Macht man das, wenn man verflucht wurde?«, spottete Sofia, aber Bruna nickte ernst: »Wussten Sie das nicht, Signora?«

Sofia betrat das Zimmer am Ende des Flurs, das Signora Annabella nach dem Tod ihrer Schwiegermutter für sich beansprucht hatte. Sie riss die Fenster und die Vorhänge weit auf. Zwar glaubte sie weder an Flüche und Geister, noch hielt sie viel vom Ausräuchern, aber es schadete sicherlich nicht, wenn etwas frische Luft ins Zimmer strömte und die Sonne hereinschien. Nach einer Anstandsfrist würde Sofia das Zimmer renovieren lassen und für sich einnehmen. Endlich wieder ein eigenes Zimmer, so wie vor der Hochzeit!

Sofia musste sich eingestehen, dass Annabellas Tod auch seine Vorteile hatte. Romina war weg, und was die Signora anging: Sie war sicher nicht die schlimmste Schwiegermutter gewesen, und es gab Phasen, da hatten sie sich gut verstanden, aber Sofia fühlte sich freier, nun, da sie nicht mehr unter der ständigen Beobachtung von Annabella Priscos scharfen, dunklen Augen stand und ihre sarkastischen Bemerkungen fürchten musste.

Es gab noch eine gute Sache: Basilio war seit dem Sommer in der Schule. Es war nicht richtig, einen Sohn mehr zu lieben als den anderen, das sagte Sofia sich immer wieder, aber Cesare war von sanftem Gemüt, fröhlich, klug und witzig und hübscher als sein Bruder. Er kam nach dem kleinen Emporio.

Basilio dagegen hatte vom ersten Tag an etwas Aufbrausendes, Zorniges in seinem Charakter. Es war ein Teufelskreis, denn auch wenn sie sich Mühe gab, beide gleich zu behandeln, so spürte Basilio doch, dass seine Mutter ihn weniger liebte als Cesare, und dies ließ ihn noch unleidlicher und gemeiner gegenüber seinem kleinen Bruder werden, womit er sich wiederum den Zorn seiner Mutter zuzog, und so ging es immer weiter. Manchmal wusste Sofia sich keinen Rat mehr. Am besten war es, wenn Bruna die beiden beaufsichtigte. Sie, die mit drei jüngeren Brüdern aufgewachsen war, konnte besser mit Basilio umgehen als seine Mutter.

Aber nun war er an jedem Wochentag bis zum Nachmittag fort, und für einige Stunden des Tages konnte Sofia sich ungestört Cesare widmen. Sie sprach mit ihm französisch, sie brachte ihm Lieder und Spiele bei, sie las ihm vor, sie malten zusammen, und er durfte sich mit ihr ans Klavier setzen. Musikalisches Talent ließ der Vierjährige nicht erkennen, aber er konnte gut malen und zeichnen, ähnlich wie Sofia selbst. Pierre, ihr einstiger Liebhaber, hatte ihr ein paar Techniken gezeigt, und nun versuchte sie sich an Blumenaquarellen und Stillleben. Das Bild eines Lilienstraußes, das ihr gut gelang, schickte sie an Schwester Larissa, zusammen mit einem Brief. Es war der erste Brief seit Larissas Abreise vor drei Jahren. Sie schlug darin einen heiteren Ton an, berichtete von ihrem Alltag, ihrer Reise, den Festen.

Die Schule tat Basilio gut. Er fand andere Rabauken, an denen er sich reiben konnte, und wohl auch eine strenge Lehrerin, die ihm nichts durchgehen ließ.

Wie friedlich das Leben auf einmal war. Wäre da nur nicht Donato gewesen und sein trauriger, apathischer Zustand, in den er seit dem Tod seiner Mutter gefallen war. Es gelang Sofia nicht, ihn aufzuheitern. Sogar seine Söhne schickte er barsch weg, wenn sie ihm zu nahe kamen. Erst nach einem halben Jahr fand er langsam wieder zurück ins Leben.

Im Trauerjahr nach Annabellas Tod gab es keine Partys, aber im darauffolgenden Sommer nahm man die alte Tradition wieder auf.

* * *

Das Sommerfest im Jahr 1929 fand im Garten statt. Marcella und Bruna bereiteten ein Büfett vor und setzten eine Pfirsichbowle an. Das neue Mädchen, Vilma, schenkte nach und räumte leere Teller in die Küche. Cipriano hatte drei Musiker aufgetan, deren Repertoire über Polka und Tarantella hinausreichte. Sie waren sogar richtig gut, und die Gäste übten sich in Tänzen wie Shimmy, Charleston, Blackbottom und Lindy Hop. In den Bäumen hingen Lampions, überall im Park verteilt standen Fackeln. Grillen zirpten, und Glühwürmchen schwärmten aus. Die Nacht war wie geschaffen für ein Fest. Es war *ferragosto*, Maria Himmelfahrt, die Sonne sank schon um neun Uhr, doch die Nacht war mild, die fünfzig Gäste amüsierten sich blendend.

Die Kinder waren bei Agatas Schwiegermutter in Cupramontana untergebracht, denn das letzte Mal hatte Basilio heimlich die Früchte aus der Bowle gefischt und sie Cesare zu essen gegeben. Der arme Junge hatte sich die halbe Nacht übergeben. Ihr Schwiegervater Domenico fehlte ebenfalls. Vor zwei Wochen war er in die Vereinigten Staaten gereist. »Ich will noch einmal meine Verwandten und die neue Welt sehen, ehe ich zu alt für eine solche Überfahrt werde«, hatte er gesagt. Sofia hatte ihm im Scherz vorgeschlagen, mit dem Flugzeug den Atlantik zu überqueren, was nun endlich möglich war, aber vor dem Fliegen fürchtete Domenico sich zu sehr. Außerdem kostete so ein Flug ein Vermögen.

Sofia war kurz ins Badezimmer gegangen, um sich frisch zu machen. Sie betrachtete sich im Spiegel. Dreißig Jahre war sie nun alt, doch sie war vollkommen zufrieden mit dem, was sie sah. Sie wusste um das eine oder andere Fältchen, aber wozu gab es Puder und Rouge? Bruna hatte ihr das Haar hochgesteckt, sodass die kleinen, diamantenen Ohrringe gut zur Geltung kamen. Ihre Augen glänzten, ihr Dekolleté, das eine doppelreihige Perlenkette schmückte, war makellos, die Haut ganz sanft gebräunt, denn das stand ihr besser als die vornehme Blässe. Sie zog sich die Lippen nach. Dieser neue Lippenstift, kirschrot, war wirklich nur für den Abend gedacht. Er passte gut zu ihrem schwarzen Kleid. Eine *Femme fatale* hatte sie vorhin irgendein Witzbold genannt. Es war einer dieser Momente, in denen sie ganz mit sich im Reinen war, sich geborgen und sicher fühlte und nicht daran dachte, dass ihr Leben auf einem brüchigen Fundament aufgebaut war.

Durch das Mückengitter des kleinen Fensters drang das Lachen der Gäste, ihre launigen Streitgespräche, das Gläserklirren, das Plopp eines Weinkorkens, die Musik und das Bellen des Hofhundes, den man vorsichtshalber angekettet hatte. Wieso bellte er? Wahrscheinlich war noch jemand gekommen, ein Nachzügler.

Auf der Treppe nach unten hörte sie, wie Bruna sich in der Halle mit jemandem unterhielt oder es zumindest versuchte, denn es schien Sprachprobleme zu geben, und als Sofia unten ankam und vor dem neuen Gast stand, war es, als würde sich ein Abgrund vor ihr auftun.

»*Bonsoir, Juliette*«, sagte Konstantin Liwny.

Er trug einen schwarzen Anzug mit schmaler Krawatte, sein Haar, noch immer lockig und dunkel, war durchzogen von ein paar grauen Fäden, seine blauen Augen lagen tiefer in den Höhlen als früher, das Gesicht wirkte kantiger, aber nicht unbedingt männlicher, eher verlebt. Und als gäbe es gerade nichts Wichtigeres, erkannte Sofia, dass es sein Mund war, den sie noch nie gemocht hatte. Diese weichen, immer ein wenig feuchten Lippen, dieser arrogante, spöttische Zug, den er nur allzu oft annahm, auch jetzt. Ganz besonders jetzt. Sie versuchte etwas zu sagen, aber es ging nicht, ihr Gesicht war wie eingefroren. Die Welt begann sich zu drehen, sie musste sich am Treppenpfosten festhalten, während der Gedanke, einfach in Ohnmacht zu fallen, immer verlockender wurde. Es fühlte sich an, als wäre sie unter Wasser. Wie in einem Film, dessen Spule zu langsam lief, sah sie Donato auf sich und Liwny zukommen, sah seinen fragenden Blick und hörte ihn wie durch Watte fragen: »Sofia, willst du mich deinem Gast nicht vorstellen?«

Etwas blitzte auf in den Augen des Besuchers, eine böse, diebische Freude. »*Comtesse Sofia*«, sagte Konstantin Liwny mit seiner näselnden Stimme wobei er das Wort *Comtesse* so sarkastisch, wie es nur irgend ging, betonte, »Sie erkennen mich doch hoffentlich wieder, den alten Freund Ihrer Familie?«

»*Bien sûr*«, presste sie hervor und sagte halb auf Französisch, halb auf Italienisch: »Darf ich vorstellen, mein Mann, Donato Prisco, Graf Konstantin Liwny, ein alter Bekannter.«

Die Männer gaben sich die Hände. Sofia merkte an der Art, wie Donato es tat, dass er Liwny nicht mochte. Irgendwie gelang es ihr, nicht in Ohnmacht zu fallen, sich bei Donato unterzuhaken und die beiden hinaus in den Garten zu komplimentieren.

Das ist das Ende. Er wird mit mir spielen wie die Katze mit einer Maus, und dann wird er zubeißen und mich und meine Familie für immer zerstören.

Sie kämpfte ihre aufsteigende Panik nieder, versorgte ihn mit einem Glas Weißwein und versuchte fürs Erste, ihm aus dem Weg zu gehen. Aber was würde das nützen? Ein Wort von ihm, und ihre Welt war zerstört. Und er wusste es. O ja, und wie er es wusste, sie hatte es ihm angesehen, vorhin, als Donato sie Sofia genannt hatte: den Triumph, sie in der Hand zu haben wie eine Marionette.

»Ist Ihnen nicht gut, Signora?«, fragte Bruna.

»Danke, es geht schon.«

»Ist das wirklich ein russischer Graf, der da angekommen ist?«

»Allerdings.«

»Einen Grafen habe ich mir immer anders vorgestellt.« Sie fiel in einen Flüsterton: »Seine Schuhe haben schiefe Absätze, und der Anzug hat abgestoßene Nähte.«

»Verarmter Landadel«, schnaubte Sofia.

»Sie scheinen nicht glücklich zu sein über den Besuch, Signora, wenn ich das sagen darf.«

»Manche Leute würde man lieber nie wiedersehen.«

»Was hat er getan?«

»Nichts, er ist nur ein unangenehmer Mensch.«

Bruna hatte es gut beobachtet, sein Anzug hatte schon bessere Tage gesehen, und die Manschettenknöpfe sahen billig aus.

»Was für eine Überraschung, *dich* hier zu sehen, Juliette«, zischte es wenig später hinter ihr. Dieses Mal sprach er Russisch.

Sie wandte sich um. »Wie kommst du hierher?« Sie sprach weiterhin Französisch. Russisch wäre ungefährlicher, aber es wollte ihr partout nicht mehr über die Lippen. Außerdem sollte er nicht bestimmen, in welcher Sprache sie redeten.

»Ich war in New York, und in den Salons hörte ich ein Gerücht, und da ich nun gerade Italien bereise, dachte ich, ich besuche mal meine alte Freundin Sofia Lobanowa. Übrigens herzliches Beileid zum Tod deiner Tante Ada. Auch wenn es schon drei Jahre her ist.«

»Danke sehr«, sagte Sofia mit eisiger Höflichkeit und spielte das Spiel mit. »Wie geht es deinen Eltern?«

»Meine arme Mutter ist tot, zu meinem Vater habe ich keinen Kontakt mehr. Er ist mit meinem Lebenswandel nicht einverstanden. Er war schon immer ein Langweiler.«

Er war also pleite und brauchte Geld. Vielleicht gab es doch einen Funken Hoffnung.

»Komm mit, ich will kein Aufsehen.«

»Wir unterhalten uns doch nur gesittet, wie zwei alte Freunde…«

Sie antwortete nicht und ging mit entschlossenen Schritten in Richtung Teich. Ein Frosch quakte, andere hielten dagegen. Es musste schon nach Mitternacht sein, die Fackeln waren heruntergebrannt, aber sie kannte den Weg und fand ihn auch im Dunkeln. Er dagegen stolperte fluchend hinter ihr her. Wie sie ihn einschätzte, hatte er schon ein paar Gläser Wein intus. Zum Glück saß niemand auf der Bank. Sie waren allein.

»Was willst du?«, fragte sie und ärgerte sich über das Tremolo in ihrer Stimme.

»Zunächst genügt mir ein Nachtlager. Die Reise war anstrengend, du wohnst wirklich sehr abgelegen. Ich musste das letzte Stück zu Fuß gehen, der Taxifahrer hat sich geweigert, bis hier hochzufahren. Aber hübsch, sehr hübsch, und alles gut in Schuss. Ach, diese Landgüter, sie haben ihren eigenen rustikalen Charme, und ein italienischer Bauer ist sicher charmanter als diese Kreaturen in Russland. Du hast nette Freunde und einen netten Mann, auch wenn ich kaum ein Wort verstehe von dem, was sie reden. Aber irgendwie kann man sich ja immer verständigen, wenn man nur will, nicht wahr, Juliette?«

Jedes einzelne seiner Worte war eine verpackte Drohung.

»Hör auf, mich so zu nennen.«

»Was hast du mit der armen Sofia gemacht?«

»Nichts, was denkst du?«, fauchte sie. »Sie starb an der Spanischen Grippe während der Überfahrt nach New York. Das kann ich beweisen, und auch, dass es ihr Wunsch war, dass ich in ihre Rolle schlüpfe.«

»Du hast deinem Mann nichts gesagt?« Er schüttelte den Kopf, und das Mondlicht reichte aus, um zu sehen, dass er grinste. »Das ist aber böse. Juliette, Juliette, man belügt doch nicht den eigenen Ehemann! Was ist mit den Kindern? Ihr habt zwei, irgendwie habe ich das herausgehört. Wo sind denn die kleinen Racker?«

Die Erwähnung ihrer Kinder weckte in ihr die Wut, doch sie beherrschte sich und sagte: »Hör zu. Ich habe noch ein wenig Schmuck. Es ist nicht viel, aber ich überlasse ihn dir, wenn du dann auf Nimmerwiedersehen verschwindest.«

Er schien darüber nachzudenken, wobei er sie mit blasiert gekräuselten Lippen musterte. »Natürlich müsste ich den Schmuck erst einmal sehen, damit ich weiß, ob er mein Schweigen wert ist. Und woher soll ich wissen, ob du mich nicht belügst?«

»Du warst schon immer eine niederträchtige Ratte«, brach es aus ihr heraus.

»Und du, Juliette, warst schon immer ein scharfes Frauenzimmer!« Er war einen Schritt auf sie zugekommen, und nun griff er nach ihrer Perlenkette. Sie spürte seine Finger auf ihrer Haut und einen harten Klumpen, irgendwo in ihrem Inneren. »Sehr hübsch. Perlen stehen dir.«

Sie wich zurück, doch er kam ihr nach und stand nun dicht vor ihr. »Komm schon, Juliette, wir müssen keine Feinde sein. Ich mochte dich schon immer, und ich muss sagen, du hast dich fein rausgemausert.« Er hielt sie fest, und plötzlich zog er ihren Kopf heran, und sie spürte seine feuchten Lippen auf den ihren. Mit aller Kraft stieß sie ihn weg, dabei geriet sie ins Rutschen. Sie fiel auf ihr Hinterteil, und als sie sich wieder hochrappelte, sah sie Liwnys Gestalt, die sich über sie beugte, so als wollte er ihr aufhelfen, und etwas Silbriges, das durch die Luft schoss und beim Aufprall einen hässlichen Laut produzierte. Sie hörte es platschen, und dort, wo gerade noch ihr Erzfeind gestanden hatte, war jetzt Bruna zu erkennen. Sie hielt einen Spaten in den Händen wie einen Tennisschläger und starrte auf den Teich, wo Liwny, Gesicht nach unten, reglos im Wasser schwamm.

»Signora, ich... der Spaten... Arturo muss ihn vergessen haben, ich wollte nur...«

»Sei still, Bruna!«, befahl Sofia leise.

»Ist er tot? Komme ich jetzt ins Gefängnis?«

»Still jetzt, ich muss nachdenken!«

Bruna keuchte und wimmerte vor Angst und schaute abwechselnd den im Teich dümpelnden Körper und Sofia an, während diese versuchte, ruhig zu bleiben und zu überlegen.

»Hat dich jemand hierhergehen sehen?«

»Ich ... ich weiß nicht«, schluchzte Bruna.

»Wo ist Arturo?« Sofia blickte sich hektisch um. Aber der Park war dunkel und der Stallbursche nirgendwo zu sehen. »Schläft er im Stall?« Arturo hatte ein Zimmer bei seiner alten Mutter in Belmonte, aber im Sommer schlief er oft in der Sattelkammer.

»Ich weiß nicht. Ich glaube nicht«, sagte Bruna.

Sofia nahm ihr den Spaten aus der Hand und ergriff die eiskalten Hände des Mädchens. »Bruna! Sieh mich an.«

Bruna hob den Kopf. Panik flackerte in ihren Augen, und sie zitterte am ganzen Leib.

»Du musst jetzt tun, was ich dir sage, dann geschieht dir nichts. Geh ins Haus, und leg dich ins Bett. Du kommst nicht raus, ehe ich dich rufe, egal, was heute Nacht noch passiert. Hast du verstanden?«

»Ja, Signora.«

»Du hast nichts Falsches getan, Bruna. Der Mann war zudringlich, ich bin dir dankbar. Aber lass mich alles Weitere regeln, *vabene?*«

Bruna nickte.

»Geh hinten herum, wo es dunkel ist! Falls du jemandem begegnest, sag, dass dir nicht wohl ist und ich dich ins Bett geschickt habe. Kein Wort über das hier!« Sie umfasste Brunas Schultern. »Schwöre, dass du keinem Menschen je etwas sagen wirst.«

»Ich schwöre«, flüsterte Bruna.

»Gut. Das hier war ein böser Traum. Du warst niemals hier! Sag dir das immer wieder. Hast du verstanden?«

»Ja, Signora.« Bruna verschwand.

Sofia wunderte sich über sich selbst. Ihre Angst war verschwunden, jedenfalls für den Moment. Ihr Verstand arbeitete scharf und präzise. Es galt, Bruna zu schützen, denn ein Dienstmädchen, das einen Grafen umbrachte, und sei es auch in guter Absicht und zur Verteidigung ihrer Herrschaft, hatte immer schlechte Karten, überall auf der Welt.

Sie blickte sich um. Niemand war zu sehen. Sie zog ihr Kleid aus und die Schuhe und stieg in den Teich. Das Wasser schwappte ihr um die Waden. Langsam tasteten ihre Füße über den Boden. Ein paar Frösche suchten erschrocken das Weite. Sie griff nach Liwnys Haar, dieses prächtige Haar, auf das er immer so stolz gewesen war, und zog ihn daran bis zu dem kleinen Felsen, der den Fröschen tagsüber als Sonneninsel diente. War er tot? Bewusstlos? So oder so, sie war nicht gekommen, um ihn zu retten. Sie dachte daran, wie sie mit ihrem Vater zum Fischen rausgefahren war, in der Morgendämmerung, und wie sie ihm geholfen hatte, auf dem schwankenden Boot die schweren Netze aus dem Wasser zu ziehen. Ihr Körper erinnerte sich wieder an diese Technik, sie riss den Kopf des Toten mit beiden Händen und aller Kraft so hoch es ging und stieß seinen Schädel auf den Felsen, wo er mit einem dumpfen Laut aufprallte. Sie wartete ein paar Sekunden. Er regte sich nicht. Mondlicht spiegelte sich in seinen toten Augen.

Sofia watete zurück, zog das Kleid wieder an, säuberte ihre Füße und schlüpfte in die Schuhe. Sie warf einen letzten, prüfenden Blick auf den Leib, der im Wasser dümpelte, während sein Kopf noch auf dem Felsen lag. Danach hob sie den Spaten auf, wusch ihn ab und schlich damit zum Schuppen, wo sie ihn zwischen die anderen Geräte stellte. Sollte sie im Stall nach Arturo sehen? Doch wenn sie ihn dabei weckte, wäre das erst recht auffällig. Sie ließ es sein. Auf dem Weg zurück ins Haus begegnete sie etlichen Gästen, aber niemandem fiel etwas auf. Man lachte, scherzte, tanzte.

In der Halle stand sein Handgepäck. Wahrscheinlich war der Rest in irgendeiner Pension. Sie durchsuchte es, fand aber nichts Kompromittierendes. Ein handgeschriebenes Notizbuch nahm sie vorsichtshalber heraus und brachte es in Sicherheit. Im Badezimmer zog sie sich die Lippen nach, die Liwny vorhin geküsst hatte. Es war gar nicht so einfach, ihre Hände zitterten noch immer. Sie richtete sich die Frisur und überprüfte ihr Kleid. Alles in Ordnung. Sie wartete, bis sich ihr Atem beruhigt hatte und das Zittern nachließ, dann ging sie zurück zu ihren feiernden Gästen. Sie trank ziemlich rasch zwei Gläser Wein hintereinander. Donato kam auf sie zu und wollte wissen, wo der russische Gast sei.

»Keine Ahnung. Bestimmt hat er sich gelangweilt und ist zu Bett gegangen. Er kann ja kaum Italienisch.«

»Wo warst du die ganze Zeit?«

»Ich musste Bruna zu Bett bringen. Stell dir vor, das dumme Ding hat von der Bowle genascht, und ich fürchte, einer dieser Kindsköpfe hat ihr Grappa ins Glas gekippt. Ihr war gar nicht gut. Sie ist manchmal so unvernünftig!«, schimpfte Sofia.

»Ich dachte schon, du hättest dich mit dem Russen verdrückt.« Es sollte scherzhaft klingen, aber Sofia hörte den Argwohn dahinter.

»Ich muss doch bitten!«, erwiderte sie scharf.

»Das war ein Scherz«, versicherte er eilig. »Er war ziemlich betrunken. Ich dachte immer, Russen vertragen so viel.«

»Er ist ein Weichling. War er immer schon.«

Die Musiker kündigten den letzten Tanz an.

»Wollen wir?«, fragte Donato.

»Sehr gerne.« Sofia nahm den dargebotenen Arm.

»Was hast du denn da am Ellbogen?«, fragt er.

Sie verdrehte ihren Arm. »Oh! Schmutz, vermutlich.« Sie wischte die kleine Schlammspur weg und flüsterte kichernd: »Ich bin vorhin gestolpert und auf dem Hintern gelandet. Patsch!« Sie klatschte in die Hände.

»Kann es sein, dass du auch ein wenig zu tief ins Glas geschaut hast, *amore?*«

Ein Schrei gellte durch den Park. Eine Frauenstimme. Dann noch einer, von einem Mann, der um Hilfe rief. Der Teich war beliebt bei Liebespärchen, und eines hatte nun das Pech gehabt, die Leiche zu entdecken.

Den Leichnam hatte man aus dem Teich gefischt und, mit einem Laken bedeckt, ans Ufer gelegt. Zwei übermüdete Polizisten befragten im Morgengrauen die ebenso übermüdeten und obendrein verkaterten Gäste. Bis zum Eintreffen der Polizisten hatte Sofia Kaffee und Kekse serviert und dabei die eine oder andere Bemerkung über Liwnys gehörigen Rausch und sein labiles Wesen fallen gelassen, sodass die Gäste schließlich der festen Überzeugung waren, ihn selbst herumtorkeln gesehen zu haben. Bruna hatte weisungsgemäß abgewartet, bis Sofia sie holte. Sofia überprüfte Brunas Aussehen und das ihrer Kleidung und schärfte ihr nochmals ein, was sie sagen sollte. Niemandem fiel die Nervosität des Dienstmädchens auf, denn schließlich waren alle durcheinander und aufgeregt.

Der Tote wurde ins Haus gebracht, nachdem die Sonne aufgegangen war und die Temperaturen stiegen. Er konnte erst abtransportiert werden, nachdem die Kriminalbeamten aus Ancona ihn gesehen hatten.

Zwei Beamte in Zivil kamen gegen Mittag, stellten dieselben Fragen wie die Uniformierten und bekamen dieselben Antworten.

Niemand hatte von dem Unglück etwas bemerkt.

Der Russe war ziemlich betrunken.

Nein, man wusste nicht, was er am Teich wollte.

Die Ermittler betrachteten den Unglücksort und die Wunden des Mannes, dann endlich durften die Gäste nach Hause fahren. Eine Stunde später kam der Schreiner, der auch der Sargtischler war, mit seinem Gesellen. Sie luden den Toten auf ihren Karren, den ein Haflinger den Berg hinaufgezogen hatte, und holperten mit ihrer Last langsam wieder hinab.

Ein Unglücksfall. Tragisch.

Der Rest des Tages und die darauffolgende Nacht verschwammen für Sofia in einer Melange aus Müdigkeit, Erleichterung und Furcht, es könnte doch noch etwas geschehen, ein Zeuge sich melden. Doch nichts dergleichen geschah. Dennoch bat Sofia ihre Schwägerin Agata, die Kinder noch ein paar Tage zu behalten.

Am Abend des darauffolgenden Tages bestellte Donato seine Frau und Bruna zu einem Gespräch in den Salon.

»Die Polizei hat den Fall als Unfall zu den Akten gelegt. Man geht davon aus, dass er aus unerfindlichen Gründen in den Teich gewatet und unglücklich mit dem Kopf auf den Felsen gestürzt ist.«

Sofia nickte und dachte, dass für diese Mitteilung keine Zusammenkunft nötig gewesen wäre.

»Ihr könnt vielleicht die Polizei täuschen, aber nicht mich«, fuhr Donato fort. »Ich möchte jetzt auf der Stelle wissen, was mit dem Russen geschehen ist.«

In Sofias Kopf begann sich alles zu drehen. *Ich muss sagen, dass er mich vergewaltigen wollte, dass es Notwehr war. Nur noch diese eine kleine Lüge. Dann wird alles gut. Dann bin ich sicher, für alle Zeiten...*

Warum nur brachte sie kein Wort über die Lippen?

»Ich war's!«, hörte sie Bruna sagen. »Der Russe hat die Signora... Er wollte... Sie wissen schon, Signor Prisco. Ich wollte nur helfen.«

Die Worte rissen sie aus ihrer Lähmung. »Bruna, lass uns allein. Bitte!«

Sie sagte ihm alles. Die Worte flossen nur so aus ihr heraus, als hätte man ein Fass angestochen. Es tat gut, endlich die Wahrheit zu sagen, endlich diese Tarnung abzulegen, auch wenn sie zusehen musste, wie sich sein Kiefer verkrampfte und sich seine Fäuste ballten.

»Ich hätte dich trotzdem geheiratet, war dir das nicht klar?«, fragte er mit belegter Stimme, nachdem sie geendet hatte.

»Ich wollte dir die Wahrheit auf dem Schiff sagen. Da hättest du dich noch entscheiden können, für oder gegen mich. Doch dann hattest du deine Eltern schon informiert, und da konnte ich nicht mehr zurück. Ich wollte nicht, dass du ebenfalls lügen musst oder ihnen erklären musst, warum nun doch keine Gräfin ins Haus kommt.«

»Es wäre alles besser gewesen als das, was du getan hast, Sofia. Oder wie du sonst heißen magst.«

»Juliette. Mein Name ist Juliette Bonnet.«

»Geh mir aus den Augen, und verlasse dieses Haus, Juliette Bonnet.«

Sie stand auf.

Eine Stunde später hatte sie das Gut verlassen.

* * *

Der Bauer hielt den Traktor an. Bruna sprang vom Anhänger, wo sie zwischen Strohballen und Säcken mit Hühnerfutter Platz gefunden hatte. Sie waren zuerst durch einen lichten Eichenwald gefahren und dann vorbei an Lavendelfeldern, rechts und links nur noch Lavendel, es war kaum zu glauben. Und wie gut das roch!

Der Mann deutete in eine Richtung und redete Unverständliches.

»Merci!«, bedankte sich Bruna.

Sie säuberte ihr Kleid von Strohhalmen und rückte ihren Hut zurecht, denn die Mittagssonne stach immer wieder zwischen den Wolken hervor. Es war nicht ganz so heiß wie bei ihnen zu Hause. Dieses Frankreich ist ein liebliches Land, dachte sie und folgte dem langen, von Zypressen gesäumten Weg. Er endete an einer Mauer, die mit Kletterrosen bewachsen und in die ein breites eisernes Tor und eine Pforte eingelassen waren. Dahinter erkannte sie die bräunlichen Dächer mehrerer Gebäude.

Das wenige Französisch, das sie aus den Gesprächen von Sofia mit Cesare aufgeschnappt hatte, hatte ausgereicht, um sie bis hierher zu bringen, an die Peripherie der Stadt Aix-en-Provence. Sie hatte, ohne einen Grund zu nennen, um eine Woche Urlaub gebeten. Es war ihre erste Auslandsreise, sie musste sich dafür extra einen Pass ausstellen lassen. Sie zog an der Klingel. Es dauerte recht lange, dann erschien eine Nonne an der Pforte. Bruna sagte in nicht ganz korrektem Französisch, sie wolle Signora Prisco sprechen.

Die Nonne schüttelte den Kopf. »Hier gibt es keine Signora Prisco.«

»Sofia. Madame Sofia Prisco?«

»*Non!*«

»Merci.« Alles umsonst, dachte sie niedergeschlagen. Die lange Zugfahrt, die Übernachtung in der günstigen Pension, in der sie kein Auge zugemacht hatte. Sie hatte sich wohl geirrt.

Die Nonne wandte sich zum Gehen.

»*Aspetta! Attendez!*«, rief Bruna. »*Sœur* Larissa? *Elle ici?*«

Die Nonne nickte und ließ Bruna herein. Die Pforte schloss sich, und Bruna folgte ihr mit klopfendem Herzen durch einen weitläufigen Garten, in dem ebenfalls Lavendel blühte und Rosen, sehr viele Rosen. Bienen schwirrten herum. Sie folgte den raschelnden Gewändern der Nonne bis zu einem Nebengebäude. Dort war eine Schwester damit beschäftigt, Tontöpfe mit einer kleinen Bürste zu säubern. Als Bruna sich näherte, kniff sie die Augen zusammen wie jemand, der gerade in seinem Gedächtnis kramt.

Bruna erkannte sie sofort wieder, obwohl seit ihrem Weggang schon einige Jahre vergangen waren. »*Je suis Bruna.* Aus Belmonte. Santa Maria delle stelle!«

»Ich erinnere mich an Sie!«, sagte Schwester Larissa.

»Ich suche die Signora.«

Schwester Larissa tat einen tiefen Atemzug. Dann wies sie auf eine hölzerne Bank, die neben einem Strauch gelblicher Rosen stand, und bat sie zu warten. Bruna setzte sich und wartete. Ihr Herz klopfte bis zum Hals. Ihr war warm. Die Rosen spendeten nicht allzu viel Schatten, aber zum Glück schoben sich immer wieder Wolken vor die Sonne. War es richtig herzukommen? Ein bisschen spät, sich das jetzt zu fragen.

Bruna hatte an der Tür gelauscht, als Sofia sich ein letztes Mal mit ihrem Ehemann unterhalten hatte, aber nicht alles verstanden. Nur, dass die Signora gar keine Gräfin war und auch keine Russin, sondern Französin, nicht aber, wieso das alles so gekommen war. Bis heute hatte sie nicht gewagt, Signor Donato danach zu fragen.

»Bruna!«, rief die vertraute, helle Stimme.

»Signora Sofia!«

Sie sahen sich an. Die Signora trug ein leichtes, weites Sommerkleid aus Leinen, und Bruna war sehr erleichtert, denn unterwegs hatte sie befürchtet, die Signora könnte inzwischen eine Nonne geworden sein. Sie war dünner, und ihre Bewegungen wirkten, als wäre sie müde und um Jahre älter, als sie eigentlich war. Sie erinnerte Bruna ein wenig an Annabella Prisco, damals, als Donato im Krieg gewesen war und man nichts über sein Schicksal gewusst hatte.

»Du trägst das blaue Kleid von meiner Hochzeit!«, bemerkte Sofia.

»Es ist mein bestes.«

»Weiß er, dass ich hier bin?« Die Frage klang ein wenig gehetzt.

»Der Signore? Nein. Ich habe niemandem etwas gesagt.«

»Wie hast du mich gefunden?«

»Dieses Jahr kam zum ersten Mal keine Weihnachtskarte von Schwester Larissa, und kein Päckchen mit Parfum.«

»Du warst schon immer sehr klug.«

»Signora, Sie sind schon fast ein Jahr weg, Sie müssen nach Hause kommen.«

»Nein, das ist ausgeschlossen.«

»Die Kinder brauchen Sie, und dem Signore geht es nicht gut. Sein Vater ist im Frühjahr gestorben.«

»Das tut mir leid.«

»Und jetzt haben wir auch noch diese Wirtschaftskrise! Der Signore hat schon Grund verkaufen müssen, er weiß bald nicht mehr, wie es weitergehen soll. Es hat etwas mit den Aktien zu tun und mit den Preisen, ich kenne mich damit nicht aus. Er hat Vilma entlassen, und Marcella kommt nur noch einen halben Tag. Und die Kinder vermissen Sie.«

»Was hat Donato ihnen gesagt?«

Bruna zögerte.

»Etwa, ich sei tot?«

»Nein. Nur, dass Sie nicht mehr wiederkommen.«

»So ist es, Bruna. Ich könnte ihnen niemals unter die Augen treten.«

»Sie haben einen Fehler gemacht, Signora, das machen wir alle mal.«

»Manche Fehler sind unverzeihlich.«

»Mag sein. Aber gerade machen Sie einen zweiten, und der ist noch unverzeihlicher!«, rief Bruna und war erschrocken über sich selbst. Doch da sie nichts zu verlieren hatte, sprach sie weiter: »Was ist wichtiger, Ihr Stolz oder Ihre Familie? Signor Donato hat wieder seine Melancholie, er arbeitet kaum, er isst nicht richtig. Cesare ist schlecht in der Schule, er prügelt sich, aber natürlich zieht er immer den Kürzeren. Und Basilio ist ungewohnt still und brütet stundenlang in seinem Zimmer. Wir brauchen Sie, Signora.«

»Ich bin nicht mehr die Signora. Mein Name ist Juliette Bonnet.«

»Sie waren zehn Jahre lang die Signora, Sie haben zwei Söhne und einen Mann. Was zählt dagegen schon ein Name?«

Danach entstand ein langes Schweigen, bis die Signora schließlich sagte: »Ich habe hier meinen Frieden gefunden.«

Bruna fragte sich, wie eine Frau fernab ihrer Familie, ihrer Kinder Frieden finden konnte. Ihr fiel etwas ein. »Der Signore war im Frühjahr einige Tage weg. Er hat nicht gesagt, wo, aber als er wiederkam, war er traurig, und ich fand später ein Billett von einer Zugfahrt nach Nizza.«

»Nizza«, wiederholte die Signora, und in ihre müde, abgeklärte Miene kam endlich ein bisschen mehr Leben. Sie stand auf und bat Bruna zu warten. Bruna beobachtete einen Marienkäfer, der sich auf die Bank verirrt hatte. Sie setzte ihn zurück auf ein Rosenblatt. Die Signora kam mit einem kleinen, in Seidenpapier eingeschlagenen Päckchen zurück. »Sag bitte meinem Mann, wenn er mir verzeiht, soll er es mir selbst sagen. Wenn nicht, gib dieses Päckchen Cesare, wenn er etwas älter ist.«

»Der Signore wird Ihnen ganz sicher verzeihen«, meinte Bruna voller Zuversicht. »Schließlich ist er auch kein Heiliger.«

»Was meinst du damit?«

»Nichts, das war nur so eine Redensart.« Bruna hätte sich ohrfeigen können. Ihr loses Mundwerk, das alte Leiden!

»Du warst immer schon eine miserable Lügnerin. Sag's mir!«

Bruna gab sich geschlagen. »Hat er Ihnen nie von Fausto erzählt?«

»Irgendwo habe ich den Namen schon gehört, aber ich weiß nicht…«

»Er und sein Kamerad Emilio haben Fausto verletzt zum Sterben in einem Versteck zurückgelassen. Das war nach dem Debakel am Isonzo. Sie mussten weiter, aber sie hatten nicht den Mut, ihn zu erschießen, weil man sie sonst entdeckt hätte. Emilio ist dann im Lager gestorben, und Signor Donato blieb zurück mit der ganzen Schuld.« Bruna schlug die Hände vors Gesicht. »O Gott, ich hätte Ihnen das nicht sagen dürfen! Er hat es mir anvertraut, nachdem er zurückkam. Er war so verzweifelt, er hatte sonst niemanden, mit dem er reden konnte.«

Die Signora drückte Bruna die Hand und hielt sie fest. Bruna war nicht ganz wohl dabei, aber sie wagte nicht, ihre Hand wegzunehmen. Nach einer Weile sagte die Signora: »Du musst ihn wirklich sehr lieben.«

Eine heiße Welle schwappte über Bruna zusammen. Sie erwiderte: »Ich habe den Signore sehr gern. Wir kennen uns, seit wir Kinder waren. Das ist alles, Signora, das schwöre ich bei meiner Seele.«

»Die Liebe hat viele Facetten, Bruna. Du wärst nicht hier, wenn es nicht so wäre. Er kann sich glücklich schätzen.«

Die Signora stand auf. Sie gingen zusammen durch den Garten bis zum Tor. Dort umarmten sie sich.

»Ich danke dir, Bruna, für alles. Was auch kommt, pass gut auf meine Kinder auf.«

Epilog

Belmonte, Gegenwart, Ferragosto

Knapp hundert Jahre nach dem verhängnisvollen Gartenfest fand im Garten des Gutshauses erneut ein Sommerfest statt. Adriano, der Gastgeber, ließ seinen Blick über die Gästeschar schweifen. Simona war da, natürlich, und dazu etliche Mitglieder ihrer Familie, Flavia, Federico Ferri, Giovanna, und sogar Claudia war aus Schottland gekommen. Johanna hatte von ihrem Berg herabgefunden, sein Freund Michael war aus Los Angeles angereist, was ganz besonders Flavia freute. Dann waren da noch Carlas neuer Freund Alessio und ein Dutzend Leute aus dessen Wohngemeinschaft, deren Namen Adriano sich nicht alle gemerkt hatte. Einige trugen Zwanzigerjahre-Kleidung oder das, was sie sich darunter vorstellten, denn das Motto des Festes lautete: *Die goldenen Zwanziger im palazzo verde*. Adriano hatte sich auf seinen Anzug beschränkt, aber mit Fliege.

Das Ganze war Carlas Idee gewesen. Sie wohnte inzwischen halb in Mailand, wo sie ihren Vater regelmäßig traf, halb auf dem Ökohof in Montecarotto, deren Hanfkleidungsprojekt sie gerade auf Trab brachte. Sie kam jedoch immer wieder einmal auf dem Gut vorbei, und sei es nur, um mit Maria vor der Kamera zu kochen. Adriano hatte nichts dagegen, nun, da er wusste, dass sie danach auch wieder verschwand.

Vor zwei Wochen hatte sie ihm ihren fertigen Roman gemailt. Er las ihn über Nacht, ein für ihn ungewöhnlicher Leseeifer, der wohl lediglich der Tatsache geschuldet war, dass es sich bei Sofia um seine Ahnin handelte und dass das Gut darin vorkam. Die literarische Qualität – na ja. Wie sich herausstellte, hatte sie das Skript auch Simona gemailt, die es ebenfalls sofort verschlang und Carla danach eine begeisterte Mail schrieb. So war die Idee zu diesem Sommerfest entstanden. Wie hätte Adriano da noch Nein sagen können? Wollte er auch gar nicht.

Anders als in den Zwanzigern hatte Carla einen DJ aus Mailand kommen lassen und einen Catering-Service, denn Maria Santino sollte ausnahmsweise einmal nur Gast sein und nicht in der Küche schuften.

Es wurde dunkel. Die nicht ganz stilechten LED-Lichterketten in den Bäumen flammten auf und machten den Glühwürmchen Konkurrenz. Adriano saß auf der Bank neben dem Kücheneingang und ließ die Szenerie auf sich wirken, als er plötzlich von zwei Seiten in die Zange genommen wurde. Johanna setzte sich links neben ihn, rechts von ihm nahm Claudia Platz, beide hatten einen dieser obskuren Cocktails in der Hand, die der Barkeeper grüne Fee nannte und die wohl reichlich Absinth enthielten. Eure Brummschädel möchte ich morgen nicht haben, dachte Adriano.

»Es lief also gut in Rom?«, fragte Johanna.

»Bestens. Ich danke dir.«

»Man hilft, wo man kann.«

»Sag mal, dieser Teich da unten, der hat ja gar keinen Felsen in der Mitte«, bemerkte Claudia.

»Du hast also auch diesen Roman gelesen«, seufzte Adriano.

»Ich und halb Belmonte«, bestätigte Claudia.

Johanna hob den Finger und grinste.

»Der Teich war versumpft, ich habe ihn ausbaggern lassen, dabei ist der Felsen abhandengekommen. Oder sie hat ihn nur erfunden, weil er ihr in den Kram gepasst hat. Das machen Schriftsteller sogar ohne mit der Wimper zu zucken.«

»Du meinst, hier ist gar kein russischer Graf zu Tode gekommen?«, fragte Johanna und wirkte enttäuscht.

»Sag mal, Adriano, ist deine Urgroßmutter denn eigentlich damals wieder zurückgekommen zu Mann und Kindern?«, wollte nun Claudia wissen.

»Ja, was war denn nun mit Sofia?«, hakte nun auch Johanna nach.

»Ich weiß es nicht«, sagte Adriano. »Ich fürchte, ich habe versäumt, das mit meinem Großvater zu klären.«

»Schade«, meinte Claudia.

»Ich mag offene Enden«, bekannte Adriano. »Übrigens habe ich mich entschlossen, wieder zu schreiben.«

»Das hört sich gut an«, fand Johanna. »Und wie geht es jetzt weiter?«

»Na ja, ich werde meinen Agenten kontaktieren…«

»Doch nicht mit deiner Schreiberei! Du weißt genau, was ich meine.«

Adriano seufzte. »Mir scheint, dieser Roman ist euch etwas zu Kopfe gestiegen. Oder diese Cocktails!«

»Die Prisco-Dynastie muss fortgeführt werden«, brachte es Claudia auf den Punkt. »Also unternimm gefälligst etwas!«

»Genau. Du kannst nicht der letzte Prisco von Belmonte sein, das schuldest du deinem Namen«, stieß Johanna ins gleiche Horn.

Adriano hatte genug, er stand auf.

»Am besten jetzt gleich!«, riet Claudia. »Die Kulisse ist selten so perfekt.«

»Kriegst du das hin, oder müssen wir dir helfen?«, lachte Johanna.

Er winkte ab und floh vor ihrem Gekicher. Er fand Simona am Teich. Sie warf Stöckchen ins Wasser, die Johannas Hund Mauri apportierte. Sie sah hinreißend aus in dem schwarzen

Kleid, das sie schon neulich in diesem Strandlokal getragen hatte. Mauri kam ans Ufer und schüttelte sich. Simona sprang einen Schritt zur Seite. Ihr Kleid war nass geworden, aber die beiden hatten offensichtlich Spaß.

»Natürlich krieg ich das hin«, sagte Adriano zu sich selbst und tastete nach der kleinen viereckigen Schachtel in der Innentasche seines Jacketts. Er holte tief Atem. Dann ging er auf Simona zu, die sich mit einem Lächeln zu ihm umwandte.

Erklärung und Danksagung

Neulich gestand mir eine Leserin, sie empfinde immer Traurigkeit und ein Gefühl der Leere, wenn sie ein Buch zu Ende gelesen hat, das sie mochte. Genauso geht es mir nun gerade, da ich das Buch beendet habe und nun Belmonte verlassen werde.

So bleibt mir nur noch, ein paar Dinge zu erklären …

Die Personen in diesem Roman sind, abgesehen von historischen Persönlichkeiten, frei erfunden.

Als Vorbild für den zauberhaften Ort »Belmonte« diente mir das Dorf Castiglioni di Arcevia in den italienischen Marken, das mir in etlichen Sommern zu Inspirationen verhalf. Es ist unbedingt sehenswert und war schon Vorlage für die ersten beiden Bände meiner »Belmonte«-Trilogie – »Belmonte« und »Villa Fortuna«. Die Topografie in und um den Ort habe ich weitgehend authentisch beschrieben, ausgedacht sind allerdings das Kloster Santa Maria delle Stelle sowie auch der *palazzo verde*, der Gutshof der Familie Prisco, und das Haus von Simona, der Farina-Hof.

Zu Russland habe ich wenig Beziehungen, abgesehen von touristischen Reisen nach St. Petersburg. Allerdings besitze ich ein Faible für russische Literatur, sowohl für die Klassiker als auch für zeitgenössische Werke, und daraus entstand die

Idee, eine italienische Familiengeschichte mit einer russischen zu verweben.

Bei diesem Roman hat die Recherche besonders viel Freude gemacht. Ich habe mich gründlich mit dem Ersten Weltkrieg und der Russischen Revolution auseinandergesetzt und dabei interessante Werke entdeckt. »Der letzte Tanz« von Douglas Smith schildert Leben und Niedergang des alten Russland und seiner Aristokratie beklemmend authentisch und anschaulich, und der fantastische Roman »Diese Geschichte« von Alessandro Baricco beschreibt in einem Kapitel den Alpenkrieg, insbesondere das dramatische Geschehen am Isonzo, auf eine ganz eigene, eindrucksvolle Weise.

... und von Herzen Danke zu sagen.

Danken möchte ich meiner Agentin Anja Keil, meiner Lektorin Isabell Spanier, die den scharfen Blick hat für alles Überflüssige, und dem gesamten Team des Piper Verlags, die alle mit viel Sorgfalt und Liebe an diesem dritten Band meiner »Belmonte«-Trilogie mitwirkten.

Doch vor allen Dingen danke ich meinen Leserinnen und Lesern, deren Anerkennung und Begeisterung mir immer wieder neuen Auftrieb verleihen. Es würde mich glücklich machen, wenn Sie in dieser Geschichte beim Lesen ebenso versinken konnten wie ich beim Schreiben.

Es grüßt ganz herzlich
Antonia Riepp